中上健次集 三

Nakagami Kenji

鳳仙花、水の女

インスクリプト

INSCRIPT Inc.

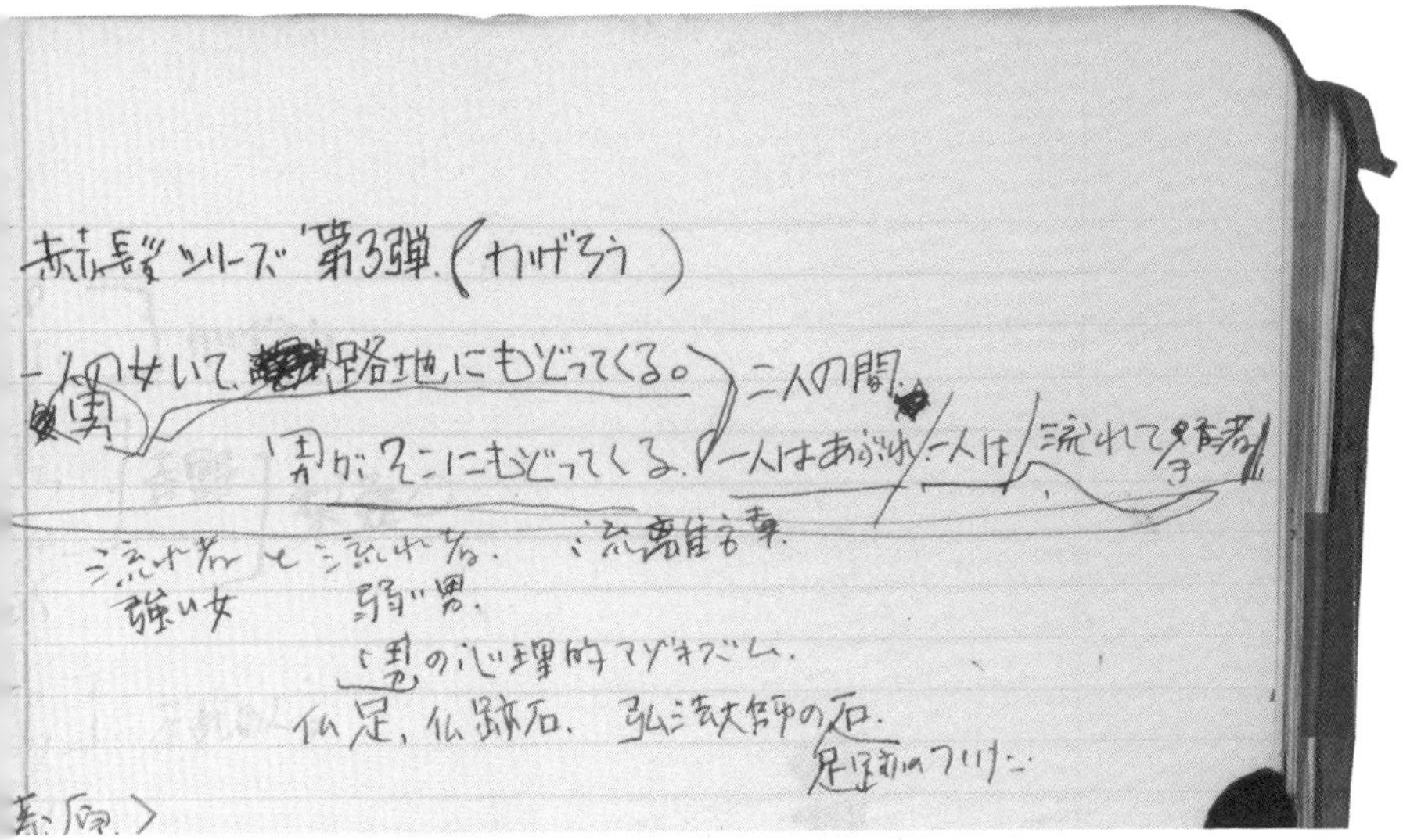

残されたノートより。
「水の女」第三篇に触れられた部分。

生前愛用のサングラス
資料撮影=小原佐和子

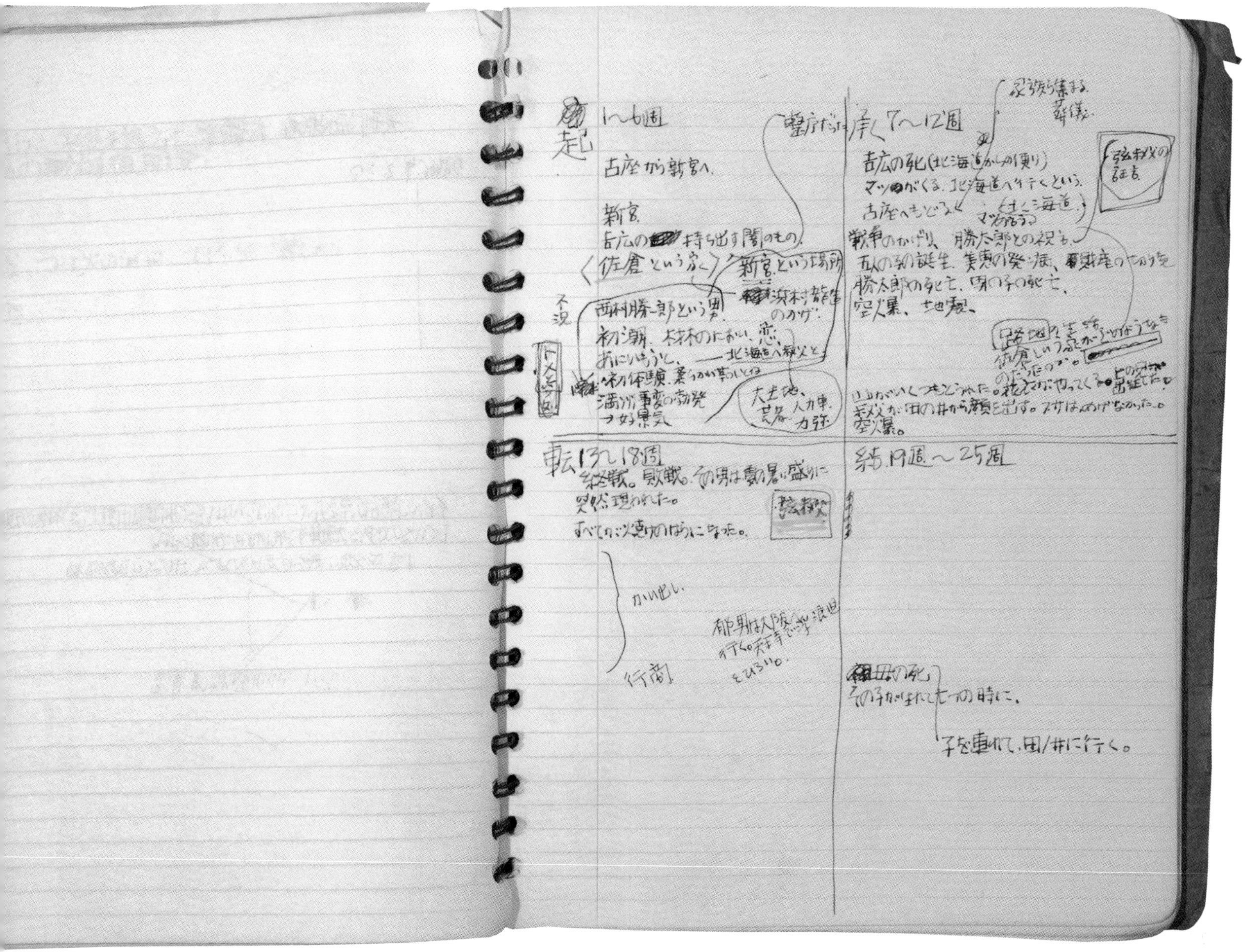

残されたノートより。「鳳仙花」の創作メモ。
起承転結の枠で構想されている。

1986年 7月、熊野木本にて。
写真=渋谷典子 ©Noriko Shibuya

中上健次集　三——鳳仙花、水の女

目次

鳳仙花 7

水の女 281

赫髪 283

水の女 303

かげろう 322

鷹を飼う家 338

鬼 369

鳳仙花の母　390
風景の貌　392
解説――堀江敏幸　402
解題――高澤秀次　418
校異　428

鳳仙花

櫛

紀州の海はきまって三月に入るときらきらと輝き、それが一面に雪をふりまいたように見えた。フサはその三月の海をどの季節の海よりも好きだった。三月は特別な月だった。海からの道を入ってフサの家からすぐそばにある寺の梅が咲ききり、温い日を受けて桜がいまにも破けそうに蕾をふくらませる頃、フサがいつも使い走りする度に眼にする石垣の脇には、水仙の花が咲いている。今年もそうだった。その水仙の花を見つけた時、近所の酒屋の内儀から「はよ、走って行って来てくれ」と言いつけられた小間使いを忘れて、走るのを止め、肩で息をしながらしばらくみつめていた。その白い花弁の清楚な花が日にあたっているのをみつめていると、胸の辺りが締めつけられて切なくなり、涙さえ出た。

その花が咲く度に春が来る。フサが生れた三月七日という日が来る。フサはその日がまもなく来て十五になると思い、紀伊半島の、一等海にせりだした潮ノ岬の隣の古座《こざ》というところに根付いた水仙の一群が、日を受けて花を付けているのを見て、人の都合や思いの届かないところに、人も花も石垣も包み込むような大きなものがあるのかもしれない、と考えたのだった。

フサは悧巧な娘だったが、元より十五になろうとする子に、隣近所の老婆らが口にする有難い阿弥陀如来の話も、三人ほどいる兄らが古座の集会所に来た講釈師を聴いて「涙が出たわい」と言う石童丸の話の内容も、充分解るはずもなかった。ただ、老婆や母が言う、思わず有難うございますと手を合わせるようなものが、この石垣の脇に、人にふり返りもされずに咲いている花を包んでいると思い、早く使い走りに行かなければ内儀から小言を喰うと思いながらも、立ちつくしていた。

三月七日は四日あとの事だった。フサの母親も、福井まで出稼ぎに行ってもどって来たばかりの幸一郎という齢の離れた一番上の兄も、フサが昼だけ小間使いや子守りをする酒屋からもどってもすっかり忘れてしまったように他事にかまけていた。フサはそのことを、いつもの事だと気にかけなかったが、心の中では、自分のあの秘密を母や兄が思い出したくないからだと思い、芋を蒸すためにかまどに火をおこしてわざとけぶらせ、それにむせるふりをして泣いたのだった。

三月のものはすべて好きだった。フサは海辺に立ち海を見ながら、三人いる兄らが、古座から船に乗り汽車に乗り出稼ぎに行った先で眼にし「言うて」とせつくフサに語ってくれるきらきら光る雪の野原、雪の山、いち時《どき》に咲いた金沢のケンロクという所の大木の桜を、いつもそうするように海に重ね合わせてみた。青い海は沖の方までさえぎるものなく日にきらめきながら風に波立っているが、その海を兄たちの見た雪で飾るなら、それはこの古座に住む者の誰も眼にした事のない風景だった。雪の海は眩しかった。兄が話す、怖ろしいほど沢山の花が重なり合ったケンロクという所の桜をこの海に敷きつめたなら、フサが毎日通って守りをしている、酒屋の一歳になる女の子に飾った雛人形よりも綺麗になる。

フサは雪のはねかえす光が眩しいというように眼を細め、その雪の海の方へ、かりかり音たてさせながら歩いた。潮風が吹きつける。髪が乱れてその髪の間から飛び出した耳が冷たく、フサは手でおおいこすった。いつも夜聴える潮鳴りのような音が耳に立ち、温く熱くなってくる。

フサはそのほてった温い耳に、潮風が心地よくあたるのを感じながら、波の前に立ち、その打ち寄せては返す波の呼吸のような動きを見ながら、夜半、ふと眼ざめて母の寝姿を見ていたのを思い出した。

眠っている母は、昼間とは違い随分年老いて見えた。母の静かな寝息といまにも土間の昏《くらが》りまで這い寄って来そうな波音が重なり、母が三人の兄や三人の姉には話しても、自分には話さない事が、ふと思い出された。兄や姉たちらがつくりあげ、近所の者らが真に受けたことが、嘘ではなくて本当だったと、あらためて思った。フサはいっそ海の中に溶けてしまいたいと思い、それから、自分では誰にも言わず、黙って姉たち三人のように他の土地の紡績に働きに出れば済んでしまう事だと思い直し、笑みを顔に浮かべてみた。

フサは近所の誰よりも色が白く、眼鼻立ちの整った器量よしだった。だがそれがフサに重荷だった。一度、一等上の兄の幸一郎が、たまたま山仕事で近所の若衆と一緒になった時、「別嬪さんで大島へでも尾鷲へでも、遊廓じゃったら高い金で売れるんと違うんか」と、フサについて若衆が言ったので喧嘩になった事があったが、フサはその時も、体に出来たアザを見せている兄の幸一郎を見て、単にフサの器量ではなく、兄や姉たちの誰とも顔つきが違うというあの事が、喧嘩の原因だということを知っていた。

フサはたまらなくなり、波に足をつけた。

そのフサを松林の方から誰かが呼んだ。声の方を振り返ってフサは松の幹に手をかけて、フサより六つ離れただけの吉広が立っているのを見つけた。吉広は海が眩しいと眼を細め、

「今、来たんじゃ。ええもん買うて来たった」

と手招きし、大声でフサにすぐ家へ来いと言った。駈けて来て息を弾ませながら横に立ったフサの頭を吉広は子供にするようにくしゃくしゃと撫ぜた。フサは吉広にそうされる事が嬉しいのに、

「もう子供と違うのに」

とふくれっ面をつくって見せた。

随分大きくなった、と吉広は言った。

吉広は一年ほど他所の土地へ働きに行っていたのだった。吉広の体から他所の土地のにおいが立っているような気がした。フサは長い間、古座にいなかったその一等下の兄の吉広に、海と川と山しかないこの古座とはまったく違う他の土地の話をいち時《どき》に聞きたかったが、吉広が自分のそばに立って白い歯を見せて笑みを浮かべていると思うと、駈けて来た息の弾みが悲しくて、べそをかきかかった。吉広にみつめられるのが羞かしくもあった。

吉広はそのフサには頓着しないで上衣に手を入れ、「ほら、これ」と緋色の和櫛を取り出して見せた。その兄の手の甲にいままで眼にした事のなかったような傷跡があった。それをみつめているフサの髪に、吉広は「どら」と身を屈めて和櫛をつけた。

吉広はフサの顔を身を屈めたまま左右から見て、独りで得心したようにうなずき、「よう似合うど」と言った。

「家へ荷物置いてすぐ母さんに訊いて、フサが去年の春頃から、斎藤へ子守りに行っとると言うから、斎藤へ行ってみたら使いに出とると言う。それでしようなしに家へ帰ろと廻り道したら、このベッピンさんがここにおった」

吉広は言い、それからフサの顔をのぞき込むように

見て、フサの黒目がちの眼に、他所の土地の出稼ぎから帰った自分が映っているのを確かめてから、「フサも、もう十五になるんじゃね」と言い、今度は一人前の娘にそうするように、フサの髪にうしろから手を触れる。

フサは兄の吉広に言われて、ふと、自分が母のそばにいつまでもいられる年齢ではなくなっているのを知った。三人の姉は、フサの齢ではもうすでに他所の土地の紡績工場に働きに行っていた。

先に立って歩く吉広は、子供の頃に何度も通った浜の松林から製材所の塀横を抜ける近道を通らずに、遠廻りして川口に一旦出て、海からの潮風を防ぐために丸い石を積みあげた石垣の横の坂道を抜けて、家の前の狭い道に出た。フサは自分の前を大股でゆっくりと歩く吉広に、一年前に出稼ぎに行った時とまったく違わない状態で、川口には舟がある事を言いたかった。だが、吉広は、男にはそこが昔のままであろうとなかろうと興味はないと言うように、振り返りもせずに歩いていく。

その川口は、古座で生れた子供らには夏の格好の遊び場所だった。船が何隻も絶えず入っていた。海岸が、岩場かそうでなかったらこの古座のように波打ち際から急に深くなっているところなので、漁師たちの船は川口に繋ぐしかないし、それに山また山のここは、道路をつけようにもつけられない。それで何もかも川に頼ったので、子供らの何人かは川遊びをしていて船の下に潜ったままだったり、山から切り出し筏に組み川を流して来て船に積みかえる、その筏の下に入り込んだまま溺れて死んだ。だが、船くぐりも筏くぐりも面白い遊びだった。泳ぎを覚えるには、あの筏とこの筏の間と目安をつけるのが一番便利な方法だった。フサもそうやってこの川で泳ぎを覚えたし吉広もそうだった。

家にもどって思いがけなかったのは、日置《ひき》川奥の田ノ井の叔父も来ている事だった。叔父はいつものように、上半分脱いで赭らんだ肌を見せて酒を飲んでいた。叔父はフサを見つけると、手招きして、横に置いてある一升瓶を持ってこの茶碗に酒をつげと言い、フサが母の眼の合図に促されてそばに坐って酒をつぐと、「よし、よし」と一人でうなずいて茶碗を置き、脱いだ服のポケットをさぐって、「あんまり金ないんじゃ」と言い、それでもフサの一月分の子守り賃にあたる金を取り出した。フサはその叔父が、随分以前から古座へ来る度に、母にそれまで外で働いた金の大半を渡してやっているのを知っていた。それが子供心にも、叔父が七人の子を抱えた母を不憫だと思っての事だろうと、推測された。

フサは母を見た。母がうなずいた。

母の顔に暗い翳りのようなものがあるのを知り、フサは思い出した。

その話を母は、何度もフサに語った。

フサの母は、遅く生れたフサにむかって、まるで洗いざらいぶちまけて話す事が、フサに対する自分の唯一の務めのように、夜、雨が降り風が出て眠れず、いまにもこの家を飲み込んでしまいそうだというフサに、「津波や洪水が、こんなふうな雨で起きよかよ」と言って笑い、母が子供の頃の話をしはじめる。話に出てくる母の父親は、フサからは祖父になるが、フサが見た記憶はなかった。祖父はよく、田ノ井から古座川奥を山を越えて歩いて古座のこの家にまでやって来て、母やその子らに食べさせろと、田ノ井の畑でつくった物、豆や南瓜やウリを持って来た。それらのことごとくは、何十時間もかけて歩いて来て、日にさらされているので、萎れていかにもみすぼらしかった。

「爺、こんなに萎れてしもとるわだ」と或る時、幸一郎が祖父に言う。「豆も南瓜も田ノ井だけにしかないんやったら、萎れてもしょうないけど、古座にも売っとる」

母のトミの話には、声色が入っていた。

フサはそのトミの話をまんじりともせずに耳にした。その話をする時はきまって、三人の兄らがそれぞれ外に働きに出かけて家にはトミとフサしかいない時だったので、フサはその自分の事を知る前も知った後も、四十を過ぎて生んだ遅い子であるフサに、トミが何かを教え伝えようとしている事は理解した。

木犀の甘いにおいが寺の方から流れて来て、もう随分古くなった家のはがれかかった板壁から流れ込んでくるのが分った。

フサの母のトミは、田ノ井で生れた。トミの母親は長男を生み、次にトミを生み、次男を生んですぐに、トミが五歳の時に死んだ、と聴かされていた。その作り話をトミは、育てられた祖母（フサの曾祖母）マスから聴いたのだった。実際は駈け落ちしていた。

母親がいなかったので、トミたち兄弟は、祖母が寝込んでしまうまで、ほとんど祖母の手一つで育てられたが、祖母はトミにも男の兄弟らにも母親が死んでこの世にいないと言いはしたが、決して自分の口から、男と駈け落ちしたとは言わなかった。

トミが、自分の母親が男と駈け落ちしたと知ったのは、丁度自分も、日置川の奥の山から材木を運び出している木馬《きんま》引きの男と、駈け落ちしてからだった。山の斜面を利用して足場を組み、丸太を並べて軌道をつくり、木馬と呼ぶ木ゾリに、切り出した材木を何本も乗せ、その木ゾリにゆわえつけた帯ひもを肩で引くのが木馬引きだった。男はそれをやっていた。木ゾリが重いために、軌道にまいた油でいつ足を取られて木馬の下敷きになるかもしれない、危ない仕事だった。

母のトミは、古座に来た田ノ井の父親に、その木馬引きの男と世帯を持った自分を見つけられた時が忘れられないと言った。父親はそれまで、声ひとつ荒げた事のない優しい男だったが、その時も、祖母も心配しているし一緒に帰ろう、と言うだけだった。トミが、もう上の幸一郎を孕み七カ月になると言うと、声を震わせながら初めて、死んだと言ってきたトミの母親が、実は男と駈け落ちしたのだ、と言った。

父親は、トミから眼をそらした。

トミはそう言って、フサに、

「そこに坐って……」

と、土間からのあがりかまちを指さした。

それっきり父親は、トミの顔を見ようともせずに長い時間黙ったままで坐り、それから、眼をそらした姿のまま立ち上がり、物も言わずに家の外に出ていった。トミは泣いた。

父親が再びトミの家に来たのは、そのトミの夫になった男が、木馬に圧し潰されて死んでからの事だった。トミは四十を越えようとしていたし、父親も老けていた。「そんなもん、古座にも売っとる」と幸一郎が何気なしに言った言葉を今思い出すと、父親の気持を自分がひとつも分ってやらなかった、とトミは後悔する。

フサは、母のトミのその言葉が自分にむかってのものだったような気がした。普段は忘れているが、家から寺の前を抜けた通りに面した酒屋で、泣きしぶりフサの手ではどうしようもなくなった子供を内儀が抱き、「お雛様、可愛いよ」とあやしているのを見て、ふと母の言葉は、フサに対する弁解だったのかもしれない、と思った。

内儀は頰ずりして歌を小声で口ずさむ。フサにそんな事はなかったのだった。

その光景は、実際に、フサが眼にしたものではないのに、フサには何もかもありありと見えるのだった。それを誰から聞いたのでもなかった。

フサが母の腹に入ってからの事だった。

その頃は兄らも近辺の山へ材木の下刈りや枝払いには行っていたが、まだ今のように古座を離れて他所の土地へ働きに出かけるという事はまだなかった。三人の姉らの内、二人が古座の網元に女中に行っていたが、自分らがそこで働きやっと食べさせてもらうのが精一杯で、家は今とは較べものにならないくらい苦しい暮らしだった。

十二月に入ると、その年は急に冷え込んだ。暖い古座でみぞれが降った。その母を見つけたのは、一等上の兄の幸一郎だった。それは何でもない光景と見かねないほど、いつも見あきた光景だった。母は土間に木屑を置き、一本一本、二つに折って、かまどにくべる薪《たきぎ》の上に並べて置いていた。木屑は、松林に抜ける道の製材所から拾い集めてきたものだった。材木から角材を取った後の、それでも充分薪《まき》として使うなら火持ちのする厚さはある。母はそれを、両方の角を持って顔を赧らめるほど力をこめて折ろうとし、それがかなわないと、腹に勢いをつけてうちあてて折ろうとする。

幸一郎は声を呑んだ。日の射さない土間で、何度も腹に木屑を当て、勢いをつけて折ろうとする母は、力をこめる度に息のつまった声を出した。その木屑の打ち当てられる母の腹が、もう誰の眼から見てもはっきりせり上がって見えるのは確かだった。十二月に入って腹の中の子、フサが七カ月になるのは幸一郎には分っていた。

腹に木屑を思いっきり打ち当て、木屑が折れた。腹が痛むのか、母は、呻きながら身を折って土間にしゃがみ込んだ。幸一郎が見ていると、母は、腹をおさえてのろのろと起き上がり、また新たに木屑をつかもうとする。

戸を開けた音に母は驚いて振り返り、「誰な？」と言った。それから、外から入って来てズボンのポケットに両手を入れて立ったのが長男の幸一郎だった事に気づいて、額に流れ出た汗を手の甲でぬぐった。それから幸一郎が黙ったままなので気にせず、木屑を折る仕事をやりとげようとするように、木屑の中から一等厚い木屑を選び取る。

幸一郎は、その木屑を取り上げた。その途端に眼から涙が吹き出て、なんでそんな事をするんな？　なんでそんな事までせんならんな？　と言い、問い詰めようとしたが言葉にならなかった。幸一郎は、そこまで腹の中で育った子、フサに、何の罪がある、と言いたかった。

実際、次の年の三月に、フサは下の兄の吉広と六歳ほど離れて母の四十の子として生れたのだが、体のどこに母が思い込んだ罪や羞かしさを刻まれている訳ではなかった。だが、フサはその時、母に打たれた木屑の跡が、自分の眼では見えない背中にあるような気がする。母がその時、そうやって堕胎しようとしていたのを止められ、負うた子に説教されるように、今まで親の言う事をきかない腕白者の無頼者《やくざもの》だといっていた幸一郎に、「産んだらんしよ」と説教されて産み落されたフサには、そうされた事が、取り返しのつかない傷そのもののような気がするのだった。

フサはその光景を思い出す度に、今一つ母の腹に打ち当てる木屑が強く当っていたら、自分がここにいて、日を受けた木々の梢が風に揺れて光の滴を撒き散らすのも眼にする事はないのだと思ったのだった。

母が七カ月の腹になって初めて堕胎しようと、医者へも行かずにそんな事をやっているには理由があった。

フサの兄弟六人の父親が木馬引きで死んだのは、吉広が生れてからすぐの事で、それから母は、子供六人を抱えて製材工場に雑役婦として働きに行き、その職が切れると船で働く人間相手に餅を売る仕事をやった。母がその日傭賃のよい製材所で、木屑の整理をしたりまに男衆らに立ち混って軽い丸太持ちをやる仕事をしたがったのは、そこにその男がいたからではなく、むしろ最初は、まだ幼い子供らがいるので家に近い方がよいという考えだった。

その男は製材所で人夫を使う責任者の立場だった。母が夫に死なれたのは一等男を頼りにしたい齢頃の事だ、と、母がその男と通じ合ったのを勘づいた誰彼が言った。

母とその男が通じたのが、フサを孕むどのくらい前だったか幸一郎にも分らなかったが、その男が家に訪ねて来るようになったのは、母がフサを孕む一年ほど前だった。

もうその頃になると幸一郎は、近所の若衆らと組をつくり、古座奥や、さらに足をのばして山を幾つか越えて本宮の方にまで、山仕事の飯場に出かけていたので、母とその男の話が人の噂になっているのを知らなかった。いつの間にか母は孕んでいた。母が姙娠七カ月で額に汗をかき声をあげながら堕ろそうとしているのは、その一月前に男の女房が突然、家にやって来てからだと漠然と分った。

母は昼間、製材所の方から誰かに追われるように駈けて来て家に飛び込み、あわてて板戸を閉めた。板戸の内側で、母は鼓動を静めようとするように胸を押さえて立っていた。

男の女房は板戸をこじあけて土間に立ち、「トミさんとはあんたかん?」と訊いた。母がうなずくと、いきなり「このアマ、人の亭主を盗んで、ハイ、やと。一緒に来てよ。警察に願い込んだるさか」とどなり、母の腕をわしづかみにし、体を揺さぶる。男の女房は、母が子を孕んでいる事を知っていた。

その女の剣幕に隣の八兵衛が顔を出し、それから母と朋輩のやはり製材所で雑役婦をやる光乃が家の中から飛び出して来て、「なんやと言うんや」と女を突きとばした。女はよろめき、土間の柱に顔をぶつけた。女は子を孕んだ母の身代りのようにいきなり光乃の髪をつかんで引きずった。

母にはそれが苦痛の種でないはずはなかった。母がその時までどんなに気ままに生きようと、他人に自分を淫乱だとか人の生活を壊そうとする人間だとか言って、面とむかって罵られた事はなかったという事は、その木屑を腹に打ち当てる光景を目撃した幸一郎にしても知っていた。母は、そう罵られてみて、すべてを一箇に集めて流し去ろうとするように、腹をぶったのだった。

フサはだが、その母を憎んでいるわけでも嫌っているわけでもなく、むしろフサと同年の遊び仲間の誰彼よりも母にまといついては、よく昔から見知っている輝坊と呼ぶ畳屋の男衆から「乳離れが悪いんじゃ」とからかわれた。そう輝坊に言われれば、確かにフサの遊び仲間だった芳恵もハツも、すでに大阪と四国の松山に奉公に行っていた。十五歳で残っているのはフサだけだった。

その日も朝早く目覚め、着替えて家の廻りを掃除しようと思い、雨戸を開けかけてから、ふと兄の吉広が買って来てくれた櫛を思い出して枕元から持ち出して、髪をすいてみた。雨戸から入って来る日の光はほどよい柔かな光になって、母の鏡台から持ち出した鏡に映したフサの顔を照らした。

その顔は、自分だと思えぬほど整った大人の顔のように思えた。眼が大きく柔かい線の二重瞼で、唇がぷっくらとふくれている。フサは何度も笑みを浮かべてみた。笑みを浮かべると顔がいち時《どき》に華やぎ、澄ますと遠い他所の土地にいる幸せの薄い十五の少女の顔に見えた。

櫛を前に当てたりうしろに置いてみたりしながら遊んでいて、ふと、フサは、自分がまた日の光の中にいると気づき、手鏡に映った自分の顔を見ながら、どうかあの石垣の脇の水仙のようにずっと見守っていてくださいさい、と心の中で言った。心が昂《たかぶ》り、涙が流れる気がする。

叔父と兄の吉広の寝ているところをそのままにして雨戸を開け放っていると、吉広が下穿きに上はサラシを腹巻き代りに巻いた格好で起きて来て、「こんなにはよ起きて、今日も酒屋へ行くんか?」と訊いた。

「早よ起きなんだらお内儀さんより遅なってしまうさか。遅いのやったら、家が古座にあっても奉公しとるんやから、店へ住み込みと言われる」

「それにしてもまだ夜が明けたばっかしや」

吉広は土間に立ち、流しのカメから木杓で水をすくって音させて飲んだ。それから顔をあげ、「そんなに早よから来させんでも、家で朝飯食てからでも充分間に合うと言うたれ」と言い、寒気に急に気づいたように肩をすくめて、「他所よりここは温いと思たが寒い」と、土間から裏の戸をあけて便所に立つ。

顔を洗い、服を着てからフサは、鏡台の横の、二段の木箱に千代紙を貼って作った小間物入れを引き寄せた。小間物入れの一等脇のそこは、随分前から自分の気に入った物を置いておく場所だったが、そこにフサは吉広からもらった和櫛を入れた。そのすぐ横には、二番目の姉からの手紙が三通入っていた。

母がそのフサに、休んでもよいと言った。母はノロノロと起き上がり、吉広が裸同然の姿でいつまでもいるのに叱言を言ってからフサに、「吉広もフサがおらなんだらさびしいんや」と言う。

「そうやけど、内儀さんら、あてにしてるさか早よ行ったらなんだら、かわいそうや」

「自分の家の事ぐらい自分でせえ、と言うたれ」

「兄《あいや》も、わし、奉公しとるんやさか」

フサは吉広をなだめた。

フサも確かに、他所の土地から一年ぶりでもどって来た一等仲よく育った兄の吉広と一緒にいたかった。何よりも兄らがもどってくると、他所の土地の話を聴かせてもらえるのが楽しみだった。

川

兄らはフサにせがまれるまま、他所の土地へ出かけて眼にした色々な光景を語った。フサにはその話で出てくる街が自分で眼にしたもののように思え、雪の降り続く北の街でフサと齢格好の変らぬ子供らが雪球を投げ合い遊び興じているのを思い描いた。ここは兄らの話してくれる他所とはまるで違った。雪の原はなかったが、海と帆舟が行き交い廻船が停まる川があり、誰でもすぐに犬と鉄砲を持っていけば猟の出来るほど猪や鹿が棲む山が、いつも日を受けて細かい光を撥ね返していた。

幸一郎はフサの誕生日の次の日、福井の話をしてくれる事のないまま、他所に出かけて行った。

フサは幸一郎と入れ替りにもどって来た吉広に、古《こ》座《ざ》と他所の土地の違いを話してほしかったが、朝の透明な日がもう川口に繋いだ幾艘もの舟にあたる頃だと、朝にせかされるように外に出た。

　日は丁度海の上に顔を見せたばかりだった。酒屋への道を歩き、眼にするもののことごとくが朝の色に染まって草も木も石垣も生き返ったように見え、フサはその古座の光景を他所の土地の子供らに見せてやりたいと思った。川の方から汽船の笛や男衆らの叫《おら》ぶ声がする。その川から船に乗り、兄や姉らは他所へ行き、その川から大阪や神戸の人間がやってくる。

　昭和六年。

　紀伊半島のここは隣の町へ行くには歩くしか方法がなかった。道路も鉄道もなく、海岸線にある町へ行くにはわざわざ廻船にでも乗るよりなかった。鉄道は紀伊半島のいたるところで工事をしていたが、まだ勝浦と新宮間にしか走っていなかった。

　フサは吉広に聴いてその大きな一六〇〇トンもある那智丸と牟婁《むろ》丸《まる》のディーゼル船がどことどこに立ち寄るのか知っていた。和歌山、湯浅、御坊、田辺。終点が勝浦だった。

　フサの幼友達はその那智丸、牟婁丸に乗って和泉の紡績に行ったし、さらに遠くの近江や西陣までその船から汽車を乗り継いで紡績に行った。兄の幸一郎は、いつか、古座の娘にひょんなところで出会ったと言った事があった。九州へ仕事を見つけて行くついでに船の乗り換えのために降り立った神戸で「どうせ金が入るんじゃから」と寄った遊廓に、橋のそばの馬喰《ばくろう》をしている家の娘が身売りされて来ていた。そうと知っていたら相方に選ばなかったのだが、部屋に上がり、蒲団に入ってから、「どこそで見た顔じゃ」と考えて訊ねたのだった。

　娘は紡績に前借りされて女工に行かされていて、借金もなくなった頃、馬喰の父親が「フジナミの市に寄ったんじゃ」と来て、神戸のその遊廓に売られたと言った。馬喰の父親は人に騙されて牛を買う元手もすっかり巻き上げられてしまったと言い、連れだった男に娘を値ぶみさせるように右を向け左を向けと言い、「もう十七を越えたんじゃから」とつぶやく。女郎に出てくれ、父さんを救けてくれ、父親は頭を畳にこすりつけて頼んだ。

　幸一郎はその娘の顔を忘れないと言った。

「うち、しょうない親やなアと思て、涙もながさんと、ここへ来た」娘はわらう。幸一郎は娘に体をのしかけられ、そんな事をほかの女郎ならしないのに唇を吸われる。娘は幸一郎の性器に手をのばしいきり立ったそれが当然だと言うようにしごき、「やっぱし血の気が多いんよ。好きなんやねえ」と言い、幸一郎を誘って上に乗らせ、本気なのか芝居なのか絶え入るようなよがり声を立てる。涙を流している。

フサの耳に潮の音が響き、こもる。

フサの奉公する酒屋は通りに面していたが、小走りすれば家からならすぐの距離だった。十四になったばかりの頃、フサにむかって古座から他所へ行くのではなく、とりあえずその酒屋へ奉公するように勧めたのは、母だった。

どんないきさつがあるにしてもフサが上の六人の兄弟姉妹とは父親が違い、すぐ上の吉広とは六歳離れていた事は確かで、それで可愛さが強かったからか、随分遅く生れた子と別れがたいのか、それまでも、近江の方から女工の口入れをする男らがやって来て、娘のいるところどこへ行っても言うように母にまとまった金を前貸しもするからと説いたが、母はうなずかない。フサの方はその頃、流行のようになっていた紡績に行き遅れているのがしゃくでもあった。

母の強引な引きとめで取りあえず奉公する古座の酒屋でのフサの仕事はこれと決まってはいず、十四や十五の子であるなら出来るだろうという事をやるだけだった。だがそれも限られていた。他に何人もその酒屋に女らが働いていたのでフサのやる事は子守り、子供が内儀の手元か他の奉公人の女らの手にあやされている時は、ふき掃除、使い走り。フサはその仕事をつらいと思った事は一度もなかった。その酒屋の女らが、江《え》住《すみ》や和深《わぶか》、田子《たこ》という他所からこの川で栄えた近隣一の古座という町に働きに来ていたせいか、或る時その女らが同情するように、フサが朝早く起きて来て台所に立ち大きなかまどで火をたいて湯をわかす事や、店の周囲を掃除し水をまくその奉公をつらいと思わないかと訊いたが、フサはただ首を振るばかりだった。世の中にはもっとつらい事があるはずだとフサは考えたし、時には、人の耐える限りのぎりぎりのつらさを味わってもみたいと思った。

或る時フサは子供をおぶって、庭の脇に積み重なった酒樽や木箱の下に若い草が踏みしだかれるような形で生えでているのを見つけて、かわいそうでそれをどけようとしていて、ふと板塀の隙間からのぞき込む人影があるのに気づいた。

フサは息が詰った。動悸をうつ胸のまま板塀に身を擦り寄せて中をのぞき込んでいる人影をみつめた。そのうちその人影は板塀から離れ、店の方へ廻っていった。まもなく店の方から番頭の低く押し殺した声がして、それが「マツ」と女を呼びながらフサのいる縁側にやって来た。「マツを見やなんだか？」

フサは首を振った。髪をきちんとわけてはいるが発育盛りの頃を他所に奉公して体も心もこき使われて来た事がありありと出ている番頭は、「マツの父さんがまた来おった。あれだけ、マツにもあの父さんにも言うてこんこんとくどいほど説いたのに」と独り言を言い、「お内儀さんに知られたらそれでのうても、癇がきついのに。店、追い出されてしまう」と言う。

フサは子を負ったまま庭からさらに裏の倉庫の方に廻り、倉庫の中で蔵元から来た木箱入りの酒瓶を取り出している脇で、肩幅は広いが背丈の低い男と話しているマツを呼んだ。

そのマツは番頭に二言三言押し殺した低い声で言われただけで、顔を前掛けでおおって泣き出した。腰に荒縄巻いた男に店の前をうろうろされ、六部か傘編みと、この酒屋が関係あると噂されでもしたらかなわない、と番頭は言い、マツが泣いているのに業を煮やしたように、いっぺん今度来たら自分の娘をどうするつもりかと問い質してやると言いはなった。

背中の子供が泣き出したのでフサはそれを潮に、倉庫の入口で泣いているマツに、「川の方へ行かへんか？」と誘った。マツはうなずきもしないでふらふらと立ち上がった。ペタペタと音が立っているのはフサの草履だけだった。マツはフサよりも三つも齢嵩らしく足音は立たなかった。

川に抜ける近道もフサは熟知していた。狭い路地を抜け、丸い石を積み上げて作った石垣の下の坂を降りた。と、川が見えた。

川口から潮水が逆流しはじめているらしく、川は随分水かさが増していた。フサとマツが水際に立つと、水面から急にボラが飛び上がる。フサが今鱗を光らせて撥ねあがったボラを見たかと言うようにマツを見ると、マツはもう泣くのを止め、ぼんやりと川の上流の方を見ている。

川口近辺に製材所がありそこに集まる男らを相手にした茶屋や待合があるだけなので、一本かかった橋の先は、ただ潮風を受けて揺れている雑木の林と、田ノ井の方、日置の方にむかって続く道と、なだらかな山ばかりの光景だった。マツはその日に光り白くかすんだ山をみつめている。マツがその山の方から道を下りてこの川口の町古座に来た事は、フサも知っていた。最初、マツは古座の大きな料亭に先に奉公している顔見知りの娘を頼って行ったが、その料亭には間に合っているからと酒屋の方へ廻されて来たのだった。

マツの顔を見ながらフサは機嫌よくなった子供の尻をぽんぽんとたたき、小声で、昔、母から聴いて覚えていた子守唄をうたった。川の中に集められていた筏に乗った男衆らが、筏を繋いだ鉄のカンを抜いたり打ち直したりする音が、けだるく響いた。上半身裸になった男衆らは筏を躍るように歩き、その度に筏が大きく揺れて波が起こる。

フサは自分が波立っている気がした。

マツに言われて振り返ると吉広がまるでこれから山仕事に出かけるというように仕事着を着て歩いてくる。吉広はフサを見ると笑みを浮かべ、それから大股でずんずん歩いてそばに来て、「よう子守りのその姿、似合うわだ」と頭を撫ぜる。吉広はフサの背負った子をのぞき込み、力仕事で節くれだった指で頬を触り、「おうよ、ベッピンさんになりそうじゃね。大きなったら、兄《あいや》を彼氏にしてくれよ」と言う。

吉広の明るい笑みも声も、二十一の男の色気そのもののようで妹のフサでさえ耳そばで物を言われると上気するほどだった。吉広は色白の顔を赧らめたマツに、「ここにもベッピンさんがおる」と言う。「フサ、この娘かよ。ベッピンさんがおる、と言うて、兄《あいや》が会うたら一ぺんに好きになってしまうと言うたのは」吉広はフサに眼くばせをした。

マツが顔を伏せているのを見て、話をそらすようにフサは吉広にどこへ行くのかと訊ねた。吉広は他所からもどったばかりだった。古座に居て欲しかった。吉広はそのフサに眼尻にまだ残った笑顔をむけ、「十和田屋へ山仕事の口でもないのか、訊きに行くんじゃよ」と答えた。それから、マツが黙りこくっているのは自分が図に乗りすぎたからだと言うように真顔になった。「もうちょっと待ったら温くなって雪も解ける。田ノ井の叔父が、その時一緒に行こらと言うてくれるさか、それまでここで山仕事でもしとこ思て」

吉広はそう言ってから、フサのうしろに身をかくすように立ったマツに「なんと言う名前なん？」と訊いた。

「マツ」

小声で言い、顔をあげた。マツの顔が日にあたり濃い髪が光った。

そのマツの眼から白い大粒の涙がゆっくりと脹れあがり、ちょうど潮が満ちるように頬に落ちる。フサも、ましてや吉広にもその涙がどうしてなのか理解できなかった。吉広はあっけにとられて、急にバツが悪くなったようにまたフサの背負った子供の顔をのぞき込む。「俺をじっと見とる」と吉広は世迷い言をつぶやく。

マツの涙はとまらなかった。六部のような姿をして山から下りて来た父親が、最初縁側に坐っていたフサを自分の娘だと思ってのぞき込んでいた。そのうち玄関の方に廻り番頭に追い払われ、マツは叱言を言われた。マツが呆けたようにフサと並んで立ったまま、吉広に名前を訊かれてから急にフサと違わない齢まで幼くなってしまったように涙を流している。川風で着物の裾がまくれ上がると娘らしく素早く手でかき合わせおさえ、そのままそこにしゃがみ込む。

「兄《あいや》、早よ十和田屋へ行け」フサはしゃがみ込んだマツの小さく結い上げた髪を見降ろしながら、吉広の体を橋の方へ押しやった。「兄《あいや》、おったらこのマツ姉さん、かわいそうや」

細い華奢な後ろ姿がしゃくりあげる度に動き、それを見ながらフサはぼんやりとその山奥で編んだ籠や傘を持って里の古座に来たマツの父親の気持を想像した。フサは切なくなった。マツがまだ女として充分に育っていない体を抱え込むようにしゃがみ、着物の生地を通して華奢な骨組の浮き出た肩を震わせて声を殺して泣いているのを見た。フサにはそんな父親はいなかった。髪を撫ぜてもらった事もないし、肩車してもらった事も手をつないでもらった事もない。

それが父親と呼べるのかどうかは分らないが、フサは実の父親がその狭い海と山と川にはさまれた古座にいる事を知っていた。実の父親とその女房、その間に生れたフサとさして齢格好の違わない男一人、女二人は橋を渡った川口のそばにいた。いつか酒屋の内儀に言いつけられて使い走りの際に、その実の父親に声をかけられたが、優しい色男だという噂通りの顔だが妙におそろしくフサは物も言わず駈けて逃げたのだった。

川の水が光を撥《はじ》き、それが涙の眼に眩しく橋の方に眼を移すと、川の向う岸近くの欄干に身をのり出すようにしてフサとマツを見ている吉広と眼が合った。吉広が手を振った。

子供が寝入ってしまったのでフサは酒屋の勝手口から家に入った。

いつも食事をする板間を通ってひとまず内儀の部屋に子供を寝かせた。

「いま眠ったらまた夜、騒ぐんやろか」

内儀は子供の口元を手拭でぬぐい、フサが蒲団を一枚かけると、「寒なってくるさか」ともう一枚上にかぶせる。眠った子供は内儀に切れ長の眼と頬が似ている。内儀の部屋の隣にいまひとつ部屋があり、そこが将来子供が大きくなった時に使う部屋で、今は、もう過ぎてしまったが納《しま》うのはおしいと江戸の末に大阪で買ってきたという御雛様が飾られてある。「帰る時に、火鉢に炭起こしといてな。なんやしらん、急に冷え込んでくるさか」内儀はそう言ってから、フサを見た。

フサはあわてて、「はい」と返事をした。

内儀はそのフサの返事が癇にさわったというように、「する事はちゃんと済ましてから、家へ帰るようにしてや」と言う。

台所の脇にある井戸から水を桶に汲み、流しの大きなかめに入れるのもフサの仕事だった。三月に入るとさして難儀だとは思わなくなったが、冬中、冷たさに閉口した。

忙しく立ち働いている女らが、汲んだ水で重くなった桶をふらふらして持っているフサを、気の毒だと助けてくれることもあった。だが、手が足りなくなると難儀を振り向いてもくれない。水汲みはフサの一番得手でない仕事だった。

水汲みも終り、内儀が言いつけた廊下の拭き掃除もやり、女らが夕食の菜をつくっているのをぼんやり見ていると、マツが、「フサちゃん、フサちゃん」と呼ぶ。マツの指さす方を見ると、吉広が勝手の土間に立って、男衆と話をしていた。マツが、かめからひしゃくで水を汲み釜に入れながら、その吉広を気にかかるように見る。

そのマツはしゃくりあげて泣いていた時とまるで違い、フサの思いもつかないほどの齢嵩に見えた。

マツはフサの耳に口を寄せ、小声で「大きい方の兄《あいや》?」と訊いた。フサは首を振った。そのフサと眼が合うと吉広は手招きして「ええ話あるど」と言った。

「なに?」

「家へ帰るまでないしょや」

吉広はフサが番頭に帰る挨拶をしている間、土間のあがりかまちに腰かけ、女らと話しながら待っていた。

働いている女らにも挨拶をして外に出ようとすると、吉広はマツにも「働き者じゃね」と声をかける。マツが顔を赧らめているのは釜から出る湯気のせいばかりではないのに気づいて、急にフサはふくれっ面になり、「仕事が終ったんやさか、早よ家へ帰ろ」と吉広の体を押した。たまっていた不満が胸の中にふくらんでくる。幸一郎はかえってきてすぐに他所へ出かけて行ったし、吉広も近くへ山仕事に行くと言う。福井の話をしてもらわなかったし、吉広が行ってきたという鉱山の話もまだ聞いてはいなかった。真中の兄の高伸も帰ってこないし、紡績に行ったきりの三人の姉は仕送りが来るだけで手紙も入っていない。長い間、母と二人で夕飯を食べたのだった。

酒屋で夕飯を食ってもよかったが、いつも兄らが他所へ働きに行き一人で食うのはさみしいと母が言うので、きまって夕飯時には家へ帰った。酒屋で菜の仕度が出来上がる頃、いつも菜に出たものを包んでもらって、夏は夕焼けの始まりの頃、冬は日が暮れ切った頃、自分のペタペタ鳴る足音に追われるように、土の冷えた匂いを嗅ぎながら帰った。吉広は道の脇の立ち枯れたままの草の茎を折り、それをぶらぶらと振りながら歩く。吉広の足音を耳にして、胸の中の不満が柔かく溶けてくるのを感じ、足を早めて吉広と並びながら、こんなに早く帰るのも、夕焼け空を見るのも久し振りだと思った。

「ええ話ってなに?」フサがしびれをきらして吉広に訊ねると、吉広はもったいぶったように立ちどまり、大きく息を吸う。吉広の顔の向うに大きな赫い夕陽がある。潮鳴りが耳にこもった。

「さっき家へ帰ったら、母さんがお前をちゃんとした奉公に出してもええと言うとるんじゃ。そうやんで十和田屋へ行て、山仕事頼むついでに旦那にええとこないかと訊いたら、新宮の佐倉が女中を欲しがっとると言う。新宮いうたら、この間、兄《あいや》、あそこへ寄ったんじゃが」

「紡績の方がええわ」フサはふくれっ面になった。「みんな同じ頭寸は堺へ行たり、名古屋へ行たりしてるのに。この間、近江の方から来た男衆が、わざわざ家に紡績に来んかと誘いに来たのに、断ってしもた。母さんは、姉三人、みんな紡績に行かせたのにわしだけいかせてくれへん」

フサは言った。息を吸うたびに自分の中に不満が入り込み、それがとめようもなく脹れあがってくる。「フサ」吉広はフサの顔を見て笑みを浮かべた。「どうせ遠いところへ行てもここを恋い焦れるだけじゃのに」

それから吉広はフサの頭にやさしく手を当て、見ろと言った。

空はまだ青く輝いていた。それまで見たどの空よりも鮮やかな色だった。黄金の雲が山の上から遮るもののない海へ連なっていた。フサは見とれた。吉広は、こんな夕焼けを他所のどこでも見る事は出来ないと言った。「さっきから気にかけとったんじゃが、ちょっとずつ、ちょっとずつ変るんじゃ」

楽の音も甘い果物のにおいもする気がした。フサはふと母の話を思い出した。フサの母のトミは、フサの曾祖母、トミから見れば祖母に育てられたが、トミが今のフサほどの齢になるとその祖母はもう寝たきりの生活を送っていた。或る日、トミは祖母が老ボケしたかもしれないと思い、試そうとして、枕元に空の皿を置き、「婆さやい、ボタモチ持ってきたさか食わんしょ」と言い、小一時間ほどして、「婆さやい、ボタモチうまかった？」と訊いた。いつも眼に水のような涙をためて仰むけに寝ていたトミの祖母は、「ボタモチ食べよ思てもなかったよ」とボタモチなど食べたいと思う気分もないような声で言った。トミはその寝たきりの祖母に、寺で行われた説教やささらをすって歌って廻る者らから耳にした話の筋を話した。

そのトミの語った話の中に、いまフサが眼にした夕焼けのような空があった。黄金の雲が重なり朱色の光がみちあふれる空から、仏様は楽の音と共にやってくる。

フサは心苦しかった。だが、その夕焼けよりも純白の雪の原を見たい。

夕飯時に母は吉広の持ってきた話をきいて「新宮かよ」と渋った。母はゆっくりと口を動かした。フサの持って来た菜は、少しずつ分けて皿に入れてある。叔父や兄が持って来た金で米を買ったので飯も温かった。「他所の遠いとこへ行くよりもまだええけど、新宮言うてもねえ」

近江にやるより新宮へ奉公に出す方が近いし安心もす

るが、新宮にこだわりがあるという言い方だった。フサは母のそのこだわりが、いつも折にふれて幻のように思い描く光景と繫がりがある事を感じた。

フサは母をみつめた。白髪が出来、額にも頰にも何本も皺がある。母はフサの視線を受けてとまどうように、叔父が飲むために買って来た酒の一升瓶の方へ眼をやり、中にどのくらい残っているのかさぐるように眼をこらした。それから上半身裸にし片膝立てて酒を飲んでいる叔父の前に、頭をむしりうろこを箸でこすり落した小アジの干物を置いた。フサはまた思い出した。その幻のような光景で、母はこの世の者と思われない昏い眼をしていた。

飯を食い終った吉広が「花相撲ももうじきじゃから、総代の家まで行てくる」と立ち上がった。

「おう、そうじゃね」

叔父がいま気づいたように顔をあげた。立ち上がって土間に立った吉広の体を計るように見た。

「幸一郎も高伸も、ここらの若衆に負けはせなんだが、吉広は強いんかい？」

「叔父が見た事ないだけじゃ。十六の時から三回も勝っとる」

吉広は肩を左右に揺すってみせた。

「叔父、もう二十とっくに超えとるんじゃど。山仕事しても飯場へ行ても人に負けせんし。行く先々で何人も女がついて廻るほどじゃ」

「叔父より女にえらいんかい？」

「おいさ、女、どこへ行っても、どっさりおる」

吉広は無頼な口をきいた。母がまのびのした声で、吉広、とたしなめるのを承知していたように戸をあけ、外に出た。フサは、その吉広の後に従いて家から出たい気がした。潮の音が響いていた。

自分が男なら一緒に寺総代の家へ行き、居合わせた同じ頭寸の若衆らと御釈迦様の誕生日に寺の境内で行う花相撲の段取りの打ち合わせをやり、山仕事や他所の土地で見聞きした話をする。そこにこの間までフサらと一緒に混って遊んでいた猛も福善も、まるでいっぱしの若衆のようにうんうんと段取りに合槌を打ち、年上の若衆が微に入り細を穿って話す女との手柄話を固唾を飲んで聞いているはずだった。

昔からこの古座の子供らは男と女の性の事にはこだわりは少なかった。娘らを浜に連れだしてものにした、奉公に来て下手に騒ぎ立て主人らの家族に迷惑がかかると黙っている娘の許に夜這いした、と、三人の兄や兄の連れの若衆から耳にした。

母はフサに手伝わして食事の片付けをしてから、かまどのそばの土間にむしろを敷き、隅に束ねてあった藁を打ちはじめた。フサが生れてこのかた、母は夜になると藁草履をつくるのを欠かした事がなかった。

藁を打つ音が、土間にこもった。胸が苦しかった。それを見たわけでもないし、はっきりと見えるように聞いた訳ではなかった。母はまだ若かった。今の母にも笑みを浮かべたり、フサや吉広が思わず顔赧らめるような事をした時に見せる顔にその若い時の艶が残っていたが、その時の母は男の誰も放っておかないほどの魅力を持っていた。その男は子供六人を抱えてけなげに製材所で働く母に言い寄った。母はフサを孕み、堕ろすこともかなわず産んで、自分の手ひとつで育てた。

「新宮へ行くよ」フサは言った。

母は黙っていた。

叔父がフサの顔を見て、胸の中にたまっている不満を解るというように、うつむいて藁を打つ母に「トミよ、新宮て遠い事ないど」と言う。母は顔をあげなかった。


「いつまでも手元に置きたいじゃろが、フサかてそういつまでも子供であるまい」

「他の子なら親のそばにいつまでもおりたいと言うじゃろに……」

母の声はふるえた。

「そこじゃ」叔父が言った。「おまえ一人で産んで育てたが、フサかてもう十五になる。体も心も一人前になってくるんじゃよ」

町

　叔父は茶碗に酒をつぎそれを一息にあおった。それが苦しかったように顔をしかめ、それから昔を思い出したように言った。トミの祖母は、トミが山から切り出した材木を川に流す筏流しに田ノ井に来ていた男と出奔した時は、まだ生きていた。叔父はトミが出奔した後の祖母と父親の嘆きようを子供心にも知っていた。

「お父が、婆《ばあ》に何と言うとったか憶えとる。早よ連れ戻して来てくれと婆が言うとるのに、俺と同じように、もう止めても止まらんのじゃと言うとった」

　叔父は口をへの字に結んだ。

「行たらええわだ」

　母は小声で、もそもそつぶやくように言った。

　藁をたたき柔かくなめす音が、フサの耳には土間のぼうっとした昏《くらが》りそのものの音のように響く。

　叔父が田ノ井へ行ったのは次の日だった。フサが吉広に連れられて橋向うの十和田屋へ行ったのは、それから二日後だった。

　十和田屋の勝手口から入り、吉広が居合わせた齢のいった女に、「フサを連れて来たと内儀さんに伝えてくれんかい」というと、女は姐さん被りの手拭を取り、吉広のうしろに立ったフサをのぞき込んだ。フサのおびえた顔を見て、取りつく島もないような顔を吉広に向け、「そうかん」と言った。女は気位が高く見えた。フサは初めて他所に女中奉公するつらさを漠然と感じた。

　吉広は頭を下げた。その吉広のへり下った態度に気をよくしたのか、女は奥へ入って行く。すぐもどり、女は声を低めて、

「お内儀さんがもう昨日のうちに新宮の佐倉の方へ女中を奉公させたてくれと連絡しとるさか」と言う。あがりかまちに腰を下ろし、急に心が和らいだように「やっぱし違うわ、内儀さんも言うとった」と言う。吉広に「知っとるか？」と訊く。

「内で女が二人、男が五人かいね。新宮は川も大きいさかいに景気がええかして、佐倉で何人使とるんやろ。十和田屋の三倍くらいも人使とる。台湾へも材木出し

とるらしいし」

「台湾まで人夫らが行くんかい？」

「行くかもしれんわねえ。ここらの漁師でさえ、サンパウロやサンジエゴまで働きに行くんやからな」

女はフサの事など眼中にないように、それから自分の弟がサンジエゴまで出かけて行って金を稼いで帰ってきたと、吉広に話しはじめた。漁は夜、月の明りを頼りにやった。魚の群れは夜目に白く見える。眠り込んでいる魚に網を放るのだから、雨の日に田の中に迷い込んだ鮒を手づかみにするより簡単だった。一緒に行った古座の漁師らの何人も、そうやってつかんだ金を漁師相手に集まってきた外人の女や博奕に使ったが、弟は違った。

「北海道に行くよりええんじゃね」

「おうよ」

女は吉広に合槌を打ってからふと気づいたように、「まあそうやけど、ここがええわよ」と独りで得心するように言った。女は立ち上がった。

「明日か明後日にでも、新宮へ行て、佐倉に、古座の十和田屋から口きいてもろた者やと言うたら、ちゃんと奉公できるように内儀さんがしとる」

女はフサを見た。

女の眼にはフサが骨の細い十五にしては体の虚弱な娘に見える。吉広はその女から庇うようにフサの前に立ち、女にサンジエゴの話を訊き出す。

十和田屋の勝手口を出てすぐに吉広が、チッと音させて唾を吐いた。吉広は歯嚙みした。

「あのババア、嘘ばっかしついとる」

吉広はフサの肩に手を置いた。

「その弟というのが俺らと同じように山仕事したり飯場へ行たりして転々と渡り歩いとるわだ」

また唾を吐いた。吉広の眼が光っていた。

肩に置いた吉広の固い手が燃えるように熱い。フサは思った。そうやって吉広は、夜、酒屋から呼び出したマツの肩に手を置き、肩を抱いた、と。

夜遅く外からもどって来た吉広の体が、水に濡れそぼっている気がしたのだった。橋の上から見ると、マツが泣き出した川辺の石垣の上の芙蓉も、黄金の実を幾つもつけた夏蜜柑も、日の光がじくじく滲み出て来ているように光っている。

フサは十五歳だった。

それまでとは違った。まだ乳房もふくらまないし、初潮もないが、三月になってからこっち一刻一刻変っていき、自分の中で違っていくものがあるのを知っている。誰かにそれを分ってもらいたかった。

フサは訳もわからず胸苦しかった。

母は吉広から、新宮の佐倉に奉公するなら明日か明後日までに行てくれと言う話を聞いて、ひとしきり十和田屋の悪口を言った。手塩にかけた人の娘を、犬猫のように気軽に考えとる。憤懣がつまって家の畳に腰おろして坐る事が出来ないように母は立ち上がり、ござを敷いた板間に腰を下ろした。飴や餅売りに使った籠を手でなぶりながら独りごちた。フサは黙ってその母を見ていた。

最初の夫、信吉は十和田屋に殺されたようなものだ、と母は言った。「そら、このあたり一番の旦那衆やが」

山仕事を何年もやっていた夫の信吉が木馬《きんま》引きで簡単に足をすべらせて死ぬはめになるはずがなかった。母のトミはその日、子供ら六人が外に遊びに出たのを機に、手早く飴や餅売りに行く準備をした。

川向うに一軒ある卸しをやる店に行こうとして橋を通りかかると、橋の真中に鴉が何羽も渦巻いて翔んでいる。トミはその鴉を見てもそれが不吉な兆しだと思わなかった。海と川と山が入り混ったここでは餌になる魚も巣をつくる木もあるので、鴉も鳶もいつも群れている。

それに子供六人抱えてそれを人の手を借りずに育てようと思い、夫はすこしでも銭のよいほうがいいと危ない山仕事に出かけ、自分はつめの先ほどのもうけを当てに、船で働く者や製材所で働く者に甘いものを売る毎日は戦争のようだった。

昼になろうとする頃だった。ちょうど船で働く人夫らに売っている頃、朝早く一緒に夫と連れ立って家を出たダイジが「トミよ、大変じゃわよ」と駈けてやってきた。一瞬、トミは渦巻いている鴉を思い出した。ダイジの後を駈けて十和田屋へ行くと、いかにもこの近隣の大尽で古くからある材木商だというような高いがっしりした板塀の脇に、大八車が置いてある。その上にムシロがあり、ムシロから固まった血のついた腕がつきでている。

十和田屋は母の最初の夫、フサの六人の兄や姉らの父親を、殺したようなものだった。

大八車に乗せられ母のトミの夫の死体は、板塀の横にポツンと放り置かれている。

トミは一瞬に見た悪夢が今、現実に自分を襲った気がして、泣く事もやらずにみつめていた。体が震えた。ダイジが呼んでも十和田屋は出て来ない。知らん顔をしている。トミが玄関に入って帳場をのぞいてやっと一番下っ端の若い使用人が顔を出し、十和田屋に前もってそう指示されていたのか半紙につつんだ金を出した。

「これ持っててくれんかい」

「旦那もおらんのかよ」

使用人は困ったという顔をつくり、「旦那も内儀さんもおらんのや」とあきらかに嘘と分る声を出して言った。

トミはダイジに一部始終をきいた。

木馬の軌道にまいた菜種油で足を滑らせたのではなく、材木を乗せる木馬そのものが壊れた。材木三本が限度のところを、「大丈夫じゃ、おまえらダラダラしとるだけじゃ」と十和田屋の使用人が二本追加させ、トミの夫はそれを最初に引かされた。確かに一本引けば幾らと人夫に金が払われるので、三本引くより五本引く方が金はいいが、だが十和田屋の使用人が、それ引け、やれ引けと急がせすぎた。十和田屋は葬式にも来なかった、と母は言った。

フサは母の昏い顔を見ながら、光のあたった川口に群れている鴉を思い描いた。

「母さん」フサは母の顔がいつの時よりも年老いているのを見て不安になった。

「わしが新宮へ行くのつらいんか?」

フサに答えず母は立ち上がった。

土間に降り、木屑をかまどに入れ、火をする。ぼうっと明かりがさす。釜に水桶からひしゃくで水を汲みながら母は、「つらない者がどこの国におるかよ」と独りごちる。「この世で顔をみて、別れ別れになるというほどつらい事があろか」

フサは母が火のついたかまどをのぞき込み、木屑を入れ、また釜に水を入れるのを見ていた。何人にも母は別れて来たのだった。

吉広に一緒について行ってもらい酒屋に暇をもらいに行き、明日の日にも新宮へ行くという段取りの時、思いもかけなかった事が起こった。

フサには嬉しい事だった。

朝はやく、フサがこの一年間酒屋へ奉公に行っている時そうしたように雨戸をあけ、兄や姉らにもらったフサの宝物の和櫛や絹の絵の入った財布を取り出して見た。

吉広は手鏡に顔をうつしているフサを、「早よ胸もふくらんで来なんだら似合うかよ」と床の中からからかった。

「似合うよ」

フサは言った。

今一つある紅の和櫛を髪にかざしてみようとごそごそと千代紙を内側と外側に貼った箱をさがしていると、外から、「ここなん?」と女の声がする。

「ここじゃ、ここじゃ」その男の声を耳にしてすぐにフサは分った。

母さん、母さん、と声でフサは眠っている母を揺すり起こそうとした。「上の兄《あいや》が来たよ」フサは自分の声が昂《たかぶ》っているのが分った。

家はまだ夜のにおいがする。フサに揺さぶられ、母が起き上がろうとすると、外から「ごめんなさい」と改まった女の声がする。母は随分年老いていると思った。その何にも遅い母が気が気ではなく、フサは「はい」と町家風の返事をした。「フサ」と声がして戸が開き、顔を出したのが、上の兄の幸一郎だった。そのうしろに派手な着物を着た女が立っていた。

女は幸一郎の脇からのぞきみるようにフサを見て、フサと眼が合うと顔が埋まってしまうような笑みを浮かべ、「フサちゃんてあんた?」と突拍子もなく言う。

フサがうなずく暇もなく、「ベッピンさんやとこの人が言うてたけど、ほんまやねえ。うちなんかと違て色白いわ」と言い、幸一郎が家に上がると、「かまん?」と下駄を脱ぎかかりながら訊く。

「かまん、かまん」幸一郎の大様な声をきいて、どっこいしょと掛け声をかけてかまちに上がり、腰をかがめて下駄をそろえる。

「九州からずうっと一緒に来たハナエという娘じゃ」

幸一郎が吉広を見て言うと、女はふてくされたように頭を一つ下げてから、「ハナギヌとも言うとったの」と言う。

幸一郎が旅装もほどかぬうちに、女は「逃げて来たとですよ」と身の上話をはじめる。

宮崎で雪が降った、と花衣はフサと同じような事を言った。宮崎の遊廓へ来てから雪を見るのは初めてだった。花衣はちょうど居合わせた三つ齢下の春駒に、空からひっきりなしに舞い落ちてくる雪の話をしてやった。雪は足跡をかくしてくれる。或る時、田も畑もなく貧乏な家にぼろをまとった乞食が一夜の宿を乞うた。家に入れてやったが腹をすかした乞食に施すものもない。それで家の者は思案して、外へ出、人の畑だがどうか恵んでくださいと、大根を一本抜いた。その時、急に雪が降り出した。畑についた足跡を乞食のなりをした弘法大師は雪でかくして下さった。花衣は父親から聞いた話を春駒にしていてふと思い立った。

そのまま、一目で女郎とわかる姿で素足のまま雪が積もった裏口に出て、遊廓の路地伝いに逃げた。

幸一郎とは宇部の駅で会った。

「頭がおかしいんじゃないかと思たが、俺にすり寄って救けてと言うんじゃから」

「うれしかったんよ。見も知らん人やけど、何か勘のようなものが働いて。切符買うとるのをきくとナマリがあったし。それでうち伊勢から来たんやと言うたん。あわてて早口で、うち、伊勢から九州までずっと売られてきたんやと言うと、この人、紀州や、と言うから嬉して嬉して」

花衣は幸一郎の顔をきらきら光る眼で見た。花衣は家の薄暗い板間に横坐りになり、幸一郎が古座に来る道すがら繰り返し話して来た家がこの家かと言うように、ながめ渡した。かまどの脇には幾つも神社や寺の札が貼ってある。土間には製材所から拾ってきた木屑が積み重ねて置いてあり、兄らが山仕事に持っていく道具が何本も立てかけられてある。板間の下には藁や芋が貯えられるようになった室《むろ》があり、よくフサは子供の頃、隠れんぼをしてその中に逃げ、藁のぬくもりの中で眠った。

幸一郎は花衣を連れて奥の物置きに使っている部屋に住むと言った。「ここでしばらく馬喰《ばくろう》でもするわい」

吉広が、「どうせフサも奉公に行くし、俺も田ノ井の叔父と北海道の鉱山へでも行こと思とるさか」とつぶやく。

幸一郎は初耳だと言い、フサに訊ね返した。フサはうなずいた。幸一郎にみつめられ、花衣の急に光の失せたような眼にみつめられてフサは、不安になった。普通の娘なら泣いたり騒いだりして他所の土地に奉公に出るのを渋っているのに自分は嬉しいとさえ思っている。

「もう十五やさか……」と母が、幸一郎に弁解するように言った。母のその言葉でまた不安になる。母が奉公に出す事を渋ったからこそ、紡績にも行きたい、他所の土地で子守りにも行きたいと胸がはやったが、フサがもう十五の娘になったのだからと母に言われると、心のどこかに母に疎まれ追い出される気がしてくる。

フサは体が熱く火照り体の中にある川が波立ってくる気がした。潮鳴りがしていた。吉広が馬喰をするという幸一郎に根掘り葉掘り商売のコツを聞き出そうとしているのを見て、黙ったまま蒲団をたたみ、それから黙ったままかまどに火を点け始めた母のうしろに立ち、「ちょっと外へ行てくる」とフサは言って家を出た。

胸苦しかった。

三月の日もフサの心の中にある胸苦しさを溶かさなかった。毎日毎日見た朝のなにもかも新しくなったように見える日を浴び、日を感じながら、フサは川の方へ歩いた。思いついて井戸の脇を右に廻り、日があたりそれが町衆の家の石垣とはくっきりと違う事が分る石垣の前に出た。石垣は潮風よけのためにつくられたように低く、ちょうど南島のもののように丸い石を積み重ねたもので、フサはまたその水仙を見た。そこに立って自分の影が水仙にあたる日をさえぎらないように体をずらした。日は明るく水仙をおおった。

フサは胸の中でキレイヤネ、とつぶやき、「もう見に来られへんよ」と声に出して言った。

その自分の声が震えているのに気づき、フサは自分が齢老いた母や兄らにワガママを言っていたと思った。ワガママを言って、母に疎まれてしまった。他所へ行きたかったのは母が嫌いだからではない。みんな、好きだった。古座の山も川も海も、古座に生えた草のひとつひとつ、樹のひとつひとつが好きだった。

十五の今となってみれば、田ノ井の里から出奔して来た母をわかる。フサは、その母が、大きな腹に木屑を打ちつけた痛みを背中の辺りに感じながら、四十を越して孕み男に裏切られて焼け跡がつくように羞かしく、火を噴くように怒る母を、わかる気がした。

フサは苦しさにこらえきれず、ただ泣いた。本当の事はそれ以外にないのは知っていた。甘く胸の苦しさを溶かしてくれる涙にひたりながら、フサは自分の体にも母の感じた羞かしさや怒りをつくる力のようなものがあるとぼんやりと感じた。

フサは涙がとまってから、自分の一番好きだった古座の海にも別れを言おうと海へ出る道を歩いた。海は変る事ないように、雪の原のように輝いていた。

青い海は青すぎて、みつめているとその青の中にまた自分が溶けてしまいそうに感じ、フサは身ぶるいした。

　兄たち三人も、姉たち三人も、その雪の原のように輝く海から他所の土地へ出て行った。

　幸一郎が帰ってきた次の日、フサは当座の小遣いと着替えの着物はふろしきに包み、兄や姉からもらって大事に仕舞ってあった鏡や和櫛の類は、母が縫ってくれた赤い生地の布袋に入れた。その仕度の終ったフサを見て、「さあ、行こか」と吉広が立ち上がった。

「入れ替りみたいや」花衣は母の昔の着物を借りて着て、すっかり木場で働く普通の娘のような姿になっていた。花衣はフサの髪にかざした和櫛の位置をなおし、「ベッピンさんやよ」と背中をひとつたたく。「色が白いし、髪がうちよりも多いから。男の人が見たらくらくらするよ」

　母は見送るのがつらいから、船着き場まで行かないと言った。

　フサが吉広の後を従いて家の外に出て、「行くさか」と母をみつめると、こらえかねたように母は顔を手でおおって泣いた。五十五をすでに越した母の髪には白髪が混り、それが日の光で藁屑のようにみえた。

「母さんも、近江や西陣へ行くんじゃないわよ。新宮はすぐそこじゃ」

　母は顔をあげ、手で涙をぬぐい溜息をつくように「おうよ」とつぶやく。「よう齢とったよ。この間まで乳欲しと泣いとって、乳が昔みたいに出やんさか一緒にフサと苦しんどったのが、もう娘やさか」母は言ってから、また涙を流す。フサはその母の気持が分った。姉三人を今のフサよりももっと幼い頃に紡績や子守りに出したが、その時は年端もいかない子供を奉公に行かせるつらさより、生れたばかりのフサを抱えて暮らしが立っていくかどうかの心配の方が、勝っていた。母はここまでフサを育ててきた。

　母をみつめて立っているフサの頭を幸一郎が、牛をさするように撫ぜた。「馬喰で新宮の方へ行たら寄ったるさかね」

　フサはうなずいた。

　涙を流さなかったが、「船出てしまうど」と促す吉広の後に従いて歩きながら、一歩足を前に出すたびに新しい下駄が土にはじき、下駄の音が耳にこもり、眼くらみがする。日が自分の体のいたるところから入り込み、フサは水のようなものに自分が変ってしまう気がする。

吉広のうしろに立って川沿いの道を歩きながらフサは母の顔を思い起こした。川の流れに逆うように歩けば橋がある。橋を渡り、今度は流れに沿って船着き場の方へ歩く。フサは自分がその川の水と変らないと思った。

「古座はええ町じゃが、新宮もええ町じゃど」

吉広は川をのぞき込んだフサの気を引くように、「ほれ、あれ見てみい」と指さす。川面から銀色に光るボラがはねる。「あの魚、ここだけにおるんと違う、新宮にもおるんじゃ」

吉広はそう言い、切符売場の方へ歩き、竹皮に包んだ鮨を二つ買ってきた。フサはその明るい笑みを浮かべた吉広の気遣いが重っ苦しく目をそらした。橋の方からマツが駈けてくるのが見えた。フサは手を振った。そのフサの耳元に身をかがめてフサの肩を右手でつかみ口を寄せて吉広が、「この間、マツをいじくったたよ」と小声で言い、笑う。ちょうど海から川口に入り船着き場に着こうとする船の音に邪魔されて聞き取れず顔をねじろうとすると、吉広は、「一緒に乳繰りおうたんじゃ。マツは兄《あいや》を好きやと」と愉快な事のように声をたてて笑った。フサは顔が赧らむのを感じた。胸をつき出し身を振りながら駈けてくるマツが、自分の及びもつかない大人のような気がした。

息を弾ませて立ったマツが、傍らの吉広と無言で眼を交わし合ったのをフサは見た。今船着き場に入った船のエンジン音に煽られるようにあわてて懐から紙包みを出し、「これ、内儀さんから餞別」と言う。「それからな、フサちゃんにこれをやる」マツは小さな木切れを帯の間から取り出してフサの手に握らせた。眼をこらして見なければよく分らないほど細かい細工をした少女が鱗の光る魚を手に捧げ持っている。マツは驚くフサに父親が伊勢の市に行った時に買った木の人形を真似て彫ったものだと言い、フサの顔を見、「盆になったら帰ってくる?」と訊く。

「帰ってくる」

フサはおうむ返しに答えた。マツは吉広を見た。

「おれもすぐもどってくるわいよ」

吉広は言い、マツの一途な思いの眼にみつめられるのが眩しいというようにフサの肩にまた手を置く。川の方からも海の方からも水に溶けあったような光が、マツと吉広の中にはさまれて立ったフサの体に入り込んで来る気がした。

船に乗っている間中、フサは不安だった。吉広ひとり船着き場で買った鮨を食い、売店で買った餅を食べた。船室にいて、船室にこもった機械油のようなにおいをかぎ、他所行きの姿をした男や女らの浮かれた口調の言葉になじめず、そうかと言って吉広が、

「ほれ、見てみい、もうドメキじゃど」

と指し示す窓の外を見られない。津荷《つが》のドメキとは古座で歌う串本節にも出てくる海岸よりにある岩場で、普段は岩にあいた空洞だが、潮が満ちてきて波が立つたびに、潮の深くこもった音が、そこから響く。フサも知っていた。吉広が同じ頭寸の若衆と海岸に遊びに行くのに連れていってもらった事がある。

フサは丸窓に頬をつけたまま、窓の硝子に潮滴が撥《は》ね、それがふくらみ、船の巻きおこす風に糸のような跡をつけて消されるのをただ見ていた。何度も潮滴は硝子にくっつき、消される。眼を上の方に転じればその窓からでも空が見えるし、顔を正面にむければ、山々がいきなり海に突き出したようなこの海岸線特有の崖に波が打ち寄せるのが見える。日は濃すぎるほど濃かった。濃すぎるほどの日がフサに、今となっては自分の弱い気持を断ち切ってくれるような気がしたが、何も見たくなかった。何も知りたくなかった。

「フサ、見てみい」

吉広が言う。

窓に置いた吉広の指に包丁で切ったような傷があるのをフサは見た。「兄《あい》ら、いっつもこの船であっちこっち行て、その度に思うんじゃが、ここはえらいところじゃ。山と言うたら人も入った事のないような杉の山ばかりじゃし、海言うたら船もつけるとこもない岩ばっかりの海。畑も田圃も、やっと川のあるところだけ。古座、田原、浦上、町も川のあるところにしかない」

吉広はフサを見た。

自分の顔が海の青い水でかげり土気てさえ見えるだろうとフサは思った。吉広は、「気分悪いんか？」と訊き、フサが吉広の傷のある指を見ながらゆっくり頭を振るのを見て、「まあ、こんなとこで生れたんじゃから少々でへたばらん」と、窓に置いた手を離した。吉広はその手をズボンのポケットにさりげなく入れた。

フサはゆっくりと首を振った。頬に擦れた窓硝子の冷たさが眼から胸の内側に流れ落ちていく涙のように

体に滲みとおっていく。

水

船が着いたのは勝浦だった。吉広の後を追ってフサは人混みの中を桟橋に降りた。桟橋から海をのぞき込むと、船のディーゼルの音にかきたてられたような小波の中に光を放つものが見える。ずんずん先に立って歩いて行く吉広に、「兄《あいや》、見て」とフサは呼びかけた。吉広にはフサの声が聞えない。初めて乗った船に酔って眩暈でもしているように錯覚させる波の動きの中に、きらきら光るものがある。何でもない事だった。だがフサは吉広に言いたかった。

勝浦の港から駅までさして遠くなかった。勝浦から新宮までの間を走るだけの汽車だったが、それでもこの近辺で一本だけしかない鉄道なので、狭い駅の待合室は立っている事も出来ないほど人が集まっていた。山仕事に出かけるような装束をした者もいるし、着飾った芸者風の女もいる。大柄な男らが声高に新宮の景気の悪さを噂していた。材木が暴落し町は火が消えたようになっている。材木業者の取引銀行が恐慌のあおりで閉鎖し、材木の景気に左右される町の方々で、支払い停止や契約破棄が起こり、破産する者が続出している。自殺した者もいた。吉広はその男らの前を、「ごめんしてよ」と通って切符売場に行き、中の男に一言二言話しかけて顔をあげ、立っているフサに「もうじきじゃ」と大声をあげる。

汽車は石炭の臭いと床に塗ったリノリウムの臭いがした。その臭いがたまらないと前に坐った男が窓を開けたので蒸気と細かい石炭の粉がとび込んできた。

汽車は海沿いを走った。

向いあわせに坐った吉広は外の景色を見ているフサを見て、思いついたようにポツンと「新宮が景気悪てもそう心配する事いらん」と言った。外からの風でほつれたフサの髪を、手をのばしてかきあげた。そして不意に、

「寺の脇から入ったとこにある大きなハゼの木に鴉が巣喰っとったやろ。まだフサが小さい時、兄《あいや》が木に登って巣の中の雛をつかまえたの覚えとるか。寺の和尚さんがどなったんで雛つかんだまますり落ちたんじゃ。家に雛持っていたら、もどして来いと母さんが怒るし、足はスリむけるし、顔がハゼにかぶれて」

吉広は言う。

フサは明るい外の日を浴びて青っぽくみえる吉広の眼をのぞき込み、ハゼにかぶれてはれあがった顔を覚えているような気がして、うなずいた。「南瓜みたいじゃと人の気も知らんでからかいくさるんじゃ」

「言わせんよ」

フサは吉広をみつめたまま笑った。その自分の顔に浮かんだ微笑が、空から射す日のように急に明るく気持を染めていくのが分った。

汽車が新宮に着いたのは三時だった。日はまだ空にあった。駅の前の広場も建物の横にある棕櫚の木もくっきりと濃い日を浴びていた。風を肌に感じないのに空に突き出した棕櫚の葉がゆっくりと揺れている。

吉広は腹が減っていないかとフサに訊ねた。フサはその吉広の顔つきが、古座にいる時とも汽車に乗っていた時とも違うのに気づいた。フサが言い迷っていると、

「よっしゃ、佐倉に行く前に、兄《あいや》に行くとこあるさか、そこへ寄ってから一緒に食べよ」と言い、フサの両肩

をポンとたたき、先に立って人が変ったように肩をゆすって大股で歩き出した。

先に立って歩く兄の吉広は駅前通りから、道を左に折れて小高い山の麓に出た。麓には杉皮ぶきの小さな家が建ち並ぶ路地になっている。その家と家の間に出来た山につづく細い坂道をのぼりかかって、ふと後から従いて行くフサに気づいたように、

「フサよ。兄《あいや》、そこの上の小屋まで行てくるさか、下で待っておれ」

と言う。フサが返事をしようとすると、坂道の上から山仕事の装束をした男が二人降りて来た。男の齢嵩の方が上っていく吉広に気づいて立ちどまり、「吉広かい、珍しいわだ」と声をかけた。そのうしろに立った年若い方は黙って坂道の下にいるフサを見下ろした。

「オジ、おるか？」ズボンに手をつっ込み、肩をいからせた吉広が訊いた。

「おる、おる」齢嵩が言い、口にたまった唾をまるめて坂の脇の低い雑木めがけて吐き、「おまえの仲間、何人もおるわい、昼間から仕事もせんと酒飲んで博奕しとる」

「負けたんかい？」

「おうさ、負けたんじゃよ」齢嵩はまた唾を吐いた。それから吉広を見下ろした。「どこへ行ても不景気じゃと言うのに、いくらでも前貸ししてくれる旦那衆があるさか博奕しとるんじゃが、今日は十日分の日傭賃すってしもたわだ」

男ら二人は吉広に道をゆずって坂道を下り、フサのすぐわきを通る。古座で眼にした事のない男らだった。その二人に眼もくれず、吉広が駈けるように登っていく後ろ姿をみつめているフサに、「古座から来たんかよ？」と年下の方が声をかける。だらしなくはだけたシャツから裸の胸がみえる年下の方が、「ベッピンさんじゃだ」と独りごちる。

吉広はすぐ小屋から顔を出し、「ちょっと待っておれ」と呼んだ。

吉広がその粗末な小屋に入り何をやっているのか気にかかったが、フサは、兄には兄の遊びもつきあいもあるのだろうと坂道の入口にある石に腰かけ、西に傾いた日に照らされた家並みを見た。杉皮ぶきの家の脇は畑になり丈高くなった麦が植わっている。そこからまっすぐの距離に駅の建物が見えた。

古座とは随分違うとフサは思った。古座は川の両脇

に町が出来ているので、川に出ようと思うなら難なく行けた。だがここは違った。耳を澄ましても川で働く男らの声も、男らが筏のカンを打ちつけたり抜いたりする音も聴えてこなかった。

遠くから男の声が聴えてくる。「フサ」と呼ぶ声に振り返ると、用を済ました吉広が小屋から下りてくるところだった。首筋にお白粉を塗りじゅばんひとつの女が小屋から出てきて、その吉広の背に「どうせ、人の金やからかまへんわ」と、しゃがれた声で言った。

「われわれ同士が喧嘩したりもめたりするんでないんやさか」

坂道を下りた吉広はフサの顔を見て、「新宮の連中はろくな事を考えんなあ」と独りごちた。訊き返そうとするフサに、「行こ、行こ」と背を押し、先に立って歩きだした。吉広が何をその小屋に行って耳にしてきたのか分らなかった。フサは自分の下駄の音を耳にしながら、新宮という町が妙に怖ろしいところだと思いはじめた。駄々をこねて、紡績に行った方がよかったかもしれなかった。

新宮が妙に怖ろしいところだというフサの子供心は、その当時を考えれば的を得ていた。台湾併合を済ませ朝鮮を併合したのは随分前だったが、その台湾への材木の出荷に息をついたが不景気で、労働争議がひん発していた。製材工や筏夫らの賃下げが相つぎ、昭和五年には不況のため朝鮮の鴨緑江にまで筏夫は出稼ぎに行った。

フサは吉広につれられて駅前に出て、「さぬきや」と看板のかかった食堂に入った。あれもこれも食えと吉広が言ったが、何も食べたくなかった。

貯木場のそばに材木商の佐倉はあった。

勝手口から入り、内儀と女中のミツに何度も頭を下げて吉広は、「一番末に生れたもんじゃから、つい遠いとこへ奉公に出さんと」と弁解するように言い、フサの髪を撫ぜる。「辛抱せえよ。他へ働きにいく時は寄ったるさか」

吉広が帰る姿を見てさみしいと泣いている間もなかった。

フサは女中のミツについて、ここが井戸、ここが水がめとすぐにでも用足しが出来るように教えてもらった。女中部屋は窓から西陽が射し込むだだっぴろい部屋だった。ミツは窓をあけ、不安げな顔のフサの気を晴らすように、「ほれ、見て」と指さした。

佐倉の家のあるそこが新宮の一等端にあった。川と海の接点になったところにつくった貯木場のそばだったので、新宮は一望できた。広い貯木場の向う岸の左側には田圃があり、右側には小高い山まで点々と人家がつづいている。

「駅はあそこやな」

ミツは指さした。そこから小高い山に重なるように確かにそれらしい建物が見えた。さっき眼にした棕櫚の木をさがしたが見えなかった。その駅の建物に重なってみえる小高い山の裏にも人家が立ち並ぶ町がある。新宮を真中からさえぎるようにある小高い山の裏側を、町といい、こちら側を熊野地というとミツは教えた。町の向うにあるのはもう果てしなくつづく山だった。一番新宮寄りの山は千穂ガ峰と呼ばれ、二月六日の御燈祭《おとうまつ》りはその千穂ガ峰の一つの神倉山《かみくらさん》で行う。日がちょうど新宮を取り巻くようにあるその千穂ガ峰にさしかかり、ほんのりと赤く色がついていた。

ミツはひととおり海と山と川に四方を囲まれた新宮の地形を説明してから、まだフサが不安げな顔をしているると思ったのか、「ほれ、見てみなあれ」と貯木場の材木を指さす。「ここしばらく、この貯木場の材木、佐倉のものばっかしやで。他所は景気悪りても、この家だけは違う」そう言ってミツは、「さあ、みんなくるなア」と言い、フサに菜を洗うのを手伝えと言った。

ミツに従って井戸の脇に行き、清さんと言う出入りの智恵足らずのような顔をした使用人が運び込んで来た菜を見て、フサは驚いた。

「こんなにぎょうさん、どうするんよ」

ミツはたらいに井戸水を汲み出しながら、「ここしばらく人がおるさか、それだけでも足らんぐらいやで」と言い、肩で息をして井戸のポンプ押しを代ってくれと言った。ミツは荒い息をはき、齢を取ると何もかも駄目になると独りごち、清さんが汚れた不揃いの歯をみせてにやにや笑ってフサをみつめているのを、「あの木馬《きんま》引きに言うよ」と手で追い払う仕種をした。清さんは急に笑みを消し、物思いに沈んでいるような顔になり、肩をすぼめて菜を入れてきた籠をつかんで木戸の方へ歩いて行った。

ミツはその姿を笑った。フサがけげんな顔をしているると思ったのか、「このごろここに来とる大男。木馬引きでも何でもないいんやろけどな、どこから来たか旦那さんかて分らんと言うし、何やら育ちが悪いと言うのがはっきり分るさか、その大男、木馬引きと仇名つけとるんや。清さん、小突かれもせんのに怖ろしと思うんかして、ああやって逃げ帰る」

「その人らが食べるん?」

ミツはフサにうなずき、荒れた息がおさまったのか、たらいに菜をつけて洗いはじめた。フサも傍らにしゃがんでそれを手伝った。菜は育ちよく、青々としていた。水は冷たかった。勝手口を出入りする男衆らが、菜を洗っているその新顔のフサに気づき、「新し女中来たんじゃゃね」と声をかけるその度に、ミツは挨拶しようとするフサを、「放っときなあれ」と押しとどめた。「人夫らといちいち口きいとったら日が暮れてしまう」

洗った菜をザルに取り勝手口の脇にある流しに運んだ。流しの格子の窓から外をふとのぞいた。すでに赭く変った日が千穂ガ峰の上から消えかかり、空が夕焼けにつつまれていた。その窓からも貯木場が見える。水に浮かべた材木の上に何人も人夫らが乗って木に印をつけて廻っていた。人夫らがカンをはずし、筏をばらした材木に乗って遊び廻っているように見える。

フサはふとその水は古座につながっていると思った。フサが新宮で思い出す古座は絶えず水の匂いがし、水に撥ねる光がどこにいてもあふれていた。母は海と川口のそばの家にいた。フサはその母がかまどに火を起こしている姿を思い浮かべながら、古座の方から広がった夕焼けに声もなく見とれた。

古座で酒屋に奉公していたし、それに奉公に来たのだという覚悟もあったので、フサは、佐倉での女中の仕事にすぐ馴れたが、ミツに言いつけられてかまどに火を起こしても、女中の一人から何の気なしに「フサ」と名を呼ばれても、フサは古座を思い出した。

だが、ここは新宮だった。

フサがミツからその話をきいたのは、佐倉に奉公に来て何日も経っていない時だった。丁度その日も朝から、フサを入れて四人の女中は、他から手伝いに来た人夫らの食事をつくるのだと、菜を洗ったり米をといだりしていた。ミツが傍らに来て、「あの木馬引きの連中は」とこぼしはじめたのだった。ミツにすれば、佐倉という古くからある地主で材木業者が、不況を乗り切るためとはいえ口入れ稼業のようになってしまった事がまんのならない事だった。確かに、佐倉という家はフサにも異様に見えた。

フサは滅多に帳場に行かなかったが、他の女中らが広い屋敷を掃除したり風呂をわかしていて手がない時に茶を運ぶことがあった。番頭と事務をとっている者三人の他に、きまって胸をはだけた男らが何人かいる。昼からそこで一升瓶を持ち込み、酒を飲んでいる者もいた。フサは男らを怖ろしいと思いはしたが、新宮に来て日も浅いしそれに古座で奉公していたのが酒屋だったので、材木業者の帳場とはそんなものだろうと、「あれらが、かなうかよ。おどしたら、いちころじゃ」とわめくような声で言う男衆らをさして不思議に思わなかった。

「ああ、厭やねえ」或る時、ミツは癇癪を起こしたように言った。「食べ物出しても、食い散らかして」かけていたたすきを取って投げ棄て、ちょうど台所に来合わせた事務員に、「もう、厭。こんな事して」と言い、事務員があっけにとられている間にミツは下駄をつっかけ、外に走り出た。立ち働いていた女中二人がべそをかいた。

ミツが癇癪を起こしたのだと知った事務員は急に不機嫌になった顔をして、

「この不景気というのに」とつぶやく。事務員は仁王立ちになって女中らの顔を見廻した。「ミツと同じように暇もらいたいと言うんなら、いつでもかまんど。女中の替りはいくらでもある。それに、ちょっと余分に忙しだけじゃ。木馬引きの人夫らが何人か、普段の時より多いだけと思たらどうという事はないし、おまえらは知らんじゃろが、台湾から外材持ち込みはじめた時もこのくらいの人夫は、佐倉に常時おった」

事務員はフサを見た。

「景気もすぐようなる。戦争でもおこったら、またあれらも山仕事へ行くんじゃ」

事務員はフサから眼をそらして、「ちょっとの辛抱じゃわい」と声を和らげる。

古座の酒屋の番頭とは違い、眼から鼻に抜けるような感じでしゃべる事務員は、「ミツみたいにこの佐倉におれんと言うのならすぐにでもやめてもろてもかまんど」と言う。

玄関の方から男らの声が聴えてくる。男らが何を話しているのか分らなかったが、その声におびえたように、急に二人の女中は抱きあって泣きだした。その二人をさらにおどすように、「家へもどってもどうせ女郎にでも売りとばされるのがオチじゃろが」と言い、顔に薄笑いを浮かべた。

フサはその事務員の笑みを見て、いつか遠い昔そのような笑みを見たと思い、不安になった。そんなことはあり得ないが、この佐倉から暇を出されてもどれば、母も自分を売りとばすかもしれないとぼんやり思った。もともと、母の四十を過ぎて出来た恥の子だった。生れてからこの方、母に酷い仕打ちを受けた事はなかったが、幻のものとは思えないほど母に木屑で打たれた痛みははっきりと記憶の中にあった。

　ミツがもどって来たのは、それから小一時間たってからだった。

　ミツは三人に仲之町で買ったのだと栗まんじゅうを一つずつ配り、フサに、「そのうち、新宮の町の方々へつれたるさかね」と言った。下駄の音をさせ家を駈け出ていった最前のミツとは思えないような機嫌のよさを見て、フサはこの佐倉という家がよけい、訳のわからないものを持っていると思った。ミツは初めからやり直すように、癇癪を起こす原因になった男の食い散らした焼き魚を、箸で丁寧に身をそいだ。それをどうするのか当のミツも思案しているらしく、「こんなに白身があまったんやから、甘辛にいったらどうやろかね」と言い、女中らの誰も返事をしないのを見て、「貧乏性出してもしょうないわ。佐倉言うたら、天子様に盾つことしたエラい人の血筋やから」と、その丁寧にむしった身も骨も残飯入れの中に放り込む。

　その佐倉に関する噂話を耳にしたのは、ひょんな事からだった。

　四月に入って、吉広がひょっこり顔を出した。ミツに夕方の四時までと断ってフサを外に連れ出した。古座の寺の境内で催された花相撲に出たという吉広が、「ほれ、これを昨日もろたんじゃ」と大事そうにポケットから取り出した。その吉広の手の中にあるものが、古座からわざわざ新宮まで来て、奉公先の佐倉から呼び出したのだから、フサは自分に似合った小間物だろうと思い、「いくつも櫛やったら持っとる。手の中に入るくらいやさか、口紅かお白粉？」と訊いた。吉広はにやにや笑っていた。

「よう似とるけど、違うな」

「なにやろ？」フサは考えた。

　兄の吉広の姿の向うに貯木場の端が見えた。その端は川口だった。水面が作る雪をまいたような光が眩しかった。子供の頃に吉広はそうやって手の中に入ったものを当てさせた。手の中に桃色のすべした貝がある事もあったし、波にもまれて宝石のようになった硝子瓶のかけらが入っている事もあった。

「これじゃ、これ」

吉広はそう言って手をひろげた。フサが声を荒げるより先に、吉広は逃げた。吉広は、「われ、嘘ついて」と追いかけるフサからひょいひょいと身をかわし、「全部飲んだて証拠だけを持ってきたんじゃ」と言い、その一升瓶の王冠を放り投げる。その一瞬の吉広をフサは捕まえ、いきなり自分で驚くほど体の奥からたかぶりがおし寄せてきて、吉広の硬い腕を両手でつかみ、爪を立て力をこめた。痛いと言った。だがフサは離さなかった。今、力を抜いても手を離しても、たかぶりが破け、生れ育った古座から奉公に来てこまごまとしたものまでこらえにこらえたものが涙になってあふれ出てくる気がした。そのフサを身動きせずにみつめている吉広の顔が自分の兄のものでないように思え、フサはふっと手から力を抜いた。

「ほら、見てみい」

吉広は袖をまくって皮膚にくい込んだ爪の跡とにじんだ血の腕を見せた。

「兄が嘘言《あいや》うさか」フサは呆けたように吉広の張りのある肌ににじんだ血をみつめ、つぶやいた。

そのフサを見て吉広は、十五のフサに新宮での奉公の具合を訊いてやるのを忘れていたと言うように、「もう佐倉にも馴れたか?」と訊く。フサがうなずくと吉広はまくりあげた袖をおろしながら、

「古座の材木商らと違うじゃろ? 山も多いし、外材も扱こたりしとるさか、人夫も多い」とつぶやく。

「最初、気色悪かったけど馴れたよ」フサは言った。

「古座の十和田屋らとあそこは全然違うんじゃ」

吉広はフサにみつめられるのに照れたように眼をそらし、ちょうど佐倉の家の通りから籠をかついで歩いてくる清さんを見た。よたよたと歩いて佐倉の家の前から勝手口に廻り込み、木戸を押して中に入って行く。その吉広に、

「川越えてむこうから菜っぱや蜜柑をもってくるけどちょっと足らんみたいや」とフサは説明した。吉広は真顔になってうなずく。

「あっちへ行てもこっちへ行ても佐倉の話しとる。この不景気の時にあそこだけ、いくらでも好きなだけ前貸しさせてくれるんじゃ言うて。人夫賃も他所が値下げしとるのに、佐倉だけ不景気知らずで昔のままじゃ

と」

　その佐倉の話を耳にしたのは吉広に連れられて山の際に住むイトコの家へ行ってからだった。イトコと言っても吉広とフサは父親が違ったので、フサには血のつながりはない。

　そのイトコの年松という馬喰《ばくろう》をしている男は、吉広としばらくよもやま話をし、横に坐ったフサが古座から来て佐倉の家へ奉公に出ていると聞くと、「あの佐倉のやつは」とののしりはじめたのだった。酒に酔っているのでもなかった。年松は、それが自分一人が口にするのではなく、山の際にあるこの路地の者全部が噂している事だと言った。その路地の者なら誰もが関わる事だった。いつごろか路地の山と土地を、少しばかりの借金のかたに取り上げてしまった。

　年松は「なにもかも全部、あの佐倉のものにされてしもたんやだ」と言った。

　佐倉が路地と関わりあるのは、明治の終りに新宮の主だった人間が天子様暗殺をはかって検挙されたり家宅捜索された事件からだった。路地の人間らは検挙された一人である坊主の浄泉寺の檀家だったし、よくその事件の首謀者の医者にも金も払わずに診てもらいに行った。合図は診察室の硝子窓をコン、コン、コンと三つたたく。山仕事や木馬引き、それから下駄なおしが多かったので医者にかかる余分な金がないのを知っていたので、そのコン、コン、コンと三つの合図を送ると無料《ただ》になった。その医者の兄が、佐倉に養子に入り、その子が今の佐倉だった。

　その年松の話す事をフサは理解できなかった。ただ、昔、怖ろしい事が起こっていた。それが何十年も経った今も、熊野三山の信仰の中心地であり新宮藩の城下町であり、熊野川を中心にした商業と交通と材木の町に、澱んだ昏い闇のようにある。フサは年松の貧弱な、吉広の半分もない体と脂気の抜けた顔をみつめ、それからほんの申し訳程度につくられたような土間に眼を移した。外から日が強く土間一面に射し込み、フサの赤い鼻緒の下駄がくっきりと浮かび上がっていた。

　新宮は不思議なところだった。古いたたずまいの町に妙に人目を引くハイカラなものがある。町の中には古びたスペイン風の建物が幾つかあった。そのハイカラは材木業というひとつ当れば莫大な儲けのある商売をやる者の流行のようで、例にもれずフサの奉公する佐倉の主人の部屋にも、屏風のむこうに使わずに放り置かれてはいるが大きなベッドがあったし、勝手の土間の脇に薪を積み上げてあるレンガの壁は暖炉になっていた。昔そこでパンを焼いたこともあると、いつかミツが言った。

　奉公にあけくれ、見物もしていないのだろうと、その新宮を案内してやると吉広が言った。フサは「四時までに帰って来いと言われたさか」とミツの顔を思い出して言うと、「大丈夫じゃよ」とすでに先に立って歩き出す。

　年松の家の前の麦畑を越えると、駅からの道とぶつかり、それは切り通しを通る。しばらく歩き、吉広は浮島の遊廓の門をくぐった。フサにはそれらが珍しく、若衆らが射的に興じている横をのぞき込みながら通っていると、「フサ、はよ行くぞ」と言った。何人も男らが歩いているし、遊廓の中から女郎らが日なたぼっこをするようにしどけなく坐り外をみつめている。坂を登りながら、みなが自分を見ているようで羞かしく、顔が上気し胸が鳴るのを知った。

　映画館の前のうどん屋に入ってからその道が路地から繁華街への一等近道だったのをフサは聞かされた。新宮の町を半分にくぎるように臥龍山とも永山とも呼ばれる山が横切っているので、山の反対側の方から繁華街にくるには山を削り取って道をつけた切り通しを通るか、お城山のすぐ下の登り坂を通るしかない。

うどんを食べていると、店の前を人力車が通りかかる。フサはそれも初めてだった。「見て来いよ」と吉広がにやにや笑いながら顎でさし、フサはうなずいてのれんを掻き分けた。

　ちょうど千穂ガ峰のすぐ下の、材木業者らが景気のいい時は朝昼なしに三味を弾かせ舞いを舞わせて遊んでいると聞いた大王地《だいおうぢ》の方から、髪にかんざしをつけ唇に紅を引いた舞妓姿の芸者が、遊廓の方へではなく木屋町の方へ、人力車に乗って行く。舞妓姿の芸者は顔をこころもちあげ、眼を伏せている。綺麗やね、と独りごちた。十五のフサよりも一つ二つ上なのだろう、あどけない顔の芸者の紅やお白粉が匂い立つとフサは思い、ふり返り一人でまだフサを見て笑っている吉広に、「あんなふうになるの、むつかしんやろか？」と訊く。「おうよ」と吉広は大人びた言い方をした。「ネネの時から三味線持たされて踊りなろて、ああなるんじゃ。フサに芸者つとめが出来よか」

　吉広が帰った次の日だった。フサは朝から下腹がしくしく痛んだ。

　外の井戸にたらいを持ち出して佐倉の主人や男衆らの下着を洗っていたが、どうにも我慢出来なかった。洗濯物をそのままにして、日のあたる家の外壁にもたれて坐っていた。裏木戸から入ってきた清さんがにやにや笑いながら近寄り、「戦争はじまるまで、もうちょっとの辛抱や」とどもりながらいかにも知恵足らずのように言う。それは清さんの口ぐせだった。どこかで小耳に入れた事を挨拶のように言ってまわる清さんがうっとうしかった。黒い上っぱりのポケットから菓子を取り出すのを見て、「きたないのに」と言って払いのけた。下腹がつっぱっている。

「きたない事ないわい。さっき佐倉の旦那にもろたんじゃ」

「旦那にもろても、きたないものはきたないわ」

　清さんは坐っているフサから見れば普段よりも大男に見えた。その大男が脹れあがったように節くれだった土とも垢ともつかぬ黒ずんだ手に黄色いバターのたっぷり入った菓子をのせて、フサの眼の前にしゃがみ込む。額が突き出し、たるんだ顔が眼の前にある。

「旦那が天子様も好きな菓子じゃ言うとったにい」清さんは歯を見せて笑みをつくっていた。フサには、清さんのその天子様という言い方が妙に怖ろしく聴えた。たるんだ瞼の皮膚が落ちそうだった。

「木馬《きんま》引きに言うよ」

フサはミツが清さんに言っていた言葉を思い出して言うと、清さんは顔の笑みを消し、「木馬引き、木馬引き言うて」と泣きべそをかくように顔をつくり、のろのろと手をのばしてフサの頭をこづいた。フサが金切り声をあげるのと、勝手口から駈け出して来たミツが清さんを横から突きとばしてフサを抱えるのと同時だった。清さんが尻餅をついた姿勢で、落した菓子を拾うのを見て、ミツはフサの二倍ほどの声で救けを呼んだ。

その声を聞きつけて台所の方から見かけない顔の男が、二人ほど素足で駈けて来た。フサには思いがけない騒ぎだった。

清さんは、ミツとフサがそこにいる事を忘れたように、のろのろとした仕種で、「こんなに泥ついてしもたわだ」と独りごちながら菓子についた土を払った。男らはフサを庇うように抱いておびえた顔のミツと清さんを見くらべるように見た。男らは二人が大男の清さんに乱暴されかかったと思ったのか、男の一人が、「とぼけくさって」といきなり清さんの顔を足で蹴った。倒れもせずにいる清さんの腹を蹴る。フサは泣いた。そのフサの泣き声につられたように裏木戸から入って来た若い衆が、「オヤジがやめよと言うとる」と男らに言う。「佐倉の可愛がっとるアホを殴っても一文の得にもならん。やるんやったら、他のやつをやって来い言うとる」

「ほうほ」と男の一人がおどけた声を出した。

その声にむかっ腹が立ったように「オヤジの言う事きかんのやったら、借金返して組出てもらえと佐倉も言うとる。言う事きかん奴を山へ連れていても、木馬や修羅《しゅら》出しに使うのに危ないさか」と押し殺した声で言った。清さんがのろのろした仕種で立ち上がり、木戸を開けて外へ出て行くのを見て、若い衆はフサとミツに「怪我なかったかん？」と打って変った声で訊ねた。

その若衆はどことなく吉広に似ていた。素足のままから。

土間に立って見ていた若衆が、「ええもんじゃ」とから

てフサが運んで来た下駄をはいた。その姿を勝手口の

に持ち上げて、ミツは井戸で足を洗い、雑巾でぬぐっ

勝手から飛び出て来たので、着物の裾をぬらさぬよう

と答えた。

ミツがその言葉に顔を赧らめ、「もうバアさんやよ」

その若衆は台所から一段高くなった納戸の板間に腰を下ろし、一時、よもやま話をし、そのうち朝鮮か台湾か満洲へ行こうと思うと言った。しばらくは新宮にいる。若い衆は奇妙な事を言い出した。組をくんで方々の山に入ったが、時々、木が切られて倒れる時、木の裂ける、まるで生きている物の声のような音がいつも耳についている。「オヤジにそんな事ないかと聞くと首を振るし、他の組くんどる仲間に訊いても迷信じゃと言うんじゃ」若い衆はミツに流しの窓から見える山を指さし、「山にそんなものがこもっとるんじゃよ。日が照っとるだけに見えても、違うんじゃ」と言う。

若い衆がいなくなってからまた腹が痛くなった。頭の芯さえ痛む。ミツはそのフサの額に手をおき熱を見て大丈夫だと言い、しばらく痛みがおさまるまでかまどのそばにでも坐っていろと腰かける台さえ用意した。痛みが腹の中に固まりのようにあった。若い衆の話から思いつき、フサは日にあたれば痛みはなおるかも知れないと思った。

フサは外に出て、裏木戸のカンヌキをしめ、最前とは反対側の大きな樟の木の切り株を置いたところに板切れを敷いて尻を下ろした。日が体を温めてくれれば、腹の痛みも頭の痛みもとれる、そう確信した。

フサは足をのばし、下腹に手を当てて坐って、古座の石垣の脇に咲いていた水仙の花を思い描いた。その水仙は咲き萎れ、今、寺の境内にある桜が代って満開かもしれなかった。遠く離れると一層、古座はいつも絵のように綺麗なところだった。急に襲った下腹をつきあげるような痛みにたまらず、フサは声をあげ、裏木戸のカンヌキを落しているから大丈夫だろうと、着物の裾をまくりあげ日にかくすように後ろ向きになってしゃがんだ。ほとばしるものを見てフサは声をあげた。それが信じられなかった。気が動転したまま一段落し、そのまま体をずらして日の明るみにあててみて、それはまぎれもなく自分の体から出た日に赤く光る血だった。

ミツも他の女中も台所で立ち働いていた。血の跡をのこらず土をまいて隠し、台所に入ろうとして、フサは自分が血の匂いにまみれているような気がして不安だった。

その初潮の日から奉公に来て初めて古座に帰る盆休みの日まで、フサは以前のフサを見知っている者なら驚くほど垢抜けて娘らしくなった。元々色の白い肌に娘らしい硬い味の艶が加わったし、それにミツや他の女中にならって新宮の町家風の女言葉も自然に使いこなせるようになった。「そうかん」という合槌の言葉も、「かん」と鼻に響かせると、人あたりよく潮風に嬲られて育った娘だと思えない気品のよさを感じさせる。フサは新宮という町に馴れても来た。

母は新宮からもどったそのフサを見て、「だんだん自分が若返っていくような気がするよ」と言い、フサがミツに見たてさせて買って来た伊勢表の草履を手に取り、それが他の誰のものではなく自分のものだというように膝に置いた。

母よりも幸一郎と夫婦きどりでいる花衣の方が新宮での話を聞きたがり、「えらい不景気で、ストばっかり起こって、死人もでたと話をきいちょったけど」と水を向けた。

フサはこころもち得意げに、奉公する佐倉は他の材木業者とは違い不景気の影響はないと言って、五月のしょうぶの節句の日に町に何本も何本も上がった鯉のぼりや、扇祭りの話をした。娘らはゆかたを着ていたし、ミツや女中らと一緒に行った神社の境内には幾つも香具師《てきや》が店を出していた。その話ではなく、三人で川原町に行った話をすると花衣は、「そんなとこあるの、珍しなあ」と大仰に驚いた。

海岸が船をつける港にするには岩場ばかりだったり、すり鉢のようにいきなりえぐれた浜だったりするのは、この地方の特色だった。それで古座や新宮では川口を港代りに使っていたが、新宮の川は古座川よりもはるかに大きい。何よりも両岸に広い川原があるし、川上には請川も本宮も十津川もあるので、そこから切り出される材木を筏にしたり炭にしたりする者のために市が出来、鍛冶屋や床屋まで店を出す。町にあるもののほとんどは川原町にあったし、それに川原町で手に入れる方が物は安かった。フサはミツに聞いた事を反復するように言い、花衣が感心したと溜息をつく。

家に吉広と幸一郎の姿が見えないので訊ねると、母はフサの気持が分るというようにうなずき、「フサ帰ってくるさか、家におったれと言うたんやけど、どうしても盆前に行かなんだらと、行たんやだ」

「北海道？」

フサが問い直すと、違う違うと首を振る。

花衣はフサの顔に向って笑みをつくり、「昨日から二人で、泊まりがけで田辺の方に馬喰《ばくろう》に行っとるの」と言い、フサの顔にさした安堵を見てとったように、「あの人もここで馬喰すると言うし、吉広さんかて、フサちゃんに黙って他所へ行たりせん」と言う。思いついたように母は押入れと簞笥の間にある小さな仏壇の扉を開き、ぶつぶつと小声で唱え、膝に抱えるように持っていたその小さな草履を置いた。両方並べて置いたので、台いっぱいに草履があるのがフサには妙に生々しい気がした。

「明日、兄《あいや》がもどって来てから墓へいこらよ」と母は振り返った。それからふと気づいたように、「兄《あいや》らの父さんやけど」とつけ加え、フサの顔をさぐるように見た。「婆さの墓も父さんの墓も田ノ井にあるんやけど、いつも古座の墓へまいった時、そこで済ましとるんや」

幸一郎と吉広が古座の家へもどったのは盆の十五日の夜、明日の朝また船に乗って帰るので早目に寝ようと蒲団を敷いている時だった。板戸を閉めた外で物音がし耳を澄ますと、男の夜露に濡れたような声がする。やがて戸が外から開けられ、幸一郎が顔を見せた。フサの顔を見て、「おう、やっぱし来とったか」と言い、幸一郎はそのまま土間のかまちに腰かけ、後から入ってくる吉広の顔を見て、「やれヨオ、ついたワヨウ」といかにもくたびれたように溜息をついた。

「足に豆ができて潰れて一足出すたんびに針の上歩いとるように痛むんじゃ」

幸一郎は足をあげて花衣に地下足袋をはずしてくれと言い、親指のつけ根の皮がはげた足を見て、「母さん、ええ盆の供養じゃわ」と母を見る。「田辺で牛買うには買うたが、盆で船が混んどると言うて乗せてくれんのじゃよ。しょうないさか、来たついでじゃ言うて、吉広と田ノ井のじいさの来た道、歩いていこらいと歩いて、日置《ひき》へ出て田ノ井へ行たけど、叔父がおらなんだじゃ」

「つきのない時はしょうない」吉広が言う。

「風呂へ入らんしょ」その話よりくたびれているのな

ら風呂が先だというように母は言った。花衣が二人の話を聴くのに夢中になっている事が不満のように母は立ち上がった。花衣はその母に気づき、「うち、水入れかえてわかしてくる」と立った。

　幸一郎と吉広は田ノ井で何軒か、叔父がどこへ行ったか知らないかと訊いて廻った。誰も知る者はいないし、妙につっけんどんなので、飯を食わしてくれとも夜が明けるまで泊めてくれとも頼まず、そのまま田ノ井から昔、爺が畑に出来たものを持ってやって来た道を歩き出した。牛を追いながら歩いただけで丸二日もかかったのではなく、幸一郎のはいている地下足袋が足に小さく、豆が出来て破け、一足すすむごとに痛む。

「何遍も吉広に言うたんじゃ、爺さ、こんな思いした事あるじゃね言うて」

「崖危なかったか？」また世迷い事のように母は言い、それからフサを見て、「綺麗にベッピンになって古座へ来て兄《あいや》も吉広もおらんさか、青菜に塩で、そばで見ていてもつろなってくるほど萎れてたんや」と話を変えた。

「おうよ」と幸一郎は言い、フサを見る。「ちょっと見んうちにベッピンになっとる」と幸一郎がからかうのに照れた。フサは、十五の時に駈け落ちしてきた母が田ノ井の祖父に抱いている罪のようなものをぼんやりと感じとめた。母が十五の時とは、明治何年だろうか、いつか遠い昔、母は潮鳴りが耳について寝つけないとフサに、田ノ井まで政令の変動がとどいて万歳を三唱したと言った。畑にいる者、川で牛を洗っている者、一堂に集まり「バンザイ、バンザイ」と言った。万歳をバンバイとしか言えなかったと母は笑ったが、フサはバンバイという響きが怖ろしかった。

　幸一郎が、「水でもかまんわ」と花衣のわかしている風呂に入ると服を脱ぎ出したのを見て、吉広が思い出したように、「フサ」と小声で呼び、「ちょっと行こら」と言う。フサはその吉広の声をきいて、急にこの盆の三日間のつまらなさを思い出した。古座の川祭りも盆踊りもただ夜風にあたり、普段の日とは幾分違った景色を見るだけだった。盆踊りで顔を合わせたのは顔を見知っている程度の若い衆や同じ年頃の娘で、それなら前に奉公していた酒屋へ行けばマツがいるだろうと思うと、マツも他の女中も盆で里へ帰っている。フサはふくれっ面をし、「いや、明日、帰らんならんさか、もう寝る」と言うと、坐ったフサの耳元にまで来て、

「牛を川に連れていて水のまそら」と小声で言う。「牛?」フサは訊き返した。「おお。兄《あいや》らが買うて来た牛じゃ。牛一頭しか買えん金で兄《あいや》らねばりにねばって仔牛もつけさせて、それで遅れたんじゃから」

家の脇につないである親牛の手綱を吉広が持った。仔牛は追綱さえもはずしたが、最初束縛から解かれた嬉しさに家の前の暗い道を駈けだすそぶりをしたが、親牛を川の方へ牽いて歩かせると素直に従いてきた。フサは川に向うすいかずらの甘い匂いのする坂道を牛の後に従いて降りながら、いま歩いている事自体が幻のもののような気がした。

満月ではなかったが、月は空にある雲の形さえはっきり見せるほど明るかった。堤をつくった岸ではなく、川口寄りの浅瀬に吉広は牛を入れ、水を飲ませ、藁縄を使って体をこすってやる。仔牛は浅瀬を駈け、一人で水を飲み、また駆け出し川口そばの深みにはまり込んだように一瞬、首までつかり、今度は川上に向って月の光の滴を撥ねあげるように駈けた。吉広は水で濡れそぼっていた。吉広はシャツもサラシもズボンも取り下穿きひとつになってから、捕まえた仔牛を洗い、不意に、「今年泳いだか?」とフサに訊いた。水の匂いをかぎ、月の柔かい光を映した水面を見て、さっきからむずむずしているところだった。ただ去年のフサとは違った。古座から新宮へ奉公に行く時のフサではなかった。

フサが答え澱んでいると吉広は、「さあ」と声を出し、親牛を坂の下のしだれかかるように茂った芙蓉の幹に手綱を巻きつけ、走って来て水にずぶずぶと入って行く。抜き手を切って向う岸の筏の方まで泳ぎ切り、またこちらへもどってくる。随分早かった。吉広の泳ぐ音と息の音が耳に聞えてくる。冷えた夏の空気と水の匂いがフサにはやるせない気がし、夜の中で月の光を浴びた吉広だけをただみつめた。

水が腰までの浅瀬に来て、不意に吉広は叫び、「どうしたん?」と訊ねるフサに水をかけた。さける暇もなく、二度三度、水が当り、着ていたゆかたが水びたしになった。フサがどなり、さらに声を荒だてようとして吉広を見ると、吉広は下穿きがとれてしまったらしく素裸で立っている。「濡れとるさか、うまい具合に出来んのじゃ」フサはうしろを向いた。

どうやらつけ終ったらしく吉広の泳ぐ音がする。筏に上がり、吉広は、「フサ、ここまで泳げるか?」

となった。その吉広の声に誘われ、誰も見ていないから一回だけ子供じみた娘らしくない振る舞いをしようと、フサは濡れた服のまま水につかり、着物が足にまといつくのをかまいもせず泳いだ。川口から潮が満ちているらしく、水に塩の味がする。

親牛の手綱を吉広が持ち、フサが仔牛を追い立てた。濡れそぼったフサの髪が夏芙蓉の香よりも強く匂った。

二人が家にもどると、案の定、「いつまでも子供みたいに」と母が叱った。バツ悪げにフサは肩をすくめた。母は、土間に立って手拭で頭をぬぐっている吉広を見た。

「いつまでも子供と違うんやど。もう月のものもある娘の身になってきたのを知らんのか?」

フサは羞かしかった。人の眼から隠しやっと母にだけ打ち明けた秘密を、さらされてしまったと思った。

吉広は平然として、「知っとるけどよ」と言う。その声を聴いて、自分の濡れた体からも髪からも羞かしさの炎が立ちのぼるような気がした。

フサは土間から上がった。花衣の用意してくれたゆかたと手拭を持って風呂場の方へ、水に濡れた体をぬぐうために行こうとしてふと、昔、まだ子供の頃だったら兄らの見ている前で素裸になっても平気だったと思う。畳に立つ足音が、フサの耳にことさら大きく聴える。

「古座へもどって来たんじゃから、いくら娘になったと言うても泳ぎたなってくるわい」

新宮の佐倉で、初めて帰った古座の感想をミツや女中らに訊かれ、フサがまっ先に思い出したのは吉広のその言葉だった。

吉広がどうして知っているのか、と考え、フサは一人顔を赧らめた。

フサの新宮での仕事は変らなかった。広い家の掃除をやり洗濯をし何人も出入りする男らのために食事の準備をする。事務所で何が話されているのか分らなかったが、時折、フサらのいる台所の方まで荒げた男の声が聴えてくる事もあったし、いち時《どき》にたてる笑い声が届く事もあった。盆のすぐ後、男らの出入りする姿が途絶えた事があったが、それも三日後には元にもどった。ミツはその男らの数の増減と話の内容にいちいち神経を立てた。

「内儀さんもちょっとは文句言うてもええのになア。いくら理想がどうのと言うても、昼間から酒飲んどる者ばっかしやのに」

　ミツはそう独りごちた。

　佐倉が普通の材木業を営む家だけでなく理解し難い謎があるのを感じたが、フサは関心なかった。フサがこの佐倉に奉公に来た一等最初にミツが教えてくれたように、川口の貯木場のそばにある佐倉から、新宮が見える。裏の木戸から身を乗り出せば、川口も海も貯木場も、夏の強い日をあびた千穂ガ峰も見える。その向うは熊野の山々だった。夏の強い日を浴びた山の際を見ていると、ミツが折にふれて語る御大師様や一遍上人の話や、京の方から歩いて来た美しい女人の話は現実のものに思える。

　井戸で水を汲んでいると、「フサちゃん」と女中のスズが呼ぶ。

　フサが、「なに？」と訊き返すとスズがそのフサに物を言うなと唇に指を当て、手を引いて裏の木戸から外に出、佐倉の玄関脇にある土蔵の方を指さした。土蔵のかげになっているが、人影が二つ、見えていた。誰？と訊いてもスズは羞かしげに顔を赧らめるだけで何も言わない。

「誰？」

　またフサは訊いた。スズはそれでも答えをせずにフサの腕をつかんだままなので帰りかかろうとすると、やっと、「ミツさんと木馬引き」と言った。

　スズはミツと木馬引きがそこにいるのが重大な事のように、顔を赧らめていた。

　台所に引き返そうとしてふと塀の脇に鳳仙花が一本丈低く生え、三つほど花をひらいているのをフサは見つけた。

　スズに向ってその花弁でまだ子供の頃、母に爪を染めてもらった事があると言おうとした。ふとフサは思った。ミツはあんなにきらって悪口を言っている木馬引きを、好きで、恋しいと思っているのかもしれなかった。フサは胸がしめつけられ息苦しくなった。フサは母を思った。フサが四歳の頃の母の齢と、今のミツの齢格好は似ている。そうなら、その時の母も、恋をするのに遅すぎる齢ではなかった。古座の家の前に生えたその花の花弁を集め、指でつぶし、フサの小さい爪に塗る。爪は薄い桃色に染まった。母はフサを孕ませたその男、フサの男親を、憎いとまだ思っていたのだろうか。フサの男親には妻子がいた。その男が孕ました子供であるフサに鳳仙花の赤い花弁で爪を染めながら、何を考えていたのか、母の気持を知りたかった。

井戸の水を汲みながら、フサは新宮に来てはじめてつらいと思った。

汲みあげるとあふれ出てくる井戸の水は確かに古座につながっている。ここは古座から兄の幸一郎や吉広が出稼ぎに出かけるような遠い土地ではないが、フサはまた母に打たれ殺されようとしたあの光景を思い出した。裏切られ羞かしめられたと炎を噴きあげるような母の怒りをなだめる方法は、その時も今も、なかった。流しの水がめに水をあけ、その音を呆けたように耳にした。

家の周りに打ち水をし終り夕食の仕度をしていると、今日に限って打ち水をした外の方から男らの声が聴えてくる。

「なにやろ?」スズが言った。

「人夫らが暑いさか外へ出とるんよ」ミツは言い、「気にしな」と手を振った。

男らの笑い声がまたした。その笑い声が普段事務所の方からのものと違い随分楽しげなのに気づき、「ちょっと行てくる」とフサは下駄をつっかけ外に出ようとした。ミツが、「なに言うてるん」とフサをにらみつけた。フサがその剣幕に気圧されてすごすごと引き返すのを見て、「あんなに関わりおうたらどうする気やの」と声を低める。

「どうせ力あまって相撲でも取ってるんやわ。仕事もせんと」

ミツは笑い、流しの脇に置いていた高い物を取る時に使う踏台に腰を下ろした。夕焼けがいち時《どき》に始まったように流しの窓から見えた。

「スズちゃんは幾つ?」

「十九」と答えた。

「サンは?」

女中のサンは顔をあげ、「そんなにスズと変らへん」と言い、笑っているミツを見た。ミツはそのサンの顔を見て一つ大きく溜息をついた。

「あんたらまだ分らへんやろけどな、うち、こう見えても色々わたり歩いてきとるんや。あんなに楽しそうになんでもすぐ遊びにするのが男の手エやな。いっぺん三人にうちの事、じっくり話してきかせたるけど」

ミツはそれからフサを見た。

「そうや、フサちゃんが奉公に来た時、新宮見物に連れたると約束してたんや」

裏木戸があけられ、男が一人入って来て、井戸のポンプを押して水を飲みはじめた。男が台所にいる自分を見ているのをフサが気づき思わず声をあげた。

男

一瞬、フサは吉広がそこにいるのだと思った。フサを見ている若衆は吉広に似ていた。フサは眼をこらした。空いっぱいに広がった夕焼けの黄金と朱色の光を上半身裸の体に浴びて、若衆はフサにみつめられて息づきはじめたように、フサをみつめたまま井戸のポンプを片手で押す。朱色に浮かび上がった腕が動く。井戸の水はあふれ出、若衆はそれでもフサから眼を離さずに水に直かに唇をつけて飲んだ。

若衆は左の肘を丁寧に洗い、汲みあげたあふれ出る水に長い間浸した。

ミツがその若衆に気づき勝手口から身を乗り出して声をかけると、若衆は笑みを浮かべた。

「すりむいてしもたんじゃ」

その若衆の声まで吉広に似ているとフサは思い、つられるように、笑みを浮かべた。闇が立ち籠めはじめた外でまだ人夫らが相撲か力競べをやっているらしく、喧嘩と聞き紛うような声がし、笑い声が起こっていた。

次の日、昼すぎまでに夕食の段取りをし終り、約束をしていたからとミツは昼の二時にフサを新宮見物に連れ出した。

夏の日射しが強かった。日傘をさして下駄の音を小気味よく立てて歩くミツが、台所で立ち働く時と違い、随分若々しく見えた。古座に育ったフサにはそんなふうに歩く姿まで小粋な女を眼にした事がない。

「なにしやるの？」

ミツはふり返った。新宮風に垢抜けてはきたがまだ古座の潮風にもまれた跡がとれないと、重ったるく立つ自分の下駄の音を気にしているフサに、「のろのろせんと早よ行こ。お城山も川原町も見るんやから」と言い、フサを見てふっと眼を和ませる。ふところから白い絹のハンカチを取り出して身をこころもち屈めて手をのばし、フサの額の汗を拭く。

「さあ、綺麗になった」

ミツは言い、ハンカチをしまいながら、

「秋の祭りまでに銘仙でもええから一着つくっとこな」

佐倉の前から川沿いに逆のぼる形で歩き、池田に出た。そこは川に出来た港だった。古座と同じように新宮も、この紀伊半島の他の土地同様に船をつける入江がないので、川が港がわりをしていた。ただ汗をかきながら、港の横の森から聞えてくる蟬のすだきを知らずに耳にしてフサが気づいたのは、狭い土地の古座とは比較にならないくらいの荒々しさだった。古座の川口は美しく程よかったがここは違った。泳いだとしても渡れるかどうか自信が持てないほど川幅は広いし、それに岸に出来た川原も大きいのだった。

「川原町てここ？」

フサが訊ねるとミツは首を振った。ミツは独りごちるように、「おかしなとこなんよ」と言い、日傘をフサにあずけ、ちょうど森の脇に放り置いた小舟のへさきを払って腰を下ろし、胸から煙草をとり出して火をつける。うまそうにふうっと煙を吐いてから、フサが驚いて見ているのに気づいて、

「家では吸うたことなかったなア」

とつぶやく。フサはうなずいた。

「新宮好きかん？」ミツはそのフサに、訊いた。

「わからんわア」

フサは新宮の町家の娘のように語尾を響かせて、歌

うように言った。

フサは光を撥ねる川の水が眩しく、眼を細めた。

ミツは煙草をあと一服吸い、それを小舟のへさきにこすりつけて消した。

ミツは、それから、フサに何人きょうだいがいるかと訊ね、フサが兄三人、姉三人、合計六人いると言うと、溜息をつくようにうなずいた。十五のフサにもミツの胸の中に、人に言いたいが人にはなかなか言えないわだかまりがあるのを感じとれた。

ミツは黙って汗をぬぐうように涙をぬぐった。

気にすると耳を聾するように響いていた蟬の音も、光を撥ねる川面を見ているとその水の中に吸い込まれ、まるで蟬の声が水に濡れたようにしっとりと落ちついて聞えてくる。池田港に今、帆舟が一隻入り、男が二人、中に積んでいた炭俵を陸に放り投げるように揚げ出す。帆舟は上流に行くと急流と浅瀬が入りまじった新宮の熊野川なので、底は薄く出来ている。ダンベエと呼ばれるこの船があるからこそ、川口の新宮から米や魚、こまごまとした日常の物を上流に運び、十津川、本宮、請川から炭を運んでくる事が出来る。流れに逆のぼっていてダンベエの帆や竿が利かない浅瀬にさしかかると、そこで待ちかまえていたアヒルと呼ぶ人足が、ダンベエの船頭が放ってよこした綱を肩にかけ、ホーッ、ホーッと声をかけながら引っ張る。

登坂をのぼり仲之町に出、ミツはそれまで気鬱げに黙っていた事をうち払うように、「そうや、あれを買お」と言い、フサが呉服屋の店先に見とれている間に、かつかつと下駄の音をさせて先に歩き出した。

「ここ、ここ」とミツは入船堂と染め抜いた和菓子屋のノレンをかきあげながら手招きした。

フサがノレンをくぐると、ミツは店先の陳列ケースの横に坐っていた。

入船堂の内儀とはなじみらしく、ミツはフサを内儀に、「古座から来た子」と紹介した。内儀はフサに、「大変やねえ」と優しい笑みをつくり、茶を入れた。

「うまい?」とミツはきんつばを食べているフサに訊ねた。そのミツの子供に聞くような言い方に不満だったがうなずいた。ミツは甘いものを食べてすっかりこだわりを忘れたように、内儀にきんつばを箱に二十ほどつめてくれと言い、

「せっかく町へ洗濯に来たんやから、大王地《だいおうぢ》の姐さんとこへ寄ろ」

と悪戯をやろうとするように舌を出す。

「たまに来てくれるわア」

内儀は陳列ケースの中から空になった木箱を取り出す。五段ほど積み重なった木箱を持ち上げようとすると、着物の袖がまくれ齢に似合わないほど張りのある白い二の腕がのぞける。フサがみつめているのに気づいたように、

「こんだけ作ってもみんな売れてしまうんよ」

そのきんつばが並んだ木箱を、どっこいしょ、とおどけ声を出して持ち上げた。

その仲之町から大王地まではすぐの距離だったが、十五のフサの眼にも、そこが新宮の他のどことも違う場所だということが分った。黒塀で囲われた屋敷が幾つも並んだそこは、花町だった。今、フサの耳にどこからか太鼓が聴え、女らの嬌声が聴え、三味の音がその取り乱れた声に割って入るように強くきっかりと弾き出されるのが届く。よく訓練された声が歌い出した。

「ええもんやね」

ミツがそう言って日傘をたたんだ。

フサはうなずいた。

フサには新宮で見聞きするものが何もかも目新しかった。

そう気づくと三人の姉が奉公に出て兄ら三人が出稼ぎに他所の土地へ行っている間、古座で母と二人暮らしていた事が嘘のようにみえてくる。いつもほの暗い土間でかまどに火を起こして芋をふかしたり、風が強く吹き古座の浜が騒いで眠れず、母にしてもらう話を耳にしていた自分が切なくなってくる。

フサは昼日中から嬌声をあげ、三味を弾き、声を張りあげる舞妓姿の十五のフサを想像し、ふと、古座にいる母を思い出した。今、古座の家には吉広も、幸一郎も花衣もいる。だがフサの思い描く母は一人ぽっちだった。

辰巳屋の角を曲がるとちょうど座敷が引けたらしく舞妓が二人、茶屋の玄関口に立って、「おおきに」と礼を言っていた。ミツは、

「まだ水揚げの済んでない芸者さん」

と説明するように言い、フサがその舞妓の方へ歩いていこうとすると、「ここ」と格子戸を開ける。そこは茶屋の勝手口だった。

ちょうど芸者が帰ろうとしていた所だったらしく、フサがさっき外で耳にしたような「おおきに、また寄ら

してもらいます」と芸者の声が聴えてくる。

ミツは勝手口から上がり、卓袱台の置いてある横に坐った。ちょうど入って来た女が、

「めずらしおすな」

とおどけると、

「アレと昨日、諍こうたさか、ムシャクシャして」

「こわいなア」

女は首をすくめたが、肥りすぎてあごが二重になっているので一向に怖いという感じではなかった。女はミツの横に坐ったフサと随分前から打ちとけた仲だというふうに、「なあ、この大王地で丸兼の若旦那と孔雀の話、知っとるやろ?」と訊く。「そのうち、あんなふうになってしまうのと違う」

「何言うてるの」

ミツは取り合わないというように持って来た菓子箱を開けながら、「そんな話、古座から来たばっかしやから知らんもんねえ」とつぶやいた。ミツが箱の中からきんつばを菓子皿に盛りつけようとしていると、横から女がひょいと手を出してひとつをつかみ、それを待ち受けていたようにミツが、その手をひとつポンと音させて打つ。ええやんか。アカン。ええやんか。うちの分も数入れて買うて来てくれたんやろ。アカン。

二人のやりとりがフサには楽しかった。

ミツは入船堂でせっかく買って来たのだから、姐さんがもどるまでと言い、女は、「姐さん、姐さん」と二声、玄関の方に掛け、最初から分っていたのだというように大王地の掘割のそばにある髪結い屋に出かけていると言う。女は晴れてきんつばにありつくと言うように、「鬼のおらん間に洗濯や」とつぶやき、自分の言った事が気に入ったというように笑う。

フサは大王地で眼にするその女が何の屈託も見せず、毎日楽しげに遊戯をして暮らしているように見えた。だが女はその話をして泣いた。大王地で語り草になっている孔雀は、決してそんなふうな悲惨な結果を迎えると誰も思いもしなかったほど、十二で大王地の芸者置屋の養女に来て、半玉の時も舞妓の時も気さくな明るい性格だった。大王地でも一、二を争う美人で、芸達者だった。或る時、孔雀は月のものの最中だった。座敷で踊りをどうしてもやらねばならなくなり、意を決して踊り始めたが、その最中に、アレがポロリとはずれた。三味を弾いていた芸者も一緒に踊っていた芸者も、当の孔雀も驚いた。そこは機転の利く孔雀だった。

踊りの品《しな》に紛れてそれを後ろの座敷の隅の方にポンと蹴ろうとした。どう蹴り方を間違えたのか、アレは客の方へポンと飛んだ。

女の話を聞きながらフサは他人事ながら羞かしさに顔を赧らめた。

その当の孔雀ももちろんの事、羞かしかった。だが、客は孔雀をひいきにする男衆だし、それにこの大王地で芸者遊びをする男衆らの気質が、他所の土地でなら汚いとか穢れたとかいうその月のもので染ったアレを、女だけにあるもの、男が敵いもせぬものと、それを肴に飲みはじめた。

「来るか来るかとまつほどについに来ぬ夜のくやしさよ」「来るか来ないかまつ身には今夜も散るうめの花」と男衆らは文句をつくって歌いさえした。

その孔雀が丸兼の若旦那と恋仲になったのは、丸兼が不渡りを出す前だった。材木業者は軒並み不景気だったが、銀行に取り付け騒ぎが起こってから以降、丸兼は材木の買い付けや人夫賃さえ払えない状態になった。丸兼の若旦那が首をつったその夜、孔雀は客に勧められても酒も飲まず、座敷から抜け出し、掘割のそばの、昔から大王地の名物になっている下り松でカミソリで手首を深々と切った。血のかたまりが下り松の根方にあった。それから夜目に、昼間の清澄さとはうって変った掘割の黒い水の中に身を投げた。

女は眼を赤くはらしてミツの差し出したハンカチで涙をぬぐい、「悲しいやろ?」とフサに訊く。

フサも涙を流していた。

もう二人が外に出ている時間は過ぎていた。ミツは茶屋の姐さんを待っている暇はないと外に出た。

その孔雀が手首を切って浮いていたという掘割は女の話からフサが想像したのと違い、随分小さくさながら大きな溝と見紛いかねなかったが、千穂ガ峰からわき出る清水が流れ込んでいるせいか、水は透きとおっていた。

フサの奉公する佐倉の方から見ればこの大王地は千穂ガ峰のすぐそばにくっついてあると見えるが、掘割の向うにさらに立派な門構えを持った寺が幾つかある。

その若衆が切り通しの脇にある石材屋の石置場にいるのは遠目にも見えた。フサが先にその若衆を見つけたのか、若衆が、その辺りに縄を張っている若い者特有のめざとさで眼にしたのか分らない。ミツが話す菜をつくる段取りや新宮で手に入る魚の種類、煮つけ方をうなずきながら歩いてくるフサを見て、若衆が石材の上に身を横たえるようにゴロゴロしていた同じ頭寸の若い者らの中から一人身を起こし、顔をフサに向けたまま一言二言つぶやく。若い者が気にさわる事を言ったらしく若衆が、「うるさい」と吐き棄てるようにつぶやくのが、フサの耳に聞えた。その若衆は明るい昼間に顔を見ると、眼が大きく青くさえ見え、吉広にはさして似ていなかった。山仕事の装束の袖を腕全体が出るようにまくりあげているのは単に暑いせいか、イナセのつもりか分らない。

若衆が近づいてくる度にフサは胸がしめつけられるようで息苦しくなった。

ミツがその若衆に気づき、顔に笑みを浮かべようとしてふとその顔がこわばった。若い者らが笑い声を立てていた。その笑い声に気をとられながらも若衆が、

「どこへ行て来たんなん？」

と顔つきとはまるで違う優しい声を出した。

風が古座でなら絶えず吹いているのに、新宮のここでは空気は止ったままなので体のいたるところに汗がたまっている気がした。

若衆はそのフサをみつめた。

「フサという名前じゃろ？」

若衆の声をきいて胸がつまった。体が金縛りにあってしまう気がして、フサは物も言わずミツに遅れまいとして駈けるように歩いた。下駄が土をはじいて眼くらみがした。

その切り通しを抜け駅に出、駅から蓬萊山の脇を通り製材所が見えるあたりに来て、ミツが立ちどまった。日傘を肩にかけて左手で柄をおさえ、右の手で胸元からハンカチを取り出して、フサを見た。

「汗いっぱいかいて」

ミツはそのハンカチでフサの額をぬぐい、急に気づいたように製材所の脇にある大きな樟の木蔭にフサの手を引き、「新宮も歩いたら広いな」と眼尻に皺を寄せ悪戯をしでかしたように笑う。

「もう体の芯から材木屋の女になったらして材木のにおいしてるとこへ来たら、なんやしらんほっとする」

ミツはそう言ってから、丁度佐倉の方から渡って来て樟の梢を鳴らす風を吸い込むように、一つ大きく息を吸った。

「フサちゃんもこれからが花やなア」

ミツは独りごちるように言い、佐倉にもどると吸う

事が出来ないからと煙草に火をつけ、

「男がついてまわるんやろな」

ミツが言っている事を十五のフサはなんとなく分った。フサは若衆の声を思い出し、不安になった。

風がまた吹いた。

最前出会った若衆が自分の名をどうして知っていたのか、フサはミツに訊ねてみたかった。煙草を指にはさみ吹いてくる風にかき消される煙を見ているミツの顔は、樟の葉がつくった緑色の光でかんの強さが浮きでて、一層整った顔になり、フサには自分の不安が子供じみたものに思えてくる。

その若衆を見たのはそれから三日後の事だった。日がまだ空にあるうちに井戸から水を汲んでフサが佐倉の家の外に打ち水をしていると、背後から、「今度、いつ他所へ行くと言うとった?」と声をかける者がいる。驚いて顔をあげると若衆が立っていた。

「吉広の事じゃよ」

若衆はフサが顔を赧らめるのを見てあわてて、

「吉広の朋輩の勝一郎と言うんじゃ」と弁解するように言い、水をまいた土が日に蒸されたにおいにむせたのか顔をしかめた。その勝一郎と名乗った若衆は、フサに関心があるのではなくフサの兄の吉広に関心があるのだというふうだった。

「このあいだも一緒に他所へ行たんじゃ」と言う。

「兄《あいや》を知ってるん?」

フサが訊ね返すと、白い歯を見せて笑みをつくり、

「朋輩じゃ」

フサはその勝一郎が兄の吉広と似ているのを不思議に思った。理由もなく納得もした。勝一郎は真顔になり、手に持っていた丈の高い草の茎を腕を大きく振り上げて投げた。草の茎は空に浮き、家の前の乾いた道の端に落ちた。その道の端には潮風に絶えずいたぶられている松林があり、さらにその向うには潮がまじり込んだ水のきらめく川口がある。

その川口にもボラはいる。フサは吉広の顔を思い出し、吉広の声を思い出し、初めて話を交わす勝一郎が古座で何度か会った事があるような気さえした。

桶の水がなくなると、勝一郎は頼みもしないのに井戸から汲んで運んできた。桶いっぱいに汲んだ水をさして重くはないというようにフサの前に置いた。

「もうそろそろ行くころじゃろ」

「兄《あいや》とまた行くん?」

フサは打ち水をしながら訊ねた。

日を吸い込んだ土のにおいが周囲に立った。

「吉広が一緒に夕張に行かんかと言うんじゃ」

「ユウバリ?」

フサは訊ね返した。勝一郎はそのフサを見て何を勘ちがいしたのか、「面白いとこあるんじゃよ。北海道に十津川というとこがあるんじゃ」と言う。フサは勝一郎の話に興味はなかった。他所の土地で胸までつかるほどの雪が一夜で降ったという話も、怖ろしくなるほど咲いた桜の花も兄らが眼にし手で触れたものだからこそ、フサには興味がある。自分で見聞きしたように想像できる。

吉広には古座に居てほしかった。

打ち水を終って木戸の中に入ろうとすると、勝一郎がうしろから声をかけた。

「後で暗らなったら外へ出て来いよ」

勝一郎が何を言ったのか最初わからず、フサはうなずき、それから三人の兄らが古座で折にふれてあけすけに手柄話のように性の事を話していたのを思い出し、「いや」と声に出して言った。勝一郎はそのフサの物言いがおかしいと笑う。


相変らず佐倉には男衆らが何人もいたので夕食の準備も手間がかかった。

事務所の方から何がそんなにうれしいのか、笑いさんざめく声が聴えた。女中らだけで飯を食っていると、その男らの声にたとえようがないほど不安になる。

どうして男衆らがそこにいるのか。しかもあらかたは腕っぷしの強そうな力仕事で暮らしている者ばかりが集まっている。佐倉がどこへ行っても噂されている事はフサにも分ったが、その佐倉にいると佐倉の噂ははっきりと耳に届かなかった。

フサが一等厭なのは、風呂に入っている時、荒げた男衆らの声が聴えてくる時だった。

風呂の先の廊下のつき当りに便所があったので、風呂場で体を洗っていると、廊下を大股で歩く者がいる。幾度かその度に、自分の両手で胸をおおい、身を小さくすぼめた。風呂場の戸にかんぬきをかけているので、いきなりそれを開けられる事はないと分っていたが、フサはそんな時、湯をはじく肌やふくらみはじめた乳房がおぞましいとさえ感じた。

子供の頃はよく兄らと一緒に風呂に入った。齢が離れて生れたせいかフサは母にも兄や姉らにもまといついた。風呂に入る度に、首までつかれと兄らは無理にフサの体をおさえつけた。吉広はフサの体を洗った。股ひらけ、と吉広は言い、フサが股間を洗われるくすぐったさに声をたててわらうと、吉広もつられてわらいながらフサの頭をこづく。

風呂場の中で手早くゆかたにきかえ、フサは事務所の方から男衆が出てこないように、と思いながら足音を殺して廊下を歩いた。

女中部屋の前を通ってフサは台所に行った。

流しでゆかた姿のスズが西瓜を包丁で切っていた。

雨の多いこの紀州でめずらしく続いた日照は西瓜が育つには良かったらしく、西瓜は丸まると大きく、二つに割ると思わず声が出るほど肌理細かく赤く熟れている。西瓜の赤い汁が手にべたつくらしく、スズはくすくすわらいながら舌をなめた。

「よう冷えとるやろ？」

スズはまな板に乗り切らない片方をフサに持たせた。ずしりと重かった。

「さっき、ミツさんええことあると言ってたの、このスイカの事？」

スズはうなずいて、西瓜の汁がかからないように指先で皮の端をおさえ、腕まくりした右手を高くあげてたっぷりの厚さをみはからって包丁で切ってゆく。まくりあげたスズのゆかたの袖がはらりと落ちかかり西瓜に触れそうになって、スズもフサも声をあげた。

台所の外は、ざわざわと気の浮き立ってくるような夏の夕暮だった。

裏木戸の丁度鳳仙花の花が固まって咲いている脇に涼み台を出して、ミツとサンが坐っている。男衆らが玄関の方でいつものように相撲でもとっているのか、声が聴えてくる。「盆、一つ持って」とスズに言われて西瓜を半分入れた大きな盆を持ち裏木戸の方へ歩きながら、ふと自分の髪が湯上がりのにおいを立てているのに気づいた。夏の夕暮もやるせないにおいがする。そのフサには夕暮を押し破るように聴えてくる男衆らの笑い声や荒げた掛け声も、いつもと違ってさして怖いものと思われなかった。

裏木戸を身を屈めて外に出て、スズとフサの持った盆に乗せた西瓜を見て、ミツが、

「今年は何でもおいしやろな」

何故かわからなかった。フサはそのミツの声を聴いて、勝一郎が井戸の水に腕をひたしてフサをみつめて

いた姿を思い出した。フサに好意を持ってくれていると分るその勝一郎の眼が、冷えた土のにおい、西瓜のにおい、髪のにおいをみつめている気がした。

スズが花火に火をつけると、一瞬に周囲が浮き上がった。

「花みたい」

スズが言ってから気づいたと胸を突き出すようにしてわらう。

「花火やから花やわア」

フサは花火が浮き上がらせる塀のそばの鳳仙花が、昼間とは違って色を変え、青いのに見とれていた。その佐倉の塀の土の下にも流れる水を吸い上げて、鳳仙花はいつか見た青い海のように青かった。青い水が夕暮の中でかたまって花弁になったようにも見えた。

西瓜を食べ終り、ミツがあれこれ話す新宮の町の店の話をきいて、明日の朝も早くから仕事だとその段取りだけでもしておこうと、ミツらはフサをその場の片づけに残して、裏木戸から入っていった。

西瓜の皮を盆にひとまとめにして塀の隅の貯木場に降りて行く石段の脇の残飯入れに棄て、かつかつと下駄の音を心地よく響かせ涼み台にもどって、スズの赤い朝顔の絵の入ったうちわが置き忘れられている事に気づいた。裏木戸から顔を出し、井戸のポンプを押しているスズに、大事なうちわ、忘れてると言おうとして、ふと物音に気づいた。

フサは驚いて、うしろを振り返った。

フサはうしろに立ったのが清さんだと思った。

一瞬声を出そうとして、それが吉広に似ている勝一郎だと気づき、「びっくりしたわ」とスズやサンにするように手を振った。

「ええうちわじゃね。似合うわだ」

これはスズのものだ、そう言おうとフサが顔をあげると、肩に手を置く。湯上がりなのか、それとも草の沢山生えた野原を歩いてきたのか、フサのすぐ脇に立った勝一郎は、芙蓉の葉をちぎった時のようなにおいがした。動悸がし、勝一郎の手が触れている肩から、体の力が抜けていく気がした。

「ベッピンじゃね」

勝一郎の声が勝一郎のものではなく、いまフサが立っている川口のそばに立ち籠めてしまった夜のもののように響いた。日があたって欲しい、フサは呆けたように世迷い事を考えた。日があたれば、川口があり、その先に海があることがはっきりわかる。

勝一郎に手を引かれ、フサは佐倉の脇にある貯木場へ降りる石段を通り、丁度川口と海のくっつく砂利浜を歩いた。

勝一郎は波打ち際に立ち、海に石を投げた。

夜目に浮き出たその勝一郎の子供じみた振る舞いをフサがわらうと、勝一郎は歩いてきて、立ったままフサの体を抱きしめた。

吉広がしたようにフサの髪を撫ぜた。月の光がフサの髪も顔もゆかたも濡らしていることを確かめるように、腕を解いてフサをみつめ、

「かまんか」

勝一郎の声がしゃがれ、フサはふと昂《たかぶ》りがさめ、勝一郎が吉広でない事を知ったように「いや」と身を振り、その場から逃げようとした。吉広なら昔からフサがいやがる事も怖がることもしなかった。フサははじめて、他の男が自分のすぐそばにいる事が一体何なのか気づいた。砂利石に足をとられながら歩いていこうとすると、勝一郎は前に立った。フサは足がすくみ、「いやや」と身を振って泣いた。

「おれを嫌いか」

フサはただ「いやや」と言い募った。「兄《あいや》にも木馬《きんま》引きにも言うたる」

三人の兄を持っているし、それに漁師町の古座育ちなので、泣きつづけるフサを勝一郎が手籠めにする事は簡単だという事は、当のフサにも分っていた。兄らが手柄のように言っていた話の中の古座の娘たちのように、フサもそんなふうな経験をするかもしれないと、泣きながらぼんやり思ってもいた。

だが勝一郎は優しかった。

「わかった、わかった」と何度も言い、フサをなだめるように笑いながら「朋輩の兄《あいや》にもオヤジにも言われたら困る」と、フサの髪を何度も何度も撫ぜおろした。フサが髪を撫ぜおろす勝一郎の手の温さと心地よさに気づいて黙ると、胸板にフサをつけさせ、股間を押しつける。勝一郎は芙蓉の葉のにおいがした。遠くから草の生い茂った野原を歩いてここに立って、今フサの体をかき抱き髪を撫ぜおろし背中を撫ぜおろしている気がした。

勝一郎はフサを抱えた格好のまま、その場にしゃがみフサを横たえる。

勝一郎はゆかたの胸から手を入れ、誰もまだ触ったことのなかったフサのふくらみはじめた乳房を触り、手で優しくおおい、ゆっくりと力を加える。

勝一郎の唇が首筋に触れ、耳に息が当り、身を固くしていないと潮鳴りの海がいち時《どき》に襲ってくる気がする。

勝一郎の手を払いのけてフサは立ち上がった。はだけたゆかたをなおし、フサは髪が乱れていないか手で触れてみた。

「はよ帰らなんだら怒られる」

そのフサの姿に見とれるように勝一郎は返事もせず、月の光にかげりの出た顔のまま、「何も怒られるような事してない」と子供のようにつぶやく。

石を踏む自分の足音に勝一郎の足音が重なるのを聴きながら、貯木場の石段を上った。そこから急に月の光が消えて闇が深くなり、松林にさえぎられて潮鳴りも小さくなった。涼み台に置いたままだった盆を持ち、木戸から中へ入ろうとすると、勝一郎がフサの肩に手を置いた。

「明日も会おらよ」

返事をせず、未練げな勝一郎の手を振り切るように木戸に入った。かつかつと下駄の音が普段より高く鳴るのに気づきながら足早に歩き、台所にミツがいるので井戸のポンプを押し、水で盆を洗った。濡れた盆をさげて台所に入り、布巾でぬぐいながら、フサは乳房にまだ残っている勝一郎の手の感触に気づき上気した。すでに誰かが片づけ終っている流しを下布巾でふいてみたし、ひしゃくの置き方を直した。

「明日か明後日、呉服屋に来てもらおな」

ミツが言い、上気した顔のフサから眼をそらし自分の着物を見て、「これも長い事、着たわ」と袖をつまみ、「内儀さんも旦那さんも、着物ばっかし着んとたまには洋服着たらどうや、倉の中に入れ込んでる自転車を使たらどうやと言うけど、ハイカラは性に合わん」

「自転車?」

ミツはそのフサの驚き方がおかしいと声をたててわらった。

「ここはハイカラやから、何でもある。内儀さん、倉の中に入っとるオートバイも運転したと言うんやからな。うちらもびっくりしたけど、材木屋やっとるから材木の事ばっかしやし知らんのと違うんよ、と叱られた事ある」

次の日、そのミツが眉をしかめ舌打ちして木戸の方からもどってくるのを見て、井戸で洗濯をしていたフサが何の気なしに木戸の方を見ると、勝一郎の顔が見える。勝一郎は手招きした。

「仕事もせんのに若い衆がうろうろして」

ミツはそう言ってから思いついたように、小走りに駈けて木戸にもどり、音をさせて戸を閉め、内側からかんぬきをかけた。

そのミツの腹立ったような仕種におびえ、フサは水音さえひそめて洗濯をし、水洗いした。日のあたる草むらに立てた干し竿にしぼった洗濯物を干した。中から「フサちゃん、手すいたら、豆の皮むくの手伝うてな」とミツの声がし、フサは返事をする。

昨夜の事をミツが知っているとフサは思い、二度と勝一郎の誘いには乗らないでおこうと心にきめた。

桶に水を汲みに来た女中のサンは、フサの顔を見て眼をつぶって合図した。

「ミツさん、機嫌が悪いなア」

サンはフサにむかってまた眼をつぶった。

「さっき、木馬引きに会うたんよ」サンはフサの耳に口を寄せて小声でささやく。「木馬引きがお女郎さんと歩いとるの、ミツさん気づいたんよ」

サンはそう言ってから、あれと声を出し、フサの顔を見る。「フサちゃん、お白粉つけとるの？」

サンにみつめられたフサは顔を赧らめた。

干したばかりの洗濯物の裾から水滴がゆっくりとふくらんで落ちるのを眼で追い、自分のしぼり方がいつもにくらべて甘かったせいだと気づいたのだった。それがなんでもないのに取り返しのつかない事のような気がした。日の光を浴び、日のにおいが、鉱山からの帰り際、幸一郎が宇部で買ったというお白粉のにおいに混っているとさえフサは思った。

洗い物に使ったたらいや石鹸を手早く片づけて台所に入ると、サンもスズもすでに豆の皮がざるからあふれるほどむいている。ここにおいでと、ミツが体をひとつずらした板間にフサは坐った。

どうして機嫌が悪いのか知っているのかと訊ねるようなスズの眼に答えず、しっかり実の入っている空豆を両手でつかめるだけつかんで手元に置いた。

「あんたら知らへんやろけどな、えらい事が次々起こってるんよ。清さんでないけど戦争も起こるやろ」

ミツはそう言ってから身を乗り出して声をひそめる。

「新宮の昔からある旦那衆に宇井という家あるんやけど、この間、道を自動車で走っとって落ちて死んだ。これは誰から耳にした話やとは言えんけど、本当は殺されたらしい。佐倉の若衆らがやったんやと噂もあるし、宇井さんが幾つも持っとった製材工場の争議で、加勢に来た筏夫らのうちの一人が、宇井さんをやったとも言う」

ミツは黙り込んだ三人を見て、溜息をつく。

「筏乗りや木馬引きが団結したら何をするか分らんし、そうかて、うちみたいに労賃も値下げせんと借用証ひとつで一月分も二月分も前貸しするのもしんどいもんや。旦那さんも言うとった。借用証ひとつ書かすと、木馬引きら自分の住んどる山も担保にする。猫の額ほどの土地を取ってもかまわんと言うが、あんな山も路地も使えもせん、と。山も路地も、植わっとる木まで紙切れの上ではもう佐倉のもんやが、紙切れは紙切れや、言うて」

フサはミツの顔が最前とは違い、柔かくなっているのに気づいた。そのミツが声をひそめて言う。恐ろしい事をやる木馬引きと筏乗りが男なら勝一郎もそうだし、吉広もそうだった。フサの髪に手を当てた吉広の手に、刃物でつけたものとしか思えない傷跡があったのを思い出した。

サンとスズに追いつこうと、フサは身をかがめて手早く豆の皮をむいた。

盛りをすぎた夏の日射しが台所の広い土間の奥深くまでのび、外で子供の声がする。

ざるに集めた豆を井戸へ持っていって貯木場の方から聴えてくるカンの音を耳にして洗い、ふと顔をあげると、裏木戸が開いている。

閉めに行こうとすると、清さんがフサとさして齢格好の違わない娘を連れて入ってきた。その娘に一つ頭を下げ、フサがわらいかけると、娘はこらえかねていたように涙を眼にあふれさせた。娘が立ちどまって声を出さずに泣いているのに清さんは気づき、「どしますど」とぶつふりをし、腕を乱暴につかむ。

清さんに引きずられるように歩くそのまだ初潮もみてないような固い体つきの娘を見て、フサはその眼に映った自分の姿を思い描いた。それはもう幸の薄い少女の姿ではなく、身をかがめると衿元からお白粉のにおいがする姿だった。

振り返ると吉広がいた。

「兄《あいや》だったん」

フサが今感じている嬉しさやとまどいを分っているというように、吉広はフサにうなずいて笑みを顔に浮かべ、

「また新宮に来たんじゃ」吉広は日射しが暑いと上衣を脱ぐ。その下に着た真新しい白い肌着が光を撥ね、フサにはその吉広が新宮で見かける男衆の誰よりも小粋な感じに見えた。

佐倉の玄関の方から姿を現した大きな体の男が吉広を呼んだ。それで吉広は「しばらく新宮におるから、夕方にでも来る」と、すでに先をスタスタ歩いて行く男の後を追った。

その後ろ姿を見て初めて吉広が北海道に行くついでに立ち寄ったのだと気づき、佐倉の前の通りにある樟の木蔭にさしかかった吉広に言うようにフサは「なんなよ」と古座言葉でつぶやいた。吉広が他所へ出稼ぎに行かないで古座で幸一郎と一緒に馬喰をすると思い込んでいたから、拍子抜けした。

日で熱く焼けた涼み台に腰を下ろして鳳仙花の花弁の紅をぼんやりと見ながら、三人の兄や叔父らが話した北海道を思い描いた。ここと違い、そこには広い平

野がいくつもあり、春が遅く、雪の降る冬は早い。フサはついこのあいだまで吉広らが話すその光景を潮鳴りが絶えず響く古座の家で聞いたのだった。見た事もない風景の中にいるフサと同じ齢格好の子供を想像した。

耳の薄い眼の大きなその子供は、雪に下駄の跡をつけながら往来を走る。手には親か奉公先の主人が用件を書きつけた紙きれを持ち、学校へろくに行っていないので字を読めない子供は「はい」とそれを差し出す。相手が炭屋の親爺なら「はいもないもんやで」と手ぶらのまま返され、酒屋なら「ごくろうさん、えらいなア」とねぎらいの言葉をかけてくれる。

くよくよ考えてもしようがないと、涼み台から腰をあげ、木戸を入り内側からかんぬきをかけようとして、さっき清さんが娘をつれて台所に入っていったと思い出し、そのまま井戸に歩き、洗濯用のたらいを片づけた。井戸水を汲み出して桶に受け、それで庭だけに打ち水をした。清さんと娘は台所から上がり込んで事務所か奥の部屋に行ったらしく、なかなか出てこない。

「夕ごはんたべたら、また花火をしような。大王地《だいおうぢ》の姐さんにもろたんやから」

そう言ってミツがまだ残っている花火を見せた時、フサは一瞬、自分の乳房に置いて力をくわえた勝一郎の手を思い出した。胸がしめつけられた。羞かしさではなく後悔する気持が強かった。スズやサンがミツに言われるより先に手分けして夕飯の準備をし外に水打ちするのに立ち紛れながら、フサは花火などしたくないと何度もつぶやいた。

「フサちゃん、兄さんが来とる」

スズの声に流しで立ち働いていたフサが顔をあげ、井戸の脇に真顔で立った吉広を見て、初めて自分の気持がどうしてなのか分った。吉広の顔をみつめると、吉広は手招きする。脇に来たフサに、

「ゴタゴタにしたたど」

ぶっきらぼうな怒ったような声だった。吉広の耳の下に汚点のように血の跡があるのを見つけ、兄の吉広が勝一郎に何か仕出かしたと分った。吉広も草むらを歩いてきたようなにおいがした。

吉広が急に声荒げてフサを叱り出す気がして、白い肌着ひとつの胸を抱えるように吉広を押して木戸の外に出た。まだかすかな夕焼けが山の端の方に残り、あたりはほの明るい。

「骨の一本や二本折れとるかもわからん」

吉広はつぶやき、唾を吐く。口の中が切れて血が出ているのだろうかと思った。

その唾の飛んだ方に咲いた鳳仙花は闇に今もどるのだというように黒ずみ、葉と花の区別がつかなくなっていた。

吉広が叱り出すのではないか、不安のまま、日のあたった時にみえるその紅い血のような花弁を不思議に思い、勝一郎と話を交わしたのも、勝一郎に手を引かれ砂利浜へ行ったのも、吉広に似ていると思ったからだ、とフサは兄に向って言いたかった。勝一郎に髪を撫ぜられ、胸に抱きしめられ、乳房を触られたが、何もしなかった。勝一郎に抱きしめられた時の気持を思い出し、自分の眼から泉の水のようにさらさらしたものが流れると、涙を感じながら、吉広にむかって、兄《あいや》ならフサが怯える事はしない、兄《あいや》なら厭がる事をしないとその時に思った、と無言でつぶやいた。

「好きなんか」

「好かんわ」

フサの声を耳にして初めてフサが泣いているのに気づいたように吉広は声を明るくつくり、「あれが夕張の女郎屋の話しとったら、いきなりお前の事を言いくさるんじゃ」と言う。勝一郎を殴った事を後悔するような口調だった。

「なんじゃ、われは。おれの手下で、おれの世話になって、筆下ろしもおれがついて行たたさかできたんじゃのに、と話もきかんとゴタゴタにどついた。あれもよっぽど腹にすえかねたらしく、殴り返して来たが、そんなもん、俺にきくか」

吉広は板塀に手をつき、勝一郎の顔をまた思い出したというように唾を吐いた。

フサの髪を撫ぜ、「明日、一番で北海道に行くさか」と吉広は言った。

「ユウバリというとこ？」

「おお、その夕張じゃ。一年ほどおるつもりじゃが、もし景気悪いようなもんじゃったら、冬越しするのは難儀やから、冬にならんうちにもどってくるが」

吉広はそう言い、塀の外にフサを待たせ木戸の中に入って行く。台所の戸口でミツと話している吉広の後ろ姿が、佐倉に出入りする男衆らと違い、どこにあると言えないが成長ざかりの若衆の持つ優しさのようなものを残していた。吉広は二十一だった。フサは十五だった。

明日他所へ出稼ぎに行き、しばらくもどってこれないからとことわりを入れてフサを連れ出してくれ、とりあえず二人で駅前へむかった。

灯が道にまばらについているだけなので辺りは暗かった。吉広の腕にしがみつくように歩き耳をすますと、潮鳴りが新宮を二つに区切る臥龍山に向うように響いている。冷えた土のにおいがしていた。そのまま吉広の後を従いて夕張に行くなら、いつも人を脅すような響きを耳にする事もない。

吉広が新宮を発った次の日の朝、早くからフサは目ざめ、その風が凪いでいるためか音低い潮鳴りに耳を澄ました。

吉広の乗った船が北海道に着くまで、そのままでおれ、とフサはつぶやいた。

井戸の水を汲んで流しの水がめに運びながら吉広の乗った船がどこを走っているのかとフサは思い、何度も自分が男であったらと溜息をついた。ここにいて水を汲み、広い屋敷を拭掃除する仕事をきらいではなかったが、フサは自分の眼で雪の原もサイロも見てみたい。

吉広が行った日の午後、フサの思いをわざとつき崩すように、海の方から急に灰色の雲が広がり大粒の雨が降った。ミツが声をかけてあわてて外に干していた蒲団や洗濯物を取り入れ、何げなしにひょいと流しの窓から貯木場をのぞくと、材木をつないだカンを外して材木を陸に引き上げていた人夫らが、小石ほどの雨粒が痛いというように頭をおさえて筏から筏に飛び移り、屋根の下に駈けていた。

「葉っぱ、どうしよう?」

雨が音をたてて降り出した外を見てサンが言い、呆けたようなフサの肩に手をかける。さりげなくフサは顔や髪についた雨滴を手の甲でぬぐった。海からの風に煽られて横しなぎになった雨の勢いは、古座で母が語った津波の壁のようにせり上がる波を思い起こさせた。フサ自身が眼にしたのではないが、その光景は潮鳴りを耳にしてきたフサにはありありと想い描ける。雨を受け風に乗ぜられ、波は一度に川口も砂利浜も呑み込む。肩に置いたサンの手がはずれた拍子に、フサの肩がサンの胸に当った。サンが声を押殺しさりげなく身をうしろに引いたので、余計フサは乳房の柔かい感触が羞かしかった。勝一郎に月の光で濡れた乳房をつかまれた砂利浜が波に呑み込まれる。

しばらくして雨は小降りになり、そのうち止み、一面に灰色だった雲が切れて青空さえのぞけた。またミツが「さっきのもの干しといて」と言うので、あわてて仕舞い込んだため台所の板間に積みおかれていた洗濯物を、ひとつひとつ皺をのばしながら干し竿に干す。

干し竿を持っているスズが、フサとサンに「なんやしらん七夕の時に似てない?」と訊いた。

「七夕て?」

「雨ふってきて、うちが道を濡れもて駈けてあぶ庄の前まで行くと、急に雨が止んだん」

スズと洗濯物をあらかじめさし込んだ竿の両脇を持って物干し台に掛け、それから雨に打たれっぱなしだった大根の葉を二かかえずつつかみ、勢いよく振って水を切り、台の上に並べて日に干した。

雨で濡れた家の板壁や塀が洗い浄められて光るのに気が浮いたように、スズもサンも水が撥ねる度に嬌声をあげた。

フサは北海道へ発った吉広の船が暴風《しけ》にあっているのではないかと頭から離れず、残飯を棄てに行ったついでに、わざわざ貯木場への石段さえ降りて、海をのぞいてみた。案の定、海は濁り、音をたてて波を打ち上げていた。吉広の船がその波にもまれているのを想いながら、フサは雨でぬかるんだ道をもどった。裏木戸のそばに鳳仙花が花も葉も泥土に埋もれかかった形で、土を雨にさらわれ、根をむきだしにして倒れている。

フサはしゃがみ、手をのばした。

指が土によごれる事も気にせず、まだかすかに根づいている鳳仙花を土ごとすくいとった。

ぬかるみやすい道なので水はけをよくするために渋土を入れていたらしく、土はぱらぱらと指からこぼれた。鳳仙花は手にとってみると、いかにも滋養の少ない土に育ったふうに茎が細く、葉が薄い。花だけが二つ、血のような色をしている。フサはどこへ植えてやろうかと思案したが、その奉公する佐倉の家のどこの土が花を咲かすに良いのか知りはしない。それでフサはいつか初潮をみたあの辺りに植えようと、木切れで土を掘りはじめて、思い直した。井戸の横の、貯木場と仕切った低い板塀の脇に植えた。日があたると暑さがぶり返し、フサは汗をぬぐった。

その板塀のむこうは石垣を積んだ貯木場の崖になり、そこからなら千穂ガ峰が見え、新宮を真中から仕切った臥龍山が見える。フサは心の中でその山々にむかって、何を祈るでもなく祈った。

九月になって、吉広が北海道へ渡ってすぐに満州事変は勃発した。

男衆の何人かが「戦争じゃ、戦争じゃ」と叫んで廻ったが、フサには分らなかった。

その日も朝、潮鳴りの音で目ざめ、かたわらに蒲団から上半身はみだして寝ているスズを起こさないように木箱を引き寄せ、兄の吉広が買ってきてくれた和櫛を取り出し、しばらくながめてから髪につけた。起き上がり身づくろいをし、台所に行こうとして人の気配がするのにふと立ちどまり、柱にかくれてのぞくと、ミツと木馬引きがいる。外はまだ暗かった。

その二人が暗い台所で何をやっているのか最初わからなかった。外が白みはじめるにつれて眼が暗さにならされてくる。そのうちミツが息をつめた声を出して顔をよじり木馬引きの首筋に唇をつけ、脚をあげ、坐ったままの木馬引きの胴にからめた。小声でミツが物を言い、「よっしゃ」と木馬引きが答え、動き、ズボンについていたバンドの金具が床にずり落ち、カタッカタッと音が立つ。

ミツのくぐもった呻きを耳にして、やっとフサは二人がそこで何をしているのかわかり、あわてて顔をひっ込めた。一瞬、木馬引きと眼が合った気がした。

スズやサンが起き出してから台所に行き、普段とさして変らないミツを不思議に思いながら井戸の水を汲み、流しの水がめに入れる。日ののぼらないうちにすましてしまおうと、井戸にたらいを持ち出して洗濯をはじめたスズの邪魔をしないように桶に水を汲み、今度は佐倉の玄関に水まきをする。

事務所に何人も人夫らが入っていった。

事務所からでてきた人夫の一人が、空がすっかり白んで肌寒いほどの道を歩いてくる人夫らに、「やっぱし雨じゃ」と声をかける。

「東風《こち》吹いとるさか、まあええじゃろと思たが、山、雨でしゃじいとる」

「また賭博せんならんのかい」

歩いてきた人夫の一人が言い、かたわらにいた胸はだけた人夫にこづかれる。

その人夫らの中に勝一郎はいなかった。人夫らが佐倉の玄関口に設けられた事務所の前に集まり、フサのまいた水で濡れた土を平気で踏みしだき汚し、満州に流れていった誰彼の話をしている。朝鮮や満州に行けば一旗も二旗もあげられる。

　フサはかがんだ衿元からお白粉がにおうのを知り、水に濡れた手を前掛けで拭い、髪に飾した和櫛を手で触ってみた。朝の光がようように川口の松林に撥ねるのに眼をほそめ、空になった桶を持って裏木戸の方へ歩いた。


潮鳴りが風の加減で強くなったり、あるかないか聴き耳をたてなければ分らない地虫のような音になったりするのは古座の比ではなかった。

　その新宮の海と川が重なりあう貯木場そばの佐倉で、思いがけず吉広の事を耳にした。それはまるで噂話のようにフサの耳に入った。

　北海道へ出稼ぎに行っている吉広が死んだ。フサの耳には突拍子もなく聞えた。

　フサはスズが耳元で言うその話を頭から信じないと首を振った。それでもスズが、「ほんとやから、事務所の人も言うとるし、ミツさんも言うてた」と言い募るのに腹が立ち、「なんやの」とスズの体を突きとばした。スズは唇を噛んでフサをにらみつけた。古座で三人の兄がいて、いつも吉広の後について男の子のように遊んだので、スズがいくらにらみつけようとこわくない。

そう思っているフサをにらみつけていたスズはそのうち唇を震わせ、気がゆるんだように泣きだした。

もう十月に入り、あと何日もすれば新宮の祭りだというのに耐え難いほどその日は暑く、吉広が死んだと言うだけで何も詳しい事を知らされないまま、そうやっていないと自分が何をしでかしてしまうかもしれないと、スズやサンの分も取って井戸で水仕事をした。水の冷たさは火をふきあげてしまいそうなフサをなだめた。

昼近くなってそのフサを訪ねて、マツが木戸から顔を出した。フサは名を呼ばれて立ち上がったが、木戸を背にして立った娘が誰だか分らず、娘が「あんにいよ」と古座言葉で話しはじめてからマツだと気づき、突拍子もない吉広の死の噂が本当の事だったと悟り、思わず「ああ」と声をあげた。マツは酒屋で見た時とは顔つきが違っていた。古座の酒屋にも吉広が北海道の炭坑で死んだと噂が入り、マツは古座のフサの家に行ったと言った。フサの母親は一緒に行った叔父からの電報を握って泣く事もやらずにおろおろしていた。

「叔父も一緒に北海道に行っとるの」

マツは電報を母から借りてきたとフサに広げて見せ、「こんな紙切れで分らんわ。確かに兄《あいや》が死んだと書いとるらしが、わしも字など読めへんし、おばさんもそうや」

マツはそう言って電報を振り、ふと潮鳴りに耳を澄ますように顔をあげた。光を眩しいと細めた眼からせきを切ったように大粒の涙があふれ出、「フサちゃん」と首を振る。フサは胸の中で何かが破けてしまうのを懸命にこらえた。随分前から吉広が死んでしまう予感がしていた、と思った。

庭に立って外《よそ》ゆきの着物を着て泣いているマツを勝手口から手招きしてミツがなだめ、台所に上げた。ミツがフサの気持も気丈さも分っていると言うように、「あの仕事、切れのええとこで終えて、マツさんの相手になったり」と声をかけ、そのミツの声に励まされて、何も死んでしまった吉広を直接見て確かめたわけではないんやからと独りごち、菜を洗おうと井戸のポンプを押した。

水が菜に当り、勢いよく撥ね、顔にかかった水滴を手で拭い、ふと見るといつか植えかえた貧弱な鳳仙花が見違えるほど育ち幾つも花をつけている。何の気なしに手をのばし、自分で何のためそんな事をするのか分らぬまま身を屈めて鳳仙花の茎ごと折り、それを活ける器をさがしている自分に気づき、フサは吉広が本当に死んだと気づき、息が詰った。

　日が鳳仙花の花弁にあたり、その紅が溶けだして茎を持っているフサの指を染めるような気がし、フサはその紅の花弁に唇をつけた。紅が血なら日に溶けて流れ出すそれを舐めて、傷を塞いでやりたかった。花弁に唇を押しつけてあるかないかの日の粉末のような花のにおいをかぐフサの眼に、鳳仙花は火焔のように日を浴び、光る血のように生々しく見えた。

　その火焔が吹きあがるように流れ出る血を洗い浄めようとするように、フサの眼から涙がとめどなく出る。フサはこらえきれなかった。何かの罰にあたったように吉広が死んだ。フサは鳳仙花の花を手にささげ持ち押しいただくように顔を寄せ、声を殺して泣いた。日がフサの体にあたっている事も、今、眼いっぱいにふくれあがった涙を通して見える新宮の空も、佐倉の家の板塀も、台所の方から駈けてくるマツも今のフサを救ってくれない。その花もそうだった。フサは鳳仙花を棄てた。地面に落ちたそれを見て、ふと吉広の顔を思い出す。

潮鳴りが音低く響いていた。

　マツが泣きつづけるフサの体を抱き、台所のあがりかまちに腰をかけさせ、背中を撫ぜた。

「まだわからのやに」

　耳元で言うマツに自分にははっきりわかると、フサは首を振った。フサは吉広の明るい笑顔を思い出し、髪を撫ぜ綺麗になったという声を聴くように、「兄《あいや》、北海道に行かんと古座で馬喰《ばくろう》すると言うたに」とつぶやく。吉広が古座にいるから、新宮のここで、荒くれの木馬《きんま》引きらにおびえながらでも奉公できた。

「フサちゃん、うち行てくるから。北海道へ行てな、確かめてくる」

　フサが顔をあげるとマツは真顔になり、フサの乱れた髪を手でときつけ、落ちかかった和櫛をフサの手に渡し、

「うち、兄《あいや》の子、孕んどる」と言った。マツは乳房をかくすように両手をかきあわせた。「兄《あいや》に言うてやらんならん。兄《あいや》知ったら驚くやろが、もうな、ちくちく乳が痛いんよ」

「兄《あいや》の子？」

　マツはフサをみつめてゆっくりとうなずく。それか

らフサの手に持った和櫛に視線を落した。

　マツが池田港から船に乗り北海道へ発ったのはその日のうちだった。ミツに連れられて池田から佐倉にもどりながらフサは絶えず響いている潮鳴りを耳にした。それはフサの胸の中にじくじくと滲み出てくる悲しみの音のようだったし、何もかもをおびやかす怖ろしいものの音だった。何故吉広だけが死ぬのだろうか。突然、血を分けたきょうだいが死ぬ。フサは佐倉にもどっても日のあたる井戸の脇にしゃがみ、和櫛を手に取り、とりとめなく考えた。ミツも他の女中もなぐさめようがないと、フサに何も用事を言いつけずに声を殺して仕事をしていた。

　兄《あいや》が死んだ、と、フサは胸の中でつぶやいた。スズが汲む井戸の水が桶からあふれ出るのを見て、初めて古座の川口そばの家にいる母を思い出した。フサはまた火が噴くように怒り腹を打ちたたく光景を眼にし、母さん、兄《あいや》おらなんだら生きておれんのに、とつぶやく。

　日がその時も千穂ガ峰の端にさしかかり、もうすっかり秋の気配を感じさせる空の鰯雲が黄金に染まっている。それを見て、フサは吉広に死なれた今、たとえようがないほどさみしくなった。古座に帰れば母もいるし幸一郎もいる。他所の土地へ働きに行っている二番目の兄も三人の姉もいる。だが吉広とは違った。

　女中のサンがもう言葉で慰める事は出来ないと、流しに立っているフサに「これ」と鳳仙花を活けた硝子コップを渡す。「おおきに」フサは受け取ってからそれがさっき棄てた鳳仙花だった事に気づき、まるで神棚に捧げるように流しの窓に置いた。コップの水は夕焼けの色が溶け込んでいるようだった。

　次の日、眠る事も出来ず、早くから起き出して外を掃いて台所にもどったフサに、まだ寝巻姿のミツがかまちにしゃがみ、「なあ、今日でも古座へ帰ってみるかん？」と言う。ミツはしゃがれ声で、フサの兄の吉広の事を考えて寝つけなかったと二度三度せきをして、煙草に火をつける。煙を吐き出してから「おお寒。いつのまにか秋になっとるんやね」と前をかきあわせ、今度はフサの衿元をなおした。

「古座へ帰ったり。お母ちゃんも悲しんどる。祭りになるまで古座におって祭りの日にもどってきたらええ。その時に着物も出来とるさか丁度ええわ」

「古座、つらい」

　フサは子供のように言った。古座へ帰れば眼にし耳にするもの一切、吉広を思い出さぬものはないのをフサは分っていた。子供のころ、吉広の後を従いて遊び歩いた。アイヤ、古座の言葉で兄の事をそう呼んだ。三人の兄を持つフサがアイヤと呼ぶのはだいたい吉広の事で、子供のころから吉広の方もフサにアイヤと呼ばれると、無理を言われても兄らしく妹を庇うのが自分の役目だと言うように海の中にズブズブとはまり込む。

あれはフサが幾つくらいの時だったろうか。津荷のドメキのそばの磯で貝を取っていて、フサは潮が満ちてくるのも気づかず、岩に渡り、ふと我に返った。渡った時に足場にした小岩は満ちた潮で影もなく、ただどのくらいの深さか分らない海が周囲にある。フサはその海が急に怖くなり「兄《あいや》、フサはよう渡らん。海が、どんどん来る」と泣きわめいた。その時も吉広は岩場にすぐ来てフサをなだめ、背中に負い、胸までの深さの海を歩いて、潮が満ちても平気なところまで運んだ。

フサはこんなさみしさを他の人間も感じるのか訊ねてみたかった。

「フサちゃんが悲して寝れんのを知っとったが、どないする事も出来んからな」

ミツはフサを台所から上がらせ、女中部屋にもどり身仕度をして、「そや、あの若い衆に古座まで連れて行ってもらうように頼もか」と言う。「もうちょっとしたらその事務所に来るやろけど、組くんで川奥の網場《あば》まで泊まりがけで仕事に行てたの、昨日の夜ぐらいに帰ってきとるはずや。夕張のどの会社の仕事やったんか分ったなら、事務所からでもさがして電話入れてもろといたるし」

湯をわかすためにフサはかまどに火を起こした。ミツがひしゃくで水がめから水をすくって鍋に入れ、ぽつんと「うちも満州まで一旗あげるのについて行くかもしれへん」とつぶやく。フサが訊き返そうと顔をあげると、身仕度をして台所に来たサンとスズに、「今日は先に事務所を掃除してな。それから床の間の掛軸、景気のええのに変えるそうやから、破らんようにはずして、巻いて、箱の中に入れて」と言う。

古座に帰るために着物も着、それしか吉広が残したものがないという和櫛を髪につけたフサの前に勝一郎が姿を見せたのは、日がのぼり、あらかたの人夫が今日の割り振りを決められ方々の山に出向いた後だった。

「ほんまやったらうちか事務やっとる者か番頭が行くところやが、なんしろ手はなせん」

勝一郎はうなずき、巾着になった手提げ袋と着替えの入った風呂敷包みを持ったフサに、「いこか」と声をかける。フサは勝一郎の足音を耳にしながら駅にむかって歩いた。足も手も鉛のように重く、いまさらどうなるものではないと分っているのに、どうして吉広が死ななくてはならぬのかと考え、その駅前の空にゆれている棕櫚の木を吉広と共に眼にした、汽車のリノリウムのにおいを共に身につけたと溜息をついた。

「兄《あいや》、昔からの俺の朋輩で新宮に来る度によう博奕しに行たんじゃ」

「何べんも一緒に北海道へ行たん?」

フサの問いにうなずき勝一郎は吉広と行った他所の土地を話す。

勝一郎が見つめる眼が眩しくてうつむいたフサを勝一郎は脇に来いと坐らせた。

古座に着いて、川口の家に向って稲の実った田圃の中を歩きながら、勝一郎が吉広に似て優しいのを改めて知った。稲が川口の方からの風に音立てて鳴り、その音に励まされるようにふと顔をあげたフサの眼に、日を受けて細かい光を撥ねる古座の山が映る。フサは自分の前を歩いている勝一郎が夏芙蓉の葉のようなにおいがしたのを思い出し、兄の吉広も勝一郎もそんな日を受けた山から生れ出たと思うのだった。光を撥ねて風に揺れるのを眼にしていると、また桃色の乳首がツンと張り、絹のじゅばんにこすれて痛くさえなる。

母は新宮からもどったフサを見ても呆けたように板間に坐り込み、ただ「みんな来るさか」と言うだけで、さみしいと思っているフサの体を抱いてやる事も言葉をかける事もしない。幸一郎もそうだった。自分だけの悲しさにひたっているようでフサはそれがまたさみしく、改造してつくった牛舎に行き、すっかり大きく育った仔牛の頭を撫ぜた。

「兄《あいや》おらなんだら火消えたようなもんや」

フサはつぶやき、毛に沿ってゆっくりと仔牛の頭を撫ぜる。薄い涙でおおわれた仔牛の大きな澄んだ眼に青空とフサの顔がうつっていた。

花衣がうしろからそのフサに、「落盤やと言うてたんやけど、金のええ仕事しようとして鉱山へ行てハッパで飛ばされたらしい」

と言い、フサの肩を押して裏の縁に腰かけさせた。花衣は悲しさもさみしさも分ると言うように、「ここからやったらすぐやけど、矢ノ川《やこ》峠越えて荷坂を越えた伊勢でな、うちは弟やが、やっぱし死んでしもた。古市のはずれで他に親きょうだいもおらんさか、食いつめもんやった弟の借金のカタに売りとばされたんよ」

花衣はわらう。縁に坐った花衣の眼にも空とフサの顔がうつっているのを確かめようとしてみつめると、花衣の眼から涙があふれでる。

「伯父が、弟に貸した金の証文がこれやと見せて。古市でなしに他へ売ってくれたからよかったようなもんや。どうせ古市で女郎遊びした金やろが、そのために古市で女郎させられるんやろとあきらめたが」

フサは古座に三日間ほどいたが、吉広が夕張の近くの鉱山でハッパにやられ、五体が粉々になって死んだという話が伝わっただけだった。吉広の死を確かめる何もなかった。二番目の兄の高伸の出稼ぎ先が分らず連絡出来ないままだったし、紡績に行っている姉の二人からは古座にもどれないと電報が来た。幸一郎は二人を今日以降きょうだいと思わないと怒ったが、紡績の監督が二人に「スグカエレ」という電報を渡さず勝手に打電してきたのだろうと花衣は弁解した。一番上の姉の波乃だけが近江からもどってきたが、フサが生れて物心つくころにはもう波乃は他所へ紡績に行っていたし、父親が異なり顔つきが自分とまるで違うので、きょうだいのような気がせず、「おおきなったなア。もうすっかり娘さんやな」と言う言葉もよそよそしく聞えた。

幸一郎と波乃が話していると自分一人取り残された気がした。

寺で形だけのような、吉広の爪も髪もない葬儀をとり行った次の日、フサは予定を二日も早めて古座を発った。


新宮駅にたどりついてフサは、自分がもう以前のフサではなく、誰にも頼るあてがない娘になってしまったと思った。そのまま佐倉にもどる気がしないので、吉広と行った臥龍山の際の杉皮ぶきの家が並んだ路地の方へ歩いた。フサを見知っている者に会うかもしれないと思ったが、昼下がりの路地はただ日のにおいのする道だけが眼について誰もいない。子供らが三人、刈り取った麦畑に入り遊んでいた。フサが立ちどまりみつめるのを見て子供らは訝《いぶか》しげに思ったのか、麦畑から溝を飛び越えて杉皮ぶきの家の脇を入って行く。

勝一郎に出会ったのはその路地ではなく、佐倉にもどった次の日だった。明日にひかえた新宮の祭りに浮き立った女中らが、吉広に死なれたばかりのフサに気兼ねしながらも、呉服屋が持ってきた着物をとり出し、互いの柄をほめあっている。仕事が手につかない様子だった。

勝一郎が井戸の脇に立っているのを見てフサが腰をあげかけると、気をきかしてミツが、「行ったり」と言う。「どうせ、今日まで古座におるつもりやったから、勝一郎にぶらぶら連れてもろたらええわ」

思いついたようにミツはフサよりも早くかまちに下り、井戸の脇に立った勝一郎に一言二言声をかけ、帯の間から金を取り出して、「買うたて」と言う。サンやスズが見てみぬ振りをしているので、フサは土間に降りて下駄をはいたものの羞かしく立っていると、ミツはことさら明るい声を出し、「兄《あいや》の話でもしておいで」とフサの体を押す。ミツの言うアイヤが変な訛なのでフサは思わず笑った。

勝一郎はどことなしに吉広に似ていた。

勝一郎の後を従いて登坂から仲之町に向うと、町のどこの家も前に丈高い椎の木を立てかけている。勝一郎はフサが椎の木にばかり眼をとられていると思ったのか、鈴屋と大きくのれんを出した呉服屋の脇の椎の木の幹を持ち、それをまといを振るように振ってみて、「ええ音じゃがい?」と訊く。

「そんなにして振るん?」

「置いとくだけじゃが、フサがさみしそうにしとるさか、振ったんじゃ」

勝一郎は椎の木を元ののれんの脇に立てかけた。新宮も祭りを明日にひかえて浮き足立っているようだった。紅白の幕が、入船堂ののれんにかかっていた。

勝一郎の後を従いて歩く事だけでフサは楽しかった。仲之町から川原町に行き、そこをひやかし、今度は初之地《うい の ぢ》の方へ行く。

年若いが結構顔が広いらしく勝一郎は川原町の中でも何度も声かけられたし、「別嬪さん連れてどこへ行くなよ」とからかわれた。勝一郎が吉広の妹だとフサを振り返って言うと、若い衆は「よう知っとる」と真顔になってうなずいた。

若い衆はすぐそこだから家に寄れと勝一郎に言い、丁度川からの通りに面したところに構えた店の脇を入って行こうとして「そうじゃ」と声を出し、店の中で前掛けをして鉄を打っている男に「父さん、古座の死んだ吉広の妹じゃ」と声をかけた。その若い衆の父親は耳が遠いらしく二度三度きき返し、やっと分ったというように、「ええ子じゃったのにねえ」とつぶやき、フサを見る。その父親の眼がみるみるうるみ、涙が粒になって落ちかかった。若い衆はそれがバツ悪かったのか、店の奥から出てきた子供を抱えあげ、「ちょっとそこへ行くか?」と勝一郎に訊く。

勝一郎が先の酒屋に用事があるというと、若い衆はいかにも残念だというようにそうかとつぶやき、「また来たらええわよ」と子供のよだれを手の甲でぬぐった。

勝一郎と一緒に入ったのはいつか吉広と来た遊廓際のうどん屋だった。勝一郎はフサをみつめた。フサがもう北海道の話も耳にしたくないと思っているのも知らず、一緒に行った吉広と二人、タコ部屋にまぎれ込み、ほうほうの体で高い窓から二人が巻いていたさらしをつなぎ合わせて綱をつくり逃げ出したと言った。そこには沢山、朝鮮人たちがいた。その時も朋輩になったギリという若い衆がいたが、言葉がうまく通じず、二人が無事下に逃げおりると窓から顔をつき出し、

「アデサ　カラタムニカ?」

何を言っているか二人は皆目分らず、ただ声を殺して手招きするだけだった。

勝一郎の話は面白かったが、今のフサには北海道という言葉の音だけで吉広のハッパで飛び散った体が眼に浮かび、苦しくなる。今、雪の野原も白樺の日に輝く木肌も見たくない。兄の吉広の血の滲み込んだ土、兄の髪が付着し呻きが付着したその鉱山の岩を手で触りたい。頬ずりしたかった。勝一郎はそのフサの肩に手をかけ、人気のない徐福《じょふく》の墓の大きな樟の木まで来て「後でまた浜へ行こらよ」と言う。

勝一郎が何を言っているのか分った。

フサは勝一郎の眼にみつめられ上気したまま眼を閉じ、そこから耳にする潮鳴りが木場のモーターの音に重なり音そのものがふくれ上がって自分の体の方に押し寄せてくる気がし、フサは不安で勝一郎に身を寄せた。潮鳴りは、勝一郎の胸に顔をうずめ、節くれた指が触ったために熱を持って赤い耳のフサを包み込む。

勝一郎はそのフサの髪をかきあげ、「いやなんか?」と訊いた。

「いっつも聞えてるんや」

「何が?」

勝一郎が首筋に唇をつけた。樟の梢から木洩れ日が

水に撥ねる光のように眩しかった。

勝一郎に誘われるままフサが木戸を抜け出たのは、夕食の片づけも終り遅い風呂も浴びてからだった。サンが明日の日に下ろすのだと取って置いた草履を見せていた。

湯上がり時につけたお白粉のにおいをかぐように勝一郎は脇に立ったフサの耳元に口をつけ、「うまい具合に出て来たかい」と訊く。くすくすと笑いがこみあがった。潮鳴りが耳の内側に籠って響くのを耳にしながら、夜の暗い道を勝一郎に手を引かれて浜の方に歩いた。

波が荒いために出来た砂利浜は勝一郎の足音だけが大きく立つ。その浜に古座のむかいの大島で取れたカケノイオと萱《かや》が運ばれ、川をのぼり神社に着いて明日の祭りは始まるのだった。さらに勝一郎が波打ち際に行こうとするので、フサは何故だか分らないまま勝一郎の手を握りしめた。

月はなかったが勝一郎の顔ははっきり見えた。

勝一郎はしぶきのかからない砂利浜に上衣を脱いで敷き、「ええもんじゃ」とフサを坐らせた。夜の中で白い波をみつめていると、船に乗って北海道へ発っていった吉広が濡れそぼった体で歩いてくる気がする。フサの脇に勝一郎は坐り、フサが無言なのに今さら気づいたように「明日応援に来いよ。俺も御舟《みふね》漕ぎに出るじゃから」と髪を撫ぜた。

フサの顔を胸に引き寄せ、そのままフサの帯に手を当ててゆっくりとうしろにたおれようとする。勝一郎の唇がフサの唇に押しつけられ、帯から着物のすそをめくり手がフサの太腿に触った。それが羞かしい事だと分っていたが、フサは唇に触れた勝一郎の唇、着物のすそをはだけようとする勝一郎の手が、草むらの中を何日もかかって歩きつづけくたびれ傷だらけの人間のもののようで、愛しくさえなった。勝一郎は草のにおいがした。勝一郎の唇がフサのツンと固く張った小さな乳首に触れ、手が太腿の奥に触れ、フサは体が熱くほてったまま勝一郎が自分を呑みつくす潮のように思い、勝一郎の固い体に身を擦りよせた。

何故か分からない。勝一郎が立ち上がり、今、海から上がってきたというのを見せるように素裸になったのを見て、フサは着物を着たままの自分に気後れがした。フサが着物を脱ぎたいと言おうとして勝一郎に抱きしめられ、唇をふさがれ、股の間に勝一郎が割って入り、勝一郎に脱がせてほしいと言おうとしたが勝一郎の重みとフサの体を溶かしてしまうような熱のほてりで声が出なかった、涙があふれた。

その涙のように血が流れ、痛みがフサを裂く。勝一郎の動き続ける体からフサの中に痛みがじくじく流れ込むようにフサは呻いた。いまはじめてわかったように、勝一郎が吉広だった気がした。吉広が一瞬に味わった痛みが勝一郎の苦しげな重い体からフサの体に流れ込む気がして、勝一郎の厚い胸板に涙の顔を擦り寄せ、アイヤ、アイヤ、とフサは声に出さずに呼んだ。潮鳴りがフサの息の音のように響きつづけていた。

「好きじゃ」

勝一郎はフサの帯をはずし、素裸になったフサを抱きしめた。起き上がった勝一郎はフサの顔についた涙の跡を唇でぬぐい、フサが自分の腕の中で息を塞めてしまうほど苦しいのを知らず、また力をこめる。勝一郎の固くなった性器がフサの肌に当り、フサはまた草むらを歩いてきたような気がする。

フサは潮の波で体を洗った。勝一郎は潮につかり濡れそぼち脇に立った。

光

祭りの日スズやサンにならって初めてフサは紅をつけた。女中部屋の真中に引き出した鏡台に姿をうつしていたミツが、「ちょっと貸し」とフサの横に坐って小指でフサの唇の紅をなおし、フサを鏡にむけ、笑顔をつくってみたフサに、「もうどこからみても女の色気がただようて、男衆ら、眼の色変えるな」と言った。フサは肩をすくめて笑って、また体の奥に痛みが起こるのを感じ、フサにのしかかった勝一郎の大きな体を思い出した。

佐倉から速玉《はやたま》神社まで歩いたが足を出す度に痛む。その痛みをフサの体につくった勝一郎が御舟《みふね》漕ぎの競争に出ているなら、一刻もはやくその御舟を見たい。道筋に子供らの酒樽をくくりつけただけの御輿《みこし》が物に急《せ》かされるように金切声で練って廻っていた。その通り一つへだてた雑賀《さいが》町の方に見物の人が声をあげて移るのを見てスズが「はよ行こ」とフサの腕を引く。白い神馬が神主らに牽かれて通るだけだとわかるとスズが「なんやあ」と身を振った。

勝一郎がどの船に乗っているのか分らず、川原で見物の人にまぎれて立っていると、ミツがフサの気持を察したように「あそこにおる」と指さした。サンとスズがその八艘並んだ御舟のすぐそばに行こうとフサの手を引いた。

「なあ、見て。みんなうちに来とる男衆ばっかしや。佐倉が舟出しとるみたいや」

そう言うスズに「何言うてるの」とミツがつぶやき、見知った人に会ったらしく急に笑みを浮かべ会釈をひとつした。

御舟は丁度神社の下にあたるそこから川を逆のぼり川の真中にある小さな島を二廻りして、神社の裏手あたりの川原に漕ぎつくのだった。神武がこの紀州の熊野と呼ばれた新宮にやって来て以来続いているという祭りは近隣から沢山の人が見物にくる。川原の波打ち際まで寄ると、下穿きひとつ腹にさらしを巻き蓬莱や千穂と染め抜いたハンテンをはおった男衆らが、その頃から生きているように見える。

勝一郎もそうだった。日に光る厚い胸の肌、太腿。神主が魂振りをし合図があるのを待って、水にくるぶしまでつかり身構えている勝一郎を、眩しげにフサはみつめた。勝一郎らは舟に乗り、櫂をしっかり握る。勝てと独りごち、自分の息の音に気づき、ふと、水がしっとり青くその面を風が渡っていくように小波が立ち、向う岸の鵜殿の山が水に濡れたように日を受けているのを見て、フサは勝一郎のくるぶしをひたす水がうらやましい気がした。

合図が出て介錯がそれぞれの舟に駈けもどり、舟はその介錯を乗せると最前の静けさを打ち破り、音をたてしぶきをあげおらび声を立て川を漕ぎのぼる。その舟がゆれ、先に漕ぎのぼった後を鎮めるように鵜殿の化粧した男らに導かれた神体がのぼり、神主らがつづく。

「さあ今度はこっちや」

とミツが指さし、終点の神社の裏の方に川原の石を下駄にはさまぬよう用心して歩いていると、どよめきが終点の方から起こった。すでに御舟島を二廻りし終えたらしく神倉とのぼりを立てた舟が、神社の裏めざして鳥が飛ぶように漕ぎ向っている。蓬莱と明日香の舟がこすれ合いながら続き、蓬萊が岸についたとたん、櫂をかざして男衆がとび出し、先に入った神倉の男衆に殴りかかる。蓬萊も神倉も一斉に立ち上がった。フサは眼の前で見た。殴りかかったのは勝一郎だった。勝一郎は相手の額を櫂で打ちすえ、そばから殴りかかる男衆を蹴り倒したとたん、腹に櫂をまともに受ける。「やめよ、やめよ」と割り込んだのは舟と舟をぶつけ合っていた明日香の男衆らで、それも殴り合いに入ったのか止めに入ったのか分らなかった。「今年は猛っとるわ」フサのそばでふところ手をした男がつぶやく。

祭りの次の日、ちょうど打ち直しに出した綿がもどってきたので冬物の蒲団をつくり直している時、北海道からもどったマツが佐倉に立ち寄った。北海道への往復に疲れたのかマツは心なしか頬がこけ、以前古座の酒屋で一緒に奉公していた時のようにやせている。木戸から中に入れというフサに首を振り、マツは「これ」と木戸の脇に立ったフサに紙づつみを差し出した。なに？　と訊き返すフサに「やっぱしなあ、鉱山で死んだんよ」と溜息をつくように言った。

台所の方からスズが顔を出し、「フサちゃん、忙しさかりやから、ちょっとだけ手エかして」とミツに言いつけられたように声をかけた。それに返事もせずマツの眼に涙が光っているのをフサは見ていた。確かに祭りの次の日の今日、猫の手も借りたいほど忙しかったが、フサはふと、吉広が死んだという今、始終男らの荒げた声がする佐倉で菜を洗い幾つも魚の鱗をそぐ仕事に追われるのが厭になった。スズがまた声をかけるのを耳にしなかったように、フサは振り返りもせず裏木戸を抜けて閉めた。

「ええの？」

マツにうなずいて手渡されたその小さな紙づつみを広げて、それが思い描いたとおり吉広の短い髪だったことを知り、フサは泣く事もやらずただみつめた。「佐倉、やめる」とフサは世迷い事のようにつぶやき、力が抜けていくのに逆らうように紙づつみを元どおり折りたたみ懐に入れた。それからフサは佐倉に奉公するのが自分だというように渋るマツを誘って、そこから川沿いに歩き池田港の方へ行く。池田港へ行くまでにある明日香神社の脇道を曲がると、急に川が広がった。

川岸の杭につながれた舟が微かな波に揺れていた。それが所在なく思え、フサはへりに手をかけて舟に乗り、子供の頃を思い出して水のように滲み出てくる涙をこらえ、「兄《あいや》、好きやったん?」と訊ねた。マツは水の光をうつして綺麗だった。マツはフサの顔をみつめた。

「古座の番屋で待っておれと言うたが、こんな舟でも兄《あいや》と逢うた事あるよ。言おうと思たけどよう言わなんだ。なあ、フサちゃん、そんなにしたら乳痛いと言うたら女やったら分るやろ。兄《あいや》、わからんの」マツはうっすらと眼尻に笑みを浮かべた。「わしが、あんにいよ、あんにいよ、と息切らせて言うとると、どれ、と月にかざしてみて、おう、固なっとると言うん。わざと舟グラグラゆすって、そんなに乳ばっかしみせんとはよこっちへ来い、と口ふさいでくる。言うたらよかったんよ」

そう思い出して言うマツよりフサが揺れる舟に誘われたように泣いた。光を撥ねる水が雪の野原のようにみえた。

「兄《あいや》の骨に会うてな、子供孕んどる言うても遅い」

「言うたらよかったのに」

フサがまた世迷い事のように言うとマツはフサをなだめるように肩に手を置き、それから息を整えるがかなわず声を出して泣き、「憶えといてなア、兄《あいや》の子、マツが孕んだと憶えといてなア」

救けて欲しかった。フサはその時くらいつらいと思うことは将来もないと思うほど、他所の土地で死んだ吉広と、マツが孕んだ吉広の子の不運に胸を裂かれる思いでいっぱいになった。

ミツに佐倉での奉公をやめると言った時にも、戦争が始まったばかりでまだ景気のよくない今どうするのだと説得されながら、フサは吉広の代りに吉広の子がフサの前に現れるなら何もかも耐える事が出来る、と胸の中でつぶやいた。新宮に寄ったのは病院へ行くつもりもあったとマツが言ったのを思い出し、ミツがあれこれ言っているこの今、サンとスズが泣きながらどこへ行くのかと言う今、吉広の子は死んだかもしれないと思いつづけた。潮鳴りを耳にしながらフサが寝ついたのは明け方だった。

次の日マツが青白いこけた顔でたずねて来たのを潮に、夜のうちに枕元に重ねて置いた着物を風呂敷に入れ、とりあえずミツにつれられ事務所に挨拶に行った。事務員はミツの言葉を信じられないというように、「ほんまにこの御時勢に奉公やめるんかい?」と、うつむいたフサに訊き、フサがただ身を固くしてうなずくだけなのを知ると、「あかん、こりゃ」と手を振った。

「兄さんが死んださかなにもかも厭になるの無理ないけど。突然やからなあ」

そうミツは言って前掛けを取りフサの涙をぬぐって、「もうちょっと辛抱し。スズもサンもおるし、もうちょっとしたら景気もようなるし、こんなに毎日男衆らが集まっとるという事もない」

そのミツにただ首を振り涙を流した。

マツと共に佐倉を出て駅の方へ歩きながら、フサはミツの言った言葉に返すように「他でつらなってももう佐倉にもどらせんよ」と独りごちた。マツは子を堕ろしたためか日の光が体にこたえるようにうつむき歩き、樟の大木の蔭になった石垣に来て肩で息をしながら立ちどまった。不意に「フサちゃん古座から行て半年になるなア」と言ってしゃがみこむ。石垣に手をついて痛みをこらえるように呻く。

「古座に帰ってまた一緒に働こ」

フサは黙っていた。マツが楽になったと立ち上がったので、古座には帰らないと言おうとして、ふとマツの尻を見た。樟の蔭では黒いしみのようにみえていたのが日を受けて花が開いたように赤く見え、フサは声を呑んだ。

マツが仲之町の紡績工場へ、フサが神社のそばの古くからある舟町の旅館に奉公したのは勝一郎の口ききだった。フサは勝一郎の顔の広さをつくづく知らされる思いだったが、後で佐倉とその旅館油屋は縁つづきだと耳にし、佐倉が勝一郎に教えたのだとわかり、勝一郎の得意げな顔をわらった。内儀は古座の酒屋の内儀にどことなく似ていたが、フサにははるかに優しくみえた。

その舟町の旅館の裏手からすぐが丁度祭りの御舟漕ぎの舟の出発点あたりだったので、川口の貯木場そばの佐倉よりも潮鳴りは小さく、海からはるか遠くに奉公に来たような気がした。その代りに舟町が神社とも千穂ガ峰とも近いので、風が出ると潮鳴りよりも性急な騒がしい梢のこすれ合う音が立ち、耳にこびりついた。

勝一郎がフサを呼び出すのはきまって朝から神社の森や千穂ガ峰が騒いだり、二人の女中に従いて煮物をしたり蒲団を干していて、風の音に気づくような日だった。きまって梢が騒ぎ、音が耳にこもったように響く度に雨が降った。

冬の寒い雨の中を走ってきて勝手口に立ち、華やいだ顔の女中にからかわれている。勝一郎はまんざらでもないらしくにやにや笑って切り返し、フサがそばに立ったのを見てあわてて笑みを消し、「また雨じゃ」と取ってつけたように言う。

「雨がしゃじいとるよ、山の中、雨だらけじゃ」

その勝一郎に連れられて明るい雨の中を傘さして、そこから眼と鼻の先の大王地《だいおうぢ》まで飯を食いに連れていってもらった事があった。フサのさしかけた旅館の番傘に大きな体をかがめて入りフサに身を擦りよせる勝一郎が、フサ、と圧し殺した声でつぶやき、あごをしゃくる。フサが何を言ったのか分らず勝一郎を見ると、勝一郎は向うから歩いてくる男らに会釈をひとつし、その二人を佐倉と佐倉の新しく入った番頭だと言った。

「顔みたかい？」

「傘さしかけとる背の高い人みやなんだけど、旦那さんは違うみたい」

勝一郎は「あれが佐倉じゃだ」とフサの傘をさしかけた手を握った。

勝一郎は雨に濡れると、山仕事の装束を着ているわけでもないのにいっそう草のにおいがした。その勝一郎が北海道で死んだ吉広に似ていると時折気づくこともあったが、いまフサの眼の前にいるのは、山が風に騒ぐ度に旅館の勝手口に現れる吉広とは似てもいない勝一郎だった。

佐倉から舟町の旅館に移って、フサは一皮も二皮もむけて娘らしくなったと誰彼なしに言われた。旅館の内儀はそのフサが女中に来ていることが自慢らしく、町内の会合や婦人の集いがある度に連れて外に出た。そこで佐倉にいる時に聞く事も出来なかった噂を幾つも耳にした。

佐倉はこの新宮を一挙に恥のどん底に引き入れた、天子様殺害の計画グループの首領の医者にはオイにあたるが、そのグループに近づいていた木馬《きんま》引きや筏夫らの荒くれを使い、人の山をわが物に取り込み、製材工や材木かつぎらが集まって作った組合をつぶしてまわる人間だった。その噂を耳にしてフサは、廊下を歩く男衆の足音を聞き、風呂場に身を小さくこごめてしゃがみ込んだ自分を思い出した。

「なんやしらん怖ろし」

フサが言うと勝一郎は笑って、

「嘘じゃよ、そんな事あるかよ」と言う。

冬の川は冷たい雨が降りつづく日が多いので水かさ

が増し、そこからはいかにも熊野川という荒くれた感じに見えた。澄んだ深い青空に日があるのに、朝、勝一郎が出かけていった川向うの山奥に雨が降っているというのがフサには不思議だった。山には肌に触れることのない透明な雨が降っているに違いない、とフサは思い、フサはそれから、板場が今朝くれた赤いサンゴの髪挿《かんざし》をしていた事に気づき、勝一郎にみとがめられないようにはずした。

「佐倉やめたら、なんであんなところにおったんやろと思う。紡績工場の方にも佐倉の若い衆が来て、他みたいにしてストじゃ言うて騒いだりしたら首の骨折ったるから、と脅したとマツさんが言うてた」

「そりゃ、違う。佐倉の旦那はめんどうみええさか、いやいや人夫貸したんじゃろ」

勝一郎が話を変えるように土堤から川原の方へ降りかかり、川の方まで行ってみようと言う。フサは不意に佐倉のそばの浜を思い出して羞かしくなり、いややと首を振った。川原に勝一郎と一緒になど降りたら、松林もないここでは必ず誰かに見られる事は確かだった。

フサが土堤に立ったままなので勝一郎は引き返し、「そこで昼間から乳繰ろうと言うんじゃないのに」と耳元で言った。上気したフサに勝一郎は体をこすりつけるようにそばに寄り、「夜になったら親戚に用事があると言って出て来いよ」と言う。

山の方にかかった白い雲の音のように、フサの耳に、ヒュンヒュンと梢と梢のこすれ合って立つ音が聴える。

板場が泊まり客に出す料理を全部味つけするので、その旅館での食事の準備は佐倉と比べれば簡単だった。野菜の水洗いも勝浦で取れた魚の腹出しも板場が江戸の時代からある油屋という旅館の格式にふさわしくやるのだからと、女中らは極く簡単に市場で仕入れた時についた泥や埃を洗い落す程度でよかった。

ただ朝が厭だった。油屋でのフサの一日は佐倉や古座の酒屋とは違い、一時間もはやく空が白みはじめた頃に起き出して、家を出て、市の立つ駅まで籠をぶらさげて出かける。

朝早く起きる事も市まで魚と菜を買いつけに行くのも苦ではなかったが、一緒に行く辰さんと呼ばれる板場が厭だった。その板場はどことなく清さんに似ていた。

フサはその板場が勝手口から外に出てくるのを待っていた。板場はのろのろした仕種で鍵を閉め、ドテラを羽織りなおして、「さあ、行こか」と籠をひとつフサに手渡し、朝の町中へ歩き出す。町はいま白みはじめたばかりだった。

舟町から雑賀町を通って丹鶴《たんかく》町に出、板場は「ここからの方が近まわりや」と女学校の前を通り、駅前に出る。駅前の広場に着く頃は、そこが新宮の真中にある臥龍《がりゅう》山のそばだからか、白んだ空が大きく広がっている。板場はまず魚市場に顔を出し、勝浦で水揚げされた遠洋物、新宮から一つ古座寄りの三輪崎《みわさき》で漁師らが水揚げしたアジ、タチウオを選んで仕入れる。

板場が買いつけた魚を、並んで立って魚をのぞき込んでいた売子が、フサの籠に入れようとした。「いや、違うんや、それには菜っ葉を入れるんや」と板場が自分の籠をさし出すと、売子はふと顔を上げて二人を見て、「夫婦で魚屋やっとると思たが違たんか」とつぶやいた。板場は素知らぬふりをしたが、フサは朝早く市場に来た楽しさをはぐらかされたようで、体から力が抜けていく気がした。魚市場の次には野菜を買いにそこからすぐの広場に行ったが、フサは隅に置いてある材木の上に腰かけて昇りはじめた朝の日が動いていくのを見て時間を潰し、あれがいいこれがいいと見くらべ、品定めして買う板場の後にはもう従いて歩かなかった。

板場が髪挿をくれたのは三日目の時だった。

その髪挿の緋色のサンゴがフサは好きで、勝一郎が「夜に来るさか」と昂《たかぶ》った声で言って帰った後、フサは懐に手を入れてそれを取り出し、勝手口を開ける時に髪に挿し直した。勝一郎にかくれてほんの少し悪い事をしている気になったが、フサは耳を澄ますと三味の音が聴えてくるような大王地すぐの舟町では、綺麗にしといた方がええ、とつぶやき、一人納得した。

勝手口を開けて煮豆屋を呼びとめようとすると、向うから芸者が歩いてくる。何故かフサは上気し、髪に挿した髪挿をまじないのように手で触った。振り返り、水仕事の顔をあげて女中と猪がどうや紀州犬がどうやと話している板場を見て、勝一郎と似ても似つかないと気づき、まじないも力が半減すると思った。

フサが夕方、早く食事を取り終えて内儀に「初之地《ういのぢ》にある親戚のうちに行てくる」と外出の断りを言うと、勝手口で女中が待ち受け、「佐倉の色男と逢引きするん?」とあけすけに訊いた。

その言い方に腹立ち、「なにが?」と訊き返した。

まだ十五のフサがそんな時にみせる気の強い小股の切れ上がったような感じに女中は親近感を抱いたというように笑みを浮かべ手を振った。「ちがう、ちがう。仕事押しつけられるというんでも、人の恋路を邪魔しようというんでもない」

女中は板間に足を投げ出して坐り、二度三度足をそらせ、白足袋の親指についたゴミを手で払いのけ、「うちとよう似とるからよ。あんな風な色男についだまされた事あるさかよ」と女中は言う。

勝手口を閉めた途端、夜の寒さが体に滲みとおる気がし、腹立った自分がおかしくなった。勝一郎が待っている土堤の方へ急ぎながら、梢のこすれあう音を耳にしてフサは寒さに鳥肌立った体が着物の生地にこすれて痛いと思った。

土堤の上で待ち受けていてフサの下駄の音をやっと耳にしたというように勝一郎は立ち上がり、夕暮の闇が固まり動くように歩いてくる。勝一郎はフサに体当りするように身を擦り寄せて腕をまわし、フサがくすくす笑うと、「なんにもおかしい事ない」と耳元でつぶやく。その耳に触れる息が、吹いている風の本当の音のようで、寒さに身震いするようにフサは震えた。勝一郎が股間を擦り寄せてフサの背にまわしていた腕に力をこめ、「ごわごわした着物じゃな」と耳元で言う。「ここで待っといて寒いさか、ちょっと行こら」

その耳元で言う勝一郎の声そのものに誘われたように、日がすっかり空からなくなり、ただ柔かい白い光を映した川の土堤を手をつないで歩いた。勝一郎が一体どこへ行こうとするのかフサには分らなかったが、フサの手を包み込むような熱く硬い勝一郎の手に引かれているので不安でもない。

土堤ぞいに水手《みずのて》まで来て、そこからもうすっかり雨戸を閉ざした雑賀町を横切り、丹鶴町まで来た。駅からの通りに何軒か灯をつけた店があり、人がいたのでフサは勝一郎の手を離した。先に立って勝一郎は通りを歩き、いつぞや吉広と通った山際へ曲がる道に来て、「ついそこじゃ」と振り返った。勝一郎は立ちどまり、フサの顔をみつめる。フサの手を取り、フサがその山際の路地に立ち籠めた夜を吸いこむように大きく息をするのを見て、「ちゃんと油屋には親戚の家へ行くと言うてきたんじゃろ」と訊ね、うなずくフサの肩を抱く。

勝一郎が一人住むという家は勝一郎が養子に行った西村という材木仲買人にもらったというだけに、若衆一人で住むには大きすぎた。家に入り、戸を内側から閉め、ほの明るい電燈をつけた家で、流しに立ち茶を入れようとした。家に火の気のないのを知り、フサはとまどった。ぼんやりとたたずんでいると、うしろに立った勝一郎が手を引く。フサはかたわらに坐らされ、勝一郎に抱き寄せられ、そのうち不器用な手が帯をほどきにかかる。灯りに眼を閉じ、勝一郎の立てる物音を耳にしながらフサはこの家に暮らすことになるかもしれないと思った。

裸電球のともった家で見る勝一郎は昼間見る時とも夜見る時とも違い、フサとさして齢格好は違わない若衆のようで、なんとなく安堵した。勝一郎はもう片手には収まりきらないほどになったフサの乳房に顔を寄せ、両の乳首をつかんでいるので、フサが息苦しくなり畳の目に肌が擦れるようにのし上がると、フサの体におおいかぶさる。

勝一郎は閉じたその眼に唇を当て、唇に唇をあわせ、勝一郎の手がフサの足を上げさせるのに羞かしいと言おうとして口をあけると、勝一郎の舌が歯の間に割って入る。その舌のように足を立てさせたフサの間に勝一郎の性器が入り、フサは声をあげようとした。声が唾液のように吸われ、ただ喉の奥で呻くしかなかった。勝一郎はそのフサが痛みに呻いていると思ったのか、フサの肌に勝一郎の下腹の筋がふるえるのが伝わるほど、ゆっくりと強く中に入り、「痛いか?」と訊く。痛くないとフサは胸の中で言い、体中が熱をもったように所在ないのを言おうとしたがフサは羞かしくやるせなくて勝一郎にただ体を圧しつけた。

勝一郎の固い胸に圧し潰された両の乳房の方、勝一郎が繰り返し繰り返しさぐるように入ってくるフサの奥の方から、光を撥ねる粉雪のようなちりちりと痛みのようなものがはい上がってくる。フサはそれがあの痛みだった気がした。フサは兄の吉広が一瞬に感じた痛みを思い出し、体がとめどなく震えた。フサは勝一郎にしがみつき、背につめを立てた。

勝一郎はフサの内股にある火ぶくれのように見える小さなアザに唇をつけ、「血じゃと思た」と言った。フサは横に寝た勝一郎の体に身を寄せ、ささくれた畳のくずが勝一郎の首筋についているのを払いのけてやった。

その山際の路地では、潮鳴りと梢のこすれる山の音が入り混って聴えるのを不思議に思った。手をのばし、勝一郎が女陰《ほと》の谷間を嬲っているのに呆けたようになりながら、あれは潮鳴り、あれは葉が風に震え梢がこすれあって立つ音、と聴き分けてみた。

いかにも木馬を引いたり材木の修羅《しゆら》出しをする悪がった若衆の家のように破れ目に花札を貼りつけた襖を開け、勝一郎は蒲団を出しはじめた。「うちがやったるから」とフサが立ち上がると、夜中フサが家にいる事がわかり安堵したというように勝一郎は素裸のまま土間に下り、水がめにひしゃくをつけて水をのむ。

何組も蒲団が押入れにある事に気づいて、フサが訊ねると、流しの窓をあけて外をのぞいていた勝一郎が、「姉ら夫婦がしばらく住んどって、家移った時くれたんじゃ」と言う。手早く蒲団を敷き勝一郎が脱がせた着物を折りたたんでいて、勝一郎がうしろからにやにや見ている事に気づいて、フサはあわてて蒲団にもぐり込み、「羞かし」と身をかくした。勝一郎の蒲団は夏芙蓉の葉のようなにおいがした。耳元で草が風をうけてかしぐような音が立った。

勝一郎から聞くその佐倉の話も、風にざわめく草の音をフサに思い起こさせた。佐倉に関する話はそれまでもフサは幾通りも耳にしたが、今から考えると佐倉に奉公に出た事が怖ろしくなってくる。いや、この新宮が怖ろしくなる。

新宮と勝浦の間に鉄道が敷かれたのは昭和元年の事だが、その時、新宮の隣町三輪崎の人間らが反対した。事は単純な損得の問題で、もともと浜が荒いし川口が狭いために、新宮で陸揚げされせり落とされた材木を運ぶほどの大型船は入る事が出来ない。それで天然の港のある三輪崎に船をつけていたので、三輪崎には荷役をする男衆らがごろごろしていたし、それに加えて、三輪崎と新宮を結ぶ峠に人力車を引く車夫、材木を引く人夫らもいた。

荒くれ車夫らを煽った者がいた。勝一郎はそれを叔父から聞いたと言った。人夫らはただ公民館に芝居があるからと集められ、演説をきき、それで鉄道が新宮と勝浦の間に敷かれると仕事がなくなると思い、手に手にチョンナや棒を持ち、鉄道創設をすすめていた新宮の吉田長四郎の家を襲った。家に乱入した車夫らに気づき、吉田長四郎ら家族の者は竹藪に逃げ込んだが、腹いせに丁度居合わせたあんまを殴り殺した。車夫らを煽り立てたのは佐倉だと勝一郎は言った。吉田長四郎の汚職の噂が広がってもいた。

元々、佐倉は曲がった事が嫌いだし、天子様を殺《あや》めようとした伯父の血を受けて弱い者の味方でもあった。佐倉が車夫らを集め、団結させて、仕事がなくなり路頭に迷う事をふせごうとした。だが佐倉が車夫らを使って、以前から競争相手だった大地主であり、材木商の吉田長四郎を殺させようとしたのだ、と路地でも新宮でも噂した。

フサは身震いした。

風

フサは奉公する旅館からすぐの土堤に立って細かい日を撥ね返している対岸の成川《なるかわ》の山を見る度に、勝一郎がその山の方へ仕事に出かけ、その山の方からフサの方へやってくるのだと思った。

昭和七年、初めて他所で正月をむかえ、まだ松飾りが取れない頃、フサは丁度正月に重なり合うようにあるはずだった月のものがとまっている事に気づいた。フサはごく自然に、日を受けて細かい光をまいている山の方から川を横切り渡って自分の腹に勝一郎の子が入った気がした。母のように大仰にではなくマツのようにこだわりもせず、勝一郎に子を孕んだと言った。

「一緒に暮らそら」

勝一郎はそう言った。フサが子を孕んで晴れて自分のものになったと言うように、昼間、旅館の誰にも断りもせずそのまま連れ出し、浮島のはずれにある西村の家へ行った。勝一郎の元々の姓は中本だった。姉が二人、弟が三人いたが幼い頃勝一郎一人養子になって子供のいない西村に行き、その養子先で男の子が生れ、路地の家と二つほどの山をつけて戻された。だが籍は西村のままだった。

養父母は世帯をもつという勝一郎に「大工でもせえよ」と言う。フサがけげんな顔で見ていると思ったのか、広くとった玄関の土間に所せましと幾つも立てかけてある角材をあごでさし、「あれ、家つくる材木でなく、下駄つくる材木やけどね」と優しい声で言う。「このごろは山仕事行くの楽やさかやめとるけど、ずっと大工やっとったんや」

「世帯持ったら遠いとこも行けん」

「そら、いけんわ」養父はわらいフサの顔を見る。

その日から二月の十七日の祝言の日まで、一日が熱に浮かされてでもいるように過ぎた。勝一郎の親戚に顔を合わせたし、旅館の内儀に勝一郎と一緒に奉公を辞める挨拶にも行った。古座にフサをもらい受けに行くという勝一郎について汽車に乗り、フサは十五の歳がたった一年間という時間だった事が嘘のような気がした。汽車に乗り船に乗り、そばにいるのが吉広ではなく勝一郎だったのに改めて気づいて、それを厭だとも嬉しいともことさら思わないが、自分の運命のような気がし茫然とする。

古座に降り立ち川の水の光を見、絵のように過不足なく心地よい適度の広さの川、川にそって立ち並ぶ家、適度の高さの山を眼にして、ふとフサは自分がささくれ立ち、昂《たかぶ》っているのに気づいた。川口にある家にむかって歩きながら母と幸一郎が驚く顔を思い浮かべ、フサがささくれ立っているのはみんな新宮のせいだ、新宮が勝一郎なら古座は吉広だと思い、勝一郎の手を自分から勧んで取って力をこめて握った。

古座は吉広のようだった。その吉広のような海、吉広のような川を眼にしたくて家への道を廻り道してフサは海にむかった。石垣の脇に茎を伸ばしあと十日もあれば花芽をつける水仙を見つけた。駈け寄り、「なんなよ」と言う勝一郎に、「うち、新宮へ行く前に奉公してたんやけど、いっつもこの花みてた」と言い、ふと吉広の顔を思い出した。フサが古座を好きなように吉広も、雪の降る寒い北海道で死ぬ間際までこの古座を好きだった、とフサは気づいた。石垣に手を触れると石が体の温《ぬく》もりのように温い。なにもかも頬ずりしたたかった。日の光、ぬくい石垣、花芽がいまにも出そうな水仙、日に光る土、頬ずりして、子を孕んだと言いたかった。

松林を抜けて砂利浜を歩き波打ち際に立って見る海は雪の原のように輝いていた。何度も獣に戯れるように石をつかんでは投げ波が打ち寄せると逃げる勝一郎に、その海の向うへ吉広が出かけ、その波のこちら側にいま腹の子が来ようとしていると言いたかったが、言葉にならなかった。どこまでも果てしなく雪の原は続き、粉雪がかすんだような青空と溶けていた。

製材所の脇をくぐり抜けて川口に出て、それから坂を歩いて家の前に出た。「あれえ、フサちゃん」と花衣が声を出し家の入口を振り返り、「母さん、母さん、フサちゃんが来た」と叫ぶ。

花衣は勝一郎に挨拶した。

「兄《あいや》おるかい？」

花衣は一瞬とまどい、それから「ああ」と納得したと声を出し、幸一郎は川奥まで行ったので夜になるまで帰って来ないと言い「あんたが兄《あいや》と言うさかいびっくりしてしまう」それから華やいだ顔にもどった。「この間も兄《あいや》おらんかアと吉広さんの朋輩来て、うち、しばらく思い出して泣いとったんよ。泣き虫やから。宮崎におった時もな、うち一人、すぐもらい泣きするねん。そや、フサちゃんにも言うとこ。宮崎からヤクザが来たけど、あの人と二人で追い返した」

フサはうなずいた。

勝一郎は正坐し母に両手をついてフサを嫁にもらいたいと言った。母はそれまで見せていた笑みを消し、フサと勝一郎の眼が苦しくてならないようにうつむき、みるみる肌に艶がなくなり老い込んだ顔で、「まだ十五やに」とつぶやいた。その母を見て涙が出た。潮鳴りがしていた。フサは遠い昔、こんな風に母が身を小さくこごめるようにして黙り込んでいる事があった気がし、日の出ている昼でもほの明るい土間を見て、後から後から涙が出て来るのを不思議に思いながら「母さん」と呼ぶ。

そこに坐っているのが母ではなく、肌に力がなく小さく風のように呼吸している年寄りのような気がし、「母さん」とまた呼び直した。「フサ、孕んどる。勝一郎の子、孕んどる」

声が震えその自分の声にまたひとつささくれをつくってしまった気がした。さりげなく髪を撫ぜる勝一郎の手を感じた。母はまるで自分がフサの本当の母親ではない、十月十日腹に持ったのは自分ではなかったと言うように身をさらにこごめて「そうやろと思た」とつぶやく。

　子を産みたいとまだ十五のフサは思い、勝一郎に、今、眼にする番屋も川の波も筏もフサに子供を産めと優しく言っていると伝えたかった。海の方から吹きのぼってきた風がフサの耳のうしろの方に過ぎ葉がすっかり落ちた夏芙蓉の梢を鳴らしていた。

　二月六日の神倉神社での御燈祭りは舟町の旅館で見た。

　二月十七日に勝一郎の養父の家で祝言をあげ、フサはその日から路地の家に住んだ。次の日、まるで随分昔からそうやって暮らしていたように朝早く勝一郎は山仕事に出かけた。それで、所在ないので日が出てきてからその家の横の共同井戸にたらいを持ち込んで洗濯をした。

「えらい若い嫁さんやね」

　路地の女が金たらいをフサのそばに置き、井戸水を汲み上げながら言った。

「幾つ?」

「もうすぐ十六やけど」

　路地の女は水を汲んだ金たらいに洗濯物をつけ込み、水をすこし汲み足そうと立ち上がったフサを見て「あれ」と頓狂な声を出す。「腹、おっきいん?」その女の声を聴いてフサは子を孕んで初めてそれが羞かしげな事でもあるんだと気づいて上気した。

　路地に住むフサにその事を教えたのは井戸で一緒に洗濯をしていた女だった。勝一郎には体の具合の悪い弟がいるが、その弟はけっして悪い人間ではないと言った。女は泡がうまく立たない石鹸でよごれた水を棄てて今一度井戸水を汲み直し、たらいの前にしゃがみ、フサの顔を注意深くみつめて、「勝一郎もな、あんたに今はかくしたいんや」とつぶやく。

　水がゆらゆら揺れ朝の光を明るく撥ね顔に眩しいのに眼を細め、フサはその勝一郎の弟を思い描いた。生れついて右手に指がなく、獣のひづめのように二つに大きく裂けている。その弟が祝言に出ていたのだろうか。井戸のそこから顔をあげ、眼をこらすと路地の山の雑木がゆっくり音をたてて揺れている。勝一郎は今朝眼覚めるとすぐに家から顔を出し、その臥龍山の雑木の動きを見て山仕事の装束をつけた。

「天気があの山でわかるん？」

フサは思いついて訊いてみた。

「山仕事をする者はみんな天気わかると言うな」

女は言い、丁度井戸の脇に走り出て来た犬を追って家から出てきたよちよち歩きの赤ん坊を、あかんよと顔をしかめてにらみつける。赤ん坊はヘラヘラ笑い、耳を下げて尻尾をふっている犬を抱きかかえようとして逃げられる。「あかん」女は顔をしかめる。女は前掛けで濡れた腕をぬぐい赤ん坊を抱きあげ、「かわいよ、ここ噛んだりたいよ」と頬に頬を擦り寄せ、家の勝手口から出て来た母親らしい若い女にその赤ん坊を渡し、「このごろ、ちっとも言う事きかへんの」と言い、母親に抱かれた赤ん坊の額をこづき、「なめとるのか？　どしまそか？」

どします、殴ってやると言っても声を立てて笑う。

勝一郎が路地のその家にもどったのは、家の前の畑が赤茶けた色に染まった頃だった。勝一郎はそう言う事がうれしくてならないように流しに立っていたフサに、「今、帰った」と言い、かまちに尻を下ろして地下足袋を脱いだ。

「佐倉の番頭らと風伝峠越えてしばらく行った山まで自動車に乗って行たんじゃが、道通れんさか風伝の峠の手前で歩いたら雨が降り出すんじゃ。向うの山も天気やったしこっちも天気じゃが、その一帯だけ雨降っとる」

「大丈夫やった？」

フサが訊ねると勝一郎は顔をあげてフサをみつめながら、下駄をつっかけて脇に立ち、杉の葉がくっついた装束をこすりつけるようにフサを抱えた。耳元で「山の神が焼きもち焼いたんじゃよ」とささやいた。

勝一郎は杉の枝の下刈りをし、枝打ちする山仕事の間じゅう、雨が急に降り出さないものかと思い、路地の家にいるフサの事を考えつづけていたと言い、その思いがつのり猛ったというようにガラガラと音をさせて雨戸を閉めた。フサを裸にして、乳房にあてた手を払い、しゃがみこもうとする体を立たせて腹に耳をつけた。路地の女がめざといだけなのかフサの腹は自分の眼で見ても以前と変らない。

肌理の細かい肌は勝一郎の手が触れても弾き返すほどだし、それに今はむだな物は一切なかった。裸電球の光で産毛が黄金色に光っている。勝一郎はそのフサを抱えあげて横にし、フサの体を自分の体でおおいかくすように上になり、フサが勝一郎の胸に頰を擦り寄せ、唇をつけるのに煽られたように、「明日、雨じゃったらええのにねえ」とフサの奥に入ってくる。声をあげその声と共に知らずに体がずり上がってしまう。

潮の音と山の音がまじり合って聴える体のまま、フサは「体の悪い弟、おるん？」と訊いた。

勝一郎の荒い息が一瞬、止まり、それからフサの手を握っていた手を離して「そうじゃ」と低い声でつぶやいた。勝一郎が体の上から離れるのをいや、と小声で言うと、勝一郎はフサの耳元で「俺も一回ぐらいで厭じゃけども仕事から帰ってきたばっかしで、飯も食てないし風呂にも入ってない」フサは羞かしかった。フサが言いたかったのはその事ではなかった。

銭湯は路地から切り通しに出た方にあった。待ち合わせを約束して風呂に入り、いつもより早く風呂を出ても勝一郎は湯ざめしてしまうほど待ったと言った。その銭湯からの帰り道、勝一郎が先に立って、山に沿った狭い道を歩いた。丁度路地の三叉路になったところに家がある。その家に勝一郎が「弦よ、おるかい」と声をかけ勝手に戸をあけるのを見て、すぐ分った。

勝一郎の実弟だという弦は勝一郎に似ていなかった。弦はフサを何度か見たと言った。「この上の小屋に来とったやろ？」

フサが首を振ると「そうじゃ、そうじゃ」とわざとらしくその右手で頭をかく。フサは獣のひづめの形のようだと女が言った手そのものではなく、その手をみせびらかしている事が気に食わなかった。

「兄《あいや》と一緒に新宮へ来た時、ここへ来たけど小屋らへ行かへん」

「ベッピンな妹じゃねとすぐ思たが、吉広、元気かい？」

勝一郎が弦の顔を見てけげんな顔をした。

「言うたたじゃろ、吉広、北海道でハッパで死んだ言うて」

その勝一郎の言葉を聞いて弦は驚き入るという顔をし、「知らなんだよ。あの兄《あいや》におれ、何遍も女郎屋に連れてもろたが」と明らかにフサの眼にも芝居だとわかる顔をつくる。勝一郎がフサに気にするなというように見てから、「われのそういうひねくれたところが好かん。言うたじゃろ。妹に手を出したと俺をどついたが、死んだ吉広は、俺の兄貴分じゃったと言うたじゃろ」と弦に言った。「知らなんだ」と弦は言い、それまでの嘘々しい顔に、突然、涙があふれる。声をあげて泣き出した。フサは茫然とその弦の変り様を見ていた。弦はその手で頭を抱え、その手でぐしゃぐしゃになった顔をぬぐい、「兄の妹《あいや》、これの嫁さんに来てもらえるとは思わなんだよ。これも縁じゃの」とつぶやいた。

翌朝起き出して外に出た勝一郎が雨じゃと言ったとおり空から霧雨が降りはじめた頃、その弦が路地を走って来た。弦は濡れた服を払い、上着の中に包み込んで来た下駄を取り出し、「姐さん、これ、要らんかい」と手渡しするのを受けとった時、フサはなぜか分らないが、吉広がこの路地にいて自分を見守ってくれている気がした。

勝一郎がいると家に朋輩が何人もやってくるのは古座とよく似ていた。雨で閉じ込められ身をもてあましたように勝一郎の朋輩らは、どこの材木屋の山仕事は日傭賃がいくらだ、と情報を交し、それからすぐに佐倉の噂になった。木馬《きんま》引きの男が満州に出かけたと言い、フサが驚いていると、「あの木馬引きを佐倉から叩き出すんじゃから、新しい番頭もたいしたもんじゃ」と朋輩の一人が言う。

「ミツさんは？　スズさんやサンさんは？」

「ミツさんは木馬引きのオヤジと一緒に満州へ行たけど、あれらはおる」勝一郎が言った。

フサはぼんやりと雨の外を見ながら、ミツが行ったという満州を思い描いた。満州がどんなところか知らなかった。その広い野原にも雨が降っているのだろうか。

勝一郎の朋輩らは雨戸を開け放ち、思い思いに寝ころんで、流しに立って仕事をやるフサに気を使いながら、あたりさわりのない程度に、丁度路地の山の裏側にある遊廓の話をしはじめた。弦はひょうきん者のように、路地から山へのぼり山につくった道伝いに遊廓への道を歩いていて、路地に住む坊主のレイジョさんと出くわした話をした。レイジョさんをほんとうの坊主だと路地の誰も思ってはいなかった。元々信仰心は厚く、靴屋を一人でほそぼそとやっている頃も、浄泉寺に説教があるたびに出かけたが、その浄泉寺の和尚が天子様を殺そうと謀った一味の一人としてつかまって獄で死んでから、路地を廻る坊主がいなくなったので、和尚の代りのように頼まれもしないのに、路地の家に祥月命日がある度に袈裟を着て勝手にまわりはじめた。そのレイジョさんが遊廓の方から歩いてくる。

「レイジョさんも女郎屋へ行て来たんかい?」

弦が言うとレイジョさんは顔をまっ赤にした。もじもじとうつむき、手に持った数珠を鳴らしている。

「羞かしがっとると思たら、怒っとるんじゃ。朝のうちに新道の方へ行とかなんだらここをまわれんさか、お経あげてきたんじゃのにと言うて、俺が女郎屋へ行くと言うのに、ちょっと来いと俺を引っぱって家まで行く。レイジョさんと嫁さんのオリュウノオバの二人がかりで説教するんじゃ」

「なんでも知ったあるさか」朋輩の一人が言った。

「おうよ」と弦は言う。「俺に親がどうのと言うても知るもんか、これから女郎屋へ行くという俺に二人で涙流しながら昔の事から今の事まで話す。勝一郎の事も言うとったわ」

「俺の事かい?」勝一郎がけげんな顔で訊き直すと、弦は起き上がりフサを見て、「あれも悪い事ばっかししとるやつじゃったが、嫁さん来てなおったと」と笑った。勝一郎は「ほうほ」と小馬鹿にした声を出してフサを見た。

フサは勝一郎の視線をまぶしく思いふと強くなった雨の音に気づいて眼を移した。玄関から風に乗った雨が入り込んでくるのを見て、戸を閉めようと立った。雨が家の前の畑に出たばかりの麦の芽を掘り起こすような勢いで降っているのを見て、フサはそのレイジョさんにこの家にも来てもらいたいと思った。

勝一郎に言い、二人で仲之町の田川に仏壇を買いに行ったのは、昼すぎて朋輩らが帰ってからだった。雨の中を勝一郎は小さな仏壇を肩に負い、傘をさしかけ、フサが紙に包んだろうそく立てや鉦を持って帰り道、丁度駅からの道を路地の方に曲がろうとして、ふと顔をあげた。路地が背にした山の雑木がくもった空を手で指し示すようにフサの眼には見えた。風を受けて左右に揺れた。それは勝一郎が起き出して天気をみる山の雑木だったが、フサはその揺れる木がなんとなく不吉なもののように思えて、勝一郎に「なんやしらん、気色悪い」とつぶやいた。

「雨に濡れたら、腹が冷える」と勝一郎は傘をさす腕をフサの首に廻し、雨が背負った仏壇や首すじに当るのか「冷たいなア」と身をすくめた。フサは勝一郎の腕のぬくもりを感じて、「何で死ぬんやろかなア」と独りごちた。

元々大工をしていたというとおり、家の西側に当る押入れをたちまち改造して小さな仏壇をそなえ、さらにそのレイジョさんを連れて来て吉広のために経を読ませるのを見て、フサは勝一郎の優しさを思い知った。レイジョさんは仏壇にそなえた花に手を触れ、「こんな花の時期に死んだんやの」と一人でうなずき、古座から来たというフサに、「川奥の水尾《みと》川というとこ知らんかん？」と優しい声で訊く。

フサが首を振ると、「そうかん」と言い、短く刈った頭を手で触れて顔を赧らめ、「あのあたりにもようけ平家が落ちてきたと言う。みんな殺されたらしいけどの」とフサの顔を見た。レイジョさんが何を言いたいのかフサには分らなかった。「ようけ殺されとるんやの。あんたら知らんやろけど、昔からあっちもこっちもで殺されとる。その川奥の十津川でも、玉置山のこっちにある竹筒《たけとう》でもようけ死んどる。うちの親、竹筒の人やけど、タケトウというだけでなんど畏ろし気するんや。わしが親の事、あんまり知らんさかタケトウから降りてきた体の大きい男が母親にわしを産ませてどこぞへ行たというのが畏ろし気するんやけど」

そのレイジョさんが帰った後、勝一郎は「ムカデムチムチクイツクじゃ」とわらった。何？　とフサが訊ねると勝一郎は説明した。路地の誰もがレイジョさんの世話になり、葬式や命日にはその浄泉寺の和尚の代りに来てもらうが、正規の勉強もせず突然坊主になったレイジョさんをどこかで小馬鹿にしている。山仕事する勝一郎の朋輩の一人が言いふらした事だが、「あちらの山にも鹿が鳴く。こちらの山にも鹿が鳴く」と説教している時に、その広い家の天井からポトリとムカデが落ち、レイジョさんの大きめの袈裟の首筋に入った。「あちらの山にも鹿が鳴く。こちらの山にも鹿が鳴く。ムカデムチムチクイツククイツク」とさながら説教をする口調で言って身をよじった。

一カ月も経つとフサはすっかり路地の生活に馴れた。それまで路地の女らがたらいを持ち出して共同井戸で洗濯する時は洗濯も井戸で洗うものも避けたが、馴れてくると女らの話も面白い。三月は自分の誕生日も忘れかねないほどせわしなく過ぎた。

勝一郎を仕事に送り出し、家の掃除をし終え、腹がせり出してきたので息切れしないように屈み、井戸から汲み出した水に洗濯物をつけていると、うしろから「フサちゃん」と呼ぶ。路地の女だろうとのろのろとふりむくと、朝の日を背にして紅い派手な着物を着た女が立っている。誰だか分らず眼をこらすと、「うちよ」と笑みを浮かべた。

フサが「いっこも分らなんだよ」と新宮弁で言い、足にゆっくり力を入れて立ち上がると、花衣は「やっぱし来てよかった」と駈け寄り、フサの腹を見て「もうはっきりわかるなア」といかにも驚いたように顔をつくる。「動くんよ」とフサは言った。

花衣は縁に腰を下ろして身をよじり、家の中を見廻して「母さんも幸一郎もええ家やと言うてたが、結構、広いやんか」と言い、仏壇に眼をとめた。仏壇には遅い桃の花を飾っていた。ああ、とつぶやきうなずいた。フサは花衣の眼に涙がたまっていくのを見ていた。

「手エあわさせてな」と花衣は立ち上がり、せかされたように土間に下駄を脱ぎ、仏壇の前に正坐して手を合わせる。花衣の白足袋の裏がうっすらと汚れているのを知り、花衣が幸一郎と喧嘩して家出でもしてきたのだろうか、と不安になった。

フサがうしろに坐ると手を合わせ終った花衣は振り返り、涙で濡れた眼を指の背でぬぐってから肩で一つ息をし、「フサちゃんが幸せそうでよかった」と言った。

「安心したわ。身ごもってもつわりもないんやろ？」

フサがうなずくのを待って花衣はまた顔に明るい笑みをつくった。「母さんも心配しとるの。予定が古座の祭りごろやったら丁度ええさか、早目にもどって来んかと言うてた」

「古座の祭りごろやけど」

そう言っただけでフサが古座で子を産むつもりはないと思っているのを察したように、花衣は「あのな」と真顔になり話を変えた。

「もううちが紀州へ来てからでも一年近うなるやろ。それであの人とも相談して、ちょっと伊勢へ顔を出して来うと思とるん。伊勢に弟がおるし、この間、宮崎から来とった男らも弟がさがしてたと言うとるさか」

「大丈夫？」フサが訊ねるとまるで上の空だというように着物の衿を直し裾を直して大丈夫、大丈夫とうなずいた。どうしたのだろうと思っていると花衣は眼を伏せたまま、「フサちゃん、誰か隠れて見とる」と小声で言った。フサが外を見るため振り返ろうとすると、「フサちゃん、知らん顔しといて。どうせうちの事なんや、うち一人、殴られて宮崎に連れて帰られたらすむ事なんやから」

花衣はフサを庇うように立ち、家の外にむかって「誰やの、出ておいでよ」と声をかけた。家の前の麦畑の脇に子供の背丈がかくれるほどの茶の木が二本植わっていた。それに重なるように初夏に茨のような小さな赤い花をつける薔薇の茂みがあった。確かにその茂みに身をかくして潜み誰かが二人を見ている。路地の子供だろうとフサは思った。その人影がゆっくりと杉皮ぶきの家の方へ動いていくのに気づかず、「誰やの？」と花衣はおびえた声を出す。杉皮ぶきの家の方へ駈けていく姿を見て、それが弦だった事に気づいてフサは驚いた。

フサは勝一郎の弟の弦が木の茂みからのぞいていた事を言わずに、まだ薔薇の木の方を見ている花衣に「誰もおらんのと違う？」と新宮の町家風の間のびした言い方で教えた。

日を受けて急に丈高く育った麦の上を風が渡っていくのが分った。その麦畑の向うは鉄道用の広い土地になっている。杭を打ちバラ線を張ってその鉄道用地を仕切っているが、麦畑をつくっている路地の女はそんな事にかまわずバラ線の向うまでたがやして麦をまいたらしく、駅の通りに出来た丁字屋という洋服屋の裏まで一面に麦はつづいた。風が海の上に残した舟の跡のようにまた麦を傾《かし》がせ渡っていくのを眼にしているフサを花衣はうらやましいと言うように「うち一人、びくびくしとるなア」とつぶやいた。

「わたしもそうやよ」フサは言った。「ここへ来てもちょっと風吹いたら山鳴るし」

「いっその事こんなにびくびくするんやったら宮崎へでももどったろかしらんと歯がなってくるんよ。なあ、住めば都で、女郎やっててもええ事あるんや」

花衣は坐り直し、フサが折りたたんだ勝一郎の作業着の袖口をめくり、また元にもどした。それを見てフサは花衣に勝一郎が触れられたようで厭な気がした。

「遊廓の裏からずうっと家つづいとるの見て、うちもあんなとこに住めるようになれるんかしらんと思たけど、やっぱし嘘やったんやなアと思とる」

「兄《あいや》と喧嘩したん？」

フサは花衣にさとられないように何気なく折りたたんだ作業着を手元に引き寄せた。花衣は所在ないというふうに顔をあげ、いまにも崩れてしまいそうな笑みを浮かべ、「喧嘩やったらええんやけどなア」と言い、一つ大きく息を吸う。今度は輝きのある眼でフサを見

る。「伊勢に行くというのは嘘で、弟も死んどるしな。日
また連れもどしに来たさか、尾鷲の方へ逃げるんよ」

　花衣が帰った後しばらくフサは古座で何があったのか考えていた。花衣が母と折り合いが悪かったのかもしれないし、一度遊廓から逃げてきた花衣を追って宮崎から来て返されたそのヤクザが、またぞろ来たのかもしれなかった。フサはあれこれ考えていて突然、花衣がいなくなると幸一郎がまた他所の土地に出稼ぎに行くと思いつき、いてもたってもいられなくなった。花衣が伊勢にもどるかそれとも本当に矢《や》ノ川《こ》峠を越えた尾鷲に行くのか分らなかった。花衣をとめるのだったと思った。花衣のいない古座で幸一郎は何をしているのだろうか。
　勝一郎がまだ日のある四時過ぎに山仕事からもどってきてその普段よりも随分早いのを不思議にも思わず、フサはかまちに腰かけて地下足袋を脱いでいる勝一郎に自分の体にあるもどかしさを一部始終話した。勝一

郎はただうんうんとうなずいた。土間に立って作業服を脱いで二度ほどはらってフサの手に渡し、ズボンを脱ぎ下穿き一つになった。フサが用意したバケツの水に雑巾を入れて固くしぼり足を拭く。

「頭から杉の枯枝落ちてかぶってしもた」と短く刈った髪を手でごしごしこすった。小さな杉の枯葉と埃が牛の毛をこするような勝一郎の手の強さにぽろぽろと落ち、初めてフサは勝一郎がいつもと違うのに気づいた。綺麗好きの勝一郎がたとえ山仕事からもどってきたばかりと言え、髪に枯葉や埃をそんなにつけたままだった事はない。勝一郎は家に上がり、下穿き一つの裸の体をねじってみて「痛むな」と言い脇腹をのぞき込み、それから「フサ」と呼んだ。

「赭なっとるか？」

「どうしたん？」フサは訊ねた。紫色に変色しところどころ皮膚が裂けたように血が浮いている脇腹を見て声を呑んだ。

「殺されかかったんじゃよ」

勝一郎は言い、横に立ったフサに冷たい水で手拭をぬらしてくれと言った。フサは手拭を取り、土間に下り下駄をつっかけて水がめから水をすくおうとしてひしゃくを置き忘れている事に気づき、体中の血がわき立つように思いながら外に出た。

井戸のポンプを押し、汲み出した水に手拭をひたしていると、勝一郎が下穿き一つの姿のまま傍に来て「これに汲んでくれ」とバケツを差し出す。

勝一郎はたっぷり水を含んだ手拭を脇腹に当て「最初は息するのも痛いほどじゃった」と言った。山仕事に行く前から何となく勝一郎は悪い予感がしたのだった。組をくんでしていた風伝峠の向うの山仕事が終り、後はさらに二つほど奥に入った山の枝打ちと下刈りが残っているのだが、そこへはどんなに早く出かけても新宮から通うのは無理だった。山に小屋を掛けて泊まりがけでなければかなわなかった。朋輩らは小屋掛けで仕事をする気になったが、勝一郎は行きたくなかった。それで佐倉に集まった朝、番頭に申し出て、別の組の中に入れてもらった。山に入ると近くに網場《あば》があった。

網場には材木が集められていた。川の流れを利用して、下の丁度筏にくめるところまで材木をおろすためにそこに材木を集め、雨が降り水かさが増え川の勢いがつくところをみはからって網場の一本を抜き取り、網場に集められた材木はその一本が切られた事で次々、下流に流れおりる事になる仕組みのものだったが、ふと勝一郎は雨が四、五日前降ったばかりだと気づいて、「このあいだの雨に網場を切り忘れたんかい？」と訊いた。

番頭は真顔で勝一郎を見た。

「おうよ。忘れたんじゃだ。そうやけど、アニ、網場切らんようにせえよ」

不思議な事を言うと勝一郎は思った。それで仕事始めてからすぐだった。落ちてこなくてもよい杉の大きな枝が勝一郎の頭上から落ちてきた。

勝一郎の背に手を当て脇を何度も濡れた手拭でぬぐっているとフサの体が震えてくる。その不意に落ちてきた杉の枝を避けきれずまともに体に受けていたなら、勝一郎は温《ぬくも》りもなく、呼吸もせず死んでいたはずだった。勝一郎が言わずともその網場に貯えた材木を、番頭と男衆らが佐倉に無断でピンをしようとしていたのは話から分った。山にはおそろしい事が沢山起きる。

着替え終った勝一郎が厭な気分を直しに町へ行かないかと誘ったので、フサは勝一郎の顔色を見ながら、普段の半分ほどの時間で髪を直しお白粉をはたき、せり上がって目立ちはじめた腹がかくれる服を着た。外に出てみると日は色づきはじめていたが空はまだ昼間のように明るい。今日一日、自分の周囲には何事も起こらなかったとでもいうようにかげりさえみえないのが不思議だった。フサは勝一郎の脇に寄りそって自分の足音を耳にしながら歩いた。

「昼間、古座から花衣さん来てた」

フサの言葉に勝一郎は「そうか」とうなずくだけだった。

駅前の通りから一本真っすぐ、堀ばたと呼ばれる元の新宮城の堀跡までついた道を行くと、もう昔からある新宮の古い家並みになっている。その家並みの通りをさらに行くと神社にぶつかり、その辺りに舟町も三本杉もある。空がまるで血のような色に染まり、その光が家並みに反射しているのを見て、昔から熊野三社の都として栄え、さらに紀州新宮藩の城下町であり、川を中心にして人や物の行き来と材木の集散地だった新宮が浮き上がってくるように見えた。家並みは落ちついているのにざわざわと人をわき立たせるようなものがあった。十六の、しかも最初の子を孕んだフサにその新宮は気の緩んだ時には騒々しくて、気が張った時には地味で取りすましすぎて物足りなくも思えるのだった。

仲之町に入り、丁度入船堂が閉まっていたのでフサは勝一郎に言って灯をつけたばかりの福助堂に行き、和菓子を六個ほど包んでもらった。フサの腹が大きいのを見て程よく太った主人が椅子を勧め、「どうりで白いのばっかり六つも買うたはずやの」と言い、皿に白い薄皮の和菓子を乗せ、「これちょっと食べてみなあれ」と優しい声で言う。勝一郎が店先で立ち話をしているのを気にしながら、フサはその程よい甘さの歯当りのよい和菓子を、薬を飲む気持で食べた。

出された茶を飲み、主人が「八月ごろやな」と話しかけるのにうなずいていると、うしろから「フサ」と勝一郎が呼ぶ。フサが顔を出すと勝一郎が「友二アニじゃ」と紹介した。

勝一郎よりこころもち背が高い眼鏡をかけた男はフサを見るなり「もう腹おっきいんかよ」とからかった。

「アニは嫁さんもらわんのかよ」

「おうよ。じゃけどまだ二十四じゃだ」男は言って勝一郎をこづき「お前みたいにませこけて早うからもろても苦労するだけじゃから、今は義さんらと遊び廻っとるんじゃ」その後から歩いて来たのが男の言う義さんらしく、「大王地《だいおうぢ》へ行くんじゃが、芸者らに聞かす歌つくって来たかい？」と声をかけた。男が「おいさ」とポケットから紙の束を出す。

楽しげな遊び人風の二人を見て勝一郎に「誰？」とフサは訊いた。勝一郎は「松根のアニ」と答え、子供の時分から一緒に遊んでもらったと言う。歌や川柳が得意でこの間は新宮節をつくって祭りの日に芸者に歌わせていたと言った。

福助堂で買った和菓子を持ってフサは先を行く勝一郎に従いて歩いた。日が落ちかかったところに通りの店に灯りがついたので急に町が華やいだように見えた。新宮という町がどこよりも活気があるとフサは思い、その活気の中を夫婦二人で歩いているのが妙に誇らしくもあった。その通りを抜けると鍛冶町だった。狭い通りに面して両側に出来た長屋に鍛冶をやる家はどこにもなかったが、歩いていると鉄を打つ音が響いてくる気がした。馬町、矢倉町、ぼんぼり町、新宮には昔ながらの名前のついた町がいくつもある。

鍛冶町のはずれから浮島の遊廓へ抜ける角にあるうどん屋に入って、勝一郎はフサに意外な事を言いはじめた。勝一郎はフサが割ってやった箸を持って、フサが食べ切れないからとうどんを半分ほど自分のどんぶりから移すのを見て、「あれら何ど俺にうらみがあるんじゃ」

フサが勝一郎の言葉を何げなく耳にし、湯気の立つ薄い味のうどんの汁をすすり、「おいしいよ」と言うのに取り合わないというように、「おまえ、佐倉の番頭知っとるか？」と訊いた。

フサはうどんを食べながら心外な事を訊くと顔をあげ首を振った。汁に浮いているのの字の紅がフサには得難い御馳走のような気がした。勝一郎は汁の熱さで額にうっすらと汗をかいたフサを見てから、急にうどんが眼の前にある事に気づいたように竹筒に入った七味を汁の上にふりかけた。「俺を殺そとしたのはピンするのを俺に見つかったさかだけじゃなしに、もっと他の理由あるんじゃろと思て。あの番頭がおまえに惚れて横恋慕したんかも分らん」

勝一郎はわらい、汁を飲んで「辛いなあ」とつぶやいた。

その日から四日ほど勝一郎は山仕事に出かけるのを休んだ。内出血して紫色に変っていた脇が元にもどりかかっても、体をねじると痛む。

勝一郎は朝、フサの脇に素裸の体をさらし、触ってみろどこもかしこも鉄のようになっていると言い、フサがもう一日仕事を休むように勧めると「赤子生れるのに、ちょっとは金要る」と言う。勝一郎はフサの腹帯の上から耳をあてて音を聞き、「動くんか？」と訊ねた。勝一郎にされるがままに身をまかせていたフサはのろのろと体を起こした。「動くよ」

勝一郎が喜んでいるのがフサには嬉しかった。

勝一郎が仕事に出かけていってから、新宮の真中にある臥龍山の梢の音を耳にし遠くの方から響く人の話声のような潮の音を耳にして、フサは男衆らの集まった山がフサには考えも及ばないおそろしいところだと思った。仏壇の水を換えてフサは手を合わせ、絶えず音の響くここで今、勝一郎がいなかったならフサ一人残された事になると思い、いつか見た日を受けて細かい光をじくじく滲み出している幾つもの山の景色を思い浮かべた。どうか腹の子の父親を無事に山で仕事をさせてやってくれと祈った。

その噂は路地にまんえんしていた。フサが耳にしたのは暑い日の続く日、腹の子が八カ月になってからだった。フサの住む家から井戸の向い側の女は佐倉ではなく藤沢の製材所へ製材工で働きに行っている夫から随分昔に耳にしたと言った。佐倉が番頭によって山林も土地もことごとく乗っとられかかり、そのとばっちりが路地にもやってくる。路地の木馬《きんま》引きや山仕事する者らは以前から佐倉から雨で仕事にあぶれたと言っては金を借り、博奕の金欲しいからと言っては前借りして、幾つも白紙に名前とハンだけをおした借用証を書いていたが、佐倉の番頭は期限切れの分だけ次々土地を没収すると言う。

「字を知らんと、ただハンだけ押したんやろが、どんなにえらい人や言うても、よう返さんとわかっとって金を貸すかいな。土地を取り上げると書き込まれたんや」

「ここの土地？」

フサは訊ねた。女はうなずき、前掛けを取って首筋をぬぐい、「このあたり一帯を潰して製材工場やら材木置場つくるつもりらしいわ」と、今度はぱたぱたとうちわがわりに振る。フサは女の話を納得できなかった。佐倉のすぐそばは貯木場だし、佐倉はすでに大きな製材所も持っている。女にそう言うと、「ちがう、ちがう」と手を振る。女はまるで佐倉と番頭が話しているのを目撃したように「そことこことと」と指さして、そのうち鉄道が川を越えて木本まで引けると言った。

「あんたらはあんまり新宮の事知らんやろけどな、この一本立っとる松の坂をちょっと越えたらお城山で、そのすぐが川やろ。木本むいて川に橋つけて汽車が走ったらここは一番都合のええ土地になる。材木を他所へ出すのにこの路地あたりに製材所置いたら便利やろ？」

「便利？」

フサはその言葉の意味が分らず訊き返し、女がフサに反対されたように機嫌悪くするのを見て、ああとうなずいた。女はフサを説き伏せるというように、「あんたら、もし、金借りると言うても、佐倉らに言うていたりしたらあかんよ。何されるかもわからん」と言い、顔をあげ、「そこのオジの小屋らが一番悪い」とあごをしゃくる。

フサは腹の子が動くのを感じながら、その佐倉の噂が自分と無縁ではないが、なんとなく分らない事だと思った。フサは縁側に腰を下ろし、麦畑の方から吹いてくる風にその息苦しい女の話から解き放たれるように思い、子供の声のする井戸の方を見た。

井戸の濡れた石が日にきらめき幾つもの色の光を放っていた。子供が井戸水を汲み出したので光が消え、水がまるで小さな洪水のように石をおおい溝に流れ落ちる。それを見て、フサはここで子を産むのだと改めて気づき、ミツの顔を思い出した。戦争をしている満州でミツは何をやっているのだろうか。

臨月になったかならないかの或る日だった。勝一郎が山仕事からもどってきて、汗を流しにとりあえず銭湯に行くと言うので着替えのゆかたを出していると、勝一郎がうしろから「女でもええんじゃ。五体満足じゃったらええんじゃ」とつぶやいた。フサはそれまでことさら考えた事はなかったが、自分の奥の方にある気持を言い当てられた気がして、息が詰まった。

息が詰まり苦しくてフサは勝一郎にそれを言おうと振り返ると、すぐうしろにまるで死んだ兄の吉広がフサをみつめていたと思うような顔で汗をかいて立っている。フサはかわいそうだと思った。勝一郎に対してかそれとも一瞬、幻のように浮かび上がった吉広に対してか分らなかったが、男が汗を流して苦しげに立っている姿を見て抱きしめてやりたくなった。いつぞや、勝一郎はフサに自分の性器を見せ性器を手に握らせ、フサに悪ぶるようにそうやって男はたまらなくなると自分でけがすと言って一人で精をまき、「こんな中に弦みたいなのが入っとるんじゃと思うとつらなってくる」と言った事があった。

勝一郎はまるで吉広のような顔のまま、フサがせっかく出した着替えのゆかたを脇に置き、仕事装束を脱ぎもせずに坐り込んだ。フサが「風呂へ行っておいでよ」と勧めると、「ずっと考えとったんじゃ」と溜息のように言う。「俺は随分前から西村へ養子に出されたのは、弦があんなんじゃからではないと思とったが、どうやらそうらしいと思いはじめた。どっちにしてもそうじゃ」

「どっちて?」

「実の親にしても西村のオヤジにしても」

フサが息を殺して自分を見ているのに気づいたように勝一郎は笑いを浮かべた。「あんな弦じゃさか、人一倍かわいて大事に育てよと思て長男の俺を養子に出したんじゃろとも思うし、西村のオヤジが俺を帰したのも、ただ単に子供出来たさかじゃない。家継がせても弦みたいな子や孫を俺がつくったらワヤやと思ったんじゃろ」

「嘘やわ」勝一郎の考えている事が根っこから間違っている事を言おうとして言葉をさがしたが、それよりも先に体のどこかが切れたように昂《たかぶ》りが襲う。涙が吹き出た。獣の手を持った子供がフサの腹の中から生れ出て、弦のように弦の親やきょうだいのように苦しむかもしれないが、手の悪い事と産む事とは違う。フサはとまらない涙がまるで腹の子の悲しいと泣く涙のようにぬくいと思った。産みたかった。

一人でいるのが厭でフサは勝一郎と一緒に寄りそうように銭湯に行った。

その勝一郎の言葉を耳にした日からフサは勝一郎が仕事に出かけ、ふと風音に気づいて山の天気が急変し男衆らは雨に打たれているかもしれないと思う度に、一人でまじないのように大丈夫、と腹の子に言いきかせた。風が丈高く育ち青い穂を出した麦畑を音をたてて走り抜け、フサは流しで菜を洗っていた手を休める。その流しの窓からのぞき込むと子供が水を張ったたらいにつかり、横で同じように菜を洗っている女に手で水をかけている。

「あかんと言うとるのに」女が言うと子供はまた水をかける。女は立ち上がり、どうしたと言うのか、子供の背を強く音をたててぶった。「びしょびしょやないの、言うこときかなんだら、そこの山の天狗にでも連れていってもらうよ。お父ちゃんが山から帰ったら、もういっぺん山へ今度はおまえ放りに連れて行ってもらうよ」

何故かわからなかった。急に涙が出た。

腹が痛くなったのはその後だった。

フサは勝一郎がもどってくるまでに済ましておこうと痛みを耐えながら、普段家の裏などは滅多に掃除しなかったのに柿の木の脇をはき出し、草をむしり、周りを浄めるように水を打ったのだった。子供を産むとしばらくは仏壇の花を取り替える事は出来ないだろうと思い、路地の切り通しに面した八百屋まで花を買いに行った。夏が盛りになろうとする時期なので赤い花も黄色い花も鶏頭の血のかたまりのような色の花もあったが気に染まず、フサは桶にぽつんと放り置かれたような緑の葉だけのビシャコと呼ばれる木を選んだ。その木のにおいは山の日に蒸せた甘いいきれを思わせた。動きがすくなくなりただ時折り体を裂くような鈍痛をフサに伝えるその子と、死んだ吉広と吉広の子にふさわしいと思い、「これ」と八百屋に差し出した。

もうすこし歩くと路地の井戸だという人の家の植え込みの所で、フサはこらえきれず坐り込んで痛みが通り過ぎるのを待った。日がことさら熱く赫くフサの汗でおおった眼に映った。肩で荒い息を吐き、産婆をやっているオリュウノオバに言われていたように腹に力をこめてしまわぬように耐えていると、「どしたんな?」と男が前に立った。陣痛だと言おうとするが呻くだけで声が出ないでいると、ふとその男が「よっしゃ」とフサを抱き上げる。女の声が幾つか重なり、フサ言いフサを抱き上げげた男を家に連れて行くのは分ったが、腹が波のようにふくれ上がってくる痛みに耐えるだけで物を言えなかった。

産婆が来たのはすぐだったが、その時はもう嘘のように痛みはなくなっていた。オリュウノオバに手伝ってもらって、手に握りしめていたというビシャコを仏壇の花筒に活け、ふと気づいて、誰がここへ連れて来たのかと訊ねると、「さあ」とオバは首を振る。「わし来たら、男衆らおらなんだで。男衆らおったら、いっつもおまえらのためじゃ、見るもんじゃないわ、とたたき出したるけどよ」

「勝一郎も」

「おうよ、勝一郎もたたき出したるわい」オリュウノオバはくつくつとわらった。「勝一郎のアレ、大っきてもこんなもんじゃがい」と両手で丸をつくる。「そうやけど、赤ん坊のアタマ、こんなもんじゃ。見せたても女はかまんけど勝一郎が怖気ふるて、俺はアカンと思うかも分らんわ。勝一郎だけ怖気づくんでない、男衆はみんなやの」

その時は羞かしいと思わなかったが、仕事からもどった勝一郎が顔を出し、「フサ、もう産むんか」と若衆気質丸出しで言い、横になっているフサに頬ずりしかねない様子を、「どこぞへ行ってグルグル廻って遊んで来い」とフサに眼をつぶって合図して言った時、火が吹き出るくらい羞かしかった。

勝一郎はその言い方にムカッ腹たったように、「なにがじゃよ、ムカデムチムチクイツクが」と悪態をつく。「レイジョさんかてわしは追い出すんじゃのに、勝一郎も言う事きかなんだら。そんなに女の苦労を知りたいんじゃったらあと木馬の四、五台でも山へ行て引いて来いよ」

腹が裂けるように痛み、柱にゆわえつけた綱をにぎり、「歯くいしばって力め、力め」とオリュウノオバの声を耳にしながら体中が燃え上がり溶けるように感じ、フサは力をこめた。その子を産んだのは朝の四時、古座の川口が海から逆流した潮で膨れ上がる時間だった。一貫目に少し欠けるが男の子だったので郁男と名づけた。

子

郁男が生れて乳を飲ませていた或る日、縁側に坐っているフサははだけた胸元にここちよく風があたるのに気づいた。ふと顔をあげると丁字屋の裏までのびた麦畑はもう一面に黄金色に変り波を打っていた。眠ってはいるが物音が立てばすぐ眼を開けそうな郁男は、フサが風を吸いこむように息をひとつすると、思いついたように唇に力をこめ動かし乳を吸った。

路地の女が前掛けに豆を入れて縁側の横に立ち、乳を吸いながら眠っている郁男に気づき、「流しの中に入れといたるさかな」と小声で言った。フサはうなずき、乳を吸う郁男の柔かい黒い髪のはえぎわから額にかけて、この夏の暑さで出来たあせもがほんの少しばかり勢いが減じたのを見て、何故だか分らないが急に食べてしまいたいほどかわいくなって髪を撫ぜた。寝入り込んだ郁男は真顔になった時の勝一郎によく似ていた。

乳を離し座布団の上に郁男を寝かせて乳がまだ張っているのにフサは気づきながら、はだけた胸をかきあわせようとしてふと見ると、乳房の白い肌に青い静脈が浮き上がっている。それを見て不思議な気がした。流しからまた縁側に廻ってきた女が小声で「その山に畑つくってるさか、あんなんぎょうさんとれるんや」と言い、前掛けをはたいた。女は縁側に腰を下ろし、眠っている郁男をのぞき込んで首をすくめて笑い、「なんや、勝一郎になにからなにまで似とるんやな」と言う。

「勝一郎は郁男大っきなったら大工一緒にするんや言うてたわ」

フサは笑みを浮かべた。その勝一郎は山仕事からもどるとすぐ郁男を裸にしてたらいに張った湯に入れ、まるで何人も子供を育てたように手際よく脇や首のくびれの隅々まで洗うのが日課だった。フサにはその勝一郎のかいがいしい姿が楽しかった。或る時、山仕事の装束を脱いだばかりのまだ山のにおいのする勝一郎は郁男相手に「山へ行たらね、途端にイノシシ出くわして、追いかけて捕まえようとしたら火みたいに怒ってむこてくるんじゃ」と話している。

「郁男に言うたかして赤ん坊やのに」

フサがかまどに火を起こしながら言うと「わからいでかいねえ」と怒ったように言った。

フサが後になって郁男の生れた頃を考えると、かまどに起こした火のあかりをうけてぼうっと照らし出された汗とりの肌着を着た勝一郎の大きな背とたらいで湯をあびる郁男が思い浮かぶ。フサが郁男の次に年子で産んだ芳子は郁男よりも勝一郎に似ていたが、生れたばかりの頃については、新宮町が隣の三輪崎を合併させて新宮市になって、ちょうちん行列をしたという他に、これと言って郁男のようにはっきりした記憶はない。

昭和十一年はフサが三人目の子を腹にもった年だった。その年は山仕事終えてもどってきた勝一郎と二人の子供連れてたまに仲之町の方へ出かけると、あそこでもここでも工事がすすめられている大橋に関して不穏な噂を耳にした。

その矢作という店は、フサが勝一郎と世帯を持つ前に奉公していた舟町の旅館の板場と女中が夫婦になった食堂で、気がおけないのでよく物を食べに出かけた。

板場は「フサさんと夫婦かいと言われた事あったなあ」と郁男を抱き上げた。郁男は板場になつき、そうしてもらうのが当然だと言うように「肩車せえ」と足をばたばたさせた。勝一郎は頓着しないというように郁男の人なつっこさと賢《はしか》さをわらっていたが、フサは女中が怒り出すかもしれないと思って「あかんよ」と郁男をにらみつける。

勝一郎に似て整った顔立ちだが色の黒い芳子は汁のついた飯を勝一郎に食べさせてもらっていた。

その時も板場は大橋が川につくと失業するというので川の渡し人足や川原町の人間らが結束し、何回も集会をやって、その度に警察に解散させられていると言った。

「集まって何も出来んのじゃったら、また前の汽車の時のように、皆でおしかけていてどうにかせえ、と市長やら県の役場らをおどそらとまた煽り出す者もおるらしいの。二、三人警察に捕まったらしいんやけど、どうやらそんなんでおさまらん」

「大騒ぎするんじゃろ」

「製材所の人間らもストしたら、どこの人間かわからん者らが、殺したろかどしましたろかと木刀持って破りにやってくる言うて怒ってるさか、またこの前にアンマが殺されたみたいに血でもみやなんだらおさまりつかん」

板場は言い、二度ほど郁男を肩から持ち上げ、今はその「矢作」の内儀になった女中に、「なあ、何度もいかつい連中ら見も知らん客が来て、ここを茶屋みたいに使とるんや」と合槌を求めるように言った。「矢作」の内儀はフサの脇に来て腰を下ろし、煙草に火をつけて吸い、板場の話を聞いていなかったと言うように「ここんとこ急にやつれたみたいやな」とフサに話しかける。息をひそめて男衆の話を耳にしていたフサはふっと救われる気になり、笑みを浮かべた。

「路地でもやせたと言われるけど、つわりもひどい事ないんよ」

「三人目やからな」内儀は言い、煙を唇から吐く。「うちなんかこの間世帯持ったと言うてもあの舟町におった頃から夫婦みたいにしてたんやのに、いっこも子供出来せん。どっちかが悪いんやろが、産めよ増やせよ言うてもあかんわ」

勝一郎が芳子の手を引きフサが郁男の手を握り夜にならないうちに路地にむかって歩いた。歩きつかれた芳子が勝一郎に抱かれたのを見て、郁男に背負ってやろかと背をさし出すと「歩ける」と言う。家に着くと郁男も芳子も服も脱がず、蒲団を敷いているうちに決まって眠り込んだ。

四月になってフサが二人の子らが遊びに出かけているうちに掃除をやり洗濯をやろうと井戸で水を汲んでいると、空の方に爆弾がたてつづけに破裂するような音がした。気を取られて春の細かい光をまいたような空を見あげているとうしろから弦が来て「姐さん、水を汲むんかい」と声をかけた。弦は四月の今日、新宮と成川の大橋が出来た祝砲じゃと言い、その出来上がった橋が路地が背にした臥龍山の天っ辺あたりから一望出来ると教えた。弦の顔はおもしろい事があるぞと呼びに来た子供の顔を思わせた。フサはその橋も見たかったが、いまもって朝起きて揺れ具合から天候を占うように勝一郎が見る雑木の生えている山にのぼってみたかった。「見に行くわ」と言い、フサは前掛けをとって外に出た。

山の頂上にのぼる石段はゆるやかに曲がっていて、その曲がり角にレイジョさんとオリュウノオバの家があった。二人に見つかると叱られそうで入口が閉まっている事を幸いにフサは先に立って歩く弦に気取られないように息苦しさをこらえ、早足で石段をのぼり切り、新道の上に立った。そこから山の裏側の浮島がみえ、ひなびてはいるがハイカラな朱の壁の遊棚と通りが一望出来た。

山の頂上はそれからさらに桑の木の横の坂をのぼり、ところどころ切り開いて畑にした所を抜けてさらに坂を上がり、雑木が茂ったあたりがそうだった。

肩で息をし汗をかいているフサに、坂を引っ張ってやると言って弦は悪い方の手を出した。

その悪い方の手を差し出されこだわらないというのは嘘だった。フサは息をつめ、勝一郎の弟の弦の顔を見てその手をつかんだ。山の頂上にのぼり、路地の向う駅から真っすぐ行った佐倉の先にある青い海の方から間断なく吹いてくる風を感じ、肩で荒い息をする度にフサの腹に入っている三人目の子が眼がさめたというように動いた。

そこは幾つもの音が入り混って聴える所だった。草と草がこすれ、変色して華やいだ葉になった雑木が風のここちよさに思わず声をあげるように音を立てていた。路地からは犬の吠え声、子供らの声が聴えてくる。すこし注意深く耳を澄ますと潮鳴りの音もする。

弦はフサの脇に立って「あそこでやっとるんじゃ」

と川の方を指さした。

空をむかえうつように祝砲がひびいていた。

確かに橋が新宮と川の対岸の成川の間にかかってい た。

弦がフサの脇に身を擦り寄せて立つのに気づいてフサはそれが気色悪く、「さあ、まもなく勝一郎がもどって来る」とことさら言って、フサは山をおりかかった。

弦がそのフサに「手引いたろか」と言うのを聞かなかったように坂をおりようとすると「姐さんよ」と真顔で言い、横からフサを抱きしめにかかった。フサは「いや」と体を突いた。

その途端だった。雑草がおおった坂を前のめりにフサはすべり落ち、腹を打ちつけ、すすきの葉で手を切った。体を起こして痛みに息をつめ、走り寄ってくる弦をそばに近寄らないでくれと手で払った。流産してしまうと痛みに呻きながら思った。

閉じた眼にきらきらと風に音をたてて揺れる草の光を感じ、フサは潮鳴りと山の音が痛みそのもののように響くのを耳にして静かに息を吸いながら祈った。

痛みがとれてから家へもどり、郁男と芳子が井戸の水を用もないのに汲み出しているのを叱る気もせず、腹の子が動くのを感じながら、自分の不注意を思って坐り込んでいた。四歳の郁男はそのフサを見て、「どしたん？」と訊いた。「どうもせんよ」そう言い、やっと普段のフサにもどったように、服を水で濡らしている二人に「水ばっかしいろて、そのうち遍路さんに連れて行かれるさかな」と言い、泥とも水ともつかぬもので体中を汚している三歳の芳子を裸にした。

芳子はフサが新しい着替えを用意しているすきに、郁男の真似をして、「ほら」と丁度勝一郎が小便をする姿のように股を開き、股間に両手をやっている。フサはその芳子にむらむらと腹立ち、

「女の子やのにそんな事して」

と駈け寄って尻を手跡のつくほどぶった。芳子をそそのかしていた郁男は素早く土間から外に飛び出し、火がついたように芳子は声をあげて泣く。

「してもええ事と悪い事、あるんやのに」

フサは芳子に言った。

勝一郎が仕事からもどって来てもフサは山へ行った事を黙っていた。

その山で転んだ事はフサの心の中に妙なひきつりのようにしていつまでも残り、その腹の子を産み落した

時も、フサは一等先に思った事は体のどこにも転んだ跡がついていないかという気持だった。その子を美恵と名づけた。まだ二十を過ぎたばかりの歳で次々と三人の子を産んだフサを見て、路地の女らの誰彼なしに「勝一郎とフサさんは合性ええんやよ」とからかった。フサも時どき自分であきれる事があった。

月のものが止まるより先に体が妙に動きよくなり、子供らが少々家の中を散らかしても癇にさわらなくなった事で子を孕んだ事を気づく。路地のフサより五つほど齢嵩のチエに「おチエさん、また孕んだみたいや」とフサがうちあけると、「そうやろな」とうなずく。「昨日もうちのと、えらいフサさん、子供産んでも艶あるなと言うとったとこや」

「つわりと逆なんやよ」

フサは言った。

勝一郎はそのフサを不思議がった。小さな子供が何人もいるので銭湯に行くのは不経済だと山仕事のない雨の日を選んで風呂場を作ったので、わかした一番風呂に山から帰るやいなや入るのが常だったが、勝一郎は裸をみせて「俺がやせてくるのに」と言った。勝一郎は生れたばかりの美恵を馴れた手つきで風呂につけながら、美恵の着替えを出しているフサに、「郁男らに父やんが出たらすぐ風呂に入れと言うたれ」と言う。

「戦争ごっこするんや言うてどこぞへ行たけど」

「芳子もか」

勝一郎は不機嫌な声を出し、湯からあがり、フサの手に赤らんだ肌の美恵を手渡し、「どうも湯気にあたって疲れてしもた」と言い、そのまま体を拭きはじめた。ゆかたをはおりそれから勝一郎は思いついたように、膳に夕食の準備をしはじめたフサに「昔は一風呂あびたら家からとび出しとうてうずうずしたが、子供三人もおったらめんどうくさくなってくる」と言い、フサが気を利かして用意していた二合瓶をそのまま湯呑についであおった。勢いがよすぎたのか勝一郎はむせた。フサは背中をさすってやりながら、息を整えようとしている勝一郎の横顔が以前にも増して端正なのを見て、いつか子供らを置いて神社の境内に出ている夜店へ行った時に香具師《てきや》に逢引き帰りの若い二人だと見られからかわれたのを思い出した。

芳子はもの静かな子ではなかった。それでも、それが可愛いのか勝一郎は飯を食べる時きまって箸で魚をむしってやったが、芳子は「もっと」と魚を手でつかんで勝一郎の前に突き出し、「もっととはなんじゃ、手づかみでなんじゃ」と叱られた。郁男は勝一郎が怒り出さないうちに「兄やんとこへ持って来い」と魚を皿に乗せ、勝一郎やフサよりも上手に魚の身をはがし、小骨がまじっていないかとまで調べて芳子に渡すのだった。

飯を食い終るときまって勝一郎は草履をつっかけてゆかたの上を脱ぎ、「郁男、来い」と呼んで相撲を取った。縁側に蚊遣りを置き、フサが美恵を抱いて腰かけると芳子はきまって横に坐るが、そのうちに「兄やん、がんばれ」と応援に夢中になり、さっき風呂に入れて洗ったばかりなのに下駄さえ脱いで裸足になって勝一郎にむかってゆく。

フサはそれが楽しく口に手を当ててわらった。

芳子もフサに似ていると言えるし静かでおとなしい美恵もフサのものだったが、フサはもの心ついて育って行く度に性格が違っていくのが分る二人を見て、ことさら自分の気性の独特さに驚きさえした。小股の切れ上がったような女に芳子はなるだろうし、まだ赤ん坊だが美恵は路地でなく町家で育ちもしただろうと見紛うくらいに言葉遣いも程よく優しい気持の持ち主の女になるはず、とフサは思った。

勝一郎が永い事働いていた佐倉を辞めて井戸の向い側に住む男のつてで、同じような仕事をする山本に鞍替えしたのは、美恵が半歳ほどになってからだった。その山本に働きに出てすぐに、勝一郎は以前そんな事などなかった事なのに、昼をすぎてすぐにへべれけに酔い、あまつさえ腕から血を流して帰ってきた。フサはどうして酔っているのか訊ねようと思ったが、家に帰りつくなり美恵の横に体をよこたえいびきをかいて眠り込んでしまったので、仕方なしに子供らが勝一郎を起こさないように「弦おじとこか、西村のおじさんとこ行ておいで」と郁男に言い、フサは勝一郎が起きてすぐ風呂に入ってもよし、飯を食べてもいいと音をたてぬように準備をした。

八百屋に買い物に行ってもどってくると、寝返りを打ったらしく一人で遊んでいる美恵の枕元に顔を擦りよせるようにして勝一郎は眠っていた。乳が飲みたくなる頃だとフサは気づいて美恵を抱き起こそうとして勝一郎の顔を見、頬に涙の跡がついているのに気づいた。悲しい夢をみたのだろうかと思い、揺さぶり起こそうと思ったが、フサはなんとなくその涙をわかると思ってそのままにしておく事にし、押入れから薄い掛け蒲団を出して掛けた。

水がゆらゆらと揺れていた。

その橋のそばに出た夜店の灯が夜の水面にうつっているのが美しかった。勝一郎が抱え上げると芳子は手に持っていた申し訳程度の七夕の笹を力をこめて橋から放ったが、笹は橋桁にぶつかり羽子板の羽根のようにくるくると回転しながらその水の方に垂直に落ちてゆく。昭和十二年、その日、盧溝橋事件が起こったと号外が配られた日だった。「綺麗やね」フサは勝一郎の手に抱かれて愛嬌をふりまいている美恵をあやした。

ゆかたを着た芳子の手を引いて橋からすぐの以前奉公していた旅館に近くに来たからと顔を出した。内儀は「上の子は？」と訊き、フサが西村へ遊びに行っていると言うと興味もなかったというようにうなずき、芳子に「待っててや。京からもろた菓子つつんだるさかいに」と言って女中に千代紙を貼った小箱に色とりどりに入った菓子を持ってこさせ、中を見せてから「はい」と手渡した。

「大変やねえ、子供かかえて」

内儀は美恵を抱えて外に立って通りかかった男衆と話をしている勝一郎に眼をやり「どうもおさまりつかんみたいやから、男衆みんな戦争に行ってもらわんならんかもしれんさか」と言い、声をひそめて「幾つ？」

「半歳」

フサは内儀にそう言われ、不安を言い当てられたように思った。

相変らず舟町の旅館は風で鳴る山の音がしていた。七月七日、七夕の日を境にして新宮では旅館の内儀が言ったような事が、妙に人をちりちりさせる話として声低く語られた。子供たち三人寝静まり、暑いので夫婦二人は寝巻のまま外に出て涼み台に坐り、うちわでぱたぱたと胸に風を入れながらどういう具合に暮らしを立てていくか話し合う事もあった。

勝一郎と世帯を持ってから、山仕事をする勝一郎の男の勢いに乗って暮らしの金に不自由した記憶はなかった。だが新宮の材木業者の何軒も軍の統制にあい、あれほど景気を誇っていた佐倉さえも、材木の切り出しを控え人夫を他所に廻しはじめた今、勝一郎が仕事にあぶれるのは目に見えている。「なんでもするわい」勝一郎はうっとうしさを払うように言ってうちわで脚をたたいた。

穂を出していまがまっ盛りだというように家の前の麦畑は淡い空の光を浴び、夜目に音をたてずに立っている。

路地の三叉路の方から人が三人歩いてきて「暑いのう」と声をかけて通りすぎた。「むし暑いさか雨ふって欲しが、降ったら今度は子供らまで干上がってしまうし」勝一郎が返すと男の一人が振り返り、「もうちょっと辛抱したら景気ようなるわいよ」とつっけんどんな言い方で返し、麦畑を踏みしだくようにして駅の方へ行く。

「誰?」

フサが訊ねると、勝一郎はさあと考え込み、「警察かい」とフサに訊き、「知るかして」とフサが答えるのを聞いて、そんな訳のわからない人間が急に多くなった気がすると言った。風が出て来て、麦畑が息をつくように動き出し、音が響きはじめるのに促されたように勝一郎はフサを見て「子供産んだら余計色気出てくるんじゃね」と言い、フサの体にむきあい、フサの胸をはだけようとする。

「いやよ、こんな外で羞かし」寝巻にしたゆかたの胸をかきあわせようとすると、勝一郎はフサの両の手をつかみ、フサの体をひきよせ、

「なにも外でしようと言うんじゃない。見せて欲しいんじゃ」とまるで耳に響いている麦のざわめき山の梢の音のような声で言う。勝一郎の唇と唇でこすれる言葉を耳にすると、フサの体から日を受けて溶け出してくる細かい光のようなものが胸につまり、力が抜けてくる。

勝一郎はフサのゆかたをはだけて手を入れ、夜目に輪郭のはっきりしない乳房を手に受けてみる。フサは勝一郎の指が乳首をつかむので乳が出て来て勝一郎の手をよごすのではないかと心配だった。勝一郎は両の乳房を手に持ち、「昔とくらべたら、二倍くらいある。初めて触ったらまだ固かったけど」

すぐ脇に寝入り込んでいる子供らを起こさないように声を殺し汗を体中から吹き出しながら、フサは勝一郎がその初めての時とは違い優しさがあふれるほどになっているが、わけもなく怖くとらえようがないほど遠いところにいると思った。その時の痛みはもうひとつもないのが不思議だったが、すぐに体が軽くなりきらきら輝く雪のように勝一郎を埋めつくす。汗をかい

た勝一郎に習って棄てずに置いてあった冷めた風呂をあび、肌理の細かい肌が水を弾いているのを見て、一瞬、自分が古座の昏い土間で木屑を腹に打ちつけていた母に産み落され育てられたから、勝一郎の体の下で炎を噴きあげるように燃えたと思い、フサは「勝一郎」と呼んだ。

その勝一郎を呼ぶ自分の声が次の日になっても耳に残り、フサは美恵をあやしながらひとり羞かしさに顔を赧らめた。乳を飲んで腹のくちくなった美恵が眠り始めたのを潮に、フサは麦畑の方で仲間と遊んでいた郁男を呼び入れて水を汲む手伝いをさせた。郁男に井戸のポンプを押す役をさせ、水を受けた重いバケツをフサが流しまで運んだ。最初渋っていた郁男はそのうちむきになったように顔をまっ赤にして押し、もう水がめがいっぱいになったと言うと、ふうっと眼を細めて息を吐く。その顔は吉広のものだった。フサも同じようにくたびれたと荒い息を吐いていたが、ふと思いついて縁側の隅に置いてあった手拭を取り、まるで娘が若衆にしてやるというようにかたかたと下駄を鳴らして急いで井戸に行く。流れ出る冷たい水にその手拭をひたして「暑かったやろ」と郁男の額やまだ鳩のように華奢な首筋をぬぐい、フサは「あんまり遠いとこへ行たらあかんよ」と言った。

その郁男に「なあ、大っきなったら嫁さんにしてくれる」と言ったのは、新宮の紡績工場で働いているマツだった。マツは木場町の隅にある工場の近くの熊野堂で買ったというせんべいを自分で一つ食べながら、大きくなったら兵隊になる、兵隊になったら大将になる、と言っている郁男をからかうように縁側に腰を下ろしたままにじり寄り、体を圧しつけ、「大将になった時、マツさんをもろてくれん？」

「もろたる」郁男は真顔でフサをみつめ、物におびえでもするようにフサから眼を離す。眉が濃く鼻筋が通ってそれだけで充分男らしい顔だが、一点、長いまつげが顔を子供らしい優しさにしていた。マツは声をあげて郁男の体を横抱きにし、「うれしいなあ。それまであの紡績におるからな」と言う。フサはマツのその喜びようを不安に感じながら眼で郁男に遊びに行けと合図したのだった。郁男が麦畑の方に行ってから、

「北海道へ行くの？」と訊いた。

「どこでもええやけどな。どうせどこへ行ても景気ようないし、そうかてあそこでいつまでも働かしてもら

うわけには行かんし。夢みるにしても、昼間から金縛りになるにしても、吉広が死んだあそこの方が安心できるさか」マツはフサをみつめて言う。フサは鳥肌立った。マツの顔のどこに他の人と違っているというしるしがあるのではなかった。木場町から路地のフサの家にくるのに化粧をしよそ行きの服を着て来たマツは、「こんなふうに身動きとれんようにしてくるけど、ゆっくりゆっくり髪撫ぜるん」と言い、死んだ吉広がよくやってくると言うのだった。

「声、聞いた?」

「たまにな」マツは言う。ふと気づいて糸を巻く機械から顔をあげて入口の方に眼をやると、光でまぶしい外から吉広がマツをみつめながら歩いてくる。笑みを浮かべて脇に立って、外へ行こうと腕をつかむ。マツは工場のこまごまを話し込んでから、「なあ、おかしいんやろか。男衆ら来てストして騒いだら首へし折るどと言うたり、景気悪なって来たりしてから、吉広が来るようになったんやけど、そうやけど、吉広が北海道へ来いと言いにきとる気して」とつぶやくのだった。

いつ行くとも言わずにマツがそろそろ帰らなくては工場主から叱られると帰ったたびごとに、フサは遠い昔、大事なものを置き忘れてきたのをいま気づいたような気がして不安になった。簞笥の小引出しの中に真綿でくるんで納ってある吉広の形見の和櫛を取り出そうとして、止めた。その和櫛をもう髪にかざす事はない。フサは思った。フサには勝一郎がいたし、郁男がいた。その不安をいっとき耐えていれば、郁男を産み、芳子を産み、おとなしい美恵を産んでから急に体に血がかけめぐったように青さのとれた女になったと髪を撫ぜ、乳房に触れ、フサの体が熱に溶けきり熱そのものになって跡かたもなく溶けきるまでたんねんに愛撫する勝一郎が、山の方から帰ってくる。

マツの帰った後、風が急に出て来た。空に雲が広がったと思うやいなや雷が鳴りひびいて、雨が激しい勢いで降り出した。玄関の戸口から顔を出し大粒の雨と風でたちまち傾《かし》いだ麦畑の方をのぞき、郁男、芳子と呼んだが返事はなかった。どうせ賢《はしか》い二人の事だから雨を避けて路地の家のどこかへ上がり込んだろうと顔をひっ込めようとすると、丁度駅の通りの方から勝一郎の朋輩が大股で飛ぶように走って来て、フサの顔を見かけ「ちょっと入れてもらうわ」と軒下に立った。

家の中で美恵が腹這いになり身動きがつかなくなっ

たと泣き騒ぎ出した。フサはその泣き声に煽られて急に外に洗濯物を干していた、外に子供の蒲団を干していたと気づき、あわてて大粒の雨の降っている外に出た。子供の蒲団を縁側から放り入れ、柿の枝につるした竿をほどき、もう乾いていたはずなのにまた濡れ戻りはじめた仕事着や郁男のシャツを胸に一度にかかえ込んで玄関にもどった。ふと見ると朋輩は家に上がり込んで美恵を抱いた。洗濯物を抱えこんだフサを見て「いきなりその平松の角で雷鳴るんじゃ」と言い、また強くなった風で縁側から入り込んでくる雨に声をあげ、まるで自分の家のように「畳もなにもかもびしょびしょに濡れるわよ」と障子戸を閉めた。

「えらい雨やさか、山大丈夫やろか」

　フサがかまちに足音を殺すようにして上がると、朋輩は膝の上で機嫌よく声を出してわらい出した美恵をあやしながら「ここで雨降ってっても山はどうということはないけど、明日あたり雨になるんじゃないかい」と言う。フサは洗濯物をひとつひとつよりわけながら、朋輩が雨を除《よ》けるために閉めた家の中にいると思った。誰かに見られでもしたらあらぬ疑いを受ける。雨は人の息の音のように荒くなったり弱くまもなく止むと思うほどの気配になるのだった。山の梢が鳴っているのが耳に痛い。フサは朋輩が何かあたりさわりのない事を話しでもしてくれたらいいのにと思いながら、雨を受けた髪がフサ自身びっくりするほどやるせないにおいを放ち、身を動かすたびにうっすらとおこるお白粉のにおいが気にかかっていた。体が熱を持ってくる気がした。

　急に障子に外から石が投げられたような勢いで雨が当った。フサがその雨音に驚いて顔をあげると朋輩がフサの顔をみつめ物言いたげに唇を動かし、腕の中に抱いた美恵が眠り込んでしまったと差し出した。その朋輩の唇からいまにも勝一郎のように舌と唇の擦れる音が耳にささやきかけそうで気が気でなく、フサはとりあえずうなずいて美恵を受けとろうと立ち上がった。

　その時だった。雷が鳴り出し、美恵がその音に眼をさましてむずかりはじめ、フサは勝一郎とさして変らない大きな体の朋輩の顔に美恵の声を迷惑げな表情が走るのを見た。「おいで」と美恵を受け取り、フサはその自分の声にせいせいしたように「髪が雨に濡れてにおうわ」と言って障子戸をがらがらと勢いよく開けた。

「もう雨、小降りになった」フサはそう言って振り返り「夫婦でもないもんが閉めきったとこにおって、子供が見たら何を勘違いするかもわからせんね」と、フサは華やいだかげりなどひとつもない自分の明るい顔を思い浮かべながら笑みをつくった。朋輩は木馬《きんま》引きや修羅《しゅら》出しをする男衆の気質だというように「おお、そうじゃね」とことさら気づいたように言って立ち上がった。

　朋輩が外に出て駈け出して行く後ろ姿に、また明るい空から大雨が降り出した。

熱

夏、暑さにかまわず一心に仕事をしていて流しの中にまで風が渡ってくる時など、フサはふといつか盆で古座に帰って吉広と夜の川で泳いだ事を思い出す。月に照らされて仔牛を洗う吉広を見ているフサの周囲に夏芙蓉のものともスイカズラのものともつかないにおいが漂っていた。それは夢のようだった。

　郁男が朝食もそこそこに家をとび出して川へ泳ぎに行くのだと出ていき、しばらくして芳子に路地の三叉路近くの家へ洗い張りに出していた着物をもらって来いと言おうとすると、芳子はもういない。麦畑の脇につくった花がひらいたと水をまいている美恵に訊ねると、郁男の後に従いて川へ泳ぎに行ったと言う。フサはその芳子のすばしっこさに苦笑し、花に水をやって話しかけている美恵もぺたぺたとアサウラを鳴らしながら郁男の後を従いて川へむかっている芳子も自分だと苦笑した。

昭和十六年八月に勝一郎に召集があり、元気な勝一郎がその日のうちに帰されてくるという事があるまで、フサは戦争が自分のすぐそばまで来ている事を知らなかった。その時フサは二十五歳だった。美恵の後に君子と名づけた女の子を産み、そのすぐ後に泰造と名づけた男の子を産んだばかりだった。フサは泰造を抱き、四つになった美恵が這ってまわる危ないさかりの君子を守りし、その日は古座から新宮にやって来て過ごしたこの十年を振り返って溜息ばかりついていたのだった。

路地の女の誰も「しっかりせな」と励ましてくれ、その日のうちに市で野菜やら日用品の雑貨を仕入れて行商に廻れるように道具を貸してくれたが、世帯を持って以来一度も離れて眠った事のない勝一郎が今日からいないのだと思うと、どうすればよいかわからない。その勝一郎が丁字屋の裏から麦畑をよぎるように歩いてくるのを見た時のフサの喜びようはなかった。子供らを呼ぶとまっ先に男のような芳子は泣きながら素足で家からとびだし、勝一郎にとびつき抱き上げてもらった。普段なら「姉やん、もう大っきいんやさか」とフサか勝一郎のどちらかにとがめられるところだった。

勝一郎はフサに心配をかけては悪いと詳しく言わなかった。胸が悪いので、まだ戦争は余裕があるからすぐにでも戻れるように体を養生しておけと帰されて来たと勝一郎は言い、フサと、人に気づかれぬようにこっそり知らせた弦や西村の養父の前で「丁度、雨にうたれて風邪をひいたらしく熱が上がって咳をしとったんじゃ。子供らぎょうさんおるしとも思て、わざと喉痛むくらい上手に胸患うような咳をした」と言った。

「フサも勝一郎も、たとえ近所の人間にでもそんな事を言うなよ」

養父は言った。養父は勝一郎が抱いている末子の泰造を抱き取り、「なあ、戦争に勝って、新宮ももっと景気ようなったらそのうち郁男か泰造に材木屋やらしてもええんや」とつぶやいてから、子供らを連れて外に飯を食べに行くから目立たないように家を出ろと、泰造を抱いたまま外へ行った。弦が気を利かせて朋輩のところへ顔を出すと他へ行った。

路地から切り通しへ出ると、すでに千穂ガ峰の夕焼けは朱から黄金色に変っていた。フサは君子を抱いた勝一郎のうしろにかくれるように美恵の手を引いて歩き、その夕焼けが今を盛りの戦争だとぼんやりと思い、無口になった勝一郎の広い背中が悲しげに見えた。

西村の養父がここだと教えたのは大王地《だいおうぢ》のはずれにある河合という料亭だった。入口にかかげた看板の字が読めずに勝一郎に訊ね自警団の連絡所だと知り、フサはその自警団が何なのか分らなかったが妙に安心もした。

案内されて開け放った窓から掘割が見え、暗い山が見えた。その山がどこかで見たなつかしい気持がしてもしやと思い、窓から顔をつき出してのぞくと岩肌ごしに神社の森と朱の鳥居が見える。大王地は神社の横手に位置していたのを思い出して「油屋てすぐそこやろ」と訊くと、内儀は「そう言えば見た事ある」と膝を打った。その旅館の油屋に奉公していた事があるとフサが言うと内儀は、子供らに珍しい南洋のバナナを一本ずつ出し、「まだ元気やで。防空演習でも掛け声の当番やから」と笑った。勝一郎は無口だった。他所へ来ても一人騒々しく、料理が出ても誰かに自分の分を横取りされるのではないかと盗み食いするような眼の芳子を叱った。

次の日はそれまでと何ひとつ変る事なかった。勝一郎は早朝しらみはじめたばかりの外に出て空を見、路地の山の雑木の揺れ具合を見た。「天気じゃ」と言って家の中に入り、フサがすでにかまどに火をつけて湯をわかしている脇に来て、思い込んでいたように「フサ、心配いらんど。戦争すぐ終るど」と言う。フサは外から聴えてくる小鳥の鳴き声が子供らが寝入っている家の中でびっくりするほど大きいのに気づきながら、「大丈夫やよ」と言った。寝起きの勝一郎の顔は二重瞼が一重になってさながらのみで削ったように眼の輪郭が浮き出、フサはその男らしさの表れた勝一郎の顔を見て改めてその男に愛撫され五人の子を孕み産んだと思った。

ぐらぐらとわいた湯にほうじ茶や緑茶のくずをまぜた粉茶をつめた茶袋を入れると、茶のこうばしいにおいが家中に広がる。茶がほどよく出たら、米を入れ、それからぐらぐらと煮立てる。古座ではひとつまみ塩を入れたが勝一郎は「オカイサンに塩を入れると山でケガしそうじゃ」とさえ言って塩を入れた茶粥を嫌った。路地の三叉路の方から同じように山仕事をする男衆らが歩いて来るのを耳にして勝一郎は「さあ、仕事じゃ」と立ち上がった。いつもと変らない。

フサは流しに立って勝一郎と自分の食器を洗ってかごの中に伏せ、泰造に乳をやり、四人の子らが騒ぎ立てるのを叱って服を着させ、顔を洗わせる。芳子は八歳になっているが、飯を食べる頃から郁男や郁男の連れが学校へ行く途中にある掘割の石垣に仕掛けてあるうなぎが気にかかるらしく家をとび出ようとしていた。「あかんよ」とフサが言うと、「病気になってしまう」とことさら身もだえして言う。郁男はその芳子の言い方がおかしかったとわらう。

芳子と美恵に、家の外周りを掃除し水を打ちそれがすむと水を汲んでかめに入れておくなら遊びに行ってもよいと段取りを立て、フサは泰造を寝かせぐずっている君子をおぶって家の拭き掃除をした。それから金たらいを日の涼しいうちに済ましてしまおうと井戸に持ち出して洗濯した。そのフサを「母さん、母さん」と芳子が呼んだ。

芳子の声は流しの方から聴えた。フサはどうせ芳子がまたなまける口実を見つけたのだろうと取りあわないで「まじめに水を汲まなんだら、あかん」と洗濯の手を休めずに答えた。その言葉を聴いて流しから芳子が走り出て来てフサの脇に立ち、「子供がどんなになってもかまんのか。子供が死んでもかまんのか」と男そのものの口調でどなった。どうしたのだとフサが訊ねると、芳子は泣き出して家の玄関口まで走ってそこに立ち、「見てみい」と土間を指さした。

中に美恵がいたはずだと気づき、フサは立ち上がって石鹼の泡で濡れた手を前掛けでぬぐい、夏の濃い日を顔に受けながら玄関に歩いた。まだ朝の空気が残っているような土間に水がめを背にして美恵は力なく坐り込み顔をあげたまま、息のような声をあげながら泣いている。ムカデに嚙まれたのだろうか、棘が立ったのだろうかとフサは思い、駈け寄って抱え上げようとして、美恵の体が火のように熱いのを知った。子供を五人抱え、それまでも風邪をひいたりおたふく風邪にかかったりする事があったが、熱がそんなに昇りきっている子供はなかった。フサは自分のあわてようを見て、どうだというように怒った顔をしている芳子に「なにをしてるん、蒲団を敷きなあれ」と言いつけて、ぐったりと力ない美恵を抱き上げようとした。美恵は四歳になっていたが、他の誰よりも骨が細く華奢で、背中に君子を負うたままでもフサの力で難なく抱き上げる事が出来た。

美恵の服を脱がせて花柄のゆかたを着せて蒲団に寝かせ、フサは取りあえず水で額を冷やした。君子を背中から下ろして芳子に抱かせて、フサは医者を呼びに行こうと外に出て、手持ちの金が、十日ほどの米を買ったり菜を買ったりする暮らしの分しかないのに気づいた。一瞬、いつ山仕事が打ち切られるかもしれない戦争中の今、医者を呼んだだけで消えてしまう手持ちの金に不安がよぎったが、食べられなければ乞食してもいい、子供を救けるのが先決だと路地から駅の通りに出て、その先の大きな白い建物の米良病院に走った。息を切らせながら、「先生、おらん?」と訊いた。看護婦がつっけんどんに「先生おるけど、いまは休憩中ですよ」と言い、フサが「子供、病気なんやけど」と取りすがるように言うと看護婦は読んでいた本を伏せ、「ちょっと待ってねえ」と歌うような言い方をして奥のドアを開けた。何の本を読んでいたのか字が読めなかったがフサはその本に言いようのない憎しみを感じた。

医者はフサが一刻も早く診て欲しいと思うのを察したように、路地までなら走ればすぐだと、フサの不安をなだめるように自分で号令をかけて走り、家の前に来て、荒い息を吐きながら「あんたら知らんやけど、ここはずうっと蓮池やったとこやの」と言い、家の脇の共同井戸をのぞき、「ああ」とうなずきながら家の土間に入った。「蓮池に流れ込んどった清水が井戸になっとるんやの」と医者はフサの耳には世迷い言を言い、靴を脱いで上がった。芳子は口をあけ呆けたように白衣を着た医者が美恵の脇に坐り額に手をやるのをみつめていた。医者は涙を流している美恵の首すじを両手で触り、口を開けさせてのぞき込み、黙ったまま美恵のゆかたをはだけて、寝ると骨の浮き出た肉づきのよくない胸に聴診器を当てた。

「大丈夫やろか、ハシカやろか」とフサは言った。医者が黙ったままなのを見て、フサはそんな事を言葉に出して訊くのではなかったと後悔した。医者は熱さましの注射を美恵のまだひとつも傷のついていない白い柔かい肌の腕にしてから、夕方にでも熱が鎮まり夏の暑さがおさまってから病院へ連れて来いと言った。「風邪やろか?」と改めて訊ねると、医者はフサに何を言っても不安がるだけだと思ったのか、「ハシカとは違うけど風邪が一番多いのは夏やの。後は日射病も多いの」と子供に答えるように言う。

勝一郎が帰ってくるのを待ちながらフサはあれこれ考え込み、子供五人を抱えた世帯でいま一つ用事を済ましていなければすぐ山積みになると思いあせりながら何ひとつ手がつかず、泰造が腹をすかしたと泣きはじめてやっと子供らに昼も食べさせていない事に気づくありさまだった。何も食べたくないと美恵は言った。昼をすぎてから、熱にうなされながら眠りつづけているのを見て、フサはただ頭を冷やすだけしかしてやれない母親の自分にも、子供の頃そんな事があったと熱に浮かされている美恵に教えてやりたかった。古座のそこでは、熱でほてったフサの体はまるごと耳になってしまったように潮鳴りが大きく聴えた。フサは熱に浮かされながら、何度も潮に乗って浜に這い上がろうとするが、その度に波に引きずり込まれる夢をみていたのだった。

勝一郎はフサから話を聞くなり山仕事の装束を脱ぐのもそこそこに蒲団に入っている美恵の枕元に屈み込み、「そうかあ、美恵はハシカじゃな」と言った。勝一郎は額に手をやり、甘えたようにアー、アーと声を出して泣きはじめた美恵の蒲団をはぎ、花柄のゆかたを乱す事なく寝ている美恵の足をさすり、「ハシカは誰でもやるんや。兄やんも芳子もやったど」と言う。

「ハシカやろかと訊いたけど何も言わなんだん」

フサが言うと勝一郎はけげんな顔をし、フサが医者を呼んだとやっとわかったようにうなずき、美恵の額に当てた手拭で涙をぬぐってやりながら「何と言うとった？」と訊く。医者に言われた事を伝えると勝一郎の顔はくもった。

郁男と芳子に君子と泰造の守りを頼み、花柄のゆかたを着た四歳にしては小さすぎる美恵を負った勝一郎の後を従いて、朝、一人でフサが息を切らせて駈けた道を病院まで歩いた。フサは勝一郎が大股で歩く度にゆかたから出た美恵の足が力なく揺れるのを見て、もし勝一郎が召集になったままもどってこなかったなら、美恵を死なせているかもしれないと漠然と不吉な想像をした。美恵が力なく両手を広げて抱え込むような形の勝一郎の大きな背中と腕を見て、フサは自分は他の誰よりも幸せ者だと思った。

その病院の入口あたりからは真っすぐに池田港の方まで見え、夕焼けがその先の空に家並みにはばまれて見えない海からわき出た入道雲を、まるで美恵の形のいい眼尻が涙で染まったように品よく桃色に染めているのを見て、フサは、美恵が大きくなった時、両親に連れられて病院に来た事がほのぼのとした思い出になっているだろうと思いついた。

だがそのフサの思いは病院に入り、診察室に通され、アーアーと泣く美恵におかまいなしに丁寧に診察していく医者を見ていて、まったく甘い考えだという事に気づいた。美恵が看護婦に抱きかかえられて病室に寝かされてから勝一郎と一緒にフサは診察室に招き入れられた。医者はなぜもっと早くから微熱に気づかなかった、と問い質した。「肋膜やの。水たまっとる」医者は二人を見て、「誰ぞ胸患うた人間、そばにおらなんだかん？」

フサは医者の言葉に驚きすぎて腹立ちさえ感じた。誰も肺病など患った者はいなかったとフサは思い、「そんなん」と医者が美恵の病気を誤診しているのだと言おうとして胸が詰まった。医者はそのフサの昂《たかぶ》りを察したように、いまからだったら手術すれば命は救かると言った。

フサは突然ふってわいたような出来事に、自分の腹立ちのようなものをどうなだめたらいいのか分らなかった。勝一郎が手術をしてくれ、美恵の命を救けてやってくれと医者につかみかかるような勢いで頼みはじめたのを見て、いつか山で転んだ時の傷がいまごろになって美恵にあらわれたとぼんやりと思った。外で花火を子供らがたいているらしいシュルシュルという音が耳につき、それが美恵が死んでしまう、美恵が死んでしまうと鳴っているように聴える。

病室のベッドに寝ている美恵の柔かい眉、鼻、ふっくらとした唇、髪をうしろにつめているためにぴょんと出た薄い耳を見ながら、フサは手術の金をどうしようと思案した。思いあまって勝一郎に言うと、「西村の親爺にもろた山がいくらかあるんじゃ」と言った。「どこもこんな戦争がおこっとる時に買うてくれんじゃろが佐倉じゃったらわからん」

勝一郎はそのまま佐倉に山を担保に貸すか、買ってくれるかしてくれと掛け合ってくると言って外へ飛び出して行った。

手術はフサにすれば気の遠くなりそうな時間をかけて行われ、結局美恵は肋骨を三本抜き取られる事になった。それを看護婦から耳にした時、やり場のない怒りに体がかたかたと震えた。理不尽だった。美恵は麻酔の甘い眠りで楽しい夢でもみているのか先ほど子供が耐える事の出来る限度を超えた傷を受けたばかりだというのに、うっすら笑みさえ顔に浮かべて酸素マスクを被り、リンゲルを何本も細い小さな腕につき立てられている。フサも勝一郎もその美恵を見て可哀そうで泣いた。

勝一郎を美恵のつきそいに残して乳呑み児の泰造が気がかりで家にもどると、起き出した芳子があまりに腹がへったと泣くので牛乳を買ってきて飲ませてやっと寝かしつけたのだと言った。「えらかったねえ」とフサが言うと、蒲団に入り直しながら「母さんにはじめてほめられた」とへらず口をたたく。雨戸まで閉めきっていたので暑く、フサは一枚だけを開け、縁側に坐り、寝込んでいた泰造を抱き起こして乳を含ませた。泰造は腹がくちいというように含ませた乳を舌で押しやり、それから二度三度申し訳程度に吸い、眠り込む。はだけた胸が夜空の月あかりで白く浮かびあがっているのをみつめていて、フサは美恵に傷をつくってしまったと思い、痛みを痛みと思わずに麻酔で眠り込んでいる美恵の顔を思い浮かべ、泰造を抱きしめて許してくれと泣いた。

美恵の回復は順調だった。

九月に入り退院して路地の家へもどった美恵をフサは涼しい風の入る縁側に寝かせ、声を出せばすぐ聞える距離で飯の準備をし、縫い物をした。

泰造がその美恵の脇で声を立てて一人で遊んでいてあきて泣きはじめると、寝て養生をしなくてはいけないとフサから言われている美恵は、「母さん」と声を出す。美恵は幼い泰造の気持が移ったというように、夏蒲団の上に花柄のゆかたであおむけに寝たまま眼にいっぱい涙をため、「母さん、泰造抱いたて」と言った。

五人の子供のこまごまとした用事にかまけてむずかり切るまで泰造を放っておいた事に気づき、「おうよ」と泰造を抱き起こすと美恵は眼で追うのだった。フサは誰よりも美恵が起き上がりたい、外へ出て郁男や芳子のように日のにおいの中を遊びまわりたいと思っている事が痛いほどわかった。

勝一郎が山仕事から帰り、いつもとは違い縁側に装束をつけたまま坐り込み、そこから「美恵、ようなってきたか」と声をかけた時、フサはなんとなく不思議に思った。

泰造を背に負い、炊いている飯がこげそうなので急いで火を別のかまどに移しかえた。

「あんた、ちょっと風呂待ってよ。郁男に水汲んでもろたけど、あの二人風呂わかす頃になると、どこぞへ遊びに行てしもた」

「かまんのじゃ」

勝一郎は縁側から腰を上げずに言い、体をゆっくりねじり、昔、落ちてきた杉の枝で打った脇が痛むのか声をあげ、それから深く息をし、せき込んだ。風邪でもひいたんやろか、と言おうとして縁側の勝一郎に眼をやり、一瞬何だろうとフサは思った。口を押えた勝一郎の指がまっ赤に染まっている。勝一郎がせき込みつづける度にその赤いものが指からあふれ出るのを見て、初めてそれが血だという事に気づき自分の喉が裂かれるような胸苦しさにつつまれた。

火をつかむために持っていた火箸をかまどに置く事も知らず、背中に負うた泰造がまだ首が坐ったか坐らないかという時期なのも忘れ、土間を出て「あんたア」と叫んだ。勝一郎はせきつづけながら血のついていない手を振った。フサは勝一郎の背中をさすりながら、一体口から血を吐くというのはなんだろうかとぼんやりと考えた。

大きな勝一郎の背中は山仕事をするため、ごつごつとした筋肉が装束の上からでも分るほどだった。いつも素裸になりフサが胸に両腕を廻すと、まだ三十にならない若衆そのものの肌触りが心地よくフサの胸に伝わった。

「あかん、こりゃ」

勝一郎は息をつきながら言った。その勝一郎の声が届いたように路地の家から女が出て来、勝一郎を見て驚いたように駈けて来て、「医者、呼ばなあかんわ」と叫んだ。

勝一郎が寝ついたのは三日間だった。

「子供が五人もおってこれから育てんならん時に」と熱の合間に歯ぎしりするように言った。「これからじゃと言うのに、佐倉に渡した山も取りもどさんならんのに」

勝一郎は時折り眠り込んだ時にみる夢の話をした。

「山が青々茂っとるとこに、おまえがようさん子供抱えておるんじゃ。どうするんな、何を食わすんな、と言うたら、おまえが海も山もあるわいと言うんじゃ。おお、そうじゃね、と俺も言うた」

熱に浮かされながらも男気のある勝一郎が死んだのは、九月十七日だった。

雨

フサは葬儀の日中、ただ声もなしにあふれてくる涙に茫然と坐り込んだままだった。

知らせを受けて古座からやって来た母や兄の幸一郎に普段と変らぬ様子でまといついている子供を叱る事もせず、いまとなっては短い夢のような勝一郎と暮らした日を振り返った。

フサは二十五だった。勝一郎の子を五人産んでいる。フサはいまさらながら、勝一郎が男気のある優しい男だった事に気づいた。フサは乳を口に含み勝一郎に似たくっきりしたまぶたの眼でみつめる泰造の柔かい髪を撫ぜてやりながら、これからどういうふうに暮らしていこうかと涙にくれた。

葬儀のあくる日は朝早くから雨が降りはじめた。フサは泊まり込んだ母や幸一郎を起こさないように雨戸を開けた。すっかり白んだ空が家の前の茶の茂みの上に見え、麦畑を雨がたたいているのを眼にして、死んだ勝一郎に雨があたると思いつき、すぐにでも傘をさしかけに行ってやりたい気がした。その外をみつめたままのフサを幸一郎が呼んだ。

「なに？」とフサが振り返ると、幸一郎は下穿き一つの姿で蒲団の上に坐り枕元に置いてあった煙草を手で嬲りながら、「子供らを連れて古座へ来て暮らせよ」と言う。

「俺も花衣おらんようになってから、ちゃんと祝言して世帯持って子供もおるんじゃが、食わすための足しぐらいはしたる」

フサは眠っている母親を見た。どこから見ても艶も張りもない年寄りの顔の母は眠った振りをしているのか、フサがみつめていると閉じたまぶたから水のように涙を流している。フサは自分にも十年が過ぎたのなら古座でも十年が過ぎたと思い、古座の家が吉広が生きていた頃とまるっきり違っているのを知り、「大丈夫やよ。勝一郎が戦争に取られたと思て行商するさかいに」と強い声で言った。

次の日、早く馬喰《ばくろう》の市へ行かなくてはならないと幸一郎は帰り、その日から行商に出るというフサの気持を聞いて母が子供らの世話をしてやると新宮へ残った。

幸一郎が帰って一時間ほどしてから、泰造に腹がくちくなるまで乳をやって寝かせ、母と芳子の二人に、君子と美恵をよくよく頼み込んで、フサは品物を入れる背負い籠を持ち路地の女の後を従いて市場へ向った。

麦畑の中を歩いていると風が駅の方から吹いてくる。

フサは顔をあげ、そこからまっすぐの距離にある棕櫚の木を見た。扇形に広がった葉がゆっくり動くのを見て、フサは吉広に連れられて新宮に来てその葉を眼にした時から今まで、ほんの極く一瞬だったような気がし、その葉の動きが自分を占いでもするように思えて鳥肌立った。フサに気づいたように路地の女が歩をゆるめ、「何見てもしばらくは思い出すわの」と声をかけた。

「五人も残されたんやさかな」

フサはチエという路地の女の顔を見てうなずき、その五人の子を食べさせなければならないという覚悟にせかされるように足早に駅から市場の道を歩いた。

市場に入ると路地の女チエはフサを連れて石に腰を下ろした男の前に行き、もみがらの上に幾つも並べた卵を持っている金の半分ほどで買い、それからまだ時期ではない蜜柑を買い、里芋を買う。籠の中に卵を先に入れていたので里芋を買った時は、肩から籠を下ろして取り出さなければならなかった。

「姐さん、新米やの」と里芋を売る歯の抜けた男は言い、脇に従いたチエがフサの身の上を話すと、「そうかん、明日も来てくれたらもっとまけたるよ」とフサの籠に紙を入れその上にゴロゴロと音をさせて土のついた里芋を入れる。

朝の日というより遅い夏の日射しはすっかり昼のものだった。自分の短い体の影を眼にしながら、まずフサは舟町の旅館へ行った。

玄関から廻ろうとして思い直し勝手口の戸を開け、丁度いた女中に「里芋や蜜柑、買うてくれんやろか」と声をかけた。女中は籠を背負って立ったフサを見もしないで、

「うちは市場で朝買うて来とるさかなア」と言い、玄関の方へ歩いて行きかかる。

「卵もあるんやけど」フサは言った。女中は籠を手間取りながら下ろそうとするフサに取り合わないというように、持っていくのを忘れていたと盆の上に湯呑みを三つ重ねてから玄関の方へ歩いて行く。

籠を勝手口に置き、フサは所在なく勝手口に立って奥の方から人が現れるのを待っていた。

くすんだ不似合いな色の服を着ていると思っていた自分の姿も、人の眼にはごく当り前の女の姿だったと気づいて、安心とも不満ともつかぬ気持を抱き、それならいっそ籠を背負って行商して廻る女にふさわしくもっとしたたかに強引になってやれと思い直し、「奥さん、要らんかいの」と声を張りあげた。

奥から帰ってくる返事を待ちながら、佐倉に奉公していた時もこの旅館でも、今のように切迫した声を出して行商に来た女を見た事があったのを思い出した。玄関の方から足音がするのに気づきながら、神社のそばのそこでは相変らず風の音が幾つも幾つもわき立つように耳に響くのを知り、フサはことさら、

「今日から商いはじめたんやけど」と足音の方へ言った。

女中がフサの事情を聞いて呼んで来た内儀はことさら驚きはしないというふうにうなずき、「そんなめぐり合わせなんやろ」とつぶやいた。フサが持っていたまだ青い蜜柑を出させ「丁度ええわ。朝鮮から偉い人らがそこの速玉さんに参拝に来るのに休憩の時出すわ」と言って蜜柑を買ってくれた。「速玉さんに偉い人このごろよう来るけど、ここ便利やから御宿に使てくれたりするん」と風の音がわき立ってくる速玉神社の方をみつめ、それから急に気づいたように「この間、防空演習の時、速玉さんからどっさりナギの木の実をひろて来た」

その小さな実を顔にして千代紙で着物をつくり内裏雛をつくったからと内儀は赤と白の着物を着た二対をフサに持っていけとくれた。「行商、うまいぐあいに行くようにお守りにする」とフサは言った。

内儀が紹介してくれた舟町の酒屋と大王地《だいおうぢ》の料亭でフサが仕入れて来た里芋と卵は売れた。

空になった籠を背負い直し、大王地の丁度検番の前の地蔵様を祭ってある祠の木蔭で金を取り出して勘定してみると、元手にした金とほとんど変らなかった。気落ちしてフサは泣き出したいほどだった。子供五人抱えて頼る誰もいなかったとフサは自分のふがいなさをせめたが、女一人で生きていくのだという気持が、風の音が耳に渦を巻いて聴えるような神社のそば、千穂ガ峰のそばにいると一層浮き上がってくる気がしてたまらなくなり、とぼとぼと川の方へ歩いた。そこから

真っすぐに行くと山仕事からもどった勝一郎がフサを呼び出し、やり場のない大きな体そのものがせつないというようにフサに体をこすり合わせるようにして話しかけた川の土堤だった。乳が張った。旅館の女中がフサをみつけて、「売り切れたん?」と声をかけるのに曖昧な笑みを浮かべてうなずき、ふと死んだ勝一郎に愚痴を言っても仕方がないと思い直して道を曲がった。

大橋の脇に憲兵の駐屯所があり川が見えたが、フサはまるで耳にこもる梢の音に追い立てられるように眼を伏せて足早に通りすぎ、そこから駅前の通りまで一直線の雑賀町を歩いた。雑賀町の家並みが勝一郎と一緒だった時と何ひとつ変らないのが不思議だった。

家へもどるなりフサは腹をすかして泣き入ったまま眠ってしまったという泰造を母の背中から抱き取って揺り起こし、乳を含ませた。普段の二、三回分たまっている乳は張っていて重く、指で持ち上げていないと泰造の顔をおおってしまいそうなほどだった。

「泣いて眠ったん?」

フサが話しかけると、泰造は乳が口にあるので安堵したのか、吸うのを止めて笑みを浮かべ、フサを見た。泰造の笑みに照らされて、儲けのひとつもなかったがはじめて行商して来たこころよい疲れがフサの体に広がった。

「君子も賢《はしこ》うにしとたかん?」

フサは訊ねた。母がいまのフサの気持が分るというように「おとなしかった」と小声で答えた。

次の日、路地の女が市へ買付けに出かけようと来たのは前日より一時間も早かった。フサは勝一郎がしていたように外へ出て明け始めた空をあおぎ、雲の動きと路地の山の動きを見た。死んだ勝一郎がそのゆっくりと雑木の梢が揺れている山に溶け込み、フサをみつめている気がした。

路地の女にせかされながら子供らの飯の段取りをし、君子や美恵に服を着せ、泰造を母に頼んだ。

路地の女は同じように籠を背負ったフサに「子供の多いのはうちも一緒やが、フサさんとこは小さいさか」となだめるように言う。丁度、昇りはじめた日が駅の物音ひとつ立たないような閑散とした機関区の屋根にあたっていた。その機関区の景色は新宮の町中のものとも違っていると思い、フサはふと、吉広の死んだ北海道はそんな景色だったと想像し、自分を吉広と勝一郎が見てくれると思った。

フサが行商している間に腹をすかせた泰造が泣き入ってしまうと、芳子はただおろおろしているだけの母に代って路地の通りにある店に行って牛乳を買って来て温めて飲ませる。路地の家でのそんな子供らの様子をフサは想像出来た。郁男と芳子は飯を食べてからはたまに家に顔を出すだけで仲間と一緒に外で遊んでいる。家に残っているのは、まだ手術の傷がなおりきらない美恵と君子と泰造だけだった。

子供らは家の前に幾種類か花をつくっていた。美恵は古座でのフサのように花に水をやり、花がまるで言葉を聴き分けでもするように話しかけていた。行商の途中で心配になって家に立ち寄ると、美恵はきまって「母さん、あの紅いの、幾つも咲いたよ」と大事な秘密を打ちあけるように耳元で言うのだった。そこには何本もあの鳳仙花が植えられていた。フサはそんな美恵の頭を勝一郎がしたように撫ぜてやり、「可愛い、よ」と勝一郎が言うように言う。

勝一郎がいなくてさみしくないわけではなかったが、五人の子らを育てるという猛った気持がフサのそのさみしさを押しのけた。行商しはじめて十日もたてば新宮のどこでなら旬《しゅん》には早い蜜柑を買ってくれるか、菜を買ってくれるか呑み込めるようになった。それに市場に時どき紛れ込んでいる荒物屋からタワシや手袋をも買い出しの残り金で仕入れたのが結構さばけ、それで「姐さん、大きな裁ちばさみでもあったら買うてきてくれんかん」と頼まれる事も多くなる。得意先は多かった。

その日、勝手口に腰を下ろし、気がせいていたがフサは話し込むその家の女の相手をしていた。ここで買ってくれればあとまわらなくとも仕入れたものを売り切って帰る事が出来る。

フサが籠の中から蜜柑を出していると、それまであれこれよもやま話をしていた女が、突然気づいたというようにひょいとフサの手を取って「綺麗な手やよ」と言った。フサが手を引っ込めると弁解するように「若い盛りやから、白うて」

「羞かしなってくる」

フサは女に受け答えしながら籠から蜜柑を出す手を休めなかった。

その家は丁度舟町から大橋通りを渡ったところにあるので勝手口からは川の堤が見えた。日を受けて明るい堤は今、戦争が起こっている事が嘘のように静かだった。

「これで終りなんやけど。ここで買うてもろたさかい、はよ家に帰れる」

「若いさかあんたの話きかなんだら、何人も子供おる後家さんやと思えへんなア」

「兵隊にとられたけど、すぐ帰されたん。なんにも分らなんだわ。ちょっとの思いやったんよ」

「ねえ、分らんもんやねえ。うちは板屋で鉱山の番頭やっとるさか、戦争に行てないけど、みんながんばってくれとるんやねえ」

女が蜜柑の金を財布から出しているところに、「どら」とおどけた声を出して家の主人が勝手口に顔を出した。

「綺麗な手の若後家おると耳にしたら、軍へ出す帳簿もおちおちつけとられん」主人はそう言い、女の脇に坐り込もうとして、「あんた、女の話に割り込まんとあっちで仕事してよ」と女に尻をたたかれた。フサはさりげなく眼を伏せた。そんな事が死んだ勝一郎との中にもあった気がした。

何でもない事だった。ただその何でもない事が、空になり重みのなくなった籠を背負って勝手口を出たフサにはたとえようのないさみしさになった。籠の中に、せめて一つ売れば幾らもうかるともう計算できるようになった南瓜や里芋、旬の物の蜜柑が入ってずしりと重ければ、さみしさはまぎれた。体が風に乗って浮いてしまうように思いながらフサは川の堤の方に歩き、日のあたる堤に立って川口の方をみつめた。日を撥ねる熊野川の先にいつか兄の吉広が出かけていった海がある。その時もこんな気持だったような気がし、フサは勝一郎さえもまたその海に出ていったように思った。

その日、マツが路地の家にたずねて来た。家に帰りつき空の籠を下ろして母の手から泰造を受け取り乳を飲ますフサに、マツは「やっぱり、行く」と子供のように言った。

「さっき、兄《あいや》の事、考えとったんよ」フサは言った。

「おばさんにも言うたんやけど、ここで苦しむより、あそこへ行た方がええ」

「遠いとこやに」母はつぶやいた。「北海道いうてもねえよ、えらいとこや言うに」

「うちの働くとこぐらいあるよ」マツは怒ったような声で言い、突然こらえかね駄々をこねるように「足が痛なってくるんよ」と言って泣き出した。

いつか吉広が死んだという報せを聞いて北海道に行った時、夕張のその土地で吉広の血が流れたと思い耐えきれず、傍目もかまわず下駄を脱ぎ素足で歩きまわったとマツは言った。吉広の血が流れた土地を踏んだ足が痛む。その夕張がどんなところでもかまわない。

　マツが新宮から大阪までついた四時の汽車に乗ると出かけていってから、黙りこんだフサに母は吉広を急に思い出したように「こんな齢になってねえよ」と溜息をつくように言った。母は外に出ようとする君子の手を取って指を撫ぜ、顔をあげてフサを見て「死んだもん、思てもしょうない」と言い、君子を抱き上げて縁側から下りようとする。その姿は昔のまだ艶のある頃の母のようだった。

　フサはその母を見ながら、下駄の音を立てて家の土間に駈け込んで、戸を閉め息を殺す母を想い描いた。母はその時、他人の夫の子を孕んでいたのだった。

　フサは家の脇に美恵がつくった花畑の方へ歩く母を見ていた。

「ほれ、綺麗やねえ」と母は抱えた君子に歌うように言ってかがみ込んでから花をひとつちぎる。その母の姿を見て、フサはことごとくが酷い事のような気がして眼をそらした。縁側に君子を坐らせ、「ほれ、こんなふうになる」と種の袋をてのひらに乗せ、指で押える。種の袋は一瞬に破けて中から茶色の鳳仙花の種が弾けてできた。母が紅の花弁をつぶし君子の小さな指の爪に塗っているのを見て、美恵がそれを見ると自分の命をでも断たれるように悲しみ泣くだろうと案じた。

　四十九日の法事を済ました頃からフサは急に市場から物がなくなっているのに気づき、同じように行商する路地の女と相談して、配給を当てに出来ないと、橋を越えて成川、鵜殿、神志山《こうしやま》の方まで足をのばして買い出しに出かけた。十二月、真珠湾を攻撃し、戦争はアメリカとまで広まったと路地の女はフサに教えたが、兵隊にとられる者のない家ではひとつピンとこなかった。戦争が確実に広がり、どうしても勝たなければいけない状態だと知ったのが、暮れもせまった或る日、幸一郎が徴用されてこれから和歌山へ行くと言って古座から新宮へ廻り道しての事だった。母はただおろおろして、「嫁は大丈夫か、子供ら大丈夫か」と幸一郎に訊くだけだった。「大丈夫じゃよ。食うぐらいどうにかなるわい」幸一郎は答えた。

　幸一郎が一夜泊まって和歌山へ発ってから行商の帰り

しな、フサは突然自分の周囲がことごとくいなくなっているのに気づき、いつか奉公していた旅館の内儀が「大変やねえ」と言った意味をはじめて分ったような気がした。フサの家にラジオも新聞もなかったが人伝てに戦争の話は伝わってくる。その人伝ての話がなくても、新宮の町が急にひっそり静まって見え、やたらに町の角にたれ幕が多くなって見える。

母は幸一郎が徴用になったので、嫁と子供だけの古座に帰りそびれたらしかったが、年が明けて二月になって古座から幸一郎の嫁が迎えに来た。

幸一郎の嫁は母が古座に帰るのを渋るのはフサが自分の悪口をたきつけているのだというように最初からとげとげしく、「古座に何もないけどねえよ、一緒に来てくらんしょ」と古座言葉で言い、そのうちどうしたのか涙さえ浮かべた。母は滅多にないほど頑固に古座に帰らないと言い、「フサ、婿さんに死なれて、外で働かんならんのに、赤子のめんどうみたらんならんさかに」と言った。嫁はそれでもきかず、幸一郎が徴用になって一緒に暮らしていた親を追い出したと人目に思われると言い張った。

フサはその嫁の姿がうとましく「母さん、もう郁男も大っきなったさか、泰造のめんどうくらいみれるさか、一旦帰って、またここへ来てくらんし」と古座言葉で嫁に救け舟を出した。

母が幸一郎の嫁と一緒に渋りながら古座へ帰ってから、フサはそれまでの二倍以上のいそがしさを味わうはめになった。朝、子供らの飯の準備をし、泰造に乳をやってから家を出るのは変らなかったが、行商からもどって掃除や洗濯を手早くかたづけ、井戸の水を汲んだり、風呂水を入れたりしなければならない。

「郁男、郁男」と或る時、フサは呼んだ。

郁男は家の裏にいた。裏の壁に勝一郎が器用に棚をつくって大工道具が納っていた戸を開け、郁男は中から小さなノコギリを取り出し木を切っている。そばに美恵と君子が立っていた。

「なにしてるん、返事もせんと」

郁男は顔をあげ、指さした。どこからそんなに薄くそろった板をさがし出して来たのか小さな箱が出来ている。フサの驚いた顔を見て得意げに郁男は「おれが作ったんや」と言い、小さなノコギリをピュンピュンと音たてさせながらそばの美恵に「自分で紙貼れよ」と命令するように言う。その郁男にむかってうんうんと首を振りうなずき、ノコギリを仕舞っている郁男の背を見ている美恵の耳元に口を寄せ「なに?」と訊ねると、美恵は秘密を打ちあけるように小声で宝物を入れる箱だと言う。

郁男に井戸水を汲むように言いつけようと思ったが、その二人をそっとしておいてやろうと思い、フサは一人でやれる事だと、息を切らせて井戸のポンプを押した。流れ出てくる水が日を受け柔かい光を撥ねるのを見ながら、遠い昔そんなふうに自分も秘密のものをつくってもらったと思った。兄の吉広とも勝一郎ともつかぬ人間が、荒い息を吐く自分のすぐうしろに歩いてくるような気がする。振り返っても誰もいないのは分っていた。その共同井戸からはあるかないかの風を受けて揺れる路地の山の雑木が見えるばかりだった。

勝一郎が死んでから日が経つにつれて、寒い朝、起き出した自分の蒲団のぬくもりに混ったにおいをかぎ、無性に勝一郎のごつごつと固い胸を欲しいと火がつく事があった。そんな夢を本当に見たのかどうか分らない。夢の中でフサの張った手にあまるほどの乳房を揉みしだいていた勝一郎が、フサが目覚めたとたんに手ごたえなくかき消えた気がした。つんと固くなった乳首が寝巻にこすれるのを感じながら、それが本当に勝一郎だったのか、勝一郎のふりをしてからかう吉広だったのか曖昧になっていくのを感じ、ひとまず仏壇に火をつけて手を合わせるのだった。フサの気持を誰も見透かす事がない。それがフサにはさみしい。

泰造を抱いて西村へ行こうとして路地の三叉路になったところで、台を置き坐り込んで話をしていたオリュウノオバと、たまに顔を合わせ挨拶をするくらいの吉崎ノオバに、フサは声をかけられた。二人は「ちょっと寄って行かんかい」とフサを呼びとめ、けげんな顔をしていると思ったのか、「取って食おうと言うんでないけどよ」と顔を見合わせて笑う。

フサがやりすごそうと思って、「西村へ行て、仕入れの金、借りてこうと思て」と言うと、吉崎ノオバは台の上に男がするように立て膝をつき、歯の抜けた口を悪戯っぽくあけ「さっきもこのオバが言うとったんやけど」とオリュウノオバを指さして、「気いつけんとあかんで、西村のオジはたち悪い」

「どお」とオリュウノオバはフサの抱いている泰造をのぞき、「おうよ」とうなずく。「勝一郎の子じゃねえ、よう似とるわだ」それからオリュウノオバは吉崎ノオバを振り返り、「勝一郎のジイサに似てないかい？」

「ジイサて？」

「五年二月五日に死んだあのサゴというジイサよ」

吉崎ノオバは顔を赧らめバツの悪い笑みをつくり、オリュウノオバがなにもかも知っているというようにフサにむかって「昔、この人、好きやったんやよ」と言う。

丁度路地に住む年寄りには格好の陽だまりだった。路地から一歩出るとフサには読めない字でたれ幕がかかり、横断幕が張られ、速玉神社の通りや舟町には宮様や朝鮮の偉い人が来るのにそなえて日の丸の旗が飾られているが、ここには区長の家に日の丸と看板が掲げられているだけだった。

ただフサにも路地が昔、吉広に連れられてきた時とは違っているのは分った。雨で仕事にあぶれた山仕事をする男衆らが、山の中ほどにある小屋に集まって博奕をしたり昼間から酒を飲んで叫び声をあげたりする事はめっきり減ったが、自警団と称して区長の家に集まった者らが、町の誰よりも率先して、徴用されて来て板屋の鉱山に行かされる朝鮮人たちを酷い目にあわせた。「言う事をきかん者をばしまくったんじゃ」と殴りつけた事を得意げに言う歯が抜けおちた年寄りの昂《たかぶ》りようを見ていて、思わず顔をそむけたくなったのは一人フサだけではなく、女なら誰しもそうだった。

まるで路地全体が発熱しているようだった。そう思って顔をあげ山を仰ぎみると、その三叉路から見える山の雑木が微かな風を受けて白い葉裏をみせて揺れている。フサは鳥肌立った。

西村の養父はフサを見るなり、「もううちもあかんのじゃ」と手を振った。玄関の脇にくくりつけた茶色い犬が鎖を引きちぎるほどの勢いで前を通りかかった六部のような姿の者に吠えかかり、それまで機嫌のよかった泰造が泣き出した。フサはその泰造の泣き声を聞いて、西村の養父に勝一郎のいない今、頼って金を借りに行くのは筋違いだと思い直し、「おおきに。ごめんしてよ」と謝り家を辞した。金がなくても神乃内まで出かければなんとかなると思い、次の日、朝早くからフサは勝一郎が残していった大工道具を籠に入れ、それに昔、勝一郎が子爵の子供を救けた時にもらったという時計をポケットに入れた。

「どうするん？」と芳子はフサを見とがめるように言った。フサは何も言わなかった。フサにもどうしてそんなはめになってしまったのか分らない。元大工をしていたという勝一郎は山仕事をしている間も道具がさびないように油をひいたりカンナ刃を砥石でといだりしていた。郁男を大工にするとも言った。芳子がもっと大人しく優しくなったらその舶来ものの時計をやるとも言ったが、どうしたのか朝に立つ市に品物がなくなり、そうこうするうちに元手の金さえ減りはじめ、その勝一郎の物を売るより他に何もない。

「どうするんな?」

芳子が男のような口調で言い籠にとりすがり中の物を取り出そうとするので、フサは「この子は」と力いっぱい背中をぶった。わなわなとふるえる昂《たかぶ》ったフサの剣幕に驚いたようにフサの顔を見て、声をあげて泣き出した芳子を郁男が「こっちへ来い」と呼んだ。泣き続けている芳子の背中のぶたれた痛みが伝わったというようにまだ蒲団の中にいた美恵がしくしくと声を押し殺して泣きはじめる。

君子はフサの顔を見て美恵の蒲団にもぐり込んだ。何故か分らなかった。フサの中からもう一人のフサが出てきたように腹立ち、「父やん、死んだんやさかね」と震えているが怒気のこもった声で言った。「五人も子産んで死んでいたの、父やんやさかね。誰がおまえらを養うんなよ」

涙が潮のようにあふれてくるのをとめる方法もないままフサは、死んだ勝一郎が今ここに出て来てくれるものなら、何も知らないフサにまだ花になり切らないうちから次々と子供を産ませ、これからその子らを育てなくてはならない時期に突然死んだ事を、なじってやりたかった。勝一郎にすがりつきたいほど好きだという気持は、死なれてから一層つのった。山仕事からもどり一風呂浴びてゆかたの胸をはだけて涼み台に坐った勝一郎は、フサが一人じめするにはもったいないような男の色気に満ち、その勝一郎に「フサ、こっちへ来て涼めよ」と声をかけられるだけでどんなうっとうしいことがその日にあっても明るさがいち時《どき》にフサの体にさした。

涙がフサの渇きをうるおすように後から後から出た。そうまでして籠に入れた大工道具が重く、仕方なしにその日は、郁男にその籠を背負わせ、泰造は自分が背負い、芳子と美恵に君子の手を引かせる事にして神乃内へ向った。

そんな夢をみたわけではなかったが、春の磯に遊びに行くような機嫌の子らを見ながら、フサは頼りになる男衆を欲しかった。路地から女学校の前を通って池田に着き、向う岸に渡る舟をさがすとすでに最前出たばかりだと言う。

川に大橋がついたし上流まで智恵者の考え出したプロペラ舟が走っているので池田港はすっかりさびれはしたが、それでも炭の積み降ろしをやっているから屈強の男らは何人も荷をかついだり立ち話しながら行き来していた。まだそんな季節ではないのに赤銅色の上半身をみせてフサの顔を見ながら歩いてき、脇を通って石垣をひょいととび越える眉の濃い男衆を見て胸が詰まる気がした。わけがわからず顔が赧らみ、その自分のうろたえぶりをごまかすように、

「美恵にも君子にも芳子にも赤い色の草履《じょうり》買うたるさかな」

「髪バサバサ」

と芳子がフサの話にとりあわないように身をかがめて君子の髪を撫ぜつけた。その二人を見ているフサを美恵が物におびえたような眼で見ているのをみて、とりとめもなくこのまま五人の子とフサとの六人で川につかり勝一郎の後を追ってもいいと思った。美恵はフサが自分を見ているのが嬉しいらしくてふっと笑みを浮かべた。紅の花が開いたとたんに一面にあたりが明るくなる光景を思い描きながらフサも笑みを浮かべた。

舟にのって、水面に撥ねる光が幾つもフサの体に入り滲み通ってくるのを感じ、まるで子供らを連れて恋しい男のそばに向っているように思うのだった。川の中ほどから見る池田港の横の明日香神社の森はまるで川に突き出した乳房のようにこんもりと形よく、池田港で働く男衆らは人間などではないようだった。

川原を歩き、神乃内への道を曲がったところにある茶店で、フサは子供らにひとつずつ渡るようにまんじゅうを買い泰造に乳を呑ませた。

神乃内の渓流ぞいにある田圃のあぜ道を通って立派な屋根の百姓家に見当つけてひとまず行き、くすんだ色の野良着に姐さん被りの女に「米でも芋でも、なんでもかまんさか替えてもらえんやろか?」とフサは声をかけた。女は泰造を負ったフサを見、その百姓家の家に歩きまわっている鶏の雛が面白いと眼で追っている子供らを見て、「ここ、わしとじいさんしかおらんの」と首を振り、替えてもらうなら先の家へ行った方がいいと言った。

郁男は体がかくれるほどの籠を背負っているのに逃げまわる鶏の雛を素早くつかまえ、「ほら」とフサの背中に負った泰造に見せる。泰造は雛が面白いのではなくかまいつけてもらう事が嬉しいと声をあげて体をそらした。また「ほらア」と雛を見せる郁男に「おばさん、みとる」とフサは言い、手から雛をはなさせた。

その替えてくれるという農家でも、米や芋を現金で売るが、大工道具と替えてもしようがないと断られた。それなら子爵にもらった時計はどうだと言おうとしたが、勝一郎が女の子の誰かにやると言っていた事を思い出し、切り出せなかった。

それで昼のサイレンが鳴るまでと時間を区切ってせっかく神乃内まで来たのだからと、子供らを渓流で遊ばせる事にした。まだ春になりきっていない川の水は手が切れるほど冷たく、郁男も芳子も姿をみせる魚に石を投げるだけで水にはよう入らない。そのうち石を投げるのにあき、川の日のあたる平らな岩に腰を下ろしたフサのそばに来てフサと同じように腰を下ろし、それまでなんともないのに気づくとたちまち耳を聾してしまう水音に耳を傾け、フサが今何を思案しているのかわかったように黙り込む。

その渓流のそばに腰を下ろしたフサらが傍目には気懸かりだったのか、哀れにも思ったのか、鶏を飼っている百姓家の女が、田圃のあぜ道をひょこひょこと踊るようにやってきて、「あんたら、これ、食べなあれ」と前掛けに幾つもふかした芋を入れて持ってきてくれた。「済まんよ。おおきに」とまるで物乞いに来てしまったみたいだととまどいながらフサが礼を言っていると、百姓家の庭から「アニ、このヒヨコ、二つやるさか持ってけ」と両手に一羽ずつ雛をさしあげてジイサンが声をかける。思いがけない事が嬉しいらしくてフサの顔も見ずに郁男は、籠を背負ったまま無言で百姓家の庭の方へ駈け出した。

自分がもしオダイシサンででもあったなら神乃内のそこに果報を授けてやりたかった。いや、その百姓家の二人がオダイシサンかもしれないと祈り、耳に響く水の音にも山にも空にも有難いと祈った。行商して廻るために米や芋に替えてもらおうと思った大工道具はそのまま家へ持って帰るはめにはなったが、ふかし芋と二羽の雛を利益に換算すれば、元手なしに丸々一日働いた分ほどの稼ぎにはなる。

案の定、二カ月もすれば雛は卵を産みはじめ、どこで手に入れて来たのか郁男は小屋の中にオンドリを入れ、受精卵をつくり、電気の球を使って三羽ほど雛にかえしもした。

　大工道具は、いつかフサの手が白いと言った板屋の鉱山で監督をやって徴兵をのがれ金廻りのいい桑原という家で買ってもらった。桑原は勝手口からフサを玄関脇に呼び、丁度居合わせた背が高く骨組の太い男にまるで刀を見せるようにノコギリを見せ、「よう手入れしてあるの」と言う。骨の太い男はノコギリを受けとり、さして興味がないように目立ての具合を見て、「後家というの、この子かい？」と桑原に訊く。「ベッピンじゃだ。あんな菊弥や梅吉ら、お白粉塗って髪結うとるだけじゃ、そのうち大王地から板屋へ女鉱夫にでもして送り込んでも不思議じゃない」

　フサとさして齢格好は違わない男はその家の主人の桑原より横柄だったが、「ちまちませんと、鉱山のもん横流ししてもうけとるんじゃから、米も醤油もやれ」と言ってくれ、それで桑原は現金の他に米を二斗ほどつけてくれた。その米の入った籠をかついで路地の家へむかいながら、板屋に鉱山があり、そこに男らが流れ込んでいる事は知っていたが、統制になって物が市にも出廻らなくなった今、どこにそんなものが置かれていたのかと不思議でならなかった。

　遠くの方、支那や南方で戦争は続いていたが、行商して廻るフサの生活に変りはなかった。朝、市場へ出かけても行商して廻るための物がない時は軍の統制物資や鉱山からの横流し品をあてにして、桑原が駅裏の谷口という家を倉庫代りにしていたのでそこに顔を出すようになったが、午前中いっぱいかけて新宮の町家の一軒一軒を根気よく廻り、わずかの利ざやをあてに商いする事は変りなかった。

　昭和十九年十二月の早い日、フサが行商からもどった。

　その頃にはめずらしかった赤いリンゴを一つだけ売らずにモンペに入れて持ちかえったのは、歩きはじめて片言を話しだした泰造の得意な「パンせ」という言葉を聴きたいからだった。パンと二つに割れ、その片一方は年子のすぐ上の姉の君子に、片一方は自分に、と泰造は言った。どんなものを泰造に与えても、二つに割れと言った。父親がおらず、あまつさえ物のない戦争の今、泰造は親のフサが教えもしない事を言った。

　そのリンゴを見ると泰造は嬉しげに笑みを浮かべ、待ちあぐねるように手に取り、「パンせ」とフサにリンゴを渡した。いやとフサが首を振り受けとらないと、泰造は困惑した顔をつくり、そのリンゴを二つに割らないと大変だと言うように美恵に手渡し、パンせ、パンせと言い募る。

リンゴが決して悪かったのではなかった。夜中に泰造は発熱し、苦しげに小さな体から絞り出すような声をあげて何度も嘔吐した。熱で汗をかいた下着を取り替えてやっていてフサは、これで大人になれば勝一郎のように筋肉のついた男になるのだろうかといぶかしげに思うほど泰造がやせて小さい体つきなのに気づいた。足をさすってやり腕を「かわいよ、かわい者《もん》よ」と声をかけて撫ぜたのだった。夜があけたならすぐに医者に駈けこもうと決心していたが、医者に払う金などなかった。一日行商を休むとすぐになによりも食べるものが底をつく。

朝、泰造の熱が下がっていたので、フサは泰造を負い、念のため厚着をさせてネンネコをかけ、郁男に籠を背負ってもらってとりあえず駅裏の谷口に行った。何の変哲もない家だった。谷口の内儀は急に冷え込んできたと身をすくめながら寝巻姿のまま出て来、玄関口の六畳にやかんと湯呑みが置いてあるのを見て手早くかたづけ、「昨晩《ゆんべ》、鉱山の人ら来とったさか」と言った。

その谷口を出て暮れの妙にいそがしげな町を歩き、早く家へ帰ってやろうといつも気前よく買ってくれる神社のそばの舟町に点在する旅館を狙って声をかけた。朝の通りに舞い下りた雀を見るたびに泰造は、「オクオ、鉄砲」と声をかけ、郁男にそれを撃ってくれと言う。「元気になったら、つくったる」郁男は言った。

仕入れた米はフサの思い通り半分ほどは最初の旅館ですぐに売れ、「おおきに」と腰をあげ、ふと郁男が先に立ってあけた外を見ると、お白粉か人のくもった息のような雨が降っている。

「雨やねえ」と旅館の女が間のびした声で言った。

フサはその声に胸がしめつけられるほど不安になり、勝手口の外に出た郁男を呼び入れ、「もう雨やさか、家に帰るさか、泰造に雨がかからんようにして」と言った。泰造は郁男にネンネコを頭まで引きあげられながら、「オクオ、鉄砲」と言う。「おうよ、ようなったら、兄やん、鉄砲つくったる」郁男がそう言うと泰造は「鉄砲、鉄砲」とぐずり出した。フサは母子三人の姿を見ている旅館の女に「おおきに」と笑みを浮かべて、勝手口の外に出、まるで泰造に言いきかせるように「寒い雨も熱い雨も降るわねえ」と独りごちた。

十五の時のフサなら細かい冷たく肌を刺す雨をどう思ったろうかと思いながら人通りの途絶えた雑賀町を丹鶴通りの方へ、そこから駅そばの路地の方へ、軒づたいに雨を避けながら歩いた。

家に帰りついて熱を出し、そのまま、泰造は熱が引かないままろうそくの火がふっとかき消えてしまうように十二月の六日の早朝に、死んだ。あまりにもあっけなかった。その日、何度めか、新宮の空に敵機が姿を見せたと路地の女らは言い、防空訓練を朝からあわてて区長の号令でやっていた。

小さな体がさっきまで熱を持っていたというのにと思いながらムクロの泰造に頬ずりし、抱えあって泣いている泰造の兄姉らの声を耳にしながら、フサは勝一郎にかきくどくように子供らを残したうらみ事を言った。泰造、泰造、とも名を呼んだ。フサは一人一人自分のそばから減っていくと思った。路地のそこで耳にはっきりと聴える山の雑木のざわめきと浜に打ち寄せる潮の音が、フサに言いきかせるようにこもった音をつくっている。

地震が起こったのは翌日の事だった。

小さな子がかき消えるように死んだ事がやりきれなくてただ呆けたように、乳に顔を埋めくちくなったと笑みを浮かべていた泰造を思い浮かべ、商いに行く事もせずに坐って涙を流しているフサの気持そのもののように家は揺れた。地震だ、と気づき、フサは我に帰ったように、美恵、君子と呼び、二人が縁側からいつのまにか芋畑に変えられた赤土の地肌がみえる畑の方へ走って行くのを見て、外へ出ようとして仏壇に火のついたろうそくを立てていたのに気づき、あわてて吹き消そうとして一瞬、ためらった。吉広も勝一郎も、それに泰造もこの土地から本当にかき消されてしまうと思ったが、長く続く地震で仏壇の中の金具が倒れ位牌が倒れるのを見て、決断するように火を消した。鉦がころころと転がり落ちた。

震動がおさまり、家も壊れる事もなく済んだと安堵して外に出ると、外に飛び出したのか路地の女らが何人も立っている。素足のままスリバチを持って外に走り出てきた路地のトメさんは、フサの顔を見て、「つらいよ」と顔色を変えて家の中に駈け入った。家の中から下駄をはき直して生れて半年も経ったばかりだろうか愛嬌よく笑っている赤ん坊を抱いて出てきて「赤子《ねね》に食べさせよと思て豆の粉、スリバチでひいてて、スリバチ大事と赤子置いて来た」と笑う。

「怪我せなんだん」井戸の横の女は笑っている赤ん坊にそう言いかけ、頬をつついた。

「さっき、赤子《ねね》寝とるし犬吠えるさか、うるさいなと思たんや。そう言うたら井戸の水も濁れとったわ」とトメさんは言い、山を仰ぎみて、津波が来るかもしれないと言った。路地から駅前通りへ抜ける道を男らが駈けて行くのを見て、フサは芋畑に駈け出していた美恵と君子を呼びよせた。美恵は芋の根を一本手に持ち、「水、出とった」と言う。問い直すと、芋畑の石の下から、水が出ていたと言う。

郁男と芳子はどこをさがしても姿がなかったので、美恵と君子を連れて取りあえず運び出せるだけのものを持って路地の人らの後を従いて山に避難した。山の頂上そばで背の低い男に連れられた浮島の遊廓の女郎らが固まって立っていた。「道、あけたらんか」という男の声に、女郎らは山の雑木の方へ身を移し、中の一人が「津波来て、いっぺんに呑み込んでもろたらかまんよしよ」と傍を通るフサに打ちあけ話をするようにつぶやく。

頂上から眺望出来る町を眺め渡してフサは最前の地震が意外に大きかったのを知った。路地の山の裏あたりから千穂ガ峰の方にかけて広がった元町、馬町、初《うい》之《の》地《ぢ》の方が軒並みに家が潰れていた。そこから大橋のすぐそばの川原にかたまった蟻のように人がいるのが見えた。「アホやねえ、あんなとこに逃げて」とフサのすぐうしろに立った女が言った。

「逃げたんでなしに防空演習やっとんやろが」

「はよ、高いとこに逃げなんだら、津波来たらいっぺんや」

女が草むらに腰を下ろし、いまに家並みのむこう松林のむこうに見える海がやってくると耳元で言った。いつか古座で耳にしたように、急激に深い底すら見えるほど海が縮み込むように水が引き今度は高く壁のようにせり上がるのを、いまありありと想像出来る。津波は普段耳にしている潮音の何倍もの広さと強さの音をたてて、勝一郎と逢引きした浜も佐倉の裏木戸のそばに生えていた鳳仙花の花も、駅も棕櫚の木も呑みつくす。確かこんな事は十五の時、兄の吉広が遠い北に出かけていったその時に思い描いた。その時は、鎮まっておれと祈った。だが、今は違った。

フサは津波がやって来るという海をみつめていて、小さいまま、つかの間、この世の光を見ただけの泰造のいない今、鎮まっておれと思う気もないのに気づいた。むしろ一瞬のうちに呑み込んで欲しかった。

美恵が立っているフサの手をやんわりと握った。ふと見ると、フサのその顔が怒ってでもいるように見えたのか、フサをみつめたままの美恵の切れ長の眼に涙が浮かび上がる。身を屈め、前掛けの端で涙をぬぐってやり「津波来ても怖ろし事ないさかね」と言い、三つ編みの髪の君子の手を美恵に握らせ、「離したらあかんよ」とささやいた。美恵と君子が他所の子とくらべものにならないほどおとなしいのが、フサには勝一郎の気質のいいところを受けついでいるようで切なかった。

そうやって待った津波は新宮をそれた。だが、古座から軒並みに海岸線を襲ったし、有馬、木ノ本、尾鷲、引本を襲った。それを伝えたのは、フサが顔を出した谷口に丁度居合わせた桑原だった。

桑原が言うには板屋の鉱山に運ぶ物資の荷渡しを軍の偉い人が田辺でやるというので、そこへ行っての帰りの事だった。那智で汽車が地震にあい、そうこうするうちに津波が来た。「えらいもんがおるんや」と桑原は言った。汽車がとまったとたんに津波が来ると言う者がいたので、鉱山の物資やさかと言って桑原は、騒ぎ立てる人に頼み込んで山に運んでもらった。津波が来ると、案の定、レールの枕木が浮き、汽車が脱線した。

「よかったわだ」谷口に居合わせた男はフサの顔を見て意味ありげに笑い、「上手にせなんだら」と言った。

その谷口に地震の日を境にして桑原らの他に何人も男らが集まりはじめたのは、地震で復旧のために要る資材をあてにしてのことだろうと、戦争の事も軍の事も知らないフサにも、察しがついた。確かに米や芋を普段のように籠にかついで持っていくと金で買ってくれはしたが、町家の壊れもしない家でも、釘がないか、蝶つがいが手に入らないかと声をかけてきたのだった。

或る時、震災の復旧に要る物を扱うとはるかにもうけになると思って思いきって谷口の内儀に言うと、内儀は真顔になって「あんた、これでもうちら何遍も警察に呼ばれて、金出してこらえてもろうとるんやのに、釘ら扱こたら憲兵にえらいめにあう」と言う。食物を行商するならめこぼしもしてくれるが、軍需物資はだめだと言った。

爆弾が初めて新宮に落されたのは年が明けて一月になってからだった。敵機から身をかくして子供らを連れて山の防空壕に入ると、爆弾の音がする。熊野地の丁度佐倉の裏の貯木場辺りに落ち、逃げ遅れた子供が即死したと耳にした。

「戦争も本土やられるようになったらあかんの」

壕の外から男の声で敵機がいなくなったと言っていたが、路地の三叉路を廻り込んだところに住む女は、外に出ようとしない。奥に入り込んでいたフサは「すまんよ」と声をかけ、身をどけてもらって外に出、子供らの名前を呼んだ。

芳子、美恵、君子と三人が出て来たが、敵機が頭上を飛んだとき一緒に山の防空壕に駈け込んだはずの郁男がいない。「兄やんは?」と芳子に訊いても知らないと言う。

家へもどり、井戸の水を汲み出して子供らに木場から集めてこさせた木屑を薪にして湯をわかしはじめた時、外で郁男の声がした。空襲にやられたのではないかと心配したと叱ってやろうと思って外に出て、フサはあわてた。

家の横の柿の木の下に作った鶏小屋の前に郁男が立ち、桑原の家や谷口で顔をあわす男にむかって、まるで一人前の若い衆が立ち話をしているように話している。

家から出て来てとまどい顔のフサを見てから男はおおと顔をつくり、「アニや、偉いもんじゃ。この鶏と鉱山で出る屑石とを替えんかと言うんじゃ」と苦笑しながら言う。笑いで顔が柔かくなったが、ごつごつした、貧乏で育ったという跡のはっきり残った男の体つきの印象は変りなかった。

男は腰を落し鶏小屋をのぞき込み、「ええとこへ眼をつけたけど、この鶏の方が値打ちあるど」

郁男はフサの顔を見て、それから不満げに男ののぞき込んでいる鶏小屋を揺さぶり、羽音をたて逃げ惑う鶏が腹立たしいというように「みんな、俺つくったんやから」と言う。男はその郁男の声をきいてゆっくりと立ち上がった。

「アニ、今度、板屋に連れたるさかその時まで待っとけ」

フサは郁男を叱るのをあきらめて家の中に入り、売らずに残してあったひとにぎりの米を洗いはじめて、ふとその男と以前に会ったような気がした。どこで会ったのか、誰だったか、と確かめようとして顔を出して、男が丁度、芋畑の中を歩き、丁字屋の裏につくった柵をひょいと身軽にとび越える姿を見た。顔つきや言葉つきからは想像出来ないほど若衆気質そのもののようで、フサはあの木馬《きんま》引きとも違うと思った。

くやしげに鶏小屋を揺さぶり騒ぎ立てる鶏を「うるさい」とどなっている郁男を呼びよせ、「何を言うとったん」と訊くと、郁男は「みんな鉱山でうまい具合にもうけとるんやさか」と泣きそうな顔でフサをみつめる。郁男は鉱山に集まった男らの話を耳にして、鉄や銅の入った捨てられた屑石を集めてもう一度選別し直してそれを軍に売るという考えがあったのだと言った。

「子供やと思て相手にしてくれへん」

唇を噛んで気持のやり場がないようにうつむいた郁

男が急に大人になった気がした。

「さっきの人、名前、何て言うの」

「イバラの龍」

フサが訊き返すと郁男は小声で「背中じゅうにイレズミ彫っとるの。こないだ警察ばしまくったら何人もかかってばしまくられたと言って服脱いだら、みえた」と言い、急にフサが何で訊ねるのか不審に思ったように「どうして？」と訊く。

「どうしてと言うて、母さんが働いとるのに、おまえがそんな大人びた事をしとるから心配したんやのに」

フサは言ってから自分の口調が弁解がましくなっているると思い、「いややよ、そんな怖ろしもんとつきおうたりしたら」と言う。

午後の冬の日が自分を包みこみ、たらいに張った井戸水に撥ねる光が、まるで小さい子供が悪戯を仕掛けでもしているようにフサには思え、それが嬉しく眼をほそめて洗濯をした。そうやっていると、子供らを養っていくためにもうひとつフサ自身が戦争をしてでもいるように猛った気持が手に冷たい水でじょじょに溶かされ、まだ二十五を幾つか超えたばかりの普通の女にもどっていく気がするのだった。勝一郎が死んでから今までそれがつらかった。行商に行って家の主人なりがフサのすぐ脇に来て、耳元で風のような声で話し出す気がしたし、もっと厭なのは、そんな夢をみたわけではなかったのに、朝、まだ寝入っている子供たちのそばで一人、酷く荒いほど強く愛撫した者がすぐ傍に眠っていたような気になった時だった。

石鹸の泡で汚れたたらいの水を捨てて、息をはずませながら井戸のポンプを押して新たに水を汲む。そんな事は決してないのに自分が新しくなったような気がした。いそがしさにかまけて見落していたこまごま、井戸の水が流れていく溝の間に生えた雑草、ぬれる度に光る苔、たらいからあふれ出て溝に流れて行く水に映っている空と雲、それがフサにはうれしかった。

日のぬくもりを受けて洗濯していると汗さえ出た。洗濯をし終って子供らのために防空頭巾を作り直していると、レイジョさんが来た。誰の祥月命日だったのか咄嗟に分らずあわてて仏壇のろうそくに火をともそうとすると、「今日は法事で来たとは違うんや」と縁側に横坐りになる。レイジョさんは「弦の話や」と言った。

レイジョさんはフサにみつめられて羞かしいという

ようにふっと眼を伏せて独り言を言うように、勝一郎が死んだし、しかも戦争で食う米もないほどになっているので、女手ひとつで四人の子らを養っていくのは大変だろうから弦と世帯を持ってみないかと言った。

思いがけない話をするレイジョさんの顔を見ながら、フサはそうだったと溜息をついた。勝一郎が生きてくれていたら泰造をあっけなく死なせはしなかった、と思いついて涙が流れた。

レイジョさんはそのフサの顔を見た。

いや、とフサは言った。フサの声をきいて、レイジョさんは急に自分の言った事を後悔するように顔を赧らめ、そそくさと縁側から立ち上がり、「おおきに」と祥月の日と変らない声をかけて、路地をあつらえたせったの音をたてながらもどって行く。ムカデムチムチの話がなくとも、きゃしゃな風が吹けば浮き上がってしまいそうな体に袈裟を着、裏に金具をうったあつらえのせったを鳴らして歩く姿はおかしくみえた。

敵機の空襲は日増しに激しくなっていった。丁度、大阪と名古屋の両方への通り路になっているらしく、春頃になると一日に何回も敵機は姿を見せ、その度に空襲警報が出されて、防空壕に駈け込んだ。アメリカの使った焼夷弾は山に落ちると山火事を出し、人家に落ちると軒なみに爆風で倒れて、破片がとび、燃えはじめた。

郁男と芳子には美恵と君子の手を引いて空襲警報が鳴ったら人を押しのけてでも手近な防空壕に入れ、とようように言いつけてフサは行商に出たが、行った先で敵機に遭い、何度も何度も楽しむようにくるくる飛びまわって襲ってくる機銃掃射に遭い、木蔭に身をよせ、地べたにへばりつくようにしてさっきまで話していた人が撃たれて死んでいくのを見て、子供らがうまく防空壕に駈け込んだだろうかと案じるのだった。

その郁男が教えたイバラの龍という仇名の男に出くわしたのは、浜そばの王子神社付近に焼夷弾が何発も落とされ、駈け込んだトンネルのように大きな防空壕の中だった。水がよくわき出る地盤らしくところどころ水たまりが出来、それを避けるように近辺の人が外で燃えさかる火や機銃掃射を見ていた。「フサさん」と耳のうしろから男が声をかけた。

フサは驚き顔をあげてその男がイバラの龍という仇名の男だった事に安堵し、そうやって名を呼ばれる事をずっと前から分っていたような気がし、「爆弾につきまとわれとるみたいや」とつぶやいた。

「あれらムチャクチャにしよる。こうまでされたら負け戦じゃ」

「負けるんやろか？」フサは訊いた。

「ムチャクチャしくさって」イバラの龍は眼を防空壕外の火にむけたまま水たまりに唾を吐いた。

確かにその日の敵機の空襲は度が過ぎるほど新宮のいたるところに焼夷弾の雨を降らし、しつこく何度も沖の方から飛んできて機銃掃射をやった。敵機が去り警報が解除されたのを知って路地の家の方に足早に歩いていると、男が後から従いてきてどこで耳にしたのか「さっき女学校へ艦砲射撃あったらしいの」と教える。フサが返答に困って黙っていると、男はフサの横に立って歓心を引くように「姐さん、米も醤油もどっさりあるとこを知っとるんじゃ」と言う。

フサは男のその物言いがあどけないのを知り、まるで何度も恋をして人の心を手玉に取る術を心得てでもいるように自分の事を思いながら、「あんたらどうせ悪い事して物資あつめとるんやろ。わたしら子供育てるのにちょっとのサヤをあてにして行商しとるんやから、どっさりあっても、どうしたらええのか分らんわア」と言う。男がフサの言い種に快活な声をたてて笑ったので、ちょっとばかり失望した。

その女学校の裏口に出てのぞき込むと女らが倒れて壊れ落ちかかった校舎の中に何人も出入りしていた。男がフサをそこに置いたまま駈け出して行く。どうしてなのか分らないまま、フサは男の後について駈けた。

「ここに艦砲射撃の直撃、受けたんじゃな」と男は屋根が抜け、全体に傾いた講堂の中に入り、天井のたれ下がったハリにぶらさがっていたビロードの幕をひょいとつかみ、ひきずりおろした。「どうせ誰そが山の材木で盗人するようにもうけて寄附したもんを、こうなったら誰そが持っていくんじゃが、これ、要るかい？」

フサは男を見てうなずき、「もらうわ」と言った。

男は急にどこもかしこも昏いところがひとつもないような明るい笑みをつくり、緑のビロードの幕を器用に折りたたみ、それでもかさばったそれを肩にかつぎ、「家まで運んだるわい」と言う。「おれがおったら誰も言わせせん」男はそう言い、フサの体に身を寄せて秘密を打ちあけるように警察署長にも手を廻している新宮の実力者で知らないものはないと言った。

女学校の裏から米良病院の前に抜けると焼夷弾の火

がまだ鎮まらないのか家が燃えていた。何人もの人間が火を消そうと用水池からバケツリレーして水をかけていた。その火を見てフサは、どこから来たのか何をやっているのか分らないが、面白い男だと思い、この男なら自分をわかってくれるだろうと独りごちた。

フサがその男に魅かれたのは、子供のころの貧乏な暮らしを想像させる骨のごつごつした体つきにある妙な快活さだった。その男がフサの知っている誰よりも背が高くて粗野な力があるように見えたし、そのいかつい顔も格別にめざわりというものではなかった。

たとえ空襲が人の想いを超えるほど激しく起ころうと、他に頼るもののないフサら母子五人は、爆弾からのがれ息をし生命をとりとめている限り、食べてゆくために、行商を止めるわけにはいかなかった。そのフサを見るに見かねて待ちうけでもするように、朝、仕入れのために顔を出した駅裏の谷口に男はいた。男は用もないのにフサに従いて一緒に朝の町を歩いた。フサが得意客の家へ入っていくのを外で立って待ち、また次の得意客まで歩く道筋を従いてくる。

程々に売れた頃をみはからって男は機嫌を取るように、「池田の方へ飯食いに行かんかい?」と誘う。何度かそんなふうに誘われたのを断ったが、その日は泰造の月の祥事だった事もあって妙に体がうつろな気がして、そのまま路地の家に帰るのがやりきれなくて、飯を一緒に食べるくらいならと男の後に従いていった。浜そばの熊野地や製材所のある木馬町の方は軒並みに空襲にやられていたが、川につくった港のある池田の辺りはアメリカの飛行機は見落したのか、昔ながらの旅館や海産問屋の建物が並んでいた。

鉄道もつき大橋も出来たしそれに戦争でめぼしい船も軍に徴用されているせいか、船の姿も人気も絶えた池田港は、ただがらんとした堤防のようだった。フサは籠を背からおろし、大きな樟の木の根方に置き、まだ春になったばかりだというのに城跡の森から聴えてくる蟬の声を耳にし、

「新宮へ来た時、ここを一番先に教えてもろた」

「佐倉におったんじゃてな?」

男にうなずいてから、ふと、佐倉の女中のミツがここで煙草を吸ったと思い出した。今、自分が煙草を吸っているように、ふうっと一つ大きく息を吐く。男は丁度都合よく放り置かれていた舟を支える木の台に腰かけるフサを見て、体の中に急に猛った気持がわいて来

たようにフサの前に立った。

「あれもうまい具合にやるもんじゃよ。材木でもうけて鉱山でもうけて。戦争さまさまじゃ」

男は唾を吐いた。

池田港にそんな茶屋が、戦争の今もあるのが不思議だった。

男には行きつけの茶屋のようで、五十を過ぎたほどの内儀は男の顔を見て指をついて挨拶すると、そのまま先に立って曲がりくねった狭い廊下を歩き、突き当りの丁度城跡の森と川が庭から続いているようにみえる部屋に案内した。

内儀が運んできたやかんには酒が入っているらしかった。男は湯呑みにそれをそそぎ「味けないのう」と苦笑しながら飲み、丁度入ってきた内儀に「どうせ、ここは鉱山の連中も使うとるんやから、きちんとした入れ物に入れて持って来いよ」

内儀がかしこまったふうに返事して部屋を出かかった時、男は、「そこの廊下の板戸、閉めといてくれ」と声をかけた。

その声に振り返った内儀の顔に微かな笑いが浮かんでいたような気がしてフサは不安になった。男は湯呑みの酒を一息にあおり、まじないのように手づかみでどんぶりに入った刺身を口に入れ、「茶屋というのは廊下に板戸がついとって、戸を閉めたらたとえ憲兵でも入れさせんのがええとこじゃ」と言い、どれ、と声をかけて立ち上がる。

男はフサの傍に坐り、硝子戸を開け放った。

そこから見る城山の森は川に岩肌をつき出している。川の水は昼の光を撥ねてまるで流れそのものが止まっているようだったし、日蔭になった森の木も音立てずしっとりと落ちついた色で見ているフサの気をなごませるが、なにやらそれら全部が音も立てず動きもせずざわめいているように感じる。

「フサさんを見たときから、俺も、色の白い手じゃねと思たんじゃ」

男がそう言ったのではなくフサが眼にしたその川と森がフサの耳そばで物を言ったようで、男の熱い手がフサの手をつかみ、草の葉の手ざわりを確かめるように男の石のように硬い指が掌をこするのを感じる度に、呼吸がひとつずつ苦しく狭まってくる。

フサの胸元をはだけにかかった男の手が服の上からあたる度に、硬くなった乳首を男に知られてしまうようで羞かしかったし、男の荒い息が耳にあたるのが苦しくて眼に涙さえあふれてしまうのだった。はだけられた胸に手がさしのべられ、乳房が男の熱い手の中にすっぽりつつまれるので息が出来ず、フサは抗いでもするように濃い息をたて、男の胸に救けてくれと言うように顔をよせて、坐ったままでいる事が出来ず崩れた。

男がフサの体を支えて唇を吸いながら畳に横たえた。長い間、そんな硬い体に、よりどころない風に吹かれてしまうようなフサを押えつけてしっかりと力をこめて抱きとめてほしいと思っていたような気がし、なにもかも見せてやるというように素裸になった男をみつめた。男はその体そのものが業苦だというように「ほれ」と背中の刺青を見せ、昏い眼のままフサの体を抱き起こすようにしてのしかかる。

男の体は火のように熱く、男の手がフサの足を起こし、フサの唇いっぱいに差し込まれる舌のように男が入って来ただけで体が急激にほてり、ちりちりと火を噴き出し、フサは男の背につめを立てた。息が詰まり、声をあげる事も出来ず、男が腹の筋肉をこすりつけるようにゆっくり動きはじめるのをやめてほしいと思いながら、体中が一気に裂けてしまう。男の背にたてたつめに力をこめた。

男は力が抜けてしまったそのフサの顔を見て笑みを浮かべ、それからまた舌をフサに吸えというように唇をこすりつける。男が動く度にフサは声を荒げた。男の呼吸の音に誘われるように、フサの体の中にいまもう一人、男に合わせて身を動かしている柔かい色の白い女が息づきはじめている気になりながら、男にきかせるように声をたてた。

男は果てる事がないように体そのものが苦しいようにフサを愛撫した。

長い事、素裸のまま抱き合っていたのは自分にもその男への恋慕があったからだと、男がまだ裸のまま板戸をあけて「食い物を持って来てくれ」と頼んでからフサは思った。十五の齢で勝一郎を知ってから、勝一郎以外の男を体に受け入れるとは思いもつかなかったので、刺青の背中に汗をかき素裸のままかまわず酒を飲みはじめた男を、出会った時から好きだったのだと思い込んだ。

内儀が何もかも承知しているというふうに、いくつもの皿に入れた料理を運び、飯を入れたおひつを運んで来た時は、羞かしさで顔もあげられなかった。「どうぞ、ゆっくり」と声をかけて内儀が去ってから男と自分の茶碗に飯をよそいながら、フサは涙を流した。

「どうしたんじゃ」

男が訊いたが当のフサにも理由は分らなかった。体に甘くけだるい疲れが渦を巻くように漂い、そのフサの柔かい奥、乳房にはっきりと男のものだという感触があり、奥からフサをおびやかすようにゆっくりと下に流れ落ちてあふれ出てきそうなものがある。以前、勝一郎とならそれが楽しい事だったのかもしれないが、今はそれが悲しさそのものの手触りのような気がする。

男が路地の家までおくってやるとフサのまだ半分ほど荷の入った籠を持ち、先に立って歩くのを見て、フサはその後ろ姿が勝一郎にも吉広にも似ていない事を知り、その男となら世帯を持ち直して暮らしていけるかもしれないと漠然と思った。路地の角を曲がろうとすると、男は立ちどまってフサの耳元に口を寄せ、「痛いわ」と言う。一瞬とまどい、男から眼を離して路地の山の雑木をぼんやりと見てそれがフサのつめが喰い込んだ背中の事だろうと思いつくと、男はフサと齢のさして違わない若衆らしく籠を持ったまま二度ほどピョンピョンととび上がり、股間をつかみ、「股に木切れがぶち当ったみたいに痛い」

フサの家に曲がる角で籠を受け取ってから後でフサの家へ行くという男と別れた。フサは籠を持ったまま小走りに駈けて家の土間に入り、いまさっき見た男のくすぐったい笑みを思い出して、急に体から火が噴き出るように羞かしくなり、まるでその羞かしさをかくすように、用もないのに水がめのふたをあけてひしゃくで水を汲んだ。それを流しにすてて新たに水を汲み、直かに唇をつけて喉の音をたてて水を飲んだ。水が体の奥に入っていく度にフサのせんない羞かしさが息のたびにわき起こり、自分がいままでと違ってしまう気がした。澄んだ眼の泰造の霊がそのフサを見ている。

男が路地の家に顔を見せたのは、夜、フサが子供らに飯を食べさせ終ってから、空襲があったらすぐに頭巾をかぶり路地の山の防空壕に駈け込むように話をしていた時だった。男は縁側から郁男を呼び、「ほれ、どっさり持って来たど」と網の中に無造作に投げ入れられ圧しひしめき鳴き騒いでいる雛を差し出した。郁男はあっけにとられたように見た。

「ほら、いまさっき博奕のカタに取って来たんじゃ」

男は突き出した。

郁男はフサの顔を見て、フサがうなずくとやっと嬉しいと思ったように、雛の入った網を男から受けとり、「どっさりあるなア」と声を出す。

その郁男の声に何ものか胸に詰まっていたものがとれたような気がして、フサは芳子と美恵をふり返り「ヒヨコどっさりあるんやて」と教えた。二人は声をあげて郁男のそばに寄った。郁男が畳の上にそっと網を置くと、芳子が急に顔をあげて、賢げに「餌あるん？」とフサに訊く。

「ヌカと菜っぱ食わせたらええんや」

郁男は男の顔を見ながら言った。

「おおそうじゃ、ヌカじゃ」と男は郁男がそんな事までよく知っていると感心したように声をつくった。男が「フサさん」と外から名を呼んだ。フサは子供らの手前、気軽に返事をするのをはばかりもどかしく思って黙っていると、郁男が畳の上で網をあけ、中にひしめきあっていた雛を外に出した。四人の子が、あっちへ走った、こっちにまぎれ込んだと騒ぎたてるのを叱ろうと声を出しかかったが止めてフサはそっと土間におりようとして下駄をはこうとする自分の足を見、いつか誰か、フサの足が片手に入ってしまうほど小さくふっくらしていると言った事を思い出した。

外へ出て夜の中にまるで闇がそこだけ固まっているように立った男を見て、フサは「おおきに」と礼を言った。

「博奕のカタにかち上げたもんじゃさか」

男は言い、それからフサのそばに寄り小声で「ちょっと外へ出れんかい？」

フサは男につられるように唇のこすれるような声で「あかんの。これから子供らを寝かして、縫い物もあるし、明日の段取りもあるし」

それから、その晩、男がどこへ行ったのか分らなかったが、フサは夜中、家の戸を男がたたき自分を呼び出しに来るかもしれないという、若いヤクザな男につきまとわれる妙な不安と期待の入り混った気持でうつらうつらした。何度も青々と育った麦畑の中を男が駈けてくる夢をみたのだった。

朝、美恵に起こされて眼覚めてから、初めて行商に行く時間を寝すごしている事に気づいてあわてて仕度をしながら、自分が以前と違っているのだと思った。籠を背負って家を出たのは変らなかったが、芋畑を横切ろうとしてそこが夢では一面に青い茎を出した麦畑だった事に気づき、その違いが妙な安堵をもたらした。春の日射しが濃く、駅の機関区を見るとまるで戦争などないというように静まり返り、機関区が背にした千穂ガ峰のはずれの山はくっきりと濃い緑におおわれている。

谷口に顔を出すと、男がフサを待ち受けていたように、「おお、上がれ」とまるでその谷口が自分の家だというように玄関口に立って声をかけた。フサが一瞬、躊躇して時間を稼ぐように玄関口に籠を下ろしはじめると、中から谷口の娘らしい青白い顔の二十ばかりの女が出て来て、「龍造が言うてたフサさんかん？」と訊く。

フサがうなずくと、娘はゆっくりと顔に笑みを浮かべ、傍に立った男を教えて、

「朝からサカリついたみたいに、体ゴロゴロすると言うてイバラの龍もあかん、女にかかったらかたなしやと言うて、横流しした鉱山の物資じゃさか、あれもこれもやってくれと言うの」

奥の方から「モン」と娘の名を呼んで内儀の声がたしなめようとすると、「いまさら、なア」と娘はフサに合槌を求める。

そのモンと呼ばれる谷口の娘は龍造の顔を見て「どうせ警察も知りきっとるよ」と言い、署長に呼びつけられて何度も現金を渡したし、現金を渡さない時は程なく谷口の家が解体されてしまうと不安なほど天井裏から畳の下のネダをまで上げて物資を隠匿しているのではないかと家捜しした、と言った。フサが呆れていると思ったのか男はそのモンに、「ぺちゃくちゃしゃべらんと早よしたれ」と横から声をかけた。それでフサはモンに呼ばれて谷口の裏に廻り、まだ朝の心地よい気配の残っている田圃の中を山そばの竹藪まで歩いた。竹藪をかきわけて進み、山の斜面に掘った防空壕まがいの穴に来て、モンに言われて籠を下ろして背中からフサは渡した。

「息切れるよ」ともどって来たモンが引きずったフサの行商の籠には、何斗もの米、戦争がはじまる前によく佐倉で眼にした瓶入りの醬油、カン入りの油が入っていた。「持てる？」と訊くので大丈夫だとうなずくと、モンは何を思い出したのか笑みを浮かべ、フサのとまどいを楽しむように、「人が寝とる枕元に朝はよう来てな、人を揺り起こして何言うかと思たら、おまえとは

月とスッポンじゃ、と言う。どんなええ人なのか会いもせんのに、わたしに分らせんわなア」

フサはモンの助けを借りて荷の入った籠をかつぎあげた。これだけの米と醤油と油なら行商すればいくらになるだろうと思っていて、ふとこれだけの品物を分けてもらうのは、物のない今、有難いが、買い入れる元手の金がないと不安になった。元手を貸してもらって売り切ってから払うしか方法がないと思って、フサが訊ねようとしてモンの顔を見ると、モンは真顔で、「あの男、悪いさかね」とつぶやく。一瞬、フサはその言葉の意味が分らなかった。

モンはそのフサのとまどい顔を見て、弁解するように「その悪いのが昨夜《ゆんべ》はおさまりつかんと思て新宮の町をほっつき歩いて、呼びとめた自警団のジイさん殴ったんやと。かわいそうに」

モンは裏口の方へ廻り、フサは谷口の玄関の方へ田圃の道を廻り込んで谷口の家の前に出ると、大きな体のやり場ないようにしゃがんで男はフサを待っていた。その男の昏い眼にひとつ会釈をして内儀に元手の事で話し合いをつけておこうと思ってフサが谷口の家の中に入って行こうとすると、男は立ち上がり、山仕事するような装束のズボンを手で払う。振り返り一瞬、股間がふくれ上がっているのを見てフサがあわてて眼をそらすと、「かまんのじゃ」と怒声のような声で言う。「こんなに仕入れしても元手あんまりないさか、頼んどかなんだらと思て」

「かまんのじゃ」男はそう言って唾を吐いた。男のその昂《たかぶ》りが出た態度に気圧されたようにフサは黙り、怒りにがまん出来ないように「甘い汁吸うとるんじゃさか」と口の中でつぶやく男をみつめた。

家の中から谷口の内儀が顔を出し、「龍さん、いっしょに飯食べへん？」と声を出したが、男は「ええんじゃ」とその内儀の顔を見ないで答えた。

フサに負った籠が重いだろうから持ってやると籠を下ろさせて、まだ怒ったような顔のまま「家へ荷物置いて来いよ」と言う。

男の後に従いてその男の大きな体の青い草のいきれのようなにおいが自分を包み込んでいると錯覚しながらさっき来たばかりの芋畑を横切って家へ向い、フサは郁男らが雛をもらって大喜びしている顔を思い出し、男の脚がもくもく動くのを見て何もかもその男の方へ動き、すべり落ちて行くと思った。

男は家のかまちに行商の籠を置くなり、子供らの顔が見えないのでさがしているフサに、

「どこそへ行かんかい？」と訊いた。

「どこそ言うて……」

フサはその時、ミツを満州へ連れていった木馬引きを思い出して四人の子を置いてどこかへ行ってしまおうと言ったのだと思い、土間に立った男を見てつまらない事を言うと思った。男はそのフサの気持に気づいたのか、「ここでもかまんけど」とにやにや笑いながらつぶやく。

その男の笑いを見てフサは人の弱みにつけ込むと腹が立ち、男を無視するように身をそらして水がめのふたをとって中をのぞき込み、「水を汲まんならんし、あの子らの服も縫うとかんならんのに」と、男にわざと失望させるように水桶を取って土間から外に出る。自分の歯のすり減った下駄が、自分の気持とは裏腹にまるで晴着を着た娘のもののように路地の土に浮いたように鳴るのを耳にしながら、最初は何故かそれも腹立たしくてたまらなくて、歯をくいしばって力をこめて井戸のポンプを押した。水でいっぱいになった桶を運んで水がめに移し、かめの中でたぷたぷ揺れる井戸の冷たい浄らかな水を見て音を聴いて、男が所在なくかまちに腰を下ろしフサをみつめているのを見て、「鉱山へもどらんしょ」と古座言葉で言った。

「戦争でちょっとでも鉄要ると、この家からも金物を奉仕したのに、あんたらがんばってくれなんだらアメリカに負けてしまう」

男はそう言うフサの顔を見るだけだった。フサは自分をみつめるその男の顔を見て、喉元から這い上がってきそうな笑みを噛み殺しながら、急いで水を汲んでしまわなければ次の仕事が山積みしてしまうと言うように、下駄の音をたてて桶を持って外に出る。井戸の横の家から勝手口の窓ごしに女がフサを見ているのに気づいてフサは会釈をしたが、女は笑い返しもせずに窓から見えなくなる。フサはその女に火を点けられたように不安になり、さっきとはうって変ったようにのろのろと井戸のポンプを押し、吹いてくる風に教えさとされるように雑木の茂った山を仰ぎみた。

葉が風に揺れ梢と梢がこすれて立つ山の音は以前と変りなく響いたが、山の雑木そのものが眩しい光をじくじくと脈打たせて分泌するようにみえ、その光を見ると肌が人の手に触れられたように体中から力が抜け

てくる。「フサさん」と耳そばで声をかけられて、フサは自分の傍に水があふれそうな桶を持って立った男がその山の化身のような気がした。

子供がいつもどってくるかも分らないとフサが言うと、男はフサの乳房を離して、路地の山の裏側にある防空壕で待っていると言い、フサがあわてて服をかきあわせているのをしばらく見て、フサの家の外に出た。

男の手の感触がちりちりした肌のくすぐったさに変っていくのを感じながら、フサは子供らに久し振りに白い米の飯を炊いてやろうと米をといだ。男に乳をなぶられながら黒く濡れて張った乳首を弁解するように「何人も子供産んださかァ」とフサが言うと、男はフサの耳に息を吹きかけながら、「俺の子も産んでくれよ」と言ったのだった。男はそう言って、フサの乳を撫ぜながらそれが男に言わせているのだというようにフサの手に持たせ、フサが手を引こうとすると、「産んでもろて顔みたい」と言う。

フサの体の中にそんなものがどう入っていくのか今から考えると分らないと思い、力をこめて米をとごうとするが、その米をとぐ力すらフサの手から水に溶け出す気がする。芳子と美恵がもどって来て、フサは芳子に飯を炊くように言いつけて外に出た。

男が待っているという防空壕をさぐり当て、中をのぞき込んで「龍さん」と声を出して呼んだ。声が返って来ないのを不審に思い防空壕の中に入って行こうとして、ふと自分が男遊びを知ってしまったふしだらな娘みたいな気がして踏みとどまった。雑木のざわめきは山の裏側のそこでは微かにしか響かなかったが、防空壕の横の草むらに立っていると、フサは自分が古座から来たばかりの娘にもどったような気がする。

男は防空壕からではなく山の上の雑木の茂みの方から姿を見せた。男は物も言わず日のあたったそこでフサの胸をはだけ、唇をつけ、脱ぎ棄てた装束の上にフサを横たえ、まるで誰はばかる事がないというようにのしかかり、「もっと力を抜け」と股を開かせた。男は自分の大きな体にある昂《たかぶ》りが過ぎてしまっても、力なく草いきれと光に溶けてしまったようなフサを山の土から掘り起こしでもするようになぶり、突然気づいたのか内股にある赤いあざを指で何度かこすってみて、「火脹れじゃと思た」とつぶやく。

フサはその手を自分の乳房にさそい、のぞき込んだ格好の男をみつめ、「親にぶたれた跡かもわからんと考えるようになったんよ」と男の顔に自分の方から唇を寄せ、割って入った男の舌に舌をからめて喉を鳴らして男の唾液を吸う。男にもう一度耳そばで「おれの子供も産んでくれ」と言ってほしかった。男がそう言うなら、フサは手で触られ大きく股をひらき体いっぱいにのびきってしまいながら、体中から火を噴き出してその愛しいと思っている男を焼き殺してしまうかもしれないほど昂《たかぶ》り溶ける。フサは男に足をからめた。

芋畑におちた爆弾の爆風でフサの家の柿の木が上半分とばされたのはその日だった。

敵機の焼夷弾で火だるまになった浜そばの家は子供らを連れて逃げ込んだその山からよく見えた。

六月にはアメリカ軍が浜から上陸してくると噂が流れていたし、七月に入ると和歌山が大空襲に遭って、駐屯していた部隊が全滅したと耳にした。どうしてなのかその頃になって路地に出征した男らの戦死の電報が幾つかまとめて配達された。路地の区長の家でその戦死者の形ばかりの合同の葬式を行ってすぐに、新型の爆弾が落されたと耳にした。フサはその話を舟町の内儀からきかされて、明日から行商に家を出る時には、せめて死ぬ時は一緒に抱えあって死ねるように子供らを一人でも二人でも連れて出ようと思ったのだった。

そうやって敵が浜に舟をつけ大挙して攻め込んでくるかもしれない、新型爆弾を落され、一瞬に山も家も吹きとばされるかもしれないと思っていたのが、八月十五日、終戦になったと耳にした。行商の途中だったので何か起こるかもしれないと、まだ荷を売り切らないうちに路地の家へもどると、郁男がフサの顔を見るなり駈け寄り、嬉しげな顔で、「母さん、戦争に敗けたんやと。終ったんやと」と言う。爆弾が空から降ってくる事も機銃掃射もないかもしれないが、アメリカがいち時《どき》にやって来て、もう二度と立ち上がれないように男を根絶やしし、女をなぐさみものにするかもしれないと噂がある事を思い出し「そんな事言うて」とフサは郁男を叱った。

その日のうちにフサも見た飛行機の噂は新宮の町家にも路地にも伝わった。

新宮の上空を飛ぶ飛行機の音におどろき、咄嗟に戦争に敗けたというのが嘘かもしれないと思って子供らを呼びよせたが、爆弾を投下するふうもなくぐるぐると新宮の上空を旋回して、そのうち海の方へ消えた。だが敵機などではなかった。敵から故郷を守ろうと戦についていた新宮出身の飛行機乗りが戦争に負け、自決する前に見納めにと上空を飛び、訣れを言うようにまだ昔ながらの面影の残った愛しい町並みを見てから、飛行機ごと海にとび込んで死んだ。その噂は誰彼なしに涙を誘った。

男がフサの家にやって来たのはその終戦になった日の夜遅くだった。

男はフサを呼び出して「ちょっとおらんようになるさか、もし鉱山から人が来ても知らんと言うとけよ」と耳打ちした。

「どうしたん？」

フサが訊くと、フサの髪に手を触れて、

「なんにも心配要らんのじゃ。博奕で鉱山の奴を殴ったら、そいつら鉱山に徴用されて来とった連中と組んで俺や桑原を狙いはじめたんじゃ」

男はそう言ってせかされるように芋畑の方へ歩き出し、フサが立っているのに気づいたように立ちどまって、しばらく月明かりに立ったフサをみつめ、今度はフサの方に歩いてくる。

「俺が逃げ出す事はないわい」

男は笑った。「逃げたりしたらイバラの龍の名折れじゃだ」

男は自分に言いきかせるようにつぶやいてからくぐもった声を立てて笑い、フサの腰に手をかけて、服の上から胸に顔を埋め、「ここで踏んばって一旗も二旗も上げなんだら、申し訳ない」と言い、「のう、あれらに一泡吹かしたらなんだら」とフサに合槌をもとめる。「あれらて」フサは男の腕が強く抱きすぎるので呼吸がしにくかった。

「知らんのか？」男は意外だというように訊ねた。「知らんのやったら知らんでもええ」気落ちしたが急に腹立たしさがこみあげて来たように荒い声を出し、それからフサの顔を月明かりにさらしてみるように見てから、「博奕にゃ強いけど俺も女にゃからきしあかんの」と言ってフサの乳房を服の上からつかんだ。その手の強さにフサは呻き、男が何に猛ろうとそんなに乱暴にされるのはいやだと身を振り、荒い息を吐きながら、「龍造」と言った。フサは男の手がまた乳房を鷲づかみにしてくるのが耐えられず、まるで十五の娘がするように口を寄せてくる男の頬につめをたてた。荒い息を男は吐いていた。

フサが有無を言う間もなく抱き上げられ、葉を繁らせた芋畑の中に放り棄てられるように置かれ、まるで知らない人間にそういう目にあっているように暴れ、逃げようとしたが、男の力はあまりに強かった。痛みと肉が裂け血が噴き出るような気持のまま組みしかれ、そのうち、ふと男が自分の事を好いてくれるのだと思い、自分から進んで息のような声を立てて男をはげますように名を呼んだ。終って呆けたように龍造は芋畑の中に坐り込み、フサが起き出して服を払いはじめて、「谷口の親爺と俺が兄弟じゃと言うんじゃよ」とつぶやく。

「服着てよ」

フサが言うと龍造は世迷い事を言うように、

「何遍もオリャ、アレらの男親に石くらわしたった」

「一緒に暮らしてないん？」

「アレらの男親が何遍も母親とこに出入りするのを見る度に、石くらわしたった」

龍造はまだズボンをつけずに坐り込んだまま、フサの顔を見て石の大きさを手で教える。「アレらの男親も有馬の一統じゃが、子供心に自分の嫁も子供もおるのに何でちょっかい出していつまでも来るんじゃと思ての」龍造はそれが面白い事のように笑い声さえ立ててから立ち上がり、かちゃかちゃとバンドの音をさせて服をつけてから、フサに「痛かったか？」と優しく訊ねた。フサはその声を聞いて急にさきほどの腹立たしさを思い起こし、「あっちこっち痛い」と言い、もう二度とこんな乱暴な事をしたら、話すらしないと言った。

思いがけず幼さが出たような龍造はフサの顔を見て暗い輪郭のぼけた顔からチッといきおいよく音をさせて唾を吐いた。ふと、龍造は物音がしたというように路地の茶畑の方を見て息をこらし、誰か物蔭にかくれて二人を見ていた者がいたと思ったのは気のせいだというように、フサの家の方へ歩き出して、また立ち止まる。

「やっぱし行くわい」

龍造はフサの背を払った。フサがその龍造の手が背や尻にくすぐったく当ると身をよじって龍造の手を取ると、

「板屋にもどれんじゃろから、十日ばっかし経ったら家へ泊めてくれ」

フサがうなずくと、龍造は若衆の素振りそのままにフサの顔にかがみ込むように顔をつけて「世帯持とらよ」と言う。「戦争に負けたんじゃ。もどってきたら、

足洗てかたぎになって、子供らも養のたるわい」

龍造が行ってからその言葉をフサは何度も思い出し、夜、眠れず、子供らの寝息をききながら枕元に起き上がって、しばらくどうしたものかと思案した。龍造の事は何も知らないに等しかった。龍造がそばにいない今、勝一郎と暮らした家で勝一郎の子らの寝息を耳にしていると、その男の背の高いごつごつと骨太い体と傍若無人な振る舞いばかり眼に浮かび上がってくる。その男に乳房をまさぐられて乳首を含まれ思わずのけぞり苦しさのような快楽から逃げようとすると「まだ半分しか入ってないど」と淫らに笑う男の声を耳にしていた自分がはしたないふしだらな女に思えてくるのだった。フサは仏壇をあけてみた。火をともそうと思ってろうそくが切れている事を知った。

終戦になって空襲も沖からの艦砲射撃もないと分っていたが、次の日もその次の日も、ふと青空にわき出た入道雲の蔭から光をはねながら敵機がやって来るという気持が離れなかった。フサは井戸にたらいを持ち出して洗濯をした。来あわせた女らが自分が見たとでも言うように、速玉大社にアメリカ人らがやってきて神殿にずかずか入り、御神刀や宝物を持ち出し、それを止めようとした氏子の一人をピストルで撃ったと噂した。「えらそうに掛け声出しとった自警団の人ら、ピストルつきつけられたらなんにもよう言わなんだんやと」路地の女は言い、それから戦死したブリキ職人の話になる。

行商の手引きをしてくれたチエがざるに入れた芋を洗いに井戸へ来たのをみて、フサは思いつき、たらいをそのままにして、「ちょっと、チエさん」と呼び入れて家の涼しいかまちに腰かけてもらった。

「あんた、龍造という男、知っとる?」

フサが訊くとチエはうつむき、笑いをこらえるように足を動かしかたかたと土間に音を立て、「フサさん、今、仲良うなっとるんやろ」と言い、顔をあげて「あんた、まだ若いしなア」

「勝一郎より五つか六つ下、わたしと同じ歳か、ひょっとすると下かもわからん。なんやしらんけど不安なんよ」

くっきりとした二重瞼が気の好さを表しているようなチエを見てフサは溜息をつき、水がめにゆっくりと背をもたせかけて自分の足元を見た。下駄の鼻緒の紅が白い足の指の間に痛いほど喰い込んでいるようにみえ、フサは自分の胸元からお白粉のにおいが立ちのぼってくるのを気づいて、大きな粗野な力があふれたその男に魅かれているのは確かだが、ただ不安になっている、と独りごちるように思った。「なんどあの龍造について知らん？」

フサが訊くとチエは首を振る。

「あの男、有馬から来たと言うてたけど、ほんまやろか？」

そう訊くフサにチエはさあ、と首を振り、ゆっくり体を起こし汗を手でぬぐっているフサの顔を見て、

「戦死の公報も来なんださか生きてもどって来るんやろけど、父さんがここへもどってくるまで難儀せんならんけど、フサさんは勝一郎に死なれとるやろ」と言う。「どこから来てもかまんのと違う。難儀する事思たら、いやや思ても、世帯持ったら」

「厭やと思わへんけど」フサは苦笑した。

「弦と世帯持たして小さい子ら育てさすんやとこの間までオリュウノオバとレイジョさんが言うて廻って、弦と勝一郎じゃ月とスッポンやと、わしら反対したけど、いつぞやレイジョさんが一人で言うて行たやろ」チエは膝の上に芋の入ったざるを大事そうに置き、「なア」とフサの顔を見る。「わしや小金のハツノさんらはもう三十超えて四十にもなろかという齢やけど、あんた、これからやないの」それからチエは急に顔をふせて涙声になって、「みんな、ここの路地の者はよう知っとるよ。小さい子、死なせたの、医者にみせる金なかったさかや」

そのチエの言葉が重荷になり、フサは戦争の終った今になって、決して鉄砲の弾に当ったのでも爆弾にやられたのでもないが、フサの傍にいた男の三人までを死なせていると、身の置きどころがないほど切なくなり、丁度、山から飼っている鶏や雛に食わせるため柔かい葉を取ってきた郁男を呼びよせ、そんな事を考えてもみなかったのに外を飛び廻りすぎる、大人に立ち混りすぎるとぐちぐち叱言をつらねた。「兄やんが、うちらの家では一人しかおらん男やさかね。母さんが行商して廻っても、兄やんがしっかりして芳子や美恵をしつけなあかん」

郁男は昂《たかぶ》って声がふるえるフサの顔をみつめて、あきらめたようにうなずいた。

行商に行くために物資を仕入れようと谷口に行ったのは龍造が姿を見せなくなってから二日後の事だった。

戦争中と同じように早朝やっと空が白みはじめたばかりの時間に谷口に行ったが、どうしたのか外から呼んでも返事がなかった。裏に廻ろうとすると、髪をハチマキのようなもので上にあげた胸をはだけた女が「あの人ら、板屋から捕虜や朝鮮人が仕返しに来る言うて、逃げてとんだで」と言う。

フサがとまどっているのがおかしいというように鼻で笑い、どっこいしょと夕涼みの台に腰かけ、「あの人らかしこいわ」と煙草に火をつける。

「どこへ行たんやろ」

「かしこいさか逃げ出すんでも、物資みんな持ち出して行た。行くとき、うちの一寸亭《ちょっとてい》の主人に、ほとぼりさめてもどってきたら女郎置いて待合でもすると言うて行たらしいから」

フサが改めてどこへ行ったのか訊ねなおすと女はくすくす笑い、けむりにむせて咳こんでからやっとおさまったというように、「かしこいもんはかしこいねえ」と言い、「さがそうと思うんやったら、うちの主人とか当り矢のおいさんに訊いてみ」と笑う。その笑いを見てやっと女が様がわりしたその駅裏にやってきた女郎だと気づき、フサは訊ねるのをあきらめて路地に引き返した。

芳子が起き出してのろのろとかまどに火をたいているのをフサは取り、しゃがんでぱちぱち弾ける木屑の音を耳にしながら、何が起こってしまったのだろうと考え込むのだった。

行商のための物資を手に入れるのに、谷口が当てに出来ないのなら路地の女らの持っている闇屋に割り込ませてもらうか、それとも神乃内や阿田和《あたわ》まで足を運んで仕入れをしなくてはならなかった。それでまだ間に合うと思って、日が昇りはじめた路地を駈けてチエの家へ行くと、丁度、ハツノがかまちに腰かけ、どこで手に入れたのか女物の着物の山を前にして選っているところだった。

息を切らしているフサの顔を見てハツノは曖昧な笑みをつくり、「どうしたん?」と訊いた。

どう切り出してよいか分らずにいるフサが空の籠を背負ったまま立っているのを見て、土間に木の台を置いて腰かけていたチエが「そこの兵隊からもどってきた三次がこれを売ってくれたんで、替えに行こと思うん」と言い、一緒に神乃内の方まで米や芋に替えに行くつもりなら連れていってやると言った。

仲間に入るだけの金がないのだったら、米に替え、それを売りさばいてからでもいいとチエは言い、フサが坐れるように着物の山をどかしてかまちをあけ、「どうせ、こんなときは相みたがいや」

「なんとかなるねえ」

ハツノが言った。背中から空の籠を下ろしかまちに腰かけたフサを見て、ハツノは「フサさんと買い出しに行くの初めてやね」と言う。

小一時間ほど着物を選りわけるのに費やしてからドンゴロスの袋に仕舞ってそれぞれの籠に入れた。二人の後を従いて路地を横切り駅からの通りを抜けて女学校に出、明日香神社の森や城山から聴えてくる蟬のすだきを耳にしながら池田に向った。

池田に着いてみて、渡し舟の姿が見えないのを知った。チエが「どうしようかしらん、大橋通ったら警察につかまってしまうし」と言うので、フサはふといつか明日香神社の脇の竹中の小路を抜けたところに舟がつないであった事を思い出した。

「渡し舟、竹中から出てるんと違う」

フサの考えたとおり、その竹中の小さな港のようになっている所には、川向うの百姓家に行くのか袋をかついだ女らが何人も立っていた。それを見てフサはチエとハツノに恩を一つ返せたと思った。

自然に出来た堤防まがいの岩に腰を下ろしていると、フサにドンゴロスを胸にかかえた上品な顔の女が、「姐さんら、どこまで行くん？」と訊く。

二人の後に従いて行くだけのフサには分らなかった。

「どこまで行くん？　神乃内？」

それで、女に代ってフサが同じように腰を下ろし涼しい風に眼を細めているハツノに訊くと、ハツノは町家風の女に「姐さん、わしらも川を渡ってみて、向うまで行てみやなんだら、神乃内へ行くか、阿田和へ行くかわからんの」

女がハツノにそういわれて余計不安になったのはフサにも分った。立っている女が背にしている川の水が、以前そこで眼にした時と変っていない事に気づいて、一層その色の白い女がもう一人の自分のような気がして、フサは女の顔を見ながらささやくような声で「姐さん、神乃内に行てみなれ」とつぶやいた。

「神乃内まで歩いてずうっとまっすぐ行きなあれ。突き当りの山のとこに神社があるの。そのすぐ手前に水のきれいな川流れてるん。その川に一番近いとこにある百姓家へ行たら、姐さん、物替えてもらえるかもわからんわア」

女は「おおきに。行てみるわア」と身を縮めるようにして頭を下げて一礼を言い、物を言いたげに、フサの顔をみつめたまま涙ぐむ。

その女の涙がうつってしまいそうでフサは眼をそらし、向う岸からまるでフサの気持をからかっているようにのろのろと渡し舟が進んで来るのを見た。

川の水は青く手をつければ染まってしまうようだった。

二人の後を従いて夏の日射しの中を歩いて行ったのは随分新宮から先にある井田の百姓家だった。チエは以前そこに来た事があるらしく、芋畑の境界に植えた丈高い蜜柑の生垣を先に立って廻り込み、百姓家の広い庭に出た。

奥からチエの声に呼ばれて出て来た固ぶとりのモンペ姿の女は、「来たん」と三人の顔を見て、おうような笑いを浮かべる。

「奥さんに頼んだらどうにかなる、と思て」

チエは広い縁側に籠を下ろす。中から茶色のドンゴロスを「よいしょ」と取り出し、百姓家の女が興味を持ってくれるうちにといかにもあわてた手つきでそのドンゴロスを開けかかる。チエはまず上に重ねている娘向きの派手な着物を取り出し、しまったと言うような顔をフサにむけ、「なあ、あのええ色の着物、フサさんの方へ入れたかいの?」

「チエさんの方へ入れたよ」

ハツノが言った。そのハツノの顔をしばらく見て、チエは微かに薄目を合図のようにつくって、「フサさん、ちょっと出すの手伝てくれん?」と言う。百姓家の女は三人がおろおろした姿で着物を出そうと縁側に寄ったのを見て、何がはじまるのだというように坐り、のぞきこんでいる。百姓家の女にすれば井田の片田舎まで米や芋をあてになけなしの物を持って替えにくる新宮の女たちの姿は、見ていて悪いものではないはずだった。米や芋を持っている者が勝ちだという事は充分すぎるほどフサも知っていた。

チエとハツノがドンゴロスから一枚ずつ着物を取り出し、「これやったかん?」「これ、ええ柄やけど、正月や御燈祭りのセッキどきみたいな格式ばった時に新宮で着るやつやさか、井田の奥さんに合わんかわからんとハネといたやつよ」と二人で掛け合いをやるのをフサは耳にし、五十を幾つか越しているはずの百姓家の女にその柄は確実に似合わない、それに新宮の町家ではなく、料亭のヤトナらが着るような着物だと言ってやりたかったが、チエとハツノに叱られそうで止めた。

「これと違う？」チエがまた一枚、あらたにドンゴロスの中からひき出す。

「ああ、これかしらん。丁度、普段に着るのにええやつやけど」

チエはハツノの声に不満げに、「なあ、これ普段に着るのと違うなあ」とフサに言い、すばやく眼をしばたたいて合図を送り、「フサさん、しばらく速玉神社の天皇陛下さんがお泊まりになる旅館におったさか、着物の事、結構知っとるやろ？」と言う。百姓家の女が顔をあげ、フサを気の弱げな眼でみるのを見て、フサはさも着物に関して自信があるように、「新宮のええしの家やったら普段でも着るんとちがう。それの上言うたら、後は錦紗になるんやろ」

百姓家の女が「その三つ、置いといてくらんしょ」と言ったのは、三人の女らがそのくすんだ柄の着物を前にああでもない、こうでもないと、漫才のようにしゃべってからの事だった。三枚分の着物と替えるために百姓家の女がそこから玄関へ廻れと言い、自分はほの暗い畳の上を歩いてざるを持って行くのを見て、

「フサさん、あれ」とハツノが指さす。

見ると夏蜜柑の木の枝に郁男が昔遊んでいたような玩具の鉄砲がひっかかっている。フサはそれをみて、一瞬、息が詰まった。腰をあげ、庭を歩いて、その夏蜜柑に近寄り、筒の短いそれが黒く塗られた木の手製のもので弾がとばないものという事を知り、拍子抜けがした。オクオ、テッポウ、オクオ、テッポウ。泰造の声が耳についた。泰造が言っていた郁男の鉄砲は弾がとんだのだった。

ハツノがその蜜柑の木のそばに立ちすくんでいるフサにあきれたように庭を小走りにやって来て、素早く蜜柑の脇の地面に這っている南瓜のまだ青い実をちぎり、それからそれが体のどこにかくすにもあまると思ったのか、生垣の外に向って転がした。

「しっかりせなんだらあかんで、フサさん」

ハツノは言って呆けたようなフサをにらみつけ、玄関の方からチエの声がするのに顔をむけて「さあ、行こ」と手を引いた。

思いもかけないほど沢山の米や芋と替えてくれたと機嫌のいい二人の後を従いて歩きながら、フサはいまさらながら自分が生きているのが不思議に思えた。フサの籠の中にはまだ替えていない着物とそれにハツノがせしめた青いが大きな実の南瓜が入っている。チエとハツノは、それぞれ米と芋をわけて籠の中に入れてある。三人で分けてもゆうに三日分の食べ物はある。それを一日分にし、一日分は元手に二人に払い戻し、一日分を戦争中からの得意客に廻すなら、金で払ってもらっても物に替えても合計四日ほどの暮らしは立っていく。家には龍造が廻してくれた醬油や油、一升ほど残して米のことごとくを替えた芋が、土間の室《むろ》の中に納ってあるし、それに勝一郎に死なれた時とは違って郁男も芳子もあてにしていいほど大きくなっている。

百姓家の女がおまけだとくれたふかした芋を食べて昼にしようと、二人に従いて井田の浜に出た。

涼しい松林の蔭になった浜に坐り、つめで薄い皮を丁寧にむいて芋を食べながら、フサはこらえきれず涙を流した。一面、青い光り輝くような空なのにまるで嵐が起こっているように荒い波を見、音をきいていて、死んだ者らがその波の向う側にいるように思え、フサは涙を流しながらまるでその言葉しか知らないように、オクオ、テッポウ、オクオ、テッポウと胸の中でつぶやいた。フサの愛しいと思う人間ばかりだった。おうよ、泰造。フサはその松の蔭で泰造と二人で井田まで物を替えに来て昼を食ってでもいるように思いながら、ぐずる泰造に心の中でささやきかけた。あの鉄砲持ってきたろと思ても、兄やんのみたいに弾とばんのや。

オクオ、テッポウ、オクオ、テッポウ。

泰造の声が波音に合わせるように耳につき、フサはチエやハツノが見ている事をかまわずに声をあげ、顔を手でおおって泣いた。そうやって泣いてやるしか、小さいまま死んだ泰造に母親としてやってやる事はなかった。戻ってきてくれ、生き返ってくれとどんなに叫んでも今となっては何一つかなわない。

「フサさん、鉄砲見てた時に、ネネ思い出したんやなとわかった」涙で眼いっぱいにしてハツノはフサに、「わし、子供らこれから育てるのに、生きていかんならんのにと思て、さっき言うたんや」

知っとるよ、とフサはつぶやいた。涙をこらえようとしたが、波の音が耳につき、いままで泣く事をがまんにがまんを重ねてきたように涙があふれ、自分がそのまま浜に打ち寄せる波そのものになってしまったように思いながら、チエとハツノを見て、「あの男と一緒になる」と言った。自分の震えた声を耳にして、フサは死んだ泰造や、その子の父親の勝一郎に、男の硬い熱い手で愛撫され舌を吸われてこの体が震え、男の体の重みを一点に集めるようにフサは腰をそらせ足をあげて尻に巻きつけたと言いたかったのだと思った。

波は耳の内側で人の息の音のように響き、フサは涙を流しながら、それが泰造の声なのか勝一郎のものなのかと心の中で訊いた。

その男、龍造が路地のフサの家にやって来たのは九月に入ってからだった。

龍造はどこで手に入れたのかアメリカの進駐軍の横流れ品だと言って罐詰を十個、子供らを呼び寄せてから見せて、「さあ、何が入っとるかわからんど」と一つずつ、子供らに取らせた。子供らは自分の取った罐詰を次々と龍造にあけてもらい、それが一様に見た事もない輪切りの果物だった事を知り声をあげた。

「桃や蜜柑も入っとると思たんじゃが」と残念そうに、まだあけていないラベルの貼ってない罐詰をみている龍造を見て、フサは「どこへ行て来たん?」と訊いた。

龍造は真顔で「ちょっと山の飯場まで行て来たんじゃ」と言い、フサが不審な顔をしていると思ったのか、「おまえも知っとるじゃろが、佐倉の旦那がええ仕事あると口かけてくれとって、それで佐倉がいま切り出しとる山の飯場に人夫らと行っとった」と説明した。フサにはまだひとつ呑み込めなかった。

龍造が初めてフサの家に泊まる事になったのは、その日だった。まるでそれが男同士の挨拶だというように、龍造は渋る郁男と一緒にわかした風呂に入り、郁男が出てから女の子を呼んだ。芳子が「わし、入る」と言うのでフサはにらみつけ、君子を裸にした。風呂場から龍造が「美恵も来い」とどなるのを耳にして、フサは背中に肋骨を抜き取った大きな傷跡のある美恵を傷つけないように「ねえ、男らと一緒に厭やねえ、美恵はいっつも母さんとしか風呂、入らんねえ」と耳元でつぶやいてやった。

風呂から上がりサラシを巻きながら龍造はにやにや笑い、勝一郎のちぢみの下シャツは小さいだろうかと思いながら用意しているフサの耳元で「フサ」と呼ぶ。振り返ったフサの耳に小声で「兄やん、もう毛はえてきとる」と思いがけない事を言った。

服を着終えて芳子に放送局で見つけた電線の話をしている郁男にもその龍造の声が届いたらしく、フサの顔を見、それから得意そうな笑みをつくる。郁男はこの七月で十三になったばかりだった。その郁男の体が徐々に大人のものに近づいてくるのがフサには不思議で妙に羞かしくて郁男から顔をそらし、サラシをつけ終えたのにまだ下穿きをはいていないのが龍造の不潔さを示しているようで「はよ、着てよ」と癇のきつい声で言った。

男が一人、その家にいるだけで何もかもバラバラになり、それまでの暮らしとは随分違ってみえた。

フサはそれまで使いもしなかった仏壇を置いている部屋と飯を食べる部屋の襖を閉め、龍造と二人同じ蒲団に入った。ふと夜半、眼覚め、フサを抱え込むようにして寝息を立てているその体の大きな男が何者なのだろうと考えたが、そのまま男の胸に顔を埋め、わざと男の体に淫らな格好をするように足をのせて抱え込み体を押しつける事もあったし、背中から尻にかけて彫った刺青をみつめ、手で触ってみる事もあった。

龍造がフサの肌に唇をつけ、龍造の手に張りのある肌の脂粉がついてしまうように思いながら、フサは龍造が奥の奥まで入り込もうとする度に、まっ赤に火のように燃えあがって男をたぶらかし誘っている蓮っ葉な女のような気がし、笑みを浮かべ、龍造のまだ青さの残っているような張りつめた喉首に舌を這わし、龍造の耳元にささやくようにあえぐ。

フサは自分が龍造の背に彫った朱色の花の化身のような気がした。

龍造はフサに何もかもまかしておけばよい、買い出しに行く事もそれを持ってわずかばかりの利ざやをあてに行商になど行く事も要らないと言い、フサに金をよこした。そんな金を、と驚くと、龍造は百円、二百円など紙屑みたいなものだと言い、どうしたのだと訊くと、

「博奕じゃよ」と言う。

龍造は家を出る時きまってその博奕に行くと言い、夜遅くもどってきては博奕に勝ったと言い闇で開いている鮨屋に作らせた折詰を持って来た。或る時何の気なしに「あんた、子供何人もおるのに」とフサが言うと、次に勝った時はフサと四人の子では食べきれないほどの鮨を持ってくる。龍造が鉱山にいたせいか、それとも博奕を好きな者の性格そのものがそうなるのか、物

にこだわらない陽気さを持っているのが分った。

その龍造が降り始めた雨の中を素足で路地の三叉路の方から駈けてやって来て、息を切らせながら家の中をのぞき込み、丁度流しにいたフサの顔を見て「佐倉に行っとるさか、誰が来ても言うなよ」と言い置き、汚れた素足のまま家に上がり込み、衣紋掛けにつるしてあったカーキー色の上着をつかんでポケットにあわただしくさわる。家にいた美恵と君子は驚いていまにも泣き出しそうな顔をしていた。中に大事な物が入っていたと言うようにその上着をまるめて土間に降り、戸口から顔を出して外を見てから雨の中に走り出した。もうすっかり芋を掘り起こしたので畑は赤土の地肌が見えていた。その赤土の上を龍造は素足で踏んで駈け抜けて柵をとびこえ、駅の方へ姿を消した。

路地に住む秀と呼ばれる軍隊帰りの男ともう一人、額から血を流した男がフサの家にやって来たのは、それから小一時間経った後だった。秀と呼ばれる男は勝一郎の朋輩だったので、フサは家の前に濡れそぼって立ったまま中をのぞき込もうとする二人に「どうしたん、そんなに濡れて」と、手拭を渡した。「おるんじゃったら龍造出してくれんかい」

秀は言い、フサが戸口に立って身震いしているのをさらにおどすように濡れて肌に貼りついたちぢみのシャツの中に手を入れ、短刀を取り出す。

「おらんよ。ここにおらん」フサは自分の声が震え自覚もなしに眼に涙があふれるのが不思議だった。

「おるじゃろ？　嘘つきくさったら、ワレも刺し殺すど」秀はそう言ってフサを突き、家の土間に入り、「龍造、えらそうに言いくさって、出て来い」とどなる。美恵と君子がおそろしさのあまり泣き声も立てる事が出来ないままフサに駈け寄って抱きついた。

「何が先祖の孫一じゃ。えらそうにホダきくさって。間男でできたガキが」秀は言い、フサはその声を耳にして力抜けたように子供を抱えたままかまちに腰かけ、秀が酒を飲んでいるのを確かめて、これ以上に人の家に来て喧嘩の種をまくのなら、区長にも言い、路地の誰彼にも集まってもらって、博奕を打って廻り難クセをつけてくると言いつけてその乱暴者の秀をこらしめてもらおうと思った。警察に願い出てもいい。

「あれ、フサさん、俺らをなめとるんじゃ。いつの間にか人の博奕に入り込みくさって、わがもの顔にして、自分が負けたら、人の頭、割ったんじゃ」

フサは美恵と君子を抱えたまま、「おらんよ」と言い、秀ともう一人の男の前に垣を張るように立ち上がって、「出ていて」と白い雨の降っている外を指さし、秀の顔を見て、「男同士の事で、人の家に押しかけてくるな」と言い、蓮っ葉な女のように雨の外に唾を吐いた。

秀と額から血を流した男はしばらくフサの家にいた。

丁度雨の中を郁男がもどって来て「どしたん?」と訊くのでフサは聞けよがしに「郁男、これから弦叔父とこと西村の爺さんとことそれからハツノさんとこへ、母さん、怖ろして泣きやるさか、すぐ来てと言うてきて」と言った。郁男は二人を見て「どしたんな?」と訊き直し、フサが黙っていると、「おまえら、何しよと言うんじゃ」と大人のような口調で言って秀をにらみつけた。

「大丈夫やさか行てきて。女所帯やと思て短刀持って入り込んで来たんや言うて」

「女所帯かい」

秀はうすら笑いを浮かべてフサを見て、まるで先ほどのフサを真似でもしたみたいに唾を吐いた。

「なにが女所帯じゃ。ムチャクチャをやってまわる男を引っ張り込んどるくせに」秀は、行こ行こと額から血を流した男の肩を押して家の外に出ようとする。その秀の言い種に腹立ち、フサは「誰を引っ張り込んだと言うんな」とどなり、かまどの脇に積み重ねて置いてあった薪を握った。握りしめた薪から電気でも出ているように怒りで体が一層ふるえ、フサは思いきり打ってやると腕を振りあげた。

その瞬間に二人が土間から雨の外に駈け出なければ、薪で強く殴りつけているところだった。

「女の腐ったみたいに、女やと思てえらそうに」

フサは薪を乱暴に土間に放り棄てながら言ってかまちに腰かけ、戸口の外に降る雨がフサの昂《たかぶ》りをなだめるように白く細い霧のように変っているのを見た。勝一郎と所帯を持ったばかりの頃、雨のたびに仕事にあぶれた朋輩らが家に集まった中に、その秀もいた事を思いだした。その時のフサと今の自分を一緒だと思っている、と独りごちた。

雨の降り続く中で家にいて子供らの服をつくろいながら坐っていると、乱暴な龍造がフサの前ではネコを被っていると思え、おかしくなってくる。くすくすと笑い、顔をあげると君子の縮れた毛を手でときつけている美恵と眼が合い、フサは「なあ、男て厭やなア」

と言った。

雨に濡れて芳子がもどって来て、近所の使い走りの駄賃にもらったのだと、フサに赤いベッチンを鼻緒に使ったコッポリを見せた。何故かわからず、芳子の髪が雨に濡れて水から上がったばかりのように額に貼りついてにおうのに鎮まっていた腹立たしさをかき立てられたように、フサは「女のくせに、男みたいにほっつき歩いて」と叱った。得意げに美恵や君子に見せていたそのコッポリを芳子の手から取り上げ、「こんなはけもせんもの、もろてきて」

「はけるよ」

「何言うとるの、いつはくの。シャラシャラ鈴がなるのを食べて行きかねるのにはいてまわるの？」

そう言ってからフサは昔、芳子に小さな錦で織った鼻緒のコッポリをはかせ着物を着せ、勝一郎と一緒に神社参拝に行った事があるような錯覚をした。だが、そんな事はなかった。フサは溜息をつき声を落し、「芳子」と名を呼んだ。「こんなの、ええ着物でも着た時に履かなんだら、シャラシャラ音立つだけで、みっともないんや」

芳子はけげんな顔で見、それからふくれっ面をつくり、「それやったら、龍さんに着物買うてもろて」と言う。

フサが手を振り上げるより早く、芳子は土間から外にとびだし、フサの眼から姿をかくすように茶の木の茂みにかくれた。フサはそれが分っていたが、雨の外へとび出て芳子を叱るために連れもどすのがおっくうで、手に持っていたコッポリを外に投げ棄て、「どこへでもそのシャラシャラ持って行きなあれよ」と言って戸を閉めようとし、ふと柿の木の方を見た。

柿の木を確かめでもするのか傘をさした女が木の周りをぐるっと歩き、戸口からフサが顔を出しているのに気づいたように立ち止まり、傘を上げた。フサはすぐに分らなかったが相手の女は「いやあ、フサちゃん」と笑顔をつくった。女がぬかるんだ道を駈けて来るのを見て、それが北海道へ行っていたマツだった事に気づき、いまさっきまで腹立っていた事を忘れたようにフサは「めずらしなア。よう来てくれたなア」と、家の中に導き入れた。

雨が吹きつけるのを心配して閉め切っていた縁側の障子戸を開け、薄暗いかもしれないと電気を点け、マツが函館で手に入れたのを持って来たという羊羹を切って、芳子を家の中に入れて湯をわかさせた。

外で雨はあがっていた。

ぐずぐずしている芳子を訊ねるので「親の言う事に逆らうの」と言う。

「フサちゃんが親なんやからねえ」マツは溜息をついた。

マツはそれから急に気づいたように、手を合わせたいから閉めている仏壇をあけてくれと言った。今日、朝から仏壇を閉めきったままだった事を知り、今さらながら仏壇に手を合わせる事もろうそくに火を点ける事も少なくなったと気づき、観音開きの扉をあけながら、「マツさん、あれから勝一郎と下の子の二人、死なれてしもたんよ」と弁解するように言った。

「下の子、死んだん?」

「死なせてしもたん」

フサはマツがろうそくに火を点けて線香を立てる後ろ姿を見ながら溜息をつくように言った。マツは正坐して口でぶつぶつ経をとなえ、しばらく肩を落してから黙り込み、膝をくずす。そのマツの姿が眼に痛く、フサは早く龍造との出来事を話してしまいたいと思い、やせた首筋を見せているマツの背中にむかって、「うち、それからなア、別の人と仲ようなっとるんよ」と言い、黙ったままのマツに促されでもするように、くすっと笑い、「さっきもな、芳子がうちを許さんと言うてイジワルしてるような気して、それで叱っとったんや」

「誰もそんな事、言うてない」芳子が土間でつぶやいた。

「芳子、大人の話やから。雨止んだから、君子ら連れて外で遊んで来てよ」

子供らが外へ出て行きかかったのでマツは急に気づいたように立ち上がり、ポケットから札を取り出して芳子に渡し、「なんど夕張か幾春別《いくしゅんべつ》の土産買うて来たろと思たけど、なんにもよう買うて来なんだんよ」と言い、子供らが外に走り出、空に虹がかかった、山に敵のグループが来ていると騒いでいるのを耳すましてから、ふと、芳子がたいていたかまどの火が先の方まで燃えて土間に落ちかかるのを気づいたように土間に下り、フサの下駄をつっかけ、火箸でその火を奥に突っ込む。

「一時、ずうっと飯炊きしてたんよ」

マツは言って土間にかたかた音させて歩いてかまちに腰かけ、フサの顔を見てから急に立ち上がる。はいて

いるスカートの内側をひっくり返し、糸をつめで引っぱって切ってから手を突っこみ、束ねた金をつかみ出し、

「フサさん、こんな金、見た事ある？」と見せる。「こんなにある」と見せる。

「こんな金、見た事ある？　こんだけあったら何出来ると思う？　吉広生きてたら飯場にも鉱山にも行かさせん。うちが御大尽みたいな家建てて、吉広の好きな事をさせてやるわ。なあ、なんでこれくらいの金、古座でうちにもあんたとこにもなかったんやろ？」

「どうしたん？」驚いてフサは訊いた。

マツは首を振って笑みをつくりかかった。だが怒ったような顔がたちまち崩れただけだった。

マツは一時《いっとき》、べそをかいたようなその顔でフサをみつめ、それから気を取り直すように笑みをつくり、「どうしたんでもないんよ」と言い、取り出して見せた事を後悔するようにあわてて札束をスカートの内側にくった袋の中に仕舞い込む。

フサは戦争の間に自分がそうだったようにマツも変ったのだと思った。

そのマツに誘われてフサは久し振りに新宮の町に行こうと思って、雲が切れてのぞいた空がまだ青いうちから風呂をわかし、二人で古座の思い出を話しながら子供らの帰りを待った。子供らを叱りつけて外へ遊びに出したからもどってくるのは後の事だろうと思い、フサは「なあ、先に風呂に入ってしまわへん？」とマツに勧めた。

「入れさせてもらおうかしらん」マツは言い、それから思い直したようにフサに一緒に入らないかと言う。フサは急に十五の自分にもどってしまったようにうなずき、声をたてて笑い、「子供らおっても、知らんわ」と肩をすくめ、簞笥の中から自分の着替えを出し、思いついてマツのためにも一度くらいしか着た事のない着替えを出した。

湯を弾いた肌はフサも同じだったが、マツの腕でかくした乳房を見た時、フサは胸が詰まる思いがした。明るい桃色の乳首がマツのなま白いこころもち肌理の荒い肌を一層なまめかしくさせていて、フサは湯船につかりスノコの上で肌を洗うマツを見ながら、別れた後、何人もの男が夕張でマツの体を抱いたのだろうと想像した。

「フサさん、相変らず色白い」

マツは言ってから湯を被り、引き戸の窓から見える外

に眼をやり、「夕張は戦争中も景気よかったけど、こっちで地震が起こったやろ。あれから心配して、はよ紀州にもどりたいと思て、居てもたってもおられんかったんよ」とつぶやく。薄化粧を落したマツの横顔にはもう昔の面影はなかった。

風呂からあがり子供らの帰りを待ちながら、フサはマツから夕張の話を聞いた。夕張の駅を降りて振り返ると選炭所の向うに三角の山がある。雪が溶けてその三角の山がすっかり姿をみせる頃にはもういきなり春だった。一どきに緑が萌え出す頃は、吉広を思い出して息をする事さえ苦しくなる。

「何人も死んどるんよ」とマツは言った。戦争中は一度も空襲を受けなかったが、徴用されて来た朝鮮人や人夫らが、落盤に遭って死ぬのを沢山見た。マツが夕張で身を寄せたのは夕張一の料亭だった。そこでしばらく飯を炊いたり運んだりするだけの下働きをしていたが、軍の統制がきびしくなり料亭が廃業してからは、置屋に移った。

「なに?」

フサがうなずくと、マツは「知っとるの?」と訊く。

「置屋言うて」とマツは息を吸い、「うち、そこで女郎したたん」といかにも秘密を打ちあけるように言って早口で「そうやけどなあ、うちを軍の偉い人が可愛がってくれて。その人、親が紀州の南部《みなべ》の人やと言うとった。その人と別れたんがこないだなんよ。支那の人ら置屋まで来て騒ぐし、それでとりあえず親のとこまで行て来い、とその人言うてくれるんで、紀州に来たん」

マツの言っている事が嘘でもよかった。ただ死んだ吉広の他にマツを抱いて愛撫した者がいたという事を確かめ、救われる気がしてフサは涙を流した。

家にもどって来た子供らを風呂に入れ、マツと連れ立って夕暮れの新宮の町に出かけ、丁度、仲之町に入る辻で行商をしていた頃の得意だった建材屋の内儀に出くわした。内儀は「どうしたん、このごろ働いてないん」と訊き、フサがどう今の変り様を言おうかとどぎまぎしていると、新宮に一つあるキリスト教会の方から長身の若い男が歩いてくる。内儀はその若い男に挨拶し話しかけようとしたので、フサは小声で「おおきに」とつぶやき、肩をすくめ、君子の手を取って歩き出した。龍造と世帯を持っているつもりだが、その龍造は家にいない。

美恵と手を繋ぎ歩いているマツの後ろ姿を見て、フサは龍造が家に来はじめて初めて、不安になった。路地の山に戦争が終るとまたぞろ出来た博奕小屋に入りびたっているようだし、いつも家に帰ってくるのは明け方で、その度にどこで手に入れるのか、鮨や餅、果物を言い訳する代りに持ってくる。勝一郎との世帯は毎日が規則通りに動いたが、龍造とは毎日、変化する。

仲之町のはずれからフサが働いていた旅館の方へ通りを行こうとして何気なしに桑原の家へ抜ける通りをのぞき、フサはその龍造が桑原の家の前にいるのを見つけて立ち止まった。美恵の手を引いていたマツがフサに気づくより先に龍造が自分をみつめているフサに気づいて、「どしたんじゃ」と大声を出し、歩いてくる。

マツが「誰?」と訊き、フサはその夕闇の中を近づいてくる龍造の顔を見、わけのわからない腹立たしさがこみあげてくるのをおさえかねるように、「いま、世帯持っとる龍造という男」とつぶやいた。

龍造はすぐそばまで歩み寄ってから、「秀、来たかい?」と訊く。

フサはその秀との諍いを龍造に言いたかったが、どこで着替えたのか真新しいシャツを着た龍造の顔をみつめ、「誰も来なんだよ」と言った。龍造はそのフサの顔を見て本当の事を読み取ったように夕闇の中で歯だけが白く浮き上がる笑いをつくり、「そうかん」と優しい言い方をし、「フサさん、どこそへ行くとこあるん?」と訊く。

フサが所在なげに立っていたマツを、夕張に長い事行っていた古座のマツだと紹介し、久し振りだから新宮をぶらぶらしているのだとつけ加えると、龍造は昼間、うっとうしい事をしでかした男と思えないように快活に、「そんなんじゃったら、大王地《だいおうぢ》へ連れたる」と言う。

龍造はフサが手を引いていた君子を抱きあげ、フサの不満を察したように、「ようし、肩車したる」と肩に乗せて君子に「誰が一番ベッピンさんになるんじゃろか。君子か、美恵か?」と訊いた。「君子」と肩の上で答えると、郁男は「なんでもええ事は自分やから」と言い、龍造の姿を見て急に勢いがついたのか、龍造の顔をふりあおぎながら、「おいさん、牛をいつ買うてくれる?」と訊く。「牛か、あと十日もしたら、有馬の方へ行くさかついでにもろて来たるわい」

「仔牛の方がええ」

郁男が男の口車に乗せられていくようでフサは「何

言うとるの」とたしなめた。

龍造がフサらを連れて行ったのは大王地の古くからあるうなぎ屋の、バラック建ての二階だった。

龍造の顔を見ると、奥から出てきた主人は耳元で二言三言話し、「ここに来とるんじゃったら一緒に来んかいと言うてくれ」と龍造は言う。主人は迷惑げに顔をしかめた。

龍造が先に立って部屋に入った。バラック建ての外見とは違って鴨居も壁のナゲシも昔のものと変らないほど丁寧に造られた部屋を見て、フサは「立派に造っとるねえ」と声をあげた。部屋の中に置いてある膳に、郁男はここへ坐れ、芳子はあそこと振り分けている龍造に、奥の方から笑いさんざめく声が聴えてくるのを「誰?」と訊いた。

「そのうち、来るわいよ」龍造は言い、美恵のほどけかかった三つ編みの髪をなおしているマツに「どこぞで会うた事あると思うんじゃが」と言う。

「紡績工場じゃないん?」マツは顔をあげ、妙なまりで言った。「ストするんや、シノノメノストライキやとみんな言うとる時に、ようけ外から男の人ら来て止めたんやけど、その時、工場の板戸破った人じゃないん?」

龍造は「さあよ」と言った。どこで会ったのか思い出せないという龍造に、丁度子供らに特別につくった卵の厚焼きを皿に入れて運んできた主人が、「またこんどと言うてました」と客が帰った事を伝えた。龍造は失望した顔になり、「そうかん」とその体つきのどこから出てくるのか不思議な優しい声でつぶやき、フサの顔を見た。

フサがその龍造の子を孕んだと気づいたのは十一月、月はじめにある月のものがなく体が妙に動きよくなった事を知ってからだった。井戸のポンプを押してたらいに水を張っても息切れがしない。子供らが外に遊びに出、一人路地の井戸でたらいに張った水に光が入り込み、揺れるのを見て思わず喉が鳴り出すような楽しさに浮かれる。そうだった、とフサは独りごちた。龍造と一緒に暮らしているつもりなのに確かな気持がわかなかったのは、龍造が博奕をしてまわるからでも、龍造がつきあっている仲間にわけの分らない男が多いからでもない、龍造との間に子がなかったからだと思いついた。フサはたらいの水に子供らの服をつけ込む。一瞬、水の冷たさから龍造がフサの内股の火ぶくれのような赤いアザに唇をつけ、フサが後ろ手をつかないと頭をうちつけてしまいそうに足を高く上げさせ、自分の肩に上げさせた羞かしさがよみがえった。

　戦争が終って二カ月も経つと、敵機の空襲から逃げまどっていた事が嘘のように思えた。龍造に子を孕んだと伝えたのは次の月、十二月中も月のものがとまっているのを確かめてからだった。

　龍造は一瞬とまどいバツが悪いような笑みを浮かべ、「そうか、よかった」とつぶやき、フサが不安げな顔で見ていると「ようさん、産んでくれ」とフサの腹に手をかけた。真顔になると齢がフサよりも十ほど多い男のように見える。龍造はフサの腹に当てた手をそのままに、「男が生れるんじゃ」とつぶやいた。手を離し、その手で自分のあごを撫ぜ頬を撫ぜまわしてから「のう、生れる時にゃ、髯もそって顔も体もきれいに洗て会わなあかんね」と言い、龍造は立ち上がった。

　フサの眼を見てふと「兄やんも喜ぶわ」と言う。フサの耳元に、「兄やん、この間、お前にかくれて汽車に乗って天王寺まで行て来たと言うんじゃさか。天王寺の駅で丁度四つか五つの浮浪児ひろて、金持っとったさか、和歌山の宿に泊まったんじゃと。風呂入れて腹いっぱい飯食わして、さて朝、新宮へ連れて来うと思うたら、逃げられとったというんじゃ」

「どこに金あったん？」

　フサが訊くと龍造はけげんな顔をし、「兄やんはそこいらの者より人一倍賢《はしか》いわだ」とわらう。「この間も俺があの駅裏の谷口に顔出したら、兄やん、ようけ金持って闇屋しとるんや言うて、進駐軍から流れてきた煙草を買い込んどったど」

　龍造の言うことはフサには意外だった。郁男が路地に住む同じ齢格好の誰よりも賢い事は分っていたが、闇屋のようにしている事も子供を拾いに天王寺まで行った事も気づかなかった。戦争が終って、進駐軍が新宮にやってきていつか速玉神社の御神刀がアメリカ人らに持ち去られた頃から、それまで徴用され乱暴な目に遭わされていた朝鮮人や中国人が報復に来ると噂が流れたし、町家のことごとくが物を買う金も替える物もないほどになったと耳にしていたが、フサは自分の周りにもわけの分らない事が起こっていると、いまさらながら思った。フサは一緒に所帯を持っているその龍造自身にも不安を覚えた。

　ただそのフサの不安は、腹がせり出しいままでの体が重くて関節の一つ一つが木で出来ていたと思わせるほど動きよくなると、すぐ忘れたのだった。龍造はいまさっきまで博奕場にいたのだと明け方家に帰りつくなりフサの蒲団に入り込み、ぬくいフサの体が気持いいとフサを抱きしめた。腹の子を驚かさないようにと、フサの腰を抱きかかえて股を広げさせる龍造の手を肌に感じて、その龍造の子が腹に宿り、しっかりとフサは龍造と結びついていると思って安堵するのだった。

年が明けて昭和二十一年の四月になるまでその龍造について、フサは人の立てる噂などひとつも信用しなかった。乱暴者だという事は知っていたし、どこで生れ先祖が誰だと自分で言っているのだから、ことさらそれを取り立てて嘲《わら》う事も要らないと思っていた。龍造は腹の子が男であったなら浩二という名前がいいと最初は言っていた事も、フサは「兄やんの次に二番目に生れるんやから」と龍造の説明どおり信じた。「秋幸という名前もええ」と言い出したのは、フサが龍造は他所に男の子を一人生ませていると噂を耳にしたと言って訊ねてからだった。

四月の早い日、フサは六月の腹を抱えて井戸で洗濯をしようとたらいを土間から持ち出していて、路地の方からフサと同じように腹の大きなまだほんのひ若い女が歩いてくるのを見た。井戸の石をはめ込んだ流し台の上にたらいを置いているフサのうしろに立ち、女は日射しが濃いために汗をかいたのか手の甲でぬぐい、「フサさん？」と訊いた。

フサは振り返り、女の化粧っ気のない柔かい眼を持った顔を見て自分と似ているとも思い、龍造の好きな女の顔だと思い、一瞬に、分ったのだった。女はまだ娘と言っていいような年頃だと知れたが、髪を上にあげ、それに地味な黒っぽい柄の服を着ているので、見ようによっては、フサと同い齢くらいには見える。「龍造さんが警察につかまった」そう言い、こらえかねたように女は両手で顔をおおい泣き出した。

井戸の脇の家から路地の女が顔を出し、フサを見て話しかけようとするのを振り切るように、フサは「どうしたんやの？」と昂《たかぶ》りをおさえた声で言って、「ちょっと家へ入らんし」と手を引いた。

女はまるでフサに何もかも下駄をあずけたというように顔を手でおおったままフサの後に従いて来、ふと、フサはその女の肩にかけた自分の手に穢れたものがくっついたようで気色悪くて手を離し、泣いている女の襟首に眼を移した。かみそりを当てるのを忘れているのか、それとも汚れを平気だと思う性分なのだろうか、毛が逆まいて生えているのを見て、胸の中で、きたない穢れた娘だと独りごちた。

女は家に入るなりかまちに腰を下ろし、顔を手でおおって泣きじゃくった。

かまちに浅く腰かけてフサの眼を意識してか顔を手でおおいしゃくりあげる女をあきれたように見ていたが、いつまでも人に甘えていると思い、フサは「あんた、そう泣いてばっかしおらんと、ちゃんと話してよ」と言った。ふと胸に物がつかえて苦しい気がし、水がめからひしゃくで汲んで直かに口をつけて喉の音たてて水を飲み、いつか龍造に初めて抱かれた後もこんなふうに水を飲んだと、指先で唇についた雫をぬぐいながら思った。流しの窓から見える井戸のポンプにくっついた水滴が光を撥ねながら落ちるのを眼で追ってから、その静まった路地の日の温《ぬく》もりに刺激されたように、自分の胸にむらむらと怒りがこみあがってくるのに気づいてあわてて振り返った。「どうしたん？」と女の顔を見て、訊いても訊かなくてもいい事を訊ねた。

「龍造さん、また人に怪我させて警察に捕まってしもた」

女は涙で濡れた眼で、水がめを背にして立ったフサを見、フサが昂《たかぶ》りで震えはじめる体を止めようとして水がめの縁を後ろ手に持つと、おびえた目で追う。その女の涙で濡れた顔も眼も、女のきたない汚れた気質を表しているようで腹が立ち、フサは「それで、何で、あんたが知らせに来たん？」と精一杯の意地悪を言う口調で訊いた。

女は顔をあげ眼に涙をあふれさせフサの顔をみつめ、「わたし、子供、孕んどるん」と言う。

「そんな事、見たら、わかる。それがどうしたんよ」

「龍造さんの子」

そう言って女は泣き崩れた。フサはその女の言葉を耳にして、さっき指先で拭った水の雫のついていた唇を噛んだ。女がそうなると想像しておびえていたようにフサは取り乱しもせず、くやしさに涙も見せず、冷えきった取りつく島もない声で、「出て行って、二度と顔みせんといて」と言った。女がまだ涙を流しながら物言いたげにしているのを見て、吠えつくような、しかし低い声で、「出て行かんしょ。きたない者らにこの家に一時たりと居てほしないんやから」と言い、昏い眼のまま土間の外の方に唾を吐いた。

そのフサの冷静さそのものにおびやかされるように女はのろのろと立ち上がり、外に出た。光はまだ朝の静まった透んだ空気の外に柔かくやさしく、女の後ろ姿の首筋の毛が黄金色にみえるのを見てフサは思わず眼を伏せた。娘のもののようなきゃしゃな面影の残っている女が龍造の子を孕んでいるというのが本当だとフサは思った。

何事もなかったように朝のうちに洗濯しておこうと外に出かかり、流しに朝食べた食器をそのままにしているのに気づいた。そのままにしておくと急に自分も汚れてしまう気がしたので、水がめから何ばいもひしゃくで汲んで洗った。水を桶に移すたびにそれが自分の今流す涙のような気がし、冷たく透んだその水に手をひたした。不意に自分が母とそっくり同じ状態にいる事に気づいた。身ぶるいがした。何を平気な顔をしているのだと自分自身をなじるように、フサはやりきれなく流しの縁を両手で力いっぱいつかみ、こらえきれなく涙を流し、獣のような声をあげて呻いた。何度も呻いた。

腹の中に子がいた。

母もフサと同じだった。母は子供を孕ませたその男に報復するように、腹の子を堕ろそうと、せりあがった腹に木屑を何度も打ち当てた。そうやって生れたフサだったが、腹の子が六月になった今、その腹の子の男親の龍造がフサよりもはるかに若い女にも子を孕ませている。フサの路地の家の土間にも木屑や薪は積み上げてあった。振り返って一歩かまどの方に歩いて手をのばせば、手に握りしめる事は出来る。

フサは自分が何をしでかしてしまうかわからず、その土間にいる事が怖くて外に出た。縁側に腰かけ、あふれてくる涙をこらえかねながら、龍造の口から直接耳にしなければ事の本当は分らないと思い直し、ふとその縁側で月明かりの夜、フサの着物の胸をひらき乳をつかんだのが龍造だった気がして、その自分の錯覚が苦しく、茶の木のそばに美恵と君子の二人がつくった花畑の方に歩き、まるで子供の頃にもどったようにしゃがみ込んだ。

花畑に花はひとつもなく代りに芋が植えられていた。昼になって博奕打ちの秀がフサの家に顔を出し、女と同じように龍造が博奕仲間の一人を半殺しの目にあわせてしまい、警察に捕まってしまったと言った。「俺はもう無二の親友になっとるんじゃが、イバラの龍にうらみを持っとるのは多いわの。やりすぎじゃし」

「会いたいけど会わしてくれる？」

　フサが訊くと秀は「さあ」と首を振った。骨の浮き出た角ばった顔を撫ぜ、いかにもトボケを言うという眼で「イバラの龍もフサさんと一緒になってから急に羽振りきかせるようになって、路地の若い衆使たり闇市を地廻りしだしたりしたさか、警察に狙われたんと違うか」と言う。フサはその秀に根掘り葉掘り龍造の事を訊ねたのだった。その男がどこから来たのか、フサの前にあらわれる前に何をしていたのか、そんな事は今となってはどうでもよく、フサはその男がフサと顔を合わせていない時間、外で何をしていたのか知りたかった。トボケつづける秀をフサが「あかん者やねえ、龍造を怖ろしの？」と癇癪を起こしてなじると、秀はトボケたまま「フサさんも、博奕でもしようかという男は、朋輩信用しても、カカ信用すんな言うとるんじゃのに」とうそぶく。

　その夜も次の日も、フサは自分が大事にしようとしていたものがいち時《どき》にバラバラになって崩れてしまったと思って苦しく、孕んだ女の顔を何度も思い出し、怒りに体中から火を噴くような思いをした。その度に、女が悪いのではない、そのなにも知らない女を孕ませた龍造が悪いのだと思い直し、母のように腹を打って腹の子を堕ろしてしまおうかと考えた。腹を手で押えつければ六月にまで育った腹の子は手足をつっぱって動く。腹から背骨を駈け上がり頭の後ろに響く子の動きが、フサには母に伝えた自分の生命の音だったような気がした。

　子供らの眼にもフサが異様に映ったのか、普段なら一日の大半を外で遊んで来るのに、郁男や芳子ですら家の周囲にいてフサをみつめていた。

　フサが意を決し、龍造に会いに警察に行ったのは、龍造がいなくなってから五日目の事だった。人手の手薄な新宮の警察にはいない、田辺の警察に送られていると教えられ、フサはその日に、人でごったがえす汽車に乗り、田辺に行った。駅裏から田圃道を歩き、小高い山のはずれに山を削り取って建てられた警察まで息を切らせて速足で歩き、会わせないという警官に頼み込んで、フサは龍造に会った。縄紐で縛られた龍造を見て、フサは取り乱す事も泣く事もやめておこうと思っていたのに涙を流した。

「腹の大っきい女、来とったよ」

フサがそう言うと龍造は「そうか」とうなずいた。龍造の顔にかすかに笑みが浮かぶのを見て怒りに火をつけられたようにフサは「だまして」とどなった。「別れるさか。わし、嘘をつかれてまでよう一緒にはなれん。一人で産むさか。さっきまで腹の子と一緒に死んでしまおと思てたんやさか、今日以降、親でも子でもない」

フサはどなった。金網の向うの縄紐で手をくくりつけられ頬のこけた龍造は昏い眼でそのフサをみつめた。

地の熱

戦争が終ったものの男手ひとつ欠ければ物のない時の騒ぎに巻き込まれてしまうのは眼に見えている時、腹に子をまで孕んだ男と別れ手を切って、フサと子供らだけの元の暮らしにもどろうと決めたのは、自分の古座育ちの気性の荒さだとフサは思った。臨月の腹をかかえ、陣痛のはじまる日のぎりぎりまで行商する路地の女らの後についた。川を越えて買い出しに行く先々で同情されたり、同情を誘うように「フサさん、先に行て声かけてきて」とチエやハツノに言われて腹を突き出して農家の庭に入って行きながら、龍造にかかされた恥を自分でそそいでいる気になった。

この一年ばかり、戦争の終りから今まで龍造とつきあった羽振りのよかった時代はなかったものにして、臨月の腹をかかえて買い出した芋や餅、鵜殿の浜のそばでつくっている黄色いいかにもまずげな芋飴を仕入れ、新宮のどこかしこ得意客を定めず、「奥さん、要らんかいのオ」と声をかけ玄関をあけた。六月の腹から臨月まで四カ月、行商しただけで、確かに新宮中が、龍造とつきあった一年ほどの間に大きく変っているのが分った。駅裏の、新地と呼ばれはじめた谷口の近辺は女郎やパンパンが出ていたし、谷口の娘が出した「モン」という店には昼間からヒロポンを射って遊びまわる男らがごろごろしている。フサはその新地を避けて、つとめて爆弾にも遭わなかった昔ながらの町の方に廻った。八月の早い日、夕方になって陣痛があったので子供らに早目に風呂を浴びさせ、飯を食べさせて、「母さん、子供産むさか」と郁男と芳子に二人の妹を連れて勝一郎の養父の家へ行っていてくれと言うと、郁男は渋る。「弦叔父とこでも、どこでもかまんから」と言いつけて、子供らが外に行ってから一人で仕度をした。生れてくる子のために用意していた柔かい産着を出し、湯をかまどでわかし、たらいを井戸で洗い浄めてから家の中に持ち込み、それで路地の三叉路から山につづく道をのぼったところにあるレイジョさんの家へ出むき、オリュウノオバを連れて来た。

　明け方潮がふくれあがったさかりに体にこらえきっていたものが破けるようにしてフサは、その龍造が孕ませた子を産んだ。郁男よりはるかに大きいというオリュウノオバの声を耳にして湯で体を洗われながら泣いている血にまみれた子を見て、その子がまぎれもなく男の子だった事を知り、フサは涙を流した。

　後産を待ちながら、身動き出来ない体のままフサは首だけをねじってその子を眼で追い、アキユキ、アキユキと泣きつづけるのをあやすように胸の中で言った。その子になら今、フサの耳に昔のように響いている路地の山に生えた草や木のざわめきと潮鳴りの音を分ってもらえるかもしれなかった。

　一時間ほどフサはまどろんだのだろうか、フサは眼覚めて家の天井に薄明るい電球の影が映っているのを見ながらオリュウノオバが土間にいる者に話しかけているのを耳にし、「誰?」と訊くと、「俺」と郁男が答える。

　オリュウノオバはやっとヒソヒソ声から解放されたというように「元気のええ赤子《ねね》じゃよ」と歯の抜けた声で言い、郁男が土間から「ねえ、母さん。男の子じゃなかったら放ったると言うとったんじゃねえ」と言う。

　その郁男の幼い言い方にフサは笑みを浮かべ、他の子供らも明けはじめたばかりの早朝、フサの産んだ子供を見に来ているのだろうかと心配して、「美恵もおるの？」と訊くと、「弦叔父とこでまだ寝とる」と郁男は言った。

フサは産後の肥立ちのために十日ほど行商を休んだ。フサが行商を休んで肥立ちをしている間、路地の女らは行商の帰りにはフサの家に立ち寄り「余り物やけど」と芋や飴を一つ二つ持って来てくれる事があった。女らはフサの産んだその龍造の子に興味があるのか涼しい風の入ってくる縁側のそばに寝かせた子の顔をしげしげとのぞき込み、「よう似とるなア。気性の激しい顔して」と言うのだった。そんな言葉の一つ一つに眼くじらを立てなくてもと思いながらも、フサはまるで子供に垣を張るように、「うちの気性の強いのに似たんかしらんね」と暗に龍造の事を言わないでくれというように言った。

路地の女だけでなくフサの得意客の誰もが、フサが龍造にだまされていた、龍造が他に女をつくりしかも子供までフサと同じように孕ませていたという事は知っていた。がまん出来ず新宮からわざわざ汽車に乗り田辺の警察署まで出かけて、別れる、腹の子には親と呼ばせないし、おまえには産んだ子を子と呼ばせないと言った事を、他の誰かが噂として持って廻ったのではなく、当のフサが自分のやった事をそうやって確かめるように直かに話したのだった。

産後の肥立ちが終るとフサは以前と変らず行商する事にしたが、生れたばかりの乳呑み児を抱えて路地の女らと一緒に神乃内、阿田和《あたわ》、井田まで出かける事もかなわず、そうかと言って、代用品の牛乳もないのに朝早く出かけて昼までかかる買い出しに、子を芳子や美恵に預けたまま出かける事も出来ず、そんな事をやればあきらかに損だと分っていながら、フサは路地の女らの下請けをやる事にした。チエやハツノが買い出しに行って仕入れたものを待ち受けてなにがしのさやを加えて仕入れ、それを町家の得意客に持って行き、金に替えたり物に替えたりする。

闇市が駅前から徐福の墓のあたりに出来ていたので、町家の旦那衆らから頼まれていた革バンドや安い時計を仕入れてから、そのわずかな利ざやをあてに持ち運ぶ事もあった。闇市にはきまってどこから集まったのか復員服の男らが何人も用もないのに立っていたが、昔ならその人混みを怖ろしく思い身をよけたのだろうが、

「ちょっと、ごめんしてよ」と男らを押しのけまでして物を買った。何回か闇市で物を仕入れていると、店を出した男らの何人にも顔見知りになり、中には赤子さえいなかったら心を寄せもしただろうと思うような涼やかな眼の言葉遣いの優しい男がいたり、フサを見て親しげに声をかけてくる者もいたが、それに応えている余裕は一刻もなかった。得意先であれこれよもやま話をしていても、赤子に乳を呑ます時間がくれば、フサはそそくさと帰り仕度をし、路地の家にいそいだ。

　赤子に乳を呑ませるのは秋幸で六人目だったが、秋幸を産んだ今ほど乳が潤沢に出た事はなかった。張りつめて痛みさえもった乳首を吸われてやっと落ちついてから、フサは自分がこまねずみのようにいそがしく新宮の町を動きまわっていたと一人笑うのだった。秋幸はそのフサの笑みの浮かんだ顔をみつめながら、額に汗さえ浮かべて乳を吸い、突風のように強く吹きつける風に呼吸をつめられるように乳首を舌で押えたまま、鼻で大きく息を吸う。

「なにを溜息ついとるの」

　フサはそう言ってあやしてから眼を芋畑の脇に出来た朝鮮人らの建てたバラック建ての家に移し、その家の方から大きな桶をもった女が一人歩いてくるのを見ていた。女はフサの家の前に来て、みつめているフサに頭をひとつ下げて、井戸の方へ歩いた。

　フサの耳に井戸のポンプを押す音が聴えた。その女が、板屋の鉱山に徴用されて来て戦争が終り、路地のはずれの芋畑の一角にバラックを建てて住んだ朝鮮人の女房なのをいまさらながら思い出し、朝鮮のそこでも、井戸のポンプがカク、カクと響くだけのような静かさがあったのだろうか、と思った。女は水を入れた桶を両手で持って、あいさつの言葉も互いに通じないというように笑みを浮かべ、フサが頭を下げると頭を一つ下げて返して、ゆっくりと芋畑の方へ歩いて行く。

　秋幸が生れて百日になった日、フサは売らずにたくわえていた米を炊いた。赤飯をつくりたかったが、小豆が手に入らず代りにササゲを入れると赤黒い飯に仕上がり、一人で苦笑しながら、それでも勝一郎と二人で生れた子みんなにしてやったように茶碗にそれを取り、「今日は神さんや仏さんよりこの子が先や」と言って、膝に坐らせた秋幸に、田圃になる米の一粒と畑になるササゲの豆一つを真新しい箸で食べさせた。

　美恵と君子が米粒と豆をたちまち呑み込み笑みを浮

かべている秋幸を見て、「もう食べてしもたよ」と言う。君子は乳の匂いのする秋幸の顔に頬をすりよせ、「えらいんやねえ」と言い、縮れ毛を三つ編みにした髪をいつもするようにひっぱれと差し出す。

「もう百日なんやからねえ」

つくづくフサは言った。機嫌のいい秋幸を美恵の手に渡し、フサはその日、妙に山の音が強く耳に立つのを聴きながら、行商に出かけるために仕度をし、闇市でついでに仕入れようと思っている小間物を買うための金を数えていた。土間から籠を背負って出ようとして「姐さん」と呼び止められ、そこに着物姿の女郎とわかる女が立っているのを見た。フサが訊ねると女は「なんでもないいんやけど」と言い、これからチエの家へ行商の品物を分けてもらいに行くのだというフサの後を従いてきた。

路地の男が三人、軍鶏《しやも》を持って話し込んでいる前を通ると女は「どしたんない、寄って行かんかい」と声をかけられた。

「フサさん、女郎つれてどこへ行くんない」

その声にむっとして振り返ると、女はうつむいて男らの声が聴えなかったようにフサの後に従いて歩く。フサが路地の三叉路に来て、「姐さん、なんど誤解されるかもわからん、帰ってくれん？」と言うと、女は意を決したように、「あのなあ、うちらこの間、田辺へ行て来たんよ」と言う。

「田辺て？」

女はあわてて「龍造さんとこ」とつけ加える。フサの顔をみつめ、「キノエさん、産んだ子一目みせたりたいと言うて、キノエさんと一緒に田辺へ行て来たんやけど、龍造さんが兄やんの顔みたいさか、連れてきて欲しいと言うてた」

女の舌ったるい言い方を嘲《わら》うようにフサは「世迷い言を言うて」とつぶやいた。

「キノエさんつれとる子みて、ヨシエの子もキノエの子も女じゃから、兄やんの顔みたい言うて、うちに、フサさんが兄やんかかえて苦労しとるんじゃろから、苦労の種の兄やんもろて養のてくれんかと言うの」

フサは女がわけのわからない事を言うと思った。路地の三叉路にもう冬のものの風が渡ってくるのにフサは身をすくめて、「キノエて誰よ」と女に訊いた。フサが女の顔をみつめると、言おうとした言葉を呑み込むように口をつぐみ、長く伸びた自分の影を蹴るように下駄を土に鳴らし、「フサさん、知らなんだんかア」と溜息をつくように言う。

　女の言う事はフサには初耳だった。龍造がフサの他にも二人、子供を孕ませていた。そのひとりはヨシエというフサよりもはるかに若い娘で、あと一人は女郎のキノエという女だった。二人はフサが秋幸を産んだその後に前後して女の子を産んでいた。田辺の刑務所までヨシエもキノエも子供を見せに行ったが、フサは龍造の唯一人の男の子である秋幸を連れていかない事もあって、龍造はまずなによりも顔を見たい、フサからその子を借りて田辺に連れて来てくれるか、いっそもらっておいてくれないかと女に言っていたのだった。

「なにをアホみたいな事を言うとるのよ」

「姐さん、何でもするさか、うちに兄やんくれんかん?」

　フサは女を見て、智恵が足りないのだと思った。いまさらながら龍造がフサとは別の世に生きているのだと気づき、それがかたぎの暮らしをするフサに難くせをつけてくると思って腹が立ち、フサの顔をみつめている女に「そんな子供を犬猫みたいにやり取りする人間らと一緒にしてくれるな」と言った。

　そのままチエの家へ行商の物を仕入れに出かける気になれず、フサは籠を持ったまま家へもどり、美恵の手から秋幸を取って抱きあげて、外に出た。

　家の前の冬の日に照らされた茶の木に咲いた白い花に、蠅が蜜を吸うつもりかもぐり込んでいるのを見ながらわけの分らない腹立ちが渦巻き、秋幸を抱いたまま、フサは自分が結果的にそのヤクザの男に難くせをつけられるような種を蒔いてしまったのだと思い、機嫌のいい秋幸に「地道に生きていこらね」とつぶやいた。秋幸がそのフサの声に答えるように声をたててわらい出すのを知って、フサはやっと気うつが晴れたように、「美恵、秋幸をみといて」と呼んで美恵に秋幸を渡し、「母さん、これから前みたいに自分で買い出しして行商するさかね。いつまでも秋幸のために人のを買うとったら、ひとつももうけにならん」と言った。

　その日はいままで行った事のなかった川沿いの日足《ひたり》の奥まで足をのばした。行く時に檜杖《ひづえ》のトンネルのそばで警察が立っているのを見たフサは、ドンゴロスだけを持って空の籠を雑木の茂みにかくしたのだった。百姓家で甘い蜜柑を持てるだけ買い込んで檜杖のトンネルに戻ると、案の定張っていた警察が買い出しに出た人間らを一列に並ばせて荷物の点検をしている。蜜柑は没収されないだろうか、と思ってフサの前に並んだ女に訊くと、さあと首を振る。その女の前に並んだ猪首の男がフサの言葉を聞きつけて、「姐さん、蜜柑だけかい?」と訊き、フサがうなずくと、無言のままフサの手を引いてトンネルの脇の川に向って崖っぷちになっている岩に歩き、「どうも、アレ、男の持っとるもんばっかし没収しとるみたいなんじゃ」と言い、自分の持っていたドンゴロスの中から大きな布袋を取り出し、「これ、蜜柑の袋の中に入れてくれんかん」と言う。手で触っただけでそれが餅だという事が分った。「どうせ取り上げられるもんやさか、うまい具合に行たら半分やるわ」

男は案の定、ドンゴロスの中に入っていた残りの餅を取り上げられ、警察に叱られた。

二倍ほどのかさにふくれあがったドンゴロスを胸にかかえ、警察が「なんなん?」と優しく訊ねるのに「蜜柑なんやよ」と答えた。胸に丁度、蜜柑が入った方を前に出して抱え込んだドンゴロスを、まるで乳房でも触るように「ちょっと、いらわしてよ」と手を差しのべる警察に、フサはこびるような微笑すらつくった。

「はい、行てもかまんよ」と警察官が言い、市内に抜けるトンネルの中に歩き出しながら、フサは嬉しさに顔いっぱい笑みを浮かべた。

トンネルの出口で待っていた猪首の男はフサの胸にかかえたドンゴロスの袋を取り、フサが雑木の茂みに駈けて入ってかくしていた籠を持って出てくると、「こりゃ、全部出来上がっとるわ」と苦笑し、布袋に入った餅を半分、その籠に入れた。三十一ほどの餅は幾らに売れるのか見当がつかない。猪首の男は高田の百姓家に金を出してついてもらって闇市で売るのだと言った。

その餅と蜜柑を持ってフサは次の日、日が昇るのを待ち受けるようにして行商に出、縁起のいいものだから、昔奉公していた事もある神社のそばの旅館に持っていってやろうと、戦争前とひとつも変らない家並みの雑賀町を通り、大橋通りを越えて舟町に行った。

勝手口を開けると板間の台所にこもっている朝の冷たさがふと胸の内によみがえり、胸が締めつけられ、フサはそれを振り払うように、「お内儀さん、行商に来たんやけど」と声を出した。奥から内儀のしゃがれ声がし、痛風で足が痛むのだと壁に手伝いで歩いてきて、

「ああ、フサちゃん」と言って足を投げ出すように坐る。「あんた、前からくらべたらやせたけど、綺麗な盛りのままなんやねえ」

「そんな事言うて。五人おるんよ」

六人も子供を産んだと言おうとしてふっと黙り、気を取り直すように明るい声で、「お内儀さん、餅買うて。なんやしらん縁起のええ餅やから、米、二斗でも買えるくらいの金でええわ。一斗でもええわ」そう言ってからフサは、男親の違う秋幸を含めて五人の子を抱えて、やり直して行くための縁起のいい餅だと籠の中から両手ですくい出しながら思った。

餅を旅館で売り、蜜柑を大王地《だいおうぢ》で売りつくし、思いがけないほど早く荷がさばけたのは縁起のいい餅のせいだと思い、その嬉しい気持の礼を言おうとフサは落葉が道をおおった神社の境内に歩いた。神馬を飼っている前の清水の出ている岩で手を洗い浄め、口をつけて水を飲み、ふと人影が立った気がして顔をあげた。

誰もそこにはいなかった。空が滴になって落ちてきそうなほど青く、そこからのぞける川の向うの山が日の光をにじませている。玉砂利を踏んでフサは立ち、鈴を鳴らし柏手を打って祈った。

何ひとつ昔と変らないとフサは思い、昔ながらの新宮の家並みの残っている雑賀町から丹鶴町の方へ歩き、昼になるにはまだ時間があると気づいて闇市で物を仕入れようと思いつき、艦砲射撃を受けて壊れ跡かたもなくなった女学校跡に出て、そこから徐福の墓に抜けようとして、「フサさん、もう行商終ったんかい」と声をかけられた。

「終ったんやよ」と答えて声の方を振り返ると、馬喰《ばくろう》にでも行くような装束をした桑原が男らと一緒に家の玄関口に立って話をしている。男らは闇市で物の用にたつと思えない青黒くよどんだ油を売っていたり、その油を大量に混ぜ込んだ油をナベに入れ、テンプラをあげて売っていたりする者らだった。いつかそのテンプラがうまそうに思えたので仕入れようとすると、フサのうしろに用もないのについてまわっていた郁男より年かさの少年が、「姐さん、そんなやつ買うたらあかん。食て腹痛て二日ぐらい死んだり生きたりしたんやのに」と大声で止め、少年はその男から殴られかかった。

「新地のモンがフサさんに用事があると言うとったど」桑原が言い、フサが「そうかん」と答え、闇市にたむろする男らにかかわっていると何が起こってくるかもしれないと思い、離れようとすると、「浜村、元気かい？」と桑原が訊く。

　フサはその桑原に答えもせず、自分をみつめている男らの眼から守るように身を固くして走って、闇市の方ではなく路地の方へ通じる道を曲がった。自分の姿が男らの眼から逃れたと分ってから羞かしさとも怒りともつかぬ思いで胸苦しく上気して、フサは思いがけず手に入れて売った餅の持ってきた縁起の前のことごとく、消えてしまえと思った。

　家に帰りつき、美恵が秋幸をおぶいひもで背中に負って君子と茶の木に咲いた白い花をつんで花畑のふちに飾っているのを見て、フサは何故かわからず、その子の親の龍造が要るのだと思い直し、ヨシエという襟足の穢い女にも、女の子を産んだという女郎にも、刑務所を出てきた龍造を渡さないと思った。考えてみれば秋幸は龍造のはじめての子供、しかも唯一人の男の子だった。龍造がフサにかくれて女と遊び、女郎を抱いたとしても、フサさえ龍造の男の遊び心をわかり、男は女とは違うものだと許せば、他の腹に何人子供がいようと所帯は持っていける。

　フサはそう思って美恵を呼び、背中から秋幸を抱きとり、「姉やんに負うてもろてたん？　お腹空いとるのに、泣かんと、男やからがまんしてたん」とあやした。秋幸の眼に自分の笑顔が映っているのを見て、「今日は縁起がええんやど。神さんにも参ってきたし、そのうち、秋幸、父やんに会いにつれたるさかね」と顔をすり寄せて話しかけた。秋幸はくすぐったいのか声を立てて笑い、フサは、「父やんやど、父やん」と自慢するように乳の匂いのする秋幸の首筋に唇をすりつける。

　君子が手に茶の木の白い花を持ってフサのそんな振舞いを見て笑みをつくりながら駈け寄り、物に呆けたように笑みを浮かべて立っていた美恵に花を手渡しする。美恵の顔から急に笑みが消え、フサのその龍造への心変りにおびえるような顔になる。フサはその美恵の気持がわかった。秋幸が生れてから、子供らにも秋幸の男親の龍造の事は一言も言わさなかった。郁男や芳子でさえ、秋幸が自分に似ていない、秋幸一人、男親が違うという類の事を言おうものなら、たとえほのめかす程度でも打ちすえてやると息まいたし、実際に打った。

　秋幸を膝に抱えたまま、立っている美恵を引き寄せて手から茶の花を取り、「ほら、こうすると綺麗やろ」と美恵の髪に挿した。

「あたしも」と君子が言い、フサは「花、持っておいで」と言い、君子が駈けて持ってきた茶の白い花をちぎれた髪の耳もとに挿し、そうやっていつか子供の頃、フサも髪に花を飾ってもらったと思い、母はそのフサを孕ませた不実な男を許す事があったのだろうかと考えた。母に会いたかった。十五の齢で兄の吉広に連れてきてもらった新宮で、フサはまるで母そっくりの状態で子供から父親をかくしてしまおうとしていたと思いつき、実際父親がいなくとも無事に子は育つのだと知りながら、秋幸はフサとは違って父親のいる子供にしようと考えた。龍造もいつか言った。それが嘘か本当なのか分らないが、龍造はまるでそっくりフサの身の上と同じような事を自分で言い出した事があった。

十二月に入ると急に冷え込んだ。その朝、いつものように買い出しに出かけるために、腹いっぱい乳を呑ませて、三人の女の子らにようように昼までには家にもどってくるが、それまでに腹の足しになるように、自分らの手で芋をふかして秋幸には柔かいところを食べさせ、間をもたせておけと言いおき、籠をかつごうとしていると、外から戸をたたく者がいた。「フサさん」と女の声がする。

それまで別々に買い出しに行っていた路地の女が一緒に行こうと来たのだと思った。

「フサさん、うちやけど」

そう言う女の声を、聴き馴れない声だがハツノが悪戯で声をつくってでもいるんだろうと思って「小金のハツノさん言うたら、路地の誰でも知っとる買い出しの名人やさか、どんな声出してもわかる」と冗談を言った。「何言うとるの」と怒ったような声がし、フサは改めて誰だろうと思って、籠を背中に負い、板戸を開けた。朝の中にモンが立っていた。

「はようから悪いと思たんやが、フサさん、早よせなんだら行商に行く思て」

モンは戸口に立って籠を背負ったフサの顔を物言いたげにみつめ、息を呑み込む。それでも息が苦しいのか胸を手でおさえて、「フサさん、頼むさかちょっと会うたて」と低い泣いてでもいるような湿った声で言って、フサの手を取る。

モンに腕をとられたまま外に出て、今日一日、空に雲もないほどの天気になるだろうと思い、朝のまだ日の射さない路地にこもった寒気に身ぶるいした。茶の木の茂みも、芋を取った跡の赤土も身を小さくしているように見えた。

「フサさん」とモンは言って立ち止まった。モンが顔で教える井戸の暗がりを見ると、女が赤い着物をかかえて立っている。それが誰なのかフサは分らず暗がりにまぎれてしまった女の顔を確かめようと眼をこらしてみつめていると、女はゆっくりうなずいた。

その女をみつめながらモンに向って「誰？」と訊いて、フサは瞬時にそのくすんだ着物を着た女が誰なのか分って、胸が痛くなるほど驚いた。

モンは胸に手をやったまま「フサさんなア、キノエさんや」と言って大きく息を吸い、フサの顔を見て、「なあ、あの子みたてくれん」と涙声で言い顔を手でおおう。「昨夜からキノエさん、赤子《ねね》つれてうちに来とたけど、どんなにしてもうちが出来る事はこんな事しか出来ん。何にも他に手エないんよ」

モンが泣きじゃくりながら言うのを見て、フサはそのモンに腹が立った。龍造のしでかした事をフサが引き受ける理由はないと思ったし、龍造が他の腹に産ませたのは二人とも女の子でフサの腹には男の子が生れたとも思い、この先、フサと龍造がどうなっても二人の女の下に置かれるような事はないと思った。刑務所から龍造がもどり、自分がその気であり続けるなら、誰よりも早く秋幸を産んだフサは人にはばかる事なく龍造を迎え入れ、所帯を持っていく事が出来る。

「キノエさん？」

フサはモンに訊ね、モンが涙を流しながらうなずくのを見て、ようように空に光が射し明るくなった井戸に背をかけるようにして、赤い花柄のおくるみを抱いた細面のきゃしゃな顔のキノエに挨拶し、「赤子《ねね》かん？」と訊いた。背中に負った空の籠が、その女郎をしているキノエとは違う自分のかたぎの暮らしを明かすように動いた。

井戸のポンプの前に立ち、キノエの抱いた赤子の顔が秋幸とどことなく似ているのを見てフサが「よう似とるよ」と言うと、キノエは眠っている赤子を何度もゆすって「サトコ、サトコ」と呼び、いっこうに起き出さない赤子を抱きしめ、頬に頰をすりつけ、突然、「兄やんに会うんやのに、つらいよ」キノエは赤子に頰をすりよせたまま泣き入って、むずかりはじめた赤子を抱え込むように井戸に背をつけたまましゃがみ込む。

　モンが呻くような声で「フサさん、頼むさか、兄やんに一目会わしたって」と言う。「キノエさん、赤子《ねね》連れてもう龍さんから逃げると言うとるんやから」

「逃げるて？」

「もうこれ以上、龍造にようつきあわんと言うて、あれ、刑務所から出て来んうちに赤子《ねね》連れて他に行てしまうんやよ」

　モンはそういって溜息をつくように大きく呼吸をした。「えらい事をキノエさんにしとるんよ。昨夜《ゆんべ》一晩、その話聴いて、うちが苦しんで」

「わたしはもうしょうないと思とるんやけど、この子にまで龍さん、酷い事するやろから、わたし、この子、奥へ置いて来る」

　キノエは泣き声をこらえながら言い、赤ん坊に「サトコ、もう会えんさか、兄やんの顔だけ一目みとこな。今、見ても大っきなったら忘れてしまうやろけど」

　フサはその襟足のきれいなキノエの肩がぶるぶる震えているのを見て、初めて、龍造が産ませた兄妹二人に何が始まっているのか悟ったのだった。その事に驚き、息が詰まり、キノエの腹に生れた子に言うのかそれとも秋幸に言うのか、ユルシテ、ユルシテと胸の中でつぶやきながら、もどかしげに背中から籠を下ろした。キノエのその子を抱いてみようとしてキノエの前にかがみ込み、それよりもその子の兄にあたる秋幸にその赤子を見させるのが先だと思いつき、アキユキ、アキユキと独りごちながら家の中に入って、郁男の脇に寝た秋幸を抱きあげた。外に駈け出るフサに驚いて子供らは起き出し、「秋幸をどこへ連れて行くんな」とどなって芳子が裸足のまま後を追ってくる。

　その芳子を叱る気はせず、苦しい息と共にまるで泣いてでもいるように眼から胸の内側に涙が流れ込んでいるように思いながら、秋幸の体を持って差し出し「秋幸。ほら、見てみい。妹が赤い着物着て会いに来とるど」

　眼をさました秋幸はキョトンととぼけた顔をしている。

「かわいらしねえ。赤い着物、ええねえ」

　キノエもモンも泣いた。フサは涙が自分の体から吹き出てくるように感じながらも涙を流さず、わけの分らない腹立ちにふるえながら、秋幸の腕を取って赤子に触れさせ、腹をフサの両手が支えているのがくすぐっ

たいと声を立てて笑う秋幸に、

「おまえの父やんがこんな事したんやど」と威嚇するように言った。「秋幸、覚えとけよ。他の誰もこんな事せん、おまえの半分の父やんが、こんな事したんや」

フサはキノエに、行商に行くのを止めるから家に入ってお茶でも飲んでいってくれないかと言った。キノエは川奥へ向うバスがまもなく出ると言って断り、

「これでサトコにも言い訳たつから」

と言い、ただ涙を流しつづけているモンに送られてバスの出る駅前の方に芋畑跡を何度も何度も振り返りながら歩いて行った。

日が空にのぼって、茶の茂み、裸の柿の木の幹を照らし井戸に射し込みはじめたのは、赤ん坊を連れたキノエの姿が見えなくなってすぐだったが、秋幸を抱いたままフサは呆けたようにそこに立ち、龍造ではなく自分の胸に抱いた龍造の子の秋幸が、今のこの事をしでかしてしまったような気がしていた。

一時《いっとき》たってモンが一人、今、バスを見送ったばかりだとフサの家に立ち寄って話したキノエの身の上を耳にして、自分がなにひとつ龍造に関して知らず、ただ甘い考えだけで秋幸を産んでいたと思ったのだった。

龍造はどこで知りあったのか随分以前からキノエとつきあっていた。素人娘だったキノエを遊廓に売り、手はずどおり足抜きさせ、しばらくそばに置いてキノエを安心させ、また別の遊廓に売りそこから足抜きさせる。龍造がキノエに子供を産ませたのは、フサと仲よくなって里心ついていたからだ、とモンは言い、「キノエさん、龍さんやったら赤子まで売りとばして酷い目にあわすやろと、怖ろしい言うてふるえるの」と言う。

フサにはモンから聴くキノエの話は白昼にみた夢のように思えた。モンが帰った後、子供らには今日は行商に出ないから秋幸を家に置いて遊びに出てもいいと言いおいて、フサは日の入ってくる縁側に坐り、秋幸を抱いたまま言いきかせるように「お前の父やんがみんな悪いの」とつぶやいた。「何人もの女に悪さして」

そのキノエの産んだ子も秋幸も今日の日の事は憶えていない、とフサは思い、胸がしめつけられるようで苦しく、逃れるように光のあふれている外を見た。

日はなに事もないように畑の土に射し、茶の木の青葉を光らせ、フサの家の縁側から家の半分まで射し込み、ささくれだった畳をくっきりと浮き上がらせていた。龍造とはやはり訣れた方がよい、とフサは思った。

龍造が女郎のキノエにしたような事をフサにするとは思わなかったが、フサにはその男は手にあまりすぎる。勝一郎に死なれ、男の肌が恋しいというさみしさと暮らしのため、龍造に肌を許し、フサからすすんで龍造を抱きもした。その男はフサを裏切りもだましもしなかったかもしれぬが、女の気持をわからなかった。いや、フサの気持をわかりはしても、男の心はフサの気持をこえていた。

フサはひとしきり胸に抱えた秋幸に話しかけ、秋幸があやされているつもりか笑みを浮かべながら眠ってしまったので所在なく、それで自分の想いを聴いてもらいたいと、秋幸を抱いたままオリュウノオバの家に行った。石段を上ったところにあるオリュウノオバの家には先客がいて、オリュウノオバはフサの顔を見ると坐り込んだ老婆に「ほれ、勝一郎の嫁じゃったフサ」と紹介する。

口元のすげた老婆は「若い盛りで死んでしもたんじゃね」と言い、フサがかまちに腰を下ろすのをみて、「尻も張っとるし、乳も出とるし。女の味知ろと思たらこれからやのに、勝一郎も損な男じゃだ」と軽口を言うようにつぶやく。

オリュウノオバはフサに眼をつぶって合図し、「フサかてそうじゃ。ひ若い時から赤子《ねね》ばかり産まされて、これから男の味みたろという時、死んだんじゃから」と言い、フサが上気するのを確かめるように見て、「わしも何人もこの路地で女らが子供を産むのに立ち会っとるんやから、これはもう終いじゃな、これはこれからやな、と見たらわかる。フサら、まだ赤《あつか》いわだ。ねえ、戦争終ってドロドロ男らもどって来とるんじゃさか、選ぼと思たらどんなんでもある」

オリュウノオバと口元のすげた老婆はくつくつとわらう。

「太いのとか長いのとか」

「所帯持ちのええのとか気性のええのとか」

「フサ、その赤子《ねね》の男親はどうじゃった？」フサがとまどうと「龍造よ」とオリュウノオバは言って、またくつくつとわらい、「あれも男の味としたら悪い事なかったかい？」とからかう。「オバもレイジョさんに内緒で味わおたろかねと思たが、齢じゃから、龍造よい、と声かけても、なんじゃクソババと、こう答えるだけ。ええ天気じゃね、と言うたら、俺に言わんでも見たら分るじゃろと言うて、取りつく島もないんや。博奕打ちの悪い者をようけ引きつれて、行てしもた」

フサはふと郁男を産む時、抱きあげて家へ運んでくれたのが、龍造だった気がして、オリュウノオバに訊ねてみようと思ったが、それがそうだとしても、その男とはっきりと訣れると決めた今、せんない事と思ってやめた。

「もう龍造とは訣れよと思とる」フサは言った。言ってから男に抱かれ火のように体が熱くなった事も子供らを抱えて暮らしていこうと思った事も、一瞬のうちにみた自分の夢だったような気がして、フサはまるで自分を取りもどすようにオリュウノオバの家の、香のまじった湿った空気を吸い込むように息を吸った。

秋幸を家に置いて行商していると、フサは妙に心がせき、まだそんな時間ではないと分っていても、秋幸が腹をすかして泣いているのではないかと泣き声が聴えてくる気がした。キノエと同じ女郎をしていたという智恵足らずのような女が、刑務所の龍造に言われて秋幸を連れ去るかもしれないとも思った。張った乳の痛みに耐えかねるように小走りに駈けて家に向いながら、そこに、学校へも行かず留守番をしている美恵や君子らと秋幸しかいないと分っているのに、男が刑務所からもどってきて秋幸を抱いている気がして、不安でたまらなかった。

闇市では男らは親切だった。

フサの後を従いてまわる郁男と同い齢くらいの少年は、闇市に買い出しに行く度に、それしか言葉を知らないように「姐さんベッピンさんやの」と言い、先に立って、今日はどこの闇屋に罐詰が出ている、上等の餅が出ていると教え、「それ、買うわ」とフサが言おうものなら「姐さん、買うてくれるんじゃから」と闇屋の男にまるで一人前の男のような口調で掛け合った。

いつか檜杖のトンネルで布袋の餅を半分くれた猪首の男と闇市で顔を合わし、話し込んでいると、少年は青菜に塩のように力なくうなだれて闇市の脇の松の根方にうずくまる。その姿が郁男を見るようでフサは手早く籠に買った品物を入れて歩いて近寄り、「どうしたん？」と訊くと、「姐さん、好かん」と言う。少年の手下らしい裸足の男の子らが三人、よく肥った鶏を一羽抱えてやってきて手柄を言い立てようとするのを、「われら、あっちへ行け」と頭をこづきすらして追い散らして、「姐さん、いっつもあんな男に科《しな》つくるんかん？」と言う。

何を言っているのか分らずフサが立っていると、少年は涙を浮かべて、「姐さん、あんなアホみたいな男、好きかん？　あいつとしたんやろ？」と唾を吐く。フサは「何を言うとるの」と身を屈め、自分の服の襟元からお白粉のにおいが立つのを気づきながら少年の顔に手を差しのべ、指で涙をぬぐってやろうとした。「キタナイわい」と少年にその手を振り払われ、フサはふと自分が他の人間の眼には肌さみしさが体のどこかからも滲んでいるような女なのだと思いつき驚き、自分が何も知らない初心《うぶ》な少年をたぶらかしてでもいるような気がして、その自分を誰かが見ていると思って振り返った。冬の最中なのに上半身裸の猪首の男と、その隣に台を置いてがらくたとしか思えないザルを売っている男がフサをみているのを見た。

何をその猪首の醜男としたと言うん、と独りごちた。猪首で顔がごつごつし、その飛び出た頬骨やあごがなまぐさい男のようで気色悪く、フサが好きになる人間とはまるで違う。フサはその二人にふんと言うように顔をそらして、「あんたなア、何でうちがあんな男衆らに科《しな》つくるんよ」と言った。

行商しながらその少年の涙の顔で言った事を思い出すと、フサはおかしくて笑いがこみあげてきて、しばらく舟町の川の堤で笑っていた。男などこりごりした、男に身をまかせてもなにもない、フサは独りで笑い、男になど頼らず子供らを一人で育てあげるといまさらながら決心したのだった。十二月の冬の日は川にあたって光の帯のように撥ね、それがフサには龍造と訣れた自分のような気がした。川は昔のままだった。

その堤に立っていると、いまさっきまでいた闇市も路地も幻のように思え、それが勝一郎なのか龍造なのか分らないが、フサの恋した草の匂いのする男が、向う側の山から川を泳ぎ渡ってすぐそばに歩いてくる気がするのだった。乳が張って痛み、フサはまた行商を打ち切って秋幸に乳をやるため路地の方へ歩きながら、川を泳ぎ渡って来たのが他でもないフサが産んで元気に育っている五人の子供だと思った。

フサと子供らだけの何事もない日々が続いていた日、それはまったく突然に起こった。

ただ以前から行商に行った先々で、それに類する噂の幾つかをフサは耳にしていたが、新宮のはずれにある広角《ひろつの》の百姓家のつくった麦畑が一面に黄ばんだ、海鳴りが強く響きすぎると聞いても、女手ひとつで子供を育てるため休む事なく行商しているフサはただ漠然と不安になるだけで、どう手のほどこしようもないとやりすごしていた。秋幸が生れて四月目の十二月二十一日、朝、まだ闇がたちこめている時、何もかもを打ち壊してしまうほどの地震は起こった。

そろそろ起き出す頃だと思いながらうつらうつらしている時、突然、爆弾が路地のフサの家を直撃でもしたように下から轟音と共に突き上げられた。寝入っていた子供らが悲鳴をあげるのと土地そのもののどよめきが響くのと同時だった。戸がはずれて紙のように外に落ちるのに気づいて、秋幸を抱えたまま振り返ると、一瞬、外は真昼のように明るかった。郁男は家が舟さながらに揺れるために倒れかかるタンスを押えながら、魂消ている子供らに、大人のように「外に出よ」と叫んだ。君子が叫び声をあげてフサにぶつかるように抱きつくのをフサは揺れ続ける家の外へ押しやり、それでも君子がフサの腰をかかえたままなのでフサはそのまま外に走り出た。

何もかもほんの一時《いっとき》の出来事だった。

さっき真昼のように明るかった外はすでに暗く、何一つ見えず、路地の奥から走り出てくる子供や大人にぶつかり、腰にしがみついていた君子がどこにいるのか、美恵や芳子がどこにいるのか分らぬまま、フサは秋幸を抱えて芋畑の中に走り出て、地鳴りがどよめく地面に秋幸におおいかぶさるようにして伏せた。地面はぼこぼこと顔に当り、それが地震だと分っていたものの、子供らの悲鳴と地鳴りの中にいて、フサはただ怒りを鎮めてくれと祈るように身を小さくして過ぎるのを待った。

地震がおさまってもあたりは暗く、地鳴りと海鳴りがかすかに響いているのを耳にしながら、フサは秋幸を苦しいほど強く腕に抱えて芋畑の赤土に坐り込んで、夜が明けるのを待った。芋畑に逃げ込んだ子供らが何人も泣き騒ぎ、白みはじめた空の明かりにすかして見ると君子は茶の木の茂みの下に身を小さくしてひそんでいる。君子、君子、とフサは呼んだ。フサは立ち上がり、自分の素足のくるぶし辺りから血が出ているのを見てから、驚いて秋幸の顔、腕、足を調べて怪我のないのを確かめて美恵、芳子と呼んだ。郁男が柿の木の方から芳子と美恵の二人の手を取って歩いてきて、フサの前に立ち、地震など知らなかったような顔で「母さん、白い背広汚したったよ」と言う。

郁男が白い背広を持っていたとは初耳だったが、「何を言うとるの」とフサが気楽な事を言うなとたしなめると、郁男は地震がどうしたのだと言うように「煙草を何箱も売って女の子らにつくってもろたんじゃのに。あんなに汚れたらダンスも出来ん」と言い、フサの顔を見てにやっと笑ってみせた。普段ならその郁男を、子供のくせに大人に立ちまじりすぎると叱りつけるところだった。その時フサはいつか郁男と一緒に風呂に入った龍造が、郁男に性毛が生えはじめていると言っていた事を思い出し、ぼんやりと郁男が流行の物を着る年頃になったのだと思った。

津波が来るかもしれないとフサも思ったし路地の者らも噂したが、あまりに地震が大きすぎたので、誰もがたとえ山の頂上に逃げても襲ってくる津波の大きさをかわす事は出来ないとあきらめたように、以前のように山へ逃げる者はなかった。いつまた地震が始まるかもしれないと思って、日が射しはじめるまで芋畑に坐り込み、路地の者らがそうしているように壊れずに立っている家をみつめた。敵の空襲からも無事だった温《ぬくも》りのある家が、いまに始まる地震でバラバラになるとフサは思った。

大橋通りが火事だと聞いたのは、揺りもどしが来ないと気づいて家に入り、倒れた箪笥や仏壇を子供ら総がかりでかたづけようとしていて、「ここじゃったんかい」と顔を出した闇市の復員姿の男からだった。

復員姿の男は「えらい勢いで燃え続けとるわよ」と言い、フサが頼みもしないのに家に上がり込んで、倒れた箪笥を郁男と共に持ちあげてかたづけをしているフサの顔を見て、「えらい事じゃ」と言う。大橋通りの薬局から出た火は三方にむかって燃えひろがっている。まだ朝の七時だった。

フサの家の前を、どこからやってきたのか何人もの男衆らが駈けて路地の山の方へ向い、その度に復員服の男は男衆らに「どのあたりに火が移ったんな？」と訊いた。しばらくして家の中のかたづけが終った頃、二度三度、爆弾が破裂するような音が響き、男はそれに興味をひかれたように「また後で見に来たるわ」と駈け出していった。その音はダイナマイトを建物に仕掛けてそれ以上の類焼を防ぐために破裂させたのだとフサは後で知った。

地震の後の火事はダイナマイト消火もさしたる効き目をみせず、夕方になっても衰えないで夜の八時まで、戦争でアメリカの空襲にも焼け残っていた昔ながらの建物の残った新宮の町家のほとんどを焼いた。町家の他に火事になったのは駅裏の新地だった。速玉神社そばの御幸町、舟町、千穂ガ峰、その山際地、大王地から鍛冶町、別当屋敷、馬町、雑賀町、昔ながらの名前のついた町並みのことごとくが燃え上がり炎が四方に吹き上がったのだった。フサは路地の誰彼なしにそうしているように、家に井戸からバケツで汲んで水をかけた。郁男が火は明神山をまわり込み路地が背にした臥龍山にもせまったが、浮島の遊廓のとば口で喰い止めたし、新地の火事もおさまったと走ってくる。

「よかったの」

フサと同じように家に水をかけていた女が言い、日が落ちたため漆黒になってしまった家の中に入り、「うちの、どこまで行たんやろ?」と、バケツを持ったまま出てきた。路地の三叉路の方から、炊き出しをするから米でも芋でも持って区長の家へ集まれと男がメガホンで言ってまわるのを耳にして、朝から何も食べていなかったし、子供らに何も食べさせていなかったと気づいた。「美恵、君子」と呼び茶の木の方から声も出さずに駆け寄った二人に「何にも食べてなかったんやろ?」と訊ねると、「芋食べた」と美恵は小声で言う。「母さん、水かけてたから、うちも君子も芋食べた」

「秋幸は?」

「生やさか、噛んでから食べさせた」

その美恵の言い方に驚き、美恵に家の中から寝入っている秋幸を連れて来させて、フサは月が空の端にかかったためにかすかに明るい空の見える縁側に坐り、女らの何人もが路地の道に出て立ち話しているのを見ながら、秋幸の顔に顔を近づけて呼吸を確かめた。秋幸が呼吸をして確かに寝入っている事に安堵して、フサはいつも風の音が耳につき海鳴りの音が耳にこもったのはこの事だったと思い、溜息をつき、なにもかもこれではっきりわかったと涙を流した。畏ろしかった。ことごとくが壊れ燃え上がったのだった。

一夜明けて次の日、朝はやくから外で騒々しい話し声がしているのに気づき、フサが立っていって戸をあけて外をのぞくと路地の女らが寝巻姿のまま五人、井戸の前の家の裏を指さしている。女の一人が戸からのぞいているフサに気づき、「ちょっと来てみて」と手招きし、フサが外に出ると女は燃えかかった紙屑の束をつかみあげ、「火つけよとした者おるんじゃよ」と男のように言った。ちぢみの下着を着て山仕事の装束をつけた男が、「外で物音したさか、こりゃなんどあると思て外に出たら、男が丁度走り出したところじゃった」と言い、つけ火に狙われたと言った。「佐倉がやったんじゃよ、佐倉が」と男は顔を赧らめてどなった。

その男の言葉を耳にして、フサは初めて以前に奉公していた佐倉という家がおそろしいと思い、顔赧らめた男の視線を避けるように家の中に入った。

その日を境にしてフサはひんぴんと路地の中で佐倉についての話される噂を耳にした。地震に乗じて路地につけ火させかかった。路地と同じように佐倉が所有する土地だった駅裏の新地は地震の後、新宮の町家での大火事と同時に出火しているが、これもつけ火だろうと言った。

「フサさん、佐倉というのどんな男？」

或る時、フサは路地の女に訊かれたが、佐倉に奉公して当の主人の顔を見た記憶もない事に気づき、ただ「怖ろし人やわ」と答えて口をつぐんだ。路地の女はそう言うフサをいぶかしげにみつめ、フサが新宮の生れではなく、古座に生れて流れて路地にやってきて所帯を持っているというように、

「あんたら、ここが蓮池やった頃も知らんさか、愛着ないのも無理ないなア」と言う。

女は佐倉が昔のように人夫を大量に傭い入れはじめているし、その人夫を何人も使って焼け落ちた駅裏の新地にたちまち何本も杭を打ち、縄を張って、「立入禁止佐倉」の札を立てたと言った。

路地の中に妙な噂が渦巻いた。

何もかも佐倉がやった。新しい世の中を作ると言って、浄泉寺で檀家の路地の者らにえらい人らを呼んで来て説経をきかせ、毒取るという医者や浄泉寺の和尚が天子様を殺害しようとしたかどで逮捕されてから、その毒取ると評判の医者の血筋にあたる佐倉が、路地から木馬《きんま》引きや山仕事の男衆を何人も傭い、字の読み書き出来ぬそれらに前借りさせて盲判をおさせ、その結果、路地の山も土地も紙切れの上ではことごとく佐倉のものになった。佐倉はすでにそうやって手に入れていた新地を焼き払って新地の者を追い出し、今、路地をそうしようとしている。噂はそう言った。

地震後一週間もすれば新宮の町家のあちこちにバラック建ての家が建ちはじめたが、行商の相手になどなりうるはずがないとあきらめて、フサは出ていかなかっ

た。だがそれがフサの思い違いだと分ったのは、買い出しに出かけた高田で思いがけないほど沢山の芋を手に入れ、ふと思いついて昔の御礼にと、焼けだされた舟町の旅館に持っていっての事だった。ただでよいというフサに、旅館の内儀は法外と思われるほどの金を出して、「金はあるんやけどな、この辺りの人、みな買い出しが下手やから」と言う。

焼け跡に立ってみると火事が想像を越えて大きかったのはフサの眼にも分った。なつかしかった水野の藩主の時代からあった新宮の建物のひとつもない。「全部、焼けてしもたんやのに」と内儀は隙間風を防ぐために目張りしたバラック小屋に坐り、火鉢に炭をつぎ、「火事出て風強かったから、あっと言う間やからの」と言い、フサに「しょうないわの」とわらいかける。和歌山が空襲にあった、新型爆弾が落されて全滅したと耳にした時から、今に新宮もそうなると思っていたと内儀は言い、「地震が来たんやさかしょうないんのう」と溜息をつくように言う。

その焼け落ちた町家を相手にこまごまとした物を持って行商にまわるのは、以前の二倍ほど手間もかかり時間もかかったが、フサは何もかも地震でけりがついたのだと、その手間や難儀をうれしいとさえ思った。時間を見はからわなければ乳が張りすぎるし、秋幸もひもじいと泣いているだろうと思い、秋幸の泣き声を空耳に聞きさえしたが、フサにはその事が、自分も秋幸もその男から離れる事だと思い、うれしかった。

キノエと赤子は他所へ行ったが、今一人、女の子を生んだ襟足の汚れたヨシエという女は、浮島の遊廓の裏口の切り通しそばにいるのを知っていた。

フサはつとめて道に面して建っている女の格子戸の家の前は通らないように心がけたし、路地の女らが、そのヨシエというフサより五つ六つ若い女とその腹の子とみ子の話をしかけるたびに、聴くまいと話をそらした。芳子からヨシエとその赤子が貧乏ぐらしをしていると耳にした時さえ、フサは「そんな人の事、ほっといたらええ」と叱った。

闇市で猪首の男は親切だったし、雑炊を売る男も、どこから集めてくるのか革バンドを売る男も、一緒に出かけたチエやハツノに見向きもしなかったが、フサだけには特別に安くしてくれた。猪首の男が復員服の男をフサに連れの繁蔵だと紹介した。

年が明けてフサの家から見える畑に、いつの間に植えられたのか麦が昔のように青々と育ちはじめる頃になると、災害復旧の支援を受けて町家は次々と元のように家が立ち並び、それがフサにはちりちりとしたひりつきのようなものに映った。元へもどったといっても家並みは昔のような落ちつきはなく、仲之町を歩いても、ぼんぼり町を歩いても、血がざわめくような騒がしさをかきたてられた。そんな時、闇市でしばらく姿を見かけなかった復員姿の男と城跡のそばの登り坂の口で出くわした。繁蔵という復員姿の男は上半身裸になって乗馬ズボンをはき、同じような姿の若衆と一緒に、登り坂の脇の山を削り取っていた。

繁蔵は「行商もえらいの」とフサに声をかけた。まだ暑いという時季ではないのに汗にまみれた繁蔵の胸が日焼けもせず白いのを見て、フサは繁蔵が復員してきてようやくまっとうな仕事にありついたのだと思い、「ええわ。兄さん、闇市らでおるよりよっぽどええわ」と軽口のように声をかけた。繁蔵はそのフサに照れもしないで、「フサさんにほめてもろたら、千人の味方ついたみたいやの」と言い、削り取った土の上に置いたバケツから水をすくって飲む。

その次の日、闇市に顔を出すと猪首の男が「フサさんよ」と声をかけてき、行商の籠を負ったフサを闇市のはずれの松の方まで連れ、その繁蔵から言いつけられたと言い、フサに赤いベッチンの袋に入ったお白粉や紅を手渡した。どうして繁蔵が自分にくれるんだと訊くと、「一緒にどっさり仕入れとったんじゃよ」と言う。闇市や浮島で売ろうと思っていたつもりが、繁蔵は兄と一緒に土方をする事になり、フサの分ひとそろいとっておいて、他に売ったと言った。

家にもって帰ってから籠のすみに入れていた袋を取り出し、お白粉のにおいを嗅いでみて、それがフサの使っているものよりも粗悪な代物である事に気づき、フサは妙に腹立たしくなった。子供を抱え女手ひとつで暮らしている自分をからかっていると、ベッチンの袋ごと押し入れの使っていない蒲団の間につっ込んだ。美恵が花畑に水をやりながら、眼を離すとどこへまぎれてしまうかもしれない秋幸にしきりに話しかけているのを見ながら、フサは、もう男などこりたと独りごちた。

そう独りごちてから秋幸が美恵の言葉をおうむ返しに「はなとったらあかん」と力をこめてくり返しているのを耳にし、何人もの男をたぶらかしてきた女のように、アホな男やなとつぶやき、繁蔵の顔を思い出した。今となっては外で何をやっているのか分らない男は厭だし、そうかと言って所帯じみた男は虫が好かない。

その繁蔵にもらったお白粉をつけてみようと思って立ち上がり、妙に心が昂《たかぶ》っているのを知って、フサは体が萎えてしまい、まるでそれが祭りの日、男衆らに力を与える清水のように思いながら流しに立って水を飲み、ふと振り返った。戸口に美恵と秋幸が立ってフサを見ていた。

フサは美恵と秋幸に自分の気持を見抜かれた気がしておどろいた。美恵の眼に涙が浮かんでいる。よくみると秋幸の手に、美恵が丹精こめて咲かせた仏壇に切って生ける金盞花の花がにぎりしめられているのを知って、気が緩んだ。

その日は空にある雲のすべてが桃色に輝き、そのうち黄金に変り、早い目にわかした風呂に秋幸を抱いて入れながら何度も引戸の窓から空を見て、フサは「綺麗やねえ。楽土みたいやねえ」と、いつか古座の家で母が言った話を思い出して言った。千穂ガ峰の際にさしかかっている夕陽そのものは路地の山にさえぎられて見えなかったが、夕焼けの燃えさかる炎のような雲は空にあふれ、一人で眼にするのはもったいない。

湯上がりの肌に安物だがそれらしく香るお白粉をはたき薄く紅をひきながら、子供らに舟町の内儀に用事があるからと嘘までついて外に出ようと思うのは、その夕焼けにあおられてのことだとフサは思った。ゆかたを着て美恵と君子の間を走って一人で騒いでいる秋幸を呼び、抱きあげ、「兄《あいや》」と古座の女のように言った。秋幸の耳元に口をつけ、小声で「兄《あいや》、母やん、ベッピンかん?」

秋幸は化粧の匂いにむせてせき込み、「ベッピン」と言い、うん、うんと一人でうなずく。

秋幸を美恵に託し、外に出て繁蔵や猪首の男らが出入りする駅横の魚市場の脇の飯屋の方へ歩きながらフサは自分が誰よりも猛った女だと思い、繁蔵がのぞむなら清姫にでもなって焼き殺しさえしてやると一人声を殺してわらった。

魚市場の魚のにおいのする小路を抜けて、飯屋ののれんを上げてのぞくと誰もいない。飯屋の女が「誰そさがしとるん?」と訊くのに、フサは急に気抜けたふうに、「繁蔵にちょっと用事があったんやけど」と間のびした声で答え、のれんが髪に当らないように身をかがめ、おおきにと礼を言ってその小路を徐福の方に歩いた。

　魚のにおいがしみついた小路を抜けるとすぐ蓬萊町の徐福の前に抜ける道に出て、火を落した家の多いその通りを行ってみようか、それとも家にもどろうかと思案した。いったんは路地の家の方へもどりかけたが、自分の下駄の音と安物ゆえに鼻につくお白粉の匂いにうながされたように、フサは浜の方へ歩いた。

　佐倉の前を通り、夜目に大きく屋根がそびえ板塀が囲ったその佐倉が空襲にも地震にも無事だった事を知って、フサは安堵さえした。路地で噂される佐倉ではなく、そこに建っているのは、十五の歳で古座から奉公に来た佐倉だという妙になつかしい気持になり、潮鳴りのひびく浜を見たくて、貯木場へ降りる石段まで歩いた。石段を何の気なしに降りかかり、フサは声をあげた。

　石段の下は以前とは違ってせり上がった水におおわれている。そう気づいて砂利浜の方を見ると、夜目に砂利浜は半分以上、黒々とした水におおわれ、どこにもそこへ行く道はなかった。

　潮の打ち寄せる音を耳にしながらフサはそこに立ち、潮音に自分の今の気持をとき伏せられでもするように思いながら、フサは来た道を引き返した。なにもかもことごとく水のようにせり上がっていた。フサは龍造の顔を思い、秋幸の顔を思い出して、せり上がったものがあからさまにしたものがフサには酷い事なら、どうしてその酷い事を御破算にすればよいのかと考えた。種違いの子、秋幸が一人家に混るだけで、男にいいようにかきみだされる。

　繁蔵とフサが顔を合わせたのは、しばらく経った雨の日だった。町家で行商を終って帰ろうと外に出て、秋幸より二つ三つ齢嵩の男の子の前にしゃがんでいる。

　その繁蔵の姿のどこに人をはばかるきざしがあるわけではなかったが、フサは声をかけようとした声を呑み、繁蔵とその男の子をみつめた。繁蔵は男の子に竹トンボをなおしてやっているらしかった。色の黒い男の子は眼鼻立ちが似ている事からすぐ繁蔵の子供と知れたが、オカイサンばかり食って栄養が行きとどかないのか、首筋も腕も細い。

　六月の霧のような雨が微かな人の呼吸のように緩んだり急《せ》いたりしながら降る中にいるので、繁蔵の横顔に雨滴がこびりついているのを見て、フサは胸がしめつけられ、持っている傘をさしかけてやろうと開きにかかると、繁蔵が振り返った。「フサさんかい」と笑顔をつくって腰をあげ、繁蔵は手に持った竹トンボを男の子に渡し、見あげている子に「ユキノオバとこへ行てけ」と手を振る。男の子はよく言う事をきくようにしつけられたように、まるでその手の合図で駈け出す犬のように雨の中を走った。

フサがその男の子の後ろ姿を、泰造が生きていたら丁度そのくらいにもなっていただろうと、青葉がしっとりとした色で繁った木の角を曲がるまで眼で追っていると、「文昭いう名前じゃが、出征のときまだ腹におったのが、復員してきたらあんなに大きなっとる」と言い、傘をさしたフサのかたわらに立った。雨が降りつづいているので雨に当ると思い、傘をさしかけると、繁蔵は「おおきに」と言い、短く刈った髪をこすって思いついたように籠の中をのぞき込み、「まだ半分も残っとるなア」

「地震の後の方がよう売れたけど、このごろみんな前みたいに買うてくれんわ」

繁蔵はうなずいた。

男がフサのそばにいるだけで呼吸が苦しくなると思い、フサはあとひと廻りして行商をすましてしまおうと思って「兄さん、どこへ行くん？」と訊くと、繁蔵はそのフサの気持をわからず、「土方しはじめたんじゃが、雨降ったらどこにも行き場所ないわよ」と言う。フサは繁蔵のおどけたような言い方をわらい、胸の中で、女の心がわからないトウヘンボクと思った。

その時、フサは繁蔵に失望もしていた。女手一つだというフサを知って闇市で親切にしてくれる男らは何人もいたが、所帯を持っている者に親切にしてもらっても好意を抱いてもらってもしようがないという気があり、その闇市にいる男の中からフサが復員服の繁蔵に気をかけていたのは繁蔵が独り身と思っての事だった。

「兄さん、すまんけどこれからまだ売り切るまで廻らんならんさか」

繁蔵はフサの不機嫌を分らないように、

「フサさん、商売休んで、飯でも食いにいかんかい?」

「商売休む言うて、これ売り切ってしまわな、子供ら食べさせていけんもん」

「金もっとるんじゃ、どうせ兄貴のとこへ文昭の食いぶちだけ入れるんじゃから」

フサはふと気づいた。繁蔵の顔を見、「嫁さん、おらんのかん?」と糸のような声で訊いた。

繁蔵はフサの顔を見ず、「おらんのじゃよ」と言い、強くなった雨が道に撥ねるのに見とれたように「北支へ行て六年おったんかいね。文昭、五つじゃさか、六年じゃの」と言う。繁蔵はそれ以上の事は言わなかった。繁蔵が雨であぶれてしまい、博奕をする気も酒を飲む気もしない、飯を食いに行こうとフサを誘ったが、フサは断った。

傘をさして雨の中を行商して廻り、繁蔵の事を考えていて、やっと籠の中のものを売り切ってから行ったチエの家で、丁度居合わせた路地の女から、繁蔵の話はきいた。繁蔵の両親は本宮から新宮にやってきて、浮島の沼のそば、丁度路地の山の裏側に掘っ立て小屋を掛けて住みはじめ、あまりの貧乏のために上の娘のユキを女郎に売った。上に仁一郎、下に文造という兄弟がいて、仁一郎は土方の請け負いをやり、文造はいたるところで鼻つまみのチンピラになっている。

恋仲になって戦争からもどってきたら祝言をやると約束し、子供を孕んでさえいた繁蔵の女は、子供の文昭を産んでしばらくして、旅役者と駈け落ちした。路地の女もチエも、その駈け落ちした女に同情した。路地の山際に住む魚屋で働くコサノは、「あそこは貧乏せんようになってもシマツやから、何人もおる娘らに食い物の事でいじめられたんやろ」と言い、フサの顔を見て、「あんた、苦労するで」

「所帯持とらと思てないよ」

フサは言った。

「なんせからケチやな」

コサノがそう言うと、チエは眼をつぶって合図し、「コサノさんはだいぶユキさんに痛めつけられとるの効いとるなア」とわらう。繁蔵の姉で昔、女郎に出されていたユキという女は、一匹の魚を買いつけに卸にまでやってきて、ああでもない、こうでもないと文句を並べ、自分の家族については自慢を言いたて、コサノは閉口していると言った。

繁蔵とその子の話を聴いてフサはその二人が気がかりになり、次の日、繁蔵が降り続く雨の中を歩いて家にやってきた時、繁蔵が一人で何をしに家に来たのだろうといぶかしく思ったほどだった。

「坊、連れて来たらなんだん」

フサが訊くと繁蔵はけげんな顔をして、「ありゃ、もう大きいさか、一人でとんでまわっとるじゃろ」と、フサがどうして文昭の事を気づかいするのかと言うように顔を見、かまちに腰かけて、土間で何度も手渡された下駄を抛っている秋幸に、「また、天気じゃなア」と声をかけている。秋幸のいつまでも続く遊びに根気よく相手をしている繁蔵から、生なまとした男のにおいが流れてくる気がした。

繁蔵の誘いで秋幸を連れてフサは繁蔵がよく行くという駅近くのソバ屋に出かけた。ただ子供を連れて物めずらしいソバを食べて家に帰るつもりだった。繁蔵が勘定を払っている間、秋幸の手を引いて雨のあがった外で待っていて、ふと誰かが自分をみつめている事に気づいた。

丁度、バラック建ての家が何軒も立ち並んだはずれに、雨があがって強い風に雲が吹きとばされて日が射しかかってすらいるのに、黒い傘をさした女が、一心にフサをみつめていた。それが子供を負ったヨシエだという事はすぐ分った。動悸がうちただ繁蔵とはじめて物を食べただけなのに、後ろめたい事をしでかしているような気がしてフサは、ヨシエの強い眼にみつめられたまま立ちすくみ、秋幸が早く家にもどろうと手を引いてやっと、頭をひとつ下げた。

ヨシエが挨拶を返しもせずみつめているのを見て、初めて、フサも秋幸ももう一人の腹違いの龍造の子に顔を合わせていない事に気づいた。

だがフサが秋幸の手を放し小走りのように歩いてヨシエのそばに寄ったのは、単にヨシエが産んだとみ子という名の龍造の子の顔を見たかったからではなかった。勘定を受け取ったソバ屋の主人の「おおきに」という声がきこえ、繁蔵がいまにも外へ出て来そうで、ヨシエにどう誤解されるかもしれない、と思ったせいだった。

ソバ屋のノレンをくぐって出て来た繁蔵を見てヨシエが驚くのは一目で分った。

ヨシエが視線をもどしてフサをみつめるのに、フサは顔に笑みを浮かべ、「背中に負うとるの、龍さんの子かん？」と声をかけると、ヨシエはやっと正気づくように黒い傘を下におろして折りたたみ、滴の落ちる傘の先に眼をやって「とみ子というん」とつぶやいた。

ヨシエは以前眼にした時とくらべて子供を産んで肥立ちもその後の暮らしもよかったのか、こころもち肥り、おぶいひもがくいこんだ胸も脇腹も肌があまっていた。身をよじってみせる負うた女の子の顔を見て、確かに龍造の顔だと思って不思議な気がし、「よう似とるなア」とフサが言うと、ヨシエは「そうなんやよ、よう似とるなアとおかしなってくるくらいやから」

ヨシエはソバ屋の前で繁蔵に手を引かれた秋幸をみつめていた。フサはヨシエの背で眼をさましている女の子の顔をあやし、ふとヨシエにむかって龍造が突然いなくなってからもう一年になると言おうとして、口をつぐんだ。

「足、しっかりしとるんやねえ」

ヨシエが言い、それが秋幸の事だと気づいてフサは急にうっとうしいと思い、

「あれ、繁蔵というの」と自分でも思ってみなかった事を言い出した。一人の男を三人で取りあっている気になるのが厭だったし、それに龍造に三人いる女の一人として自分を見られていた事がしゃくだと、むらむらと腹立たしさがよみがえったように上気し、フサはまるで自分がこらえ性のない淫らな女のように、「このごろ、あの繁蔵とつきあっとるの」と小声で秘密をうちあけるように言った。

「龍造と所帯持と思てもなア、あの男、他所で何しとるのか分らへん。そんなん、厭になったんや。繁蔵やったら博奕もせんし、わけの分らん人間とつきあわせんし、安心出来る。ええ男よ」

フサはまるで芝居の筋書きを作るように、龍造から繁蔵に鞍替えしたと早口で言い、あっけにとられているヨシエの顔を見て「龍造、あんなトッパハチ、あんたにやるからな」と言う。ヨシエが真顔でうなずくのを見て、よけい腹が立ち、

「なあ、普通やったら芋や南瓜のようにあんたに売って金もらうとこやけど、あんたも子供産んどるさか、ただでええ。今度、差し入れに行くとき、売ってもろたと言うといて。色男ぶって、何でも都合のええようになると思うのがトッパハチの証拠やと、田辺の刑務所へ行たら言うといて」

繁蔵に抱かれた秋幸の靴が片一方取れたのをひろい、雨上がりの道を路地の方にもどりながら、ヨシエのとまどいを思い出してフサはくすくす笑い、繁蔵の尻の小さな後ろ姿が男のさみしさを持っていると思って、繁蔵ではなく繁蔵のいない間に子供を残して旅役者と駈け落ちしたという女が哀れな気がした。

繁蔵とその女の間には、戦争のせいかもしれないが薄い氷みたいな縁しかなかったと思い、所帯を持たずにつきあうだけなら、女に逃げられた男と男に逃げられた女の二人、ちょうどいいと独りごちた。

晴れ上がった空から射し込む日を受けた道の脇の木が光り、それが切なかった。

繁蔵に肌を許したのはそれでも随分経ってからだったが、所帯を持とうかと思っていると繁蔵が言いだしたのは、秋幸が二誕生をむかえた頃になってからだった。つきあって一年たってからやっと独り身の女と男が一緒に暮らす事を口の端に乗せはじめたのは、それ相応に理由はあった。繁蔵には一人、フサには五人の子がいたし、それに加えて繁蔵には思ったよりも男気がない。

ただフサは繁蔵の男気のなさを誰彼と比べてみようとは思わなかった。

男気そのものになぶられて苦しみ、一人で秋幸を産んで育てているフサからみれば、「子供ごらごらおっても身動きつかんし」と言ったり、「何人もの子供産んどるのにどうするんなと言われた」とチクリともらす繁蔵の男気のなさは仕方ない事だと思ったし、所帯を持って世話になろうなどと思っていない事を考えると、可愛くもあった。繁蔵はフサと逢引きしている折に「秋幸ぐらいじゃったら育ても出来るさか」と、他の勝一郎との間に産んだ子らを置いて家を出ないかと言った事があったが、もとよりそんな考えのないフサは一蹴した。

確かに郁男も芳子も大きくなっている。名古屋の紡績に働きに出てそこで嫁いだ勝一郎の姉から芳子には奉公に出てこないかという誘いもあったし、美恵も君子も手がかかるわけではなく、学校へ行ったり行かなかったりしながらでも、結構自分たちで、木場に出かけて木屑をひろってきてオカイサンを炊き芋をふかし、風呂をわかしている。

「なにを言うてるんよ」フサはわらい、丁度行商の帰りだったので、空になった籠を川のコンクリで作った堤に置いて汗を拭った。

「もういっぺん一からやり直してみる言うても、うちに五人の子供おるし、あんたに一人、男の子おるのはどうしようもない事やのに」

「やり直し出来るわいよ」

フサは繁蔵の顔を黙ってみつめ、繁蔵が兄弟や親戚から五人の子を抱えたフサとつきあう事を、またとやかく言われたのだろう、と思ったのだった。フサに路地の女の誰もが忠告したように、繁蔵とフサの仲が、兄弟や親戚に知れてから、フサ一人ある事ない事を言われていたのだった。女に初心《うぶ》な繁蔵を五人の子を持った毒婦のような淫乱のフサがたぶらかし、五人の子を繁蔵に背負わせようとしているのだと、繁蔵の親戚の竹原の一統は言ってまわった。その度に、「あんた、もう来んといてよ」とフサは繁蔵にやつあたりしてやったが腹の虫がおさまらず、子供らにぐちをこぼした事は何度もある。

繁蔵がフサに惚れ抜いている事は充分に分っていた。

フサは繁蔵といるたびに、繁蔵がほんの子供のような考えを持った分りやすい男だと思った。繁蔵が土方仕事を終えて一風呂あびると一目散にフサの家にやってき、郁男や芳子の仕事なのに木屑を折ってくれたり、傷みの来た壁を修繕してくれたりするのを見て、親戚の者らがまた何を言いだすかもしれないのにと思い、智恵が足りないのではないかとさえ思う。

正直、その繁蔵を心底から好いているわけではなかった。繁蔵には女に棄てられた男のさみしさのようなものはあったが、龍造のようにわけの分らない荒っぽさがあるわけでも謎があるわけでもなく、言う事もする事も、ごく平凡な男に思われた。何度、家へ遊びに来ても、子供らのために鮨の一つでも持ってくるわけでもないほど味気なかった。

郁男も芳子も繁蔵にはなつかなかった。時たま家で繁蔵の握った箸や茶碗すら美恵は穢いと触る事すらせず、フサが叱ると、指先でつまんで流しに持って行き、フサや自分たちの食器とは別に放り置いた。

繁蔵の前ではそんな振る舞いを決してするなと子供らに言っておいたので、繁蔵はひとつも気づかず、平気でフサの家で飯を食い、秋幸に豆を噛みくだいて食わせた。

その繁蔵が、中に三人も女の子のいる女所帯で何が話されているのか気にするような、物のこまごまとした事にさして気づかない性格だった事が、フサには救いだった。まだ女の子の三人、初潮をみるような年には少し間があったが、女の子らは欠伸をした時の繁蔵の姿が厭だ、物を食う時の急がしさが厭だと陰口を言う。郁男は滅多に家にいる事はなく、闇市やお城山下に出来たダンスホールのあたりで仲間と遊んでいて、ただ夜に寝にもどってくるだけだったし、芳子は近所の魚屋の卸にコサノの紹介で昼間は使い走りだけの奉公に出ていて、家には体の弱い癇の強い美恵と君子と秋幸の三人が残っていたので、自然と美恵の考えに左右されるようになる。

花畑に色とりどりの花を咲かせていたが、その咲いた花一つ、ようちぎる事の出来ない女の子だった。

まだ小さいがフサに言いつけられもしないのに、家を隅から隅まで拭き掃除し、食器を洗い、裸足で外へとび出した秋幸をつかまえ雑巾で丁寧に足をぬぐう。日傘をさして行商からもどったフサを見つけて、「母さん、秋幸ひとつも言う事きいてくれへんの」とベソをかく。

或る時、早い目に行商からもどり、子供らの服を井戸で洗濯していると、美恵が、「母さん、若なったみたい」と言う。

バケツを井戸の口の下に置き、美恵が汲みあげる水が当らないように身をよけて「何言うとるの。まだ若いの、当り前やのに」と言うと、美恵は「若い言うて、綺麗なったと言うこと」とポンプを押すのを止める。

フサは美恵にかくしていた。月のものが止まったままだった。秘密を言い当てられたように思い、息が詰まった。

秋幸が路地の麦畑の方から子供らに紛れて走って来て家の中をさがし、美恵が井戸にいるのに気づいて安堵したのか歩いてきて、「タイコ、ドンドン鳴っとる」と麦畑の方へ美恵の手を引こうとする。

「なに？」とフサが秋幸に訊くと、「嫁入りやと」と美恵が答え、麦畑の一角にバラックを建てて住みはじめた朝鮮人の家で結婚式があり、昼前から耳にしなれない鉦や太鼓や胡弓の音がしているとフサに説明した。美恵は茶の木の茂みの方に立って秋幸の名を呼んでいる子供らに、「あんたら邪魔しに行くんやろ？」と言う。子供ら五人のうち、二人は秋幸と同じ頭寸の朝鮮人の子供だった。

耳を澄ますとかすかに音楽が聴え、それが夏の風に立つ山の音に混り、遠い異国で酷い目に遭った人らの結婚の嬉しい音だと思い、まるで自分の体から固くおおっていた外皮が井戸のここちよい水に溶かされていくように、もう一人のフサを思い描いた。もう一人のフサは幸せな女だった。子供を六人産み、六人とも育ち、今またひとりを腹に宿している。イクオ、ヨシコ、ミエ、キミコ、タイゾウ、アキユキ、腹に宿した子は女の子がよかった。

フサは音を耳にしながら涙を流し、泣いてもしようがない、苦しいと言ってみてもしようがないと前掛けで眼尻をぬぐい、たらいの水をあけた。

美恵が家の中に入ったので振り返ると、秋幸が子供らと裸足になっている。フサは「こら、言う事をきかんと」と叱って歩いて、尻をぶたれるものと観念した秋幸を横抱きにし、靴を拾いあげて井戸にもどった。秋幸を空のたらいの上に立たせ、井戸のポンプを押して少しばかりたらいの上に水を張り、フサは癇性が出たように思いながら石鹸をつけて秋幸の足を洗い、ふと秋幸に、「母さん、どうやら腹に出来物できた」と言った。

秋幸は大人びた口調でふうんとうなずいた。

その秋幸の声を聴いて、フサはまだそれらしい徴候は月のものが一月とまっただけだったが、理由もなしに繁蔵との間にはじめて子を孕んだと確信した。フサは心の中で、あのオイサンどう思う？　あのオイサン好きか？　と訊ねながら、秋幸を抱き上げて前掛けで丁寧に濡れた足をぬぐって靴をはかせた。急に繁蔵も繁蔵の一統もやさしかった気がした。

秋幸が柿の木の脇に放っている鶏を追っているのを見ながら洗濯し終り、フサは風の入る涼しい縁側に坐って、進駐軍のバザーで手に入れた子供らの冬物の手入れをした。郁男は自分でかせいだ金で白い背広を仕立てるほどだったので何一つ買ってやらなかったが、三人の女の子には、祭りの日に着られるように赤いセーターをそれぞれ買い、秋幸にはハンチング、毛のしっかりした上下を買ってやっていた。ズボンの股部にほころびがあるのを見て、糸で縫ってかがり、ふと思いついて、

「秋幸、ちょっと来てみ」

ハンチングをフサは秋幸に被せてみた。まるでそのまま材木を買いつけに行く男か、近江の方から来て方々の家へ紡績に働く女工の口入れをして廻る男みたいに思え、フサは声をたててわらった。そのフサのわらい声が嬉しいらしく、秋幸はハンチングを被った頭を両手でおさえ、そばに歩み寄った鶏をおどして追いかける。鶏は秋幸がまだ幼いのでなめているように、トコトコ茶の木の方に走り、秋幸が立ち止まるのを見て、秋幸の方へ歩いて行く。

暑い盛りをさして苦にならず行商して廻る事が出来

るのは腹に宿った繁蔵の子のせいだとフサはわかっていたが、繁蔵にそれを言わなかった。

盆を過ぎた頃に古座から川奥まで馬喰《ばくろう》に来たという幸一郎につれられて母が来て、一目見てフサが新たに子を孕んでいる事を気づいたようだったが、何も言わなかった。母は随分年老いていた。フサにも年老いた母に今も昔も、戦争のように子供を育てている女の苦労盛りの自分の事を言われたくなかった。

新宮の祭りまでフサの家にいるという母に、ふと思い出して、「なあ、母さん、あれはつらい話やね」と母が昔、古座の家で話してくれた貧乏所帯の話を訊ねた。好いて惚れあった男と女がいて、所帯を持ち、男も女も添うているだけで幸せと貧乏をがまんしたが、或る時、男が言うた。「嫁やい、働いても働いても貧乏じゃわ。おまえを嫌いではない、おまえにあきたんではない。じゃが、おまえが手にあか切れつくり、苦労するの見るだけでつらい。家へ戻れ」男にそう言われ、女はいくら貧乏しても苦労しても別れるのいややと泣きに泣いたが、このままでは二人首くくらんならんと、それで家へ戻った。何年もたって女は旦那衆にとつぎ、或る日、沼を通りかかると、米もよう作らん貧乏人らがヨシズを作るための葦を刈っている。

「ねえ母さん」とフサは言った。

縁側に腰を下ろした母の皺だらけの胸元を見ているフサを母はみつめ、「婆《ばば》に聴いた時、わからなんだに。母さんは婆に、どしてそんな事、男が言うたんな、と訊いたら、婆がわらうに」

「わたしも母さんにそう言うたねえ。兄《あいや》、自分も分らせんのに、フサもうとい事を訊くな、と言うん。ねえ、兄《あいや》にまだそんな気持分らせんねえ」

フサは溜息をついた。

その年の新宮の祭りは、戦争が終って震災があり町が新たに様変りしたせいか、いままで眼にした事がないほどにぎやかで、競うように家々のかどに椎の木を立てかけ、酒樽でつくった粗末なものだったが幾つもの町内が御輿を繰り出した。御舟漕ぎの行われる川原には香具師《てきや》が何軒も出、母と連れだって出かけたフサが、昔なつかしいレモン水をみつけて買おうとすると、「姐さんに売らんのじゃ」と香具師の男が言う。

顔をあげると、いつか闇市で見かけた男が笑みをつくり、「冷やこて甘いけど、黄粉とサッカリンで色つけとるんじゃから、腹痛なる」と言い、声を張りあげて行き交う人に「レモン水、いらんかい」と呼びかける。

繁蔵が川原に来ていると思いフサはさがしたが見つからず、母に繁蔵を引き合わせようと思っていたもくろみが崩れた。御舟漕ぎを見た帰りしな、母が仲之町でこまごまとした駄菓子のたぐいを子供らに買い与えているのを見ながら、フサは不安でならなかった。

進駐軍の払い下げを着てハンチングを被った秋幸の手を引いて母や子供らと一緒に路地までもどり、母に「ちょっとハツノさんとこまで行商の金、払いに行てくる」と子供らを頼んでフサは家を出て、小走りに繁蔵が身を寄せている竹原の家へ向った。繁蔵を見つけたのは竹原の家からしばらく行った田中の闘鶏場だった。祭りにあわせて川奥や近隣から軍鶏《しゃも》を集めて開いた闘鶏を繁蔵がやっているのではなく、闘鶏場に出入りする弟が喧嘩しかかったのでとめにきたと言い、繁蔵は「なんなん?」と訊いた。

その田中の闘鶏場の裏は一面に青々とした葉を繁らせた竹林になっていた。フサは繁蔵のうしろに風を受けて音を立てて揺れる竹林を眼にしながら、「こんなとこで言いたないんやけど」と言い眼を伏せた。繁蔵はフサが何を言いに来たのか、フサが何を感じているのか考えもつかないと言うように「なんない?」と味けなく訊いた。

「腹おっきなってしもた」

フサは言った。言ってから自分がどうしようもなくふしだらな女のように思え、唇を噛み、繁蔵にやさしい言葉のひとつもかけてほしいと言うように、竹林の音と闘鶏をやる男衆らの呼び声を耳にしながらうつむいた。

だが繁蔵は違った。「そら、あかんわよ」ととんきょうな、フサの耳にはいかにも路地で噂するとおり、竹原の一統らしくこずるく響く声を出し、フサが繁蔵の意外な言葉に顔をあげると、「子供つくろと思てないんじゃ」と言った。ずるい男気のない男だとフサは思い、「どうしよと思うんよ」と声を荒げた。

「どうしようと言うて、どうするんない」繁蔵は言った。

「子供孕んでしもた」

フサがつぶやくと、繁蔵は「何人も子供おって、もうこれ以上増やす事が出来んじゃろが」と言い、フサのそばに寄り肩を抱き、フサがそうやれば自分の考えになびくというように、うしろから髪を撫ぜ、

「フサ、秋幸も小さいしねえ」と小声で言い、繁蔵はフサが考えてもみなかった事を言った。最初、フサは自分にそんな事が出来るはずがないと思った。

妙に落ちつかない不安な祭りの日の次の日、迎えに来た幸一郎につれられて母が古座に帰って一層心がうつろになったまま、フサは繁蔵が言い出した事を考えた。繁蔵は腹の子を堕ろせと言った。

フサは初めて男にそんな事を言われて息が詰まるほど驚いた。勝一郎も、龍造もフサが眼にした男はそんな事を言わなかった。フサはその繁蔵の言い種をきいて腹立ち、もうこれでこの男とのつきあいも終いだと思い、いつか龍造に言ったように腹の子を一人で産み一人で育てると言おうと思ったが、そうやって産んだ秋幸はまだ小さかった。フサにもすぐに秋幸とその腹の子の条件は違っているのはわかった。秋幸が生れた時、下の君子はもう手がかからなくなっていたし、それに秋幸は泰造の生れ変りにもなった。フサには一人で腹の子を産んで育てていく自信はない。

フサは苦しみ泣いたが、繁蔵はそうまで言うならと、フサには新たな無理難題としか言いようのない事を言った。フサに子供を棄て、まだ小さい手のかかる盛りの秋幸一人だけ連れて、自分と一緒に、新宮から出て他の土地で住もうと言い出した。繁蔵は文昭も棄てると言った。その他の土地でなら秋幸を育てその腹の子を産んで育てる事が出来ると言った。

まるで腹の子に促されでもするように、フサは母を送り出した後、一人で長い事思案したが、決断がつかないまま、子供らがいない隙に、簞笥から秋幸の着物を風呂敷につつみ用意した。

秋幸はハンチングを被り、祭りの時の晴着のまま、縁側に腰かけたフサのそばにいて、水鉄砲をからからとまわしていた。繁蔵は五時の松阪行きの汽車に乗るとまで言いホームで落ち合おうと言った。

フサは何も考えまいと思った。上の子ら四人は大きいので、もしフサがいなくとも月々の仕送りがあれば暮らしていけるし、もしそうでなくとも、美恵も君子も、子守り奉公に出ればよい。何も考えまいとしてフサはそう考え、腹の子を産んでしまえば繁蔵をだまして家にもどってきてもいいし、産んで日の目をみせてやって子を繁蔵にやって家へもどってもいいと思った。

そう考えて張りが出たように涙も流さず溜息もつか

ず、フサは井戸から水を汲んで水がめを充たし、風呂に張り、顔を洗って繁蔵にもらった安物のお白粉をはたき、唇に紅をひいた。鏡にむかって笑みをつくってみて、フサは自分が男に誘われて子供を棄て駈け落ちする淫蕩な女のように感じ、一瞬、繁蔵に唇をつけられた襟首の感触を思い出し体をよじった。だが、秋幸を呼び、ハンチングを被り直させ、風呂敷包みを持って駅の方に歩きはじめて、フサは自分がそんな淫蕩に身をまかすほどあえかな女ではなく、風になぶられ身を傾《かし》がせてやりすごす草ほども強くない幸せの薄い女だという気がして涙を流した。

駅前に出ていつなくなったのか丈高い棕櫚の木が見えないのを不吉に感じて、フサは秋幸を連れて切符を買った。改札口を入る時も、プラットホームへ抜けるために段々を下りた時も、フサは秋幸を連れ他所の土地へ行くのは、秋幸一人かわいいというのではなく単に秋幸が小さいからだと一人で弁解し、ホームに身をかくすように立った。

五時にまだ間があるので、繁蔵は来ていなかった。プラットホームの下をのぞき込んでいた秋幸が、あわてたように水道にしがみつき顔をつけて蛇口からもれる水に口をつけ飲もうとして、水たまりに帽子を落した。「汚れてしまうのに」とフサがしゃがんで拾い上げ、蛇口をかかえ込んでいる秋幸を引きはなそうとすると、秋幸は「水、水」と言いつのる。

うしろから「母さん」と言う美恵の声を耳にして、フサはその秋幸の水、水と言いつのる意味が分った。身を固くしたままの秋幸を抱えて振り返ると、美恵と君子が立っていた。二人は共に素足に草履をはき、細いひかがみが土埃でよごれている。

美恵と君子は路地の家から駈けてきたのか、息を切らせた。

「どしたんよ」フサはつぶやいた。

美恵は涙を流して「どこへ行くんな、秋幸とどこへ行くんな」と、フサにおびえたように低い声で言った。フサはその声を耳にしてうっとうしく、「母さんがどこへ行くと言うんよ」と、秋幸の泥水でよごれたハンチングをハンカチでぬぐい、最初から他所の土地へ行く気などさらさらなかったと言うように、秋幸にハンチングを被らせ、「風呂たいたかん？　君子は自分の洗濯物、取り入れてたたんだかん？」

台風でも来るのか強い風が吹き、山が鳴っているのを耳にしながら、子供らの後を従いて風呂敷包みを持って路地の家へ向い、フサは自分の中で音を立てて切れるものがあるのを知った。

五時になって他所の土地に行く汽車が来るのにと、ホームに立って気をもんでいる繁蔵を想い描いて、フサは、考えてみたら子供らまだ小さいのに放っていけるかして、と独りごちた。

次の日、美恵に秋幸を頼み、まだ小さい君子には腹に出来物が出来たと、芳子や美恵には子供を孕んでしまったとフサはうちあけた。三人の女の子らそれぞれが、医者に行くために身仕度を整えているフサを怖ろしいものでも見るように黙ってみつめているのを知り、「しょうないやないの」と繰り返した。

繁蔵に顔を合わせるのも厭で、フサは元の女学校が整地されて出来た新制中学校から井田に抜ける角にある医者に一人で行き、子を堕ろす間じゅう、しょうないんや、と胸の中でつぶやいていた。生命が波の向う側へ行ってしまうとフサは思い、たとえようのないほどさみしく、病院のベッドで眠りながら泣いた。

その日を入れて三日ほど休んでから行商に出て、フサは昼になって舟町の旅館に顔を出し、内儀に繁蔵との一部始終を話した。内儀はフサの顔を見て、「なあ」とうなずいて「なんやかやと違てしまうんやなア」と溜息をつき、佐倉にいて女中頭をしていたミツが満州から引き揚げてきて、今また佐倉にいると言った。フサには思いがけない嬉しい知らせだった。

まるでミツが自分の肉親のようだと思いながら、フサは路地の家にもどってから佐倉へ急いだ。十五のフサとは何もかも変ってしまっているのに、川口のそばに続く道に出来た自分の影が十五の自分のもののように見えた。十五の時、兄の吉広はフサのすぐそばにいたのだった。フサをからかったといって吉広に殴られた勝一郎も生きていた。

佐倉の裏木戸を開けて入り井戸の脇に立つと、流しに立っていたミツは、フサがたずねてやってくる事を随分前から知っていたように顔いっぱい笑みを浮かべ、「子供ようさん、出来てるんやてなア」と、水で濡れた手を前掛けでぬぐい、「入ってよ。人の家やけど、勝手に入ってもおこったりするような旦那さんと違うから」と言う。

さして以前と変ったふうのないミツを見て、十五で古座から新宮に来て西も東も分らなかったとフサは思い、胸がつまり涙ぐんで立ったままだった。

ミツと一緒に佐倉の台所に坐ってミツの話を耳にしていると、何もかも昔の事は幻の出来事だったような気がした。

佐倉にいた体の大きな木馬引きと一緒に新宮から満州に行き、そこでミツは木馬引きと別れたと言った。フサはそこにこもったように響く潮鳴りの音の中からミツの声が聴えてくると思って、その満州で馬賊の女隊長にかわいがられ、軍人の家の女中をしていたという話が、眼の前にいるミツではなくもう一人のフサのよく知った女の話のような気がした。

「うまい具合に船あったんで乗ったんよ」

「船に乗ったん？」とフサが訊くとミツは身振りを加えながら、「押し合いするみたいにして、はよ帰らなんだらと思てな」と言い、フサが佐倉の流しの外に眼をやるのを見て、「ここ、ちっとも変らせんなア」と言う。

「貯木場でカンを打つ音も変らせんし、男衆ら掛け声かけて筏を上げてるのも変らせんし」

「こんなに潮の音、強かったん？」

フサが訊ねるとミツは女の眼にもはっとするような色気のある笑みを浮かべ、「フサちゃんが子供五人もおると言うんやから、ちょっとは変ってもよさそうなのに、変らせんの」と言った。ミツはぽつりぽつりと昔の事を語った。娘時代、二木島の先にある造船場の持ち主に嫁いだ事から、子供がなかったので家にもどり、そうこうするうちに生家が没落し、大王地の姐さんを頼って行き、そのうち佐倉に女中としてやってきたと言った。

ミツはフサに話をしながら、井戸の脇で立ち働く三人の年のいった女中らに「そこかたづけたら蒲団のガワはずしといて」と指示を与え、女が井戸のポンプが壊れたと言うと、「ちょっと待っといてな」と流しの水がめから水を金だらいに取り、外へ出て、井戸のポンプの中へ水をそそぐ。二度三度やってみて、やっと蛇口から水が出てきてからフサの方へ歩いてきて、

「うちと同じで古ぼけたんよ」

「ミツさん、若いよ」

フサが言うと、「佐倉の旦那も、俺も古ぼけたさか、水道もなにもつけいでもええと言うの。古い方が値うちじゃ言うて」と言い、溜息をついてから、「旦那さんも言うてるけど、新宮はなにもかも変ってしもたんやねえ、味気ないねえ」とフサの脇に前掛けをはずして

置き、小声で「フサちゃん、ちょっと来てみ」と耳元で言う。

ミツの後を従いて板の間に上がり、女中部屋の前を通って事務所に入った。事務所には男が一人いただけだった。フサは一つお辞儀した。

佐倉に奉公していた頃、そこにたむろする男衆らが怖ろしくて滅多に入らなかった事務所は、机を三つ置いただだっぴろいだけのもので、怖ろしく思うようなものは何もなかった。フサは十五の時の自分が、何も知らずにおびえていたと思っておかしかった。

ミツは事務所からさらに佐倉の旦那の部屋の方のドアをあけ、「フサちゃん、見てみ」と言う。

壁に一枚、地図が貼ってあり、フサがのぞき込むと「若い男が描いたやつよ」と言い、赤い色で塗ったコ型の部分に眼をこらすと、「旦那さんも感心しとるの。とてつもない事考える者あるんじゃ言うて」と言い、赤く塗った部分は材木の集荷場所だと言った。そこから山と貯木場の方に向って何本も引いてある線は材木を運ぶ鉄道の線路だとミツは説明し、「フサちゃんとこ、ここなんやろ?」と赤い色の真ん中を指でさした。

ミツに言われてはじめて、その地図の上でフサの家も路地もことごとく赤い色で塗られた材木の集荷場所に含まれている事に気づき、フサは唖然とした。

ミツは佐倉がそのことをしきりに感心し、もう政治に手を染めるのもいやになった齢になって、やっと自分のやる事がわかったと喜んでいると言った。佐倉は、新宮の二度の地震は、その突然紙切れを持ってやってきた男が引き起こしたようなものだ、と言ったのだった。

フサはミツの言うその男が龍造によく似ていると思った。ミツの話を耳にしながら、自分が知らずにその地震さえ引き起こすような男になぶられ、子供を産ませられたと思った。どこからやってきたのか、路地のフサの家に居つき、羽振りよく金を使い博奕している龍造を、路地の者らはわけが分らないと言った。だが、その時、フサの眼には龍造は謎などない男として見えていたと思った。

龍造の体の大きさも、背中に彫った刺青も、フサの機嫌に合わせて物を言いフサの乳房を愛しいと顔を埋める男だからこそ、怖ろしいとも謎とも思わなかった。

フサは夕飯の仕度があると佐倉の家を出て、ふと思いついて貯木場への石段を下り、潮が満ちてきていまにも砂利浜がふくれそうなのを見て、その龍造も繁蔵も男はなにをしているのかわからないと思い、そのまま路地の家へもどるのが厭で石段に坐り込んだ。男の言う事がみんな嘘だったと、後でフサは一人、溜息をついた。腹の子を堕ろすのではなかった。

砂利浜に打ち寄せる波が白く泡立ち、見ている間に波は砂利浜を呑み込んでしまう気がするが、波はまだ表面をおおいつくすほど高くせり上がってはいない。波音がざわめくのを耳で追っていると息が苦しくなり、フサはいつか古座の川で泳ぐ兄の吉広の息の音を思い出し、その息のこちら側、波の打ち寄せる砂利浜のこちら側の新宮で、男に苦しめられていると思い、蓮っ葉な女のように石段の下に唾を吐いて立ち上がった。

繁蔵はフサが腹の子を堕ろしても以前と変りなくフサの家にやってきたが、正直、腹の子を堕ろしてそれ以上繁蔵とつきあう気はせず、「なあ、あんたが用もないのに来るだけで、子供らうちが家出してしまうと思うから来んといてよ」と、或る時家で言ったのだった。そのフサの言葉をきいて繁蔵がテレ笑いのように笑みを浮かべたのが気にくわなかった。フサは自分でもわからないまま体が昂《たかぶ》りでふるえ、子供らが見ているのを知りながら、「色男ぶるな」と土間に素足で駈け下り、流しの脇に積みあげていたタルキのような木屑をつかみ、繁蔵をぶった。

「なにするんじゃよ」

肩を打ちすえられながら繁蔵は言い、手首が痛くなって打つのを止めたフサの手から木屑を取りあげようとし、さらにフサの怒りに火をつけた。「竹原が何やと言うんよ。あんたがどこの若様や言うんよ。人の悪口ばっかし言いふらして」フサは繁蔵を打とうとしたが、木屑が重くそれ以上振りあげられず、繁蔵が走り出た外に抛った。荒い息を吐きながら、「このあいだまで岩にムシロ敷いて暮らしとった貧乏が、えらそうに人をあげつろて」と言い泣いた。

泣きながらフサはそうまでされた繁蔵が家の外の茶の木のそばに立っているのを見て、繁蔵がフサを女一人だと安く踏んでなぶる気もだます気もなかったと気づき、胸が詰まり、「こんといてよ」とどなった。

フサの癇癪が破裂した事が路地で噂になり、さらにそれに自分の悪い噂が加わり路地に広がっているのをフサは知っていた。或る時、フサがハツノに「うちなあ、龍造のおらん間に繁蔵とつきおうてるんではないんよ」と言うと、ハツノはうなずきはしたが、「フサさん、えらい事になるよ」と言い、繁蔵の姉のユキが「もうじき龍造出てくると言うのに繁蔵をどうしてくれるんな」と言ってまわっている、と言った。

フサも龍造の事が不安でないと言えば嘘になる。

繁蔵は以前と同じようにフサの家に顔を出し、夜遅くフサを外に出ないかと誘い、フサもたまに誘いに乗ったが、龍造がまもなく出て来るという噂は、まるでフサに繁蔵となんとしてでも無理にでも寄りそえと命じているように、秋幸が三歳の誕生を迎える頃になってから強まった。

繁蔵もそうだしフサもそうだったが、所帯を持ち、フサの抱えた子五人、繁蔵の子一人の六人と一緒に住むのは大仰すぎ、それならそれで、芳子が名古屋に奉公に出る時季を待って、なるたけ路地のフサの家のそばに、フサは秋幸を連れ、繁蔵は文昭を連れ、父一人子一人、母一人子一人の五分五分の状態で出なおそうと言った。

そう二人で取り決めると、繁蔵の、いままで男気のなさと見えていた事がやさしさに見え、フサは繁蔵の好むように上になり、昇りつめようとするフサを促すように髪を撫ぜる手を感じた。

「なあ、後になって昔の事言うの厭やよ。うちが他の二人の子供産んどると言うて、あんたまで人と一緒に苛めるんやったら、かなわんから。子供置いて家を出よという気持、つらいんやから」

フサがそう念を押すたびに繁蔵は「何にも言うはずない」と繰り返し、フサの白い肌に触り、汗に唇をつけ、フサを喜ばすように、子供を何人も産んだと思えないと耳元で言った。

フサは繁蔵と取り交わした約束を誰にも言わなかったが、三歳になったばかりの秋幸には、「今度、あのオイサンに会うたら、トウヤンと言うたんなあれよ」と言い、服を脱がせて行水させた。智恵のついた秋幸は「トウヤン言うんかん」と訊き、フサが「おうよ、これから養のてもらんやのに」と答えると、トウヤン、トウヤンと弾みをつけて湯を外に撒き散らしにかかる。

「そんなにいっぱい言うたらあかんよ」

フサは言い、ふと昼間、フサが行商に行っている間、子供たちが何を食ったのだろうと思い、「昼、何を食べたん?」と訊くと、秋幸はフサの顔をみつめて龍造とそっくりの眼で「言うたろか?」と訊く。「言うて」

とフサが縁側から秋幸をからかうように身をのり出すと、「タマゴ」という。

　意外な話に気づいて秋幸に訊きただすと、フサが行商に出た朝、美恵と君子に連れられて秋幸は駅裏の焼けた新地から少し行った先にあるゴミ捨て場をうろつき、真新しい卵を三個ひろったのだった。美恵は腐っているかもしれないと日に透かしてみて、二つは自分が持ち、ひとつは秋幸の夏服のポケットに入れた。秋幸は転んで卵を割り、美恵は秋幸を叱りながらフサに見つからないように夏服を洗い、着せ替えた。

　秋幸の話を聴き終えてフサは乞食のような事をすると腹立ち、美恵がもどってきたら打ちすえてやろうと待ちうけたが、美恵がもどってきて顔を見て急に悲しくなった。

　美恵は自分をみつめるフサの顔を見て、察したようにおびえた眼になった。

　美恵がたらいの中に入ったままの秋幸に「ひじのとこも首筋もこすった?」とおしゃまに母親のように言うのを見て、フサは繁蔵とつきあうようになってから、子供らが何をしているのか充分に分らなくなったのだと気づいた。フサは美恵が秋幸をたらいの上に立たせて石鹸をつけて洗うのを見て、美恵にも君子にも何も言う資格はないと黙った。

　茶の木の茂みの脇に幾つも今を盛りと鳳仙花の紅い花弁がつき、静かに麦畑を渡ってくる風に揺れていた。その花を眼にしたのが、古座の、いつも潮鳴りが耳に響く家だった事を憶えているのに、今は、幾つの時だったか、いつだったのか忘れたとつぶやいた。秋幸がもう少し小さければよい、美恵も君子も抱き上げるとすっぽり腕の中に収まるほどの小ささのままとどまっていればよい。

　暑い日が何日も続いた。フサは朝早くから起き出して外に出、路地の山を見る事に変りはなかったし、闇市に出かけてめぼしい品物を仕入れる事も変らなかったが、秋幸の三歳の誕生日を境にして、フサの眼にもはっきりと一日一日闇市に出廻る品数が少なくなり、代りに百姓らが、戦争の始まる前にそうだったように自分の畑でとれる南瓜や胡瓜を売っていた。闇市は普通の青空市のようになり、フサらが川を渡って神乃内へ行ったり、川沿いに川奥の方まで足をのばして仕入れなくとも、利ざやが少なくなることを覚悟すれば、闇市で間に合った。

それなら闇市で仕入れる方がよいと思い、フサは路地の女らにでも誘われなかったら買い出しに出かけなかったが、たまに出かけると井田でも阿田和《あたわ》でも、百姓家そのものが変っている。百姓家には男手が加えられたのがはっきりわかるほど田も畑も整備され、一様に米や野菜が町に住む人間には高く売りつける事が出来るのだと思っている。フサは見はらしのよい坂の木蔭に坐り、坂の下の松林の彼方に広がる海をみつめた。

それでも闇市で仕入れるよりはるかに安く米や野菜を仕入れ、池田の渡しを渡るのがもったいないと川にかかった鉄橋を歩いて、蟬のすだく城山のトンネルを抜け、荷の入った籠がくっきりと影になって映っているのを眼にしながら、フサは路地にもどった。

家に子供らの誰もいないのに気づき、またゴミ捨て場などうろつくような事をしているかもしれないと思って「美恵、君子」と呼ぶと、君子が井戸の向いの家から顔をのぞかせ、「母さん、美恵、弦叔父とこへ行たよ」と言う。「秋幸は?」と訊ねると、家の中から女が顔を出してフサを見て、物を言おうとして口をつぐみ、気がせくように下駄をつっかけて外に出て来、「フサさん、えらい事や」と言う。

井戸の脇に木片の浮いた水を張ったたらいが置かれてあった。

フサはその水に光がきらきら撥ねているのを見て、自分がちょっとのさやを欲しさに遠くまで買い出しに行ったすきに秋幸が怪我でもしたのだろうかと不安になり、「秋幸、みやなんだ?」と訊くと、女は「うちの家におるよ」と言う。

「あんた、あの男、刑務所から出て来た」

女は、驚いてついに来る時が来たと息が詰まったフサをみつめ、力が抜けてしまう気がして井戸に手をついて支えたフサに、龍造が駅をおりて畑の中を歩いて来て、井戸の脇にいた秋幸を見つける一部始終を見ていたと言った。

水の日

フサは後になって、その女が言う一部始終が、女一人が眼にしたのでは腑に落ちない、フサと繁蔵の噂をする何人もの人がそれとなく見た龍造の話をつなぎ合わせたのを短い時間のうちに女が聞き、フサに話したのだろうと思った。

龍造は夏の朝、地温が昇りはじめる頃、田辺の駅から汽車に乗ったのだった。行商する者らの潮が引いた頃なので、龍造は開け放した窓から入り込む風に眼を細めながら黙って坐っていた。龍造のすぐ窓外は崖っぷちが見事な景色になった枯木灘だったが、龍造は景色など興味がないというように一度も窓の外に眼をやらなかった。

田辺から新宮に汽車が着いた時、地温は真昼と変らなかった。

龍造は改札口を出ると、駅の水飲み場で水を飲んだ。そのまま他に何の用もないというように周囲を見まわしもせず、まるで刑務所に入っていたのではなく三年もの長い間戦争に行き、勝ち戦を収めてきたというように、大きなごつごつした体の肩をそびやかし、駅の踏切を麦畑の方に曲がった。

龍造は立ち止まり、それから大きな身を折り曲げるようにして茶の茂みに身をかくし、しばらくそのままのぞきみた。井戸の脇に水を張ったたらいを置き、木切れを舟にみたてて、舟に波がかぶるのが面白いと水をかきまわしている子を見ていた。龍造がやっと意を決したのか音を殺して立ち上がり、子の方へ歩き出して、路地の女は、ひょっとすると龍造はフサのいない隙に子供の秋幸を連れ去ってしまうかもしれないと不安になり、流しの引き戸の間から声をかけようと思った。

だが、龍造の顔は真顔で、刑務所暮らしでこけた頬が余計、龍造ともその子の秋幸とも縁のない女に口出しするなと言っているようで気後れし、女は黙って龍造をみつめた。

女は「えらい子やよオ」と秋幸には感心したと言った。「まだ三つやろ、うちの子ら三つの時、そんな事よう言わせんよ」と言い、足音を殺して背後に立ち、名を思い出そうとするようにしばらくみつめ、「アキユキ」と呼びかけた龍造をあおぎみた秋幸の利発さを言った。龍造は秋幸の前にしゃがみ、「これは水軍じゃの」と木屑を取り、秋幸の立てる水の波を何度もくぐり抜けてやっていた。

女は涙を流して二人の姿を見ていたが、龍造が「父やんと一緒に行くか?」と訊き、「父やん、やっともどってきて、秋幸に会えた」と言うのを耳にして、それが人の情の上では他人の割って入る余地などないと分っていたが、あわてて勝手口から出ようとして顔をあげた龍造と眼があった。龍造は女を見もしなかったふうにすぐ秋幸に眼を移し、「秋幸、父やんと行て、男同士で暮らそう」と言うと、秋幸は龍造に臆する事もなく、「養のてくれもせんのに、父やんと違うわ」と言った。「そうか」とつぶやいて龍造は立ち上がった。もと来た麦畑の道を引き返し、落胆をごまかすように麦の穂を引きちぎった。

女が言う龍造の姿は、当のフサがいつか龍造にむかって、秋幸にはおまえを親と呼ばせないと予言するように言ったのにつらかった。龍造に裏切られた、だまされたと思っての売り言葉で、秋幸にまでそう言わそうと思ってなどいなかった、と後悔した。

四人の齢の離れた兄や姉にまぎれて利発だという秋幸の不幸は、親の二人がつくる事になる。

もし龍造がフサのもとにあらわれて秋幸を欲しいと言うなら、やってもいい。フサはそう思った。フサは気まぐれでもなんでもなく、本心から龍造が自分のような女が賢げに振る舞っても、かないもしない男だったと思い知り、その男がフサの産んだ男の子にそんなに執着するのなら呉れてやってもよいと溜息をついた。

風の渡ってくる涼しい縁側に坐り、茶の木の茂みの辺りを歩きまわる鶏が美恵の作った花畑に入り込もうとするのを眼で追って、中に咲いている紅の花弁の鳳仙花や金盞花を踏み荒らしてしまうと気づいて立ち上がろうとすると、雌鶏がひょいと地面から肌を光らせぴくぴく撥ねるものをくわえ上げ、喉を鳴らして呑み込む。すぐには呑み込んだのがトカゲだったのがわからず、しばらく考えてから気づきフサは花畑から鶏を追った。

龍造はその日はやってこなかった。

フサが龍造と三年ぶりに顔を合わせたのは次の日だっ

た。少なめに闇市で仕入れたものを売り切り、後は籠の中に残っているのは神乃内や阿田和《あたわ》で買い出してきた里芋だけだったので、それを苦労して売っても幾らにもならないと普段考えない事を思いつき、通りを避けて裏道の堤沿いを家にむかって帰っている時だった。

丹鶴小学校の裏の堤には、古座の川岸に植えている芙蓉とよく似た白い花が幾つも咲いた夾竹桃の木があった。その白い花の咲き落ちた木蔭を通り抜けようとして「フサ」と声をかけられた。龍造は雑草の密生した堤をまたぎ越えるように急いで上がってきてフサの前に立った。

「いま刑務所からもどってきたんじゃ」

龍造はそう言って口に噛んでいたススキの青葉を吐きすて、木蔭にいるため青みがかった昏い眼でフサを見て、「元気じゃったかい?」とつぶやく。

フサは息が出来なかった。濃い光を受けた川の水も川原の白い砂利もそこからみえる城山の繁った木も、何もかもが光を撥ねる夏の堤の木蔭に立ち、龍造はフサをみつめた。フサも龍造を見た。刑務所暮らしのせいでこけた頬の髯はきれいにそってある。フサは龍造にすでに女の影がついていると気づき、ふと、龍造もフサの姿に自分以外の男の影がついているのを見つけるだろうと眼をそらし、

「三年も経つとなにもかも変るわ」

「地震でやられたと言うさか心配しとったんじゃ」

フサが歩き出そうとするとうしろからフサの背負った籠を持ち上げ、「持ったろかい?」と言う。龍造が手を掛けたため軽くなった籠が、龍造のやさしさのような気がした。たとえ龍造がフサの顔から男の影を読み取ろうと指弾されるいわれはないと思ったが、龍造を苦しめる事をしていると、うしろめたさは残った。龍造が荷の入った籠をフサの背からはずそうとするのに逆らう気はなかった。

そのまま堤を歩いて水手と呼ばれるところまで歩き、そこから下へ石段を降りようとすると、横に並んでいた龍造が立ち止まり、「もういっぺん一緒になってくれと言うてもあかんかい?」と言う。

フサが答えずに石段を降りると、龍造はフサの手に籠を差し出して渡し、「無理じゃろがの」とつぶやき、「あれに何と言われるかわからん」と言う。龍造は水手からその堤を引き返した。

フサは石段に立ったまま土堤を歩いて行く龍造の後ろ

姿をみつめた。日のきらめく川口の方から吹き上がっていく風が、いま龍造が身をかがめるようにして通り過ぎようとする芙蓉の大きな木を揺すった。急に白く花のように葉が光りはじめるのを見て、フサはその大きな男に悪態をつくようにフンと鼻を鳴らし、籠を背に負い直して石段を降りた。

家に帰りついてフサは荷の入った籠を下ろし、子供らが茶の木の茂みのそばで遊んでいる声を耳にしながら、ひとまず仕事帰りの汗をぬぐおうと思いつき、ひんやりとする土間に井戸水の入った桶を置き、洗いたての日のにおいのする手拭を浸けた。ほどよく冷たい井戸水は手をつけただけでここちよさが伝わり、ちりちり焼きつく外を行商して廻って来たと思いながら、自分の中からまるで山仕事からもどった男衆のように猛った気持がわきあがってくるのにとまどい、フサは首筋をぬぐい、乳房の谷間ににじんだ汗をぬぐう。

秋幸が子供らと一緒にまた鶏を追いかけ、鶏小屋の脇に置いていた竹の餌入れをひっくり返し、君子が癇癪をおこしたように、「あんたら、兄やんに叱られるよ」と子供らにどなっている。

夕方になれば、もうフサの手から離れてしまった郁男や芳子がもどって来、路地のフサの家は五人のフサの産んだ子とフサで、他人の入る余地のないほどになる。郁男も芳子も大きかったので、以前のように飯を食べながら叱るという事などない。

繁蔵がフサの家に顔を出していつもフサを呼び出す時そう言うように、「フサさん、ちょっと話あるんじゃが」と言った時、芳子と美恵が顔を見合わせるのを見て、フサは山仕事をしてきた男のような猛った気持を思い出した。繁蔵と逢引きしようとも、子供らに後ろ指さされるいわれはないと思い、「なんなの?」と二人の娘にフサは言った。芳子も美恵も黙った。

美恵にすぐ大きな子と同じようにいつまでも起きていたがる秋幸を早く寝かしつけるように言いつけ、そうやって繁蔵の後を従いて家を出て、フサは自分が龍造と繁蔵の二人の板ばさみになっているのに気づき、外へ出る時にきまってはく赤い鼻緒の下駄さえ重いと思った。

路地の道を繁蔵の後を従いて歩きながら、路地にこもった夏の闇にまぎれて自分を誰かが見ていると思ったが、フサは龍造とは秋幸が生れる前に訣れたのだと心の中で言い、繁蔵と逢引きする自分にひとつもやましいところはないと独りごちた。

　路地の山をぐるっと廻り込むように歩き、田圃の中を歩いて山のそばの火の落ちた家を繁蔵は開けて、フサに中に入れとすすめる。中に入って土間にたたずんだままのフサのうしろを通って繁蔵は家に上がり、電燈をつけずに代りに奥の窓をあける。窓の外は草の茂った山と空ばかりだった。月明かりの空から薄い明かりが入り込み、所帯道具の何一つ置いていないのを見て、フサはそこが繁蔵が新たに手に入れた家だという事がわかった。

　フサは窓を開けたまま繁蔵に服を脱がされ、繁蔵の服を脱がせてやり、昼間の暑さがよみがえったように体が熱をもってくるのを知りながら、自分から進んで繁蔵の舌を吸い、土方仕事で日焼けしてむけかかった肌に唇をつけた。繁蔵がフサに火をつけられたように、フサの手に入ってしまうほどの小さなふっくらした足の裏に唇をつけ、白い柔かいふくらはぎを自分の首にまきつけ、顔を押しつけてくる。それは確かに繁蔵で、龍造はそんな事をしなかったとフサは思い、「いや」と強い声を出して繁蔵の顔をはたいた。

「上になってよ」

　フサは月明かりに自分の裸がよく見えるように体をよこたえた。

　龍造を思い出していたわけではなかった、とフサは汗をかいて荒い息をはいている繁蔵の胸に顔をつけ、理由を明かさず体の奥に広がる波に促されるように涙を流した。

　繁蔵は涙を流しているフサの背を撫ぜ、髪をやさしくかきあげ、「もう上の子らも大っきいさか、心配いらん」という。フサが子供らの一等下の秋幸だけを連れて所帯を持つことを悲しんでいると思ったのか、繁蔵はフサから体を離して、

「この家じゃったら、四人で暮らす広さに丁度ええ」

　その家を出て、フサは夜の道を繁蔵の先に立って歩いた。自分の足音が汗をかいてほてった肌に当る草の匂いのする冷えた風のもののように思いながら、フサははるかあとを口笛を吹いてついてくる繁蔵に、刑務所から出てきた龍造のことは自分の方から切り出すまいと心に決めた。繁蔵は嫌いではなかった。だが口笛など吹いている。

　路地の家にフサが入り、しばらくしてから繁蔵は戸口に立った。「初之地《ういのぢ》のあたりで掘り方をしとるから」

と声をひそめて言い、誰か夜の闇の中で見ているものがいるように、そのまま麦畑の方へ歩いて行く。フサは龍造が現れたいま、たよりがいのない繁蔵に頼ってしまう自分がふびんに思え、心の中で、初之地のあたりなど通らせんよ、と言った。

繁蔵の姉のユキは、フサの事をあることないこと取り混ぜて言ってまわっていた。チエもハツノも、ユキがなにかにかこつけて家に立ち寄り、フサにだまされたと言うのを聞いたと話した。繁蔵が自分の子の文昭をほおりっぱなしにしておいてフサの子の秋幸を連れてまるで親子づれのようにして街を歩いている。フサが繁蔵にヒルのようについてはなれない。

昼までの分を売り尽くして行商からもどって、ちょうど家に、郁男や芳子もそろっていたのでみずいらずで昼にしようと、芳子や美恵に湯をわかさせ、あまりものの芋や里芋のくずをふかさせて、フサが流しで食器を洗っていた。なんの気なしにのぞいた引き戸の窓から、ユキが女郎屋にいた時に買ったのだろう派手な白い日傘をさして、上半身裸になった路地のサンドウと呼ばれる男と立ち話をしている。井戸のそばのフサの家を振り返って、サンドウに話しかけるユキを見て、フサはすぐにユキが自分の家へ暑い日中をやってこようとしているのだとわかり、引き戸の窓から身をかがめるようにしてはなれた。

ちょうど昼を知らせる製材工場のサイレンが麦畑の向うの駅の方から聴えて来た。

芋をむしているかまどで樹脂が木屑についているらしくはぜた。土間に立っていた君子が驚いて身をひくのに気づいて振り返り、フサは君子のスカートからはみ出た足がやせて細いのを見て、子供の頃を思い出し、胸がしめつけられた。「フサさん、おるんかい?」とユキがフサの家の戸口に立ったのはそのすぐあとだった。まだ四十を幾つも越えていないのに老婆のような言い方だった。

ユキはフサが声をかけないうちに、かまちに腰かけ、子供らがふかし終った芋をザルに取ってそれぞれ思い思いに食べ始めるのを見ながら繁蔵とつきあうなと一言ですむことをまわりくどく自分らの父親の話から始めた。親の代で海岸ぞいにある田辺のそばの朝来《あっそ》から中辺路を通って本宮におり、本宮から川を下って新宮におりてきたという。

「朝来のどこ?」

と同じように囲炉裏にかまちに腰かけたフサが話をそらそうとしてたずねると、ユキは声をひそめ吐息つくように、「朝来の谷やけどな、平家やというな」と言ってフサから目をそらす。

ユキの視線を追うようにしてフサは秋幸が芋の皮を郁男にむいてもらうのを見て、いまさらながら二人が全く顔つきが違うことに気づいた。

郁男は皮を丁寧にむいた芋を秋幸に手渡し、縁側から入ってくる風に顔をあげ、ユキが自分をみつめているることに気づいたように、笑みを浮かべた。大人のように長くした髪は勝一郎に似て眼が涼しげな郁男に似合った。

ユキはその郁男の笑みがうっとうしいというように眼をそらしながら、それまで何度か話し込んだ仲だというように、「フサさん、それで龍造と会うたかよ?」と訊いた。フサは繁蔵の姉のユキがいう言葉の棘を感じたが、郁男と芳子がユキの言葉に促されたように顔をあげ、フサを見るのに気づいて、「会うたよ」と低い声で答えた。かまどの煙が土間に広がっていた。

ユキは額の汗を拭いながら、フサが自分のことを何から何まで知っているように脈絡なしに言い出した。

「駅裏の新地のモンの家の向うにわしの家があったの知っとるやろかん? 火事で燃えたさか、バラックでも建ててもらおうと思うたら、佐倉が綱張って土地貸さんと言うんやよ」

ユキは女郎にやられていた九州から新宮にやって来て住んでいた家が、地震のあとに起こったうさん臭い火事で焼け、それで土地の持ち主が路地と同じ佐倉だったので、バラックを建てさせてくれと言いに行くと、はねつけられた、と涙を流した。

子供らがそのユキを見てくすくす笑っているのを知り、フサは眼で合図を送り、

「ご飯食べ終ったら、秋幸連れて外で遊んでおいでよ」と言った。

「ご飯いうて、芋やのに」

縁側に下りながら芳子は小声でつぶやいてフサの顔を見た。

ユキは心外だと言った。

浜そばの佐倉までユキは歩いて行って、出て来た女中に向って佐倉と直談判に来たと言うと、女中は、佐倉は東京に出かけていないと言い張る。女中と押し問答している最中に、ユキは佐倉の家の事務所から龍造が

出て来て、裏の方に廻り、貯木場の降り口に立って向う側の製材所で働いている人夫と大声で話しはじめたのを見た。龍造が大声で話すと、向うから大声が返ってくる。ユキは龍造に頼んでもらおうと思ったが、日を受けて仁王立ちになった龍造の後ろ姿が人を突き放すようで気後れして声をかけられなかった。

ユキはフサに、龍造とつきあっているのか、と訊ねた。もしつきあっているのなら、龍造に頼んで佐倉に新地の土地を借りてもらえないだろうか？　とユキは言い、フサが手のこんだいやがらせを言うとあきれ返ったように顔を見ると、

「わしら男に頼むの下手やけど、フサさん、話すの上手やさか。自分の子みたいにして育てとる繁蔵の子も、わしの言う事をきいてくれんのや」

フサはユキの顔を見て、いじいじとした物の言い方をすると唾を吐きかけてやりたいと思いながら、フサはユキに答えもせず、かまちから立ち上がり、土間に落ちた木屑を拾い、「つい掃除したのに汚してしまう」と独りごちて、木屑の束の上に置いた。「女所帯やさか、ちょっと汚れても目立つんよ」

ユキは話をはぐらかされて急に不満が出たような眼をしてフサをみつめ、ちょうど外から家の中に秋幸が素足で入ってくるのを見とがめたフサが「秋幸」と声を出してつかまえたとき、立ち上がり、憤然と日傘をわしづかみにして外へ出て行く。

路地を三叉路の方に向って歩いて行くユキの後ろ姿が見えなくなってから、フサは井戸で秋幸の足を洗った。自分と繁蔵の間が水のように不安だと思い、心もとなかった。

繁蔵を思うと胸苦しかった。繁蔵とは先々それぞれ子供を一人ずつ連れて所帯を持つという約束をしていたが、それをうすうす感づいた繁蔵の一統も快く思っていない。

フサにしてもそうだった。フサから言えば、女所帯の中にかつて龍造がそうしてやってきたように、繁蔵が子供の文昭を連れて入るのが一等フサには苦労が少ないが、繁蔵の一統が黙っていないだろうし、それに繁蔵にそれをはね返すだけの意気地がない。たとえ意気地があったとしても、龍造のようにうまく子供らを手なずけられそうもなかった。

靴をはかすと秋幸は井戸の脇から子供の声のする山の方へ駈け出し、フサは急に耳をつく山の梢のこすれ合

う音に気づき、小さい秋幸が何もかも苦の種を持って来たように思い、呆けたように立った。死んだ泰造とはことごとく違うとフサは溜息をついた。秋幸と泰造の違いは、今のフサと、勝一郎と一緒だった時のフサの違いだった。それと気づかないうちに違ってしまった、とフサは思った。

九月に入って秋風の立つ頃から暮れにかけて、誰もが驚くほど新宮の方々で火事があり、その度に、利ざやの多い仕事なら何でも手を出した佐倉が手下を使ってやったのだと噂が広まった。佐倉に龍造が出入りし、火つけをやってまわっているとも噂は言った。

日暮れてすぐに、日和山にそなえつけられた火の見台からサイレンが鳴り、それに唱和して火事場近くの製材所でも人を呼ぶように鳴らされるのを耳にしながら、雨戸を閉ざした家の中にいると、路地の麦畑の方で火事をのぞき見する者の声が幾つもする。

つけ火だと誰かが言う。火事ではなく、雨戸を通して聞える何人ものくぐもった声が火を吹くようにきなくさく、今にも雨戸を破って入り込んできそうで怖かった。

その時の火事は、ことのほか大きかった。中之地頭《なかのぢとう》、初之地から浮島にかけて、丁度、路地の山の反対側あたり、地震で焼け残っていた部分が、四方から上がったという火の手で焼けた。火事を見に行った郁男は、路地の山に女郎らが何人も逃げて来ていたとも言った。

火事の翌日はきまって青空になる。それがフサには不思議だった。

朝のうちに仕入れた芋や蜜柑を売りきってしまおうと、さらさらした澄んだ日の中を得意先に向っていると、その幾つも起こった火事が噂のように龍造とおぼしい体の大きな男がつけ火したとは決して思わないのに、フサはその体の大きな男が手品をやるように火を放ってフサの歓心を買い、呼吸をつめて自分にまといついているような気がした。

今、龍造がどこにいて何をやっているのか知らなかったが、すぐそばにいて自分をじっとみつめている気がしたのだった。

だが、龍造を許せないと思った。

秋幸を見ていると、そのフサの気持は一層強まった。秋幸は龍造にあまりに似すぎていた。

籠を背負って駅前通りから折れて路地への道を歩いて行くと、麦畑の方で仲間と遊んでいた秋幸がフサをみつけて駈けてくる。手に持ったものが表面にきらきらする金属の浮き出た鉱石だった事に気づき、「どうしたん?」と訊ねると秋幸は顔をあげ、振り返る。秋幸の視線に重ねるように見ると、麦畑の脇に住む朝鮮人の子らが三人所在なく立って、路地のおおかたの母親がそう言うように遊ぶなと言うと思ったのか、フサをみつめている。

「あまり遠いとこへ行たらあかんよ」

「行かせんよ」秋幸はうなずき、朝鮮人の子らが家の方へ引き返しかかるのを呼びとめようとするように「ネー、ネー」と声を出し、石をポケットに入れて駈け出した。秋幸の姿を見て、フサは、秋幸が路地の子供よりも終戦の後に路地にやって来て家を建てて住む朝鮮人の子らとまぎれて遊んでいる事が多いのに気づいた。路地の子らは麦畑の方ではなく山の方、三叉路の方で遊んでいる。

秋幸は子供なりに、路地で自分がどう思われているのか感じ取っているようだった。朝鮮人の子で猛という名の子と一緒に、路地の山に古くからある石塔を丁寧に一つ一つひっくり返したときも、秋幸は、みとがめた路地の大人から、「まだネネのうちから、そんな事するんかよ」と言われ、「親がどこの馬の骨かわからん者じゃったら、子もこんなバチあたりの事するんじゃね」と手をぶたれたと君子が言った。その時フサは腹が立った。

そんな事があったのかと美恵に訊ねると、知らないと言い張り、秋幸は秋幸で、忘れたととぼけた。

秋幸も美恵も、フサが何に対して腹立てているのか知っていた。信心深い人間の多い路地で、山につくった石塔をひっくり返した事は確かに悪い事だが、秋幸は龍造とは生れおちてから関わりはない。フサはそう思って、極貧で育った事が一目でわかる大きなごつごつした骨の浮き出た体の龍造の昏い眼を思い出し、怒りがおさまりつかず体が震え出した。

家の外は黄金と朱で織りあげたように妙になつかしい気のする夕焼けの空でおおわれ、フサの隣の家の女が井戸に菜を運び出して水をたらいにあふれさせて洗っていた。後になってみると、何故そんな気にとりつかれたのかフサは自分で分らなかったが、フサは物も言わず秋幸に服を着せズボンをはき替えさせ、「行こう」と男のような声を出して外に連れ出した。

フサは黙り込んだまま歩きながら、何度も龍造の顔を思い出した。六月の腹で田辺の刑務所まで行って、だました、別れると言った時、龍造は怒っているフサを見て笑みすら浮かべていたと思い、徐々に歩を進める度に暗くなる空に煽られるように、徐福の墓の脇を抜け、家が建てこんだ蓬莱町を通り川口の方へ歩いた。殺してやる、とフサは思った。

フサがしっかり握った秋幸の手が汗ばんでいるのを知り、それが、龍造に腹立つ自分の気持をわかる秋幸の合意のように思え、フサは心の中で龍造にむかって、秋幸を浜の波につけて殺してやる、とつぶやいた。奉公していた佐倉のすぐそばの浜に行こうと思うのに、一本、暗い道を歩こうと脇にそれて、丁度佐倉の勝手口からみえる貯木場の製材所に出た。そこから浜へ廻りこむには、今まで歩いた分くらいの距離があると気づいて、急に嘘のように悲しくなり、秋幸を抱きかかえてフサは泣いた。

駅前に店を出した豆徳で子供らのために落花生を買い、丸大でパンを買って路地の家にもどると、弦が来ている。

弦は悪い方の手をかばうように左足を立ててもたせ、右手で頁をめくりながら美恵と君子に本を読んでやっていた。

フサを見ると、弦は「ほら、もう母さんもどってきた」と本から顔を離し、君子の頭を撫ぜた。フサがけげんな顔つきをしているので、弁解するように「ちょっと顔出したら、どこそへ行てしもたんじゃと言うて泣いとるんじゃ」と言う。

「そこまで買い物に行てたんやよ」

フサは言って秋幸に落花生の入った袋を渡した。「兄やんと芳子にちょっと取っといたれ」と、すぐ泣き顔に変りそうな笑みを浮かべた美恵を見て言い、まるで弦が秋幸を叱った人間だというように、「西村秋幸いうて名前ついとるのに、わざわざ龍造の事を持ち出して」と言った。

流しに下りてフサは、かまのふたを取り水がめから水を入れた。

「西村という名前じゃのに」弦は合槌をうつように言って一人でうなずいた。

弦が秋幸の分の落花生の殻を器用にむいているのをみて、フサは引戸の窓から外を見た。冬は日が落ちるのが早く、寒いので路地はすっかり寝入ったように暗い。あと一ぱい水を汲み足そうとして、ひしゃくで水をすくうと、凍ったような音が水がめの中に響く。

弦が帰ってから郁男がもどり、しばらくして芳子が奉公先の内儀からもらったと厚い生地のオーバーを抱えてもどった。フサの顔色をうかがうように芳子は「母さん、これ、名古屋へ行く時に着ていこと思うん」「春になったらそんなの着やんど」

郁男はフサが言うような事を言った。どこで手に入れたのか白いセーターを着て畳に寝ころび、美恵の読んでいた本をめくっているその郁男をにらみつけて「冬の時、奉公に行たらええわ」と芳子は言い、あわててフサに「正月したら、兄やんに木ノ本までついていてもろて、矢ノ川《やと》峠でバスに乗って名古屋まで行くわ」

フサはその口ぶりから、芳子が郁男と二人であれこれ相談したのだろうと察した。フサは吉広を思い出した。

三人の女の子に言いつけて蒲団をしかせ、ほどなくフサの隣に寝かせた秋幸が眠りこむのを見て、しばらくフサは家の外に広がる音に耳をすまし、吉広が優しかったと思った。

吉広の事を思うと家が急に水に浮いてでもいるようにみえる。戦争があり、二度の地震に見舞われたが、建てつけがしっかりしているせいで、風に身を傾《かし》ぐ草のようで倒れる事も軋《きし》むところもなかった。

次の日だった。明け方、夢の中で古座から使いが来て母が死んだと言うのに驚いて目覚め、どうしてそんな夢をみたのか自分でわけもわからず、ただ泣いていた。

閉ざした雨戸の向う側はまだ光のかけらもない冬の夜で、吹き渡ってくる風にざわめく山の音と浜の潮鳴りが聞えるだけだった。

涙が止まり、空が明けはじめたらしくて、家の前を朝早くから山仕事に出かける男らが歩いて通りすぎる足音を耳にし、それが息苦しく、フサはまだ行商に出かける時間でもないのに一人起きだして、外の井戸に洗面具を持ち出し、井戸水で口を漱《すす》ぎ顔を洗い、首筋のあたりに涙の跡がついていると水で濡らした手拭でぬぐい、顔をあげると、まるで井戸に長い事閉じこめられていたように龍造がフサをみつめて立っている。

フサは一瞬、声をあげようとして声が出なかった。濡れた手拭で首筋をぬぐったのは、繁蔵がそこに唇をつけたからだったように思い、羞かしさで顔が赧らんだ。

龍造が背にした山の雑木が白みはじめた空に浮き上

がり、風に揺れ、音をたてているのをフサは龍造の息の音のように耳にし、「元気じゃったかい？」という龍造の声にただうなずいた。

龍造は井戸の脇の溝に歯と歯の間から唾を音させて飛ばし、大きな手が所在ないのか乗馬ズボンのポケットにつっ込んだ。

「どう考えてみても、おまえがヨリをもどしてくれたら一番ええんじゃが」

フサが「なに言うとるの」と手拭と洗面具を持って井戸を離れようとすると、龍造は背後から「なにもかもかまんのじゃ」と声をかける。

「なにが？」フサは訊いた。フサは、昨夜、おまえの子を殺してやると思っていたと言いたかった。だが、言おうとした言葉がみんな嘘のように思え、いまにも大きな体に頬すりよせていきそうで不安のまま龍造をみつめた。

「なんでもかまんのじゃよ」と龍造はまた唾を吐き、フサが見ているのにかまいつけないように井戸の外に出て、足音をこもらせて茶の茂みの方に歩く。枝の先に破れた小さな奴凧がひっかかっているのを、丁寧に枝を払って取り、それが秋幸のものだとすぐ分ったのか、調べてみて「紙が破けとるだけじゃ」とつぶやき、フサに渡した。

龍造が言いたい事はフサにはわかっていた。確かに龍造は繁蔵の事を今も口に出さないし、これからも口に出さない。フサが黙って家にむかえ入れるなら、龍造は以前と同じようにこだわりなく秋幸の親として振る舞いはする。フサは気づいていた。だが、すべては起こってしまっている事に、フサは龍造がフサを許したとしても、フサの方が龍造を許せないと思った。肌がさみしいというならフサが抱く男もいる、とフサは龍造の獅子鼻の顔の昏い眼をみつめながら思った。

家の中から子供の声がした。フサは龍造に断りもせぬまま中に入り、戸を閉めてかんぬきをかけ、丁度起き出していた美恵に、「今朝は夢見悪いさか、行商休むさかね」と言った。

「どしたん？」

美恵は訊き、フサが思いつめた顔をしているとでも思ったのか、「君子、もう起きなんだら、みんなに置いていかれるよ」と蒲団を頭から被りこんだ君子を揺り起こした。美恵と君子は路地の子らと一緒に朝はやく製材所がはじまらないうちに、木屑を拾いに行っているのだった。

「人が貯木場の方へ行こと言うても行たらあかんよ」フサは言い、それから急に思い出して、「木屑買うより拾てきてくれるほうが始末にはなるけど佐倉の製材所らへ入ったらあかんよ」とつけ加えた。

芳子が奉公に出かけ、郁男が浜そばにある田中という馬喰の家で軍鶏《しやも》をただでくれるのだと機嫌よく外へ出て、家に秋幸と二人残ってフサは、所在なく、あれこれ考えた。

芳子が正月を越せば名古屋の紡績に奉公に出る事も、戦争が終り、震災が起こった年から何年も経って次々町が新しく様変りしたのに、美恵や君子がめったに学校へ行かずに、行商に出たフサの代りに秋幸のめんどうをみ、家事をしている事も、すでに起こった事だった。いまさら手のほどこしようもなかった。

君子が学校に履いていく靴を自分で鉄屑を拾い集めて売った金で買った。新制の小学校で、藁草履など履いているものはいないからだった。いつか行商からもどって、母が昔そうやってくれたように鼻緒に赤や桃色の端布を巻きこんで可愛く作ったのに、君子はそれを履いて学校に行き、笑われたと次の日から休んだ。

君子の藁草履だけではなかった。この一年の間になにもかも変ってしまい、以前のように行商しても、よほど珍しいものがないと得意客でも気前よく買ってくれなくなっているのだった。駅前から徐福の墓にかけてあった闇市がいつのまにか一人消え二人消えして、徐福の墓に戦前から香具師《やし》をしていた男衆らが集まり、ガラクタばかりのような品を売るだけになっていた。近隣の百姓らが取れたものを自分の手で安く売る青空市場で、フサは芋や南瓜、蜜柑を仕入れていたが、それにしても利ざやはあきれるほど少なかった。

青空市場で同じように行商する女らに顔を合わすと、その度に「あかんわア」とぼやき合うのが挨拶のようになってしまっていた。以前なら神乃内のどこ、阿田和のどこどこで、米や芋をもっている百姓がいて着物と替えてくれる、と教えあったのだった。

暮れもおしせまった。

くよくよ考えてもはじまらないと気を取り直して掃除をしかけると、子供らが木屑を背負って家にもどってくる。美恵と君子は木屑を土間の脇に置くと、子供らと遊ぶ約束をしていたのか、いそいで外に走り出た。しばらくして息せききってもどってきた美恵が、路地の三叉路から通りに抜ける角の広場で、これから餅まきが始まると言った。

「おかしい人、ようさん集まって歌うととるの」美恵は言い、フサに拾ってきてやるからザルを出せとせっついていると、井戸の向い側の女が戸口に立って、「なんか始まるらしいと思たんやど、餅まきをするんやったん」と言う。

「歌うととる。子供らもジイさんらも白い服着て、神さんの歌うととる」

「そうやろ」と女は得心したようにうなずき「布教とか布施するために、また昔みたいに演説に来たんやろと思たんや。餅まきせなんだら集まらんもんねえ」とわらう。

その日がキリスト教では特別な日だったらしく、路地の山が長くのびて、丁度、昔、新宮の旦那衆が肺病の娘に城のような家を建てて一人住まわせていた跡にキリスト教の教会が建ったのは、この間だった。その教会が何度か路地の角の広場で人を集めて説教していた。

井戸の向いの女と一緒に広場に行くと、路地の女らは子供に立ち混って、何人もザルや袋を持って並び、白いコートのようなものをはおり、帽子をかぶった男女の聖歌隊を取り囲んでいた。広場の大きな石に腰かけた酒を飲んで赭ら顔の男が、眼のくりくりしたゴム草履の子を「シンゴ」と呼びよせ、「いつまでもわけのわからん歌うとたらんと、はよ餅まきをせと言うて来い」と言う。シンゴと呼ばれた子はおろおろしている。シンゴは眼病にかかってかゆいのでしきりにこすってノブという同じ頭寸の子を呼びよせ、耳うちした。その子は「歌うたうな。はよ餅まけ」とどなる。

歌が終らないうちに背の低い青白い顔に白い髯をはやした年寄りが聖歌隊の前によろばうように出てきて、はっきり聴きとれぬ声で話しだした。歌がやみ、静まって年寄りの声がはっきりと耳に届くようになって、赭ら顔の男が「わかったわい、佐倉、くだくだ言わんでも、われら喰い物にしとるんじゃのに」と叫んだ。

どよめく声を気にせずしゃべりつづけている年寄りを見て、フサは隣に立った女に「あれが、佐倉?」と訊いた。女がうなずき、フサに小声で「偉い人なんやと言うて、うちの父さんらあの人来たら自分で歩かさんと負うてまわったというんやさか」と耳元で言い、「どもない奴なんよ」と舌を鳴らす。

餅まきはすぐはじまった。その年寄りは、聖歌隊のうしろに積み上げたモロブタの中から、塩をつかむようにひとつかみ餅をつかんで、バラバラとまいてから、前の方にしゃがんでいた屈強の男らに合図した。屈強の男らはあきれるほど餅をまいた。路地の角の広場なので、他所から聞きつけて何十人も入っていたが、それぞれ幾つとなく拾った。佐倉はまるで「どもない奴」と舌を鳴らされる自分の悪い噂を、大量の餅をばらまく事で霧散しようとしているようにフサにも見えた。

餅まきが終り、神父が説教をはじめたので、子供らにまぎれた秋幸を呼んだ。「すぐ、来るわ」と秋幸をそのままにしてフサは女に誘われるまま家にもどりかかり、まるで娘にもどったように行き交う路地の女らと、幾つ拾ったの、餅が首筋にとび込んで来たのと話していると、ふと「龍造に会うた?」と女が訊ねる。「会わせんよ」と真顔になって立ち止まり首をふるフサを見て、女は急に声を低め、悪い事を言ってしまったというように、「ちょっと顔を出しただけやけど、すぐ行てしもたわ」と言い、すぐ話をそらした。

家へもどると、すでに先に帰りついていた美恵と君子が拾った餅の土埃を払って畳の上に並べていた。

「母さん、幾つひろた?」

「十二」とフサが答えると、美恵はどこでもらったのか緑色の布袋を持ち上げて、「こんなにどっさり拾たよ」と笑みを浮かべる。君子が「嘘や。龍さんにもろたんや」と美恵の体をはたいた。一瞬に美恵の顔から笑みが消えた。そういえば、緑色の布袋は男衆らが山仕事に出かける時に腰に携えていく弁当入れの袋だと気づき、フサは二人が広場に姿を見せた龍造から餅を入れてもらったのだろうと知った。龍造は佐倉に出入りしているのだった。

二人が広場で歌っている讃美歌を覚えていると言って歌い出してから、フサはまだ家にもどってこない秋幸が心配になり、ひょっとすると龍造につれて行かれたのかもしれないと、外に出て、取りあえず路地の広場の方へ歩いた。三叉路を右に曲がった角に大きな杉の丸太を何本も置いてある空地があり、そこを抜けると広場には近道だと気づき、そこを抜けようとして、ふと三叉路の方をふり返ると、路地の山に登る石段に龍造が立っているのが見えた。フサは家の蔭に身をかくして龍造を見た。龍造はしばらく手に持った黒い小さな鉄砲をなぶり、何度も空撃ちをやり、やっとバン、バンと弾の火薬が鳴りはじめてから、龍造の大きな体の蔭になって姿の見えない秋幸に鉄砲を渡す。

何度も軽やかな玩具の鉄砲の音が立った。フサは家の蔭に身をひそめたまま、秋幸が鉄砲を撃ち鳴らしている姿を想像した。フサは胸がしめつけられ、涙を流すように溜息をついた。日蔭になったそこに立っていると、胸の内側まで冬の冷えた風が入り込んできそうで、秋幸が鉄砲を鳴らしながら家の方へ走り出すのを目で追ってから、また聖歌隊が歌をうたっている広場の横から通りに抜けた。

フサが、鉄が急速に値上がりしている、戦争がまた始まったらしいと噂を耳にしたのは、年も越えてしばらく経って、古座から幸一郎が熊野川の奥に用があると新宮に立ち寄っての事だった。幸一郎は白髪の目立ちはじめた髪を坊主頭にしたと言って「母さんが、田ノ井のジイサに似て来たと言うんじゃ」とわざわざハンチングをとってみせ、フサがまだ十五の娘だというようにおどけてみせた。

確かに幸一郎は、古座の母が語った話の中の、田ノ井から山を幾つも越えて畑でとれた南瓜や豆を肩ににになって運んできた祖父のようだった。フサが物心つく頃には祖父は死んでいたが、母や兄らの話でまるで自分が直接見たように想い描けた。

幸一郎は二羽のまるまると肥った鶏の両脚をひもでくくりつけ、肩にぶらさげてあらわれ、

「オジ、鶏やったら、俺もようけ飼うとる」

と郁男が言うのを聞いて、幸一郎はフサに片目をつぶってみせた。

「戦争しとるが、俺らがもう行く事はないわよ」

幸一郎はそう言って、郁男に手伝わせて湯をわかし、古座から運んできたまだ元気よく羽をばたつかせてもがいている鶏の首を斬り、血を出し、鶏を使って、戦争中に支那で仕込んだ粥をつくると、熱湯につけて毛をむしりはじめる。「オジ、年とっとるのに外地に行たさか、外地で飯ばっかし炊かされたんじゃ。鉱山へ行かせてくれたり、馬喰させてくれたら誰にも負けんが、飯ばっかし炊いたんじゃから」

秋幸が朝鮮人の子と散らばった鶏の毛を何本も集めていた。麦畑の方から朝鮮人の女が姿を見せ、フサに笑みを浮かべて、「イング、イング」と子供の名を呼ぶ。子供は振り返り、フサにはわからない言葉で一言二言返し、秋幸に早口で話して、まだ芽が出たばかりの麦

畑の方へ駈け出す。

戦争はその子供らの故郷で起こっていた。

日が冬のものと思えないほど濃く強くあたっていた。縁側に子供らと腰かけて汗さえかいている幸一郎の鶏をあつかう手さばきを見ていると、行商を毎日して女手一つで子供らを育てている事が本当の事だと思えなくなる。幸一郎はフサのその気持を察したように、

「フサ、やい、兄《あいや》に水いっぱい飲ましてくらんし」

と古座言葉で話しかけ、立ち上がり、手拭で手をぬぐって水の入った湯呑みを受けとり、喉を鳴らして飲み、丁寧に鶏の骨と身を裂いてわけて置いたまな板を見て、「新宮へ来たら、花衣は他所へ行て無事に暮らしとるんじゃろかと思い出した」とつぶやく。汗が細かい油のように光って浮き出た幸一郎の顔をみつめると、幸一郎は、自分の方から年寄りのように見えるだろうと言った。

支那で仕込んで来たという鶏のたっぷり入った粥を食べて昼にして、幸一郎は帰り際に立ち寄れるかどうか分らないからと、フサにポケットの中から、

「値切ってくるんじゃから心配いらん」と言って、気前よくフサが行商して一月でかせぐほどの金を取り出してくれた。

「こんなに大きな金」とフサがとまどうと、幸一郎はフサの耳元に顔を寄せて小声で、

「母さんも、この間まで叔父が生きとるあいだ、金もろとった」と言う。

「叔父がどうしたん？」

フサが訊き返した。

幸一郎はフサをみつめてから、フサの肩に手を置き、口の中で聞きとれないほど小さな声で「死んだ」と言った。

幸一郎が川奥へ発ってから、フサは仏壇に火をともし、手をあわせて祈り、それから急に思い立って簞笥の引きだしを開け、昔、他所に働きに出かけた叔父が買ってきてくれた小さな手鏡があったとさがした。かたみの一つでもそばにあれば心が休まると、布に包んだのがそれだろうと見当をつけ、手に取って開けてみると、吉広が土産にくれた娘むきに紅い色の和櫛が出てくる。フサは胸を衝かれる思いがする。引き出しの中に吉広の買ってきてくれたものが仕舞ってあると気づきもしたが、それが色あせてくすんでいるとは思いもつかなかった。

その和櫛を掌にのせて、早く縁側の日にあてなければ、ボロボロと歯さえ抜けてしまうというように日にかざし、フサは日に浮きあがるあせた色艶をみつめた。兄《あいや》、フサはつぶやいた。秋幸がかまちの脇に置いていた行商の籠をひっくり返し、売り残していた黄色く熟れた蜜柑が土間に転がるのを手で防ごうとしているのに気づき、フサはまるで吉広の手に自分の髪をこすりつけるように思いながら和櫛を髪にさして、「余計なてんごうばっかしして」と秋幸を抱えた。蜜柑をひとつずつとって籠の中に入れた。

くすんで色あせてしまった和櫛は、今の三十を越したフサに、傍目には不自然ではなかったが、十五の時にさしたものをしていると、自分が智恵足らずの女のように思え、おかしかった。しかしフサは和櫛を髪にさしたままだった。

夜になって繁蔵が顔を出し、「ちょっと用事で行てくるさか」と子供らに言いおいて外に出ようとして、自分の化粧が普段より濃いのに気づいた。

肌がちりちりした。

フサは繁蔵に合わせて路地を抜け出て、日の落ちた通りを繁蔵が借りたという山そばの家へ歩きながら、肌につけたお白粉が淫蕩ににおっていると思い、繁蔵に「古座から兄来《あいや》て、思い出して櫛つけたら、十五、六になったみたいな気するよ」と言ってみた。

繁蔵は黙ったまま家の戸をあけ、電燈もつけないでフサを抱きすくめた。

闇の中で唇を吸い合う音が生々しく大きく、フサは自分が、肌に触れる男の手、体の奥に波のようにつきあげてくる男の動きしか記憶しない智恵足らずの女のように声をあげ、冬の最中だというのに汗をかいた繁蔵を煽るように身をしならせた。繁蔵の小さな固い尻を両手でつかみ、まるで切り裂いてやるというように尻の割れ目につめを立て、繁蔵が闇の中でフサの乳房に顔をうずめ、身を強く押しつけたままぴくぴく震えて気を放つのを、フサは、きらきら山の樹木が光をにじませるように自分を思いながら感じた。

その年の二月はことのほか寒く、暖い南紀のそこでも何回となしに雪が降り、その度に子供らは外に駈け出してまるで天から花でも降ってくるという騒ぎようだった。美恵はフサに似ていた。フサが昔、母から古座の家で聴いた話を思いついて話してやると、よく憶えていて、「母さん、あれ見て、後光が出とる」と、雪のやんだくもり空から幾筋もの光の束があらわれたのを指さす。

「おうよ」とフサは言うのだった。まるで母のような口調だと思いながら、「あそこで御釈迦さんがのぞいて見とるんやねえ」とフサは言い、確かに自分をみつめてくれる者がいると独りごちた。

芳子が名古屋へ奉公しに二月の七日に発つと決めたのは、六日の神倉山の御燈祭に郁男が登るときいてからだった。早くから郁男は路地の若衆に頼み込んで用意していたらしく、御燈祭の前々日、白装束、荒縄、白足袋を家に持ち込み、「触るな、女が触ったら穢れる」と芳子や美恵らに垣を張りながら得意げに広げてみせた。

「わしも上がろかいね」

芳子が言うと、郁男は大人びた口調で芳子を乗せるように「おお、上がってみよ」と言い、臙脂の長いマフラーを首に掛ける。

「ダンスホールで会うた女らも上がりたいと言うとったが、昔、男のなりをして御燈に上がって踏み殺されたさか畏ろしいと言うとる」

「女きらいなんやね」フサが合いの手を入れると芳子は三つの子供のように畳に足をすり、「ああ、御燈に上がりたいよ、男に生れたかったよ」と言ってから、あきれたフサの顔を見てわらい入る。

その御燈祭の前の夜から、郁男は路地の三叉路の脇の青年会館と若衆らが呼ぶ小屋に出かけた。若衆や男衆らの手でたき出した白い飯、白いかまぼこ、白い豆腐を食い、朝から酒を飲む中に入り、これから新宮にある四つほどの神社に参って神倉山に登るからと家に来た時は、飲みすぎて何度も吐いたのでもう酔いがさめたようだった。

腹に偶数でない数の縄を巻き、大きなたいまつをかついだ白装束姿の郁男は、わが子ながら神々しくさえ見え、小さいが男だという理由で郁男がさし出した湯呑みに酒をつがせ、秋幸がそれを一息で飲み干すのを、体に毒だとも思わなかった。

郁男は飲み干してからフサの耳元に顔をよせ、「母さん、あいつ」と路地の向うからたいまつをうちふりながら走ってくる若衆を目で教え、「芳子にほれとるの」と肩をすくめる。

郁男は手招きして「へへ、はよ来い」とどなり、へへと呼ばれる若衆が来ると、「芳子、おまえ男みたいじゃさか、酒ぐらいついだっても神さん怒らへんわ」と言い、湯呑みに芳子にも酒をつがせ、へへに渡す。眼の涼しい若衆で、郁男の朋輩だというへへは、芳子に会えたのがこの上なくうれしいらしく、酒を飲み干しても青年会館の方へ行こうともしない。

路地から出て切り通しのあたりで、火のついたたいまつをかざして目のくらむような石段をわれ先にと駈け下りるのが見えた。芳子は神倉山のすぐそばを流れる川の橋まで行って、郁男を迎えに行ったのだった。

七日の日は朝からくもっていた。

すでに随分前から仕度をしていたので、芳子は汽車の出る十時まで手持ちぶさたのまま、美恵や君子に自分の服をやる、手鏡をやる、と分配し、そのうちフサの顔を見て、「母さん、体だるなって力ないようになってきた」とベソをかく。

「アレかん?」

月のものか、と訊くと、芳子は無言のまま首を振る。

郁男が汽車に乗って木ノ本まで一緒に行き、矢ノ川峠を越えるバスに乗るまで芳子につきそってやったともどったのは、フサが行商し家へ帰りついてしばらくしてからの事だった。郁男は汽車からバスに乗りかえるまでに間がありすぎるので、寒い待合室でいるのもつらく、駅前の食堂に入り二人でウドンを食べた、と言った。髪を上にあげてピンでとめた色は黒いが整った顔立ちの芳子がウドンの汁をすすっている姿をフサは想い描き、耳がピョンと出ていたと思い出して、初めて我が子と別れて暮らすようになったとつぶやいた。

芳子が名古屋に奉公に出て櫛のうすげた気がしたが、フサの暮らしは以前と変らなかった。朝、早く起き出して、体裁が整いはじめた市場で蜜柑や柿を仕入れ、それでは売りつくしても幾らにもならないと思った時は、郁男が口をきいてくれた浜そばの田中まで出かけて鶏肉を仕入れて行商した。

「奥さん、どうやろ?」

勝手口から声をかけた時に、その家の内儀のぐちをきいてやり、新宮という海と山と川に挟まれた狭い町に流れる噂に耳をそばだて、噂を伝えたりしていると、朝鮮で起こった戦争のせいか、材木が急に景気よくなって、人が材木の方へと流れて行っているのがわかった。繁蔵は材木に刺激されて土方も景気がよく、繁蔵の組を経営する兄の仁一郎は大王地《だいおうぢ》で遊んでいると言った。

芳子が家にいなくなって棘が一つ取れたと思ったの

か、繁蔵は以前よりもよく顔を出し、たまに子供の文昭を連れてきたが、その事がユキには不満らしかった。切り通しの脇に出来た店屋に出かけて顔を合わせると、ユキはきまって用事もないのに話しかけ、あてこすりを言った。

ユキの他に繁蔵には女のきょうだいが二人いたが、その二人も、フサの顔を見ると会釈をしてもフンと顔をそらし、鬼女のような顔をした下の方の女など、連れに向って「かけもちしてたんやだ、淫乱やの」と大きな声で言った。腹立ちはしたが、本宮の崖に小屋掛けしていてやっと新宮に流れてまともな暮らしをするようになった竹原の一統には、何を言っても、まっとうな暮らしを横取りしようという魂胆だと思うだろうと考え、胸の中で、鬼めと毒づいただけで素知らぬふりをした。

繁蔵に暮らしのめんどうをみてもらっているわけでもなかった。気が小さく、よく言えば真っ正直だが、金の使い方を知らない繁蔵とつきあっているのは大人と大人だからで、繁蔵に頼ろうにも逆に頼られるのが関の山だと、フサは竹原の一統の意地悪さを嘲った。その鬼女のような顔の女の亭主が、駅前で昼日中から酒を飲んでベンチに坐っているのを見て、フサをうさばらしの種にしているのだとわかった。

或る時、夕方から文昭を連れて繁蔵がフサの家に顔を出し、「ちょっと行こらよ」と繁蔵が頃合いをみはからって二人だけで外へ行こうと言うのにうなずいて、売れ残った柿を出してやって、何気ない振りで皮をむいていると、外から戸をどんどん叩く者がいる。「繁蔵、繁蔵」としゃがれた荒い男の声がする。繁蔵はバツ悪げに笑みをつくり、「文造じゃ」と言って立ち上がり、「外に出んなよ」と言いおいて戸を開ける。文造は地廻りをしている繁蔵の弟だった。外で取っ組み合いをはじめたらしかった。「だまされとるんじゃ」と言う文造の声が耳に届いて、フサは初めて自分がその取っ組み合いの種になっているとわかった。

外で文造が何やらわめいていた。繁蔵は硬ばった顔で戸をあけて顔を出し、フサに「また明日でも来るわ」と言い、丁度むき終えた柿に手をのばして食おうとする文昭を、「来い」と顔を振って呼んだ。文昭はとまどっていた。繁蔵は文昭にまた「来い」と言い、「ユキにろくな事を言いくさらん。何が、親が夜、外へ行くぐらいがさびしいんじゃ」と力なくのろのろとかまちから土間に降り、靴をつっかける文昭の頭をこづく。外で文造が「キツネじゃよ、新宮の尾のないキツネじゃよ」としゃがれ声でどなるのが聴えた。コーン、コーンと鳴き声を真似するのを聴いて子供らがわらった。

行商の途中、川の堤を舟町の方へ向って歩きながら、フサは文造の鳴き真似の声を思い出し、確かにキツネのようなものだとくすくすと笑った。その自分の笑い声に急に心がやわらいで、歩をゆるめ、三月の日が冬枯れた川の面にあたり、まるで金糸銀糸で織った帯のように濃い光を撥ねて流れているのを見た。不思議な気がした。川がそんなに美しく見えた事はかつてなかったと思ってから、フサはふと、気づかぬまま自分が繁蔵の子を孕んだのかもしれないと思いついた。

舟町の旅館に行き、勝手口から入って板の間に腰かけようとして、床が冷えているのを知って、体に悪いと中腰のまま籠から蜜柑を取り出し、内儀や女中の話に合槌をうちながら、フサは自分が孕みやすい体なのだと思い知り、孕んだ途端に体が動きやすく気がやわらぎ明るくなる性だと思った。そういう自分が悲しかった。

旅館の内儀が急速に朝鮮の戦争で景気が息を吹き返し、盧溝橋事件の勃発の頃など問題にならぬくらいの勢いなので、先の震災で焼けた大王地の茶屋は安普請から軒並み檜を使った立派なものに建て替えた、と言う。「そうかん」とフサはうなずき、新宮がどんなに景気よくとも、何の裾分けもないと鼻白む気になりながら、内儀の機嫌をそこなわないように、

「一時期は池田や堤防のあたりの工場、ストや言うてたけど、静かになったが、ひところより人が多て活気あるようにみえる」とうまを合わせ、中腰のままいる事が苦痛で冷えた板の間に腰をかけた。

三月は晴れた日が続いたので、それまでの寒さを取りもどすように城跡の桜がずいぶん早くから咲きはじめて、満開になった時は狭い新宮に住む者が誰も目にしない者がいないように行く先々で話題になった。その桜を見に子供らを連れて城跡へ行かないかと繁蔵が誘った。行商先で内儀らから口に出る桜の話は不自然ではないのに、繁蔵には「なに言うとるんよ」と断ったのだった。

月のものが止まったたままだった。

肌の内側から張り、胸が熱をもったように肌着にこす

れ、いままでのフサとは違うと自分でも驚くほど繁蔵に応えるフサに繁蔵は気づかず、まるで二十歳の若衆のように悠長な事を言う。何故か理由のわからぬまま気分が爽やかで、行商からもどり洗濯をし、沢庵をつけるために大根を干したり、郁男の飼っている鶏に餌をやったりしながら、鼻歌さえくちずさみ、ふと、機嫌がよく気分がいいのは繁蔵の子を孕んでいるせいだと気づき、その度に、落し穴におち込むように苦しくなる。

龍造になら、一も二もなく子を孕んだと言ったはずだった。フサはいまさらながら繁蔵が他の誰とも違う男だと思った。

四月に入ってすぐに、フサは子供らにも当の繁蔵にも黙ったまま、行商に出かけるふりをして、火事で燃えた浮島の遊廓の並びに建った市民病院に出かけて子を堕ろした。

堕ろして、それほど具合が悪いわけではなかった。だが妙に気抜けがして、フサは三日ほど行商を休んだ。

美恵が外で荒げた声を出している。

障子戸を開けて「どうしたん」とフサが訊くと、美恵は茶の木の茂みに身をかくした秋幸を指さし、「人の邪魔ばっかしするんよ」と言った。春の柔かい日が茶の木の幾つもの緑の葉にあたっていた。秋幸がフサの眼から逃れるようにその茶の木の茂みから家の裏側に走るのを見て、フサは外の明るさに誘われるように外に出た。

風が麦畑の方から麦の青い葉を傾《かし》がせて吹いてき、一面に麦が撒き散らした光でかすんだように思い、フサは美恵の指さす花畑を見た。最初それが、春になって芽吹いた雑草の若葉だと思って眼をこらしてみて、花畑一面に隙間なく生えたそれが鳳仙花の若葉だと知り、「どうしたん?」と声をあげて美恵を見た。

「秋幸がやったんや」

美恵はベソをかいた。春になってから蒔こうと昨年の冬に沢山出来た種を袋に取っておくと、秋幸は美恵の知らないうちに袋の種を花畑に蒔いた。仏壇に切って生ける金盞花もナデシコの種もいっしょくたに狭い花壇の上に蒔いたので、雑草が一度に芽吹いているようになっている。「気持悪いわア」美恵はそう言って、どう手をつけてよいかわからないと言い、フサの顔を見る。

寝巻を取って服に着替え、日がまだ柔かく明るい午前中に井戸の水を汲み込んでおこうと、フサは美恵に手伝わせて水を汲んだ。春の午後の日の光は、たとえ西の方に傾いているのだと納得しても、妙に荒涼としていて、人をつき放すようで、厭だった。フサは美恵の汲みだした水をバケツに受けて土間の水がめに運び、かめの中にたぷたぷ鳴る水音を聞き、まるで自分が生命を浄める若水を一心に汲んでいるように思えた。

何の気なしに振り返り、フサは郁男が麦畑の方から走って来るのを見て、一瞬、そんな事が昔あったような気がして体に甘い疲れを感じた。白いカーディガンを着、白いズボンをはいた郁男が「母さん」と言う声を耳にして、気が遠くなりかかった。

「どうしたんよ」

フサが水がめの中で鳴る水音が耳についたまま間のびした声で言った。

郁男が言い淀むように唾を呑み、フサの前に立ち、

「古座の十和田屋からモンに電話来たんやけど、古座の婆《ばば》、死にかかっとる」

「十和田屋、いうて」

フサが言うと、「十和田屋いうとった。そこから新地のモンに電話来たんじゃ言うて、モン姐さんが教えてくれた」と郁男は言い、フサが驚きおろおろするのをなだめるように、「死にかかっとるんやけど、死んでないんや」

その郁男の言葉が耳の中で渦巻き、フサは一体何をどうすればよいかわからぬまま、「アキユキ、アキユキ」と呼び、声のかえってこない秋幸を美恵にさがしにやり、取りあえず古座へ行くのが先だと、簞笥の中をかきまわして風呂敷に着物をつめた。家がまるで温い藁で出来ているように思いながら、秋幸には進駐軍のバザーで買ったセーターを出し、新しい靴をはかそうと思ってさがしたが見当らない。押し入れを開け、簞笥を一つ一つ、汗をかきながら開けた。

「母さん」秋幸を連れた美恵が土間に立ってフサを見ていた。

「秋幸の新しい運動靴は？」

美恵は黙ったまま、土間の木屑を積み上げた脇の紙包みを取り、中から運動靴を取り出してフサに手渡す。その運動靴を秋幸にはかせようとして身を屈め、水音が自分の背後で立った気がして鳥肌立ち、フサは母が死ぬと思いついた。呻くような声をあげて泣いた。

日の温《ぬく》りを体に感じ、風に揺れる麦畑の光の柔かさ

を眼にしているのに、フサは土間の外が何一つ自分に優しい物のない荒れすさんだ景色のように思え、秋幸の手を引いて、一瞬眼をつぶって家の外に出た。涙があふれた。

子供らが、麦畑の中を駅の方に歩いて行くフサと秋幸を茶の木の茂みに立って呆けたようにみつめているのを、フサは知っていた。死にかかっているのは子供らの母親ではない、フサの母だった。もう随分前から、いつ死んでもいい年寄りになっている事を分っていたのに、母が本当に死ぬとは思っていなかったとつぶやき、自分が古座の家に着くまで生きていてくれるだろうかと案じた。

なにもかも眼に映るものが母に重なった。「古座まで、大人一枚」と新宮の駅の窓口に頼んでから、切符を買わないで済まそうと思えば出来る齢なのに、秋幸と一緒に古座に行くはっきりした証拠が欲しいと思って、あわてて「子供一枚」とつけ足した。二枚の切符と釣り銭をもらい、「もたして」とせがむ秋幸に一枚を手渡し、駅のホームに出て、そんな事は決してなかった、フサが小さい頃、汽車などなかったと分っているのに、母に手を引かれて魚くさいホームを歩いた気がした。

汽車は石炭とリノリウムのにおいがした。

秋幸は歌をうたい、海の景色にあきたのか、空いた山際の席に移り窓から顔をつき出してのぞいている。「あかんよ」と言うと、今度は席から身をのり出して、急に元気をなくしたようにじっと一点をみつめる。何だろうと腰を上げてのぞくと、親子づれの客が弁当を食っている。「秋幸」と声をかけ、フサが呼びよせようとした時、丁度、汽車は小さな鉄橋を越えて急に視界が広がった平地に出た。菜種を取るのだろうか、平地につくられた田圃は菜の花が植えられて一面に黄色の花が咲き、汽車の窓辺が光に染まっている。秋幸に外の景色を教えようと指さす間に、まるでつかの間に見た幻のように汽車はトンネルの中に入った。

古座の駅に着いたのも、駅からまだ草の生え出たままの田圃の道を寺の方へ歩いている事も、フサは幻のもののように思えた。日はまだ空にあったが、フサの眼にはそれが母の死ぬという時のものとしてはあまりに非道《ひど》いと見えるほど、光はけばのようになってあふれ、取りつく島もないというようにあっけらかんと輝いている。

潮の音が耳の内側にこもって響くのに気づき、海に打ち寄せる波に母がさらわれていくという気がして、居てもたってもおられず、フサは秋幸の手を引いて寺の前を駈けた。寺のすぐ脇の清水のわき出る泉に、いつ建てられたのか赤いよだれかけをつけた地蔵があるのを見つけ、息を切らせて駈けながら、母を救けてくれと祈ろうという思いが頭をかすめたが、フサは一刻も早く母に会う事が先だと振り返らなかった。

土間に待ち受けていたように立っていた幸一郎が、「母さん」と声を詰まらせ息を切らして立ったフサを見て、かまちに上がり、畳の間に蒲団を敷いて寝ている母のそばにいざり寄り、耳元で「フサが来んしたが。フサが、新宮から、坊と来んしたが」と大声で言った。

誰がそこに居合わせているのか分らなかったが、「ほれ」と土間に立ちすくんでいたフサは促され、我に返って板の間に上がり、畳をすり寄り、「母さん、やい。あんにいよ、母さん、やい」と蒲団から出た母の皺んだ手をにぎりしめ、頬ずりし、唇をつけた。

「フサじゃよ」幸一郎が言った。母は眼をあけかかった。

母は幸一郎とフサが耳元で呼びかける声にほんのわずかだが眼をあけ、すぐ力なく閉ざし、ほどなく息を引きとった。胸が裂けるほど悲しく、フサは子供を五人も抱えた大人の女が、そんなに大声で泣いては智恵足らずのように集まった親戚に思われると考えたが、きょうだいとは男親が違い、母の不倫の子として生れたフサに、母以外に自分を見ていてくれる者がいるはずがないと、駄々をこねるように泣いた。

通夜に姉や兄が揃い、兄のきょうだいの父親の血筋のものが集まったが、フサは通夜もその翌日の葬儀も母にはそぐわない気がして仕方がなかった。それでも一番上の兄の幸一郎がなにくれと気をかけてくれた。母を、幸一郎らの父親の墓に埋葬して古座の家に帰り、年老いて死んだ者に湿っぽい話は似合わないというようににぎわっているきょうだいや縁者の中で、ぽつんと取り残されたようなフサに、

「おれもこれから、ちょくちょく新宮へ行くわい」と声をかけ、川向うの十和田屋に用事があると言って秋幸を連れ出し、牛に餌をやると言ってはフサと秋幸を呼んだ。

「母さん、吉広兄《あいや》に会うとるかいね？」

飼い葉を食う牛の優しい眼をみつめながらフサが訊

くと、幸一郎は「会うとるかもしれんねえ」と牛の額を撫ぜおろし、つぶやく。

古座から秋幸を連れて帰り、川にかかった鉄橋を汽車が渡りかかった時、フサは思わず声を出した。十五で初潮をみた年の盆に、吉広と二人、川で泳ぎ、母にきつく叱られた事があったのを思い出し、苦しくて涙を流した。吉広も、そして母も今はいなかった。自分の好きな人間が一人欠け、二人欠けしたと、フサは欠けた者の名を思い出してみ、それから名もつけぬまま水子として流した繁蔵との間に孕んだ二人の子を思い出そうとした。名前もなく顔もなく形もない子を思い描く方法も知らず、その時のぼんやりとした味の悪い器械の感触を思い出して鳥肌立った。

子を堕ろす前に母が死んでいたら子を堕ろさなかった、とフサは考え、母がフサの考えた以上に苦労してフサを産んで育てたと、何度も独り言をつぶやいた。

古座からもどった次の日から行商に出、得意先の勝手口を出て次の得意先に向って歩くたびに、フサは死んだ母を思い出し、死んだ者を思い出して、自分がやれる事はそれしかないというように涙を流した。

繁蔵はフサが黙っていると気づかなかった。

昼間、行商の途中で土方仕事をしている繁蔵と顔を合わせ、それとなく逢引きの約束をして、夕飯の前にわかした風呂に入って、ふと、親に死なれ叔父にも兄弟にも死なれた女と思えないほど湯をはじきつややかに肌が張り、男に揉みしだいてもらいたいというようにものほしげな淫蕩な乳だと思って、自分で自分の両の乳房をわしづかみにして泣いた。

龍造の新たな噂を耳にしたのは、母が死んで三十日にもなろうとしている時だった。

噂は、佐倉が龍造を見かぎり、それで鼻をあかそうと龍造が佐倉とは比較にならぬほどの地主に取り入ろうとして、路地でさえ、どこの馬の骨かわからないと嘲られるのに、とくとくと、織田信長と戦い敗れた浜村孫一の末裔だと言い出していると言った。その噂を耳にして、龍造がどんな噂をたてられていても、秋幸の男親である事に変りはない、と心の中で弁護し、龍造に会いたいと思った。

フサは母が語ったヨシズにする葦を刈る男の話を思い出した。

フサが龍造に会おうと思ったのは、そのヨシズにする葦を刈る男に龍造がよく似ていると思ったからだった。

子供の頃に耳にした、その切ない二人の話を思い出して、いつか新宮にきた母に言った事があったが、母が死んだ今となってみれば、昔、古座で孫ほどの齢のフサにどんな気持を込めて言ったのだろうと、あらためて考えた。

龍造の家は切り通しから浜そばの田圃が続く道を行って、市内を流れる小川と呼ぶには水かさの多い掘割のそばにあった。

行商の籠を背負ったまま、初夏のものと言っていい昼の日射しの中を、弾んだ息の音を自分の心の昂《たかぶ》りのように思いながら、その龍造の家へむかった。レンゲが咲いていた。浜に近くて風が強いのか荒れた土に生える野スミレが米粒のように小さな花をつけ、フサは何の気なしにその花を眼にして、普段花になど足をとめる事がないのに立ち止まり、しばらく花をみつめた。

龍造に言いたい事は沢山あった。三十を幾つも越えて秋幸が生れて何年も経って、顔を見るのも厭だという理由で別れてないとしても、会ってすぐヨリをもどす事などあり得ないと思った。その葦を刈る男に会った女のように、何よりも二人の間に流れた時に呆然とする。フサはそう思って急に自分が龍造に対して身勝手な事ばかりやっていた気がして、肩に背負った籠さえ重いというようにのろのろと歩いた。龍造に会ったら最初に何と言おうかと思案した。

龍造の家の前に来てふとのぞき見ると、掘割の土堤に植え込みがあり、そこに女がたらいを持ち出して洗濯をしている。女の脇に、明らかに自分一人の手で切ってきたというのがわかる、少し横にしなった高い大きな竹の棒が立てられている。フサの眼にすぐその竹の棒が、新宮の町家や景気のよい旦那衆の家が五月の節句に立てるのと同じ鯉ノボリの竹竿だとわかったが、異様に大きすぎ、まるで龍造が眼にした者にむかって、その人に嘲られる先祖の話を声高にどなっているようにみえた。高くそびえ立つ竹の棒の先端に、光を撥ねる戦車の車のような金具が、風を受けてガラガラと音を立てる。

龍造に男の子が生れていた。その子の名が友一というのを後で耳にして、フサは龍造に会ってみようと思ったのが自分の甘い考えだと嘲《わら》った。チエやハツノに顔を合わせた時、フサは自分から恥をさらすように、龍造に会いに行って眼にした鯉ノボリの竿を、浜そばの掘割にある龍造の家の庭に、新宮や路地に攻め入るために大きなトリデをでもつくっているように言った。

「ユキもきついさかねエ」

ハツノは同情すると言った。

「龍造にでも言うたら気分すっきりすると思たんやけど、取りつく島ない」

フサは嘲り、涙がわいてくるのを感じながら、「ユキや竹原の一統が言うみたいに、かけもちする気らないけど、子を黙って堕ろしても繁蔵は気づかんし」と口をつぐむ。

六月の初め、母の四十九日が来たのはすぐだった。名古屋に奉公する芳子には、奉公して日も浅いので盆にもどって来た時に墓まいりすればいいと手紙を出した。

梅雨が遅いらしく、まるで夏に一足飛びに入ってしまったように暑く、古座に連れて行く四人の子には夏服を着せた。

家を出る間際、ふと気づいて、フサは半紙に後で嘲《わら》われる事のない程度の金を包んだ。自分の香典の分とまぎれるといけないと思って、フサは字を書けないので美恵に「繁蔵と書いてくれん?」と頼んだのだった。美恵はけげんな顔をした。

美恵はひらがなで、フサの眼にも不格好な字で、しげどう、と書き、「兄やんに漢字で書いてもろたらええのに」とフサに言った。

家の外を見ると、郁男が秋幸の後を従いて穂を出した麦畑の中を歩いて汽車の線路伝いに駅の方へ行く。フサはその郁男に声が届くというように、「人の香典まで出したらんでもええと兄やん怒る」と小声で言った。古座で母が死んだと伝えたし、四十九日の法事があるとも言っておいたのに、と改めて繁蔵の頼りなさに気づいた。どうしたのか、フサはいちどきに繁蔵やその一統の手前勝手さに腹立ちがあふれてくるのを知り、なだめるように開けたままだった仏壇を閉めた。

ふと山の音が耳にこもった。

それが勝一郎の息の音なのか、ろうそくの火がふっと消えるように生命が消えた泰造のものなのか、子供の頃からフサをかばってくれた兄の吉広の声なのか、と風を受けてざわめく山の音を思った。それから、いつかマツが持ってきた吉広の髪が納まっているはずだと仏壇を開けた。勝一郎の位牌がフサの手に当った。フサは勝一郎が死んでなお自分をなだめてくれるようで、おおきに、と心の中で言った。

吉広の髪を風呂敷に入れ、吉広にもらった和櫛をフサは髪に挿した。

汽車に乗り石炭のにおいとリノリウムのにおいをかいだ途端に、フサは、母が息を引き取る間際、新宮から駈けつけたフサを見ようとして眼をあけた姿を思い出した。母は死なないでフサを待っていたのだと思い、フサは母がなにかにつけて優しかったと小声でつぶやいた。声が動き出した汽車の音にかき消され、石のように窓の外へ落ちて行く。

確かに広く開けた山間に菜種の畑があったと外を見ていたが、黄色い花の影すら見えず、改めて母が死んでから四十九日も過ぎてしまったのだとフサは溜息をついた。海辺に眼を移すと、丁度、十五の時、吉広に連れられて古座から乗った船の窓から見た海岸沿いが見える。

一瞬、フサは、十五のフサが汽車の走る方向とは逆に、古座から新宮にむかって走る船の中にいて、今、フサが陸の上から見る海岸を海から見ているかもしれないと思って、そんな事があり得るはずがないと分っているのに眼を凝らした。

なにもかも幻のように思え、フサは、兄《あいや》、とつぶやいた。髪に挿したあせた目立たない色の和櫛が、髪に触れる吉広の手のような気がして、フサは胸の中で、母さん死んでしもたよ、と言った。海はまばらに立ち並んだ家の間からのぞけ、たとえ、船から兄が見ても、汽車の中のフサを見つけてくれるかどうか分からない。

汽車が古座の駅につき、子供らのうしろに立って、まだ朝の気配の残っているホームに降りようとして、自分の足首を見て、フサは自分がせり上がった腹を木屑で打ってまで堕ろそうとした、母の不倫の恥の子だったと思った。

古座の近隣の人や親戚の者が、何に急《せ》かされているのか忙しく出入りする家にひとまず着き、荷物を置いた。顔を見知っている誰彼に自分の今の気持を話したかったが、兄の幸一郎が夜に行われる法事の采配を振るうのに忙しいし、それに母がその家にいないとなると、親戚の者が自分を見ているようで妙に居ごこちが悪くなる。

それで、流しで夜の法事に出す煮物をつくっている女らの中に入った。女らが古座言葉で花相撲に誰が勝った、十和田屋が景気よく酒を一斗も出したのは、新式の機械を入れたからだ、と話し合っている中に無理に入り、一緒に笑い、黒い喪服を着たままの女が、ひょうきんなケンコという若者の話をするのに、顔を知りもしないのに合槌を打った。

子供らが裏の牛小屋で遊んでいた。

君子が川の方へ行ってみようというのを耳にして不安になり、流しから外へ出ると、もうすでに子供らは牛小屋の前にはいない。飼い葉が散らかり、牛が首をつき出してそれを食っている。

空が青かった。

子供らの声がしないか耳をすまし、フサは牛小屋から外へ出て、川の方へ歩いた。石段を降りると川はすぐ眼に入る。丁度、今、潮が一等引いている時間だと気づいたのは、対岸の船着き場が随分近く見えたからで、フサは海そばに育った事を自慢する子供のように顔をあげ、潮風にほつれる額の髪をおさえ、子供らが川口に打ち寄せた砂利で土堤になったところにいるのを見つけた。

秋幸は砂利の土堤にとまった鴉に石を投げていた。「秋幸」と呼ぶと、秋幸は振り返り、美恵や君子と一緒にいる事にうんざりしていたように一人駈けて来て、「母さん、あの鴉、石ぶつけても逃げん」と言う。

「石らぶつけたらあかんよ」

フサが言うと、美恵と君子が、秋幸をからかうように、アホー、アホーと声を出してのろのろと歩いてくる。美恵はフサの顔を見てすぐにもベソをかくような笑みを浮かべて、「母さん、古座の川、気色悪い」と言い、手に持った石を見せる。海と川の境目に出来た土堤のような砂利のことごとくが丸いすべすべとした白い石だと言い、土堤の端に行くと、石が水の中に木の葉のように揺れながら落ちてゆくと言う。

「ひょっとしたら婆《ばば》の生れ変りかもわからんのにと言うても、秋幸が鴉に石投げるの」

美恵の頭越しに川が日の光をあびてきらめいているのを見て、フサは露骨な忌物を眼にしたように眼を伏せ、「さあ、家へ行ておとなしいに待っとこ」と秋幸の坊主頭を押した。

寺の和尚の読経の間じゅう、秋幸は、古座の親戚の子らが外で声をあげて騒いでいるのが気がかりらしく、「外へ行て遊んでもええ?」と何度も訊き、あかんと小声で言う度に、美恵の手にした数珠をよこせと取り上げたり、君子の顔が美恵よりも不細工だとからかう。君子が小声で、「美恵がおらん時、やっつけたるさか」と言うと、「なにをウ」と大人のヤクザ者のような声を出して君子の膝を思いっきり蹴りつけ、うしろから郁男に「おとなしくせぇ」と頭をこづかれた。

秋幸は黙っていず、郁男にとびかかるので、フサは秋幸をおさえつけた。「こら、おとなしせんか」と誰かが言い、美恵が小声で「秋幸、外へ行こ」と言う。

美恵がまるで親のようだと思い、フサは立ち上がりかかる美恵を押しとどめた。「婆《ばば》の四十九日やのに」と秋幸に言って、読経に聴き入る近隣の人に頭を下げながらかまちに立ち、下駄をつっかけた。戸口に立っていた男が、フサの手を引いた秋幸に「兄弟喧嘩しとったら、婆が怒るど」と声をかける。

家の外は夜になって冷えこんだのか、肌寒かった。秋幸が家の前の道を駈け出して、通りに出る角にあかあかと電燈をつけた駄菓子屋の方へ行き、「秋幸」とフサは呼びとめた。駈けてもどる秋幸の足音を耳にして、フサはいつか遠い昔、そんな足音を耳にしたと思う。フサが立っているそばにもどってきたなら、法事ではおとなしくしなくてはいけないと叱ってから家の中に入り、読経をきき、焼香を待とうと思っていると、秋幸はまるでカクレンボをするように、ひょいと道をまがり、製材所の方へ行く。

何故腹立つのか分らなかった。フサは腹立ち、わなわなと震え、親の言うことをきかないと叩いてやると、下駄の音が大きく響くのを耳にしながら道を曲がって先まわりし、丁度悪戯していると笑いながら走ってくる秋幸をつかまえようとした。秋幸は手をすり抜けて、川に降りる石段を駈ける。

フサは石段まで歩き、そこに立って、秋幸が夏芙蓉の木蔭に身をかくして笑いをこらえかねているのを見た。川に映った向う岸のあかりがぼんやりと葉と秋幸の肩の形を浮き上がらせていた。法事はまるでフサになど無縁なように進んでいるとフサは思い、いつか吉広がそんなふうに悪戯っぽく、母に叱られるだろうが水につかれと誘ったと気づき、フサは涙を流した。秋幸と二人、死んでしまえばなにもかも解決した。

フサは、しのび笑いをしている秋幸に気づかないように石段を降り、「秋幸、秋幸」と小声でさがしているように、砂利浜を歩いた。海と川口の境目の砂利の土堤まで歩くと、秋幸がうしろから「ここにおるのに」と小走りに駈けてくる。水の底がすりばちのように急に深くえぐれているところだと知っていた。下駄を脱ぎ、素足になって水につかると、急に悲しくなる。

秋幸がフサを呼んでいた。

海の音はせり上がり、耳に音がこもった。

黒い水にくるぶしをつけ、砂利の土堤を海岸に廻り込もうと、深みにはまり込まないように足でさぐって歩いた。くるぶしから下が冷たい水に溶けたように思え、さらに海の波が当っている方に行こうとして、フサは川底の石を踏みそこない、水の中に倒れた。水を飲み、あわてて起き上がり、秋幸が黒い影のように汀に立っているのを見て、「綺麗な魚おる」とつぶやいた。「みてみやんしょ、秋幸。夜になったら水温まってきて、赤や黄色の模様のついたの、ようけ来とる」フサはほどけかかった髪が首筋にまつわるのをかきあげ、「母さん、もう行こう」と言う秋幸に、まるで先ほど自分をからかった事をなじるように、切迫した取りつく島のない声で、「みえんのかん？　こんな綺麗なの来とるのに」と言う。

秋幸は汀の向うでおろおろ歩きまわりながら「綺麗やねえ」とフサに合わせて嘆声をあげる。

フサは「嘘言うなん」と小声で言い、汀の方に身を向けて水につかったまま、秋幸に手を差しのべた。まるで母と子で人の道を踏みはずす事をしようとしているみたいに、フサは自分の体からヒタ、ヒタと水が落ちると思った。秋幸は、手を差しのべ、フサの手を握った。

秋幸の温い手を引こうとすると、フサの足元にあった水底の石が崩れた。フサは膝を折り曲げるような形で水に倒れ、秋幸が声を立てて駈け寄るのを見て思いきり手を広げて、体を横抱きにした。

もがく秋幸を胸の中に抱えて深みの方へ転がるように進もうとすると、水底にかくれた岩に足があたり、倒れこんだとたんに秋幸は腕を振り切って身を抜き出し、汀に駈けもどった。アキユキ、アキユキ、フサは呼んだ。

息が切れ、喉に詰まったしおはゆい水が笛のような音を立てて、息のたびになるのを耳にし、フサは水の中にべったりと坐って汀に立ったままの黒い影の秋幸を見た。息の音が潮鳴りの音に重なり、フサは世迷い言のように息の音と潮鳴りが掛け合いをやっていると思って、川口の底まで押し寄せてくるゆるい波を楽しいとさえ思った。のろのろと起き上がろうとすると、黒い影になった秋幸はすばやくうしろに身を引く。

母さん、と呼ぶ美恵の声がした。母さーん、アキユキと呼ぶ君子の声が、そこからはるか遠くの橋の下の方で聴え、誰か川原を走ってくる足音がする。郁男が、秋幸の名を呼んで走り寄り、黙ったままの秋幸の体に触って、頭も服も濡れたままなのに気づいて驚くのがフサにわかった。フサは濡れた髪を両手で掻き上げ、肩や胸がぐっしょりと水に濡れていることに今気づいたというように、「ぼとぼとになってしもたなア」と言った。

郁男は秋幸を抱えて泣いた。

汀の方に歩こうとして、フサは振り返った。

誰もいなかった。フサの眼にはただ黒く昏い海と空しか見えなかった。フサは不思議に思い眼をこらした。松林の向うに海に突き出すように番屋があり、網を干すためのやぐらが立っているのがわかった。さして高いものではなかったが、背にした山が丁度番屋のそばでぷっつりと切れ崖になっているので、夜目には、古座の町から串本の方へ廻りこんだ山の上に、三角の黒々とした高い塔が立っているように見えた。フサは胸を衝かれる想いがして眼をこらした。その塔の上で、鉄の音を立て、ガラ、ガラ、と風車が廻っているようだった。

「ぼとぼとになってしもてえ」

とひとり、郁男はフサに向って何も言わずに秋幸を抱え上げ、まだ橋の方で名を呼んで捜している美恵や君子に声もかけてやらず、夏芙蓉の石段のほうに歩いた。郁男について髪が娘のように甘くやるせなく匂うのをはばかるように、フサは一歩離れて、力ない体のままじぶしぶ歩き、「なあ、兄《あい》人《や》だけに、フサが赤子《ねね》みたいに川で泳いだというて、こっそり着替え借りてきてくれん？」と言った。

郁男は黙りこんでいた。

次の日、朝早くから起き出した子供らが騒いでいた。外は気羞かしいほど明るく、フサは早々に帰る仕度をしようと、外に乾していた濡れた服を取り込んだ。化粧するために、昔、フサが母と一緒に並べて蒲団を敷いて寝た仏壇の間にいて、ふと思いつき、風呂敷包みを引き寄せ、吉広の髪の入った布に手を触れた。人の恥部に触れたようで妙に生々しかった。思いついて探してみると、和櫛がない。髪に手をやってから、そういえば和櫛を川に落したと気づいた。

幸一郎が裏の牛小屋の前から、うろたえているフサをじっとみつめていた。

フサは幸一郎に、大丈夫だ、というように首を振り、明るく映る笑みをつくってから立ち上がった。

お白粉がとけだすように匂った。

水の女

女の髪は緋色でも金髪でもなかった。その髪は色艶が悪く髪そのものが人工のものに見えた。その赤みがかった黄色の髪は肌理の荒い肌の女によく似合った。色は白かった。だが元々色が白いのではなく、むかし日に焼けて黒かったのがいまは日に当る事などないために白く変色した、そうみえた。赤い髪の女はその髪をふり立てるようにゆっくりと口を動かして、飯を食った。シュミーズの下に何も着けていないために、もそもそと口を動かす度に体全体が動き、黒い乳首がシュミーズに映った。女は食っていた飯を呑み込んでからやっと気づいたのか「なにい？」と顔をあげて光造を見た。

　蒲団の中に腹這いになったままの光造の眼をのぞき込むように見て、「これかん？」と、シュミーズをたくし上げ笑をうかべた。女の女陰《ほと》の黒い剛い毛が見えた。女陰のにおいがまだ鼻先にまつわりついている気がした。

　女は食っていた茶碗と箸を持って立ちあがり、音させてそれを流しに置いて水道の蛇口をひねった。流れ出た水の音で外に降っている雨の音がかき消された。

　光造の蒲団に女はもぐりこみ、

「ちょっとうちも入れて」

　女のひじが光造の脇腹に当った。

「なんやしらん寒い」

　女はそう言って光造の裸の胸を冷たい腕で抱いた。女が光造を足で抱える。光造の下腹に圧し当てられた女のシュミーズが部屋の中の空気で冷えていてつめたい。人形の髪のような染めた赤い髪が光造の眼のすぐそばにあった。女の肌の温りはすぐ伝わる。

光造は女が圧し当てた腹が呼吸と共に動くのを知り、体の向きを変え指を後からすべり込ませ女の女陰に当てた。女は腰を持ちあげる。それ以上するつもりはなかった。女が部屋に転がり込んで三日間あきもせず繰り返し繰り返し女と交接ったので、恥骨が甘く痛んだ。女の体に何度も打ちつけたために陰嚢もとまどったようにけだるかった。

女には駅一つ向こうの、丁度山を切り開いてつくった峠のむこうのバス停で声を掛けた。その日から光造は自分の部屋で女と一緒だった。

裸になった女の乳首は黒かった。「子供、二人おったんよ」女は言った。上が四歳で下が三歳、二人とも男だった。

光造は指で女陰の毛を撫ぜた。くるくると指先に巻きつけても剛いためにすぐ元の縮れの少ない毛にもどった。

光造の裸の胸に口をつけていた女が顔をあげ、光造を見て濡れた唇で、「シャブをやってみたことある?」と言った。光造が花弁のように開いた女陰を指の背でゆっくりさすり始めて快感を抱くのか白い歯のもれる笑をうかべ、「そのあたりに打ったら効くて」

「シャブか?」

光造は言った。シャブと呼ばれる覚醒剤を打っている夫婦は光造のアパートのすぐそばにいた。やせて頬骨の浮き出た顔の四十男は、シャブを射ちすぎて幻聴を聴いていたし、その女房は、男には不つり合いな若い眼の澄んだ美人だがこれもシャブの為、何をそんなに大きな声を出す事があるのか、夜半、よく金切り声で叫んだ。それは怒りが胸の中に溜りすぎてもちこたえられなくなってしまいすっかり吐き出そうとする声に人の耳には聴えた。いつも長く尾を引いていた。光造には馴れたものだったが、赤い髪の女は驚いて光造を揺り起こしさえした。シャブの為に夜半になると騒ぎ立てるのだと光造が説明して、女は納得した。

「打ったことあるんかい?」

とその納得のしようを光造は訊いた。若い男と仲良くなってシャブで中毒になり入水自殺してしまった女友達を知っている、と言った。海に呑み込まれて苦しかったのか、それとも体中いたるところに針痕のあったシャブの快楽のただ中だったのか、水から引きあげられた死体の足の指は力いっぱい反っていた。「こんなにしてな」と女は足の指の形を手で真似てみせた。女の手の指から水がしたたっているようにみえた。

女は赤い舌で光造の豆粒ほどの乳首を嬲っている。光造は指の背でゆっくりこすっている女陰がいまそんなふうに赤く充血しているだろうと思った。ひだとひだの間が分泌したしょう液に似たもので濡れている。女は手を光造の下腹に置いて、光造をじらして性器の辺りを指で撫ぜる。鼻先をこする女の髪が香油とも血のすえたものともつかぬにおいを放っているのを光造はかいだ。女が蒲団を足ではねのけて体を折り曲げ、光造の指をその中心に導こうとする。女は眼を閉じていた。

アパートの雨樋を伝う水かさが増したらしくトクトクと音を立てはじめた。

女が部屋に来て四日目に光造は、なるたけ人目を避ける為に外に出るなと言って仕事に出かけた。光造の勤める建設会社の事務所は市内の真中を流れる掘り割りにかかった橋のそばにあった。

雨は細い霧と見まがうほどだったがまだ降り続いていた。事務所に顔を出して、ダンプカーの配車が決まるまで齢がさして違わない孝男を連れ出して喫茶店に出かけた。光造は部屋に転がり込んで来た髪の赤い女の事を言いたかったが極力話をそらして、降り続いた雨で川沿いの国道が滑りやすくなっていると言った。その国道で昨日の朝二件続けて事故があったのをみたと孝男は言った。一件は山際の側溝に左半分の車輪を落とし動きがつかなくなっていた。あと一件は山肌に横転してぶつかったのかガラスというガラスがめちゃくちゃに割れ、ガソリンさえ漏れ出していた。川からの風が吹いていたおかげで揮発したガソリンは飛ばされて火は吹かなかった。

孝男は「運転した奴がそのすぐそばの草のとこに坐って、煙草を吸っとるんや」と呆れ顔で言い、火が点いたらどうするんだと怒鳴ってやったと言った。ガソリンと土埃でまみれた運転手は片一方だけ靴をはき、怒鳴り声にやっと気づいて手をあげ、跛を引きながら歩いて来て平然とした顔で電話のあるところまで乗せてくれと言った。孝男は助手席に乗せて、酒のにおいのする運転手はポケットから煙草をとりだし口に咥えて、ダンプカーのライターで断りもしないで火をつけた。

喫茶店の窓からみえる梅の花はすっかり花弁が落ちていた。

光造も事故はよく見かけた。いや、川沿いに山に入って行く国道や、海沿いの道を毎日車で走らせていると、リュックサックを背負った学生や女学生に乗せてくれとよく頼まれた。事務所の規則では会社の者以外は乗せてはいけない事になっていたが、五人ほど居る運転手はそんな事は守らずその時の気分で乗せたり乗せなかったりした。

この春先までは駅二つむこうに出来る港のコンクリ打ちに使う為に、川砂利をまっすぐ生コン工場に運び込んでいた。その生コン工場も光造の勤める建設会社のものだったが、光造らの事務所は春から新規に外注のものを取ることで独立採算制を敷いた。その事務所はダンプカー、ショベルカー、ブルドーザーのリース専用事務所に変っているようでもあった。それが五人ほどいる運転手の不満の種だった。確かに五人の運転手らは、大型免許だけではなく大型けん引も大型特殊免許もそれぞれ持っていて、運転する者も器材もない小さな組のどんな要請にも応えられるようにチームが組まれていた。事務所長は忍者部隊だとその五人の運転手を言った。土方がコツコツと穴を掘りコンクリをスコップひとつで練り上げる時代は終った。土方を五人使って三日間でやる仕事の量とショベルカー一台を三時間か四時間動かして出来る量は同じだった。ツルハシもスコップも土方仕事には必要ではなく、ショベルカーやブルドーザーで掘り上げたところを図面通り修整する事だけでよかった。ツルハシをふりあげてふりおろす代りに、ハンドルを操作すればよいのだった。事務所長はそんな何でも出来る忍者らを抱え器材を取りそろえているのは、建設会社に資本があるからだと言ったが、運転手らは、それぞれダンプカーに気楽に乗っているのが一等よいと言い、事務所から派遣されて、土方の組に出かけてショベルカーやブルドーザーを運転するのをいやがった。

光造が注文のあった組にブルドーザーを運び、ブルドーザーが土を掘り起こすのを感心したように見ている若い土方に、「誰でもこんなものすぐ出来ることじゃ」と一度機械の操作を教えた事があった。土方は簡単に覚えたが、事務所長からは、機械だけのリースと運転手付き機械のリースの違いを光造はじゅんじゅんと説かれてから、叱られた。運転手付機械のリースは、市内に大小とり混ぜて五十ほどある土建請負業を非能率から救い出して合理化、近代化を促進することにもなる。運転手の光造には、経営の合理化や近代化など知った事ではないと事務所長の話をきき流した。

孝男が配車の様子を訊きに行ってくると席を立ち、しばらくして笑を浮かべながらもどって来て、「配車ゼロ」と言った。席に着いて読みかけのスポーツ新聞を持ち、「なにが大資本じゃ。土方休みじゃったらおれらも休み」と言う。光造は孝男の笑で一本の線のようになった眼を見て、細い雨の降っているアパートにいる髪の赤い女を思い出した。下腹に火が点くような気がし、光造は窓に映った自分の顔を見ながら、女の舌が、いつまでもいつまでもくたびれて充血すると痛みを持ってくる性器を包みこすっているのを思い出した。そんなに何度も何度もやって痛くないのかと女を自分の体の上に引きあげ、女陰にまだ柔かいままの性器をおし当てながら光造が訊くと、光造の眼を見て唇についた唾液を自分の舌でなめて声を出さずに痛いと笑をうかべた。

手を添えないと柔かいままの光造の性器は女の濡れた痛みを持った女陰の中に入って行かない。光造の裸の胸に自分の胸を重ねたまま腰をもち上げ、折れ曲がってしまう柔かい性器の先が自分の女陰に当るように女は体をねじる。

「こんなに何回も何回も亭主とやっとるんかい？」

光造が訊くと、うんと鼻で返事をし、その返事の仕様に煽られてまた固まり始めた性器をやっと中に入れて、「何回も、何回も」と女は言った。女の舌は精液の味がする気がし、女は光造に「あんたもそんな味するよ」と言った。鼻腔にクラッカーの粉が入ってにおいを立てている気がしていた。窓に自分の姿が映っているのを見ながら、女が見ているのも女が繰り返しなめて唾液を呑み込んだのもこの体から分泌されたものだと思った。勃起しかかって痛みを持っている性器を楽にしようと腰をそらした光造のズボンの股間の脹らみを見て、孝男は笑をうかべた。

配車がないのなら今日は休みだと、光造はそのままアパートへもどった。髪の赤い女は部屋の中にいた。「お帰り、はやかったんやねえ」と女はそう言って何度も光造を迎えていたように声を出した。蒲団は敷いたままだったが部屋の中に散乱していた週刊誌の類やよごれた靴下や下着をかたづけたらしく部屋は整ってみえた。窓が開け放たれ、白い雨が直に手をのばせば届く。

女は服をつけていた。ダンプカーに乗った時のままのその服は、光造には新鮮に見えた。女は蒲団の横に坐り、「この窓から色々よう見えるよ」と言った。光造がジャンパーを脱ぎシャツ姿になってから女は「夕方まで帰って来てくれんのかなあとここでボンヤリ思てたん」と独りごちるように言った。

光造は窓を閉めた。部屋はシャツ一つでは肌寒かった。普段ならそのままパチンコをやりに行くか、同僚と待ち合わせて行きつけの喫茶店に女をからかいに行くところだった。

「お腹、すかへん?」

女は訊いた。

「ボンヤリと窓の外みてあのデパートのアドバルーンあがったあたりにラーメンのおいしい店あったと思てたん」

「ラーメンやったらどこでもある」

光造が言うと、髪の赤い女は唇をあけずに笑をつくり、

「それでさっきまたつくって食べた」

光造が「寒い」と身震いすると、女は光造の眼の奥から気持ちを読みとろうとするように「なあ一緒に寝よ」と小声で言う。

蒲団に入って女が裸の体を擦り寄せ、光造の手を持って自分の女陰に触らせ、耳に「なあ濡れてるやろ?」と息を吐きかけて言った。女は光造が仕事に出て行った後からたまらず自瀆をしたと言った。乳首が張ってチクチク痛んだ。体の中に消し忘れた火がありそれが間断なしに女の柔かい肉の体をおおい、靴下のにおい下着のにおい部屋の中にこもった男の不思議なにおいが苦しくてたまらずに指で傷をつけないように自瀆した。女は裸に裸をすり寄せてその温もりを楽しむのか、

「夜まで帰って来なんだらこんなふうにしてくれる人のとこへ行てしまおかしらんと思たんよ」

と言い、光造の体を上に乗せようと胸を起こしにかかる。下になった女は足を立て腰を上げ光造が中に入ると思い切り声を上げげた。声は圧し潰される子宮の奥から腹の中を通って胃に這い上り、そこが苦しみの中心だと言うように呻く。女の乳首は光造が吸ったため乳が出てきたように唾液で濡れて黒かった。手のひらにすっぽりとその乳房はかくれてしまう。何人の男を

女はこんなふうに迎え入れて来たのだろうと光造は女が徐々に身が硬く締まりはじめるのを感じながら考えた。女の夫はこんなふうにして夜毎女と交接し、女を苦しめ責めさいなんでいたのだろうか。光造は女とほとんど同時に射精しながら、体中でおこりが起ったような快楽の一瞬に、女の色艶の悪い赤い髪がその夫の趣味なのだと思った。夫は何から何まですべて女に教えた。坐ったまま女が光造の肩に両足を乗せて交接るのはこの赤い髪の女が教えた。性器に刺し貫かれる女陰を見ながら女が声をあげ、女陰をしっかり閉ざすように腰を左右にうごかす女の楽しみは、夫が教えたものだった。

けいれんしつづける女の腹を撫ぜ、脇腹を撫ぜながら光造は、峠のむこうのバス停の近辺にはこの女に快楽の味わい方を教えた夫がいると思った。女はまぶたに涙の滴をつけていた。

光造は立ち上がり、タオルを濡らし固くしぼり、女の女陰をぬぐい女から流れ出たさらさらした粘液で濡らした蒲団を力を入れて強くこすった。かがんだままの光造がそのタオルで自分の股間をぬぐおうとすると、女が「いや」と手を払い、しゃがみ込んだその光造の股間に赤い髪の頭を入れつり上った陰嚢に鼻を圧し当て口唇を圧しつけた。光造の前に蒲団をはねのけあおむけになって上半身をおこそうと力をこめた体があった。女は犬のように光造の陰嚢と尻の間に舌を這わせた。女は光造の足首を持ち、つめを立てた。女がやりたいように光造はしゃがんだままの体に力を込め体の重みをかけないように女の上に被さる為ゆっくりとひじをついて身を落とす。女が、その光造につられて陰嚢を口に二つ共含み込もうとする。その女の揺れる赤い髪を一時見て、光造は女の女陰を丸めてしぼったタオルでこすった。そんな事も髪を赤く染めさせた夫ならしていたかもしれなかった。いや花弁のように開いた部分をタオルで痛みを与えないようにこする事はしたかもしれなかったが、タオルをスクリューのようにしぼりそれを性器代りにして女陰の中にいれるのはした事などたぶんない。光造は女の女陰を開き唇をつけながら自分の幼さに苦笑した。

外へ行ってみようと誘ったのは光造の方だった。女が部屋にどういうつもりで居るのか分からなかったし、光造自身も女に対する気持ちを自分で決めかねていた。

つきあっている女が居るわけでもなかったのでことさら女が部屋に転がり込んで来た事が迷惑だとも思わなかったが、どうしても女にここに居て欲しい女が愛しくてしようがないと言うほどのものでもなかった。一日が三日になり三日が四日になっただけの事だった。細かい霧のような雨の中を光造は女を傘に入れて、裏道を選って繁華街に向った。

女は光造の腕に取りすがるように腕を廻した。女の耳に口を寄せて「痛い事ないか?」と訊いた。女は「ちょっと」と雨をみつめたままわらいもしないで答えた。光造は自分の体中から女のにおいがしているのを感じた。繁華街のちょうど裏に喫茶店があった。女はその喫茶店を指さし、「下着なんか取りかえてへんから。いつまでもはきもせんとはおれんし」と言い、そこで待っててくれと言った。金を持っているのかと訊ねると、「ちょっとだけやったら」と言う。それで光造は金を一万渡した。

喫茶店の入口の軒下で女に傘を渡した。「すぐもどって来るから待ってて」と呆けたような動きのない眼で顔をみつめて女は言い歩きはじめた。すこし痛むと言ったがその歩く姿は普通の女と変りなかった。

女がもどって来たのは小一時間経ってからだった。女は両手いっぱいにスーパーマーケットの紙袋を持ち、「ほら」と厚手の緑の生地に茶で強い線の模様が入っているカーテンを見せた。

「レール買うて来るの忘れたとすぐそこまで来て気づいたけど、かまんわァと思て。釘打って引っかけたらすぐでも使えるもん」それから、これが茶碗に箸、すぐにでも煮たき出来るように手ごろなナベも買ったと紙袋をのぞき込む。かすかにウェイブのかかった赤い髪が女の早口に合せて揺れる。

「パンティも買うたかい?」

光造が言うと、先ほどとは打って変った眼で、「みせたろか」と言い、光造が助平ったらしく笑っているのを知って、紙袋の奥に手をつっ込んでごそごそとひっかきまわして、「これがあんたの」と一つを光造の前に置き、一つを自分の左手に持ち膝の上から紙袋を床におろした。その仕種が妙に以前つきあっていた保険外交員を思わせた。保険外交員はもう何度も一緒にホテルに入ったのにハンドバッグをいつも大事そうに膝の上に置き、抱えるように身を傾がせさしむかいに坐った。三十を幾つかこえたばかりでまだ無駄な肉がつくにはすこしばかり時間があるというのに保険外交員のその仕種は中年女を感じさせた。女のその身にこびりついた生活の垢は生活の中でしらずしらず身につけてしまった癖のようなものだった。その癖は、光造にには自分と同年齢や齢下の女にはない色気さえあると思っていた。保険外交員はきまってその時足を立てた。その立てた両の足で動き続ける光造を強くはさみつけている。足を立てさせないと不安がりさえした。

髪の赤い女は左手に持った紙袋の折り目についていたテープを色つやの悪い白いつめ先で丁寧にはがした。果物の皮をむきでもするように左手の上でくるくるくると転がし、それをまた、スカートの上に置く。

「こんなんみたらクラクラするよ」

女はほら、と一枚を取り出して広げてみせた。一枚は輝くように明るい桃色で縁にフリルがついた子供の物のような小ささだった。女の剛い陰毛がはみだしはしないかと光造はおかしかった。女は光造の笑い声を聞いてふとそこが喫茶店だったと気づいて店内をみ廻し、ボーイが見ているのを知り舌を出して身をすくめ、あわてて紙につつみ直し、「みんな男ていやらしなあ」と言う。「考えてる事と言うたらあの事ばっかしやからな」

「なんじゃ、あの事て?」

光造が合の手を入れると、

「知らん」と言う。

頭を振った女の顔が赤く上気していた。光造の知っている女だったら、ここですかさずわざと蓮っ葉な口調で「あの事知らんのやったらわたしが鼻の先にでも擦りつけたろかん?」と切り返して来るところだった。路地に住む光造のイトコは一度失恋したという同僚の孝男の顔をみつめて、「そら、あんたの顔みとったらこんな精力の弱そうな男につきあってても、ええ目をさせてもらえんと逃げたんよ」と真顔で言った。そのイトコとその遊び友達の女二人が、光造らが五人ほどで街でひっかけた女を廻した時、これは孝男ではなく別な連れだったが交接する前に女陰の穴を捜しているうちに漏らしてしまったと聞いて、「あかん男じゃ」と声をそろえて軽蔑した事もあった。

赤い髪の女はそのイトコらとは違う、と光造は思った。色の悪い白い肌のえり筋を上気させた女は光造の顔を焦点の合わないうるんだ眼で見る。

喫茶店の外を紀州犬らしい白い犬が歩いていた。

その喫茶店を出て繁華街から映画館へ抜ける裏道にあるお好み焼屋に入った。座敷に上り込み、光造はビールを頼み、女は自分で焼いたお好み焼きをまた赤い髪を揺り立てて食べる。光造が注ぐビールを口をもそもそと動かしながらコップを右手に持って受け、ビールが空になったのを察して「お姐さん、すまんけどもう一本くれん」と声を掛けた。内儀が店のコンクリの床をかたかた下駄の音させてやって来て、「なんやろ?」と障子をあけて顔をのぞかせた。

「おビール欲しの」

女は言った。

内儀が障子を閉めてから、「始めて食べ物らしいものを食べるわ」と女は言う。

女に光造は何も訊かなかった。実際女に何を訊いてみてもしようがなかった。丁度口笛一つでついて来た犬をあれこれ考えせんさくしても結局はその犬を飼うのかそれとも追い払うのかどちらかしか道がないように、光造には女を部屋に居続けさせるのかそれとも追い帰すのか二つの方法しかなかった。赤い髪の女は光造の部屋に居続けた。

光造は女が部屋にいるところも生活が変ってくるものかと思った。食器の類を使って部屋で物を食う事が滅多になかったのに女が来てからそれが目に見えて数が増え布巾がその上にかぶせられていた。窓の下にビニールの赤い紐が張られ洗濯物がそれに干されていた。それから女物の赤いエプロン、ブラウスがかもいにかけられた。それだけで部屋は急に明るく見えた。テレビもステレオもなくただ寝るためだけだった自分の部屋が同じ年頃の連れや同僚の誰彼の部屋と変りがないように見えた。光造はただ自分の部屋が赤い髪の女がすみついてからすこしばかり女の手を加えられると次々に変っていくのに驚いていただけだった。だが、女はまた独り者の男の生活のすみずみを知る事に興味があるらしかった。

赤い髪の女には、決まって明け方に覚醒剤中毒の女の立てる声が、自分の新たな生活の歌のように聴えているらしかった。よく「ほら」と声が聴える度に光造を起こした。その声は光造にはききなれた豚の声と同じだった。光造は何も感じなかった。その覚醒剤中毒の夫婦が迷惑だというのはそれが自分と同じ人間だと思うからだが、それならどこの家でも夜になると立てる女の快楽の声も迷惑がらねばならないと光造は思った。自分が立てさせる女の声や自分が立てる快楽の呻きがよくて、人の快楽の呻きが悪いという理屈などない。赤い髪の女がどんなに大きな声をあげても光造が頓着しないのは、それまでも何度もアパートの薄い壁を通して隣の女の声が聴えて来たからだった。「ほら」と女が光造に聴き耳を立てろと言う度に、「気持ちよがって豚のように声を上げとるんじゃよ」と言う。覚醒剤を打ち生きていまいることが快楽だと声を上げている、と思った。そのまま光造は目が覚めて女の乳房をもみしだき女に快楽の声をあげさせることもあったし、また再び女にのしかかられたまま眠りにおち入る事もあった。女は何度も何度も自分の身に波を打って襲ってくる快楽をだけしか要らないのだと言うように光造と絶えず乳繰っていたい風だった。

女とさっき部屋を出るまで互いに体をなめあい撫ぜ合い交接していたのに、女は、連れて入ったスナックで光造の耳に声をひそめて、「またしたなってきた」と言った。光造は「よっしゃ」と返事をして女に「あとで時間かけてゆっくりやったるからな」と言う。光造が仕事からもどって部屋に入ると女は裸で寝ていた事があった。女はうるんだ眼をしていた。光造は一瞬、赤い髪の女が光造ではなく別の男を部屋にひき入れて交接ったと思ったが、それをなじる方法を分からず、人が外で仕事をしているのに飯の用意もしていない、飯も作らない女などに用はない、叩き出してやると言い、蒲団をひきはがして女が裸に光造の脱ぎ捨てたブリーフをまとっているのを知って狼狽した。赤い髪の女は起きあがり顔に手を当て体をふるわせて泣いた。

光造は自分の部屋が女にすっかり占領されてしまい、女のにおいが充満しているのに気づいた。それは決して悪い事ではなかった。部屋が野球部の部室のようなにおいや建設会社の事務所の無味乾燥な埃っぽいにおいに充満しているより、二十八歳なら女のにおいがするのは当然の事だった。女の女陰から分泌する粘液、赤い髪、女が買って来た化粧品の類、マニキュアの除光液、それらのにおいが充満した。それはいつもクラッカーのようなにおいになって鼻にあった。

女はそのにおいを光造のものだと言った。光造が違うと言うとわけ知りのように、

「独り者の男には独特なにおいがついとるんよ」と言った。「あんたは最近になってだんだん取れて来たけど、

なんやしらんムーとしたもんがこびりついとる」

「よう知っとるな」

彼がからかうと、

「わしかてこんなんやけど、鈍い事ないもん」と言った。

「ここに来た時からずうっとそのにおいがあんたの体からしとったんやから。なんやろ？　と思た。ずうっと思ってた」

女は分からないという顔の光造に小声で「自分では分からんと思う。あんたを抱いた人やったら分かるかもしれへんけど」と言った。光造は保険外交員の顔を思い浮かべた。

或る日、仕事から帰った光造に女がその覚醒剤中毒の夫婦を見たと言った。赤い髪の女は洗濯物を窓のビニール紐に干していてふと下からじっと見ている人間がいるのに気づいて窓からのぞくと、やせぎすな女がじっと自分を見つめている。それが自分を捜し廻っている人間だと女は思って、ふと身をすくめた。下からやせぎすな女が怒鳴った。意味がはっきりききとれなかったがその声を聴いてそれが覚醒剤の女なのに気づいた。それですこし勇気が出て、いまいちど窓から顔をのぞかせた。覚醒剤の女はその顔に向かって「殺したろか」とどなり始めた。その自分の声に自分で煽られたのか、覚醒剤の女は、アパートの戸のむこうまで来て、ドアをどんどん叩いた。覚醒剤の女はまた何を勘違いしたのか、はためもかまわず「出て来い、殺してやる」とどなった。

その女の亭主を呼び出したのは同じアパートに住む主婦だった。

覚醒剤の女は亭主になだめられて窓の外をその声がいつも聞えてきた方へ歩いていった。

女はことさら言わなかったが、始めてみたその覚醒剤の女に殺してやると言われて衝撃を受けていた。女はその覚醒剤の女が帰ってから長い間、何一つしたいと思わず、ただ息がつまってくるほどの不安を抱いたまま、光造の帰りを待っていた。その赤い髪の女をただ光造はなだめる事だけのために身を引き寄せ、着ている服をそのままの姿勢で脱げるだけ脱がせて丁寧に愛撫して、内臓の奥から声を出すまで根気よく口で吸った。窓の外がすっかり日暮れてから光造は赤い髪の女を連れてイトコの家へ行った。

そのイトコの家には着物の通信販売をしている夫婦

が来ていた。赤い髪の女は物を言わず、人の視線をさけるように、光造の体の後に坐っていた。イトコの敏子は、女が便所に立った隙に、左巻きの合図をつくって「これ？」と訊いた。光造はイトコの敏子にその最初から説明するのがめんどうくさくて素直にうなずいた。敏子は光造の太ももを手で一つたたいて、「羞かしよ」と言い、口を手でかくし声を殺して笑った。便所からもどって来て女はまた光造の背中のすぐ後に坐り込んだ。

着物の通信販売するやせた男の方が、

「どこぞで見たような気がするな」と言い、イトコの敏子とは十ほど齢の離れた種違いの姉になるフキが、

「そういうたらさっきから私もそう思てたん」と相槌を打った。フキは光造の後にかくれた具合に坐っている女に、「あんた、この前まで尾鷲の奥の方に住んでなかった？」と訊いた。女は小声で「そっちの方は知らん」と言う。

「確か大里とかいう土地からまだ奥に入ったとこやけど、車で呉服の生地いっぱいつみ込んで行た時に集会場みたいなとこへ呉服みに来てくれてた気するよ」

女は知らないと頭を振った。

「そうかん、人違いやの」フキはあっさり言って話を変えるというふうに、「そんなふうにして呉服を車につんで方々走り廻ってったらいろんな事に出会うよ」それからフキは、「なあ、お父ちゃん」と話を預けるように言う。男はそういつも呼ばれているので何のこだわりもないのだというように、「光造らもそんなんやろが、おれらもやっぱりお母ちゃんの言うとおりやね」としゃがれ声で笑をうかべて言う。「俺、車を運転ようせんさかお母ちゃんのすぐ横におって、ちょっとお母ちゃんゆられてムズムズして来たわ、というても、何を、この不精者は、と言われるが、自分がそうなってきたらこっちの都合などはおかまいなしや。モーテルのすぐ前に来て入口のすぐそばまで来て、お父ちゃん、このままモーテルに入るよ、ええなあ、と返事も訊かんと入口を突っ込んどる」男は小指をつめた手を振った。その身振りが入っているだけに余計二人がつくり話をしているように見えた。テキヤをしていた男はこのまえまで貸金の取り立てに行っててらちがあかないと相手を殴ってしまい傷害で刑務所に入っていた。

「モーテルの風呂に二人で一緒に入ったらよかったんやろが、その時、前の日にワシ、ちょっと遊んどって他

の女にキッスマークをつけられとったと思たさか、先に風呂に入って調べてみて、マークなどないんで安心して簡単に洗ってすぐ出たんじゃよ。入れ代りにこれが風呂に入ったわよ。ブツクサ言いながら。ワレ、昨夜、遊んで来くさって、今日は締めあげたるさか。そういうんでワシも男やさか覚悟していまかいまかと待っとったら、風呂から出て来えへん」

「大っきい風呂場やったねえ」フキは言った。

「マットの敷いた洗い場が畳三畳分ぐらいあったかいね、そこでお母ちゃん体中に泡をたてて独り泡オドリやっとる。アホらしやら、なさけないやら」

　敏子が笑い入りながら、「二人で泡オドリせなんだんかん？」と訊くと、

「したよ」

　敏子は手を叩いて笑った。

　赤い髪の女は笑いもしなかった。

「せっかくそうせえと説明書きもついとるし、それにお母ちゃんの命令やから。自分がトルコへ勤めに出たみたいな気になってアワ吹きながらサービスしたよ」

　そのモーテルに行ったのは大里の辺りが雨で水びたしになって展示販売の集会場までつけそうにもないと分った時だった。その二日後に水がひき、尾鷲からしばらく海岸よりに走ったところで販売会をひらいた。五十年前から沼地と川がすぐそばにあるそこは排水が悪く大なり小なりの雨が降るときまって水は出た。その赤い髪の女によく似た女はそこにいたと言った。

「髪、赤かったか？」

「それがあやふやな記憶しかないんよ。まあ、それはそこにおってもおらんでもどうでもええが、どこの家でも庭が川原みたいに石がゴロゴロ転ってみえるの」フキはそう言って「あんなんもえらいと思うわ」と体を起こして言った。

「大里言うたら、この前、うちのなんかとみんなで会うたスナック知っとるやろ、あそこのマスターがそうやね」敏子は言い、ふっと真顔になって「なあ、心配せんかて身元調査などせえへんから」となだめる。赤い髪の女は三人に目立たないように指で光造の尻をこすっていた。

　赤い髪の女をダンプカーに乗せたのは大里とは反対側の海岸線だったので、光造には、フキとその男が見たという話は信じられなかった。大里へ行くにはそこからなら矢《や》ノ川《こ》峠を越えなければならなかった。女は

その敏子の家からもどり、泣いた。赤い髪の女がどこで何をしていようと、今の光造には興味のない事だった。女は温りを持った体であればよかった。

女は泣いた顔を洗面所で洗い、タオルでぬぐってから、今さっきまでうっとうしい声で泣いていた事など自分ではない別の人間のやっていた事だというように、「その角、出たとこのスーパーマーケットでラーメン安かったさか、いっぱい買うて来とるんよ。つくって食べる?」と訊いた。光造の返事を待たずに湯をわかしはじめた。「今度、給料入ったらこのガスコンロ、取り換えよ。うち、いっつも火つけそこねるよ。昔からうっかり者やと言われたけど、こんな難儀するガスコンロで火傷したりするの嫌やし。うちの事やから火ついてなかっても忘れてしまうかもしれんし」

女は言った。スーパーマーケットの紙袋からラーメンを二袋取り出して封を切り、思いついたように、「あのスーパー安いなァ」と独りごちる。「卵なんかメチャクチャに安いし、あの棒のついたチョコレートらも他より二、三円は安い」

「二、三円ぐらいか」光造が女の話に合の手を入れるふうに口をはさむと、

「この辺りの人はそれを知らんと、安い買物しとるんよ。あのスーパーの卵が特別安いのはどうしてなんやろ? 養鶏場がそばにあるんか知らん?」

「養豚場はここから歩いて五分ぐらいであるな」光造は言った。女は出来た出来たとラーメンを入れたドンブリを両手で支え持って光造の前に置く。立ったまま、「はい」と箸を手渡しして、自分のドンブリになべからラーメンを入れて持ってそれも光造の前に置き、「どうせな、今日はスーパーへ行って卵買おかどうしようかと迷って買わなんだ時からついてなかったんよ」と言う。「卵でもひとつあったらインスタントて感じにならへんねえ」

女はズルズルと汁をすすった。

女の赤い髪がまた揺れているのを視ながら、光造はアパートの通りを左に折れたところにあるスーパーマーケットの経営者が養鶏場を持っていただろうかと思った。

女は光造の不精髭の生えたあごから頰の辺りを温い唇で何度もなめた。唾液で頰がぬめってかゆくなり光造は女の髪を手で押えその唇に唇を押し当てた。女の

唇の中に舌を入れて乳を吸う子のように光造の唾液を飲み込む女の髪を撫ぜた。舌の先で女の舌をこすった。女は歯を打ちつけるほど強く唇を差しだす。女の右手が光造の尻の割れ目の辺りをわしづかみにしている。

女は犬のようになめられたがったし、犬のように光造をなめた。光造の素裸に出来た鳥肌を面白いと舌を這わした。光造は女の女陰を指で開きそれが女の一等壊れやすい部分だと舌を置いて口で風の息を吹きながら動かした。女は光造の陰毛に唇を当て陰毛を唾液で濡らしながら噛み、また声をあげる。何度も女の内臓の奥から吐き出すその声を耳にしたが光造には新鮮だった。同じ体から同じ声が出るがその快楽の声は今はじめて耳にするもののように聴えた。女は丁度真上から逆さまに押さえ込まれているために自由になった足をのばして広げ力を込め、その力の限界で、「いや」と足を閉じた。女は力なく女陰をまだ嬲る光造の頭を撫ぜる。

女に頭を撫ぜられながら光造は快楽の波がうずまいている女の体の温もりを味わうように頬をよせる。女は光造の体を重いとはねのけようともせずに腹を上下させて荒い息を吐き、それから、

「汗かいとるやろ」

と世迷い事を言って普通の形で抱いて欲しいと言った。光造は起きあがった。体の水分をすべて女に吸い取られて喉がかわいたと思い、勃起した性器のまま流しに行って蛇口に口をつけて水を飲んだ。暗い流しは以前そんな事はなかったぬくもった食べ物のにおいがした。「飲みたいか?」光造は女に訊いた。その光造の眼を気にするのか女は女陰をかくして足をそろえて曲げ、「喉かわいた」と言う。光造は流しの蛇口にいま一度首を伸し、口いっぱい水をふくんで女が自分をみて眼がうるんでいるのを見ながら漱《すす》ぐふうに口を動かし、女の前に行った。女は笑わなかった。寝ている女を見下ろして、立った光造に真顔でのろのろと手を差し出し、光造が女をみつめたままなのをせかすように足首をつかんだ。光造はその女を視ながらしゃがみ、女の髪を生首だというように両手で持った。女は上半身をおこした。こぼれないように女に温もった水を口うつしした。女は喉の音を立てて飲んだ。温い水は唇からこぼれて女のあごを伝い喉首から乳房の谷間に流れた。

その肌についた水の跡を見ながら、

「何の味する?」

と光造は訊いた。

女は舌を鳴らして考え込み首をふって顔に笑をつくり、「インスタントラーメンかな」と答える。

光造が笑うと女は膝を折って祈る格好の光造に手をのばして性器を握って放し、坐ったまま足を上げて交接ろうと後手をついて股をひらいた。光造はその誘いに乗って、蒲団に尻を下ろした。女は光造の肩にゆっくりと両足を乗せた。それは女の好みの形だった。光造は女陰の中に自分の勃起したままの一度も気を抜いていない性器を入れる。蒲団に女のものかそれともいまの水が落ちたのかところどころシーツが濡れているのを眼にした。クラッカーのにおいがまたしている。

女の女陰は充分に濡れているのに勃起した性器は入れ難かった。女がその光造にじれたように体をのしかけて女陰に光造を入れ、いかにもむくつけのその姿を自分で確かめて光造の顔をみつめ、「さっき毒でも飲ますみたいにおそろし顔してた」と言う。光造は両手で女の黒い硬い乳首をつまむ。

「なんやしらん怖ろし」

女の声は背骨の方から聞えてくる気がし、その女の声にむかって自分の性器を突き刺すように腰を打ちつける。女は赤い髪をゆさぶり首をのけぞらせて腰を持ちあげ左右に動かす。女のそった胸の乳首が黒く光り、光造はその交接の形を教えた夫が吸い、二人ほどいるという子供が吸った黒い乳首に見せつけるふうに大きく腰を引き強く打ちつけた。赤い髪をゆさぶって立てる女の声を耳にしながら光造は自分の体にちりちり身を焼くようなものがわきあがってくるのを知った。それが乳首を吸った者への憎悪なのか単に女の声に煽られて次第に昂ぶってくる光造の淫蕩なのか分からなかった。

女は目を閉じて髪を揺ぶり両肩に乗せた足首をしめるように力を入れながら声をあげている。光造はその交接の形を好きではないと改めて思い、それで女の足を肩から下ろした。

女は光造に抱き起こされていま光造がそこにいた事にやっと気づいたと光造の首に両手をまわして体を動かし胸に乳房をこすりつけ、光造の顔のいたるところに口づけした。

光造は女に自分の舌を吸わせながら、性器を女陰からはずさないようゆっくりと女を下に圧え込む。腹に力が入りぶるぶると震えている。

電気が点いたままなのがうっとうしく光造は倒れ込む格好のまま手をのばしてスイッチを引いて消した。急に暗闇に落ち込むのを待っていたように女は舌を放し、鼻が性器だというようになめはじめ光造は女の剛い触感の髪を撫ぜ、上になって足を上げさせ股を広げさせて力いっぱい腰を打ちつけた。自分の快楽の為なら女の子宮を裂いてやってもよかったし、首を締めてやってもよかった。光造が同僚と読む雑誌に首を締めた時の女のその感触が忘れられず女を襲い強姦し殺して廻った猟奇事件の記事が載っていた。

女は声をあげる。女は苦しくてしようがないように呻いて粘液でいっぱいになった女陰を光造にこすりつけ、もっと深く強く動いてくれと尻につめを立て、それでも足りないと光造の動く尻の割れ目を指でつかんで尻の穴に指をつっ込み裂こうとする。つめで皮膚が裂ける痛みを感じながら、女のもう身動きつかないほど硬くなった女陰の中で長々と射精した。

一時、女に体重をすべてかけたまま、光造は自分の体から青白い炎が消えるのを待った。光造の炎は音を立てていた。

赤い髪の女はその光造を自分の上から下ろし、物も言わず光造の股間にもぐり込んだ。そうやるのが当然だというように女陰をあおむけに寝た光造の顔の上に乗せる。闇の中で女の柔かい肉の尻が光造の眼の前にあった。

光造は嫌いではないと思い女のその女陰と尻の肉の間を手で撫ぜ、短い硬い不精髭をこすりつけた。

女の尻のくぼみに汗が出ていた。

女が腹から胸にくちづけながら這い上って来て、柔かい温い唇を光造の唇に押しつける。

女が光造の口に舌を差し入れ、こすり動かし、唾液を送ってくる。光造はその青臭い味のする唾液を吸った。女が下腹に手をのばして性器の先をこすりながら光造の耳に息をふきかけ、「なあ、朝までしよう」と言う。

光造は女の髪を両手で撫ぜた。

女は手で性器をこすりまた唇を圧しつけ光造の口の中に舌を差し入れ強く吸う。唇を離し、「ほら、固なってきたやないの」と耳に息を吐き、「うち、あんたの事忘れられへんのやから」と言う。女は光造の耳に軽く歯を立て体の上にはいあがり、自分の髪を撫ぜている手を上にあげさせて腋毛に鼻をつっ込み唇を圧し当てる。

長く尾を引いた叫び声は覚醒剤中毒の女のものだった。その日は赤い髪の女よりも光造の方が早くその声に気づき目覚めた。女は光造の胸元に頭をこすりつけ光造の下腹部にまだ未練があると陰毛のあたりに手を当てて寝ていた。

カーテンを引いていたが、白んだ外に細かい雨が降っているのは樋の音で分かった。怒り心頭に発したとも悲しくてしようがないともその餌を求める豚の声のような女の叫びはまた聞えた。

女は眠り込んでいた。

その眠った素裸の女の顔にかぶさった赤い髪を光造はかきあげてやり、ふと今日の朝が眼のさめるぬけるような青空ではなく白い空だったことが天の慈悲のような気がした。

雨は樋をトクトクと鳴らしていた。

眠り込んだ女を起こさないよう光造は女の手を自分の体から取りのぞいて立ちあがり蛇口に口をつけて水を飲んだ。それから女が毎朝そうするように薬かんに水を入れガスコンロに乗せた。火をつけ、青い炎の色をしばらく見て、自分の性器が充血しはじめて重くなり頭をもちあげてくるのを感じながら炎を小さくした。微かな風が立てば消えてしまう炎があるかないかの状態なら湯がわくまで一時間はかかるはずだった。湯がわかなくともよい、と思った。股間がしびれていた。光造は足音を殺して窓に寄りカーテンの隙間から外をのぞき見し、霧のような雨が白い空から降り、樋に集まった雨水が下のコンクリの溝に流れているのを確かめた。

女はいつのまにか寝がえりを打って蒲団をかかえ込む形で光造に背をむけ尻をむけていた。なまっ白い肌理の粗い肌の尻から女陰が見えていた。光造は一時そうやって女の横にしゃがんだまま赤い髪の女の寝姿を見ていた。

光造が女を揺り起こしたのは、また覚醒剤中毒の女が叫びをあげるのが聞えてからだった。赤い髪の女は光造に後から抱きかかえられているのに気づいて身をよじり、光造の唇に唇を押しあて唾液を音たてて強く吸い、女の叫びにあごをしゃくりながら「覚醒剤、うちが打たれてる気したんよ」と言う。

光造が女陰に指をあておしひろげると、「そこに」と女は間のびした声で言った。女は光造の体にのろうとして足に足をからめた。光造にまたがったまま乳房を光造の胸にこすりつけるように体を倒して耳に息を吹きかけ「足が反りくりかえるくらいの気持ちやった」と言う。光造が色艶の悪い髪が愛しいと撫ぜると窓の外を見て「ああ」と首をふり、「雨降ってるから今日もこんな事しておれるねえ。いつまでも雨ばっかし降らへんけど」と言った。唇を光造の喉首に圧し当てた。赤い髪の女の唇が唾液で濡れて非道く温い、と光造は思った。

赫い髪は美しい。

水の女

富森がその女を路地の山の脇にある家に連れて来たのは、八月も入ってからの事だった。富森のやっている仕事は火を見るより明らかな碌でもない仕事だと、路地の誰もが噂していた。その噂は無理からぬ事だった。路地の中の男衆がみな働きに出かけている昼間、富森の住みついた掘立小屋同然の家に、ちょうど働き盛りの若い衆が何人も集まり、博奕をうち酒を飲んでいた。女はその富森の家に現われ、路地の者らが顔を覚える頃になると、路地の口さがない内儀の連れたまだ歩き立ての子供に、「かしこい子やねえ」と声を掛けた。駄菓子屋のそばで出会ったなら、いかにも荒くれの富森の女にふさわしい赤い鼻緒の下駄の音を鳴らせて駄菓子屋の中に入り、あれもこれもと袋に入れ、「これ、姐ちゃんから」とよちよち歩きのまだ充分に物を持てない子供に手渡した。路地のその内儀は、女にとりあえず礼を言ったが、十歳の子供の一日の小遣い賃の十倍はする駄菓子をもらって困り果て、女の顔をしげしげとのぞいてみたのだった。女は、荒くれの富森に似つかわしくない顔をしていた。女はそんな迷惑を一向に頓着しないふうに頭をひとつさげ、子供に手を振って富森の家の方へ下駄をまた音させて小走りに歩いていった。

女が酒の相手をしているのを見た者もいた。朝からその日は雨が煙のように降り、路地の若い衆の誰彼となく、日雇い仕事にあぶれて身を持てあましたように富森の家に集まった。縁側に腰をかけ、或る者は雨をよけるために庇の下にしゃがんでいた。朝からその富森の家は騒々しかった。いい若い衆が集まり何がおかしいのか笑い、声高にしゃべっているのは路地に住む者に気持ちのよいものではなく、何の気なしにのぞいてみると、富森の家の縁側に集まった若い衆ら二人、それぞれ上半身裸になり富森の家の前に大きな石を持ちあげている。その石は以前に住んでいたその家の持ち主が役に立たぬものだが棄てるにも手間がかかると裏に放っていた物だった。一人は、持ちあげはしたがそのまま歩く事が出来ないで、声をあげて地面に降ろした。「鼻緒が切れてしもたわだ」と言い、その若い衆は縁側に尻をおろし履いていた下駄を脱ぎ、手に持って鼻緒を引きちぎる。家の中に富森がいるらしかった。女が縁側にあらわれ、富森の為に用意していたらしい履物を持ってきた。その女の着た赤い服に煽られたように今一人の上半身裸の若い衆が石を気合いと共に持ち上げ、それを肩の上に差し上げる。おう、と若い衆らの感心したという声が起こる。そのすぐ後は酒になったらしく、若やいだ陽気な女の声が霧のような雨の中を響いて来た。

　富森が連れて来た女は、路地の誰にも、富森の朋輩の秀明にも、素生の分からぬ女にみえた。いや、当の富森さえ、不思議がった。富森が女に会ったのは中地《なかのぢ》頭《とう》と呼ばれるこの土地の中心にある山そばの料理屋で、最初、闇屋をしていた桑原の女だと内儀から紹介されての事だった。闇屋をしていた桑原は自分が出て来た山奥の村から女を連れて来てひとまず料理屋に預けた、と言い、富森はそれならと女を誘った。女は素直に富森の誘いに乗った。富森は例のように女には桑原について一言も訊いていないし、また女も何も言わず、随分以前から富森の女だったように、山の脇の家で、朋輩の秀明や路地の若い衆らで酒を飲みながら博奕をするのに小言ひとつ言わずつきあい、若い衆同士が酒の勢いで喧嘩になっても顔色ひとつ変えず、居合わせた富森が若い衆のどちらの肩も持たず引き分けるのをみていた。酒を飲みながら博奕を打ち、それにもあきると、血気盛んな若い衆らのする事は力くらべか色話になる。若い衆らの話にさして顔を赧らめもせず女は笑ったり酌をしたりして聞いていたが、富森が用心して女との事にふれないように廻り道をして遊廓の女や、夜這いに行き首尾を果たした商店の女房が昼間顔をあわせても素知らぬ振りをしている話をすると、女は我が事を話されているように顔を赧らめた。その顔の赧らめ様が女に妙に色気を感じさせ、富森はつられるようにその土地で名の通った商店の女房が、その夜、再び行った富森の為に裏の木戸さえ鍵をかけずに待っていたと話した。富森は木戸を開けるのに音たてぬように小便したが、胸がはやって性器が痛いほど勃起してしまい小便がうまく出てこなかった。若い衆らはその小便の出ない苦労を分かると言うようにわらい、女は顔をころもち下げて富森の後に坐って若い衆らの視線をさけていた。

山がすぐ脇にあるので縁側に蚊が出ているらしく髪を短く刈った博文はしきりに腕をかき、思いついたように日雇いの力仕事でごつくなった手で叩いた。その脇に尻をおろし富森のちょうど前にあおむけに寝そべった姿になって履いて来た女物の下駄をブラブラ揺すっている実市は博文より五つは年下だったが、眼鼻立ちの整った顔からの印象とは別に、若い衆らの中で一等力があった。家の前に置いた木箱に腰かけていた正夫が、富森の微に入った夜這いの話に刺激されて体がうずくと木箱をキシキシ鳴らして腰を動かし、昏い眼をしたまま唾を音させて歯の間から飛ばした。富森はその正夫を見て眼に笑をつくり、その家の女房が富森にまといつき夜が白むまで離さなかったと言った。実市が富森に「兄に会うたらかなわんわい」と言い、体を起こし、「よう秀兄《ひであに》が言うとるけど、兄と一緒に他所へ馬喰でもしに行て、一日でも泊る事あったら必ず女を見つけん事ないと感心しとるよ」

「秀明もそうじゃだ」

富森はそう言って裸の赤銅色の腹をかき、コップについだ酒を飲んだ。富森はキシキシ箱を鳴らしている正夫に、

「秀を追うて尾鷲の方から女、来なんだかい?」

正夫が首を振ると、「あれも自分の手が早い事を言わんと」と言い富森はまた腹をかいた。山の方で蟬が鳴いている声が重ったるく、朝降っていた雨がまた降りはじめると富森は思って、博奕に出かけるのはあきらめようと思った。降っていた雨が止むと曇っていても昼になると地温が上ってむし暑く、どこもかしこも開け放した山の脇の家は蚊が飛び廻る。女はその富森の気持ちを察したのか立って裏の戸を閉めて先に住んでいた者らが残していった茶色の大きなうちわを持ってきて富森に渡した。女はそれから土間に降り外に出て、

縁側の脇に干してあった富森の白いシャツを取り込み、奥の部屋に入っていく。実市が「こんな天気、もし山へ入って枝払いの仕事しとったら、泣いてしまわよ」と言う。「蚊は出て来るし、蛭は出て来るし」

「俺の言うた通りじゃ」博文は言った。「昨夜のうちにそこの山の木が動いとるの見て雨降ると思たが、案の定じゃ。朝早うから騒いで」

「働かなんだら金ないわだ」

「俺の家に実市が来たの、何時と思う。俺が寝とる枕元に来て、耳元で、正夫兄《にい》やん、雨降っとるがどうすると騒ぎたてる。空が白んだばっかりの四時」正夫がそう言って唾を吐くと、実市が、「耳元で言わなんだら声で眼さましてしまうわだ」と体を起こした。その時正夫は雨がここで降っていても、ここと山の中と天気はまるっきり違うと思ったが、三人で組をくんで山仕事にいくのだからと思い直してとりあえず博文を起こしに行く事にしたのだった。博文は父親が病気になってから使わなくなった牛小屋を改良した離れに寝泊りしていたので、朝早く寝入っている親兄弟を起こしてしまう心配も要らず実市は板戸を乱暴に引きあけ、正夫が開けた窓から顔をつきだし、同時に蚊屋の中に身を丸めて寝ていた博文を起こした。博文は起きたが、蚊屋から顔を出し、「雨降っとる」と言った。富森も今朝、そう思ったのだった。若い衆ら三人のように山仕事に行くのではなかったが、富森も夜の白みはじめた頃眼をさまして家の裏すぐにある竹藪に当たり、細い糸のような雨の音が幾つも重なって水の瀬音のような響きをつくっているのを耳にした。女は素裸で富森の体に顔をくっつけ身をこすりつけるようにして眠っていた。富森にはその女の寝息が妙に不安だった。吸って吐く規則正しい寝息を耳にし瀬音のような竹藪に降る雨の音を聴いていると、次の一瞬、爆弾が破裂でもする気がした。富森は女が何を考え一緒に従いて来て自分と暮らしているのか分からないとことさら思った。富森は女の寝息を耳にしながら、自分に身をすりよせるように眠っている女に優しい感情がわき、額にかぶさった髪をかきあげてやり、寝返りを打った女の首筋についた汚点のような黒子に唇を押しつけ、唾液で湿った舌でその黒子の形をなぞった。女は背後から覆い被さった富森の体の下で黒子をなぞる舌が体の中心に届いたというように身をすくめた。朝はまだ明け切っていなかった。女の肌に接した富森の腹や太腿の部分が女と富森の体温でうっすらと汗ばみ、すこし体を離すだけで家に入り込んだ朝の空気に冷えてきた。富森の唇が女の耳の裏に移ってやっといま眠りの快楽の波から這い上ったように、

「起きてたん」

と顔をねじり富森に笑をつくる。

「雨やねえ」と女は言い、その女の声に促されるように押しつけた自分の太腿の間から女の尻に手を差し入れ女陰《ほと》に当てようとすると、女は富森の手が動き易いように軽く膝を立てた。富森の顔を確かめようとするように女は顔をさらにねじって、「ずうっと起きてたん」と言った。腹に力を入れているのか声が震えているのを知り、富森は女陰に花弁が開くように当て柔かい細かい密生した陰毛をつかんだ格好の手をはずさないように身ひとつ後にずらすと、女は富森の体の下でむきをかえ、富森の胸板に顔をつけようとすりよる。富森の勃起した性器は女の脇腹に当たっていた。瀬音は富森の耳にひびいていた。

富森が女陰に当てていた手を離すと、急に女の体の中に弾機《ばね》がもどって来たように女は唇を富森の胸に圧しつけた。唾液で濡れた温い唇が胸の辺りを吸い、それが腹の方にさがっていく。瀬音を気にしながら富森は女の顔をひきあげると、女は富森の顔をいっとき見つめてそれから急に富森の体をはねのけるようにして富森の腰に足をのしかけ、「なあ」と言い、富森の体をあおむかせ胸から首筋に唇をつけた。女は細い無精髭が生えたあごすじに唇を這わせ、それがくすぐったく富森は顔を起こして唇で受けた。歯の間に女の舌が割り込む。女の舌は富森にからみつきこすりつけ、富森は女に煽られるように女の体を持ちあげ、ちょうど富森にまたがった形になったまま腰を浮かした女の女陰をさぐり、女の唇の中いっぱいに舌を差し入れるように性器を入れた。

竹藪に当たる雨が瀬音に聞えると言う富森に、その女が話をしたのは、窓から水嵩の増した川が見えるという水手《みずのて》と呼ばれる川そばの土地の事だった。女はそこに誰と住んでいたのか説明しなかった。川そばの家の中にいて耳をそばだてるとその川の水音が聴えそうに思えたが女はそこにいた間ついぞ耳にした事がない。その水手に行くにはいつも重っくるしい甘い臭いが漂った看板屋の前を通らなければならず、女は繁華街の行き帰りの度に重っくるしい臭いの霧の中を息をつめて

歩いた。女は、その富森と一緒に住む家が水手の川に面した家だというように、

「雨降ったらいっつも気色悪い気して。いつ何どき水が出て来るかも分からんから」と言い、「その土間まで川があふれてきたんよ」と土間を指さした。

富森の家に集まる若い衆らの内の誰が路地の者から鼻つまみにあっているというわけでもなかったが、ただ富森、という名前を聞いただけで、路地の者もその近辺の者もうなずくものがあった。富森は自分が棒引組であるのを知っていたので決して自分から、誰彼に近づきはしなかったが、棒引組ゆえにまた気性に気持ちのいいところがあると、同じ頭寸《とうずん》だけでなく、若い衆からも親しみをもたれていた。そんな富森の性分に魅かれたのか女は富森が外へ出かけ博奕をやったり、同じような頭寸の者二、三人と組んで山奥の辺へ馬喰に出かけて来てつかんで来た金をもらい、気さくに子供の顔をみかけたら物を買い与えた。

富森の住んでいる家が山のすぐ脇だったので、隣はその家から緩い勾配の坂を下りた角の八兵衛の家が一等近かった。八兵衛の女房は最初に女に声をかけられた時、ついぞ見た事のない女だと思い、富森がまた女郎を足抜けさせて来て一緒にすみ、どうせそのうち追って来た遊廓の者らと騒々しい渡り合いになると思い、かかわりあいたくないと家の中に気づかなかったというように入った。八兵衛の女房は、女を富森にはもったいないと思ったが、そのうちに路地の若い衆らが富森の家に集まり、昼となく夜となく女がつくった物を肴に酒を飲んで声を荒げて博奕をやりはじめて、その女が富森にふさわしい蓮っ葉な女だと思うようになった。女は昼日中から酒の相手をしていたし、雨が降ると決まって集まる若い衆らが、石を持ちあげたり板を殴りつけたりして身をもてあまして力まかせに興じる声に女の声が混っていた。

富森は女が来て一カ月ほど経ったあたりから、家をあけて馬喰をやりに川奥の三里《みさと》、四村《よつむら》、川をへだてて矢《や》ノ川峠《こ》の方まで泊りがけで行く事が多くなった。買いつけた牛を富森は鵜殿の大崎という業者に受け渡すのが常道だったが、仔牛を二頭ほど連れて来て、家の脇に繋いでいた事もあった。その二頭の仔牛を見に子供らが富森の家に集まり、その話を聞きつけて次の日別の子供らが行った時は、すでに仔牛は朝早くからいなくなっていた。女は子供らにがっかりさせてすまな

いと、わざわざ駄菓子屋に行き、いくつも紙袋に菓子を入れて子供らに「また来た時見たてね」と渡した。

富森は博奕に勝った時や馬喰の商いにもうけた日、よく女に物を買った。女は着物が似合うと町の繁華街の古くからある呉服屋に行き反物を買い寸法をはからせた。だが女はその着物を滅多に着なかった。

或る時、博奕に大敗けした。馬喰に使う元手も一切合財、取られて、富森は家へもどり女に買い与えた着物の類をすべて売らそうと思って、ふと何も彼も面白くなくなったと朝から雨戸を閉め切り女を裸にした。女は妙に恥かしがった。家の中を閉め切り日がほとんど射し込まない中で富森が女を引き寄せ乳房を揉みしだき、女の股を大きく広げさせようとすると、女は嫌だという。富森は訝しがり、雨戸をこころもち開けて嫌がる女にわざとそうするように日の光に照らして女陰を見た。女陰が濡れているのがわかった。富森は女陰の開いた桃色の花弁をみながら女が一瞬、別な男の性器を受け入れるのを想像してむらむらと腹が立った。富森は女をその姿のままにして沼地に入っていくように性器が女陰のひだとひだをかきわけていく感じを味わいながら体を女にあずけ、女の乳房を舌で嬲った。女は富森の性器が子宮を潰し内臓を押し出すというのか足を立てて逃げようとするように体を伸ばした。富森は女の両肩を押さえ、首すじに唇をつけた富森の耳をなめようとする女に、腰を打ちつけた。女はのけぞり口を開けて声を出した。女陰が固くなっているのが分かった。女は体をのけぞらしたまま足をのばして、富森が女の顔を見ながら女に合わせて自分も果てたいと速い勢いで腰を打ちつけると、女があっけなく果て、富森は女陰に入れた性器を抜き取る気もせず、呆けたようなひだに血が通ってくるのを待ちながらゆっくりと性器を動かしてみる。女は眼ざめて女陰に勃起したままの性器があるのに気づいたように富森に笑を浮かべて顔のいたるところに唇を圧しつける。その女をみて富森はやっと腹立ちが消えた。女にくぐもった声で「かまんか？」と富森が訊くと何を勘違いしたのか、「あかんよ」と言った。富森は充血した女陰が傷つくかもしれないと思いゆっくりと女の上で腰を動かしはじめると、女は「ちょっと見せて」と言う。「なにがじゃ？」富森が訊ねると、「あれ」と小声で言う。富森はわらった。「好きな女じゃ」富森は言って女の体を起こして立ちあがり、女の手が勃起した性器に触れようとするのを

「待てよ」と止め、そのまま便所へ行って性器が痛むような小便をした。流しに行って水瓶からひしゃくですくって水を飲み、富森はそのまま女の眼に見られながら白い外光が洩れ込んでくる蒲団の方へ歩いた。女はひざを折って坐ったまままいまやっと富森が自分にもどってきたというように立ったままの富森の両脚をかかえて頬ずりした。富森は女の髪を無造作に持って引き、顔を上げた女にほらと腰をつきだした。性器は女の白い肌とは比べ物にならないほど富森には黒く垢にまみれたように見え、女がそのただの木切れと大して変わらない性器に頬をすり寄せ、富森の眼をみながら唇をつけ赤い舌をみせてなめるのが不思議だった。女は股を開いていた。富森は足をその股間に入れ陰毛と女陰を親指でこすった。女が口をあけ性器を含み舌を小魚のように動かすのがじれったく富森が腰を突き出すと、女は呻いた。

それまでも、富森は酒に酔った勢いで女を裸にして何回繰り返しても行かないので業を煮やして性器を女に命じて口でやらすと、酔いに疲れ昼間の博奕仕事につかれて眠り込んでしまうまでやっていた。射精した時は夢の中だった。富森が体の重たさに眼ざめると女は性器と陰嚢の間に顔をうずめるようにして眠ってい、富森は女を抱きあげてたまらなくなり、女の背後から猛った性器を入れた。

夜を徹して博奕をやり、そのあげくがすっからかんになって山を一廻りしたところにある掘立小屋同然の博奕場からもどってきたのに、富森は眠気ともちりちりする淫蕩ともつかぬものがあるのを知った。女の中で放って眠り込みたかった。女になめられ女の温い女陰のにおいをかぎ、女の声を聞き、あまり強く感応しすぎて尻をどこにそんな力があるのかと思うほどわしづかみにされ、爪をたてられたかった。閉めた雨戸の外から物音は何ひとつ聴えて来ない。女は顔を動かす度に額にかぶさる髪をかきわけまだ性器をはなさなかった。富森はじれったくなって女を突き離すようにして「しんどいじゃろが」と言い、女の前にしゃがみ膝を折って女の唇を唇に受けてやり、そのまま女を蒲団に圧さえ込んだ。富森は最前とはうって変って、女の体にちりちりと広がるものをまず乳房と女陰に集めるように手をそえて女陰の奥深くまで性器を入れてから、赤いしっかり張った両の乳首を指にはさみ、それから手にすっぽり入るほどの乳房を揉んだ。女の腰と女の胸は別の生き物だった。富森は女とは反対にゆっくりと腰を廻して女があっけなく昇りつめてしまうのを阻みながら、女の耳に熱い息を吐きかけ、「えらい奴じゃ」と言った。「女郎にでも出たら、男がひっきも切らさんようになる」女はその富森の声に耳が聾してしまったように声を出して身を傾げる。腰を強く打ちつけると性器にぴったりとからんでいた女陰が形を歪めたのが富森には分かる。富森は女が唇をあけて、両脚をこころもちもちあげ性器が女陰の奥深く当たるのを待っているのをみて、女の足をいま少し上げさせ、そんなに強く腰を打ちつけた事がないほど力を入れ犬のように尻を振り立てた。女は長く尾をひいた声をあげて上にのびあがり身をくねらせて富森から逃げようとし、肩を押さえつけるとその肩をつかんだ。女が昇りつめるのはもうすぐだと分かった。富森はその女に合わせようと女の女陰の中に入った自分の性器が女陰の壁を突き破り何もかも血だらけになる想像をしながらけいれんしつづける女に力いっぱいつかまれた形のまま、長々と熱病にかかったように射精した。

朋輩の秀明が来たのは富森が素裸のまま眠り込んでいた時だった。鍵のかからない戸を開けて「おるかい」と声を掛けただけで上ってきた秀明に驚き、女はあわてて蒲団を富森にかけた。女は着物はつけていた。秀明は富森の枕元に坐り、富森の顔をのぞき見て「気持ちよう寝とるわだ」と女に言い、女が一瞬顔を赧らめるのをみてから、「なんにも用事がないんやけどな」と言った。秀明も富森と一緒に掘立小屋でやった博奕で負けて、勝っていたなら今日、藤ノ市で行われる品評会に出て牛の買いつけに行くはずだったと言った。富森がその秀明の声に「誰なと思ったら、兄かよ」と眼をさまし起きあがろうとして素裸にいまごろ気づいたとでもいうように女に下穿きを出してくれと言った。富森は秀明の前で風呂にでも入っているように胡坐をかき、秀明が差し出した煙草を咥え、マッチの火を借りる。火を差し出した秀明の二の腕に刺青がのぞけた。女が差し出した下穿きを立ちあがってはき、「戸を開けたれよ」と女に言った。「昼日中から性交《おめこ》しとると言うて廻っとるみたいじゃ」

縁側に胡坐を組んだ秀明は外の日が眩しいと眼を細め富森とさして変らない体つきだった。

「言うてもしょうない事じゃが、あれらに裏をかかれとったんじゃと後で気づいて、どつきあげてでもやったら気が済んだのにと思て」

富森が言うと秀明は、「どうせ、どこぞで元取るわよ」と女の出した茶を飲む。秀明はそれから小声になり、「兄よ、藤ノ市にまで行かんと高森へ行くかい？」と訊いた。

「高森に後家がおってちょっと知っとるんじゃが、そこで口きいてもろたら金、後でも物を先に持って来れるようになるかも分からん」

「虫のええ話じゃだ」

「まあ行てみよらい」秀明は言った。

富森は女に装束を出させた。眼の奥がちくちく痛んだ。秀明が何を思いついたのか路地を石垣の方に廻り高森へ行くバス乗り場とは反対の方向へ歩いていくのを訊ねると、装束を着る為だと言った。秀明の家の前まで来て、後を振り返ると山仕事の装束を着た若い衆が三人、歩いてくる。「どうした？」と富森が訊くと、「嘘みたいやけど、山の中、手がつけられんほど雨が降っとる」と正夫が言う。

「阿呆らして開いた口が塞がらん。朝早うから起きて、バス賃使て集合場所まで行て、山へ入ったらとたんに大雨になって、仕事が今日は中止やと言う。監督にそれならせっかくここまで来たんやから日当半分でもつけてくれるか、別の山へ入らせてくれと言うと、別の山へ行ても天気かどうか分からんし、それに順番に枝払いや山の下刈りをやっとると言いくさる」

「日当つけてもろたかよ」

「三分の一。飯食たらとんだわ」

博文が言い、その物の言い方がおかしく富森はつられて笑った。富森は高森も雨が降っているかもしれないと思い、路地の小高い山の頂上をのぞいてみた。風が吹いていないらしく頂上にある木の梢は揺れなかった。その梢のすぐ下辺りから富森の家まで竹藪が続いていると思って、富森はもし高森へ行ってどうしようもなかったら、桑原をおどしてもよいと思った。桑原には貸しがあった。富森が闇市で商売をしていた頃、桑原が抜け目なく進駐軍の横流しをして何度も土地のヤクザに狙われた度に、富森が話をつけてやった。茨の富と言えばその頃、闇市に出入りする者やグレ者でおびえぬ者がなかったほどだった。

秀明が装束をつけて出て来て、地下足袋が新しく足になじまないらしく二度土を蹴ってみて、「兄、行こかい」と声をかける。秀明はにやにや笑いながら、「ええ女やど。兄ら見たらふるいつきたなってくるぐらいじゃわ」

「秀のをもろてもしょうないわだ」富森は言い、口に女の陰毛が入っていたのを知り唾を吐く。指を鼻先に当ててにおいをかいでみてから、富森は先に立ってバスの方へ歩き出した。


秀明の後を従いて富森は小川に沿った道を歩いた。風が川の向うの小高い山の方から吹いて来て穂が出はじめたばかりの稲の一群を傾がせて、家が十軒ばかり建っている高森の方に走っていった。秀明は川に板を三枚架けただけの橋を渡り、すぐ小山にむかってなだらかな坂になった道に入り、「あの家がそうじゃよ」と振り返って指さした。富森は秀明のあごの張った顔に細かい髭が生え、それが日に当たり金色に光っているのを見て、子供の頃から何度もそれとそっくり同じ事があったのに気づいた。

「どんな女ない?」

富森が訊くと、稲の穂を一本抜き取りそれをパラパラとむしりながら、「どんな女言うても、兄もええ女と言うのは難し」

「気をもたすんじゃね」

富森はわらい、それから小山の上の方から吹いてきた風に牛舎のものらしい牛の糞尿の臭いが混っているのを知った。富森は妙に浮いて来て、秀明に従いて歩いているだけで納まらない気がして稲の葉の上にとまっていたバッタを素早く手で摑んだ。富森はそれを空に向って放り投げ、羽根を広げたバッタも空も光っているのを見た。坂道をのぼり切ったところに牛舎があり、秀明は、「おじ、おじ」と呼んだ。返事がしないのを知って秀明は牛舎の裏へ廻る。富森は牛舎の柵に追綱でくくりつけられて顔をつきだした黒牛の鼻筋を撫ぜ、その牛の鼻息から牛が発情しているのを知った。一頭、そんな牛を飼っていたなら人に自慢出来ると思う程の牛顔で毛艶もよかった。二十頭ばかりいる牛にそれ以上のものはなかったが、ただ粒がそろっていた。

「おらんわよ」

と秀明が眼をしばたたかせながら牛舎の反対側から出て来た。糞を踏んだらしく秀明は地下足袋の足裏を草に何度もこすりつけた。その牛舎の裏側から山の斜面にかけてが牛の遊び場らしく糞とも泥ともつかないものが一面をおおっていた。臭いはそこから風に乗りやって来た。秀明は「わざわざ来たのに」と言い、掌で眼をぬぐった。

「一頭黙ってもろて行こかい」

富森が牛の鼻筋を叩くと、秀明が、「待てよ」と言い、いったん外に引き出してみようと追綱をほどきかかった富森に「あそこにおるんじゃ」とまた家の方を指差す。

家の前に繋った黄色い丈高い草花の横に立った男は、秀明の顔をみて、「また来たんかいよ」と言い、秀明が物を言うより先に「あかん、あかん、お前よりもちゃんとまともな馬喰が何人もここへ来て、そのうち商いをする約束しとるんじゃから」と手を払った。

「糞ジジイが」

秀明ではなく富森が言った。男は秀明の後に立った富森の顔を一瞬見て、気の荒い性格が顔に出た富森に気圧されたように、「あかんもんはあかんのじゃ」と独りごちるように言った。

「まともに馬喰をしようともせんと、博奕ばっかりしとる者らにいくら商いや言うても手塩にかけたもんを渡せるかい」男は言い、帰ってくれと犬を払うように腕を振る。

「ただでくれと言うとるんでないんじゃ」秀明が言うと、男は、腹立ってかなわぬように「それなら、あれを返してくれ。人のようよう育てた物と死にかけの餌をろくによう食べんもんを無理に換えていて」

「殺したたんじゃろ？」

「餌もよう食わん物を持って来たんじゃがい。馬喰の田口も来て、あれらそんな事ばっかしやって廻っとるんじゃと言ってたが、おまえら、盗人じゃ」

男がそう言い終らないうちに殴りつけ蹴り倒したのは富森だった。富森は秀明を呼んで、来た道を駆けて逃げた。殴るのも蹴るのも一瞬に起こり、一瞬のうちに走って逃げるのは富森が闇市で身につけた喧嘩の方法だった。人はそんな富森を火が点くと止められない荒くれで、人の事など屁とも思わない男だと噂したのだった。

その高森からもどった次の日、また雨が降った。朝から富森の家に若い衆らは集まり、むしむしするので、下穿きひとつになった富森が横になって寝転んでいる鼻先で、腕相撲をやり、それに飽きると所在なげに雨の滴が垂れる庇の下に立ち、材木商の丸一が幾ら安い、山川が幾らくれると話している。その博文の話は、富森にも昔行った事のある山仕事を思い起こさせた。博文は服を脱いで背中を見せ、ズボンをめくって左脚のふくらはぎを見せた。最初血を吸われているとは知らなかった、と博文が言うと、

「おれが引っぱっても吸いついてゴムのように伸びるんじゃ」

と実市が言った。

血を腹いっぱい吸って五倍ほどにふくらんでから山蛭は自分からぽろりと転げ落ちる。博文の背中と左脚のふくらはぎに山蛭が吸いつき噛み切った穴があき、血が流れ出して止まらなかった。実市はその博文を連れて山の作業小屋まで行こうとして、ふっと日が撥ねた杉木立の方を見ると、博文から流れ出す血の臭いが風に乗って運ばれるのか、雨が落ちるような音を立て山蛭が幾つも落ちていた。「身震いした」と実市は言う。流しの方から女が芋のふかしたのをざるに入れて持ってきて、縁側に置き、「ザー、ザーと雨みたいに蛭が落ちて来たとあんたら言うさか、竹藪に蛭が降っとるると思って鳥肌、立ってきた」と女は言う。女は富森の枕元に坐り、「食べてよ」と若い衆に勧めて一つ取り、富森に食べるかと訊いた。富森が首を振ると女は爪で皮をむき、もそもそと口を動かして食べる。富森の寝転んでいるそこから隣の八兵衛の家、そのむこうに共同井戸が雨を受けているのが見える。その井戸に水を汲みに来たのは、芳男の女房らしかった。芋の尻尾を放り投げて口で受けようとして鼻に当たった実市を、若い衆も富森も女も笑った時、その芳男の女房は笑い声のする富森の家に顔をあげたのが分かった。富森は先刻承知の事だとその女房が何を思っていようと気にしなかった。博文が芋の尻尾を放り投げて、これは見事に口にくわえたので誰も笑いもしなかった。

昼近くになり、雨の中を秀明が小走りに駆けて来た。ちょうど若い衆ら三人が女に博奕を教えてやるという口実で、花札を打っていたところだった。秀明は弟の正夫の頭をこづき、「いまごろから博奕覚えて」と言った。「うるさいことぬかすな」と正夫がどなり返し、「なにい、兄貴にむかってうるさいじゃと」と秀明は怒りはじめて、気まずくなった若い衆らを救うように、「うちが博奕覚えよと思て教えてもろてたんよ」と女は言った。女は花札を畳の上に並べて何を出せばいいのかいちいち訊ねていたのだった。

「博奕ら覚えんほうがええわ」

秀明が言うと富森が、

「博奕の親方が」

と合の手を入れる。

秀明はことさら声をあげて、花札をたたきつけている若い衆らを見ながら「あれらそのうちやったるわい」とイカサマをやった者らの事を言い、富森に小声で焼けた郵便局の裏に山ほど重なっとる銅線を雨のうちに夜運び出さんかい、と訊いた。富森は秀明がまず闇市で羽振りを利かせていた若い衆の頃と変わっていないと思い、「兄の話に乗ったらえらい眼に合う」と断わった。秀明は苦笑いして、「ありゃ向こうが思い違いしとるんじゃよ」と言い、それからまた小声になり、「何ど算段あるんかい?」

富森はうなずき、「兄にまた昔みたいに手伝てもらわんならん」と言い、それから急に思い立ったと女に服を出させて着て、若い衆らに、「ちょっと秀兄と外へ行ってくるさか、兄ら、これに博奕でも教えて待っといたってくれよ」と言った。女は不安げな顔をした。富森は女に「博奕知ったら今度一緒に連れたるど」と言い、女が何を世迷い事を言うと顔をにらみつけるようにみ、それから笑をつくった。

富森は秀明がさっきそうして入って来たように身をすくめて雨の中に走り出、秀明が自分の後を追ってくるのを確かめてから角を曲がり、繁華街の方へ駆け入った。

桑原を殴りつけたのは秀明だった。桑原はあおむけに引っ繰り返りあわてて体を起こした。座卓に左手をかけて身を乗り出した富森もいつでも殴れる体勢にあるのを知り、理由を言わずお金を貸して欲しいと言う富森の申し出を突っぱねていた時とは打って変わり、体から急に力が抜けたようになって眼を落として、「なんでお前らに金を貸さんならん」と言って、自分の言葉に一人腹立ったように、「お前らに金貸すんやったら、ドブに棄てた方がましやと思うわい」と言う。ダニみたいな者、犬畜生みたいな奴ら、とつぶやく。秀明がうなだれた桑原の髪をつかみ顔をあげると眼に涙が溜っている。秀明は顔をあげた桑原を揺さぶり、ふと思い出したように、「われ、俺らの恩を忘れたんか」とどなる。「何遍も俺らにヤクザに狙われとると頼んで、いま頃になって、その恩を忘れたと言うのか」「桑原よ、俺はお前に金くれとゆすっとるんじゃないど」富森は言う。「お前から言うたら、ハシタ金じゃ、その金を貸してくれと言うとる」

　桑原は富森の顔をみ、かすかに笑った。この盗っ人犬、そう桑原はつぶやく。富森はその声を聴き取ったが、桑原が以前と比べてまるっきり人が変わったように強情になっているのを知り腹立つ気持ちをはぐらかされた気がした。闇市があったこの間まで茨の富と渾名された富森は誰でもよけて通るほどの荒くれで、何をしでかすか分からないと人が恐れたのだった。桑原は、金を貸せないと言った。富森はその桑原を殴りつける気もなくなり、秀明に言って、桑原の髪を摑んでいた手を離させた。桑原に帰ってよい、と言った。桑原は黙ったまま立ちあがった。部屋を出て行きざま、体がそりくり返っていかにも闇市から始めた成り上りの商売人の風体だという桑原は「口を裂かれても、お前には金貸さんと言うのを、一番自分が知ってるんではないかい」と残して出て行った。富森は自分が強い言葉で言った分だけ後味の悪さが残り、その尾羽打ち枯らした自分を見るのがうっとうしく秀明を連れて、ここだけは闇市の時代から顔を出すだけで何の利害もないと言う駅前の一寸亭《ちょっとてい》に酒を飲み直す為に出かけた。昼日中、雨音を耳にしながら開け放した一間だけの店の中で丸椅子に腰掛けて酒を飲んでいると、富森は自分が何物かと折り合いが悪いせいで、神仏にも見放されたように何をやってもついていない結果になると思い、俺は、茨の富じゃ、と小声で、自分が名乗り人もそう呼んだ名をつぶやいてみた。ふと富森は自分の弱気がおかしくなり、苦り切った顔の表情のまま酒を飲んでいる秀明に、「秀兄よ」と話し掛けた。「茨の富もヤキが廻ったんかいの？」富森はそう言い、顔をあげて昏い眼をして秀明に「俺はやっぱし悪い男じゃね」と言った。富森も実際その考えはどこから出て来るのか分からなかったが、闇市の時代そうしたように女を遊廓に出そうと思ったのだった。桑原から金を巻き上げる事に失敗したから、もともと桑原のものだった女を遊廓に売ろうと思うのか、売ってもいい女だと思うからさっきまで若い衆に混って博奕を習う事を女の面白い変り様だと思っていたのか何一つ定かでない。「今日でもあの錦楼の番頭に会うて、明日の日でも連れて行くさかと言うといてくれんかい」富森は店の外に降る雨脚をいっとき見て、なあ、と秀明を見ると、あごの張った顔から富森とそっくりの表情が現われている。

富森はその秀明ににんまり笑った。

一寸亭を出て富森は秀明と別れて山の脇にある家に、雨の中を駆けてもどった。日暮れ時には二時間ばかり間があったが雨で空が暗く、山の脇にある富森の家は電燈を点けていた。女は富森の顔を見て物を言いたげにしたが富森は取り合わず、むし暑いので服を脱ぎ下穿きひとつになった。

富森は女に酒を出させて飲み、女が黙ったままの富森に一心に気を遣っているのを知り、一杯いけと女に酒を勧め、「博奕はうまなったかい?」と訊いた。女はやっと笑を浮かべ、「まだあかん」と首を振った。その女の返事に富森は妙に昂ぶり、富森は女の顔を見つめたまま術にかけるように、「今日は雨じゃからじっくり楽しませたるからな」と言うと、女は眼を伏せ顔を赧らめた。その女に命じて雨戸を閉じさせながら、富森はふと何度もこんな気持ちのままで女が閉める雨戸の音を聴いたと思った。完全に閉め切るとむし暑いので、女は、裏の木戸を開けた。富森は酒を飲み、女に昔、茨の富と呼ばれていた時の事を話した。それまでそんな話をした事はなかった。刑務所に入った時の事は夢のような話だった。富森一人、博奕場に踏み込んで来た警官に追われ包囲されて取りおさえられた。警察に着くなり、おまえが女を殺し火をつけた犯人だろうと白状をせまられ、ちょうど竹棒で頭を殴られていた最中に、犯人が逮捕されたが、そのまま今度は博奕の方で刑務所に放り込まれた。女は富森の話をうんうんとうなずきながら聴き、空になった富森の湯呑みに酒を注いだ。

酔いが廻ってから蒲団に入った。あおむけに寝た富森の眼に入るように女は立って着物を脱ぎ素裸になった。裏の開けた木戸からまた雨が竹藪に当たって、水の瀬音のように鳴っていた。その雨滴を含んだ風が、水が盛り上がり岩に当たっているように竹藪の音を作り響いてくる。女があおむけに寝た富森の下穿きを取った。勃起した性器が下穿きから飛び出したのがおかしいと女は笑い、富森の差し出した腕を枕にし顔を胸に寄せ、富森が体を引き寄せて背筋から尻にかけて撫ぜると、「今日は音、強いね」と今はじめて雨音に気づいたように言った。

「船に乗っとるみたいやね」

女は言い、それから不意に富森の手が乳房に触れると黙り、勃起した性器に手をのばして富森の硬い陰毛

が生えたつけ根の辺りを握り、ふと思いついたように、

「なあ、雨みたいに落ちて来る山蛭に、うちなんかが血を吸われたらどうなるやろか」

富森は黙っていた。女の乳房に唇を当て乳首を強く吸い、女の腹をなめる。脇腹に唇を当て舌を当てると女は声を上げる。富森は女の脚を大きく開けて膝を立てさせ、陰毛と女陰に顔をうずめ、唇で吸い、女が所在なく身をゆすっているのを見て女が脚を抱えやすいように横むきになってみた。女は富森の性器を口に含み、陰囊をなめた。富森の舌が指を使って両側に押し開いた女陰の充血して赤い小さな入口にいまひとつの性器のように当たり、錐のように先を尖らせ核をこすると、女は口に含んでいた性器を離して、声を立てる。富森にも女にもそれは楽しい遊びだった。富森はふと、女とする以外、滅多にそういう遊びをした事がなかったと気づいた。女が誰に教わったのか分からなかったが、昇りつめ易い感覚のいい女には向いた遊びだった。その夜も富森が上になり、最初から富森は時間をかけて何度も性交するつもりだったので、女の動きを気にせずに果てる時のように腰を速く動かした。女はあっけなく昇りつめ、腰を動かし続けている富森の首に両手を巻きつけ、富森の唇に唇を重ねようとした。富森がいい加減くたびれて来てから、奥深く入った性器に突き動かされて女の女陰に血の流れがもどったように女はさきほどとは比べる事が出来ぬほど腹の底から声を出して、震え始め、富森にしがみついた。女は、欲しがった。女陰が富森の性器ならず富森自身も呑み込む事が出来るというように、女は腰を動かした。女の呻き声を聴きながら、女の女陰の奥で精を放った。

竹藪が荒れた海のように鳴った。

富森がまだ固いままの性器を女陰からはずし下になると女は富森の上にまたがった。女の股からその精液が流れ落ちてきて、陰囊に伝い流れた。富森はどうにもその精液でぬめった陰囊が気色悪く、女に持ってきてもらった水で濡らした手ぬぐいで拭った。寝かせた女の脚を広げさせて富森は色の白い女の焼けたような女陰を点検した。女郎に出てこれからどんな種類の性器がその女陰の中に入るのだろうと思い、富森は顔をあげ、

「何人の男と寝たんじゃ」

女は不意に訊ねられ、のろのろと体を起こして富森をみる。訊ね直すと答えかねないほど女は真顔になった。

富森は女が泣き出すのではないかと思い、一瞬、女を明日、浮島にある遊廓に連れていく算段をしていたと気づき、「ええんじゃ、ええんじゃ」と女を抱き寄せた。博奕をする金も馬喰をする元手も女のこの女陰が稼いでくれると思い、富森は体中がむずむずした。

富森は女を抱えたまま汗とも湿気ともつかないもので平べったくなった蒲団に寝て、女の乳房を揉みしだいた。女が声を立てはじめる。女の中からもう一人の淫蕩な女が現われてくるのを待つように、富森は乳首を吸い、耳に唇を這わし、「またほばりたいんじゃろ」と息の多い声でささやきながら、雨が風に乗って石礫のように家に当たっているのを耳にした。

富森の家に女がいなくなったと路地の者が知ったのは、女が遊廓へ行ってからしばらく経ってからの事だったし、女が浮島の錦楼で女郎をしていると路地の若い衆らが噂をしはじめたのは錦楼から女が姿を消してからの事だった。それからの行方を耳にした者はいなかった。ただ富森だけは、相変わらずどこに金づるを持っているのか、博奕場に姿をみせていたのだった。女がいた時もいなくなってからも、山の脇にある富森の家が雨であぶれた若い衆の溜り場である事に変わりなかった。朝早くから力にまかせて石を投げ合い、三十貫はある石を持ちあげる事が出来るか力比べに興じたりする若い衆らに路地の者らは、眉をひそめたが、その声の中に女の声が混っていない事を、ことさら気づく者はいなかった。博奕に勝って気前のよい富森は、実市に命じて山が雨であぶれた若い衆らの飲む酒と肴を買いに行かせたのだった。朝から酒盛りだった。

富森は、峠の向うの尾鷲に馬喰をしに行ったついでに上った遊廓で出会った潮吹き女の話をし、正夫が、浜で女と性交して、どこもかしこも砂だらけになった話をした。実市は夜這いをしてみたと話しだしたが、何を思いついたのか顔を赧らめながら話はいつのまにか駅裏の女との交接の話になった。酒で顔が赧らみもせず平然としているのは博文だった。博文は駅前の魚市場に働く娘に惚れられていつでも性交をやろうと思えば出来ると言い、「ええわだ、いつでも出来て」実市が言うと、

「もうちょっとどうにか顔がなったらええんじゃが」と博文はそれぞれ微に入り細をうがった話で興奮したのか股間をまさぐり、「やりたなって来たよ」と言った。

「実市、尻べべでもええさかやらしてくれんこ」「しりくそ」と実市は博文のからかいに間髪いれず切り返して、一斉に、若い衆らは笑った。

富森は明日、尾鷲の遊廓に行ってみようと思い、「兄ら、明日も休みかい?」と訊いた。実市が、山の方も海そばも天気が定まらず、ぐずついているので、明日の朝早くに起きて風の様子をみてみないと分からないと言った。雨が止み、日が当たりはじめ、急に熱気が出て来たように暑くなり、上半身脱いだ博文を見て、こんな時が一番山蛭が出やすいと思い出し、富森は女と一緒に聴いた竹藪に雨が当たって立つ雨の瀬音を、幻聴のように思った。

その女に会ってから、広文はほとんど朋輩の路地の若衆らとも顔を合わさなかった。それまで雨の日、山仕事や土方仕事の多い路地の若衆らはきまって何の用もないのに路地の三叉路の角にある集会場に寄って、畳敷きの部屋で、まだ三カ月も先の祭りの日におこなわれる御舟《みふね》漕ぎの段取りを話したり、半年も後の正月の事を話して酒を飲むのが常だった。路地で生れて路地で育って、いまそこに住む若衆らも広文同様、決まって都会で職に就きもどって来た者ばかりだから、路地に残った四季折り折りの行事に思い入れが強くなるのだろうが、その祭りの日が近づいて、一カ月も毎夜、遊びたい時間を割いて晴れた日の度に川に出て、舟を浮かべて、手を血豆だらけにして御舟漕ぎの練習したのが、いざ祭りの日の本番で四着になった。くじ運が悪かったせいもあったが、祭りの日の前々日の雨で水嵩の増した川に流され、路地の青年団が出来て以来のライバルである王子地区の青年団にも、一着が無理だったら王子地区だけには負けたくないというその王子地区の若衆らにも、水をあけられた。その日はまさにヤケ酒だった。市会議員や土建請負業者が差し入れした五升ほどの酒をたいらげた。青年団長が立ちあがって、これからも火事などがあった時は率先して団結して救助活動しよう、八月の盆踊りも青年団がなければ成り立たないと気合いを入れるように言ったのだった。去年の正月元日、青年団に持ち込まれたこもをかぶった三斗樽を、消防団のハッピを着た青年団の若衆らが朝早くから初詣に行く通りがかりの者に振る舞ったし、二月の御燈祭の時、青年団が総出で白装束に松明を持って登り、喧嘩して怪我をする事も、またさせられる事もなく終ったと言ったが、御舟の大敗では妙に気が抜けた。

その女は、広文らの漕ぐ御舟を、川原から見ていたと言った。海と山にはさまれた狭い町の七地区の青年団の漕ぐ御舟の一等外側に割りふられた路地の舟は、川原の上にある神社から出て市内をひと廻りして来た御輿が川原に着き、緋色の袴をはき白粉を塗った巫女らの鈴を鳴らしての踊りや神官らの儀式の後に切られたスタート直後、六艘の舟がひしめくところを大きくうかいするはずが、流れに巻き込まれて下流の方に流された。それが体勢を立て直してから、千穂を抜き、阿《あ》須賀《すか》を抜き、蓬萊を抜いた。「みんな拍手したんよ」女は言った。

女は広文の腕を枕にして裸の体をこすりつけるようにむきを変え、血豆が破れ固くなった手のひらを指でなぞった。女は広文の顔を見て、「一着は熊野やったんやねえ」と言い、熊野と言うのはどのあたりだと訊いた。広文は女の顔を見ながら、その血豆の出来た手をはずして女の太腿にすべり込ませた。祭りから一カ月も経っているのに血豆の痕は固まったまま消えず、女の柔かい粘るような肌にざらつく。女はくすぐったいとその手を押さえ、それからゆっくりと体を起こして広文が枕元に脱ぎ棄てていたジャンパアを素裸の上にはおり、奥の流しに歩く。水道の水音に混じって聴き取れぬくらいの声で、流しの板間に立つと急に冷え込むと言い、湯呑に水を受けて飲んだ。

女の裸は冷えていた。広文は手にあまる女の乳房をゆっくり揉みしだき、女の肌に熱がもどってくるのを待つように、路地の若衆らと組をくんで山仕事にも行き飯場にも行った話をした。山仕事は日帰りが出来るところに限ったが、同じ頭寸の若衆ら三人で行った飯場は、川奥や吉野、尾鷲まで足をのばした。ダム工事の土方仕事を山中で一カ月やり、給料をもらうと、気ごころの知れた若衆らと体にたまったものを吐き出すだけのために、バスのあるところまで歩き、町に出る。吉野の山の中で飯場をつくった時、二人の姉妹だと称する女が一見してヤクザとわかる男と共にやって来て、飯場のそばに小屋を掛け、金は後からでもいいと客を取りはじめた。「小屋やさか、やっとるのが見えるんじゃ。俊男が、むしろから顔出して、はよ終ってくれと言う」

　女はわらい、身をすりよせる。広文はその時に飯場へ行った者で、路地にもどっているのは自分一人だと気づいた。

　その女の方から身を乗りだして唇を合わせ、舌を広文の口に寄こしこすった。両手で広文の顔を生首でも扱うように抱え込んでいる女に舌を吸われながら、女の体を自分の上に持ちあげた。女は軽すぎるように思えた。女の腹の下に広文の固くなった性器が腹そのものを突き刺す凶器のように圧され甘い痛みを持っていた。その性器を自由にしてやろうとするだけのように広文は女の両の腰に手を掛け、持ちあげて腰を浮かせ、濡れた女陰《ほと》が開ききるように両方の太腿を広げさせた。性器の先が女陰に入ったのを機に、腰を上げると、潤っているがまだ縮んだままの中のひだのひとつひとつをのばすように、性器がずぶずぶとのめり込む。女の口や舌とその女陰は、それまで別々な物だったのが、広文の性器が奥深く入ってやっとひとつになったと気づいたように、女は舌を誘い込み広文の唾液を好んで吸っていた事を忘れたように、ああ、と声にならない息を吐く。

　女は広文の上にしゃがみ込んだ格好で、身を起こした。蒲団が、ずり落ちた。女は腰を浮かしぎみだった。広文が乳房をわしづかみにして血豆の固まった手のひらに女の黒い乳首が当たるように揉みしだいているのに眼を閉じ、浮かした腰をゆっくり沈める。それは女陰の中にある性器を確かめるようだった。女陰いっぱいに入り込んだ性器を扱いかねているようだった。広文がその女を嬲るように沈みかかる頃あいをみはからって腰を強く打ちつけると、女は口をあけ、声をあげ、腰を浮かした。

　その白い肌ときゃしゃな体つきの女が、そのうち、広文の性器にもっと奥深く突き当たって欲しいというように動きはじめるのが広文には不思議だった。女はいつも気が行く寸前に広文に犯されるような形になりたがった。広文の下になり、足をあげて広文の尻をその足で抱え込むか、両足を思いきり広げて上げ、ほとんどくの字に体を折りまげられてその窮屈な姿勢のまま、女陰の壁を突き破るくらいの勢いで力いっぱい強く突き刺されるのを待った。広文が、その人に自慢してもいいほどの固い性器を女の内臓をも圧し出すような勢いで、女のぬくい、湿りをおびた女陰にむかって腰をつき出すと、女は声をあげて身をのり出す。女はおこりがおこったように広文の腕をつかんで震え、「もっと――」と耳に聴きとれる声を出して不意に声を呑み込むように歯をくいしばり、力萎える。

女陰に固いままの広文の性器を入れて、広文が腰を動かす度にじょじょに血がいきわたるように女は眼ざめはじめ、長い事たって、やっと体と女陰が一緒になったと、女は広文の唇に唇をつける。

女は乾きに耐えかねていたように、広文の唾液を飲んだ。その女は口いっぱいにほおばった舌が広文のもう一本持っていた性器だと言うように舌をからめ力をこめて吸い、性器が奥深く入る度に声をつまらせる。その声にあおられたように、広文は、乳房を揉み、犬さえそんなふうな仕種をしないほど自分の体の中にあるわいせつな心そのものの固い塊になって、声をつまらせ、身をよじり快楽に体が熱を帯び赤く光っているような女の体の中に入っていこうとして、腰を動かす。広文は、女の声の中、女の女陰の中に入り込みたい気でいっぱいになり、女が身を固くしはじめるのにさらに促されたように動きをはやめ、登りつめた頂上で、血が吹きこぼれるように思いながら、息をこらえて、射精する。

女と知りあってから、何度もそうやって血のように精を蒔く気がしながら射精したのだった。広文よりも三歳ほど齢上で早い時期から嫁ぎ子供もいたという女のどこに、自分を煽るものがあるのか、不思議だった。その女は最初、広文がその路地のはずれにある自分の家に連れて来た時、町で出会った女らを相手にした事とさして変らない姿勢を取ると、事が終っても広文の顔を見られないほど、真底、羞しがった。その羞しがりように煽られ、離婚してはじめて深夜、実家に帰るはめになったと帰り仕度を整えている女を、自分も夜道を送っていくと服をつけズボンをはいているのに、「ちょっと来てみい」と女を呼び、膝に乗せ、それから女の耳に後から、「これからちゃんと方々で仕込んできたの、教えたるさかに」と言った。「交接《おめこ》するの、嫌いでないがい」。そう言って、スカートの下から手を差し入れ、女の薄いパンティーを取った。それから女に広文はジッパアをおろさせ、下穿きから性器を取り出して女に握らせた。「これも、ええ女陰しとると言うとる」と広文が言うと、女は、耳から顔を赭くさせせながら身をよじり広文にむきあおうとする。広文はまだ女を羞しめてやろうと思っていた。女が昂ぶってその昂ぶりをおさえきれぬように唇を吸いたいという気を圧さえつけるように、後をむかせたまま、黒ずんだところに何度もすでに射精したせいか血が廻って紫色に変色した性器で、後から大きく股を広げさせて持ちあげた女の、尻の穴から女陰にかけてなぶり、女の体に入った広文の精液が流れ出して来るのをせきとめるように、刺しつらぬいたのだった。

思い切り女にわいせつな事を教え、やってやりたかった。後から廻した手は一方で服の上から乳房を、一方は女の黒く剛い陰毛をかきわけ、核に当てた。そのこりこりとした核に広文のふくれ上った性器の管が当たり、指を触れているだけで動かさずとも、性器で女陰が突きあげられる度に震動が伝わり、女が快楽に耐えきれずに声を出すのがわかった。

女は、起きあがった。寒気で女が鳥肌立っているのがわかった。また、女は枕元に脱ぎ棄ててあった広文のジャンパアを着こみ、今度はジッパアを閉じ、下にスカートだけをつけて、流しに行って最前と同じように水を飲み、それからゆっくりと広文の顔をみながら歩いて来る。広文の枕元に一時横坐りになり、それから、窓を見る。外には、雨が降っていた。祭りがすぎてから降りはじめ、晴れ上った日は一日もない。

女の顔が外からの日に影になり随分黒ずんで見えた。その女の物に呆けたような表情を、広文は、今はじめて眼にすると思い不思議な気で眺めた。女は横坐りになった体を起こしてから広文に顔をむけ、ひじをついて寝そべった広文をみつめ、それから顔の中心部に血が集まるようにゆっくりと笑をつくり、

「なんやしらん、痛いの」

「どこがじゃ?」

女は明るい笑をつくった。それから広文に見せるように身をよじって、「やせたみたいやわ」と言う。「この一カ月でだいぶやせてしもたような気がするんよ。いっつもやったら銭湯へ行く度に計るけど。やせたみたいやからと計ったりするの、羞かしし」

女は立ちあがった。窓を開けた。外に降っている雨音が、広文の耳には窓から顔をつきだし外をのぞき込んでいる女の柔かい太腿の間からわき立っているように聴えた。広文の住むその家が丁度小高い山の頂上にある為に、山と海のはざまに出来たその町の大半は見

える。「急に寒なったんやね」女は言った。「雨でぽろぽろ花が萎れて落ちてしもて」女は言い、広文を振り返って後手に窓硝子を閉め、「なんやしらん落ちてしもた花はきたない気する」と、また流しに歩いて水を飲んだ。「斬って飾ろと思てたんよ」

「どこのじゃ?」

広文が訊ねると、「その下の」とあごで差す。

「どやされる」と広文は路地の事を知らない女をわらった。路地に住む老婆らは誰の発案なのか、木で幾つも鉢をつくりそこに四季の花を咲かせていた。広文の笑を見て女は怪訝な顔をした。

女が広文の脇に来て坐り直した。広文はその女の膝にそうするのがごくあたりまえの事であるように手をのばした。また女の顔が、外からの白い光の影になり黒ずんでみえるのに気づきながら、「鵜殿も雨ふっとったかい?」と訊く。

女はさあ、とゆっくり首を振る。

女の実家がある鵜殿は、祭りの日に御舟を漕いだ川の対岸だった。女の実家が鵜殿だと知った時、そう言えば、御舟の時、競走する舟とは別に、神主や国宝だという人形《ひとかた》を乗せた舟を先導するもう一隻の舟にきまって鵜殿の男らが白粉に紅をひき緋色の服を着て乗ると言うと、「特別なんと違う」と言い、その鵜殿に、弘法大師の伝説がある、と女は言った。「他の土地にある大師さんの伝説やったらええ話やが、鵜殿は、昔から変らんと人が悪いらして」、ボロ布をまとい乞食同然の旅の者が、鵜殿のとある家の門口に立ち、喉が乾いたと一ぱいの水を乞うたが、その家の人間から、おまえのような者に水を施すいわれはないと追い返された。その立って歩く事すら出来ぬようなやせ衰えた襤褸の者は木切で地面に何事か絵のようなものを書きつけていた。その襤褸の者が姿を見えなくなってから異変が起こりはじめたのだった。さきほどまでこんこんとわき出していた口に甘い水はすでに干乾び、以後、井戸を幾ら掘っても出てくるのは塩水ばかりだった。

「また」と言って、女は、スカートの中に入れた広文の手を押さえにかかり、広文がさっきまで自分の性器がはいっていた女の体の温もりをさぐるように強引に両膝の間に割り込ませると、女は観念したようにかすかに腰を浮かし、太腿を広げる。色が白く、脂っ気のある肌が、手だけでわかる気がした。

雨ばかり降り続いていた。

女が実家にもどりたくないと言って泊り込んだ三日間、乳繰りあっていて外に出なかったので、広文は家の中に女の女陰のにおいがしているように思えた。昼過ぎ、青年団の若衆が、集会場で毎年暮れになるとやる子供らへもよおし物をする寄付を集めに来た時、

「においするような気がしてね」

と言うと、若衆の吉伸は、「兄ら、一人で住んどるさか、ええね」と言う。女が、広文のシャツを着て流しで洗い物をやっているのを吉伸は眼にして、やっと自分が何を言いに来たのか気づいたと言うように、

「兄らの頭寸おらなんだら、会長と後、おれら二十二、三の若い衆ばっかり。会長はそうやんで、うまい具合に意見まとめる事ができんと、ゴチャゴチャしとる」

「酒はまだ飲んどるんじゃろ？」

「月一回」

吉伸は言う。

「酒飲むために集まるより御舟の練習で集まる方が面白いけど、メチャクチャに負けたんやさか」広文は言い、それから声を落として耳を寄せた吉伸に小声で「御舟も面白かったけど、交接する方がもっと面白い」

吉伸は広文の顔を見て苦笑した。

吉伸が帰ってから、広文は女を連れ出して雨の中を会長の家に行ってみた。声を掛けたが誰も返事をする者がなく、それで、足をのばして駅裏の新地へ行った。女は広文のさしかける傘の中で身をすくめて歩き、新地の角に出来たスーパーマーケットで買物をすると言って、入口に置いてある買物籠を持って中に入り、そのまま何も買わずに出て来た。その女の顔が部屋で見た時よりももっと黒ずんでいるのを広文は知り、

「痛いのか？」と訊く。

女は首を振り、それから思いついたように顔に笑をつくり、「あんなあ、教えたろか」と腕を広文の腕にからめ、それから「女て強いんよ」と言う。

新地でスナックをはしごして、酒を飲んで酔った広文を抱きかかえるようにして小山の上にある家にもどった時は、十二時を廻っていた。

酔った広文の服を脱がせ、敷きっぱなしの蒲団に寝かせ女は素裸になり広文の体にいままでした事がなかったように肌をすり寄せ、胸を腕でかかえ込んだ。女は広文の唇に唇をあわせ唾液をひたすら吸い、それから喉首を伝って胸に下りた。

女は広文の小さな豆粒ほどの乳首を吸い、舌で転が

し、広文がくすぐったさのあまりいつものように女を上に乗せようと持ちあげようとすると、強い力で払った。女の唾液で胸も腹もぬらぬらする。女は広文の陰毛に頬をすり寄せ、性器のつけ根を手で握りしめる。広文はあおむけに寝たまま、女の唇が性器の周囲をなめるのがくすぐったく、固く立った性器が所在なくてはやく体の上にのれと女を促すように腰に力を入れてつき出した。女は性器の先からなめた。女の唇の音と息をつまらせたような音がきこえ、広文は、その声に煽られたように急に体中が熱くなり背骨を伝って陰嚢に走り抜ける炎のようなものが、精を蒔く時のような気がした。女の尻を広文は、後から自分の胸の上にひきあげた。

尻の割れ目に、女の固く締った穴と、電燈に濡れて光る女陰があった。広文は、その二つが女の唇が動く度に物を言うように動くのを見て、首を起こし、女の尻をなめた。尻の穴から女陰にかけて舌を這わすと、女は、声を上げる。

その声に促されたように広文は女の尻を押さえつけたまま身を起こし、女の後から性器を女陰に入れた。ひだのひとつひとつが潰れ伸びるのを感知する暇もなく、四つんばいになった女を深く突き刺し、女が、もっと奥に入ってほしいと尻をすり寄せるのを知って、女の体に体の重みがかかるのもかまわず、腰を動かし、自分にも皮一枚内側にあふれ、女にも皮一枚内側にあふれそうになったものを、すべてはきだそうとするように、女が前のめりになりながら動かす尻そのものが壊れてしまえと、思いきり早く強く、腰を打ちつけた。酒の酔いでのびた広文の陰嚢が女陰の花弁をたたき、尻の穴に昔、子供の頃、何度も何度もそったために剛く太くなったと広文が信じている陰毛がこすりつけられている。

広文が射精し、女が果てた後、女はその精液と女陰のもので濡れた広文の性器を見たいと顔を寄せ、まだぬぐってもいないそれを口に含んだ。広文が、女をあわてて性器から引きはがそうとすると、女は首を振り、手をはらう。広文は起きあがり、女が、両足を広げて膝を立てた広文の股間にうずくまるようにして、射精して伸びてはいるが柔かくなった性器を口に含み、舌でなめ、強く吸った。女は陰嚢をも口に含んだ。その陰嚢を這う唇の感触にたまらず、女を抱きあげると、涙を流している。女は広文の髪に触った手に唇を置き、指の一本一本を唇に含む。その女の唇を唇で受け止めると、女は歯がぶつかるほど強く圧しつけて広文の舌を吸う。

女の女陰に柔かい性器を当てると、ちょうど女は木に動物が跨がったような形で、広文の腰を足で抱く形になった。女は声を上げて泣きながら、広文の唇に唇をつけた。女が何故泣くのか、広文は聴こうと思わなかった。女は広文の唇に唇をつけ、その唇の温もりに誘われるように女陰に当った広文の性器が固くなりはじめると、手をそえて入れようとする。その度に広文の性器は萎えた。雨音が、していた。


次の日、一日だけ、朝から昨夜までの雨が嘘だったように晴れた。広文が眼ざめると、女はすでに起き、茶粥をたいていた。どこで仕入れてきたのかスカートの上に花柄のついたエプロンをかけ、起きあがって素裸のまま小便をしに行くのに、「外から見られるよ」と言い、勃起したままの性器がおかしいとわらう。

女の前に立ち、性器を見せたまま、「誰が、この高いとこにある家をのぞこに」と広文はわらい、ふとその性器を女は唇に含みなめ吸ったのだ、と思い、その女と今、日が当りエプロン姿で、卓袱台の前に坐っている女の違いようを不思議に思った。女に見せるようにことさら体をそらして広文は素裸のまま流しの脇の便所に行き、便所の臭いに息をつめ、勃起している為に涙をしぼり出すような熱い小便をして、まだ固くなったままの性器に気づき、妙に自分一人取り残された気になった。

雨が降っているなら、女を呼んで、吐き出しても吐き出しても溜ってくるものを吐き出す為、女を抱くところだった。

外から子供の声がし、広文は、女が見当つけて出してくれた下穿きをつけ、シャツを着、ジャンパアをつけた。

普段なら、雨上りの今日なら、路地の裏の組に顔を出し、長雨の後だから作業を続行する事もほとんど出来ないので、昼まで倉庫の片付けや図面の引き直しに時間をつぶすところだったが、女が、自分一人を置き去りにして鵜殿の実家にもどる気がして、広文は、一日休む事にした。

女はその広文に、それなら鵜殿まで送ってくれと言い、「こうしてうちも何にも持って来んと家出するんでなしに、ちゃんと、服も化粧道具も持って来よと思うの」
「全部、その実家に置いとるのか？」
「なにもかも、市木《いちぎ》から運び出したんよ」女は言い、それから窓の外をのぞき込み、「なあ、あそこの細い花、ひと株分けてもらえんやろか？」と声を出した。広文は、その女の声に誘われて、女の後から窓の外をのぞき込んだ。小さな白い花が丈高い茎の先に幾つも咲き、風を受けて揺れていた。老婆が一人その木鉢に幾つも植えたとりどりの花の周りに立ち、ハサミを持って枝切りをしていた。

女の体が振り返った時、ふと広文は女をいま一度嬲ってみたいと思い、女を抱えた。服の上から抱えた女は、別人のように固く締った体をしていた。広文に抱えられ、畳に圧さえつけられ、一瞬、広文の気迫に圧されたように女は声を呑む。広文がスカートをめくりあげ、下穿きをはぎ取ろうとしてはじめて、「いや」と、身をよじった。大きくめくりあげたスカートから下半身がむきだしになり、素ばやく広文は女の両膝の上に割って入り、ズボンをおろした。女は入ると、悲鳴とも快楽ともつかぬ声をあげ、広文が乱暴に腰を動かしはだけたブラウスの胸から乳房をわしづかみにする短い時間で、気が行った。

そのまだけいれんしている女の腕をそろえさせ広文はベルトでぐるぐる巻いて縛り上げた。横たわったままの女の両脚を、夏の盆踊りに使った浴衣の帯で縛った。硝子窓のみならず雨戸も閉め、玄関の内鍵も落とし、広文はそれから素裸になった。女が鵜殿の実家にもどると口実をつけ、別れた男のもとにもどろうと思うなら、女にわいせつの味を教え込んでおいてやる、広文はそう思った。

広文は女の顔の前に立ち、ブラウスとだらしなくはだけたスカートをつけたままの女の見ひらいた眼、快楽の波が引いて何がはじまるのか濡れて待ち受ける女陰のような口に、いっぱいあふれるように、痛みのような熱さを堪え、放尿した。女は焼け焦げでもするように声をあげる。女の濡れて臭いを放つブラウスをひきちぎり、スカートをひきちぎった。身動きの出来ない女の体をあおむけに転がし、自分の尿の臭いのついた女の乳房を力いっぱい吸い、それでも膝を割って広文の性器を中にむかえ入れようとする女陰に、深々と入れ尻に指を入れた。

手をほどくと、女はのろのろとした仕種で、自分で濡れて固くしまった帯をほどいた。広文は、跡かたもなく昂りが消えているのを知り、電燈をつけ、ひっくり返った卓袱台の脇に素裸のまま胡坐をかいた。自分の吐く息も、女の泣き声も耳に響きすぎる。

広文は風呂をわかし、まだ泣いている女を入れた。眼をつぶらせて髪を石鹸で洗い、タオルにたっぷりと石鹸をつけて女の首から胸、腹を洗った。その女の服をついでに風呂で洗おうとしてふと思い立ち、広文は、駅前まで出掛けて女物の服を一揃買った。女物の服を買ったのが初めてだった事に気づいた。

女を鵜殿まで送ってから、広文はどこへ行くにも所在なく、それで朋輩だった充芳の家へ足をむけた。充芳の家には顔を二、三度見た覚えのある若衆らがいた。その一見して充芳の手下のチンピラだと分かる若衆らは、「兄《にい》やん、飯場へもう行かんのかい」と、充芳の声に広文を振り返る。

「考え込んどるところじゃ」

広文は言い、若衆らの中に割って入った。

若い衆の一人が、「兄さん、こないだ御舟漕ぎに出とったやろ？」と言う。「兄さんらの舟、最初あかなんだけど、ものすごい速さで抜いたわだ」

「四着で、みんな気力が抜けたんじゃ」

広文は言った。

その博文の顔を見て、充芳が、「エライ景気悪り顔しとるわだ」と言い酒を飲むかと訊ねた。広文が「もらう」と言うと、充芳は若衆の一人にあごをしゃくって合図した。若衆は一升ビンとビールのグラス二つを持って来て前に置く。広文はその酒をグラス二つにつぎ、飲もうとして若衆らの分がないのに気づき「飲まんのかい」と髪を坊主頭に刈った若衆に訊くと、「飲まんのじゃ」と充芳が若衆に代って答えた。

広文がその言葉を飲み込み難く思っていると察したように、

「これら、あれやっとるさか」

と、充芳は片眼をつぶってみせた。

充芳一人が、その中で素面らしく酒を一息で飲み干した。「昔も今も変らんと思とったとこじゃよ。俺ら、仕事もないし、女もおらんという時、ようあそこのマサキのおじとこへ昼から集まったがい。あのおじ、その頃は元気で、馬喰やってかせぎ込んどったさか、俺らみたいなひ若いの行たら、酒も出してくれたわだ。

今は、シャブじゃよ。酒などあっても見向きもせんが、シャブがあったら、こんなふうに誰も舎弟を取るとも言うとらんのに、三人も四人も集まってくる」

「まだやっとるのか」

「まだて、お前と昔、あっちこっちへ行た頃から、もう五年か六年たっとるど」

その充芳は、シャブを買わないかと持ちかけた。広文は一瞬、女の為に買おうかと思い迷ったが、いつでも声を掛ければ手に入ると止めた。広文はそのシャブのため充芳の顔が頬の辺りからこけているのに気づき、充芳がまだ地廻りの仲間に入る前に行った飯場は、吉野だったろうか、十津川だったろうかと考えた。錦を織ったように山に生えた雑木の紅葉ぶりが眼に焼きついている。吉野ならまだその頃、矢《や》ノ川《こ》峠の入口から入り北山村を通り山また山の道を通る国道一八二号線が出来ていなかったので、十津川から渡ったはずだった。山仕事やダム工事の飯場行きは、中学を卒業して大阪へ出てすぐもどって来てから、路地の母と兄夫婦が住んでいた今の家へ居るのも窮屈になり、十六、七の頃から行ったのだった。決まって路地の年上の者や朋輩と一緒だったので、山また山の中にぽつんと建てられた飯場に行っても、さしてさみしいとも思わなかった。女は金がある限りついて廻ったので、路地にもどったときよりも不自由しなかった。

次の日、午後になってから天気が崩れ出した。組にまた出ていかず昼まで家に居て待ったが、女がもどってこなかったので、広文は、下駄をつっかけたまま集会場に行ってみた。青年団の会長が広文の顔を見るなり、「おいさ、来たわだ」と言い、「吉伸」とどなった。

「誰じゃ、また飯場へ行たと言うたの」

吉伸は「違う、違う」と首を振った。「誰もそんな事は言うてない。女がおったさか、飯場からでも連れて来たんかいねと言うただけじゃ」

「飯炊き女かよ、かわいそうに」

広文が女の顔を思い出してわらうと、吉伸は、「飯場のあった方で知り合うたんかいねと言うたんじゃ」と弁解する。会長が広文の気持ちをくすぐるように、「どこで引っかけたんない？」

「御舟の時」

と、広文は言った。

吉伸が言うように意見のまとまらない会合だった。暮れが近づいてくるからもうこの辺りで、青年団は次の行事予定にある子供のための行事を考えてやらなくてはならないし、三、四年前にやった事もある火の用心の巡回もしなくてはならない、と決めたのが、誰が何をやるかという段取りになると、暮れにかけて仕事が山積みし徹夜もあるかもしれないと一人が言い出す。一人は、さっき決まった事を引っくり返すように、青年団は、いざという時の消防と祭りと盆踊りが活動の目的だから何もやらなくてもよいと言い出した。御舟漕ぎの練習をしている頃の熱の高まりようと較べると、雲泥の差があった。それでも、ひととおり決まり、例の月一回の酒になった。

会長が広文の横に座を占め、「ほんまに行くんかい?」と訊く。広文は「まだしばらくおるんじゃ」と首を振る。そして、ふと、おかしくなった。人の眼にも、路地に一人で家に住み、さして組で働く仕事を気に入っているとも思っていない広文が、所在なく、いつでも山の方から声が聴えてくれば山奥の飯場に出かけて行っても不思議ではないと思われているのだった。女ともそうだった。

女と一か月前に出会ってたまに思いついてぽつりと言う言葉の端々から、女が川向うの鵜殿に実家があり、そこから三つ駅向うの市木からの出戻りだという事以外、女がどういう気持ちで自分とつきあい、家に泊っているのか、確たるものは何ひとつなかった。

すべて女のせいだった。広文が、そのまま家にいてくれ、世帯を持とうと言っても、女は、「そう言うてもらえてうれしいけど」と言って黙ったまま、世帯を持つとも持つ気もないとも答えなかったのだった。なにもかも隙間だらけだった。女が広文の体にぽっかりとあいた空洞に居すわっている気がした。女が広文を、組にも行かせず、そうかと言って一稼ぎする為に山へ入る事もさせない。広文は、そう思い、雨の音を耳にしながら二日間、昼までは家にいて女を待った。

女が路地の小高い山の上にある広文の家に現われたのは、女が鵜殿の実家にもどってから合計四日目の事だった。女が家から持って来たものは小さなハンドバック一つだった。

広文は女が家を掃除し、敷きっぱなしの蒲団をたたんで押し入れに入れ、冷蔵庫に買い置いていたありあわせの野菜を使って料理をつくるのを見て、女が家にいなかった四日間が夢のような気がした。女は変りなかった。

雨の音が強くなったのを知って窓を開け、雨のせいで随分近くに神倉山《かみくらさん》の神体として祭った岩が見えると言い、また、下の、通りから入って来た路地の家の縁側に置いた鉢植えの花をのぞき込み、「なんや雨でポロポロ花が落ちてきたないな」と言った。

広文の顔を見て、「後で、いまちょうど咲きはじめたあの鉢の花、斬ったろかしらん」と言う。広文がその女の顔を見つめているのを訝るように、女は、「後でちょっと買物に行くのつきあってな」と言う。

女がスーパーマーケットで買物するのを待って、新地から踏み切りを渡ってパチンコ屋の横の細い道に入った。看板屋の横にその喫茶店はあった。看板屋の前の道には、店で使うラッカーの甘いにおいが漂っている。ともすると細い道半分ほども占領して商店の大きな看板を描いている看板屋の前に漂うにおいを、女は「昔、こんなにおい好きでしようがなかった事あるんよ」と言った。

女はその喫茶店で、

「いっその事、どこか遠いとこへ行てしまいたい気がする」と言った。広文にどこかへ連れ去ってほしい気がしょっちゅうすると言った。女は昨日、ぼんやりと鵜殿のバス停に立っていた。トラックの運転手でも乗せてやると車を停めてくれればどこへでも従いて行こうと思ったが、案の定、誰も停めてはくれなかった。女はコーヒーを両手で持ってすすった。「路地にはよ行きたいと思ても、何んとなしにむこうも気づいているらして、うちを外へなかなか出してくれへん。なんせから大師さんにも意地が悪いと塩水に変えられたとこやから」

女が物を話す度に、女の髪が揺れるのを見て、広文は、そのコーヒーカップにつけた唇や白い手のひらの感触を思い出した。

「お前、来なんだら、そろそろ山へ稼ぎにでも出かけよかと思とったところじゃ」広文は言った。「お前と交接ばっかりしとってもかまわんが、どうせあんなふうにして会うのも、いっつもいっつもは無理やし、お前が、家にずっとおってくれるんやったら、新たに金のええ職でもみつけるけど」

女は黙った。その喫茶店を出て路地を歩き、家へ帰るなり女は畳に坐り、顔に手を当てうつぶせにして頭を振った。

広文にはその女が何を悩んでいるのかわからなかっ

た。

その女を後から抱き起こそうとすると、女が急に顔をあげ、「寝よ」と言った。

女の髪が広文の耳にこすれ、外に降る雨の音のように鳴った。

広文はその雨音を幻聴のように耳にしながら、三つ齢上の三十を二つほど越えたばかりの女が、かつて広文が相手にした女の誰よりも肌に艶と弾力がある、と思った。手で触ると脂粉がつきそうなほどの腰も尻も、つややかに内側から肉が張っていた。色白のせいか、陰毛は黒く濃く、雨戸を閉めた家の中の薄明りの中でもことさら目立った。

女は顔をあげ、女がなめまわしたせいで唾液で濡れた顔の広文をみつめ、「なあ、このままずうっと、どこへも行かんとこうしており」と言った。「うち、もっと一緒にあんたとこんな事していたいんよ。あんたとこうしておったら、親につかまっても誰につかまってもかまん気になる。淫乱やと後指さされてもかまんから」

広文が黙っていると、広文をあおむかせて体をのしかけ、胸から細い髭の生えたあごすじに縮めていた体を伸びあがらせるように唇を這わせた。女のその唇の動きを唇で受け止めると、女の舌がそれを待ち受けていたように広文の歯の間に割って入る。女の舌は広文の舌にからみつき、こすった。

女の肌に接した広文の腹や足がうっすらと汗ばみ、ほんのすこし体を離すだけでそれが家の空気で冷えてくる。

女陰がぬめっているのがわかった。

女陰に差し入れていた手に、女のぬめる体液がくっつく。女は舌をはなし、それから広文の鼻をなめ、両のまぶたを強く吸い、耳に息を吹き込む。「こうやって、淫乱やと言われるんやったら、うちかまん。ここにおりよ。うちに教えて」

女は言い、また唇を広文の厚い胸に圧しつけ、唾液で濡れた温い舌が小魚のように動く。女の量の多い髪に甘い香油のにおいがあり、広文はその髪に顔をうずめ、眼をとじた。女は胸に頬をこすりつけた。その動きで、女の髪が幾つもの細かい糸になって広文の顔をくすぐり、息苦しくなって広文は女陰に当てていた手を抜いて女の体を持ちあげ、性器がまだ狭いままの女陰に息苦しげな表情さえして潜り込む図を想像しながら、小さな泡の潰れるような音をつくりながら刺し貫ぬく。

女は性器がひだの奥まで達するのを教えるように声をあげ、左右に動いた。広文は、女が動くのを見ながら、女の笑を浮かべたような表情が何かの顔に似ていると思い、女の腰の動きとは反対の方向に腰を廻し、尻を持ちあげると、女は「眩暈がする」と広文の胸に倒れかかり頬をすりよせる。

その女の言うとおり、広文は上になった。女は最初、脚をのばし、後から尻を抱えた広文にあわせるように、声をあげながら左右に体をゆすっていたが、「もっと」と膝を立てた。股を大きく張り、膝を立て、広文の体をその足で両側からはさみながら、広文が強く奥深く入るのを待つように、声をあげる。女の一回目はもう見えていた。

女は眉をよせて、広文の性器の先に突かれるのを待っている。広文が腰を強く早く動かすと女は身をよじらせ、今まで待っていたものから逃げ出そうとするようにのびあがり、それでも広文の体につかまったままとどめを刺されでもするように震え、広文の胸に抱きついて耐える。


雨が降っていた。

雨戸を閉ざした窓の外に、雨でくっきりと紫色に変色した神社の岩とその後に続く山々が、随分近くに見えるはずだった。

広文はふと、山の方へ行って働く事はもうないだろうと思いつき、女が眼がさめるのを促すようにゆっくりと腰を動かしながら、女がこの家にいる間だけでも使えるように充芳からシャブを手に入れようと、また淫乱な考えがわいた。シャブは、女がそれを打つと腰が抜けるほど行くという覚醒剤だった。女が快楽の波から息を吐き返すように動きはじめたのを知り、自分が一本の性器そのものに変ってしまえばいいと、自分の体の中にたまった気を抜くだけのために思いっきり荒く強く腰を動かした。


外で、見つめている者が在る気がした。

シノはその男が橋の中ほどに立って川を見つめているのを見た。海からの潮が溯りはじめた川は膨れ、水面に撥ねた光がその男の顔に当っていた。男は欄干にひじをつき、身を乗り出していた。シノは男の後を通り過ぎようとして、男の背中から、自分の肌に直接ふれる磁力でも出ているように、肌が鳥毛たつのを知った。自分の男親はこんな男だったかもしれない、とふと思った。通り過ぎてから男の顔をもっとはっきり見てみるのだった、と思った。

シノは田圃の畦を抜けて、一本ある檜を見上げた。鳶が、さいぜん川むこうの洗い張り屋に着物を届けに行った時と同じ格好のまま、檜のそこだけ葉が落ちた先端にとまっていた。西向《にしむかい》はその檜から、川口にむかって開いた場所で、シノが与一と世帯を持っている家は、川に下りる石段のそばにあった。こつこつとシノのはいた下駄が石段に鳴った。自分の体が重く肌が熱を持ったように下着の生地の織目ひとつひとつが触るのが分り、シノは月のものが近いのが分った。

シノが家にもどると、与一の母親が「姉やい」と声を掛けた。この三月に生れたタツヲを抱え、泣き騒いでうろたえてでもいたのか、「もうちょっとはよ戻ってきてくらんし」と、眼を伏せたままで言った。

「はよ戻ってこいと言ても、町へ行たら色々用事もあるに」

シノは母親の顔を見つめてそう言い、母親の腕の中のタツヲを受け取った。

シノはタツヲを抱いて縁側に坐り、日の光を浴びながら胸のボタンをはずして乳房を出した。妊娠中青く浮いていた血管はもう見えなかった。タツヲの吸う乳首が乳をにじませて濡れ、黒くひかっていた。「腹減ったんか？」とシノはタツヲにわらいかけた。「一人前に、腹減ったと泣いて、婆を手こずらせたったんか？」

タツヲは笑窪をつくり声をあげた。

「上手にのまなんだらいややで。それでのうても痛い気するんやから」

シノはタツヲに乳首を含ませた。乳房に柔毛《にこげ》のようなものが生えて、それが日の光で金に光って見えた。シノはあれ、と思いその柔毛にさわって見ようと手をふれた。柔毛は手には分らなかった。代りに乳房が触りもしない手を感じとめた。タツヲは日を浴び、吸い込むために力の限りを尽しているらしく額と鼻の周囲に汗をにじませていた。乳を吸う時、タツヲは火のようになるのだった。

「与一は雉子屋に寄っとるて言うたかい？」母親が訊いた。

「さあ、しらん」シノは言った。雉子屋は、川むこうの橋そばにある馬喰《ばくろう》をやっている男の家だった。土木一般、とびを請け負う与一に、このところ景気のよい雉子屋は裏のたたきをコンクリ張りにしてくれと言って来た。与一は人夫を三人抱えている手前、仕事にあぶれた時のために断りもしなかったが、口振りからもうけの少い気乗りしない仕事だと思っているのは、女のシノにも察することは出来た。

「また言うてくるど」母親は奥のかまどの前に坐り、藁草履の鼻緒にする端布れを一枚一枚手でしわをのばしながら言った。「アイヤにせっかくやってもらうんじゃ、と言うて」

「そう言うてもろても、もうけにならへん」シノは言った。

タツヲに乳を与え、障子戸からの柔かい光が当った畳にタツヲを寝かした。腹がくちくなったタツヲはひと時手足を動かしていたがすぐに眠りこけ、シノは自分の乳のにおいをかぎながら、台所に立った。

洗い物をやった。与一が腹をすかしてもどってくるまでに一時間ばかりあった。井戸の水をモーターでくみあげているために、水は、シノには微かにコケのにおいがした。

「姉やい」と与一の母親が言った。「町へ行たらもうちょっと早よもどって来なんだら、ないことでも人に言われる」

「なにをよ?」シノは訊いた。

「なにをて言うことないけど」

母親はすねた子供のように赤や白の端布れをわざと丁寧にのばし、口の中でもぞもぞと声を出した。

シノはその母親のもぞもぞ言う声が、はっきり口に出して言う声よりもしゃくにさわり、「どこぞに男でもおると言うんかい?」と訊いた。シノはわらった。「あほらしこと言わんといてよ。男などおったら、ぐずぐず言うとる与一と一緒に、こんなとこには、よう住まんわ」シノはそういってから、自分の体からつまっていたものがせきを切って吹きこぼれてくるのを知る。

シノは与一の顔を思い出した。

台所の窓からコンクリ堤防が見え、その上で子供らが三人釣りをしていた。海の方から波の音が聴えた。昨夜も一昨日の夜も、波の音はした。夜も昼も波の音はシノがふと気づくたびに、薄い耳たぶの耳にこもった。タツヲが生れてからはいつもそうだった。

その海の音が自分を呼んでいる気がした。そんなシノを与一は、何かに取り憑かれでもしたんじゃ、と言った。寝屋の中で与一に抱かれた後、「ごうごう鳴っとる」と言うと、「台風が来とるわけでもあるまいのに」と取り合ってはくれず「また虫が起ったんじゃろ」とわらった。その与一のわらいがシノのかんに触った。海はいつも鳴っていた。西向は海の音がいつもした。シノは水道の蛇口から出る水を飲んだ。

その日、川口付近の空には普段より、鳶の数が多かった。水面に降り、魚をつかまえて翼をはばたき空に舞いあがる。獲物を摑んだ鳶は川口そばの電柱の上に停まった。シノはその鳶があきもせず、遊んでいるのか単に獲物を狙っているだけなのか、空を廻っているのを、台所の流しの窓から見ていた。流しでシノは茶碗を洗っていた。

その時、開けたままの玄関から、経を読む声がしたのだった。いつも門付けの者や修験の姿をした者が来ても、めんどうくさいことだとうっちゃっていた。そのうち布施をもらうのをあきらめて、隣へでもまわっていく。そんな者に取り合ってなどいたら、タツヲの世話や、与一とその母親の飯の用意、洗濯で精一杯なのに、どうしようもない。経を唱える声が低く響いていた。ふと、シノは思いついた。シノは玄関に行った。黒い装束の念仏の者がいた。よく響く声だった。

「あっちへ行かんしよ」

シノは言った。だが念仏の者はいた。「あっちへ行ってくらんしよ。ここじゃ、そんな経となえられても迷惑なんやから」そうシノが言いはじめてやっと念仏の者は、玄関から離れた。シノは、歩き去っていく念仏の者の後姿を見ながら、自分の家が、生きている物のように息を吸い込み吐いている、と思った。シノは呼吸が苦しく胸が張っているのを知った。シノは流しに小走りに歩き、蛇口に口をつけて水をごくごく飲んだ。与一がいつかシノに、男のように蛇口から直接水を飲むシノの首筋が動いて、そんなシノは人間の女などには思えない、と言った。わらう与一に、「じゃあ、何や」とシノが訊くと、与一は、「綺麗に化粧して化けた馬か蛇」シノは与一の頬を張った。与一の母親は「えらい事するもんじゃ」ともそもそ声で言い、与一は「なにを、この女は」と仕事装束のままでシノをおさえつけ、羽交じめにしようとする。

いつでもそうだが、その時もシノは本気だった。与一は冗談だった。この体の大きな男は、何一つ本気になったためしがないように、与一の頭といわず顔といわず叩き、倒されてもすぐ起きあがりむしゃぶりつくシノに、「痛い、痛い」と言った。

シノは外へ出た。

冷蔵庫の中から四軒先のカシワ屋で買って入れてあった鶏の首を一つ取り出し、裏へ廻り、与一の飼う鷹を見た。シノがその小屋の前に立つ度にその禽鳥は、おまえになど用はない与一を出せと言っているように、顔を見つめた。シノがつわりの時、この禽鳥の糞と餌のにおいが鼻につき、家がこの禽鳥のため、隣近所から鼻つまみになっている気がした。シノの家だけが暗い。

「ほれ」とシノは鶏の首を投げ入れた。その禽鳥は床に投げられた首を留り木からとび下り、爪を立てた脚でおさえ込んだ。鶏の首が生きて逃げ出すというようにしっかりと、爪を立てている。シノは「逃げはせんが」と言った。

禽鳥は小屋の中から、立っているシノを見すえた。シノは与一を真似て口笛を吹こうとしたが、かすれた音ばかりだった。

禽鳥は不意に首をよじり、爪でしっかりつかんだ鶏の首を、喰いはじめた。血のにじんだ赧い肉が見える首の辺りをひとかたまりちぎり、二度ほど喉をふるわせて、呑み込んだ。

鷹の小屋の横に積みあげた薪の上に、青いポリバケツがあった。与一は仕事から帰ると、それでいつも水を汲み、小屋の下のコンクリに流した。餌の食い残しや糞が水と共に洗い流され、溝に落ちる。

その裏からは西向の川も、海もすぐだった。海の音が聴えていた。シノは金網をたたいた。だが鷹は振り返りもせずに肉をちぎって食べていた。その肉を食べる禽鳥を見ながら、ことさら不思議な家族だとシノは思った。

まだシノと結婚しない独り身の頃、川奥の飯場に出かけた与一はその鷹を漁師からもらったのだった。与一の妹と与一の母親は、それ以来三年も、糞と餌のにおいに文句のひとつも言わず、シノから見れば、その禽鳥がこの家にただひとつある宝のように大事に嬉々と世話をしていたのだった。

「ろくでもないのに、逃がしたらんし」

そう言うと、妹のキミヱは、「なついとる」と言った。

「気色の悪り」そうシノはキミヱに言った。実際初めて与一より十二歳下のキミヱに会った時、鷹よりもそれを可愛がるキミヱが気色悪いと思った。色の白い眼鼻立ちの整った娘だった。だが、頭の天から抜ける声で物を言うキミヱは、シノには智恵足らずに思えた。キミヱは嫁のシノに、「逃がしたったら、よう一人で餌つかまえんのに」と涙をためて言った。

その智恵足らずだと思ったキミヱは、シノが嫁いで二年経った今、難かしい試験を受けて銀行につとめていた。シノは手が汚れると思い薪を一本抜きとって金網を「こら、こっち向け」とつついた。禽鳥は素早く振り向いた。その様子がシノにはおかしかった。「あんた、よう翔ばんの？　生きた餌を自分一人でようつかまえんの。トンビよりあかんな」禽鳥は黒く澄んだ眼でそう言うシノを見つめていた。

家の中からタツヲの泣く声がしてシノは、外水道で手を洗った。水がにおっていると思った。「姉やい」と与一の母親が呼ぶのがきこえた。シノは返事をせず、隣の八郎の家との隙間を通って家の前に出た。玄関だけ新しく建て直したのが、その隙間の道でははっきりと分った。仏壇のある十畳と、キミヱの部屋の四畳半の部分だけが古かった。その隣の家との隙間には、みょうがが植えてあるはずだったが、今は何もなかった。

「なんやしらんあのにおい体までしみてしまうわ」シノはタツヲを抱き取って縁側に坐った。「与一に言ってみなんだら」

「与一が福の神じゃ言うとるに」

母親はそう言って奥のかまどに行き、また藁草履の鼻緒にする端布れを一枚一枚のばしにかかった。母親は釣り客に百円で売っていた。西向の通りの釣道具屋に一足五十円でおろしていた。釣道具屋はその藁草履を夏場の磯藁草履をつくって、西向の通りの釣道具屋に一足五十円でおろしていた。母親はその藁草履で手に入れた金をほとんどすべて、日輪様に納めていた。隣まで来ている水道を引かず、井戸水を与一の取り引き先の電気屋に頼んで電気ポンプで汲み出すのは、その日輪様の教えだった。そのポンプもシノが嫁いでからで、それ以前は一つだけある共同の井戸から水を汲んでいたのだった。西向には伝説があった。それが与一の母親の代か、もっと以前か分らないが、或る日、乞食の装いをした者が来て一晩泊めてくれと言ったが、その家の者は泊めなかった。乞食の者は地面に何やら杖で書きつけ立ち去り、それ以降掘っても掘っても井戸は塩水ばかりだった。塩水がいつから元の水に変ったのか定かではないが、水道の水は飲めないと言う母親に、与一は家の裏に人夫を頼んで井戸を掘り、真水を掘り当てた。「与一に嫁も来てくれたし」と母親は、日輪様のおかげでオダイジ様の怒りがとけたと喜んだのだった。

タツヲは乳首を噛んだ。シノはタツヲを乳房から引き離し、痛みが喉首に這い上がるのを耐えた。「いや」とシノはタツヲの顔を見て言った。「何遍も何遍も言うとるのに」タツヲはシノがあやしてでもいると思うのか、声をたててわらう。シノはタツヲの腹がくちくなったのを知った。シノに似て毛深い額に汗をかいていた。「お母ちゃん、そんなん嫌なん」シノは歯茎を見せて笑窪をつくったタツヲに言った。「ちょっと腹減ったら火ィついたように泣くし、腹いっぱいになったら悪さをする」

シノが西向の家を出たのは十時を過ぎたばかりだった。「ちょっと向うの兄さんの家へ行ってくるわ」と言うシノに、母親は奥から「雉子屋に寄って言づけしてくらんしよ」と言った。

「アイヤに直接言わしたらええに」

「アイヤ、断れんのやと」母親は化粧したシノの顔が眩しいというように眼を細めて言った。こもった声だった。「仕事にエラいけど、雉子屋によう言わんと言うて」

シノは与一の大きな体を思い出した。「わしばっかりそんな事言うて」シノは言った。馬喰をやっている雉子屋に仕事を断るのはシノには何でもないが、牛小屋のにおいが嫌だった。「わしが行てもええけど、なんせタツヲがおるさか身動きつかん」と母親が当てこするように言って、やっとシノは承知した。

西向の丁度入口に当るところにある檜の下に来て、シノは上を見あげた。鳶はいなかった。梢の先が日を受け、風にふるえていた。シノは身震いした。西向の角の女とすれ違い、シノは頭をだけ下げた。女が、化粧して橋を越えて行くシノを見てあらぬ事を噂するのは分っていた。シノが与一に嫁いだ時、その噂は悪いものではなかった。三十になってもまだ独り身の与一に、よくあんなに若い嫁が来たものだ、と言った。それはシノにも聴えた。

田圃の中の道を通って橋に出た。昨日、橋の中ほどに男が立っていたのだった。川に起った小波が日を撥ねていた。呼吸がつまった。「はよ戻って来いしよ」と言う母親の言葉をシノは思い出した。シノは息をひとつ大きく吸って、吐き出した。それは橋を渡る度にするシノの癖だった。

シノが立寄ったのは、長兄の雑貨屋だった。兄嫁が血の気のうせた顔で棚に品物を並べていた。「おらん?」とシノは訊いた。兄嫁は「串本に用事あるとはようにに出て行た」と兄の事を答えた。シノに兄は三人居たのだった。兄三人とシノは父親が違った。兄たちの父親は古座が津波に襲われた時、死んだ。シノは母親が孕んだ私生児だった。代々古座で舟宿をやっていた母親は、シノの男親がどこの誰かあかさず、四人の子供を分けへだてなく育ててシノが十八の時死んだ。子供の頃、兄たちの一人はかんしゃくを起したシノを、「法螺貝もった山伏が連れに来る」とおどし、聞きつけた母親にメッタ打ちされた。

「水一杯くれん?」とシノは言った。「なんやこう頭痛い気がする」

「薬、のんだら?」兄嫁は訊いた。シノはかまちに腰かけ、台所に歩いて行く兄嫁を見ながら「子供産んでから、ちょっとの事でも体に障るの。薬飲むほどでもない。水飲んだらなおるんやけど」と言った。そしてふとおかしくなった。それはいつも与一の母親が言う事だった。与一の母親は、事あるごとにそのオダイジ様の怒りがとけて真水になった井戸の水を、飲んだ。兄嫁の汲んだ水は、カルキのにおいがした。味気ない水だった。

雉子屋は「きれいにしとる」とシノをからかった。「与一にゃもったいない」雉子屋はそう言い、乗馬ズボンのポケットに両手をつっ込み、「ここからここまで」と地下足袋の脚を広げ、「このまえは手がすいたらやると言うておったに」と独りごちる。「簡単なことじゃ」それから笑をつくり「まあ、ええわ、独りでセメン買うて来てやるわい」とシノを見る。シノは雉子屋の眼が牛の眼に似ていると思った。

「わしが男やったらやったるんやけど」シノが言った。「女やからようせんし」

雉子屋は「要らん、要らん」と言い、「女のおまえがやるのはそんなことではないに」と声を出してわらった。シノは不意に雉子屋の笑が汚ならしいと思った。髪をいきなり逆さになぜられた気がして体中に総毛立つ気がした。シノは馬喰の雉子屋が人を牛や馬のように見ている、と思った。胸がつまり、そのつまった物を吐き出すように、「わしが何やるんよ」と訊いた。

雉子屋はシノの言葉に答えず「セメン一俵とバラスと砂で二、三時間あれば出来ることじゃ」と世迷い事を言った。

シノが家へもどったのは昼だった。シノが玄関を入るか入らないかの時に、与一が「外にばっかり行っとらんと、家へおらんか」と言った。シノは顔をあげた。奥の台所の卓袱台に母親と向いあわせに与一は坐っていた。シノは母親が昼に帰った与一に飯の仕度をし、そのついでに、タツヲを置いて町に出かけたシノの愚痴を言ったと思った。下駄を脱ぎ、昔、子供の頃から舟宿の母親にしつけられたようにそれをそろえた。かがんだ自分の胸元から乳のにおいがした。

「もっとはよ来なんだら」与一の声は小さくなった。その声は大きな体の男には似つかわしくなかった。

「母さんが雉子屋に寄ってくれと頼んだんやないの」

「町へ行たらはよ戻って来んしよ」母親は言った。「あらん噂たてられる」

「そんなんやったら自分でちゃんと雉子屋に行て断ったらどうやの。女のわしに行かせて」

「外へ行くことない」と与一はつぶやくように言った。

「なにを言うとるに」シノはそれが不愉快だった。家が生きて呼吸しているように思った。シノは脱いだ下駄をつっかけた。外へ出ようとして後から与一に髪をつかまれ、ふり払う隙もなく、体を家の畳に投げとばされた。シノは一瞬呼吸が出来なかった。「この女《あま》」と与一は肩で息をした。それがシノには、与一が母親に見せる芝居だと思い、そんな芝居の為、自分に痛い目をさせる与一に腹が立った。シノは弾ね起き、いきなり与一に体ごとぶつかり、喉元をひっかいた。「痛い」と与一はシノの髪を持って自分から引きはがし平手で頬をぶった。シノは与一の腹を足で蹴った。与一はシノの髪を持ったまま不意に足で蹴りつけた。シノは尻もちをついた。髪がぼこっと音をたてるのが分った。その音を聴いて、不意に涙が出た。シノは涙でくしゃくしゃに化粧がはがれたまま「畜生、畜生」と与一におおいかぶさり、腕にかみついた。与一の顔を爪でひっかいた。「われ、人に子供を産ましといて」シノは歯をたてたまま言った。

「やめんしよ」

母親は言った。

与一は母親の言葉に不意にさめたようにシノの髪を離した。「畜生、人を殴り腐って」とシノは、あおむけに倒れた与一におおいかぶさる格好のまま頭と言わず顔と言わず打った。自分の吐く息だけがふつふつと耳についた。

シノは二十一歳だった。与一の家に嫁いだのは十九の時だった。母親が死んでから長兄夫婦の家に住み、そこから町役場に勤めていたが、長兄と父親が違うこともあって居づらく、それで土木ととびの請負師である与一と結婚したのだった。シノが与一を好きだった。どうしてなのか分らなかった。町役場の同僚はつまらない男だと与一の事を言ったが、シノには与一がやさしい男だと思えた。暴力をふるうような男ではなかった。同僚は結婚には反対したが、三人の兄は何も言わなかった。シノは自分が母親の死んだ今、どこの馬の骨の子か分らない厄介者だと兄たちから思われていることが分った。西向の与一の家を出てもどこにも行くところはなかった。だが、それでもよかった。

与一が昼からの仕事に出かけて、シノと母親の二人になって、「なんや」とシノは言った。「ありもせんことを人のおらん隙に二人で話しとったんかい」

母親はシノの見幕に圧されておどおどしていた。シノは母親の顔を真っすぐに見て、「言うてくらんしよ。わしがどこで何をしたか」と言った。母親は藁草履用の端布れを黒っぽいものと赤っぽいものに二つに分ける手を休めなかった。母親の髪がほつれていた。タツヲが縁側で日を受けて、一人で声を出して遊んでいた。

裏の小屋から禽鳥のにおいが家の中に入り込み、充満している気がした。

「この家に一日おったらな、頭痛なってくるんや。この鳥のにおいするとこで、わしをここに一日おれと言うんやったら、せめてあの鳥逃がしてから言うてよ」

「逃がしたら与一が、おこるに」母親は言った。

「息がつまってくる」

シノはそう言った。

シノはタツヲを抱いて外へ出た。「姉、どこへ行くんない？」と母親は訊いたが、シノは答えなかった。シノは機嫌のよいタツヲを抱いて、川に続く石段を降りた。こつこつと下駄の音が鳴った。右手の石垣から椿の木が道に枝をつき出していた。枝は海から川口を上ってくる風に歪んでいた。固い葉が光っていた。シノはタツヲを抱いたまま川原に立った。水が昼の日を撥ねていた。海から潮が逆流して川の水は臨月の腹のように脹らんでいた。シノはそう思った。タツヲを孕んでいる時、与一も与一の母親もキミヱも、シノに仕事をさせなかった。することもなしにシノはよく川に来て、水を見た。シノはその頃、自分の母親を想った。シノにも兄たち三人にもその男の事を明かさなかったが、母親は、その男を知っているはずだった。山伏に母親が体をひらいた。結局シノをみごもった。シノはいつのまにかそう思っていた。腹の中で足で蹴る子供を感じながら、シノは自分もいつかそうなる、と思ったのだった。いつの日かそう遠くない将来、母親と同じことが自分に起る。タツヲはシノの腕の中にいた。タツヲの父親は与一だった。だがシノにはタツヲが、ほんの出来心のまま体をまかせて孕み産んだ、旅をしてまわる山伏のたぐいの者の、子供である気がした。川の中に捨ててやっても、かまわなかった。

タツヲは風が強い為抱いたシノの髪が顔に当るといってむずかった。海が鳴っていた。川向うの町並みが日を受けて見えた。シノは振り返った。与一の家の裏が見えた。

シノがその噂を知らないわけではなかった。だが忘れていた。その噂はたわいもないと言えばたわいもなかった。実際つじつまが合わなかった。キミヱが与一とその母親の間の子供だと言った。それから言えば十二歳で与一は四十二歳の母親を孕ませたことになった。そんな事はありえないとシノは思ったが、西向一帯に流れているその噂が出てくる元は分った。あまりにも母親も与一も、おとなしかった。キミヱはひよわすぎた。

与一は西向で一、二を争う大きな背丈の男だった。独り身の時、西向の青年会館の横の広場で夏の盆の余興に相撲を取ったが、与一の体に組みとめられた者は、手の出しようもなく吊り出され圧し出された。だが小兵の者が立ちあいざまに横にとんだり、けたぐりを掛けると、与一はばったりと土俵に四つん這いになった。与一が気合い負けしたのだ、と人は言った。与一が土木請負師になった時も、そうだった。入札で人の裏を読み合うのに与一がついていけるかどうか、十五年程も与一を使っていた岡田組の親方が心配した。

その与一が一台持っているダンプカーを、岡田組駐車場と立札を出した信号横の空地に入れ、人夫三人を連れて仕事からもどった時から、そのすべては始っていたのだった。それはシノだけでも、与一だけでも、母親だけでもない、ましてや妹のキミヱだけの病気ではない。それは物を言い、物を食べ、物を知る四人の相互がつくり出したものだった。潮の干満と共に脹れ減る水の川と、スリバチ型になった底の為、魚が寄りつかない空浜《からはま》と昔から言われる海に面した古座という土地そのものがつくり出したものだった。いや、それははっきりと真水の出なかった西向という土地のせいだ、とカシワ屋は言った。

シノは川原からもどると、タツヲをそのカシワ屋に預けたのだった。シノは家にいる与一の母親に気づかれぬように裏に廻った。薪を一本抜きとったのは、それでその禽鳥をつついて殺そうとしたのではなく、鍵をはずし戸をあけて外に出たそれがシノを襲いかかった時よける為だった。禽鳥の眼は日を受けて黄金に光っていた。シノは息をつめて、鍵をはずした。戸をあけた。だがその鳥は、逃げなかった。シノはつついた。禽鳥は小屋の中で暴れた。シノはめちゃくちゃにその禽鳥を薪で殴りつけ、つつき、床に降りたところをまた殴りつけた。「姉やい」と母親が流しの窓から物音をきつけてのぞき呼んだ時、その禽鳥は瀕死の状態で、床に立つのが精一杯だった。

「人に、ないことを言うて。打ちまくったったわ」
シノは言い、薪をかざしてみせた。血が日に光った。「つらいよ、つらいよ」と母親は流しの窓に顔をつけたまま、言った。

「なにがつらいんよ、鳥の一羽や二羽」シノは言い、母親のおろおろする顔を見て、「ちょっとはな、わしの言うこともきいてくれなんだら」と母親を見た。シノは自分が勝った、と思った。「みてみいや、母さん、この鳥もえらそうに弱い者の鳥の首を食っとったけど」シノはそう言って、小屋にかがみ、禽鳥の力なく垂れ下がった翼を薪で今一度突いた。禽鳥が倒れ、ばたばたとまた立ちあがる音が、床に立った。頭に一撃を受けて血が眼のあたりに流れおちていた。

シノは薪を放り棄てた。シノが手を外水道で洗っていると、母親は裏にやってき、シノの姿を見て急に気づいたと、「赤子《ネネ》は?」と訊いた。シノはそう訊かれ、いつも鶏の首を買うカシワ屋に預けたのを思い出した。「カシワ屋のトミさに預けとるよ」シノは、そう聴いて安堵するように呼吸を吐く母親に、タツヲを川に放り投げるか、鳥を殺すかと考えたと言おうと思ってやめた。母親は涙を流した。「えらいことしたねえ」と血を羽根につけている禽鳥を見て言った。

与一が三年飼っていた禽鳥だった。母親は与一がもどってこないうちに、散らばった羽根の始末をつけると言い、シノはポリバケツに水を汲んだ。「これでええわ」と、その水をシノは禽鳥めがけてかけた。

「えらいことした」

母親は仏壇の前にシノを引っ張り坐らせた。母親は一時、経をとなえ、それから台所に立った。水を透明なグラスに汲み、仏壇におき、経をまたとなえ、「飲まんしよ」と言った。「殺生な事をして、血を流さして」母親はいつも背中をまるめて藁草履をつくっている母親とは別人のように見えた。

「いや」シノはきっぱり言った。

「飲まんしよ、オダイジ様の井戸の水やに。あんたも飲まんしよ、わしも飲むさか」

母親はそう言い、しぶしぶ飲むシノを見た。そして背骨から声を出して言った。

「穢れが洗い浄められる」

与一が家へ帰ったのは五時だった。キミヱは与一のすぐ後に銀行からもどった。裏の小屋に行ってその禽鳥の様子を見て、キミヱは「ケガしとるみたいや」と言った。母親が「さっきばたばたとび廻っておったさか」と言った。シノは黙っていた。

与一は風呂に入った。風呂場から、「シノ、カミソリ取ってくれ」と与一が呼んだ。シノは返事をしなかった。与一の言葉に胸がつまったように感じ、水をグラスに受けて飲んだ。キミヱがセーターに着替え、蒲団に寝かしたタツヲに「かしこいんか」と話しかけていた。「今日もかしこにわらっとったの、こんなにして」と頰をつつくとタツヲはわらう。

「キミヱ」とシノは嫁いでからはじめて呼び棄てにして呼んだ。キミヱは驚いてシノを見た。「カミソリ取ったり」とシノは言った。

「いやや、アイヤは裸やもん」

「なんで裸がいやや。きょうだいのくせに何を穢らわしい事考えとるの」

キミヱはしぶしぶ立ちあがった。戸棚をあけ使い捨ての束になったカミソリを一本抜き取って、風呂場の閉まりの悪いドアを開けて「はい」と手だけを差し出した。そのキミヱを見ながらシノはもう一杯、水を飲んだ。母親がそのシノをかまどの煙に目を細めて見ていた。

シノはその日朝から水をたてつづけに五杯飲んだ。与一を仕事に送り出してから、腹がしくしく痛み、案の定、月のものになった。血を見ていると吐気がした。シノは縁側に坐り、タツヲを抱いてぼんやりしていた。血のにおいが、鼻についた。タツヲを縁側に置き、シノは流しに歩いた。透明になりたかった。水のように流れてしまいたかった。シノは蛇口に口をつけ、モーターの音を耳にしながら水を息のつづく限り一息に飲んだ。それからまた縁側にもどり、タツヲを抱いた。タツヲは抱いてゆするだけでわらった。シノはふと思いついて、啓造の家にタツヲを抱いて出かけた。小間物の行商をしている啓造は「与一の商売うまいこと行っとるかい」と訊いた。啓造の女房はタツヲを抱き取った。

「さあ、分らん。うちのはあんまり仕事の事話さんし」とシノは言った。

「やせたんと違うか?」と女房は訊いた。シノは「あれやから」と答えた。「朝から何にもしたないの。母さんだけに掃除もまかせられんと思ても」

啓造はこれから田辺の方に向って小間物を仕入れに行き、新宮の方へそれを売りに行くと言った。啓造が肩に荷をかついで出ていってから、シノは、啓造の女房と話し込んだ。啓造の女房は、与一が一度結納まで取り交わしながら破談になったことがあると言った。シノは聞いたことがなかった。

シノはタツヲを抱いて家の縁側で乳を呑ませ、タツヲが額に汗をかきはじめるのを知って、乳首を噛まれるのが嫌で無理にひきはがした。タツヲは両手を動かしバタバタさせたが、泣かなかった。

母親は相変らず奥で畳に莫蓙を敷いて、藁草履を編んでいた。

空耳のように男の念仏の声がきこえていた。鳥肌が自分の体に立つのがシノには分った。

「餌買うて来てくらんしよ」と母親は独りごちるようにシノに言った。「与一が朝フラフラしとる鷹見て、どうもこれは、誰ぞ悪さをする者が来たんじゃ、と言うて、切れた血の出とるとこにヨーチンをつけとったさか」

シノは、母親の言う事を聞いていなかった。身を固くして、西向の漁をして暮らす家が並んだ一つ向うの通りを鼓をたんたんと叩き、念仏の声が動いていくのに、耳を傾けていた。

鼓は道を川の方へ歩いて行く。

シノは「母さん」と言った。声はうわずっていた。

日が丁度前の家の屋根すれすれに昇っていた。鼓の音が川に続く石段を下り、川原に停まっていた。シノの耳には、その音が、川の水の中に溶けてしまうように、消えたのだった。川の水音と海鳴りが残った。シノの家がその水の音の合い間に、ひっそりと息をこらしていた。いや、家の中でシノが、息をこらしていた。シノは自分のさして大きくはない体を想った。家はシノをつつんでいた。その家は西向の細い道に軒をならべて建った家々の中にあり、西向は古座の川口にぽつんとあった。川はすぐそばだった。海は道路を一つへだててあった。海が荒れて津波になればひとたまりもない町だった。実際シノの母親の代に、古座は津波に襲われた。与一の母親は、海の波がはるか遠くの沖まで引き、空浜といわれる海のスリバチ型の底が見えた、と言った。波は壁のようにそそり立った。与一はその話を何度も母親から聞かされているらしく、「恐ろしもんらしいわい」と声をひそめた。「いくら堤防つくっとると言うても、何のつっぱりにもならん。一旦荒れたら、こんなとこはひとたまりもないきに」「よう一番先にやられる西向におるな」とシノは真顔の与一に言った。何人もの人間が西向でも死んだのだった。長いことオダイジ様の怒りにふれて、西向では青年会館の横の共同井戸しか、真水が出なかった。与一が掘って出たのは、その津波で怒りが洗い流されたのだ、と母親は言った。

西向の青年会館で説話会があると、ハナエが回覧板を持って来た。

ハナエは訊きもしないのに、オイの法事で汽車に乗って二時間ほど離れた新宮へ行って来たと言った。縁側に上り込み、タツヲを抱いたシノに、「えらいもんやきに」と言った。「死んでもあんなに大きにしてもろたら、本望やきによ。坊さん、三人も四人も来て」ハナエはそうため息をつくように言った。そして思いついたように、与一の母親に「今度の和尚《おっ》さん、可愛らしなあ」と言った。

「三番目の息子さんやね」母親が言うと、ハナエは、「前の和尚さんは男前と違たけど」と言い、何を思い出したのか、皺くちゃの顔をゆがめて泣き出し、「和尚さんはクソ食ろた顔しとったけどやさし御人でな。順太郎が死んでしもた時、つらいことはみんなあるぞよ、とシンランさんも言うとる、と言うて」

母親はそのハナエにうん、うんとうなずいた。

シノはそのハナエを見ながら、ハナエのオイの一人であるカツジが言う話を思い出しておかしかった。カツジは与一の昔からの朋輩だった。ハナエは若い頃から間男をして廻った。順太郎がカツジの家で夜釣りの道具を手入れしている最中に脳溢血で倒れ、オイのカツジが走って西向をさがしまわると、青年会館の中からのこのこと出て来た。「うるさい子やな、人を呼んで廻って」と言い、順太郎が倒れたと言うと、「人の家でない、弟の家で倒れたんやに、医者を呼んでもらえ」忙しいからと一緒に行くのを断った。また、或る日、新宮から祖母の墓参りにカツジのイトコらが来た時、ハナエは一緒に行くと言い、祖母の墓にくっついてある順太郎の墓を「順太郎ここ、順太郎ここ」と墓の頭をたたいて呼んだ。イトコが、「おじさんも酒好きやったねえ」と罐ビールを置くと感きわまって泣きだし、その罐ビールを半分ほど飲んだ。「イトコにでもはずかしかったよ」とカツジは言った。

「和尚さんが可愛らしんやったら、わしも説話会に行こかいね」とシノが言うと、母親が「ええことや」と真顔で言った。

「和尚さんの顔を見に行くだけや」シノは母親の顔を見ながら、顔に笑を浮かべた。

「それでもええことやに」と母親が回覧板のチラシをぱらぱらめくりながら、「西向に骨埋めるんやから」と一人でうなずいた。

ハナエがシノを見て、「乳飲み児おったら、あかんわ」と言った。「泣いたらどうにもならんが」ハナエはシノの笑がかんに触ったのか、そう言い、もぞもぞと足をそろえて、縁側から下りかかる。着物のすそが割れて赤い腰巻が見えた。若やいだ赤い鼻緒の下駄をしわくちゃの足につっかけて立ち、「これから慈愛クラブの家にまわらんならん、これも和尚さんのためや」と言った。「あんた、休んでばっかりおらんと出て来なあかんで」ハナエは言い、与一の母親ははいはいとうなずいた。

タツヲを蒲団に寝かした。

藁草履をつくりはじめた母親にシノは、「あのオバさんいくつ」と訊いた。母親が「八十くらいと違うか」と言った。シノはことさら声をつくって、へえ、とおどろき、「あんな齢でわたしと張り合おと思うんかしらん」と言った。

「与一がね、母さん」とシノはくすぐったいわらいをつくって言う。「昨夜、わたしがいややと言うのにわざとすりよって来て、殴って悪かったと言うの。泣き声で謝まるのきこえてた？」

母親は黙ったまま藁をたたいていた。

母親のその姿がかんに触った。「聴えてたやろ？」と高い声でシノは言った。「虫酸が走ると言うてやったに。おまえのような乱暴者は虫酸が走る、外へ出たらやさしい男いっぱいおる言うたら、悪かった、悪かった、と言うの。涙も見せん者が反省しとると信用できるか、タツヲを川にでも投げ落として出て行たる、と言うと、ほんまに涙流して」シノはわらった。しゃべりながら与一が図体の大きなケモノの類に思えた。「涙見せても許さんと言うと、おれみたいなやつは死んでしもた方がええと言い、蒲団から脱けだし、裸でわたしが寝とる枕元に坐り込んで」

シノは母親の顔を見た。それからの事は襖一枚へだてたむこう側の、十畳の仏壇の間に寝ていたおまえが聴耳をたてたようなことだ。シノはくすくすわらった。

シノは、日を顔に受けて眼をほそめた。眠っているタツヲの顔の産毛が黄金色に光るのを見つめた。与一に体を許すときまって月のものになるとシノは思った。

タツヲを母親に頼み、その鼓の音が溶けて消えたように思えた川にシノは下りて行った。川の水は今日も日を受けて光っていた。

念仏の者も山伏も姿はなかった。

子供が四人、咲いた白い花の木の下の近くの川原につなぎとめた舟に乗り、浅瀬に釣り糸を垂らしていた。海の音がした。

シノは今来た道を引き返した。西向は狭いところだった。シノは石段をのぼった。その昔、川そばに西向がありながら、井戸水のことごとくが塩水だったとは、因業なところだと思った。日が真上にあった。自分の父親が不意にその旅の乞食に身を変えたオダイジ様だった気がした。シノの母親が男親の事を口に出さなかったのは、その男が真水を塩水に変える力を持っていた人間ではない者だったからだった。与一の愛撫する手を思い出した。与一はシノの股に顔をうずめ、シノに自分の性器を愛撫してくれ、と言い、いやだとシノが言うと、触ってくれ、と言った。与一がシノに性器を顔にくっつけたので、シノは、与一の体をつきとばしながら顔を狙って膝で力いっぱい蹴った。その男は与一のようなケモノの類ではなく、水のように風のように母親の体に入り、母親を快楽に震わせた。

椿の硬い葉の間から木洩れ日がゆれていた。シノは家の前に立って、水のように風のように透きとおっているのは自分とタツヲだけだと思った。縁側に一つ息を吐いて坐ったシノを、奥の部屋で相変らず藁草履の藁を打っている母親が、顔をあげて見た。日の下を歩いてきたシノには、母親の顔は黒ずんだケモノのものに見えた。


いつも仕事から帰ると与一は裏の小屋に鷹を見に行った。丁度、タツヲにまた乳を噛まれて痛みに声をつめていたシノは、家に入りもしないで裏へ廻ろうとする与一がしゃくにさわった。「与一」とシノは高い声で呼んだ。与一は振り返った。作業ズボンに下シャツ姿の汗と土にまみれたままの与一は、「なんじゃ」とけげんな顔で答えた。与一の洗っていない黒ずんだ顔がわらった。痛みがとれてからシノは機嫌のよいタツヲを蒲団に下ろし、縁側から下りた。下駄をつっかけようとして鼻緒がうまくはけず、シノは素足のまま、立っている与一にむかって走った。「われは」とシノはどなった。

声が二つに割れていた。与一の腕をつかみ、子供にするように「おいで」と縁側まで引っ張った。飯の仕度をしていたキミヱが、シノを見ていた。流しで漬け物を切っていた母親は、二人の様子に知らぬ振りをしていた。

「母さん、ちょっと与一に言え」シノは土のついた足で下駄をつっかけて言った。「母さん」とシノは呼んだ。「家に入りもせんと帰ったらすぐ裏へ行く」シノは腕をつかまれたまま呆けたように立っている与一に言った。「そんなにあの翔べもせんもんが大事か。心配せいでも生きとるわ。よう翔びもせん、格好だけ一人前のもん。そんな空を廻っとるトンビよりあかんもんが、親きょうだいや、嫁や子供よりも大事か。さっきおまえが心配せいでも餌やったし、おまえが掃除するより綺麗に水で流してよごれとっといたわ」

「それじゃったらええによ」与一は言った。

キミヱが「アイヤ」と与一に言った。「さっき姉さんが小屋の裏まで水かけて掃除した」そうキミヱが言い、キミヱの優しい声をきき、シノはやっとなだめられる気がした。シノは嫁いでから今日の今日まで、鷹の餌の腐肉のにおい糞のにおいによくがまんをしたと思った。並の女では耐えられないと思った。つわりの時何度も、シノの腹の中で子供が手足を蹴って動きはじめた時、与一と母親とキミヱの三人にどうにかしてくれと言った。鷹の居丈高の眼が不快だった。人間をあなどっている。嘴が不快だった。爪が不快だった。シノは毎日毎日、何かにおびえ、見つめられている気になった。今日の今日、鷹はもう決して禽鳥ではなかった。それは翼の骨が折れたのか、三年間、小屋に閉じ込められたためか翔べなかった。二本足で立っているだけで薪で突っつくと倒れた。餌を小屋の中に投げ入れると、爪で、圧さえつけることも出来なかった。ただ嘴だけで首をのばして肉のかけらを食べた。シノは思いつき、「はよ外へ出やんし」と小屋からその鷹をつつきだした。バケツで二杯、水を頭からかけた。小屋はちょうど勤めから帰ってきたキミヱに手伝わせてひっくり返し、隅々まで洗剤を使って洗った。鷹の餌は人間が食べるように白い皿に、鶏の小間切れを乗せてやった。白い皿の下には平たい板を敷いて、皿からこぼれた小間切れが金網の目を通って床に落ちないようにした。「おまえもかしこしとったら、かわいがっとるに」とシノは鷹に言ったのだった。

黄金と朱の夕焼けは随分長く空にあった。

風呂上りのシノに、与一の朋輩のカツジが「面白い物を買うて来た」と縁側から呼んだ。与一がわらっていた。シノは化粧水をつけた。自分の肌が急に白くなった気がし、シノは薄く紅さえつけた。乳のにおい、血のにおいがとれ、自分が与一と結婚する前の男を知らない生娘にもどったと思った。キミヱと変りない、とシノは思った。「シノ」と与一は呼んだ。「ちょっと来てみいや」与一は言い、カツジの「こりゃすごいど」という声が聞えよがしにする。

母親とキミヱは、タツヲを二人であやしていた。

カツジは縁に腰かけ、シノを見た。「ますます別嬪さんになってくるな、おれもこんなカカをもらうんじゃったら、もうちょっと待ったらよかった」とカツジは言った。

「いまからでも遅いことないさか、わしをもろてくれんか」とシノは言った。

「与一と喧嘩になるわだ」

「踏んだり蹴ったりされた時、カツジの家へ逃げるさか、そこでめんどう見てくらんし」

「カカがおるによ」カツジは眉をしかめるように答えた。

「一人が二人に増えるだけやないの。わしが男やったら二人ぐらい一遍にめんどう見たるに」

シノはそう言い、縁側に坐った。与一がそのシノに「これが何の写真か分るじゃろ」と一枚を顔の前につきだした。男と女が性交している写真だった。シノはその与一の言い方が気に食わず、「ふん」と鼻で吹いた。それから与一の顔を見つめて、「たまにカツジとかくれてやっとることとじゃに」と素気なく言った。与一が判断にまようようにシノを見たのを、シノはみのがさなかった。カツジが「よう言うてくれるによ、恐ろしことをよ」と呆れ返ったふうに笑を消した。「この与一のクソ力で殴り殺される」

「卑怯やなァ」とシノは言った。「わしの事を何から何まで知っとって、いまさら知らんと言うんかいよ」

「誰が与一のカカに手を出すかいよ」とカツジは真顔でシノを見て言った。シノはわらった。シノは急に自分の体から気力が抜けていくのを知った。カツジに体を開いたことはなかった。いやいままで夫の与一の他にシノは男を知らなかった。シノの体から血のにおいが立ちのぼっている気がして、シノは十畳の仏壇の部屋を小走りに抜け、奥の流しに立ち、コップに汲んで水を飲んだ。そのオダイジ様の怒りがとけて真水になった西向の地面の下から、水を汲みあげるモーターの音がした。井戸の真水はシノの体の中に入る。

　コップに汲むのがまだるっこしくシノは蛇口に口をつけた。喉がごくごく鳴った。血が水で治まる。水で血の穢れを洗い浄める。蛇口から口を離し、荒い息を吐きながらシノは、窓から外を見た。空は暮れ、夕焼けはすっかり終り深い群青だった。黒く光る川があった。海と川の水が、古座を取り囲んでいた。

「姉さ、タツヲ、キミヱに見てもろといて説話会に行くかい?」母親がシノに訊いた。

「行かん」とシノは答えた。

「キミヱ」とカツジが縁側から呼んだ。「ええものを見せたろかい、ちょっと来いや」カツジが言い、タツヲをあやしていたキミヱが「なに?」と声をあげた。与一はわらってさえいた。「来いや、ちょっと」とカツジが呼んだ。キミヱがその声に誘われて立ち上ろうとするのを見て、シノは「キミヱ」と強く呼んだ。「まだ娘やからそんなもの知らんでもええ。おまえが知ってどうするんや」シノはそう言って改めて、キミヱが生娘であることを知った。今にして思えば、腹の大きい頃一緒に入った風呂で、キミヱの小ぶりの乳房、赤い乳首は生娘のものだった。

　カツジは女癖が悪いと札付きの者だった。西向の者はその札付きと与一が昔も今も朋輩の仲なのが分らないと言った。与一がシノに教えた。オシの娘をカツジがまだ独り身の時、嬲って、孕ませ、その兄から金を出すかそれとも嫁にもらってやってくれるか、と詰め寄られたのだった。

　母親が、「姉さ行かんのやったら」とキミヱを連れて青年会館に行った。カツジは、「おれも帰る」と帰った。与一はシノとタツヲだけになってはじめて、「ほんまか?」と訊いた。シノはその与一の大きな体のどこに、気弱さがかくれているのだろうと思った。シノは与一の顔を見ながらうなずいた。与一ははっきりと顔色を変えた。それを見て、シノは不意に自分の体の中でぼっと音をたてて火がつくのを感じた。与一は呻き声をあげ、「なんでじゃ」と言った。与一は、「なんでもおまえの言うようにしたやないか」とシノを見た。ぶるぶるふるえた。涙を流した。シノは与一の涙を見て、自分と同じように与一にも人間らしいものがあると思った。だが、そんな与一はうっとうしかった。ケモノの与一が好きだと思った。いや、昨日の夜もケモノだった。ケモノの与一をシノは愛しんでやったのだった。与一はこらえかねるように両手を顔にあて声をあげて泣いた。大きな体の男だった。シノの体の二倍はあった。その男はシノがカツジに体を許したと言って泣く。声は牛の悲鳴のようだった。その与一の声が自分をあやしていると思うのか、タツヲは声を出してわらう。一人でしゃべった。

頭をかかえて泣く与一の体に、シノはいま寝てやってもよいと思った。シノは与一の頭を平手でぽんぽんとたたいた。不意に与一は顔を起した。シノを見、それからやっと怒りが腹の底で固まって形をつくったと、唇に力を入れ、「あの野郎」と言った。「殺してやる」与一は起きあがり流しに走り、包丁を握った。シノがその体にすがりついた。「やめなあれ、やめなあれ」とシノはうわ言のように言った。「包丁を持って外へ行くと言うんは、卑怯者のすることや」シノは与一の体をつかみ、自分の体のぬくもりを伝えようとするように、乳房と腹を与一に圧しつけた。「与一が好きなんよ。齢が十二も違うのを知っといてあんたと生娘のままで結婚したんは、あんたを好きやからに。わたしは思とるよ。あんたがこのシノだけしかないのと同じように、このシノもあんたが好きなんよ」シノは自分が何を言っているか分らなかった。

与一はシノの体のぬくもりを感じたというように、包丁をシノがもぎとるままにした。

シノはその格好のまま与一の背中を撫ぜた。与一は牛のようだ、とシノは思った。智恵のない牛をなだめているのだとシノは思い、与一の、立ったままぴったりシノの腹にくっつけた股間の性器が、勃起しはじめているのを知った。それはシノには悪い感じではなかった。ケモノが与一でシノは人間だった。与一はシノに背中をぽんぽんとたたきつけられ、牛が鳴くように呻いた。

風呂場でならいい、と誘ったのはシノだった。シノは着ていた服を脱いだ。シノは建てつけの悪い風呂場の中に入り、おおいぶたを取った。湯気が風呂場に満ちた。湯を被った。コンクリの上に置いてある木のスノコに坐った。与一は素裸になってシノの後に坐った。「湯にいったん入らんしよ」とシノは言った。与一は湯をかぶった。床にぺったり坐って与一は立ったままのシノに顔をあげ、「さっき入ったんじゃ」と言った。声が風呂場の中で反響した。シノは「ほら」と身を振って肩を見せた。シノの右肩に与一にぶたれた跡がアザになって残っていた。与一がシノを見ているのを無視して、シノは湯舟に入ろうとした。与一の顔の前にシノの体はあった。与一がシノの股に手を触れようとして、シノに手を払われた。与一はまたシノの顔を見あげた。シノは湯舟に入った。「入らんの？　入らなんだらええんよ」シノはそう言った。与一は立ちあがり、わざとらしくシノの顔先に勃起した性器をつき出して湯舟に入る。「なんや、こんなもの」とシノはその性器をはたいた。

与一はわらった。機嫌を取り直したように湯に体をつけ、二人が入ったためにこぼれる湯がもったいないというように、すぐ立ちあがった。シノの体を起しあげた。シノを抱きかかえる具合に、シノを左手で支え、右手で乳房をつかんだ。シノの口に与一の舌が割って入った。立ったままで性器をシノの体に入れようとして、シノが暴れた。シノは「いや」と与一の体を振りほどこうとした。シノはしゃがみ込んだ。「いっつもみたいにせなんだらいや」

「難儀なことを言うな」与一は言った。

「わたしがきたないと言うんか」シノは言った。「みんなしたのに。カツジかてなあそんなふうにしたに」

シノがそう言うと、与一はいまはじめて自分がシノの二倍ほど体が大きく力のある者だと気づいたと、いきなり「つべこべぬかすな」とシノの髪をつかみ、起しあげようとした。シノの腕をつかみ、シノを抱きあげた。シノは両手両足をふって暴れた。シノは木のスノコの上に放り投げられるように落とされ、かぶさった与一の体の重みに一瞬息がつまった。シノの足は壁に着き、与一の体が股の間に割ってはいっても暴れた。シノは嚙みついた。爪をたてた。与一は性器を深くシノの体に入れた。シノはまるではじめての時のように痛みに呻き、与一の肩を思いっ切り嚙んだ。与一は髪をひっぱってシノの歯をひきはがそうとして、木のスノコにごつんごつん、うちつけた。与一はケモノのように尻を振り立て、シノはその度に痛みに呻いた。自分がケモノに裂かれ、ケモノに殺される、とシノは思い、声をはり上げた。与一はその口に唇を重ねた。舌を入れたら舌を嚙み切ってやる。シノの耳を与一は歯で軽く嚙み、「カツジとこんな事したんか」と喉で潰れた小声で言った。シノはその与一の声を聴き、カツジと絶対、こんな事をしてやると思い、与一が尻を振り立てる度に痛みではなく、快楽の為に声をあげた。シノは体が水のようなものに溶けていく気がした。シノは自分がケモノの与一に角で突かれる度に、ひとつひとつ徐々に水のようなものに溶け、自由になる気がした。

シノが川向うの洗い張り屋に出した着物を取って橋を渡り切ろうとした時、その男は居た。その男はいつぞやと同じように川をのぞき込んでいた。シノはその男の横を通り過ぎる時、身震いした。家へ着くと、キミヱが縁側にぽつんと坐っていた。「仕事早引けしたんかいの?」とシノは訊いた。キミヱはシノにそう言われ、ふと我に帰ったように、「風邪ひいたんかしてなんど体がだるて」と言った。

奥から与一の母親が「だるかったら日輪様に上げてる水でも飲んどきと言うとるに」と言った。

「そんなん迷信やよ」キミヱは言った。

「迷信やと言っとる。バチ当り娘は」

シノはかまちに上り、下駄をそろえて置きながら言った。「何にも知らんで。与一かてこのごろ、仕事へ行く時、三杯は飲む。風呂へ入って外から洗うんと、体の内から水のんでよごれを外に出すんとどっちが綺麗になるか、銀行へ行っとる者が分るはずやに」シノはそう言い、「なあ、母さん」と母親に相槌を求めた。ジンゾウが昔から悪かった母親は、以前と変らず色は黒くむくんでみえた。体毒がたまり過ぎている、とシノに言ったことがあった。

「色が白いと思て安心しとっても、色んな毒があるんやから」シノは言った。タツヲが眼をさまして独り言を言っていた。「ああ、家へ帰った。むこうへ行っても、なんやしらん落ちつかん。イライラしっぱなしや。欲のつっ張った者ばっかしおって、人の話をまじめにきかんし」

シノはタツヲに乳をやる前に水を四杯飲んだ。タツヲは乳首にすぐ吸いついた。海の音が聴えた。タツヲの強く吸う唇の動きを感じながら、家の廻りをその海が取り囲んでいる気がした。西向は絶えず海の音がした。長兄の雑貨屋が海から離れているわけではないのに、そこと西向では同じ古座でも随分違った。海の音はこのごろ、シノを安堵させた。自分がどこにいて、今何をやっているか、海が浜に寄せ返す音ではっきりと知ることが出来た。嘘をついても、海の音はシノを見透していた。それはシノだけではなく与一も、与一の母親もキミヱも、西向の者はみなそうかもしれなかった。海の前にはちっぽけな古座にすぎなかった。海のなにもかも一切合財を呑み込んでしまう力の前では、人間などちっぽけなものにすぎなかった。絶えず海はその音で人を威嚇していた。絶えず心を見せろ、嘘をつくな、と言っていた。

「母さんの言うとおりに、日輪様の水飲んで、眠っといたらどうやの」

シノがそう言うとキミヱは、「うん」と相槌だけを打った。キミヱは「なんかムカムカする」と首を振る。母親とシノは同時にキミヱの顔を見た。

シノがそのキミヱを裏に呼び出して訊いたのだった。キミヱは外水道の脇にしゃがみ込み、生唾を吐きながらしばらく生理がないと言った。「風邪をひいとるんかもわからんに」とキミヱは言い、誰の子だと問うシノの言葉を外した。シノはそのしゃがんだキミヱを見ながら妊娠しているという事より、キミヱにだまされ、男を知らない生娘だと思っていた事に腹が立った。乳房も乳首も誰か男の手が嬲ったのだった。男に体を開いて、男の子種を受け入れたのだった。シノはそのキミヱが憎たらしいと思った。

「誰の子や？」シノは訊いた。

嫁のおまえが何を騒ぐのだと言うように、キミヱは、こっこっこっと声を出して小屋の鷹を呼んだ。

キミヱはまた生唾を吐いた。

「ええ加減にみんなをだましてたんやな。どこでその体毒のような子を孕んだんや？」シノが言うと、「風邪やにい」と言い、立ちあがった。

シノはそのキミヱの眼が日を受けて光っているのを見た。

シノがキミヱのことを妊娠していると言っても、与一は信用しなかった。「自分が確かめてみいや、後で、十八の嫁入りもせん娘が、子種を孕んどると分ったら、物わらいの種になるのは、おまえじゃから」とシノが言って、やっと与一は、キミヱに「妊娠しとるのかい？」と訊いた。

「風邪やにい」とキミヱは答えた。

シノはその与一をふがいないと思った。気味の悪い一家だと、シノは、ジンゾウ病で体毒のために黒ずんだ母親と、子供を孕んでいないとシラを切りつづけるキミヱを見て思った。三人が三人共、ケモノじみて見えた。シノには自分の生んだタツヲさえ人間の血は流れていないように思えた。

その夜も、タツヲを横の子供蒲団に寝かして、シノは眠った。タツヲは腹がくちくなったのに、いつまでも、乳房をいやいや吸っている。はやく乳首を口から離さなくては噛まれると思い、タツヲを払った。そして目覚め、それがタツヲでなく与一であるのに気づいた。「いや」とシノは与一の頭を突っぱねた。与一のぬめぬめした舌は、すぐ顔に触れた。与一は素裸でシノの蒲団にもぐり込んでいたのだった。シノは与一が随分長い間そうやって眠り込んだシノの乳首を吸い、なめまわしたのだ、と与一の舌を顔を左右に振って避けながら思った。自分の体が与一の性器に開かれているのがわかった。与一は眠っているシノが目をさますことがないよう、自分の体を自分で支え、ゆっくりと尻を動かし乳房を舌で嬲って反応を楽しんでいたのだった。与一はシノが目をさましたのを知ると、はばかることがないと尻を強く振った。シノは声をあげた。襖の隣に与一の母親がいた。シノは声を噛んだ。シノは自分がケモノたちのもてあそび者として家に閉じ込められている、と思った。

与一は終ってからもシノをぬるぬるした舌でなめまわした。「悪かったに」と耳元で言い、闇の中でシノに罪のつぐないをするように唇をつけた。しばらくはシノも、与一がやりたいように腰さえ上げてやった。腹から胸に這い上ってくる唇と舌に気づき、ふとシノは鳥肌が立った。「ええかげんにさらせ」シノは言い、与一を突きとばし、立ち上った。

シノは素裸だった。便所へ行こうと思った。いや、水を飲みたかった。シノは襖の向うで動く気配がするのを感じ、ケモノらめと思った。いきおいよくシノは襖をあけた。母親は仏壇すれすれに頭を寄せて蒲団を敷いて寝ていた。シノは素裸のままその十畳を横切り便所に入った。便所のドアをあけたまま陶器に激しく音させて小便した。台所の流しに行って、地面の下の水を汲み上げるモーターの音を耳にしながら蛇口に口をつけて水を飲んだ。シノの背後で動くものがある気がし振り返って眼をこらした。寝息の音さえ聴えなかった。シノは水を飲み、外を見た。そしてふと思いついた。十畳の間を通り抜けて寝ていた蒲団にもどり、寝巻を取った。

川にはシノは素裸のまま入った。シノは水にもぐった。その古座川の水はシノの肌に刺すように痛かったが、たちまち肌は熱くなった。一切が綺麗になる、とシノは思った。シノは水の中で子供の頃、三人の兄たちと一緒にそうやったように抜き手を切って泳いだ。平泳ぎをした。自分の開く股の間から水がシノの体の中に入り込む気がした。シノの呼吸の音と足と手がつくる水音だけがあった。シノは水に自分は完全に溶けたと思った。

シノは水から上った。川原に置いてあった寝巻で、ぬれた髪をぬぐった。海からの風が冷たかった。その寝巻を肌につけた。シノは、自分を今、西向の者が見たなら気がふれたと言うと思った。

家はシノが出た時のままだった。

シノが体をふるわせ蒲団にもぐり込むと、「どこへ行てたんじゃ」と圧し殺した声で与一は言った。「寒そうにガタガタふるて」

「どこへ行こと勝手やわ」

シノが言うと与一は蒲団をあけ、まだ素裸のまま、「こっちへ来いや、おれの体抱いとったら温もるからに」と言った。「要らんわ」とシノは歯をふるわせながら言った。「こっちへ来てくれんかいよ」与一は言い、シノの手をつかんだ。シノはその手を払った。「そんなに簡単に触るな。穢らわしい」シノは言った。「せっかく浄めて来たんじゃのに、触られたら気色悪い。今日限りやからよう覚えとき、人を自分らと一緒やと思うでないに、穢らわしい」

透明な光がシノの家の前の木に当っていた。与一が土方装束に身をつつみ、仕事に出てしばらくしてからシノはその朝の日が当る縁側に鏡台を出した。化粧をしようと思い、鏡に映った顔をみた。自分が白粉をつけなくとも充分白く、紅をつけなくとも唇が赫いのを知った。寝不足の為か眼尻やまぶたが紅をつけたように赫かった。それでシノは化粧するのを止めた。

母親とキミヱは黙っていた。シノの眼から自分の姿をかくそうとするように、てんでに自分の仕事にかまけた。キミヱがけだるげに蒲団を裏に一枚ずつ運び日に乾す。シノはそのキミヱも夜、シノの気配をうかがい息を殺していたと思った。シノ一人、日に当って、坐っていた。母親は家の中のかたづけが終ると、「キミヱ、外もホウキではいとけよ」と言い、台所に茣蓙を敷いた。藁草履を編みはじめた。皺が寄り固い足の指に叩いて柔かくした藁を器用にはさみ、またたく間に草履の形をつくった。鼻緒の部分には端布れを巻き込んだ。シノは身を屈めてその母親のつくる草履の鼻緒が、ことごとく黒白なのに気づいた。「赤いのはつくらんのかいよ」とシノは言った。

「こうしてようけつくったに」と母親はシノの声を聞き違えて答えた。「昔は一つ幾らじゃったか、十円にもならんじゃったけど。これで救かったんみたいなもんやに。患うて薬買う金も、与一の小遣いもこれで出来たんやのに」母親の声はシノには、その屈めた背骨から出た気がした。肥っているのではなくたるんでいるのだった。「あれらの父親が、キミヱが出来てタツヲぐらいの時に、この川奥の山で死んどるからに。鉱山の発破あびて」母親は顔をあげた。眼を細めてシノをみて、顔をしかめた。「山ばっかりじゃきに、吹きとんだ五体さがすのに苦労したて、鉱山の者が言うてた。与一が二、三年前そこの飯場へ行って、猟師にあの鷹の雛もろて来たに。猿が走り廻っとるとこじゃから、と言うとった」

玄関を外用の竹ホウキで掃いていたキミヱが、「すぐそこの崖の山にも猿が出たと言うてたに」と口をはさんだ。

「どこの山や?」シノが訊いた。

「西向の裏の」

「山ばっかしじゃから」そう母親は溜め息をついた。母親はまた黒くむくんだ顔を伏せ、身を屈め、足の親指に藁をくるくるとかける。たちまち草履をつくる。まるでシノの心に命令されでもしたように、鼻緒に赤の端布れを巻いた。それから、その草履を手に取って母親は眺め、「こんなん、もう磯釣りをするしか用のないもんやけど、赤いさか姉、履いてくれんかいの」と言った。「昔は、こんな赤い草履でも履いたんやが、キミヱ産んだ頃から、ジンゾウ悪りてよう浜へも行かなんだ。西向の女ごら地曳網に出ても、わしは水ばっかし飲んで」

「体毒がたまとるんやに」シノが言った。

「こうして草履つくっとっても、日輪様に、体毒が外へ出て、どうか長生きできますようにと祈っとるの。キミヱが嫁入るまで。水で浄めなんだら体毒が体にまわって一日も生きておれんのに、日輪様に祈って生きとるんやに」母親はそう言い、胸の中からおりたたんだ半紙を取り出した。黒ずんだ手でこれをあけ、額に押しいただいた。立ちあがり、シノの前に立ち、「今度、一緒に与一も連れて日輪様に行て、もろてもらおと思て。欲が深いかも分らんけど、一つ持っとるよりも三つ四つ持っとる方が、御利益あって楽になると思てに」

シノはその小さな紫の布に金で押した花の絵のついた本をひらいた。〈たかまがはらにひがさし、ひがみち、ひがかたまり〉と平仮名の字が読めた。

「日輪様に参らんならんような体毒はないけどな」シノはその本を額に頂き、母親に返した。シノの言葉に母親の顔がくもるのが分った。「どうせこの家に嫁いだんやから、みんなの為に日輪様に参ったるに。水も飲んだるに。四人で飲んだら一遍によけい楽になるからに」シノはそう言って立ちあがった。赤い鼻緒がシノの声を明るくしていた。「水を飲んだるに、母さんの体毒も与一の体毒も流したるに」

シノはそう言って流しに歩いた。蛇口をひらき、まず自分一人、水を飲んだ。シノは自分が水と同じように肌が透きとおり、自分が水と変らなくなったと思った。キミヱは外からシノを見ていた。母親だけではなく、キミヱにも体毒がある。「キミヱ」とシノはその体毒の者を呼んだ。キミヱは「いや」と言った。体毒が体の中で血と混りあい、びくびくと魚のようにうごき、そう叫ばすと思った。「そんなことじゃなおらんがに」シノは言った。「そんなことじゃ、においもとれん。穢れもとれん」シノは言い、その体毒の者、体毒の腹から産まれた体毒の者、体毒の腹の子、その腹の子の体毒の者のためにと蛇口に口をつけ、水を飲んだ。息が苦しかった。与一の母親は「おおきに、おおきにい」とそのシノを見て、涙を流してすらいた。シノは透明なグラスに水をついだ。藁草履をつくるために敷いた莫蓙の上に坐った母親に、「わたしが日輪様やと思て、水を飲みなあれ」とグラスをささげ持ったまま言った。「おおきに、おおきに」と母親は言った。母親は草履の藁を足にはさんで坐ったまま、猿のような皺の寄った指でそのグラスを取ろうとした。はしたないと思い、「あかん」と言った。「わたしが飲ましたるわ」と言い、行儀の悪い体毒の者の髪をワシづかみにしたい衝動をこらえながら、シノはグラスから水をこぼさないように前にしゃがんだ。

シノは母親の作った赤い鼻緒の藁草履をはいてみた。

そしてふと思いついてそのまま、空にある日に誘われ、耳にこもる海の音に誘われるまま、西向の道を通り、海の方へ抜ける道を歩いた。途中、青年会館の横に、さびついたポンプの共同井戸があるのを知った。シノはそのポンプを圧してみた。ポンプはキイキイと音がするが、弁が壊れてもいなかった。だが水が出なかった。

海が鳴っていた。鳶が空を幾羽も舞っていた。

シノは浜に降りた。海は日を浴び、底がスリバチ型になっているために、大きな波が立った。波は壁のようにつっ立ち、シノの前で崩れる。シノはいつか西向を廻っていた念仏の者の鼓の音が川に消えたのを思い出し、ふっとその音が海の音の隙間から、とんとん、とんとん、と立ち現われてくる気がした。西向は海の音に包まれ、海と川に二方を囲まれている。山はすぐ裏から続いていた。海の波に襲われれば、ひとたまりもないところだった。

夜から雨になり、海の音はいっそう激しくひびいた。その夜、シノは与一と同じ部屋に寝たくなかった。「襖の向こうに母さんと並んで寝たらええやないに」シノはそう言った。シノは与一と同じ部屋に寝れば、また与一が悪さをする、水で浄め、水に溶け、水から上った自分が与一の体毒の腹に産れたケモノに穢される、と思った。与一に穢されるのを嫌いではなかった。ケモノを嫌いではなかった。だが今は耐えられなかった。海の音が閉め切った雨戸を通しても大きな音で耳にとどいた。

「昔みたいに寝たらええやないの」

そうシノに言われ与一は隣の部屋で寝た。

雨にあおられ風がそそのかし海は荒れていた。シノは眠れなかった。海の水はあふれた。川の水もあふれた。シノは西向があふれた水で洗われると思った。ちょうど与一の飼っていた禽鳥をシノが、小屋ごと水洗いしたようにだった。それは体毒の者のせいだった。体毒の者が自分を浄める事をせず、穢れたままでいるためだった。シノは、与一とキミヱを浄めてやる、と思った。そう思うと、穢れがまんならない気がし、シノは蒲団から声を殺して与一を呼んだ。与一は眠り込んでいた。シノは襖をあけた。シノは起きあがり、眠り込んだ与一の頭を屈んでつついた。乳のにおいがした。シノは自分までが穢れのようなにおいをたてるはめになったと、与一の耳をつかみ、「起きんか」と声を殺して言った。シノの体の中でざわめいているものがあった。

「水飲め」

与一はけげんな顔をした。シノはその与一の顔に、ふと自分が与一を起したのは、ケモノに穢されたかったのだという気がし、シノは声を殺してくつくつとわらった。与一は素直に従った。水を何倍もシノにつがれるままに飲み、それからシノに体をくっつけ、水を飲めとシノが言う事が、夫婦のみだらな遊びだというように、口移しに飲ませてくれ、と言った。シノは口移しに飲ませた。水がシノの体でぬくもり、体に沁み込みやすくなる、と思った。家が呼吸していた。その与一をシノは抱いてやった。襖はあけっぱなしだった。シノには与一は水を飲み、水に溶け、海に溶け、耳をつんざくように鳴っている海そのものだった。シノは声をあげた。与一はシノを好きだと言いつづけた。

シノがそのすすり泣きを耳にしたのは、与一が果てた後だった。その声はキミヱの四畳半の部屋からきこえた。

「なんや、あの体毒の子は」

シノはそう言い、与一の脚を蹴った。与一は「痛いなあ」と間のびした声で言った。その間のびした声が与一の体にまた体毒がもどって来た気がし、シノはその声にまた蹴った。「どこそで犬みたいに孕んで来て、気色の悪り」シノはキミヱに生娘だとだまされていたことを想い出した。「母さんが病気悪りさか、日輪様の水をもらいに皆んな行くというのもいやと言うし、水飲んで母さんをたすけたろと言うのもいややと言う。水を飲むのが毒を飲むことみたいにいやと言う」

「よっしゃ」と与一が言った。「おれが明日にでも言うて、叱って、飲むようにしたる」

「自分と自分の母親のことやのに。ジンゾウで苦しんでる母さん明日にでも死んでもかまんと言うのかいね」

「明日にでも言う。どついても飲ましたる」

シノは体を与一が手で嬲るままにさせた。シノは与一に体を開きながら、橋に立っていた男がいま自分を犯していると思った。いや、男ではなく、それは海だった。海が津波となって自分を呑み込む。

次の日もその次の日も雨は止まなかった。海は一層激しく鳴った。家は雨戸を閉め切り、内側から錠をかっていた。シノは家の中で気が滅入り、その度に水を飲み、与一にも母親にも飲ませた。与一は水を飲まないというキミヱをぶった。与一はシノのかん高い声でどなられるのががまんならないように、キミヱをぶち、そしてキミヱが腹をかかえ、「妊娠しとるんやのにい」と言う声をきいて、人が変ったように自分から「この女は」とぶった。

　最初、母親が許しを乞うたが、シノの「体毒が廻り切ってしもたらどうする」という声に、後は何も言わなくなった。穢れは雨風を屋根でよけるこの家に蔓延しているのだった。シノはその母親に、日輪様の御言葉をとなえつづけていろと言った。与一には、キミヱを素裸にしろと言った。与一はキミヱの衣服を憎々しげにひきちぎり、「誰にそんなにされたんや、誰に」と言った。与一は涙さえながしていた。「カツジや」とシノは言った。「おまえの朋輩や」キミヱは違う、違うと首を振った。シノはキミヱの裸を見て、自分も素裸になった。与一にも裸になれと命じた。シノは裸になったケモノの与一にキミヱを犯せ、と言った。与一は出来ないと言った。シノは庭に下り、キミヱが庭に置いたままの竹ホウキを取り、その先で思いっきり打った。キミヱをケモノの与一が犯せないのなら、ケモノのキミヱを竹ホウキで打てと言った。打て、打て、とシノは叫んだ。

　与一はそのシノの声にそそのかされ、キミヱを打ちすえた。母親はもぞもぞと御言葉をとなえ、涙を目いっぱいに浮かべ、シノの裸を見て、あわてて眼を伏せた。シノは二十一歳だった。体に傷ひとつなかった。母親のひざもとに寝かされひっくり返されたカニのように手足を動かしているタツヲを産んだが、妊娠線もついていなかった。

　キミヱは竹ホウキの跡をつけてぐったりと横になりそれでも眼だけはあけていた。シノはそのキミヱに口移しに水を飲ませた。キミヱは水をシノの口から子供が乳を吸うように飲んだ。与一がそれを見ていた。シノはその素裸の与一をいきなり平手で打った。竹ホウキを与一の手から取り上げ、あおむけに寝かせ、腹、胸、性器を竹ホウキで打った。水を飲み、また与一を打った。

　ケモノめ、ケモノめとシノは叫んだ。

　シノはそう打つたびに、与一の体も性器も大きくなっていく気がし、自分が起きあがったケモノに犯される気がした。雨の音がしていた。海の音がしていた。海の水が脹れ上り、壁のように立つのが分った。シノは与一の顔を足で踏んだ。

海水浴場に面したその臨海ホテルの壁が白く光る頃から、山に囲まれた家は急速に冷え込んだ。冬の頃なら十時、夏なら正午を二十分過ぎて、家はいつも山の日陰になった。家のすぐ裏は露出した岩肌だった。そこから、夏も冬も、秋も春も、水気を含んで濡れ、海からの風が絶えるたびに冷えた空気を那智の山の方から送り込んできた。湿った岩肌にはこけが一面に生えていた。その岩肌に咲いたつつじを取りに道ふしんに来ている者の一人が、岩場にのぼった。キヨは見ていた。家から三十メートルほど先の、浜からの道をふしんしている現場から、頭にタオルをまいた男が「もうちょっとや」という声をかけた。男は足をこけですべらせて落ちた。足腰を地面でしたたかに打ちつけたが、その頑丈な男は怪我をしなかった。男は白い歯を見せ、「おお、畏わ」とキヨを見てわらった。

「痛なかったかん?」と思わずキヨは訊いた。男は打ちつけた脚をさすりながら「平気、平気」と言い、キヨの家の前の道ふしんたちがたいている火の方へもどっていった。道ふしんの男たちはわらいさんざめいていた。キヨは、ふん、と鼻を鳴らし、それから犬の方へ歩き、尻尾を振る犬を抱きあげた。犬はここ半年の間にめっきり大きく重くなり、キヨの手に余る勢いだった。白い毛の犬は、キヨに抱きあげられるのが面倒でたまらないと顔をそむけた。

キヨは犬を置いて家に入った。キヨが駅四つむこうの新宮から連れてきた武は、キヨの弟、富一郎と一緒に

鬼

遅い朝飯を食っていた。キヨは玄関の土間で手をはたき、服の胸をはらい、「富一郎、あいつ重なったねえ」と男のように言った。富一郎は、キヨの顔も見ないでうなずいた。武が富一郎の代りに顔をあげ、「犬かい？」と訊いた。キヨはうなずいた。キヨは武の顔を見、その武が、新宮で見るより、一層荒くれた感じに見えた。実際武は荒くれ者だった。馬喰《ばくろう》をしている武に連れられ、一度キヨは手伝っている新宮の叔母の洋服屋を一日休んで、川奥の村へ行った事があった。村のはずれの小山を牧場にして小牛を放し飼いにし、成牛は屋根つきの牛舎の中にいた。武は、キヨの前に立って、どんどん先に歩いて行った。成牛の牛舎に入り、「おおい、おるかあい」と武は鼻面をつき出す牛の頭をぽんぽんたたきながら呼んだ。牛舎は牛の糞尿のため、眼がちかちかし、キヨは頭が痛くなった。キヨは牛の頭を武にまねてぽんぽんとたたいた。牛は大きな黒眼をむけて、キヨを視た。牛の眼にキヨの顔と牛舎と空が映っていた。牛はキヨの手に短いつのをこすりつけ、手をなめた。

「おう、気色悪りないんじゃな」

武がキヨを見て言い、「そのうち、いまの嫁追い出して、おまえを嫁にしたるわよ」とわらった。キヨは、「あほらしい」と言い、武の代りに牛の顔を突きとばした。

牛舎の中には牛はたくさんいた。黒い毛に糞がくっついているのも見た。牛は一様に柵にくくりつけられ、紐には長短があった。立っているのも、床に坐り込んでいるのもいた。牛舎の牛のすべてが、武ではなく、キヨを見ている気がした。

武のたずねる相手はいないらしかった。それで、武は、小山の斜面を利用した放し飼いの柵を越えた。キヨに抱いて越えさせてやろうか、と武は言ったが、キヨは「要らん」とことわり、スカートがめくれ上がらないように注意しながら、鉄棒のように柵を越えた。武はそのキヨを見て、「むらむらするわい」とからかった。武は、また草が生えたばかりの山の斜面を歩き、小牛の群に近づき、その一頭を後からいきなり抱きあげた。四本の脚をふり腕の中で跳ねる小牛を二度三度あげおろしして、まだまだじゃ、とつぶやいた。馬喰は昔から小牛を計る時はそうやった、と武は言った。悪《わる》の者は、育ちのよくない小牛を持って行き、そうやって計り較べ、肥った小牛とすり替えたのだった。その時、牛舎の後の小山から長靴の男が大声を出して二言三言言い、それから武が柵を越えてやって来る長靴の男の方へ走り寄り、たちまち喧嘩になった。長靴男を殴り倒すと武はキヨに、「逃げるど」とどなった。

後で、武はキヨに、「小牛をすり替えたのは俺じゃ」と言った。武はキヨを見て、わらった。

「あの犬も、あんたに計ってもろたらええ」

「犬をかい」武は言った。「犬を計ってどうするんじゃよ。肉にもならんものを」

「なんなん」とキヨは、細い白い毛を胸からつかみながら、かまちに腰かけた。「うちを小牛みたいに、計ったのは何やの」

武はわらい、「あれか」と言った。

キヨはその武のわらい顔が、今さいぜん裏の岩肌にのぼりかけた道ふしんの男の笑《えみ》にどことなく似ている気がした。一週間ほど前から、その道ふしんは行われていた。キヨが那智の駅前に母と姉夫婦が出した土産物屋に顔を出そうと家を出るたびに、「どこへ行くんない?」とか「歩いて行くんやったら、ついて行ったろかい」と、男たちは口々に言った。わざとらしく、まだ風が吹けばたちまち気温の下がる季節なのに、裸になって、スコップで土をすくい、つるはしで土を掘っている者もいた。武を連れて来たのは、その男たちへのあてこすりだった。武は飯を食い終り、茶を飲んでいた。

「また火たいとるの」とキヨは言った。

「昨日、学校から帰った時、ぼくに当っていけと言うたよ」富一郎は言った。

「どこそから石油カン持ってきて、このあたりや、家かたまっとる方にまで木端ひろいに来て、ぼんぼん燃やしとるの。恐ろしなってきて」キヨは言った。武はわらった。キヨはその武のわらいが、喧嘩早く荒くれの者に似合わない明るい顔にさせるのを見て、ふっと、牛の大きな眼に映った空を想い出した。武は、「おまえが何言うんじゃ」と立ちあがった。大きな体の男だ、と今さらキヨは思った。「いっつも男に、ここまで来てみ、と誘っとる具合やのに」武はそう言って、かまちに横ずわりになっているキヨの頭をこづいた。キヨは富一郎が見ているのを知りながら、ふっと笑をつくった。「それでも、うちは恐いんやのに。五人も六人も、女一人と弟一人だけ住んどる家の周りでワイワイされて」

「ぼくはおそろしない」と富一郎は言った。「あの兄さん、今度、そこの山でメジロをつかまえたると言うたよ」富一郎はキヨを見た。キヨは武を連れて来た事を富一郎が非難しているのだとわかった。「ふん」とキヨは富一郎を見た。「おまえ、そんな事言うて、恐ないんやったら、この家へ一人で残りや。うちだけ、浜の土産物屋に行くか、新宮へ行くさか」キヨは腹が立った。姉の佳代が病気のために母親は半年前から駅前に行き、富一郎は、駅前で犬を飼うところがないという単純な理由で、家から姉夫婦や母親たちの住む駅前に行く事を渋ったのだった。キヨは、富一郎と犬の為、朝の十一時になると、日が射さなくなる山に取り囲まれた家に寝起きしなければならなかった。二十五になる姉の佳代は、そのキヨの不満をきいて「ええわ、キヨちゃん」とノロノロした口調で言った。「あんた、家にちょっとおっておとなしいにしといたらええんよ。どうせ、駅前へ来てもまた悶着おこすんやし。うちの主人も変な事言われたらまた迷惑するわ。日が射さんと言うても、家一歩出たら、日があふれとるんやから」

富一郎が外へ行ってから、キヨは武と一緒に外へ出た。武は、「風が吹いとるんじゃね」とキヨの肩に手を置いた。「おれみたいにあっちもこっちも、馬喰やら山林ブローカーやら分からん事をやって歩き廻っとっても、知らんとこ有るもんじゃ」と武は言い、それから、家のすぐ前の道を掘り返している者らを見た。キヨはその六人の道ふしんの者らが、体の大きな武を見るのを見ていた。石油カンの中で火が燃えていた。石油カンのそばで先ほどの岩場に登ろうとした男がつっ立っていた。キヨはその男に見られ、武をそばに置き、自分が日を浴びて光っている気がした。男にむかうとも誰にむかうともなしに、キヨは笑をつくった。浜からの風が、道ふしんの男たちの向うにもある山に当り、光が跳ねていた。

「あの人らや、家の周りで騒々するの」

キヨは武をけしかけるように言った。武は「そうかい」と相槌を打っただけで、興味がないと言うように眼をそらした。犬が家の玄関先で、鎖につながれたことに不満だというように、寝そべっていた。武は、その犬を見て、「紀州犬じゃな」と言い、身を屈め、「こい、こい」と呼んだ。犬は起きあがり、尻尾を振った。

「富一郎が仔犬の時にもろて来たの」

キヨがそう言うと、武は犬の両脚を持ち、耳をとがらせ眼のやり場に困るという犬の腹から小さな赤い乳首をさぐりだし、指でつまんで、それから手を離した。そして後向かせ、尻尾を手でつかみ、上にあげて見つめ「桃色じゃ、もうちょっとじゃ」と言った。「もうちょっとすると、オンが、追い払ろても追い払ろてもかなわんぐらいついて廻るようになる」そして、立ち上がり、キヨの尻を手で押さえた。キヨは体が赧らむのを感じた。キヨは、身をよじり、それから道ふしんの者らをみた。一瞬、道ふしんの男らが、キヨの噂をしているのを想い、声を耳に聴き、「アホらし」と武の手を払った。道ふしんの者らが、どこからそこへ働きに来ているのか、キヨは知らなかったが、オンじゃわい、オンしか用ないんじゃわい、とキヨを見、噂している気がした。白い犬は、武の顔を見て、尻尾を振っていた。キヨはその白い犬が自分と同じ人間の女であるような気がした。

武は人間でないような気がした。昨夜も、そして今も、それは感じた。キヨは襖を閉め、障子を閉めてもまだどこかに隙間があるらしく、冷えた風が入って来るのを感じ、武の手によって一枚一枚服を脱がされながら、武が人間ではないという気がした。キヨはパンティだけの裸で、武がその何頭も何匹もケモノの類を触った手で両の乳房をつかみ、もみしだくのを視ていた。武が指をふれた途端から、キヨの小さな桃色の乳首はむくむくと張ったのだった。その乳首を武は口に含み、厚い舌で押し、ゆさぶり、つつんだ。キヨは裸に、どこにあいているのか見当のつかない隙間から、海から吹き上り、山に当り、山に生えた木々の下の陰で冷やされ、岩場をつたっておりてくる風を感じた。キヨの皮膚が鳥肌立ち、武がつかんだ腰、背中、武が口に含んだ乳首だけが温かく甘いのを知った。キヨは武にパンティをはずされ、素裸のまま立ってみろと言われた。武は裸だった。最初、両の乳房を片手で押さえ、もう一方で前を押さえた。眼を閉じた。キヨは自分を見ているのが武一人ではなく、白い犬や、道ふしんの者や、それから隙間から誰かが見ている気がした。「手とってみいや」武は言った。

「みんな見とる気して。のぞきに来たりするんよ」キヨは言った。

「かまん、かまん。見とってもかまん」

キヨは武の言葉にわらった。いつか、近所の若い男が、キヨの家をのぞいていた事があった。その時も、その男ではなくキヨが、男しか用のない女だと言われ噂された。キヨは手をはなした。「きれいなもんじゃ」と武は言い、それからキヨを抱きあげ蒲団に放り投げるようにおろした。武はキヨの足を犬にやるように持ち上げ、そのまま重なろうとした。「いや」と言った。足を振った。キヨは武を嫌いではなかったが、武が犬のように自分をあつかうと思い、暴れ、手で肩を押さえつけようとする武の肩を噛んだ。途端思いっきり武はキヨを張った。瞬間、キヨは肩を噛んだ歯に力を入れた。武の肩の肉が裂け、血が出た。武の性器はキヨの中に入っていた。キヨは逃げる術もなかった。「この女《あま》」とうめき声が、重なった腹から伝わり、武は、キヨの髪を両の手でわしづかみにし、蒲団の上に何度も何度も叩きつけ、それからまだ痛みがとれないというように一斉に頭にかけ上がって、苦しさのため体がけいれんしはじめるのを知った。武はふっと手をはなした。キヨの首を両の手で締めた。息がつまり、キヨは血がとんと体のどこかで音が立ち、その音の方にむかって自分が落ちながら、武の性器が動いているのを感じた。キヨは幾つも幾つも自分が破れ、その破れ穴に向って自分の力が集まり、全身が固くなっていった。体の周りはちりちりちりと肌を刺す山からの冷気だった。キヨは武にすりより、自分が鋭い石の固まりになり切り、もうそれ以上、先はなかった。キヨは吹きこぼれるようにして涙を流し泣いた。武が射精したのはすぐ後だった。しばらくして武は身を離した。

「まだしてもええんよ」とキヨは笑をつくって言った。「しんどいんじゃ」と武は言い、キヨを突きとばすように身をよけた。むらむらとキヨは腹だった。「なんや、人を痛いめに合わせて」キヨは言った。「人がやさしいに言うたったらこう言う」

横になったまま、キヨはそう言い、武が裸のまま立って、煙草に火をつけ、そして急に今気がついたと言うように、「春じゃというのに、寒い家じゃ」と壁や襖を見まわすのを見ていた。武は障子戸をあけた。キヨの眼に山の岩肌が見えた。キヨは武にではなくその岩肌を露出した山に、自分の秘部を見られたように思い、ふっと羞かしくなった。「なあ」とキヨはまた自分の羞かしさをとりつくろうように裸の武を見て、つくった甘い声を出した。「那智の山さんに見られてはずかしから又、今みたいにしょうれよ」

「見てみ、血が出とる」武は肩を見せた。「それに死んだらえらいことじゃ」

「なあ」とキヨはまた鼻を鳴らした。「意気地ない事言わんと」キヨがそう言うと武は「おまえに踏んだり蹴ったりのめにあうんと一緒じゃ」と言い、ゆっくりとキヨの前に歩いてくる。武は横になったキヨの前に、性器を見せたまま立ちふさがった。


キヨが風呂に入り体を洗ったのは、まだ昼を二時間過ぎたばかりだった。風呂槽は、父親が生きている時のままなので、木の蓋は朽ちかかり、すこしずつ水がもった。のぞいている者がいる気がした。キヨは風呂場から武を呼んだ。「入らんの?」と訊いたが、武は「しんどて、めんどくさい」と答えた。キヨは一人でくすくすわらった。「疲れがとれるから、なあきれいに洗ったるから」キヨは言い、それから湯に体を沈めた。そうやっていると自分の体に湯が入り込み、湯の中に武の精液が溶け出し、自分が体の中から元の生娘の自分に戻るのだった。キヨはのぞいている者がいるなら、生娘に変るその姿を見せてやりたかった。キヨは湯の中で、武の牛や馬や犬をなぶった指で触れた体の隅々を、タオルでぬぐった。そうする事でまたキヨの肌は、一度も男が触れた事のない生娘の肌になった。

湯から上り服をつけたキヨを、武はけげんな顔で見ていた。

「なんやの? なんどうちについてるん?」

「いや」と武は首を振った。武は立ちあがり、バンドをしめ、それからキヨの肩に手を置き、耳に口を近づけて「えらい女子じゃ」と息を吹きかけて言った。「つくづくわしも感心したわよ」武はそう言い、手を離し、それから寒いと身震いした。身をすくめる武を見てまたキヨは武の大きな体をかきいだいてもいいと思った。そう思うのは武がその話をしたからかもしれない、とキヨは思った。牛舎から引き出されて売られて行く牛が、あらん限りの声でモーモーと鳴く。武を見ていると、牛のように見えた。

富一郎が外からもどって来たのは武が服をつけ終えて、すぐだった。富一郎はキヨの顔を見て、「なんな家を閉め切って」と大人のように言った。

「寒いんよ」キヨは弁解した。それからあわてて富一郎の注意をそらすように「いままでどこをうろついてたん?」と言った。「昼御飯時に帰らなんだら、姉ちゃん知らんよ。あんたの母親とうちは違うんやから」キヨはそう言い、冷気のため色が青黒く見える武に、「なあ」と相槌を求めた。「駅前の、店手伝うんや、病気の世話するんやと言うても、あんたとこの家見棄てて外へ行っとる具合なんやから。お母ちゃんもオンがなかったら生きていけへんのやろな」キヨはわらった。

「うるさいなあ」と富一郎は言った。その顔を見てキヨは富一郎が、眉毛が太く、写真の父親によく似ているのに気づいた。父親はキヨが十歳、富一郎が生れたばかりの頃に、死んでいた。キヨは時々、富一郎が子供の背丈のくせに、大人のように物を考え、大人のように物をしゃべると思う事があった。背は十歳なのに極端に低かった。その事も、富一郎がキヨに教えたのだった。一度、富一郎の前で、「なんでここだけ日が当らんのやろ」とつぶやくと、富一郎は、「何にも知らんのか、ここは元々、日が当っとったけど山が動いたんじゃ」と言った。冗談だとキヨがわらって、「何が動いてもかまんけど、日が当らんし夏でもゾーっとする冷たさやさかイヤやな」と言うと、「レイキがでとるからや」と言った。冷気ではなく霊気だと富一郎は言った。キヨが何でそんな事を知っているのかと問うと、漫画の本に出ていたと答え、それでキヨは安堵したのだった。確かに冷気ではなく、霊気がその岩肌の露出した山から出ている気もした。今も山の冷気が家をつつんでいた。いや、キヨの周りをつつんでいた。

富一郎はキヨのつくった飯を食った。不意に顔をあげ、キヨを見た。

「あの兄さん、さっきぼくに暇になったら、犬小屋もつくったると言うてくれたよ」

「あの火たいとる兄さんか?」キヨは訊いた。

「それから、川のそばのオイさんも、ぼくを見て、仔犬つくるのに、ええオンを貸したろかと言うて」

武はその富一郎の言葉にわらい、「オンはもう間に合うとるさか、と言うたれ」と言った。富一郎はけげんな顔をした。それから話の意味を分ったように、わらった。キヨはそのわらい顔を見て、腹が立った。キヨは富一郎が自分の弟でなかったら、気色が悪く一緒に暮らしもしないし、話もしないだろうと思った。ふと、キヨは、先ほど湯に入ったキヨを誰かがのぞいていた気がしたのだった。頭が痛かった。

キヨが富一郎を母親の家へ連れて行ったのは、もう一泊するという武のために食糧を買いがてらだった。富一郎は武が泊ると言うと、「浜の家へ行く」と言い張った。それはキヨにも幸いだと思った。富一郎は口をへの字に曲げて今にも泣きそうな顔のまま武とキヨにはさまれて、教科書の入った鞄を持って歩いた。「いやや で、また」キヨは言った。「むこうへ行って、うちの事、嘘ついてしゃべったら。このお兄ちゃんは用心に来てもろとるんやから」

「嘘をつけ」と武が言う。キヨは武の尻を思いっきり、つねった。武は「痛い」と言わなかった。「ほんまの事言うてもかまんけど、どうせうちはオンなしにすごせへんが、なんせ結婚前の女やから」キヨは大社の方からの道に抜けられる田圃の道を歩いた。海から上った日がようやく幾つも重なった山の方にかかっていた。山々は日を受けて眠っているように見えた。

キヨはその男に体をひらいたのは、武に不満があったからではないし、ましてや、その男に無理矢理に手籠めにされたのではなかった。それははっきりとキヨの体をつつんだ山からの冷気のせいだった。武が二日、キヨの家へ泊り、翌日、朝早く、どうしても新宮へもどり熊野川奥へ牛を見に行かなければならない、と帰った。キヨは引きとめられなかった腹立ちまぎれに、「元々、あんたの妾でもないのんやから、うちがさびしいから別の人を連れて来ても、怒らんといてな」と言った。武は、いかにも馬喰の荒くれ者だと「おうさ」と答え、「兄弟になるんじゃから仲良うにしょうらいと言うてくれんかい」と言った。

武が帰ってから、頭の芯に山からの水気を含んだ冷たい風が山鳴りの音と共にゆっくり岩肌を伝って下りてきて、直接触れるような痛みを感じていたのだった。キヨは二十歳だった。更年期障害でも、生理痛でもなかった。生理は月の末にきちんとあった。それで、冷気のせいだ、山のせいだ、と思い、キヨは一眠りして独りで勝浦のスナックへでも遊びに行こうと、思いついて山の方にむけて手を合わせ、それから眠ったのだった。白い犬が、山の中を走り廻っている夢を見たのだった。頭がじんじんと鳴り、ふっと眼ざめると、その男がキヨの顔を見ていた。男はキヨが眼ざめたと分ると「あの大きな男、一人で出て行たし、玄関あけっぱなしやし、てっきり殺されとると思た」と言った。キヨが声を出そうと思うと、口を手でふさぎ、「なんにもせん、なんにもせん」と言い、それからキヨの体の上にのしかかり、「タノム、タノム」と耳にささやいた。耳に声がこもり、それで力が抜けていくのが分った。

男はあわただしくズボンを下ろした。

「タノム、タノム」と男は言った。せわしなく体を動かし、キヨが声をもらす暇もなく果て、またせわしなくズボンをはき、「夜、ゆっくり」と言って、玄関の方へ走り、「ここじゃあ」と自分の名を呼ばれてでもいたかのように外にむかって声をあげた。キヨは、蒲団に入ったまま、その男のあわてた姿がおかしく、声を立ててわらった。夢のような気がした。いや、夢でそんな夢を見た。キヨは白い犬だった。周りを取り囲んだ何頭もの犬に、何度も何度も気の遠くなるほど挑まれ、呻いたが、最後、白い犬の桃色の性器を皆がなめた。キヨはのろのろと起きあがった。白い犬が開け放った玄関に立って、キヨを見て尻尾を振っているのを見、「あんたかん、悪さをするの」とキヨは語りかけたのだった。「悪さをしてもしょうないのに」それからキヨは犬が人間の言葉を理解できるように話している自分に気づいて驚いたのだった。キヨは台所に行った。喜んで尻尾を振る犬に「ほら食べよ」と飯に、汁をかけた餌をやった。

餌を食べている犬の背を手で撫ぜ、首輪が首に窮屈げなのに気づき、一つ穴を外にずらしてやろうと思った。一旦、首から首輪をはずし、楽になったと首を振る犬を見て、キヨは富一郎の居ない時ははずしておいてやろうと思った。

「どこへ行くんない？」とキヨを見た道ふしんの者らが仕事の手を休め、キヨに声を掛けた。いつもならうつむき、息をつめて通り過ぎようとするところだった。だが、今日は違った。キヨは立ちどまり、石油カンにたいた火の方へ歩き、「大変やねえ」と男にむかってわらいかけた。男らはキヨに当らんかい、と体をあけた。男は、キヨにどう話してよいのか分らないらしく、気弱げな笑を浮かべ、「さっきは、水をおおきに」と言った。すかさず四十過ぎの男が、「なにが水ない」と言った。一斉に声を立ててわらった。「若後家の火を消しに水をかけに行ったんかい」「若後家？」とキヨが訊いた。男らのわらいにつられ、キヨは声が高くなるのを知った。「アホらし事を言わんといてよ、なんでうちが後家さんよ」キヨは言い、富一郎が子供だと思われているのだろうかとおかしかった。「妾か」言い直す声に、「なんでうちが後家や妾になったりせんならんの」

と言った。

石油カンの横に転したドラムカンにはコールタールが入っているらしかった。

キヨは石油カンの火に手をかざした。火はキヨの手をなめようと上にあがった。キヨは手を返した。それからふと男をからかってみたくなり、「母さんもきょうだいもあの家へ住まんさか、うち一人なんよ」と言った。「うち一人であの家へ住んどるさか、なんやしらんこわいの」

「男がかい?」とその男の横の、やせた男が言った。

「男?」とキヨは笑をふくみ、そのやせぎすを見た。

「それも何でかしらんこわいけどよ」キヨは道ふしんの男たちが自分を見ているのを感じながら、ゆっくりと眼をふせる。火のけむりが眼にしみ、涙がまつげにくっつくのを知った。「なんやしらん山に抱きかかえられとるあの家にいたら、山に圧しつぶされそうな気して。一人や二人、力の強いもんおってもかなわせんよ」キヨはため息をついた。そしてキヨは一どきに皆で家に遊びに来てくれと言おうとして、ふと自分がとんでもない淫らな事を言い出そうとするように思えて止めた。男らはいつか見た牛のように一斉にキヨを見る。キヨはそう思った。キヨは幾つものケモノに映った自分の姿を見る。キヨは、そしてふと自分が道ふしんの者らにまじって何を話していたのだろうかと思ったのだった。そこから山そばにくっついたキヨの家と、日のよく当る畑をへだてて七軒家が固まっているのが見えた。七軒の家の固まり共、山そばにあったが、陰になってはいなかった。

キヨが大社からの道にある雑貨屋で食料品を買い込み、家にもどると、犬はいなかった。キヨは呼んだ。キヨは家の周りを呼んで廻り、ふとらちがあかないと、道ふしんの者らの方へ行った。やせぎすの男と、朝方家に入ってきた男が、「どした?」とキヨに訊いた。「犬が逃げてしもたん」とキヨは言った。自分の声が頭天から出ているとキヨは思った。「さっき鎖はずしたんやけど」キヨは言い直した。

男は、「そのあたりにおったんと違うか?」と、七軒ほど日当りのよい家が固まった山の方を指した。そこから山へ登る道はあった。その道から岩肌の上にも、さらに行くと那智の大社の方にも抜けられた。ただ山は幾つもあった。「ちょっと捜したろかい?」と男は言い、「どうせ腹へらして戻ってくるんじゃろが」

「戻って来んよ」とキヨは言った。

「その辺りで、見たど」と道ふしんの男らの中で一等年老いた男が言った。

富一郎が泣いたり騒いだりすると、キヨは思った。道ふしんの男二人に家の南端から雑木の茂みの方を捜してもらい、キヨは一人、家が固まって立っている辺りを犬の名を呼びながら歩いた。「シロ、シロ」とキヨは呼んだ。日の当る家の縁側にいた女が、「犬かん?」と訊いた。「春になって、丁度うかれはじめる頃やさか」と女は言い、「姉さんの病気なおったかん?」と訊いた。キヨは答えなかった。キヨは女に知らんぷりをして、山への道を登った。

山の土を踏み固めた坂の両側に、よもぎが幾つも生え出していた。けばが銀色に光ったすすきの若葉もあった。土のにおいがした。山の草や樹の葉のにおいがした。キヨは、それがキヨの家を取り囲むようにある岩肌を露出させた山のにおいとは違い、乾き、さらさらしているのを知り、深く呼吸をした。日が自分の中に入り込む。丈の低い木と、草ばかりの道がつづき、そこからキヨは顔をあげた。いきなり杉ばかりの山が空をちぎり取るようにあった。それはキヨの家の裏山が、急にもりあがり、別の山に見えたにすぎなかった。灌木の中に出来た道の中を犬を呼びながら歩いた。

山のコの字型のちょうど真中に、キヨの家はあった。屋根だけが見えた。そこから真っすぐのところに臨海ホテルがあり、那智の浜の宮の海があった。入江になっている為、そこはこの近辺の海水浴場でもあった。そこからその昔、海の彼方をめざして舟を密封して出ていった。波があるのかどうかも分らないただ青い海だった。キヨはため息をついた。海の方も山の方も果てしがなかった。日が満遍なく当り、日がさえぎられると陰が出来、寒く、かじかみ、冷気が動き出すのだった。キヨの背の向うの山には那智の滝があり、大社があり、青岸渡寺があった。キヨはのしかかるように太く丈の高い杉が生えた山を背にし、腹のように呼吸する海を見ていた。キヨは、杉のように立ち、海のように呼吸していた。

富一郎が駅前から母親に連れられて家からもどって来たのは、三時を廻ったばかりだった。丁度、キヨは、犬を捜してもらった手前、道ふしんの者らを呼んでお茶を入れていた。男らは縁側に坐ったり、庭に立って茶を飲み、「別嬪さんが一人でさみしいじゃろ」とキヨをからかっていた。富一郎は家につくなり、「シロは？」と言った。最初はキヨは知らないと言い通し、あまりに富一郎がうるさいので、「鎖はずしたったら、こんな寒いとこイヤと言うて、山の中へ走り込んで行たわ。それで、この兄さんらに仕事そっちのけで捜してもろたん」と言った。

「鎖はずしたの、おまえか」

「はずしてくれと言うたんやもの」キヨが言うと、「犬が物言うものか」といきなり、小さな体でキヨにとびかかり、キヨの腹を足で蹴った。キヨがその足をつかもうとすると、富一郎は髪をつかんだ。「畜生、このチビ」とキヨは富一郎の手をねじり上げようとしたが、力は富一郎の方があった。「やめなあれ」と母親がどなった。富一郎は左手で髪を引っぱりながら、「くそ、このアホ」と唸り声を出して、キヨの顔面を思いっきり殴った。キヨは顔をあげて泣いた。「やめなあれ」と母親が言って、やっと富一郎は手を離した。「チビのくせに、チビのくせに」と泣いているキヨを、「おう、おう」とからかうように道ふしんの者らが言った。その男らに、「なんですか、あんたら。娘一人の家へ来て、むらがって。帰ってよ。気色の悪り」と母親が八つ当りのようにどなり、縁側の障子戸を閉めた。障子戸のむこうで「えらいおそろしババじゃね。それでこの家は評判悪いんじゃな」と声がし、母親はその声にむかって、「うるさい事言うとったら警察呼ぶよ」と言った。

キヨは鼻の奥から熱いものが流れ出してくるのを知り、あわてて手で鼻腔をつまみ、顔をあげた。案の定、血だった。「なんやの、あんたは」と母親は言った。「長患いをやっとるさか、わたしが駅前の店手伝て、看病に行くと、また今度はこの家に男を連れ込んだの。それも富一郎が起きとる前から、男と乳くり合うたの」

「のぞいとったのは富一郎や」

「わざとこれみよがしに乳くり合うたの？」

「ふん」とキヨは言った。「嘘つきの富一郎の話ばっかし信用して。チビのくせにマセとるんや、こいつは。風呂に入っても、大っきなった、大っきなった、見て、見て、とうちに言うんや」

「嘘言え」と富一郎は言った。「自分やないか、風呂に一緒に入ろうと言うて」富一郎はそう言って坐り込んだキヨの尻を足で蹴った。キヨは鼻をつまんだまま、「いっつもうちの乳をまじないやと言うてさわらなんだら寝んとおこるんやのに」と言った。富一郎は「嘘をつくな」とまた尻を蹴った。キヨは母親の顔を見た。母親はキヨに似ている、とよく人は言った。眼が大きかった。かんがきつそうだった。キヨが十六の頃、一度母親と一緒に風呂に入り、体を洗っている母親に湯槽の中で立って話をしていて、ふっとキヨの体の張り具合に気づいたと言うように母親は見つめた。母親ののばした手で乳房を思いっきりつかまれた事があった。「富一郎の世話ら、うちはしたないわ」キヨは眼に涙がこぼれた。

「それで犬を逃がしたの」

「うちかてこんな家にいたないわ」

「ちょっとの辛抱やないの。姉やんの病気なおったら、わたしかてこの家へもどってきて、ここで暮せるんやないの」母親は声を落とした。「そら富一郎養わんならんさか、お父さんの残してくれた畑も売らんならんかも分らんし、また働かんならんけど。よう分らなんだら」

母親は富一郎を残して駅前に帰り、「なんや、駅前に男がおるのに」とキヨは独りごちた。キヨは富一郎が勉強部屋に入るのを見て、一人、縁側の部屋に入った。家が生きている物のように思えた。キヨはこの家に生れ、この家で育ったが、家の壁、柱、鴨居が、自分と同じように呼吸をし、自分と一緒に快楽の声をあげる生き物のように見えた。キヨは、この家で、母親がキヨを孕んだ時、どんな声を上げたのだろうかと思った。キヨは暗くなっても、富一郎のために飯の仕度をしてやらなかった。キヨはうずくまっていた。日が幾つもの山のむこうに落ち込み、急に冷気が家の周りにやってくる。日は毎日毎日、海から空に昇り、昼を照らし、山に沈むのだった。日は全てを照らす。キヨは涙が出た。手も足も山から岩肌を伝ってやってくる冷気の為、かじかみ、キヨは自分の涙が氷の粒になったと思った。そして、不意におかしくなった。くすくすとわらった。キヨは起きあがり、電燈をつけた。

「富一郎」とキヨは呼んだ。「なんや」と勉強部屋から声がした。「機嫌なおしに姉ちゃん風呂に入るから、おまえも一緒に入る？　昨日の兄さんのように体大っきなるよ」アホは、と言う富一郎の声がした。

男は家が寒いと言った。「なにを言うとるの、これくらい」と言い、キヨは裏の硝子戸をあけ、あぐらをかいて坐った男を、わざとらしく「なあ、あんた、あのつつじとろとしたんやなあ」と呼んだ。男はキヨの体を後から抱きかかえるようにして窓の外をのぞき込み、「あの岩つるつる濡れてすべる」と言った。キヨは岩場が家の窓からもれ出た光でこけが黄金に光っているのを見た。岩場の上は昼間キヨが立った灌木の茂みだった。浜から吹きつける風が山にあたり、茂みに下りて来て耳をそばだてると、ゆっくり梢を鳴らす風の音がきこえた。その音を耳にし、硝子窓を閉めた。男はキヨを硝子窓を背に立たせて、口づけをした。キヨの舌を吸った。キヨの舌は男の舌に誘われ、動いた。キヨは、男に裸にされながら、自分が今まで一度も日をあびたことのない岩場の穴、茂みの奥にかくれた動物のような気がし、キヨの唇に割って入った男の舌をたたき、舌をこすりながら、このまま歯を立て、嚙み切ってやろうか、と思った。男は舌を離し、耳をなめた。キヨは男が逃げ出したと思い、立ったまま乳房をもみしだかれながらわらった。

皮膚が鳥肌立っていた。キヨは、男の指の皮の剛い手を取り、背中に廻させた。背骨を手はなぞった。キヨは立ったまま、男が腹を厚い唇で吸うのを上から見おろしながら、男の皮の張った額と短い頭髪を指で触ってみた。突起が額の骨にあると思った。キヨはそれを知り、男がそのうち、キヨの体をひらき牛の本性を顕わす気がし、ふっと身震いした。牛でも犬でもよい。キヨは顔を腹にうずめ、キヨの陰毛を口に含み、苦しげに股間にたどりつこうとする男を、武が小牛をはかる時のように抱きあげ頰ずりしてやりたかった。いや、キヨが男に、けっしてケモノの類ではないがケモノがケモノにやるように抱きあげられ、頰ずりされたかった。いや、キヨははっきりケモノだった。キヨは男が、自分を壊れ物でも嬲るように扱うのを知り、らちがあかないと男を押し倒し、服を脱がせ、上にまたがった。男はキヨを上に乗せたまま、足指を口にふくんだ。

雨戸を閉めていないのは硝子窓だけだった。キヨは、雨戸のむこう側に、沢山の者が自分の姿を見ている気がした。雨戸のむこうに、男どもが群れている。この家は山にさえぎられて月さえ照らさなかった。キヨは電燈の灯りで、桃色に染った乳首に男の指が触ればいい、と内側から張ってくる痛みのようなものと、吸われ嚙まれるその甘い痛みと、男の性器がつくり出す振動の酔いのようなものが、つながればいいと思った。男は、キヨの顔を見て、「もっとか」ときくように顔をつくった。キヨが声をあげ、支えをほしいために胸に手をつくと、脳の一部分が欠損したようにわらった。ケモノめ、ケモノめ、とキヨは心の中でつぶやいた。

男は果てた後、キヨに「涙流しとったな」と言った。「知らん」とキヨは言い、後を向いた。男はそのキヨに被さるように体をくっつけ、手を前にまわし、キヨの陰毛を撫ぜた。

蒲団に入っているのに、キヨは寒かった。肌がジンジンと鳴っている気がした。冷気が、キヨの体の周りをまた取り囲んでいた。

キヨは、男の性器がじょじょにふくれ上がるのを知った。男の指がキヨの体をひらきなぶりはじめる。キヨは身をゆすった。「なあ」とキヨは言った。「うち、イヤラシのかなあ」とキヨは言った。男はキヨの言葉に答えず、横臥したまま、後からキヨの体の中に性器を入れようとし、うまく入らないと、乱暴にキヨの首筋を圧さえ押し、キヨはくの字に寝たままでさせられた。キヨは痛みを感じ、声をあげた。

「乱暴にせんといて」と言った。ふっとキヨは下腹部に力を入れ、男の性器が体の奥深くまで入るようにますます身をかがめながら、男が家に居ついてくれないものだろうか、と思った。何故なのか分らなかった。涙が出た。家が、ゆっくりと、動いていると思った。

次の朝、一等初めに眼を覚ましたのは、キヨだった。男はキヨの蒲団の中で、素裸のまま口をあけて寝ていた。しばらくそのまま寝かせてやろうと思い、音をさせないように雨戸をあけた。外から、朝の日が入ってきた。キヨは、何度も何度もキヨに挑みかかったため疲れて正体なく眠り込んだ男を見ていた。両手共、軽くにぎっていた。蒲団から上半身がはみ出していた。脇の毛がふさふさと生えていた。キヨは身をかがめ、ゆっくりと気づかれないように蒲団をめくり上げた。赤銅色の腹が見え、左脚はまっすぐに、右脚はくの字に曲げていた。性器は勃起していた。日の中で見ると気色悪かった。勉強部屋から富一郎が眼をこすりながら、やってき、物を言いそうになったので、黙れとキヨは指を口にあてた。富一郎は男を見て、口を手でおおった。キヨは富一郎を左手で払い、男の頭を狙い定めて思いっきり蹴った。男ははね起きた。そのままどこへでも逃げ出せる体勢で、マシラのようにあたりを見廻した。富一郎はわらい入った。

「なにがおかしいんじゃ」男は憮然とした口調だった。「日があふれとるよ」キヨはぶっきらぼうに言った。服をつかんで渡した。「なんや、その格好」

「仕事に行かいでもええんか」富一郎は男が衣服をつけるのを見ながら言った。「こんなに天気やのに、今日は道なおしたりするの休みかん」富一郎にそう訊かれ、男は「行く、行く」と答えた。「えらい夜と朝の変り様じゃ」男は独りごちた。服をつけた姿を見ても、キヨは男が気色悪かった。茶を飲む姿は、人間のようにふるまう芸当をしこまれた猿だった。猿は山のいたるところにいた。イノシシ、シカ、カモシカ、ウサギそんなものに山に入った者はよく出くわした。駅のそばの寺に狸が顔を出したと、この間も聴いた。

男が帰り、富一郎が学校に行き、キヨは日の当るうちに炊事、洗濯、掃除、一切合財をやっておこうと働いた。それからキヨは日の当る縁側に坐り、モード雑誌を読んだ。家が日を受け、ゆっくりと呼吸をしている気がした。耳をすますと、自分の呼吸音に合わせて音がきこえた。母親がこの家へもどると、キヨは、今一度、新宮の叔母の洋服店で働き、洋裁をならい、将来、若い娘向きの店を持つかまえだった。息苦しかった。ふと顔をあげ、庭を見た。犬が寝そべっていた。あれ、とキヨは思い、あわててサンダルをつっかけ、外に出た。白い犬は寝そべったまま首をあげ、尻尾をふった。キヨは犬の背中を撫ぜた。

「どしたん?」とキヨは訊いた。「どこへ行てたん?」キヨは訊いた。腹が減って舞い戻ったとキヨは思い、犬に餌をやろうと家に入りかけて考え直した。餌は富一郎がやればよい。餌をやると犬はまた外へとびだすかもしれない。キヨはそう思って縁側に坐り、犬を呼んだ。犬は首を持ちあげ、寝そべったまま尻尾だけ振った。その犬が立ち上がったのは、朝、帰った男が道ふしんの作業着姿で、ヤカンを持ってやってきたからだった。裸より、作業着姿の方がずっと男ぶりがよく見えた。「戻ってきたんじゃな」と男はわらいをつくって言った。

「腹減って、家おもいだしたんやろ」キヨは言った。「腹減らんでも、おもいだす者もあるけど」と言い、ヤカンを差し上げ「水入れてくれんかい」と言った。キヨはヤカンを受け取った。流しに歩いた。水道の蛇口をあけ、流れ出す水をヤカンに受けながら、ふと思いついた。ヤカンにくんだ水をあけた。それから流しの横の風呂場に入り、湯槽の蓋をあげた。キヨと富一郎の二人がつかった湯は、どこに穴があいているのか分らないがトロリトロリともれて、底の方にしかなかった。キヨはその湯槽の水を、手桶を取って汲み、朽ちた蓋の木屑を手でとりのぞいて、ヤカンの中に入れた。出しっぱなしだった水道の水は止めた。

キヨがそのヤカンをはい、と渡すと、男は、「このあたりはえらいケチクソな家ばっかりじゃ」と言った。水をもらいに行くと、どこの家も「あの陰の家でもろたらええのに」と言って、キヨの家でもらえと言った。男は「ここだけじゃ、なあ、姐さん」と言った。キヨは、内心で、ふん、と思ったが、こぼれるような笑をつくり、それから眼を伏せ、男の作業服のへそのあたりを見た。日陰にいるだけで、オンじゃ、オンレイ、レイキじゃと言いくさって。キヨはつぶやいた。

臨海ホテルに日が跳ね、また日が陰って、キヨは思いついて化粧した。紅を唇にぬり、白粉をはたいた。それだけで充分だった。どこへ行く訳でもなかった。新宮へ行くのも勝浦へ出るのもめんどうくさすぎた。キヨは、それでも流行のブーツをはき、桃色のパンツをはき、上にセーターをきた。男物の薄い白のマフラーを首に結んだ。ブーツのかかとが高いため、随分背が伸びた気がした。家を出ようとすると、犬がキヨに美しくなったと合図するように尻尾を振った。

日を受けて固まって立っている家の方に女が二人、キヨを見ていた。マフラーのはしを肩ではねあげ、キヨは、犬を呼ぶために口笛を吹いた。

犬はキヨのかすれた口笛を耳にすると、家の庭から跳ぶように走り寄り、キヨの足元で尻尾を振った。道ぶしんの者らが、キヨを見て「おう」と口々に声を出した。男が、スコップを持ったまま、「見違えるね」と言った。「姐さん、どこへ行くんない?」男はキヨに訊ねた。キヨは、男に答える代りに笑をつくった。石油カンの中に火がたかれていた。炎が石油カンの口からつっ立ち、それを見ているキヨの頰を赫くした。キヨは頰のほてりを感じながら自分を奇麗だと思った。キヨの顔を見とれている男に「なあ、もうお茶飲んだ?」と訊いた。「お昼にお茶わかしたりたいと思たが、外へ行くんでアカン。明日、わかしたるからな」
キヨは道を折れ、大社からの道に出、まっすぐ駅前に出た。駅の左から三つめの土産物売り屋が、キヨの姉佳代夫婦の出した店だった。キヨが店の中に入ると、母親は客と間違えて声をかけ、「ああ、キヨか、どうしたの？」とおとなしい声を出した。「犬見つかったよ」とキヨは言った。「そのあたりについて来とる」キヨの話を聴き、母親は「ええ？」と驚いた。「なんでつかまえたらんの、富一郎、喜ぶのに」「うち、知らんよ、犬の事は」キヨは言った。「どこにおるの？」母親はそう言い、土産物屋の外に出、「シロ、シロ」と呼んで廻り、それから「来た、来た」と言った。キヨはその声の方をのぞいた。四匹、犬がいた。三匹が白い犬の周りにいた。白い犬は三匹の犬に尻をかがれていた。母親がシ、シ、と手を払うのに合わせて、白い犬は尻尾を振るが、母親がいくら呼んでも来なかった。一等体の大きな犬に後からのしかかられ、白い犬は尻もちをついた。白い犬は尻尾でかくし、横坐りになって拒んだ。一匹が吠え、後の二匹は順番をあらそうように互いに威嚇しあっていた。母親は近よれなかった。「キヨ、水を持て来て、水」と言った。キヨはゆっくりと歩いた。白い犬は立ち上がり、その上に大きな犬が乗った。「ああ」と母親は言い、振り返り「水は？」とキヨに言った。母親が自分で水を持って来た時は、二匹は交接り、尻と尻をむけ合っていた。

キヨは駅からトンネルをくぐって浜に出た。波は静かだった。浜を歩いて、浜から一段高くなったところにある臨海ホテルに出た。日を浴びて建ったホテルの窓は、ことごとく破れていた。

風が変り雨が降り出したのは午後からだった。キヨは臨海ホテルの隣りのスナックから新宮に電話したが、武が立ち寄る先のどこへ電話しても、いないと言い、仕方なしに、そこから一直線に歩いて、山そばの家へもどった。キヨが家にたどりつくと武はいた。「どこへ行てきたんじゃ」と言った。キヨは武の顔を見て、ふっと雨に会ったのはこの男のせいだと、ムラムラと腹が立った。ブーツをぬいで家に上り、衣服を全部脱いだ。手が寒さでかじかみ、武にファスナーをはずさせ、ホックをはずさせた。「寒いから風呂焚いてよ」とキヨは言った。武は水を入れた。キヨはかたかた震えた。武は家の雨戸を締め、押し入れから蒲団を出し、敷いた。それからそうじゃ、そうじゃ、とはずみをつけて、風呂場に行き、火をつけた。「火つきの悪い風呂じゃ」と、武は言い、もどってきて、毛布にくるまった素裸のキヨを、赤子にやるように手でこすった。思いついたように武は、おれもぬぐわい、と服を取った。蒲団の中にもぐり込み、キヨの腹も背中も脚もこすった。「冷たいやろ」とキヨは武の股ぐらの中に足をつっ込んだ。背中を撫ぜている武の手を取って、乳房に当て、「なんか、ここが寒いから」とキヨは言った。

「山奥どうやった?」とキヨは訊いた。

「牧場の山ごと牛を買い取らんかと言うんじゃよ。アホな値段つけて」

「牛おったか?」「牛はあるわい」武はなにを訊くんだというように言った。

「山を下りて来る時、ちょっと空の具合おかしいと思たら、こうじゃ。雨ふったら、仕事にならん」

キヨは雨が、家をたたき、山をたたくのをきいていた。曇った空から雨は、海をたたき山をたたき、海と山にはさまれた那智をたたく。山に降った雨は、滝になって川に流れた。山の杉の葉、灌木の葉に雨は降り滴になって幾つも幾つも梢や幹を伝って、その下の草の葉に落ちる。葉を伝い、茎を伝い、地表に落ちて地面に沁みる。海の水が日に蒸され水蒸気になり、地面に落ち、岩肌をしめらせる水になっているのだった。キヨは、半分ほどの海と半分ほどの山、半分ほどの日、半分ほどの陰だ、と思った。武の股の間に両脚を入れ、キヨは武を上にさそった。武の腕にも何頭も小牛は抱かれたのだった。牛のにおいが胸にした。武の舌がキヨの口の中に入り、武の性器が、キヨの今温まった体の中に割って入ろうとした。水に濡れ、血の気が失せていたキヨの体は固かった。痛かった。キヨは武の舌に口を塞がれたまま、呻いた。呻き、つっ撥ねようとしたが、武は組み敷いたまま、離そうとしなかった。キヨは武の舌を噛んだ。今度は武が口をおさえ呻いた。

武の口から血が出ていた。キヨは、「ちぎれたん?」と訊いた。武は枕元のキヨの濡れた洋服の上に血がまじったつばを吐き、それからその濡れたシュミーズを口にまるめてつっ込み、血の出具合を見た。血は二カ所に固まってつき、にじんで広がった。

「たいしたことないやないの」

「この女」と武は言った。舌が痛みで動かず、オノアマときこえた。キヨはわらった。武はいきなり、キヨの頬を張った。キヨは、首を締められると思い、蒲団の外へとび出した。武が、「オイ、オイ」と手まねきした。キヨはその声にもくつくつわらい、武が蒲団に起きあがり、股をひらいて、シュミーズの先をまるめて口につっこみ、血を見ているのをわらった。グッグッと音がしていた。「人にまた血ィ出させくさって、この女」今度ははっきりきこえた。家が揺れている気がした。武が立ちあがり、勃起した性器を見せて歩き寄ってくるのを見て、キヨは、その音が、何なのか、どこからきこえるのか分った。キヨは笑を浮かべ、武を誘うように身を翻えして、風呂場に入った。「なあ、ここへおいでよ、ここでええことしょうれよ」と身震いしながらやさしい声で呼んだ。

鳳仙花の母

昨日八月一日に、妻と二人の娘を連れて新宮に戻った。

ながい間心臓の病気に苦しめられていた母は、「もう咳も出んし、元気やよ」と言った。

「これも池田先生のおかげやと思うとるんや、よかった。ほんまに、みんなこないだまで、ちささん、心臓であぶないと思てたんやろが、いまら、井村へ行く、保健所のとこに出来た主婦の店へ行くというのも、駈け出して行くぐらいや。わしが悪り、悪りと言う時、元気やった人のほうが先に死んでしもたわだ」

ふっと高校時代からの友人である仲君の親爺さんを思いだした。仲君の母上は彼が小学時代に喪くなっていた。彼の東京で行われた結婚式に出席したが、親爺さんもぼくの隣りに坐ったお兄さんも、当の結婚する本人よりうれしげであり、楽しげであった。彼が新婚旅行の写真をもってぼくの家へやってきた時、全然そんな感じはなかった。子供が生れたという電話をうけてその時、「おれの親爺死んだよ」と知らされたのだった。その時、なんとなく一本の花が、実をつけ、種を地面に落とし枯れるという感じがしたのだった。

母は元気であった。いや、いまこの原稿を書いている二日の午後十一時、母は湯上りの髪にタオルをまいて、「健次、これをネネにかけたれよ」とタオルケットを持ってくる。はやく寝ればいいのに、ぼくが起きてるものだから、熊のようにシュミーズ一枚でうろうろしている。

「うちに来てくれとった加藤さん、いまヤクルトいっしょうけんめい配っとる加藤さんが、まあ、奥さん、と言うんや。みんな紫陽花は花もち悪りと、花ざかりを切ってきてちょっと萎んだら、これはもうあかんとポイとすてるが、わたしは、その時ああそうかいとうまあわせるけど、そんなこと嘘やで。殺生やわ。奥さん、紫陽花が萎れても水に一晩つけたりなあれよ。そう言うんで、だまされたつもりでやってみた。ほんま、また生きなおした。それで思たんや、ああ病気もこういうんと一緒やな。医者というのは、水みたいな役をしてくれるんやな。裏の石垣にね、鳳仙花の落ち生えがあったんやのに。ちょっとしか土がないとこに。わしは他の人みたいに花なら咲いとる花だけ美しとは思わせんの。それで裏へ洗濯もの干しに行くとき、その鳳仙花みまもった。大丈夫やろか？　おまえもえらいとこに根ェおろしたもんやね。いっつもそう一人で話しかけてみとったん。それがねェ、えらいもんや、土から根がとび出して、いまにも引き抜けてしまいそうやのに、太い茎になった。大丈夫やろか、花つけるやろか？　そしたらな、他の花畑のに劣らんほど鈴なりに花つけてな。実イつけて枯れた」

そう語る母の孫は、ぼくの二人の娘をいれて十二人いる。普段は、夫婦二人で広くがらんとした家が、夏休みになるころから、さながら雨天体操場とも変りはじめ八月十二、三日あたりが毎年のことながらピークとなり、父と母の家は子供であるぼくたちと孫でゴッタ返す。

今日までのところ、子供らはぼくら夫婦だけであるが、孫は八人すでにいる。その孫たちは寝入ってしまっているせいか母はまだうろうろしている。起きているぼくに話しかけたいらしい。めんどうくさい。うるさくもある。だが、鳳仙花の如くの母であるなら、そのめんどうくささ、うるささを、有難くも感謝もしたい。今日、二日は、ぼくの二十八回目の誕生日であった。

風景の貌《かお》

何度見てもあきない風景、何度行ってもあきない場所というものはある。長い間羽田空港の中で、外国向けの貨物を扱って飯を食べていたのであるが、その羽田へ向うモノレールからの風景が好きだった。丁度、大井競馬場のあたりから、整備場までの海側の景色である。いまから想えば、随分幼いロマンチシズムのように思うが、ヘドロと、埋めたてた土と、草と、荒涼とした感じが、私の何かをかきたてた。だからその景色らしい色どりの何ひとつない景色を見たいばっかりに、モノレールでは海側にいつも席を取った。

ダンプカーが荷台に土を満載して走っているのが見える。羽田で飛行機への貨物の積み降ろしの仕事にあきでもしたら、あんなふうなダンプカーの運ちゃんになろうと思った。その景色は、見ようによってはひところ流行のマカロニウエスタンの舞台にも取れたし、砂漠のようにも見えた。男が生きて死ぬのは、彩るもの何一つないあんなところだな、と思った。砂漠に光が当る。砂漠を砂煙あげていまダンプカーが行く。そこがメキシコでもテキサスでもアラビアでもないのに、そう思った。男というより、男の子の空想である。

何度も見てあきない風景とは、私においては、どうやら風景らしくない風景のような気がする。絵葉書のような風景、山水画のような風景はうんざりする。そんなものは日常茶飯のこととして見てきた。

故郷というものと風景というものが、重なりあっている気がする。旅を滅多にした事がないが、そこで出会い見つけた家並み、坂道、川原の風景とは、自分が子供の頃から見馴れ親しんだ故郷の風景のプリントである気がした。つまり風景とは、まったく自分一人の記憶の再現なのではないか、そんな気がする。

　和歌山県の潮ノ岬から白浜辺りまでの海岸線を車で走ったことがあるだろうか？　その海岸線を、人は枯木灘海岸と呼ぶ。延々と岩場が続いている。そこへ行ったのは、新宮の母の家から白浜のイトコの家に立ち寄る為だった。高校一年になるオイを連れて、車で行こうという事になった。一時間半ばかり走り、腹が減ったというオイに誘われ、古座のドライブインに入った。

「ここに来た事あるか？」私は訊いた。

　オイは首を振った。

「古座に」私は言いかけて止めた。オイには古座がどんなところであろうと知ったことではないのだった。訊くのも無駄なことだ、と思いあきらめた。「水の家」という小説の中で、この古座のことを書いたのだった。それは不確かな記憶だった。書く前に母に確かめてみようと思ったが、もしそれが自分一個の記憶ちがいであっても、本当のことであっても、母を苦しませることになると思い、止めたのだった。それは確かにこの古座の、川だった。夜だった。月夜だったか。母は水の中に入っていた。「ケンジ、ケンジ、ここへ来てみ」と言った。「きれいな魚おる」そう言った。その時私も水の中に入っていたのか、夜の川のふちに立って水の中に入ることをちゅうちょしていたのか、定かでなかった。まだ古座の祖母が生きているころだった。三人の伯父達も若かった。祖母は私が小学一年の時に死んだということを基にして逆算していくと、母と二人で古座の川に来たのは、五歳程の事だ。二人で入水しようとしたのか、それとも私が入水しても不思議ではなかったという思い入れをやり、その結果の記憶の合成か。そのころ母は、もういまの義父とつきあっていた。何度も孕み、堕ろしていた。義父と一緒に生活しはじめたのは、七歳の時だったから、母にしてみればそのころが一等つらい時だったかもしれない。揺れ動いていたはずだった。逆に、その記憶が正しくて、単に夏の盛り、自分の生れた場所の馴れ親しんだ川を見、水のにおいを嗅ぎ、昔の子供時代を想い出して母は水浴びをしたとしたらどうだろう。そう思い直して見た。なにやらそれのほうが、最初の夫の子供を四人、二度目に一人生んで、三度目の夫に出来た子を次々堕ろした母に似合っている気がした。入水死など心気くさくてやり切れない。母はまだ若かった。三十二、三であったはずだ。

その川を見たかった。二番目の姉の子供は、腹が減っていないがつきあって食べてやるという私より遅くのろのろとハンバーグライスを食べていた。姉にそっくりだと思った。祖母が危篤だと聞かされた時、母は、姉二人と私を連れて汽車に乗った。兄は仲間との仕事があると言って行かなかったし、上の姉は名古屋に働きに行っていたので、間にあわなかった。田園の道を歩きながら、二番目の姉は黙りこくっていた。三番目の姉は、歌をうたっていた。祖母は母の到着を待っていた。「ああ、チサか、坊も連れてきたか」と眼をあけて言い、それからすぐにこと切れた。その記憶も後で合成した具合でおかしいが、二番目の姉が、その通夜に食べろと言って出されたソーメンを、嫌だ、食べられない、と食べると自分までが死に穢されるとでもいうように泣いて拒んだのを覚えている。

車に乗って、狭い路地を入り、川に出た。降りた。オイは、時期はずれのビートルズをうたっていた。川幅が意外に広いのを知った。川口からの海の潮が逆流して来ているのか、水は脹らみ、青く、光っていた。記憶の中の川とは似ても似つかなかった。砂利の川原があったはずだった。川は浅く三歩か四歩中に入ったところで急にスリバチ型に深くつめたくなっていたはずだった。舟が半分水につかって置かれていたのだった。コンクリートの堤防に坐って、オイの上手な英語の歌詞を耳にしながら考えた。風景は、記憶とはまるっきり違う。川口に橋がかかり、その向うに大島が見えた。串本節に歌われてある大島だった。

わしら若いときゃ　津荷《つが》まで通《かよ》うた
津荷のどめきで
夜が明けた

潮ノ岬にどんと打つ波は
かわい主《ぬし》さんの
度胸さだめ

ついてござれよこの提灯に
決して苦労は
させはせぬ

串本節にある津荷のどめきという場所は、古座から新宮にもどった方の海岸にあるはずだった。あれは入水しようとしたのではなく、その恋の歌のように若い母が娘に戻って水につかり泳いでみたのだ、と確信した。

「煙草吸うか?」私は訊いた。

オイはうなずき、箱から一本抜き取った。オイとは十二歳違った。丁度、私と死んだ兄との年齢の違いでもあった。

枯木灘海岸に沿って道路はあった。カーブばかりだった。海からの潮風で木はことごとく歪みねじれ枯木のようになる、そこから名前は来ていた。海はすぐ眼の前にあった。ことごとく岸っぷちだった。港はなかった。港に適した場所はなかった。海にはねる光を感じ、カーブを曲りそこねないように減速し、直線に来てまた加速する。

ふと、故郷に戻る前、富山へ仲間と連れ立って旅行し、富山で待ち合わせた仲間の車で行った氷見《ひみ》の喫茶店から見た風景を想い出した。湾を見下ろせる高台にその喫茶店はあった。静かな海だった。富山では酒ばかり飲んでいたのだった。その時も宿酔いだった。後頭部に昨夜の酒が残っていた。喫茶店で、サバの女王がかかっていた。コンドルは飛んでゆくがかかっていた。どちらも好きな曲だった。音が耳から後頭部に入り、幻聴のように聞こえた。その曲にあわせて、おとなしい湾の海は小波《さざなみ》をたてているように見えた。

「海じゃないって顔してるな」仲間の一人は私に言った。「いや」と私は首を振った。

「裕福な感じじゃないか」

「紀州もすごいかもしれんが、日本海だって波が荒いんだぜ、ここは入江になってるから感じが違うけど」

湾の右手に雪が光る山がみえた。

「朝鮮半島が見えるかもしれんな」

富山の仲間はわらった。海の向うにアメリカがあると思って育った人間と、朝鮮、中国があると思って育った人間とではどう違ってしまうだろうかと思ったのだった。眼をこらして見ていると水平線の向うに朝鮮半島がぽっかり顔を出す気がした。

枯木灘では海が眼の前にあるのに漁は出来なかった。貧しかった。娘は子守りに出た。紡績に出た。母の生れた古座は枯木灘ではなかったが、古座の空浜《からはま》、とハヤシ言葉にあるように枯木灘の海岸線と生活の条件は変らなかった。母は十五の齢で、新宮へ子守りに出た。ここではすべて外へ出るしかなかった。

「どこから右に折れると言うてた？」

「知らん」とオイは言う。

「日置《ひき》川をずっと入ると言ってなかったか？」「知らん」とオイはまた言う。変な子供だ、と思った。物をしゃべるのがめんどうくさくてしようがないという態度だった。昨夜、姉に訊いたのだった。その時オイも確かに居た。母が思い出して、祖母からきかされた話だとしゃべるタノエの里を一度は見ておこうと、それで一度行ったことがあるという姉に訊いたのだった。小説を書くうえで、それを直接書かなくても何らかの力には成ると思った。もし母の一代記を息子の私が書くなら、言ってみれば母の元の場所として祖母の里は知っておく必要はあった。

母はよく話した。祖母は十六の齢にタノエから男と駆け落ちして、古座に来た、と。祖母は一人娘だった。駆け落ちして子供を次々と産み、難儀をしはじめた娘を見かねて、父親、私から言えば曾祖父は畑にとれた豆や南瓜《かぼちゃ》を籠に入れかついで、タノエから古座まで峠を越えて歩いてやってきた。

そのタノエの里と峠を確認しておきたかった。理屈を言えば母の元の場所とは、他ならぬこの自分の半分ほどの元の場所である。その里と峠の風景、いや風貌が元の場所を保障する、と思ったのだった。

日置川を川沿いに右に折れ、しばらく走っていて急に不安になった。どこかで見た憶えのある景色ばかりだった。人が居なかった。畑には緑の野菜が日を受けていた。夢をでも起きたまままみている気がした。バスの標識に「田ノ井」とあった。そこで車を停め、降りた。

「古座まで歩いたらどのくらいかかりますか」と、畑に一人居た女に訊いた。女は何を素頓興《すっとんきょう》な事を訊くのだという顔で「さあ」と言う。一日か二日はかかる、と言った。「うんと近道したら行けんですか例えば山を越えて」それでも一日か二日はかかるはずだ、と女は言った。つじつまが合わない気がした。母の話によれば、曾祖父は古座まで籠に畑の作物を入れてかついでやってきたのだった。ということは、かついで持って来ることのできる距離にタノエはあるということではないか？　母の兄、伯父たちは曾祖父の持ってきた萎びた豆や南瓜を食べるのがいやだと言ったが、畑から獲った豆や南瓜はどれくらいの時間で萎びてしまうのだろう？　田ノ井とタノエが同じ場所である気がしなかった。現実の風景と想像の風景の差であろうかと思った。車を元の海岸線に戻した。枯木灘は続いていた。

風景らしい風景、絵葉書にそのままにしても売れる風景に事欠かぬが、それをあまり好きでない。那智の滝も、瀞八丁《どろ》も絵葉書を見る目で見ても、絵葉書一枚の風景の貌しか現わさない気がする。瀞八丁には、三度ほど行ったのだった。一回は、高校時代の仲間とだった。瀞村で昔医者をやっていた父親が南方熊楠と親交があり、著作の中にも名前が出てくる人で、仲間は土蔵の中に百姓一揆の訴状や、明治維新の頃の記憶の類があるはずだと言った。父親が早くに死んでから、彼も弟も、母親も、新宮へ降りて来たので、土蔵は閉めたままだと言った。それで、新宮の駅前からバスに乗った。熊野川沿いにバスは舗装したカーブの道を山にむかって入って行く。志古《しこ》というところで降りて、プロペラ船に乗りかえ、そのまま一直線に瀞まで行った。あるはずの家がなかった。土蔵もなかった。そっくり家は消え去り、駐車場になっていた。仲間は、「家、もう取り壊したのならオフクロも一言教えてくれたらええのに」と言った。母親は再婚していた。仲間は役場にでもその土蔵の中の記録、古文書の類は保管されているはずだと言った。山と山が重なった中に出来たちいさな村だった。見たくなかった。役場にむかって坂道を先に歩く仲間が、強がりだと思った。仲間が渋るのを無視した。次のバスがもうない、後は歩いて山をひとつ越え、反対側の道を行って車に乗せてくれと人に頼む以外に手はない、と仲間は言った。「親戚、いっぱいおるから泊って行けよ」冗談ではないと思った。

二回目に瀞まで行ったのは、こんな女と結婚しようと思う、と女房を母に見せに帰った時だった。新宮の川のむこう側から観光客と一緒にプロペラ船に乗り、ガイドの案内をききながらだった。絵葉書の風景がプロペラ船の動きと共にあった。東京生れの女は、ガイドの説明に、「へえ」とか「ふうん」とか「すごいわねえ」と相槌を打った。相槌を打つことが、亭主になるはずの男への国誉《くにほ》めにもなると思っているようすだった。片道たっぷり一時間はかかった。もっとかかったかもしれない。帰りは二人共眠り込んだ。

そして次に行ったのは、枯木灘を走った三日後の事だった。その仲間と音信が途絶えて久しかった。言ってみればその仲間の文学少年振りに感化され、自分にも詩や小説が書けるのではないかと思ったのだった。仲間は、再婚した母親から医者をしていた父親の遺産を受け取ったらしく、高校時代から自分の家を持ち、ステレオを現金で買い、本をつけで片っ端から買い込んでいた。

高校を卒業して三年目に彼は女と駆け落ちした、ときいた。それ以降、行方を知らなかった。弟が一人居たことを思いついて、電話帳を調べ、見当つけて電話してみた。それが当った。「暇やから」と弁解し、車に乗って行った。新築していた。弟の話によると仲間は京都に行き、一緒に行った年上の女とくっついたり離れたりしているらしかった。

「この家は誰のものや?」

「誰て……。ぼくのですよ」弟は言った。

「兄貴から買《こ》うたんですよ」

「嫁さんももらわんうちから、おまえも家持っとるんかい。ぜいたくなもんやな」わらった。弟は心外だという顔をした。「兄貴が買い取れとゴネたんです」「何をやっとる?」弟は美容師と指圧の免許があると言った。

弟は彼の高校時代の仲間連中の噂を数多く知っていた。一人はカナダに行っているし、一人は教師になっていた。新宮にほとんどもどって来て、それぞれ自分の家の商売を継いだといった。新興宗教に凝って、夏の暑い盛り、自分の親弟妹までを引き入れて水だけを飲む行《ぎょう》をやった者もいた。妹を穢れていると打ちすえて殺してしまった。

「高校卒業してもう十年やからな」私は言った。「水の行でもしたなってくるわいよ。なんどに頼らなんだらおちつかんようになっても来るわな」

仲間の弟を車に乗せて、ドライブした。ふと思いついて、仲間の生れ育った村である瀞にもう一度行ってみようと言った。仲間と違って弟はその村に行くことを渋った。それでも、「当分まっすぐ走ったらええんやな」と言う私の言葉に、「そうです」と相槌を打つ。

熊野の山に入る道だった。昔から、この熊野のことは数かぎりなく本に出てきた。蟻の熊野詣という言葉に残るほど、沢山の人が、この熊野めがけて歩いて来た。業病、今はもう完全にそれはなおる病気であるが、昔は仏罰として恐れられた癩病の患者は、或る日或る時、発病が分かるやいなや、夜ふけて人目につかぬよう、白装束の巡礼姿に身を変えて、家族の訣れを受け、この熊野にむけて旅立った。ここは黄泉《よみ》の国の入口だった。いや黄泉の国だった。熊野の霊験あらたかな湯として知られた湯ノ峯の湯は、難苦を受けた人間の黄泉での、最後の希《のぞ》みだった。湯ノ峯の湯に入れば、人はよみがえる。熊野は昔の人にとって、死と再生の観念の純粋抽出した場所だった。

日が当っていた。

杉の木が勝った山が幾つも幾つも果てなく続いていた。山の中を歩き廻っていて、死んだはずの近親の者に会った、と郷土史を研究した人は言ったのだった。「ほんとうですか」と訊きなおした。心身が極度に疲労すれば、分身や心に残っている人の、幻視が起ることは分かっていた。山が変哲もないどこにでもある山なのに、熊野のと想うだけで、幽鬼がこもっている気になる。風景の貌つきが違って見えてくる。つまり風景に自分の観念や自分自身の顔を見ているのだ、と思った。ノッペリした風景はノッペリした者の顔だ。優しい風景は優しい者自身だと思った。

橋を渡った。山道に入った。杉が左手に枝を重なり合わせて生えていた。白い尾の長い鳥がとんでいるのが見えた。ふと昨年の秋、女房と二人の娘を、連れて、帰郷し、湯ノ峯へ行ったことを思い出した。昼だった。二人の娘に山の雑木にぶらさがっている赤いカラスウリを取ってやろうと上の娘を連れて、民宿の横からの道を山に入った。滝の音がきこえた。その滝の辺りにあるだろうと、石段を音のほうへのぼった。先を歩いていた五歳の娘が、「あっ」と叫んだ。一瞬、二方へ走り、茂みの中に消えたものがあった。娘はそれが何なのか分からなかった。ただ驚き、私の手を握った。「猿だ、猿だ」自分の声もうわずっていた。何やらいきなり『高野聖』のあの舞台に踏み込んでしまった気がしたのだった。

「ここも猿が出そうだな」

「子供の時、うさぎをようつかまえましたよ」弟は言った。

「イノシシは?」

「イノシシもおります」

弟の低い声が気にさわった。家での声とはまるっきり違うと思った。隣に座っているのは本当に仲間の弟か、と思った。夜叉《やしゃ》鬼人のようにこの熊野の風景の中で、馬か牛の貌にでも成ってしまっているのではないか、と思った。「次のつりばしの手前を左に行くんだよな」と明るい声をつくりながら、そっと体をずらし、バックミラーにうつった自分の顔をまず見た。

解説

言葉の地虫を宿す――『鳳仙花』をめぐって

堀江敏幸

街の生活音がほぼ半分以下になった留学先の街で、私は中上健次の死を知った。夕刊紙に小さな訃報が出て、翌日かその翌々日には、もう少し長い追悼記事が掲載されたはずである。母国の現代文学にまで目を配る余裕はなかったし、中上健次といっても渡仏直前に『奇蹟』を読んだきり、その後の活動も追っていなかった。にもかかわらず、突然の死の報は一瞬であれ頭のなかを空っぽにするだけの衝撃をもたらし、気持ちをうまく整理できないまま、どうしてか、いますぐ彼の小説の空気に触れておきたいとつよく思った。あまり時間を置かず、作家との距離がこれ以上開かないよう留めておきたかった。とはいえ日本語で書かれた新刊書をすぐに入手できる環境にはなかったので、倒錯を承知でいくつか大型書店をまわり、日本文学の仏訳の棚から『岬』をなんとか拾いあげた。目録によれば、他に『枯木灘』『讃歌』『千年の愉楽』の三冊が訳されていたらしいのだが、店頭にはこの一作しか置かれていなかったのである。追悼がわりに私はそれを買って読みはじめ、最初の頁を開いて、死の報とはまたべつの力で身体をゆさぶられた。

大地が、じじ、じじ、と音を立てはじめていた。聞こえるか聞こえないかの、耳鳴りのような音だった。

直訳するとこんなふうになる冒頭の原文、すなわち十年ほど前に読んだ中上健次自身の日本語を思い出せぬまま、「岬」と題された小説の最初の一語がその題名と対になるような言葉で、しかも男性名詞である岬に対して女性名詞の単数を示す定冠詞ではじまっていたのかと、まずはそのことに虚を突かれた。ここでの音は、名詞ではなく動詞で、蟋蟀のような虫が鳴く時にも用いられる単語で表現されている。この鈍い小さな音を耳もとで鳴らしつづけながら、私はジャック・レヴィの仏訳によるケンジ・ナカガミの『岬』を一気に読んだ。

翌年帰国し、あわただしい日々を過ごしていると、中上健次没後一年の催しがあれこれ耳に入ってきて、仏訳の読書で追悼にかえた異郷の夏の日のことがよみがえってきた。そこであらためて『岬』を、今度は原本で読み直し、「大地」もしくは「地面」と訳出できる単語の、意味ではなく位置に対応しているのが、「地虫」であることを確認したのだった。

地虫が鳴き始めていた。耳をそばだてるとかすかに聞こえる程だった。耳鳴りのようにも思えた。これから夜を通して、地虫は鳴きつづける。彼は、夜の、冷えた土のにおいを想った。

地虫の音やイメージを、ぴたりと言い表せるようなフランス語はない。現行の英訳のように夜に鳴く虫と説明的な逃げ方をする無難な方法もあるけれど、これでは小説世界が外にむかってふくらんでいく印象は薄くなる。「地虫鳴く」は、いうまでもなく秋の季語だ。地虫そのものは本来、甲虫類の幼虫を意味する。幼い虫は鳴かないから、地虫とは土のなかに棲息している不特定の虫たちと解しておけばいいだろう。耳鳴りに似た、不安の粒。粒がひとつずつ飛来し、だまになり、またくだけて飛散し、身体ぜんたいを覆いつくす。はじめて「岬」を読んだときには、いきなり登場するこの「地虫」を、季節を意識させる舞台装置、もしくは効果音のようなものとしか受け取っていなかった。夏の終わりから秋にかけて虫がじいじい鳴くのは、毎年めぐってくる季節の、ごくあたりまえの音場である。私の耳は、この虫をただの虫としか捉えておらず、地面がどこからともなく音を立てていると言われても、あの闇の草むらの、だいたいあのあたりという程度の感覚にとどまって、「地」そのものの力に引き寄せられてはいなかった。

風、海、陽、雨、水、雲、そして土。『枯木灘』で全開する、その名に秋を組み込まれた秋幸の、ナノレベルの孔を持つ感覚のフィルターはすでに機能している。中上健次をめぐる批評やエッセイのなかでたびたび言及されてきた、秋幸の身体の受容性、肉体労働の描写の音楽的な反復、濃厚な性愛の描写と紀州のことばのリズムの融合、さらに複雑な血縁の物語に気をとられて、私は「岬」を出発点とする世界を揺らし、ひずませ、ふるわせている最初の重要なスイッチが、この「地」からわきあがる無数の虫の不協和音であることに気づかずにいた。女たちだけでなく、男たちの生涯にも、女性名詞としての「地」がかかわっていることを、仏訳のおかげでようやく理解できたのである。ただし、十年ぶりに仏語で、その一年後に日本語で再読した『岬』の細部を、私はそのつど、思い出しては忘れ、忘れては穴埋めし、上書きしていった。読めば読むほど空白が増えていくことに眩暈を覚えた。秋幸の血縁関係や人物関係をかつてどのように整理していたのか、書かれていない情報をどのように補っていたのか、次第にわからなくなっていった。『岬』からはじまる三部作の流れがまがりなりにも頭に入っているのは、隙間を残したまま中上健次のべつの作品を読み、少しずつ表現を変えて反復される記述をそれらの穴に順次あてがっていったからにすぎない。

秋幸の母を、実父を、養父を、実父が母と同時に孕ませた二人の女を、それぞれの腹から生まれた子どもたちの顔を思い浮かべ、個々の情報を修正しながら「路地」の世界に分け入って、その消滅までを追う。発表済みの作品をさかのぼり、現在に追いついたところで新作を待つ。デビューからではなく途中で流れに乗った世代としては、そういう読み方しかできなかった。冠婚葬祭のたび、きれぎれに耳にしてきた親族の話をつなげていくように、独立した作品のなかに他の作品で得た情報を引き入れ、その重層を楽しむこと。作者自身が三部作と認めているものであれば、読み手にも時空の行き来が許されて当然だろう。しかし、『岬』『枯木灘』『地の果て 至上の時』をひとつの世界として成り立たせ、互いを離れずに結んでいる要素がたんに路地だとしていいのかどうか、私は感覚としてつかめずにいた。そのつかみきれない感覚が、不意につかみうるものに変わったのが、石の建物のなかで読んだ『岬』の冒頭に、「地虫」の一語を置き直したときだったのである。

短篇と呼ぶにふさわしい規模であるにもかかわらず、『岬』は大長篇の幕開けとしても機能している。複数の虫の鳴き声は秋幸を故郷に引き寄せ、突き放し、苛立たせ、大地をゆるがす。行き着くところまで行き着き、すべてを絞り出した感覚の極微細な孔が虫の音を通過させ、肌だけでなく地表にまで送り込む。しかし「地虫が鳴き始めていた。耳をそばだてるとかすかに聞こえる程だった」という一文の響きは耳の高さに調整されているために、「地」そのものにあからさまな注意を向けさせない。前方にひろがる不安の霧を予告するのは、地虫の虫ではなく地のほうであり、地そのものなのに、地表から少し浮いた高さに読者の耳を固定するこの冒頭に引きずられると、地虫の鳴き声は雰囲気づくりにしか聞こえなくなってしまうのだ。

地虫は、見えないからこそ地虫である。地の、路地のいたるところに隠れているのに、それが表に出ないから地の力とじかに結ばれうるのだ。じっさい、秋幸の身体には、「あの男」のことを考えるたびに「虫酸が走る」。彼の物語に、虫は最初から仕込まれている。なにが居るのかはっきり明示できない闇の下の、土地ぜんたいの震えが舞台であり、もしかすると主役でもありうることを、「地虫」の声は教える。耳もとで殺せ、殺せ、とささやく声の本体が路地の足もとからせりあがってくる予告の音でもある事実は、秋幸の母親がまだ「フサ」ではなく、秋幸を孕ませた「あの男」にも固有名が与えられていない未定の状態とあわせて意味を持つ。いつかあらわれるはずだという予感としての地虫のひびきが組み込まれているのだ。このかすかな音のありかが路地を拡大し、また縮小し、最後には消滅させる。登場人物をむすびつけ、子を生ませ、殺していく土地が虫のようにざわめく。grésillerするその音にふるえる空気そのものが、ひとつの言葉なのだ。

中上健次の日本語で『岬』を再読したあと、私はごく自然に『枯木灘』を手にとり、地虫を血虫と書きかえる勢いで、複雑な血の網の穴を埋め、虫の音を頼りに書かれた時間をたどってみた。『岬』で聞こえていた、海の音ではなく地虫の声は、二十四歳で自死を選んだ秋幸の腹違いの兄、郁男に触れる一節へとすぐさま吸い寄せられていった。

二十四の若さで酒びたりになり、幻聴がすると言っていた郁男は突然、首をつったのだった。その日の前の夜、郁男は仏壇にむかって経をあげた。経をあげている最中にも幻聴があるらしかった。素肌にはおったジャンパアの胸をはだけて、「よし、よし」とうなずいた。「皆んなに手を出すな、おれが行く」そうどなった。それは謎の言葉としていつまでも残った。

（『枯木灘』）

幻聴にお経。耳もとの虫の声は、単数でも唱名のような複数でも不吉だ。忘れた頃にあらわれて、秋幸の名に埋め込まれた季節を押し進める。「秋幸の背後で、虫が鳴いていた」とあっさり現在を示す場合もあれば、その先にあるだろう反復と破調を呼ぶ描き方もなされる。

路地が切れて駅前からの道に至る中ほどにある空地を歩いた。そこはかつて麦畑だった。路地のどこの家が耕し種をまいたのか分からなかったが、秋幸の記憶の中で、青々とした麦が風に揺れている。雨の降った日は麦はななめに傾いでいる。雨が止み、雲が切れて日があらわれると麦の畑の雨滴は光った。

虫の声が幾つも重なり合って聞こえた。

（『枯木灘』）

緑の消えた土地に、いま虫が鳴いている。秋幸の現在がどちらにあるのか、境界線のあいまいな一節だ。改行して示される重なり合った虫の声は幻聴ではなく現実であるはずなのに、もっと抽象化された、波長のながいシグナルとして作動している。みずから命を絶った長兄郁男の怒りや狂気も、次姉の美恵の心が砕ける原因となった、彼女の義兄古市の殺人事件における血縁の交錯も、秋幸自身が腹ちがいの弟秀雄を殺めることになるまでの、個人の力を超えているように思われる運命の流れも、フサを筆頭とする女性たちに鳴かない精虫を放つ男たちの性も、地虫のあやしい磁気を浴びている。秋幸が昼間、汗を掻きながらつるはしをふるい、シャベルで土をすくう仕事を重ねているときに聞こえてくる蟬の声と、それは別種の促しである。「呼吸の音が、ただ腕と腹の筋肉だけのがらんどうの体腔から、日にあぶられた土のにおいのする空気、めくれあがる土に共鳴した」という、空っぽの、うつほの心に響き、「風景に染めあげられる」ときに鳴いている蟬の声は、彼のからだの洞に共鳴する。草も木も土も蟬の声に和し、「がらんどうの体」に響く。

秋幸にはその体の中に響く蟬の声が、なむあみだぶつともなむみょうほうれんげきょともきこえた。フサや美恵から子供の頃きいたように、土方をやり土を掘り起こしながら、いつの日か熊野の山奥に入り込んで修行し、足首を木にひっかけてついに崖からぶら下り、白骨になっても経を唱えつづけていた者に似ている気がした。

蟬の声は永続的な一体感をもたらしはしない。秋幸の身体をいつまでも満たしてはくれない。しかしそれも彼が刑務所というべつの意味で空っぽな空間に閉じこもっていた三年のあいだに様相を変えるだろう。『枯木灘』の先に進んで、秋幸が二十九歳になる『地の果て 至上の時』を開くと、もうこれまでのような意味での地虫の響きはない。「フサの五人の子の一人として路地に生れた事その最初から一切が架空か幻だったように路地は消え、山は消え、土地の到るところで地表がめくられ赤土が見えている」状態に立ち到り、なにもかも剝き出しになって「地虫鳴く」の見えない層が消失し、反復するべき日常すら見当たらない。息子が父に、父が息子になる転倒こそ地虫の予兆だったとでもいうように、相対立するものがひとつになる。傾いていた天秤が水平になり、時計の針が二本、零時のところでともに縊死を遂げる。その一瞬を予兆のまま支えるべき地が崩れる。「あの男」浜村龍造でさえ、「栄養剤」として片付けられているシャブの助けを借りなければ、幻聴を聴くことができなくなってしまうのだ。

*

ところで、没後一年を契機とした三部作の個人的な読み直しのなかに、フサの半生を描く『鳳仙花』を私は含めていなかった。過去の印象が邪魔をしていたからである。そこに響いていたのはLa terreではなくLa merの方であり、若く初々しいフサを包み込んでいるのは海の音、潮鳴りであってそれ以外ではないとの、無意識の刷り込みがあったのだろう。

『鳳仙花』が刊行されたのは一九八〇年一月。この年の四月から一〇月にかけて「東京新聞」で連載されたものだが、私が読んだのは函入りの美しい作品社版ではなく、一九八二年、大学に入った年に新刊として出た新潮文庫版である。読み手としての時間のねじれがここでもまた顔を出す。初読と再読の流れが、掻き乱される。『鳳仙花』を買う前に、私は『岬』と『枯木灘』をそれぞれ文庫で読んでいた。『地の果て 至上の時』が新潮社の書き下ろし叢書として出るのは、その翌年のことである。だから三部作と呼ばれるものをこの順序でつづけて読み通したのは作者の没後であり、当時はあいだに『鳳仙花』が置かれていたのだ。三十年ぶりに、この秋幸誕生以前の物語を再読しながら、かつて『岬』

の仏訳に引き起こされた地虫の声のひろがりは、『鳳仙花』の遠い潮鳴りを浴びていたからこそ得られたものだったという事実に、私は遅まきながら気づかされた。

秋幸の母となるフサの、十四の年から戦争を挟んで三十を幾つか超えるまでの半生をほぼ編年で描く『鳳仙花』にも、情報の穴は多い。血縁や来歴が簡潔にまとめられている部分がある一方で、その他の話はここでひとつ、あそこでひとつと拾いあげていかなくてはならない。

フサには三人の兄と三人の姉がいる。この六人と父親が異なることも、彼女は知っている。姉たちとはちがい、色白で目鼻だちが整っているフサは、六つ年上の、いちばん年の近い兄吉広に対して近親相姦的な愛情を抱いている。彼女がのちに結婚する勝一郎は、顔や性格もどこか吉広に似ていた。実際、海辺で勝一郎に身を任せるのは、そこに兄の姿を見たからでもあった。のちの秋幸と腹ちがいの妹さと子との関係を遠く予感させるような図が、物語の幕開けを支えている。

フサの生い立ちは、彼女の母親トミの生い立ちの反復でもある。トミの母親は、男の子ふたりとトミを生んだあと、トミが五歳のときに死んだとされていた。ところが、実際には男と駆け落ちしていたのだった。トミが真実を知ったのは、自分も木馬引きの信吉と駆け落ちをしたときのことで、彼女の腹には長男の幸一郎が入っていた。信吉が事故死したのち、トミはフサを生む。だが四十を過ぎて孕んだトミはそれを恥として、すでに大きくなりすぎたお腹を竈にくべる木材で打ちつけたという。幸一郎がそれを見とがめてことなきをえたが、あとから聞かされたその出生前の、自分が観たわけでもない映像にフサの心は傷つけられる。

フサはその時、母に打たれた木屑の跡が、自分の眼では見えない背中にあるような気がする。母がその時、そうやって堕胎しようとしていたのを止められ、負うた子に説教されるように、今まで親の言う事をきかない腕白者の無頼者《やくざもの》だといっていた幸一郎に、「産んだらんしよ」と説教されて産み落されたフサには、そうされた事が、取り返しのつかない傷そのもののような気がするのだった。

どんな音がしていたのだろう。屠畜場に運ばれていく廃馬の腹を打つような音。水のたくさん入った布バケツを叩く音……。鈍くこもった音と振動が、フサのまだ開かれていない耳と眼に伝わっていたと感じさせるこの逸話は、彼女のその後の人生を暗示している。勝一郎とのあいだに五人の子をもうけ、末の泰造を失ったあとイバラの龍こと浜村龍造の子として秋幸を生む。龍造が刑務所に入っているあいだに、秋幸のみ連れて、おなじく連れ子のいる竹原繁蔵と暮らしはじめるという曲折が、もう、あのとき、あの音で示されていたのではないかとさえ思わせるのだ。

フサは十四歳で古座の酒屋へ奉公に出、十五歳のとき吉広の紹介で新宮の佐倉の世話になる。馬喰の仕事であちこち回っている兄たちの話を聞きながら、外の世界を夢見ていた彼女にとって、それは人生の第一歩といっても過言ではない大きな事件だった。それだけに、吉広に連れられて新宮へ向かう汽車のなかで、兄が不意に話しはじめた幼い頃の思い出に耳傾ける場面が印象深い。新宮の材木が暴落し、あちこちで破綻が囁かれているのに、吉広は「新宮が景気悪てもそう心配する事いらん」と、佐倉の背後にある闇の存在を読者に語る前に仄めかし、向かい合わせに座ったフサの、「外からの風でほつれた」髪を「手をのばしてかきあげ」る。兄として自然なものかどうか微妙なところにあるそのしぐさのあと、こんな会話がつづく。

「寺の脇から入ったところにある大きなハゼの木に鴉が巣喰っとったやろ。まだフサが小さい時、兄《あいや》が木に登って巣の中の雛をつかまえたの覚えとるか。寺の和尚さんがどなったんで雛つかんだままずり落ちたんじゃ。家に雛持っていたら、もどして来いと母さんが怒るし、足はスリむけるし、顔がハゼにかぶれて」

吉広は言う。

フサは明るい外の日を浴びて青っぽくみえる吉広の眼をのぞき込み、ハゼにかぶれてはれあがった顔を覚えているような気がして、うなずいた。「南瓜みたいじゃと人の気も知らんでからかいくさるんじゃ」

「言わせんよ」

フサは吉広をみつめたまま笑った。その自分の顔に浮かんだ微笑が、空から射す日のように急に明るく気持を染めていくのが分った。

吉広はなぜ唐突にそんな話をしたのか。風にあおられたフサの髪が鴉の巣を思い出させた、というだけではあるまい。木に登る行為がフサの血縁者のなかで不吉な事件を連想させる前触れだとするのも、また兄の顔が「青っぽくみえる」という部分に向こうの世界に行きかけているひとの姿を見たのだとするのも、深読みにすぎるかもしれない。しかしこの部分に明暗のいずれをも見て、そのうえで後者により濃い色を感じるのは三部作を知っているからであって、事実、吉広はのち、フサの友だちであるマツと関係し、子を孕ませたとは知らぬまま、北海道の炭坑で事故死するのだ。吉広の船が出たあと海はしけになり、フサは不安にかられる。見送りのあとぬかるんだ道を帰り、裏木戸のそばの鳳仙花が「花も葉も泥土に埋もれかかった形で、土を雨にさらわれ、根をむきだしにして倒れている」のに気づいてそれをすくい、佐倉の家の、「いつか初潮をみたあの辺りに植えようと」する。爪を赤く染める鳳仙花の花弁は、初潮の血に重ねられる。この血はまた、勝一郎の吐血や殺しの場面でも流されるだろう。

いずれにせよ、フサの人生の蜜月は、吉広の死とともに終わっている。不況のなか、ひとり勝ちの佐倉のやり口についての悪い噂が聞こえてくるのとおなじように、不吉な音は、作品としては先行し、時代としては後代になる『岬』からも伝わってきていたものだ。『鳳仙花』では、それが《花》と題された章で象徴的にあらわれる。

潮鳴りが風の加減で強くなったり、あるかないか聴き耳をたてなければ分らない地虫のような音になったりするのは古座の比ではなかった。

もちろん鳴っているのは古座の外の波であって大地ではない。La terre の代わりに La mer があるのみだ。しかし、ふくらみはじめた乳房のように固くしまった若さの発露を見せ、白い肌の輝きをいっそう増していこうとする十代のフサの胸に不安を吹きつける一節に、「地虫」が潜んでいることには注意していい。地虫がはっきり刻まれているのは、この部分だけなのだ。地虫の鳴き声は潮鳴りの一形態であって、またそうではない。身体のなかの海と外の海を交響させるには、地虫よりも海のほうが自然である。吉広の訃報を受け、北海道に船で発つというマツを見送った帰りにも彼女は潮鳴りを受けとめていた。

フサは絶えず響いている潮鳴りを耳にした。それはフサの胸の中にじくじくと滲み出てくる悲しみの音のようだったし、何もかもをおびやかす怖ろしいものの音だった。

フサは勝一郎と結ばれ、勝一郎の世話で舟町の旅館・油屋に使って貰う。勝一郎と祝言をあげたのが昭和七年二月。そのあと昭和十一年、一九三六年までに、長男の郁男、年子で長女の芳子を生み、新宮町が新宮市になったとき、三人目の美恵を身籠もる。お腹にいるとき木屑で叩かれたというフサに覆いかぶさる潮鳴りは、この次女に直接ふりかかる。美恵がお腹にいるとき、フサは、右手の指が癒着して牛のように二叉になっている勝一郎の弟弦に言い寄られて転び、お腹を打つ。無事に生まれはしたものの、美恵は肋膜にかかって、肋骨を三本手術で奪われることになるだろう。君子、泰造とつづけて子を生んだばかりの昭和十六年に、勝一郎は徴用をまぬかれながらも無惨に血を吐き、あっというまに息絶える。フサは行商で糊口をしのぐが、熱を出した泰造にまで手が回らず、結局死なせてしまう。生と死が繰り返されるたびに、潮鳴りが彼女を襲う。泰造が死んだあとにもそれは聞こえる。

路地のそこで耳にはっきりと聴える山の雑木のざわめきと浜に打ち寄せる潮の音が、フサに言いきかせるようにこもった音をつくっている。

潮鳴りや山鳴りは、不吉な地虫をうごかす。翌日には南海地震が起き、その年明けには新宮に爆弾が落ちるという破壊の前兆になっているのだ。海のなかではなく、地のなかで虫がさわぐ。フサがイバラの龍と出会うのは、防空壕という地下のうつほのなかであり、自身のうつほをすぐに否定するように、ほどなく男の子をみごもる。それは右の一節の、「こもった音」と無関係ではない。終戦後、昭和二十一年にフサは龍造の子を生んだ。オリュウノオバに取り上げてもらった男の子を、彼女は秋幸と名付けるのだが、「その子になら今、フサの耳に昔のように響いている路地の山に生えた草や木のざわめきと潮鳴りの音を分ってもらえるかもしれなかった」と、『枯木灘』の秋幸の五感を後付けで用意している。物語は「こもった音」を外に出さずに終わりを迎える。フサが龍造を退け、繁蔵と所帯を持ったあと、さらに三年して龍造が出所し、母のトミが死ぬ。母の死後、フサはまた思う。

ふと山の音が耳にこもった。

それが勝一郎の息の音なのか、ろうそくの火がふっと消えるように生命が消えた泰造のものなのか、子供の頃からフサをかばってくれた兄の吉広の声なのか、と風を受けてざわめく山の音を思った。

秋幸や龍造らの物語と『鳳仙花』がはっきりと異なり、しかも緊密に結ばれているのは、この「こもる」という言葉があるからだろう。地虫の鳴き声は耳についてまわるが、お腹にこもりはしない。少し離れたところで鳴りつづけ、聴く者を苛立たせ、狂わせるだけだ。一方、潮鳴りと山の音は胎内にこもる。そして、こもった音を、男は育てることも棄てることもできず、聞き流す。ところがフサは彼らが聞き流す音を、いったん耳に入れ、おなかに受け入れ、三半規管を狂わせられることなくそれに耐える。身「籠もった」子どもの胎動も潮鳴りも、彼女の二人目の夫、繁蔵には聞こえない。だから、こもったものを、こもらせた状態で外に出せといい、フサはそれに従う。しかも二度目は、空になったお腹を相手に悟らせることもない。子を孕むたびに元気になる彼女は、その機会がなくなったあとも空洞をつくらずに音をこもらせる。それが、彼女の耳と胎内にこもったまま『岬』や『枯木灘』に、言葉の地虫となって引き継がれていくのだ。

一九九二年に『岬』の仏訳に触発されて私の耳につきまとっていた地虫の声は、路地のそこここでも浜や港でもなく、フサの身体から伝わってきたものだった。路地がなくなり、山が崩されたあと、まぼろしのこもりの密閉度は高まる。フサはもう誰にも、秋幸にも龍造にも、その音のありかを示さない。時代として他の三作に先んじている『鳳仙花』のなかにこれがあるからこそ、物語の崩壊が押し留められているのだ。『地の果て 至上の時』の時代がおとずれても、時空をさかのぼって、何度でも地虫の言葉の種はそこで芽を吹く。すべてが終わり、路地が消えても、フサの物語に立ち返ればすべての音の根源にたどりつくことができる。彼女の胎内には、胎児の鼓動とそうではない音が同時にこもり、紅い鳳仙花の花びらが音を逃さぬ弁となって、然るべき時期がくるまでそれを表には出さずにまもりつづけるのだ。再読を終えた私の耳もとでもまた、言葉の地虫が鳴きはじめている。

解題——

高澤秀次

鳳仙花

「東京新聞」(朝刊)一九七九年四月十五日から十月十六日まで、計百八十回連載された。作者にとっての初の新聞連載小説で、この後には「朝日新聞」朝刊連載(一九九一年二月十三日〜十月十七日)の『軽蔑』があるのみ。一九八〇年一月に作品社より単行本化され、その後、一九八二年に新潮文庫に収録。一九九五年十月、集英社版『中上健次全集4』に、一九九九年三月、小学館文庫『中上健次選集4』(『鳳仙花』)にそれぞれ収録された。

連載に先立ち「東京新聞」一九七九年四月六日の紙面に、〈作者のことば〉が掲載された。「紀州の海辺に咲く花に椿があり浜木綿がある。鳳仙花は、痩せ地でも、石垣の間のほんのわずかな土にでも根をおろすのだった。紅の花弁で少女らはマニキュアをして遊ぶ。初めて筆を執る新聞連載の小説にふさわしい。波風の多い主人公フサの一生に、この花は似合っている」とある。

この作品は、中上健次の母・ちさとの半生へのオマージュでもあった。エッセイ「鳳仙花の母」(『鳥のように獣のように』)で作者は、次のような母の言葉を書き記している。

「裏の石垣にね、鳳仙花の落ち生えがあったんやのに。ちょっとしか土ないとこに。わしは他の人みたいに花なら咲いとる花だけ美しとは思わせんの。それで裏へ洗濯もの干しに行くとき、その鳳仙花みまもった。大丈夫やろか? おまえもえらいとこに根ェおろしたもんやね。いっつもそう一人で話しかけてみとったん。それがねェ、えらいもんや、土から根がとび出して、いまにも引き抜けてしまいそうやのに、太い茎になった。大丈夫やろか、花つけるやろか? そしたらな、他の花畑のに劣らんほど鈴なりに花つけてな。実イつけて枯れた」(本書三九一頁)

紀州熊野サーガ(物語群)では、『枯木灘』(七七年)と『地の果て 至上の時』(八三年)の間に書かれた作品となっている。古座の母親が四十を過ぎて生んだ私生児・フサの誕生から新宮に出ての奉公、最愛の兄《あいや》・吉広の死、兄の朋輩・西村勝一郎との結婚、出産、死別、第六子秋幸の実父・浜村龍造との出会いと別離、三人目の男・竹原繁蔵の子を堕胎し秋幸一人を連れ子に同居を決意するまでの半生が描かれている。

同サーガの中での際立った特徴は、前半で故郷・古座を舞台とし、初潮もみない十五の年に新宮の材木商・佐倉に奉公に出るフサの年代記に、それ以前の近代史に遡って大逆事件、恐慌、満州事変、蘆溝橋事件、日米開戦、終戦、南海大地震、朝鮮戦争勃発などの事件史が折り重ねられていることだ。さらにこの作品で注目すべきは、新宮の「路地」の住人である西村勝一郎と結婚するフサの出生地を、古座としか明記していない事だ。作者はあえて古座の「路地」である「西向《にしむかい》」という他の作品（『紀伊物語』など）では明記されているその地名を、存命中の母の親類縁者への配慮か、ここでは特定していないのである。

中上健次の母・ちさとのルーツはこの西向――そして彼女も複数の異父兄姉をもつ末っ子の私生児だったのだが――であった。作家はエッセイ「土のコード」（『鳥のように獣のように』）で、「そもそも、母の名を、千里《ちさと》（引用者註、戸籍上は「ちさと」）という。母の父、祖父が、母の誕生すぐに海で死んだから、母と父親を異にする母の兄、伯父が、そう名づけた。千里という名は、説経節「苅萱《かるかや》」から、取ったという。だから説経「苅萱」いわゆる「石童丸」は、なにやら親しい」とあり、『鳳仙花』冒頭には、「三人ほどいる兄らが古座の集会所に来た講釈師を聴いて「涙が出たわい」と言う石童丸の話」（九頁）の一節と相呼応している。東洋文庫版『説経節』は、中上健次の愛読書の一つだった。

ところで、フサが六歳年上（一六頁）の異父兄・吉広に伴われて新宮に奉公に出る際に、船上の吉広が「津荷《つが》のドメキ」に言及する場面がある。「津荷《つが》のドメキとは古座で歌う串本節にも出てくる海岸よりにある岩場で、普段は岩にあいた空洞だが、潮が満ちてきて波が立つたびに、潮の深くこもった音が、そこから響く」（三九頁）。この場所は中上がエッセイで再三触れた、新宮－古座間の地勢上の結節点とも言うべき場所だった。

わしら若いときゃ　津荷《つが》まで通《かよ》うた
津荷のどめきで

夜が明けた
（…）
ついてござれよ
この提灯《ちょうちん》に
決して苦労は
させはせぬ

「串本節」より

「つがのどめきとは、古座から新宮にもどった海岸にある。潮が満ちてくると、ドドドドッとどめく。どめくとはどよめく、鳴りひびくの意味である。歌は恋の歌であり、恋心がどめきに満ちる潮の音ほど鳴りひびく。歌の文句は、男が歌うより女が歌うほうがよい」（「古座」、『紀州　木の国・根の国物語』、傍点は中上）

観光と結びついた現在の「串本節」を、対岸の大島からの視点で捉え、さらに古座から捉え直した中上にとって、「津荷のどめき」まで通う女たちの歌はまた、南紀州の労働歌でもあっただろう。

その他、地名に関しては本文中に、「話に出てくる母の父親は、フサからは祖父になるが、フサは見た記憶はなかった。祖父はよく、田ノ井から古座川奥を山を越えて歩いて古座のこの家までやって来て、母やその子らに食べさせろと、田ノ井の畑でつくった物、豆や南瓜やウリを持って来た。それらのことごとくは、何十時間もかけて歩いて来て、日にさらされているので、萎びていかにもみすぼらしかった」（一三頁）という件があるが、同じく、本書にも収録されたエッセイ「風景の貌《かお》」（『夢の力』）の次の部分と響き合っているので引用する。

「母はよく話した。祖母は十六の齢にタノエから男と駆け落ちして、古座に来た、と。祖母は一人娘だった。駆け落ちして子供を次々と産み、難儀をしはじめた娘を見かねて、父親、私から言えば曾祖父は畑にとれた豆や南瓜《かぼちゃ》を籠に入れかついで、タノエから古座まで峠を越えて歩いてやってきた。／そのタノエの里と峠を確認しておきたかった。理屈を言えば母の元の場所とは、他ならぬこの自分の半分ほどの元の場所である。その里と峠の風景、いや風貌が元の場所を保障する、と思ったのだった。／日《ひ》置《き》川を川沿いに右に折れ、しばらく走っていて急に不安になった。どこかで見た憶えのある景色ばかりだった。夢人が居なかった。畑には緑の野菜が日を受けていた。夢をでも起きたままみている気がした。バスの標識に「田ノ井」とあった。そこで車を停め、降りた。／「古座まで歩いたらどのくらいかかりますか」と、畑に一人居た女に訊いた。女は何を素頓興《すっとんきょう》な事を訊くのだという顔で「さあ」と言う。一日か二日はかかる、と言った。「うんと近道したら行けんですか例えば山を越えて」それでも一日か二日はかかるはずだ、と女は言った。つじつまが合わない気がした。母の話によれば、曾祖父は古座まで籠に畑の作物を入れてかついでやってきたのだった。ということは、かついで持って来ることのできる距離にタノエはあるということではないか？　母の兄、伯父たちは曾祖父の持ってきた萎びた豆や南瓜を食べるのがいやだと言ったが、畑から穫った豆や南瓜はどれくらいの時間で萎びてしまうのだろう？　田ノ井とタノエが同じ場所である気がしなかった。現実の風景と想像の風景の差であろうかと思った。車を元の海岸に戻した。枯木灘は続いていた」（三九六－三九七頁）

同じ主旨の話は、エッセイ「萎びた日向くさい南瓜」（『鳥のように獣のように』）にもある。

次に中上的エクリチュールの特徴についてだが、『鳳仙花』には次のような「眼」に関する描写が頻出する。「その幻のような光景で、母はこの世の者と思われない昏い眼をしていた」（二一八頁）。この「昏い眼」の持ち主はフサの母だけではない。浜村龍造も（一六九頁）フサ自身も（一九八頁）、同じこの眼を共有しているし、『地の果て至上の時』に至ると秋幸も（『中上健次集六』三九頁ほか）、さらにその朋輩・徹さえも「昏い眼」で秋幸を見つめている（同三八九頁）のである。中上的作品世界の指標でもある、「みなし児・私生児」たちの眼差しの特徴として注目されよう。とりわけ『鳳仙花』のフサは、六人の子供を抱えた寡婦である母が、製材工場の雑役婦だった時に、人夫を使う責任者の立場にあった妻子ある男との不倫でできた、同サーガにあっての最初の私生児だった（本書一六頁）。しかも彼女は、母の腹の中にいた頃に木屑で打たれるというトラウマを標されて生まれ落ちた（その傷痕になぞらえられるのが、フサの「内股にある赤いあざ」一七五頁）のであった。

「もともと、母の四十を過ぎて出来た恥の子だった。生まれてからこの方、母に酷い仕打ちを受けた事はなかったが、幻のものとは思えないほど母に木屑で打たれた痛みははっきりと記憶の中にあった」（四七頁）

「古座の昏い土間で木屑を腹に打ちつけていた母に産み落され育てられた」（一三二頁）とも語られるその痛みをフサは、浜村龍造の子（秋幸）を孕んだときに、反復強迫のように蘇らせる（「不意に自分が母とそっくり同じ状態にいる事に気づいた。身ぶるいがした」一九九頁）のである。そしてフサは、「まるで母そっくりの状態で子供から父親をかくしてしまおうとしていた」（二一〇頁）事に覚醒し、せめて秋幸は「父親のいる子供にしようと考えた」（同頁）。同時に三人の女に子を生ませた龍造を、傷害事件で服役中に見限ったフサは、こうして秋幸の義父として三番目の男・竹原繁蔵を迎え入れるのである。

物語の展開を追おう。フサが最初に奉公に出たのは、紀州熊野サーガで大逆事件と「路地」の根深い関係にかかわる新宮のキーパースン佐倉の家である。『熊野集』でも『地の果て 至上の時』でも語られたように、佐倉は事件後のある時期に「路地」の山と土地を、少しばかりの借金のかたに取り上げてしまった人物であった。

「佐倉が路地と関わりあるのは、明治の終りに新宮の主だった人間が天子様暗殺をはかって検挙されたり家宅捜索された事件からだった。路地の人間らは検挙された一人である坊主の浄泉寺の檀家だったし、よくその事件の主謀者の医者にも金も払わずに診てもらいに行った。合図は診察室の硝子窓をコン、コン、コンと三つたたく。山仕事や木馬引き、それから下駄なおしが多かったので医者にかかる余分な金がないのを知っていたので、そのコン、コン、コンと三つの合図を送ると無料《ただ》になった。その医者の兄が、佐倉に養子に入り、その子が今の佐倉だった」（四九頁）

その「主謀者の医者」のモデルとは、言わずと知れた大石誠之助であるが、中上健次は初期のエッセイ「私の中の日本人──大石誠之助」（『夢の力』所収）で、次のように語っている。

「その人は、医療費を払えぬ貧乏人に、言葉にして「金がない」と言うには羞《はず》かしいだろうから、硝子窓を三回トントントンと叩いて合図しろ、と教え、そうすればただで貧乏人を診察した人だった。／私が、大逆事件の、大石誠之助を、歴史の人間でなく生きた血の通った人間として思い描けるのは、そのトントントンと硝子窓を叩くエピソードによる。義父の母親、私から言えば義理の祖母が、そうやって硝子窓を叩いて、診察してもらった」

その貧乏人らの住む「路地」は、「新宮の町を半分にくぎるように臥龍山とも永山とも呼ばれる山」（本書五〇頁）の一角にあった。フサは夏芙蓉の咲く古座から、同じその花に飾られた新宮の「路地」世界に分け入り、そこで三人の男たちと出会い、六人の子供を生む（郁男、芳子、美恵、君子、泰造、秋幸）のである。しかし、棕櫚やすいかずらなど様々な花に飾られたこの作品で、フサの物語を分節するのはあくまで鳳仙花である。

「母はフサを孕ませたその男、フサの男親を、憎いとまだ思っていたのだろうか。フサの男親には妻子がいた。その男が孕ました子供であるフサに鳳仙花の赤い花弁で爪を染めながら、何を考えていたのか、母の気持を知りたかった。／井戸の水を汲みながら、フサは新宮に来てはじめてつらいと思った。／汲みあげるとあふれ出てくる井戸の水は確かに古座につながっている。ここは古座から兄の幸一郎や吉広が出稼ぎに出かけるような遠い土地ではないが、フサはまた母に打たれ殺されようとしたあの光景を思い出した。裏切られ羞かしめられたと炎を噴きあげるような母の怒りをなだめる方法は、その時も今も、なかった」（五九－六〇頁）

『鳳仙花』は、この宥めることの出来ない怒りを呼び起こされたように、フサが母の葬儀の最中に幼い秋幸を古座川の河口へ誘い、「綺麗な魚おる」と母子心中を仄めかすような終末に近いシーンで物語的な頂点に達する。因みにエッセイ「風景の貌《かお》」では、古座で母親が幼い中上健次に、「ケンジ、ケンジ、ここへ来てみ」、「きれいな魚おる」と川に誘われた記憶を語っている。

「……母と二人で古座の川に来たのは、五歳程の事だ。二人で入水しようとしたのか、それとも私が入水しても不思議ではなかったという思い入れをやり、その結果の記憶の合成か。そのころ母は、もういまの義父とつきあっていた。何度も孕み、堕ろしていた。義父と一緒に生活しはじめたのは、七歳の時だったから、母にしてみればそのころが一等つらい時だったかもしれない」（三九三頁）

『鳳仙花』で重要なのは、この場面でサーガを飾る夏芙蓉が、鳳仙花に代わってこの物語を終局に導く呼び水のようにテキストに導入されることだろう。しかもその直前に、花畑に狂い咲きを予感させるように鳳仙花の若葉がすき間なく生え、それが春に撒こうと種袋にとっておいたものを、秋幸が金盞花やナデシコの種といっしょくたに撒き散らしたためであったことが判明（二六七頁）するのだ。この象徴的な秋幸による散種行為は、事実上、「秋幸と二人、死んでしまえばなにもかも解決した」（二七六頁）というフサの入水心中を挫折に終わらせる引き金の意味をもっていた。

何故なら、水への誘いを無防備に待ち受ける秋幸は、すでに鳳仙花ではなく、「夏芙蓉の木陰に身をかくして」

(同頁)いるからであり、鳳仙花の女であるフサの企みは紀州熊野サーガにあって、男子・秋幸を守護し続けることになる夏芙蓉(=「夏ふよう」)に、その物語的な符牒の役割を譲り渡してしまっているからだ。幼いながらも秋幸は、すでに刑期を終えて新宮に戻った実父・浜村龍造に対して、「養のてくれもせんのに、父やんと違うわ」(二四五頁)という決定的な言葉を口にし、「父に疎まれた子」という物語的な定型を反転した「父を疎む子」として生き始めていたのである。

かくして『鳳仙花』は、法事の最中に川に浸かって、「ぼとぼとになって」(二七八頁)しまった秋幸を、異父兄の郁男が「フサに向って何も言わずに」(同頁)抱き上げ、夏芙蓉の石段のほうに歩いて行くシーンで物語的な終局を迎える。「櫛」の一章で始まったこの作品は、秋幸を誘い川に浸かったフサが、死んだ兄《あいや》・吉広から贈られたその貴重な和櫛を古座川に落とす終章「水の日」で幕を閉じるのである。

フサの親族や六人の子供たち、元々は中本の一統で西村の養子になった先夫・勝一郎、神話的なスケールで描かれる浜村龍造、対照的に徹底して堅実な俗物として描かれる竹原繁蔵、その弟で「生まれついて右手に指がなく、獣の蹄のように二つに大きく裂けている」弦、姉のユキ、さらにオリュウノオバ、礼如夫妻、モンら「路地」世界のオール・キャストが勢揃いする『鳳仙花』は、『地の果て 至上の時』で逢着するアポリアを未だ知らない、作家にとっての最後の黄金時代を象徴する作品だったかも知れない。

なお、この作品は第十六回(一九八〇年)谷崎潤一郎賞の候補作になったが受賞には至らなかった。因みに受賞作は河野多恵子『一年の牧歌』、大西巨人『神聖喜劇』は候補作に上がりながら事前に辞退の申し出があった。

中上健次の谷崎賞候補作は、これに先立つ第十三回(一九七七年)の『枯木灘』(受賞作は島尾敏雄『日の移ろい』)、『鳳仙花』以降では第十九回(一九八三年)の『地の果て 至上の時』(受賞作は古井由吉『槿』)、第二十回(一九八四年)の『日輪の翼』(受賞作は黒井千次『群棲』、高井有一『この国の空』)、第二十五回の『奇蹟』(受賞作なし)、第二十六回の『讃歌』(受賞作は林京子『やすらかに今はねむり給え』)の六作品があり、いずれも受賞を逸している。

赫髪

単行本『水の女』は、「赫髪」「水の女」「かげろう」「鷹を飼う家」「鬼」の五篇からなり、一九七九年三月作品社より刊行された。各篇は一九八四年三月河出書房新社発行の『中上健次全短篇小説』に収録、一九八二年十月には集英社文庫『水の女』に収められた。一九九五年九月に集英社版『中上健次全集2』（初期小説集Ⅱ）に各篇再録された。二〇一〇年七月には講談社文芸文庫『水の女』が刊行された。なお、五篇のうち表題作の「水の女」は、二〇〇〇年九月発行の小学館文庫『中上健次選集11』（『十九歳の地図／蛇淫他』）に、「赫髪」は二〇〇一年六月発行の講談社文芸文庫『戦後短篇小説再発見2　性の根源へ』に単独収録されている。

「赫髪」の初出は『文藝』一九七八年五月号。タイトル表記と違い、作中では主に「赤い髪の女」となっており、小説の最後にだけ、「赫い髪は美しい」という表記が用いられている。このシリーズ前半の基調は、雨に振り込められ仕事にあぶれた肉体労働者が、密室に引き込んだ女性と果てしなく性愛の遊戯にふけることにあり、その行き場のなさが、ひたすら作品の内圧を高めている。この作品では、「路地に住む光造のイトコ」という件があって、主人公が「路地」を出た単身者であることが示唆されている。

一九七九年神代辰巳監督（脚本・荒井晴彦）によって、『赫い髪の女』のタイトルで映画化（にっかつ配給、宮下順子、石橋蓮司主演）された。

水の女

初出は『文學界』一九七八年十一月号。タイトルは、折口信夫の論文「水の女」（『古代研究（民俗学篇1）』）に基づく。作品の冒頭、「富森がその女を路地の山の脇にある家に連れて来たのは、八月も入ってからの事だった」（三〇三頁）と語られ、「路地」繋がりの作品であることが判明する。ここでも男が引き込んだのは、「素生の分からぬ女」だった。また、富森の渾名は「茨の富」であるが、否応なくそれは「茨の龍」＝浜村龍造を連想させる。さらには、通称・秀と呼ばれる朋輩・秀明（『鳳仙花』にも登場、一八八頁）の名も記されており、『奇蹟』での路地の三朋輩のうちの二人、「イバラの龍」、「オオワシとも隼とも呼ばれたヒデ」（『中上健次集七』二一五頁）の亜種の趣もある。

なお、作中にある駅前の飲み屋「一寸亭」は、中上作品では「新地」、地元では有楽町と呼ばれる新宮駅の線路沿いの旧歓楽街に実際にあった店の名前である。本撰集「月報Ⅰ」二六頁に当時の写真が掲載されている。

かげろう

初出は『群像』一九七九年一月号。作品の冒頭、「それまで雨の日、山仕事や土方仕事の多い路地の若衆らはきまって何の用もないのに路地の三叉路の角にある集会場に寄って、畳敷きの部屋で、まだ三カ月も先の祭りの日におこなわれる御船《みふね》漕ぎの段取りを話したり、半年も後の正月の事を話して酒を飲むのが常だった」(三二二頁)とある。

路地の三叉路は中上によって、「天地の辻」(『千年の愉楽』ほか)と銘々された場所だが、若衆宿を彷彿とさせるここでの集会所とは、現在の新宮市人権教育センターで、一九七八年に部落青年文化会の連続公開講座を行った、旧・春日隣保館に同定される。御船漕ぎは例年十月十五、十六日に行われる速玉大社の例大祭・御船祭りで、熊野川河口から遡り御船島を周回してスタート地点に戻るまでを競漕する地区ごとの早船競技のこと。

鷹を飼う家

初出は『すばる』一九七七年二月発行第二十七号。「連作長篇Ⅰ　古座　紀伊物語」として発表された。舞台は古座の西向《にしむかい》である。タイトルは、作品集『水の女』への収録に際して改題された。母親が孕んだ山伏の子であるシノのキャラクターは、明らかに『紀伊物語』のヒロイン道子の前身を思わせるものがある。

水を飲んで穢れを浄化するというシノと姑の水への執着には、作品発表の二年前に新宮市内で起きた〝水の行殺人事件〟の影響が認められる(『中上健次集六』解題参照)。ことに、シノが夫・与一の妹のキミヱを竹ホウキで打ちすえさせる場面は、かの事件に接することなくしては、決して生まれなかったものだろう。この作品は、前三作と違い舞台を古座に移して、子持ちの女性をヒロインにしているが、やはり象徴的に雨の音を最後のキミヱを打ちすえる暴力シーンに被せている。

なお、「水の信仰」と結びついたここでの「日輪様」崇拝については、『地の果て 至上の時』、『日輪の翼』での「日輪教」をも参照されたい。

鬼

初出は『すばる』一九七七年四月発行第二十八号。「連作長篇Ⅱ　那智　紀伊物語」と銘打たれ、前作同様『水の女』に収録の際に改題された。

舞台は那智、この作品では女性主人公のキヨが、「駅四つむこうの新宮から」武という男を、女一人暮らしの家に引っ張り込むという設定。ここでも雨が効果的に使われ、性と暴力、風土が孕む禍々しい狂気が前景化されている。「鷹を飼う家」とともに、女性が性的に男性を支配する回路と暴力の問題が、「かげろう」までの三作との鮮やかな対照をなしている。

鳳仙花の母

新宮市で発行されていた『さんでージャーナル』一九七四年八月十一日号に発表され、『鳥のように獣のように』（北洋社、一九七六年六月）に収録された。後に同題の角川文庫（一九七八年十二月）、『中上健次全集14』（集英社、一九九六年七月）、講談社文芸文庫『鳥のように獣のように』（一九九四年二月）、『中上健次エッセイ撰集［青春・ボーダー篇］』（恒文社21、二〇〇一年八月）にも収録。

風景の貌

『マダム』一九七六年七月号に発表され、『夢の力』（北洋社、一九七九年二月）に収録。後に『中上健次全集14』、講談社文芸文庫『夢の力』（一九九四年八月）にも収録された。

校異

鳳仙花

30頁上段9行　婆に言うとるのに→婆が言うとるのに
37頁下段19行　土にはじき（「土をはじき」か）→ママ
43頁上段21行　的を得ていた（「的を射ていた」か）→ママ
50頁上段2行　箸を積み上げてある→薪を積み上げてある
53頁下段5行、15行　カンナ→カンヌキ
66頁上段1行　品（「科」か）→ママ
71頁上段12行　堀の土の下にも→塀の土の下にも
73頁下段18行、89頁下段13行　勝太郎→勝一郎
111頁下段15行　洗うものも（「洗うのも」か）→ママ
120頁下段8行　ないと思とった（「ないかと思とった」か）→ママ
134頁下段12－13行　舌と舌の擦れる音→舌と唇の擦れる音
151頁下段12行　大工道具が納っていた（「大工道具が納ってあった」「大工道具を納っていた」か）→ママ
176頁下段8行　駆け寄り→駈け寄り
191頁上段3行　芳子を訊ねる（「芳子が」か）→ママ
201頁下段12行　そそいでいる（「すすいでいる」か）→ママ
207頁上段7行　岩に歩き（「岩を歩き」か）→ママ
220頁下段10行　説経（「説教」か）→ママ
239頁下段11～12行　産ませられた（「産まされた」か）→ママ
242頁上段17行　美恵は→美恵が
245頁上段3行　龍造は→龍造を
258頁上段6行　思たんやど（「思たんやけど」か）→ママ

水の女

赫髪

295頁上段10行　着物の通信販売する（「着物を通信販売する」「着物の通信販売をする」か）→ママ

かげろう

327頁下段11行　艦褄の者が姿を見えなくなって（「見せなくなって」か）→ママ

鷹を飼う家

342頁下段20行　八畳（仏壇の間は以降「十畳」となっている）→十畳
348頁下段13行　シノを（「シノに」か）→ママ
349頁上段9行　鳥の首（「鶏の首」か）→ママ

鬼

384頁下段16行　赤胴色→赤銅色

編集付記

・本巻の底本は以下の通りである。
　『鳳仙花』（初版、作品社、一九八〇年）
　「鳳仙花の母」『鳥のように獣のように』（北洋社、一九七六年）
　「風景の貌」『夢の力』（北洋社、一九七九年）
・校訂は、底本の本文をできるだけ保存・再現することを原則とし、明らかな誤記・誤植と思われるもののみ訂正した。
・内容的に不整合が生じている箇所も、手を加えずそのままとした。
・ルビは取捨選択し、必要と思われるものには新たに付加した。
・底本との校異は、解題のあとに示した。
・作品の選択と排列は編集部が行なった。

中上健次集　三　鳳仙花、水の女

二〇一五年一月一〇日　初版第一刷発行

著者　中上健次

装幀　間村俊一
カバー写真　港　千尋
発行者　丸山哲郎
発行所　株式会社インスクリプト
東京都千代田区神田神保町一－四〇
一〇一－〇〇五一
電話　〇三－五二一七－四六八六
FAX　〇三－五二一七－四七一五
www.inscript.co.jp

印刷・製本　中央精版印刷株式会社

ISBN978-4-900997-50-9　Printed in Japan

中上健次集　全十巻

［価格は本体価格］

一　岬、十九歳の地図、他十三篇（第四回配本）［解説：大塚英志］　三九〇〇円
二　蛇淫、化粧、熊野集
三　鳳仙花、水の女（第六回配本）［解説：堀江敏幸］　三六〇〇円
四　紀州、物語の系譜、他
五　枯木灘、覇王の七日（第七回配本、二〇一五年三月）［解説：奥泉光］
六　地の果て至上の時（第五回配本）［解説：いとうせいこう］　三六〇〇円
七　千年の愉楽、奇蹟（第一回配本）［解説：阿部和重］　三七〇〇円
八　紀伊物語、火まつり（第三回配本）［解説：中上紀］　三五〇〇円
九　重力の都、宇津保物語、他八篇（第二回配本）［解説：安藤礼二］　三五〇〇円
十　熱風、野生の火炎樹

最終回配本　二〇一五年八月予定
発行　インスクリプト
四六判上製角背腰り綴カバー装　本文9ポ二段組　平均四五〇頁
装幀　間村俊一　カバー写真　港千尋

月報Ⅵ

中上健次集　三

渡邊英理　谷川雁と中上健次

野谷文昭　時間探しの旅〔再録〕

中上健次とラテンアメリカ文学〔再録〕

紀和鏡　夢の回路——中上健次と私〔連載6〕

二〇一五年一月
インスクリプト

谷川雁と中上健次

渡邊英理

1、「共犯者」たち

谷川雁に、「馮依の分裂を知る者――中上文学・二泊三日の旅から」というエッセイがある。実際に熊野を訪れたことを契機に書かれ、『国文学　解釈と教材の研究』（一九八五年三月号）に発表されたものだが、この時、雁を熊野に誘ったのが、他でもない中上健次であった。その前年、雁と中上は対談を行っている。谷川雁『無の造形――60年代論草補遺』の「しおり」（一九八四年九月、後に『中上健次発言集成2』にも再録）に収められた、この対談は、中上たっての希望で実現したものらしい。無論、その実現には、両者の重なりあう問題意識があってのことで、その重なりの一部を、以下では、示していきたく思うが、いずれにしろ、この縁が、雁を、中上へ、そして熊野へと近づけることになったのは間違いない。

エッセイ「馮依の分裂を知る者」は、この時、雁が経験することになった熊野をめぐる旅の記録である。同時に、それは、長篇小説『地の果て 至上の時』を中心とする中上論として、また、ひとつの熊野論として書かれている。言わば、熊野を経巡る旅と、熊野／中上をめぐる思念の旅。空間的な移動と思考の移動、この二つの旅の記録がこのエッセイの性格だと言える。

このエッセイを、雁は、ひとつの石について記すことから始めている。

日暮れちかい熊野の浜で拾った、ツヤのある黒い小石を、自宅の標本箱でくらべてみた。鉱物なら「試金石」、岩石なら「黒色珪質頁岩」に相似していて、まずこれにちがいあるまい。標本はどれも和歌山県東牟婁郡宇久井産とある。宇久井は新宮と勝浦の間にある海辺で、そこと勝浦の中間に那智があるから、これはかの「那智黒」の同類ということになる。

平安末からの「蟻の熊野詣」と言われた時代、天皇や貴族はもとより庶民まで、人々は、熊野本宮大社、熊野速玉神社、那智大社――いわゆる熊野三山を目指し、その地で西方浄土に往生することを祈った。特に院政期には、およそ百年の間に、九十七回も上皇や法皇が熊野に詣でたことが知られている。「蟻の熊野詣」とは、熊野路が詣でる人で満ちる様をさして言う言葉だが、その蝟集した人々が、熊野詣の記念に持ち帰ったと伝えられるのが、この「那智黒」の石である。現在、黒色珪質頁岩《けいしつけつがん》こと「那智黒」の主たる産地は、三重県熊野市神川町であるが、かつて、人々は、熊野の黒石をすくい、あるいは山脈に露出する黒石を掘り出し持ち帰ったのだと言う。

「那智黒」はまた、良質な「試金石」としても知られている。ここでのそれは、文字通り、「金を試す石」である。「金」にこすりつけ、その条痕からその純度を測ることができる。その「試金石」を求めて、熊野へ、「金」を有する外来者が侵入してきたとしても不思議ではない。ここでの「金」は、富と見てもよい。山が海まで迫った熊野を、雁は「非稲作地帯として日本列島の異端者」と見た。およそ「稲の国ではない」、「基幹としての農民が存在しない」場所、熊野。この「稲なき国」、非稲作地帯の熊野とは、「稲によって立つ国の試金石」に他ならなかった。

この「稲もつ国」こそ、大和であったと言えよう。「稲もつ国」、「金」もつ国たる大和／神武の熊野への侵入。その過程を大和／神武の側から描きだすのが、『古事記』の「神武説話」――神武東征の物語だと、雁は見た。

雁と同じく、あるいは雁に先駆け、中上は、闇の隠国《こもりく》、紀州熊野の被差別部落の起源を、天皇神武との「戦争」に見出していた。「紀伊半島、紀州とは、いまひとつの国である気がする。まさに神武以来の敗れ続けてきた闇に沈んだ国である」。「被差別部落が、冷や飯を食わされ続けて来た紀州、紀伊半島の中でも一等半島的状況、紀伊という歪み、特性が積み重なったところでもある、と私は思っている」。そう「古事記の神武東征の条りに記された神武の軍と熊をトーテムとする部族の戦」。「被差別部落を訪ねるたびに、私が思い描いた「戦争」とはこの敗れた者らと勝利した者らの戦のことである」。

差別・被差別の「起源」に、外からの侵略と、それが伴う「戦争」を見出す。ここにあるのは、自明化された構造に、その起源にあったはずの動的な関係性を読み取る視力である。小森陽一が論じたように、中上は、この外からの侵略と「戦争」によって生み出された言説として、「物語」を捉えた。「「物語」が、その土地に固有な言説ではなく、ある歴史時点において、異質な力と力、異質な文化と文化が衝突し、そこに血が流れて以後、そのとき勝利した、外からやって来た者たちの侵略の痕跡、いや、痕跡などではなく、代々子孫を増やしつづけながら繁茂するという現在の力関係そのものの姿としてある、ということなのである」。勝者の物語の中で、敗れた者は、常に鬼やもののけとして、その姿を醜悪にさらすことのみが許されるばかりだ。神武／大和との戦いに敗れた熊野もまた、『古事記』の中で「大熊」「荒ぶる神」という邪悪な存在として、その姿を現している。中上は、このように、この国の「物語」の中で鬼やもののけとして語られてきた者たち——熊野や路地＝被差別部落の者たちに声を与えた。たとえば、天皇や貴族、僧侶など時の権力者や知識人階級とともに、庶民や被差別民、犯罪者ら、あらゆる階級の人間が同居し、鬼や天狗など人間ならざる者たちまでもが跋扈し、生者と死者が等しくその世界を占める『今昔物語集』に触発されて紡がれた『熊野集』。その言葉は、『古事記』以来の「物語」総体の異文を書く、という小説家の意志に貫かれている。

中上は、古典文学や芸能へ並々ならぬ関心を持ち続け、その小説は、それらを繰り返し参照し続けている。その執拗なまでの拘りから感じとることができるのは、自分が書き記す言葉そのものが孕み持つ記憶のすべてを遡り、辿り尽くそうとする意志である。言わば、言葉が積み重ねてきた記憶のみならず、言葉そのものの記憶の全てを想起し尽くそうとする飽くなき執念。短篇連作集『熊野集』には、謡曲に由来したと思しき短篇が複数含まれているのだが、その理由も、おそらく、そこ——ことの葉（言の葉・事の葉）の記憶の想起という一点にあるのだろう。

『熊野集』を書く。その時、中上が挑戦すべく、その念頭においていたもののひとつは、複式夢幻能だと思われる。能の大成者、世阿弥が考案した複式夢幻能。松岡心平が言うように、それは、「現在の能で最もポピュラーな戯曲形式」であり、鎮魂の儀式である能ならではの「亡霊ばかりが主人公として跳梁跋扈する珍しく不可思議な演劇形式」である。諸国一見の旅の僧が、訪れた土地。その地で僧が思いを馳せていると、見知らぬ者が現れ、土地の物語を語り、自らがその主人公であることを告げ、やがて消える。弔いながら、旅僧が眠りに落ちると、夢の中に、かの者が生前の姿で現れ、過去を語り、舞を舞い、僧に供養を頼みながら消える。夢から覚めると、僧は、一人、その場に残されている——。

このように、複式夢幻能で旅僧が訪れるのは、各地の「名所」だと言える。それは、しかし、いわゆる風光明媚な景勝地ではない。ここでの名所とは、歴史的な出来事が起こり物語に語られる「名所」——名前の場所であり、歌に詠まれた歌枕であり、それらことの葉（言の葉・事の葉）の記憶が堆積した地に他ならない。そして、そこに夢を介して現れるその地の歌や物語の主人公たち。それらは、みな非業の死を遂げた御霊、もののけ（亡霊）たちである。複式夢幻能における夢とは、忘却され抑圧されていた、過去の記憶を、いま・ここへと回帰させる媒介としてあるのであり、『熊野集』の言葉とは、まさに、そのような水準を目指し、同時に、世阿弥が切り開いた地平をも超越すべく書かれている。

古代から現代までのことの葉の記憶。自らが書き記す言葉を、その総体に対峙するべく書き、そのすべてに、たった一人の「わたし」の言葉で拮抗しようとした作家。おそらく、そのような作家であったからこそ、柄谷行人が言うところの、「今日の作家たちの多く」が「すがすがしく」「駆使する」「「約束事」の言葉」とは異質の、「肉体的な「息苦しさ」においてしかあらわれてこない」「「約束事」の言葉に抑圧された言葉」を、中上は、書くことができたのかもしれない。「平板で衰弱した今日の文学が欠く」条件——「たとえば世阿弥がそうだったように、河原者としての芸能人が、蔑視されるその現実において逆にひとを畏怖させる美を実現する、あるいはそれゆえにまた差別されざるをえない」「条件」の下に、中上は自らをおき、その言葉を書こうとした。

その意味で、中上健次の言葉を読むことは、この国のことの葉の記憶の全てを辿り、想起する旅へと旅立つことをも意味している。そして、路地とは、中上が紡ぎあげた、ことの葉の記憶が降り積もった「名所」に他ならない。中上の言葉の通り、「路地はそこから、極小であっても千年王国として、熊野と拮抗し、日本と拮抗したのである」。

雁は、熊野が産する「那智黒」の「一地方の気質の基調音」としての「響き」を聞いた。「那智黒」の「響き」、それは、元来、熊野の土地にあった「神武よりスサノオよりも古く、黒い石の特別な音楽」だった。しかし、その音は、「クロガネの高倉下《たかくらじ》の横刀の吸った悪夢」によって無音へと化す。「畿内への裏側からの進入路である」熊野は、「聖域として非軍事化」され、さらに、「西国と東国を連絡する可能性」を封じるために、伊勢と熊野は、それぞれ信仰と遊行の巡礼行路とされ「軍事的に無化」されたのだった。「クロガネの高倉下の横刀」に敗れ、ゆえに「西、北、東からの回路の末端」である熊野が、「その理由を秘して聖化」された姿を、雁は、「那智黒」の石に、正鵠に見出している。谷川雁とは、中上にとって、その作家の想像的・創造的歴史認識をめぐって最も深く共振した、同時代のアニ――年上の「共犯者」の一人であった。

2、路地なきあとの「労働者」

こうした中上と同時代のアニ――年上の「共犯者」たる雁。その雁の資質は、同じエッセイの中で展開される、中上の小説『地の果て 至上の時』評にもうかがい知ることができる。自身の故郷、和歌山県新宮市の被差別部落を路地と仮構し、その路地を舞台に、小説の言葉を紡ぎ出してきた、中上健次。しかしながら、一九七〇年代末には、いよいよ、その路地＝被差別部落は、「同和行政」という名の「開発」によって解体されていく。『地の果て 至上の時』の時間は、その路地が消えてしまった後の時空におかれている。

『岬』『枯木灘』『地の果て 至上の時』と続く中上の紀州サーガ／秋幸三部作には、主人公・竹原秋幸と実父・浜村龍造、父息子の物語が孕まれている。秋幸の母・フサだけでなく、二人の女を孕ませて、刑務所に入った実父・浜村龍造。路地において、父なき子として生まれた息子・秋幸と実父・浜村龍造が、三部作最終章『地の果て 至上の時』では、相まみえて対峙しており、小説は、息子による父殺しの物語を胚胎させている。結局のところ、息子・秋幸による父殺しは未遂に終わり、小説の最後、実父・浜村龍造は、自ら縊れ死んでしまう。『地の果て』は、一九八三年に出版された書き下ろしの小説だが、この父の自壊は、東の首領も西の首領も虚構の父性という他ないことを比喩的な形であらわとし、後の冷戦崩壊を暗示するものとも評されてきた。

しかしながら、雁が着目するのは、この冷戦体制的な父子の物語ではない。そうではなくて、ヨシ兄と鉄男、もうひとつの父子の物語であり、さらには、ヨシ兄と、そのパートナー・スエコという男女の物語である。彼ら・彼女らは、路地なき後の空き地にテントを張って住みつく者だが、その者らをめぐって、雁は、次のように言っている。「水ではなく火でなければならぬ。火をあがめるのではなく火をもてあそばなければならぬ」。「その土地のもっとも不毛な空き地の、定住を忌む思いの直接的表現としてのテント、バラックに拠り、どのような定職にもつかず、自由な結婚をいとなみ、体制をゆすり、近親者にくらいついて——水への馮依を拒否する一群は、事態の深部において、火に馮依する者である」。「今日もしプロレタリアートの純粋な心情というものがありうるとすれば、その最大公約数のごときものがここに示されている」。「これが労働者であり、したがって近代であるものの心象風景、その直線的な人格化である」。

この見方には、大正行動隊から退職者同盟へと展開していった、雁の「工作」の軌跡が透かし見える。エネルギー転換によって石炭産業が整理され、合理化による馘首が進行する。それに伴い、かつて栄光を誇った労働運動が次第に後退していく。この「後退」を消極的なものにせず、ひとつの積極的な機会に転じようとしたのが、退職者同盟の試みだったと言える。退職者の労働組合という極めて逆説的な企て。そこには、そもそも炭鉱労働者になった瞬間からただちに失業者以下である、という極めて冷徹な現状認識が潜在している。自らの「労働力」を商品化することが、ただちに失業と同義であり、さらには、生命の維持や保障のために「実存」を引き換えとするような過程が労働者になることだとするならば、そのような「労働」の回路から常にはみだしてしまうこと（＝「失業」）だけが可能とする個別の、かけがえのない生を開く場。そのような場を、雁は、拠点にしようとした。中上の小説『地の果て』のヨシ兄と鉄男の父子、ヨシ兄とスエコの男女の中に、雁が読み取った「近代」の「心象風景」や、その「直線的な人格化」、そして「プロレタリアートの純粋な心情」。それは、「不適切」な「労働力」として、「労働」の回路からはみだしてしまう野宿労働者たちが輝く「実存」の拠点とも言うべきものである。

中上の路地小説で、飯場労働者や炭鉱夫など、寄せ場を巡る路地のアニたちもまた、雁が言うような「労働」と「失業」の間で捉え返すべき存在なのだろう。馴致されない、歪な「労働力」として、短くも、実存的な生を生き急ぐ者たち。『千年の愉楽』における、中本の一統たる半蔵をはじめ、路地の若衆たちは、放蕩に耽り、「労働力」になることを拒み、その「実存」を、光り輝かせる。「不適切」な「労働」が開く、生の瞬き。『千年の愉楽』が救い／掬いとるのは、そうした路地ありし頃のアニたちの凝縮した生の刹那である。

後の『讃歌』では、このアニたちの、路地なきあとの行方が描き出される。かつて寄せ場を渡り歩いた路地のアニたちは、路地解体の果てに、「性のサイボーグ」と化して、『讃歌』が描く都市へ、その姿を現した。

フォーディズム時代からポスト・フォーディズム時代へ。製造・重化学工業から、サービス・情報産業へ。路地解体の過程とは、産業構造の巨大な変化の時代であった。その変化に伴い、フォーディズム時代の安価な労働力の供給源として機能した「ゲットー」は、「職なしゲットー」と化し、そのコミュニティ機能も希薄化し、果てしない空洞化が進行する。そうした過程の中で、もはや産業予備軍ですらない、「廃棄可能な人間たち」が大量に「生産」されていくことになる。その突端を、一九六〇年代半ば、筑豊の炭鉱にて先駆的に体験することになったのが、谷川雁であったとも言える。

その「廃棄可能な人間たち」の行き先のひとつに、中上が『讃歌』において選びとったのは、都市の性産業の現場であった。『日輪の翼』で路地のオバたちを冷凍トレーラーに乗せ旅にでた路地のアニことツヨシは、『讃歌』では、その名をイーブと変え、東京で男娼として生きている。異性愛と同性愛、双方の欲望を持ち、自らの性や身体を交換の対象へと化すことが、ここでのアニの生業である。「性のサイボーグ」とは、路地を解体されたあとの世界を生きるアニたちの「意志的な記憶喪失のスタイル」（井口時男）としてあるとともに、このように専ら性的なるものとして、自らの身体を一義的に先鋭化＝改造させる行為を比喩したものであろう。三・一一以後の視力で見れば、このように、性的身体として「人体」を改造する路地のアニの傍にこそ、「原発ジプシー」（堀江邦夫）がいたことが分かる。『紀州——木の国・根の国物語』には、紀伊半島にふって沸く原発誘致の話がうっすらと描き込まれ、また、小説『火まつり』の舞台、二木島にも、原発建設の噂は、寄せては返す波のように渦をまいている。それらは、まぎれもなく、中上の小説が書かれた時代のひとつのリアリティの証である。そのような時代、路地のアニたちのうち、あるものは、ツヨシ／イーブのように都市の末端で性産業に従事し、あるものは、原発労働者として各地の原子力発電所を渡り歩く。放射能に身体を蝕まれ「被曝者」となる。「原発ジプシー」とは、そのような「棄民労働」への従事を余儀なくされる者たちのことである。言わば、人間の手で自ら作り上げてしまった、けして勝つことなどできない「見えない敵」＝放射能と戦う「新しい人間」へ、自らの身体機能を特化＝改造する者。「サイボーグ」とは、その比喩とも見える。「原発ジプシー」という名の「サイボーグ」とは、夭折する『千年の愉楽』の路地のアニらの末裔なのだった。

路地が解体された後の世界の「職なしゲットー」や、そこで生み出される「廃棄可能な人間たち」。かつて、中上は、「何度も小説にしたこの路地がたえず新しい読み終る事のない本としてある」と言った。たえず新しい読み終わる事のない路地には、かつてあったことだけでなく、読者の「いま・ここ」に起こっていること、すなわち、それが書かれた時点では未来に属する出来事までも、書き込まれている。そのような本として路地を、路地の小説を、いま、この時代に再読することができる。路地なき後の世界をも、中上の路地は、小説という形をもって、つかみとっていたのである。

［引用出典］

谷川雁「憑依の分裂を知る者　中上文学・二泊三日の旅から」『国文学　解釈と教材の研究』一九八五年三月号／『道の手帖　谷川雁』所収、河出書房新社、二〇〇九年

中上健次『紀州　木の国・根の国物語』、朝日新聞社、一九七八年［初出『朝日ジャーナル』一九七七年七月〜七八年一月］／『中上健次全集14』所収、集英社、一九九六年

中上健次「バサラの美」『すばる』一九八四年四月号／『中上健次エッセイ撰集　文学・芸能篇』所収、恒文社21、二〇〇二年

中上健次「異界にて」『GS1』一九八四年六月／『中上健次エッセイ撰集　青春・ボーダー篇』所収、恒文社21、二〇〇一年

小森陽一『〈ゆらぎ〉の日本文学』NHK出版会、一九九八年

松岡心平『宴の身体——バサラから世阿弥へ』岩波書店、一九九一年／岩波現代文庫、二〇〇四年

柄谷行人『坂口安吾と中上健次』太田出版、一九九六年

井口時男『悪文の初志』講談社、一九九三年

時間探しの旅　追悼　中上健次〔再録〕

野谷文昭

私はそのとき初めて分った、死ぬということは、もう友人たちと一緒にはいられないことなのだと。

G・ガルシア＝マルケス

I

中上健次のそばにいると、一瞬一瞬が思い出のような気がした。既視感と一言ではいえない何かを絶えず感じさせる、特別な時間が彼を包んでいた。彼と一緒にいると、時間の進み方が狂ってくる。もちろん日常的な標準時と比べてのことである。夕方か夜に会っては明け方に別れるというように、過ごしたのが決まって闇の支配する時間だったことや、必ず飲みながら話をしたために、常に酔いがともなっていたことも、非日常的な時間を感じさせた理由のひとつだろう。二人きりのときばかりではない。大勢でいるときでさえ、彼を包む特別な時間ははっきりと感じられた。

数は少ないが、特別な時間を感じさせた人物は他にもいないわけではない。一度会っただけの土方巽。彼の回りも地磁気が狂っていた。そしてもうひとり、はっきりと記憶に残っているのがボルヘスである。

薄闇の世界にいた盲目の老人が、周囲の人々とは異なる因果律の中で動いていたとしても別に不思議ではないが、それでは説明のつかない時間が彼には備わっていた。

特別な時間といっても計測できるわけではない。それはおそらく比喩によってしか表現しようのない、主観的なものである。目に見えるわけではないし、もちろん触ることもできない。だが、感じられるのだ。

東北の寒村の時間、死んだ妹の記憶にまつわる時間を抱え込んでいるということが、土方の場合ひとつの説明にはなるだろう。農村的、土着的時間を近代にぶつけるところから生れる衝撃は寺山修司をはじめ、多くの前衛芸術家が方法として用いてきた。

ブエノスアイレスというヨーロッパの吹き溜まり。そこには様々な思い出や歴史の断片がやってきては朽ち果て、あるいは発酵する。そこで集めた素材によって奇妙な歴史を紡いでいたボルヘスの中には、近代からアーカイックな時間までが蓄えられていた。世界のすべてを映す球体、エル・アレフとはボルヘス自身の暗喩ではないかと思うのだが、この作家のうちにある、古代ゲルマンやギリシャ・ローマ、オリエントの時間が、時計を狂わせる磁場を作っていたとしても不思議はない。図書館の中に淀む濃厚な時間の上澄みから彼の作品は生れた。

中上健次を包んでいたあの時間は何なのだろう。それは『重力の都』の登場人物の血のように、体内から滲み出てきたものなのだろうか。中本一族の淀んだ血という表現を彼は何度も使ったが、その淀みとは、時間の淀みでもあるだろう。だとすれば、それは紀州熊野の、そして新宮の路地の時間の淀みということになるのだろうか。少なくとも彼の作品は上澄みではなく、異物までも溶かし込んでねっとりと発酵した重い液体から生れている。水と混ぜても白濁せずに底に沈む液体である。

中上の時間は声にも感じ取ることができた。「中上です」という初対面のときの一言。「中上ですけど」という電話の切り出し。「じゃあね」という別れの挨拶。野太いというのとも違う、だがどこか底の方から湧いてくるような響きを持った、そしてひどくなつかしさを感じさせる声。「暴力」をスキャンダルに利用されることにうんざりした彼が、喧嘩をしなくなっていた時期に接したこともあるだろうが、ぼくは彼に恐怖を感じたことは一度もない。

彼が怒る場面にたった一度だけ立ち会ったことがある。新宿の沖縄料理屋の座敷で、原稿が出来ていないとなじる編集者に対し、彼は命賭けで書いているんだ、と言って目の前にあった大皿を机に叩きつけて割ったときのことだった。形相が変り、体がわななき、そのわななきはしばらく治まらなかった。どこか演劇的なのだが、迫力は相当なもので、さながら聖なる怒りに燃える荒ぶる神を思わせたほどだった。あのときの声は、確かに日常を越えていた。少しも不快感を感じさせないのだ。まだわななきながら、俺は一度怒ると止まらなくなるんだ、と言っていたが、『化粧』に出てくる男も、この迫力で暴れるのだろうと妙に感心したものである。映画の『火まつり』の達男にもこの迫力はなかった。中上の小説の登場人物たちは、常人の域を越える力を持っているが、彼自身を見ていると、神話の世界はすぐそこにあるという気がしてくる。あの時間は神話の時間なのだろうか。

II

映画の『火まつり』では、海外向けにエキゾチックな要素を強調する意味もあってだろう、火まつりすなわち新宮の神倉神社で二月に催されるお灯祭りの場面がハイライトになっている。ところが、後に中上自身によって小説化された作品では、火まつりの場面は意外なほどあっさりしていて、視覚的描写もさしてほどこされてはいない。その意味では、文庫版『化粧』に収録された「神坐」や「女形」の方が、この祭りについての情報を多く伝えている。今読めば、様々な細部が現実的現実として見えてくる。それもある種のなつかしさをともなって。というのも、実際のお灯祭りに二度ほど参加したからである。二度目は目を痛めていた上に都合で遅れて行ったため、いかにも不完全で、参加した満足感が欠けているのだが、一度目のときの高揚感は今でもはっきり覚えている。いや、正確に言えば、高揚する自分とそれを観察している自分との葛藤を覚えているのである。

伊勢までは中学の修学旅行で行ったことがあったが、紀勢本線で南下するのは初めてだった。平地がなくなり、山の迫る風景へと変化していく。時間を遡行する旅であることがはっきりと感じられる。なるほど、中上はこのタイムトリップをやっていたのだ。もっとも彼は、せっかちな面があるのだろうか、動くことのできない他律的な列車の旅を作品に描くことは滅多にしない。『日輪の翼』の壮大なトレーラー旅行をはじめ、多くは車の旅である。列車では主体的に停めることができず、アクションを加えられなくなるので、内面描写に傾かざるをえないと踏んでのことかもしれない。あるいは「風景の貌」というエッセーで語っているように、彼にとっては日常茶飯の見飽きた風景を描きたくないということもあるだろう。山と海にはさまれた日常茶飯の風景に長い間閉じ込められてきたのであれば、当然ともいえる。

だが、彼は日常茶飯の風景を、小説の中で書き直してしまった。だから彼の作品を読んで紀州に行く者は、幻滅を味わってもおかしくない。ところが、次々と現れる風景を見飽きないのである。すでに彼の作品の力に感化され、ある種の目を持たされてしまっていたのだろうか。

神倉神社のある山の石段を上り、神火の到着を待つ。あたりは白装束の男ばかりである。その異様さは、松明が一斉に点されたとき、一層際立ち、その場が別の世界への入口に見えてくる。やがて石段を駆け下り、街へと戻るのだが、その上下の移動は日常感覚に揺さぶりを掛ける。メキシコのピラミッドを上り下りするときの感覚もこれと似ているが、そこには儀式性が欠けているので、異様な高揚感はともなわない。あのとき彼は、確か最後に境内に入ったのだった。

新宮には別の時間が流れている。少なくともぼくにはそう感じられた。しかも名前をはじめ作品とモデルの複雑に絡み合った、時間の混乱した風景の中にいて、眩惑に身を浸し、それを味わっていた。

批評家や編集者らの招待客が帰った後、彼の実家に泊った。家人が布団を敷いてくれた奥の部屋の鴨居にそれはあった。白いスーツを着た少年らしさの残る青年。「俺の兄貴だよ」彼がそう言い終らないうちに理解した。「一番はじめの出来事」から紀州サーガへと連なる作品群はもとより、彼のほとんどすべての作品に見え隠れする、縊死した兄である。その端正な肖像写真に見下ろされながら眠りについた［「月報I」30頁参照］。翌朝、彼の姉の作った茶粥を食べた。弟、父親、友人、知人、数日の間にずいぶんたくさんの人に会い、ぼくの中で作品とモデルの関係はますますややこしくなった。

朋輩意識の強い彼は、故郷に戻れば戻ったで、身内や親しい人間の面倒を何かと見ているらしく、弟分の起した傷害事件のことで、警官に掛け合うということまでやっていた。熊野川の対岸にある焼肉屋で示談の交渉をしていたらしいのだが、それにつき合っていると、読者が作品の中に入り込み、一人物として動かされているような錯覚に陥る。それにしても、紀州弁でやり合うときの中上は、新宿で管を巻くときとは別人のように生き生きしていた。辛うじて保っていた特別な時間に、エネルギーを注入しているように見えた。あの時間は故郷の時間なのだろうか。

お灯祭りが済んでから紀州に呼ばれたことがある。最近の作品に出てくるフジナミのモデルと言われる松阪で落ち合った。会った瞬間噴き出しそうになった。タイガースの安芸のキャンプを見学し、着ていたジャンパーと交換させられたとかで、関係者用の帽子を被って現れたのだ。田舎のおっさんにしか見えないその姿のおかしさに笑いをこらえていると、彼は再開の嬉しさゆえの笑顔(もちろんそれもあるが)と取ったらしく、一緒になって笑っている。本当に善良な人間なのだとつくづく思い、なんともいえない親近感を覚えた。

仕事が一段落したところだったのだろうか、このときの彼はのんびりしていて、勝浦のマンションでの眠り具合からみるとやはり疲れていたにちがいないのだが実にいい顔をしていた。

例の帽子を斜めに被り、鼻歌をうたいながら、車で南紀を回ってくれたのはこのときだった。お前もそろそろ演歌に転向せんかい、俺が教えてやる、と言って、小節の入った歌を覚えさせようとしたのは、都はるみや市川昭介に近づいたころだったからなのだろう。クラシック、ジャズそして演歌というのが音楽的軌跡だとしたら、その主は俗っぽい日本のモダニストにすぎないが、中上のいう「転向」とは、もっと別の意味を持っていたはずである。彼にとってのクラシックやジャズは、土着的なものに対する反措定として、あるいはそれを破壊しまた和解させる装置として機能し続けているからだ。もちろん彼の言葉尻を捕えてそれを文学的文脈に置き換えてみる必要などないといえばそれまでなのだが、「灰色のコカコーラ」でジャズが土着的風景を招喚するために使われていることや、『枯木灘』においてもまたそれとは別の系列とみなされる『千年の愉楽』、『奇蹟』においても、クラシック体験がポリフォニックなスタイルに生かされていることを考慮すれば、中上作品における音楽の意味には看過できないものが含まれている。たとえば『千年の愉楽』の特徴は、神話的物語というイメージを打ち壊す、独特の文体にあり、それは説話に見られる文体よりはるかに激しくスピードがあるが、さらに言えば、『奇蹟』になると、過去形が減り現在形が支配するようになるため、スピードは一段と増す。『枯木灘』の場合は、ヘミングウェイやバルガス゠リョサに見られる短い文の積み重ねによって加速が行なわれていた。ことに事なると、ジャーナリスティックな調子のセンテますます短くなり、スピードに拍車が掛かる。これし、『千年の愉楽』と『奇蹟』では、ワン・センテンが長くなる一方、全体が加速化するのだ。

さらに『千年の愉楽』と『奇蹟』の文体のスピード関係は、『百年の孤独』と『族長の秋』のそれに似ている。『百年の孤独』の『千年の愉楽』への影響を、中上自身は否定する。が、少なくとも『族長の秋』を『奇蹟』執筆前に読んだことは確実で、あるエッセーで改行のない文章を書いていることを見ても、ガルシア゠マルケスの作品から刺激を受けたことは明らかだ。ワン・センテンスに多くの意味や情報をつめ込もうとすれば、文体にスピードを加えざるをえない。ただ、『族長の秋』がバルトークとカリブ海の民族音楽をＢＧＭにしているとすれば、『奇蹟』はジャズそれもフリージャズだろう。この音楽を意識すれば、『奇蹟』はおそるべきスピードを発揮する。コルタサルは形式面において、おそらくはジャズの影響下に小説を解体しようとする過激な反小説『石蹴り遊び』を書いた。だが、コルタサルの文体の特徴は自身によるとスウィングなのであり、見方によれば快適で古く安定している。その意味では『奇蹟』の文体の方がはるかに過激といえるだろう。この小説が読みにくいというならば、『族長の秋』が読みにくいというのと同じで、詩的で実験的な文体に原因がある。しかし、その文体のスピードに乗り切れたときのめくるめく感覚は、読みにくさなどという評価をまったく意味のないものにしてしまう。

さらに『奇蹟』のスピードの要因をもうひとつ挙げておく必要があるだろう。それは冒頭においてタイチの死が語られることである。つまり読者は、彼の死の場面に早く立ち会いたいがために、息せき切って読み進める。そこで読みのスピードが増すということだ。中上は、「読みにくい」文章を速く読ませるための仕掛けとして、計算の上でタイチの訃報を最初に情報として与えたのである。次に引用する『予告された殺人の記録』をめぐっての彼の言葉はそのひとつの裏付けとなるだろう。

中上　「期待の地平」という言葉を使っている人がいるけど、最初にポンと予告するわけじゃない？　こいつは死ぬんだって。そうすると、読者も町の人間と同じような状態にほおり込まれていくでしょ。で、いつだ、いつだ、いつ死ぬんだって思った途端に、彼の仕掛ける罠のほうにどんどん入っていく。これは大衆性ということでもあるかもしれないけど、カタストロフを用意しなくちゃいかんという、小説自体がもっている定型的なものを、非常にうまく、しかも早いスピードで動かしているわけよ。ふつうなら、間のびしてトロットロッと落としちゃうんだけど、彼はすごく筆力があるわけよ。で、一旦、オオッと面白いって飛びついたときに、その好奇心をパッと熱量に転換する装置みたいなものが、彼の中にあるわけ。その熱量をどんどん増幅していく螺旋的な能力みたいのがあってさ。そしてそれが極まったところで、最後に死体がストンとあるという、そういうつくり方だもんね。

（「ユリイカ」一九八八・八）

ちろんヒントは他にもあるだろう。たとえばこれもガ＝マルケスと共通するのだが、早くから関心を示しリシア悲劇である。しかし『奇蹟』は、『族長の告された殺人の記録』のように、繰り返し死の返るという形での螺旋的進行を示しはしない。

中上は物語の定型の反復を避けている。

彼は実験作家である。既存の作家の作品を分析してはそれをずらし、たわめ、ねじり、思いつく限りの可能な行為を加えずにはおかない。また、自らの作品に対しても同様である。

『軽蔑』の中でカズさんが言う印象的な台詞がある。まちちゃんとともに六本木の高級ホテルに潜伏しているときに、彼女がその至福の状況の永続化を願うのに対し、彼は一言「あきるぜ」と言い放つ。彼にとり六本木は新宿の猥雑さが欠けているのだ。中上の文学を考えるとき、この言葉はきわめて示唆的である。なぜなら彼は猥雑な空間をこそ実験の場としてきたからである。さらに牽強付会を承知で言えば、それを洗練されエスタブリッシュされた作品や反復に対する飽きと読むことも可能ではないだろうか。

IV

彼に最後に会ったのは、昨年［一九九一年］六月、新宮で開かれている熊野大学に呼ばれたときのことだった。羽田で落ち合った彼は、『熱風』の何回目かを徹夜で書き終えたところだった。『千年の愉楽』で、新天地を求めて南ことになっているオリエントの康の落し胤だと大きなエメラルドを持って新宿に現れ、その群らがってきた人々が実は中本の血を引く者たちたという設定は、『異族』を小型化した感がある。つりそこには消滅した「路地」の影が見られ、すでに死んでいるオリュウノオバ（ここではガルシア＝マルケスを引用しママ・グランデ・オリュウと呼ばれる）が霊魂となって現れる。南米から来た男の出身国は、エメラルド産出国ということを考慮すればコロンビアと思われるのだが、『千年の愉楽』のブエノスアイレスやブラジル同様不確かにしか紹介されない。ここに問題がある。『千年の愉楽』では、語り手はオリュウノオバの意識を借りていたから、そこで語られる外国は、「路地」の人々の想像力によって作られたものといえるだろう。それでは『熱風』の場合はどうなのか。『奇蹟』では瀕死の、あるいは死んだオリュウノオバの意識を辛うじて使うことができた。が、今やオバは死んでしまっている。つまり、南米を不確かにしか知らない意識とは誰の意識なのか。

生前、中上はラテンアメリカへ行くことがなかった。自身によれば旅行計画はあったようだが、結局果たしていない。仮に実現していたとすれば、彼はもっと正確な記述をしただろうか。どうもそうは思えないのである。彼がニューヨークでプエルトリコ系やメキシコ系の人々に出逢い、ハーレムに「路地」性を見出したことは確かだろう。おそらく、彼にはそれで十分だったのだ。『地の果て至上の時』で「路地」を消滅させて以後、彼が外部へ「路地」を増殖させる動きを見せていたことはあらためて指摘するまでもない。範囲はアジアに限られているが、『異族』にはその兆しが見えた。だが、そこで語られる外国としてのアジアも必ずしも正確ではない。しかしそれでいいのだ。何も敢えて不正確に書くことがいいと言ってるのではなく、その不正確さが、彼が代表しているものの目から生れた歪みによるものだからであり、そこに彼特有のリアリズムの基盤があるのだ。ガルシア＝マルケスのジャーナリズムが面白いのは、カリブ海のジャーナリストの目を常に感じさせるからであり、小説における語り手は決まってカリブ海の人々の意識・無意識を表現している。それが現実を異化することを彼はおそらく知っている。

中上も自分の眼差しがいかなるものであるかを知っていたはずだ。彼はインテリである。それは大江健三郎、サル

日置の方にむかって続く道と、なだらかな山ばかりの光景だった。」(『鳳仙花』)

写真：編集部

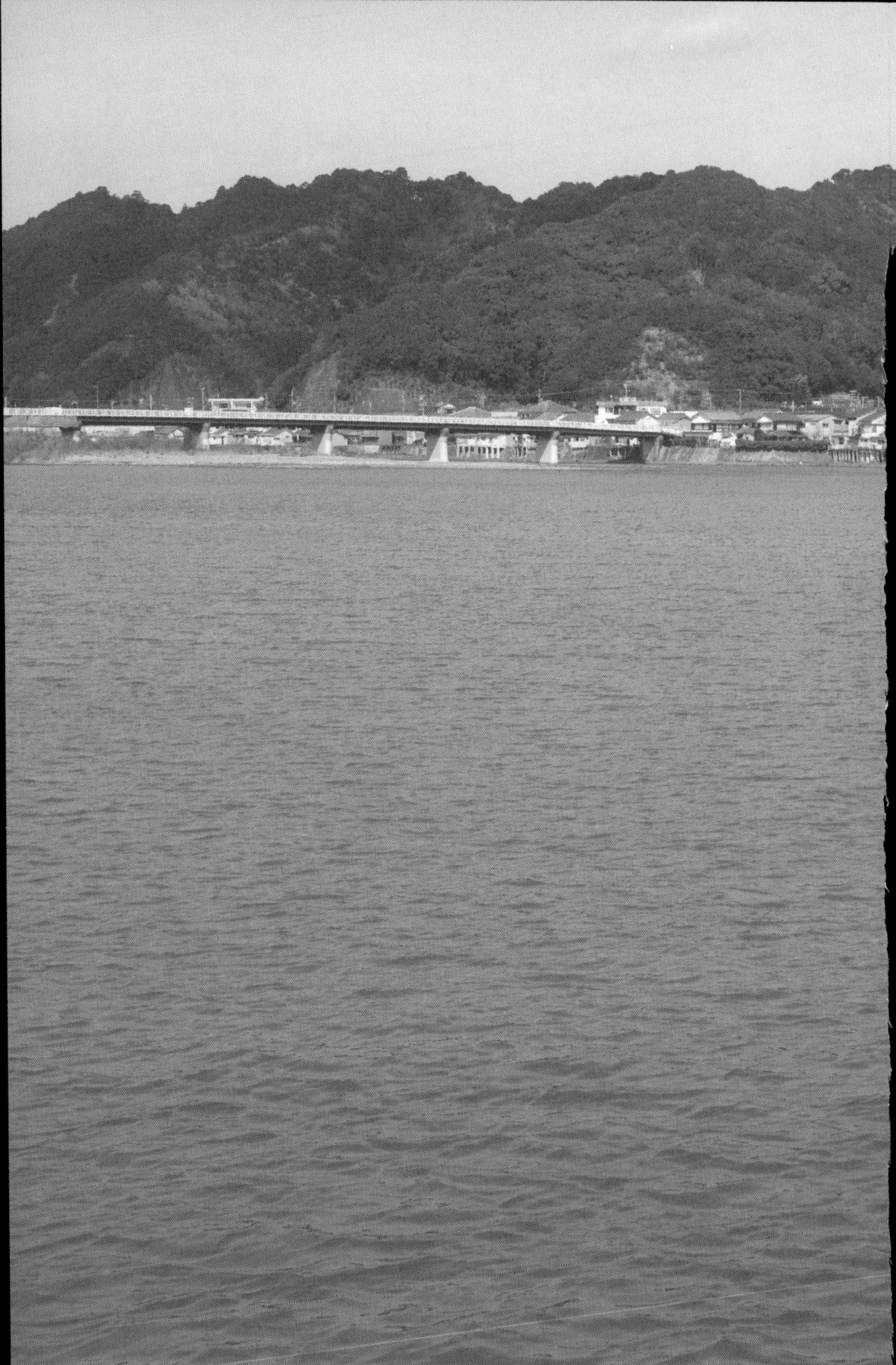

古座川。西向から対岸を見る。「川口から潮水が逆流しはじめているらしく、川は随分水かさが増していた。[…] 一本かかった橋の先は、ただ潮風を受けて揺れている雑木の林と、田ノ井の方、

トルらに傾倒した作品にすでに明らかだろう。しかし彼は知識人を主人公にすることを避けてきた。作品がいかに知的に構築されていても、それを語る意識は、共同体の、あるいは共同体出身者のものであることにこだわり続けた。そこに大江との決定的な差があるといえる。『岬』、『枯木灘』、『地の果て 至上の時』と続く作品群の中で、主人公の成長にともない語り手もまた成長した意識に焦点を合わさざるをえないが、それを放棄したことは、過度に知的な目を感じさせることを作者が恐れたためとも取れる。キューバの亡命作家アレナスが、自伝的五部作で解決できなかった問題であるが、それを中上は放棄することであっさりと片づけてしまったのだ。だが謎は残る。未完の作品はいかなる形になるはずだったのか。作品の根拠は。オクタビオ・パスはボルヘス追悼のエッセーの中で次のように言っている。

今日、ボルヘスは、私が二十歳のときの彼に戻ってしまった。何冊かの本、ひとつの作品に。（『収斂』）

中上健次もまた、読み解かれるべき作品として永遠に生き続けるだろう。たとえ永遠に読み解かれないとしても。少なくともぼくは、あの時間の謎について考え続けなければならない。

（南カリフォルニアにて）

［『マジカル・ラテン・ミステリー・ツアー』五柳書院、二〇〇三年より再録。初出「文藝」一九九二年冬号］

秘』
場面に立ち返

中上健次とラテンアメリカ文学――路地と悪党［再録］

野谷文昭

新しいラテンアメリカ文学が日本にも紹介されるようになって、はじめて、中上健次の文学の正当な評価が可能になったのではないだろうか。自然主義の良き継承者として、彼を既成の文学史の延長上に封じ込めようとしても、必ずはみ出てしまう。それは中上文学が、実験性とともにその過剰さを大きな特徴としているからだ。

実験的作家としての側面を綿密に分析して見せたのが、四方田犬彦の『貴種と転生』だった。四方田はここで、中上文学における物語の生成と破壊のプロセスを明らかにし、自他の先行作品を糧としながらも必ず新たな作品を生み出さずにはおかない錬金術の秘密を、運動する作品のベクトルを把握することで解明しようと試みた。

だがそれでもなお、過剰さについては説明しきれていない。なぜなら、大江健三郎であれ三島由紀夫であれ、比較の対象がもっぱら日本の作家であるためだ。もちろん、「巨大なもの」という主題をめぐって、ラブレー、スウィフト、ジョイス等が引合いに出され、そこから生じる「過剰」の問題に言及することを四方田は忘れてはいない。しかし、残念ながら、彼が持ち出すのは、正統、異端を問わずヨーロッパ文学の範例である。このこと自体は決して誤ってはいない。にもかかわらず、ヨーロッパ文学という尺度だけでは不十分なのである。

それはガルシア゠マルケスをラブレーと比較するとき、多くのものが抜け落ちてしまうのに似ている。カルロス・フエンテスは、その『セルバンテスあるいは読みの批判』でセルバンテスとジョイスを取り上げ、彼らの文学とその時代の要請の関係を鮮やかに考察するとともに、一方で『テラ・ノストラ』等の自らの実験的作品の解説を行なっているのだが、面白いことにその解説から抜け落ちてしまっているものがある。そしてそれこそ、フエンテスをラテンアメリカの作家たらしめているものなのだ。そうでなければ、彼は自らをヨーロッパ作家と自己規定することになってしまう。つまり、「過剰」というものがラテンアメリカ作家の宿命として備わっていること、そしてその「過剰」の質が、ヨーロッパ文学のそれとは異なることを、彼は見落としているのだ。

　飲み屋のカウンターで、たまたま隣り合せたサラリーマンらしき青年数名が、ラテンアメリカ文学を話題にしていた。ガルシア＝マルケスやプイグといった名前が盛んに出てくるので、思わず聞き耳を立てると、彼らが口を揃えて言ったのは、ラテンアメリカ文学には「力《パワー》がある」ということだった。話し合ったわけではないので、この「力」が何を意味するのかは正確には分からないが、ラテンアメリカ文学の形容にしばしば使われてきたのが、この「力」という表現である。そして中上健次の作品というときに、ただちに想い浮ぶのも、まさにこの「力」という言葉なのだ。では「力」の源泉はどこにあるのか。実験性、物語性を挙げることも可能だろう。だが何よりも「過剰」なところに、その源泉はある。

　中上健次を日本の文学史に封じ込めようとするとはみ出てしまうのは、おそらくこの「過剰」が生む「力」による。彼が自らをサルマン・ラシュディと比較するのは、この「力」を、イギリス文学に収まり切らない作家のうちに感じ取るからにちがいない。彼とフォークナーの関係についても同じことがいえる。あるいはカミュでもいい。

　比較の対象に共通するのは、イングランドとインド、ヨーロッパ及びアメリカ東部と深南部、フランスとアルジェリアという、中心と周縁の関係が生む距離とずれである。あるいは生れながらに抱え込んでしまった多人種・多言語的状況であり、そうした状況は当初から過剰さを孕んでいる。ここから生じる「力」に中上が共振しないわけがない。そして同様の状況をどこよりもラディカルに文学的「力」へと転化させることに成功したのがラテンアメリカだった。

『紀州　木の国・根の国物語』の中で中上は、「半島的状況」ということを言っている。彼にしたがえば、半島とは「冷や飯を食わされ、厄介者にされてきたところ」であり、朝鮮、アジア、スペイン、アフリカ、ラテンアメリカに共通するものを備えている。つまり地理的に見れば、西欧を中心としての周縁地域、北に対する南、第三世界を彼は考えているのだが、下手をすれば従属理論に短絡しかねないビジョンである。だが中上は、「半島を恥部、いや征服する事の出来ぬ自然、性のメタファとしてとらえ」るという視点を導入することによって、負のトポスを文学的豊饒と愉楽の約束されたトポスへといきなり変えてしまう。

ラテンアメリカの新しい小説とは、中上のいう「半島的状況」を、無化あるいは逆転させることによって生れたものといえるだろう。徹底したフィクション化と言葉の迷宮の構築によって、ラテンアメリカという概念そのものを無意味にしてしまったボルヘス、シュルレアリスムの眼を持ち込むことで負の要素を驚異の要素へと変えたアストゥリアスやカルペンティエール、荒れ狂う暴力や性を全体小説のエネルギーに変えるバルガス＝リョサ、神話的リアリズムによって普遍的トポスを生んだガルシア＝マルケス、長篇小説の構造を拒否する長篇を書いたコルタサルの例は、その一部である。

中上健次の作品は、個別的にも総体としても、ラテンアメリカ文学と多くの点で重なり合っているが、両者が「過剰」という共通点を持っていることはすでに述べた。とはいえ、ラテンアメリカ文学という漠然とした言い方では、いかにも曖昧な比較になってしまうので、ここでもう少し具体的な比較検討を行なってみよう。

中上健次が、好むと好まざるとにかかわらず、ガルシア＝マルケスやバルガス＝リョサを意識していることは確かだろう。彼らの間には、受容の仕方は異なるが、フォークナーの発見、方法意識など様々な共通点がある。興味深いのは、あのボルヘスを含め彼らのすべてに、スラムとその住人を描いた作品があることだ。その描き方のちがいは、それぞれの作家の現実の把握の仕方のちがいと密接な関係があるだろう。

ラテンアメリカの多様な現実を形作る要素のひとつがスラムである。ファベラと呼ばれるブラジルのスラムは、映画「黒いオルフェ」や「ピショット」によって知ることができる。今日、ラテンアメリカの都市周辺には必ずといっていいほどスラムが存在する。ルイス・ブニュエルが「忘れられた人々」でメキシコ市のスラムを描いたのは一九五〇年のことだが、それから四十年以上経た今もなお、農村から流れ込んだ人々が首都周辺の土地を不法占拠する形でスラムを作るという現実がある。あるいはアメリカ合衆国との国境沿いの町にもスラムがあって、密入国を企てる人々の拠点となっている。

同様の状況がペルーにも見られることはいうまでもない。自国を舞台に全体小説を書こうとしてきたバルガス＝リョサの作品にも、当然ながら、ピウラやリマのスラムが現れる。長篇『緑の家』は、まさしくピウラのスラムが主要な舞台となっている。物語は、伝説的な娼家の過去と現在をめぐって展開するのだが、作者は全知全能の語り手を用いることで、自らの影を消そうと努めている。語られるのは主に事件や登場人物の行動で、内面はほとんど描かれない。アメリカ大陸の現実を描く可能性を示したフォークナーに学びながらも、形容詞の少ないヘミングウェイ流の文体を用いるところは、ガルシア＝マルケスや中上健次とは異なるが、この作品におけるスラムは必ずしも否定的に描かれてはいない。

『緑の家』のマンガチェリーアという名のスラム街は、北部の町ピウラに実在し、バルガス＝リョサはこの作品について語った講演の記録『ある小説の秘められた歴史』の中で、マンガチェリーアとの関わりを明らかにしている。彼は九歳のときと十六歳のときと、少年時代に二度ピウラで暮した経験があるが、しかしスラムは、「緑の家」のモデルとなった娼家同様、禁断の場所であった。「そこに住むのは極貧の人々であり、大方の家は泥と葦でできたもろい小屋で、砂地に建っていた」という。しかしこのスラム街は、ピウラでもっともにぎやかで、変った場所だった。多くの小屋は、濁酒を飲ませ土地の料理を食べさせる店であり、ピウラの楽団という楽団はすべてこのスラム街から生れ、最高の作曲家や歌い手はすべてマンガチェリーア出身なのだ。

オリジナルは講演であるとはいえ、このあたりの記述はさながらルポルタージュを思わせ、スラムやその住人の特性が的確に捉えられている。さらに「マンガチェリーアの人間はすべて、この街に生れ、ここに住んでいることに誇りを感じている。彼らは第一にマンガチェリーアの人間であり、それからピウラの人間、その後でペルー人なのである」といった表現や次のような表現には、彼のスラムに対する思い入れさえうかがえる。

ピウラのもうひとつのスラムすなわちガジナセラに

対する競争心は、語り草となっており、これが素手やナイフによる争い、一対一あるいは集団同士の決闘を生んできた。だが、そのころガジナセラはすでに、「文明」と私たちがいくらか皮肉をこめて呼びうるもの——従業員や商人や職人の住むつまらない地区——に変ってしまっていた。そしてマンガチェリーアのみが、町の昔ながらの生活を保っていた。それは荒々しいが生彩に満ちた、かまびすしい生活である。

このようにバルガス゠リョサは、中上健次の「路地」にも似た魅力的な場所としてスラムを語っている。

彼のこのスラム論は、ガルシア゠マルケスのそれを思い出させる。ガルシア゠マルケスはスペインの新聞「エル・パイース」紙に「「何がコロンビアで起きているのか?」」というルポルタージュを寄せ、その中で祖国の麻薬密売組織の問題にメスを入れているのだが、逮捕した密売者を米国へ送るという犯人引き渡し条約を彼らが嫌う理由に対してユニークな考察を加えている。彼は次のように書く。

わたしの見るところ、主要な理由は文化的なものだ。生れから言っても、育ちから言っても、麻薬密売者たちはコロンビア以外では生きていけないと感じたのだ。アリババみたいに富をきずいたが、それは彼らにとっては、コロンビア以外のどこでも役に立たないのである。コロンビアでこそ、連中は安全だと感じ、財産を見せびらかし、竹馬の友の間で散財し、スラム訛りで冗談をとばし、自分だけのとっておきの器からコロンビア料理のごちそうを食べることができるのだ。

(武藤一羊訳　但し英語版からの重訳)

政治家やジャーナリストらに対するテロを批判しながらも、ガルシア゠マルケスは、麻薬密売組織の背後にある「文化」に照明を当てている。その「文化」とはつきつめればスラムの文化ということになるだろう。

作家はもちろん新聞記者としても確立していなかったころ、ガルシア゠マルケスは娼家をかねたアパートに住み、娼婦たちの相談相手になっていたという。バルガス゠リョサやボルヘスにとっては外から眺めるべき場所の内側に、しかも住人として彼はいた。このことに象徴されるように、彼は下層あるいはマージナルな人々の心性を、内側から知っている。初期の短篇「六時に来た女」は、なじみの料理屋に来た娼婦が、人を殺したことを店主にそれとなく告げ、アリバイ作りを依頼するという話だが、この店主を作者と置き換えても少しも違和感はない。あるいは「この村に泥棒はいない」という短篇は、スラムに住むちんぴらが、マチスモゆえに盗みを犯し、結局捕えられてしまうという物語であるが、この小悪党が作者の知り合いであっても少しもおかしくはないのだ。

バルガス゠リョサなら『ラ・カテドラルでの対話』の一部として似た場面を書き込むこともありうるだろうが、彼は観察者の立場を崩さないだろうし、ボルヘスであれば人から聞いた話にするだろう。これに対し、ガルシア゠マルケスは、作中人物と同じ地平にいる。このことは中上健次ともうひとつの「路地」ともいえる新宿二丁目や歌舞伎町を舞台にした『讃歌』や『軽蔑』『熱風』などにも当てはまる。したがって、中上がラテンアメリカにも存在すると考える路地のひとつがガルシア゠マルケスの描くスラムであったとしても、読者はスムーズにそれを受け入れるだろう。

先に挙げたルポルタージュの中で、ガルシア゠マルケスは麻薬密売組織の首領の密使と会ったことがあること

古座川、西向から見た河口の風景。「海と川口の境目の砂利の土堤まで歩くと、秋幸がうしろから「ここにおるのに」と小走りに駈けてくる。水の底がすりばちのように急に深くえぐれているところだと知っていた。」（『鳳仙花』）
写真：編集部

を明らかにしている。これも周縁的世界に通じる回路が彼に備わっているからこそ可能となるのだが、その意味で、彼のジャーナリズム体験は、この回路を作る上で、より正確には再発見する上で、大いに役立っている。たとえば『ジャーナリズム作品集』を開いてみよう。そこにあるのは大半が速報性を欠いた記事であることに気づくはずだ。中でも目を引くのが、およそニュースとは無縁なフォークロアの紹介記事である。カリブ海沿岸地方に伝わるグレートマザー的女性にまつわる伝承を取り上げた「シエルペのマルケシータ」などは、「ママ・グランデの葬儀」から『百年の孤独』へと連らなる作品との関係を考える上で見逃すことができない。とりわけ重要なのは、彼が口承の世界に足を踏み入れ、そこで得た素材をもとに「書いている」ことである。ガルシア＝マルケスの才能は、口承文化とエクリチュールの文化の間を自由に行き来できるところにあり、それにより彼は、敗者の歴史、闇の世界に光を当てるのである。

中上健次とガルシア＝マルケスに共通するのは今述べた才能である。「エレンディラ」に、まだ無名だったころのガルシア＝マルケスが、地方を回って百科事典の訪問販売をしている間にフォークロアを採集したというエピソードがさり気なく語られているが、これを作家として確立した後に、はっきりとした目的を持って行なったのが中上である。『紀州』はいわばその記録であり、口承とエクリチュールの境界に位置するユニークな作品である。彼はそこで被差別社会にメスを入れるとともに、『岬』や『枯木灘』が存立する基盤である紀州という根を洗い直しているのだが、それは取りも直さず自作の批評となる。この作業が、オリュウノオバの語りの中に「路地」を再生させる『千年の愉楽』や『奇蹟』へとつながっていくことはいうまでもない。

『紀州』の冒頭で、中上は自らの小説の引き金になった殺人事件のいきさつを聞くために郷里に赴いたこと、それには「事実を記そうとするルポルタージュ、いや、ドキュメントによって、小説を喰い破り、さらに小説を補強する」という企みがあったことを述べている。このことは後に書かれる『火まつり』の性格を考えるとき、示唆に富んだ言葉として響く一方、ガルシア＝マルケスの『予告された殺人の記録』を想起させずにはおかない。この小説が書かれたのは、モデルとなる事件が起きて二十年以上も経た後であるが、それよりも前、事件の直後に彼は、ノンフィクションを書くつもりで資料を集め、関係者の話を聞いているのだ。彼のジャーナリズムが、人々によって語られたことを何よりも重要な素材としていることはいうまでもない。『ある遭難者の物語』や『戒厳令下チリ潜入記』のようなノンフィクションは、徹底的に聞くことから生れた作品である。ガルシア゠マルケスは何よりもまず聞き上手なのだ。そして中上もまた聞き上手である。しかし「人が大声で語らないこと、人が他所者には口を閉ざすこと」を、彼らはいかにして聞き出すのか。

中上は訪ねた九十歳の老婆を相手に、「門先で、人の話にあいづちを打ち、一緒にわらい、一緒に泣く」と書いているが、これがおそらくその方法なのだ。こうして「隠国の町々、土地土地を巡り、たとえば新宮という地名を記し、地霊を呼び起こすように話を書く」という、中上のいうところの「記紀の方法」を彼らは身につけているといえるだろう。熊野川やマグダレナ河の乱流域、かつて悪党の活躍する「なめらかな空間」だった土地と交感する方法である。

バルガス゠リョサにとってはピウラが、唯一交感可能な土地であったかもしれない。しかし十六歳のときに再訪して以来、ロマンチックなイメージが崩れたためであろうか、彼は二度とこの地を訪れてはいない。ここに彼のスラムに対するアンビバレントな感情を読み取ることはむずかしくない。現実のスラムに対する否定的な目は、『マイタの歴史』に描かれる、リマの高級住宅街を侵蝕しようとするスラムにはっきりと現れている。解放の神学を生む一方で、ゲリラの温床ともなっているスラムは、リアルな政治家としてのバルガス゠リョサには放置しがたい存在だからである。反対に、スラムの住民は、大統領候補としての彼を受け入れることはできない。

バルガス゠リョサの初期の作品に「決闘」があり、ピウラのならず者が登場する。中上の作品に出てくる「朋輩」たちを思わせる男たちはスラムの住人と見られるが、そのうちのひとりである「俺」によって、仲間の若者と敵対するグループの男との、闇の中での決闘が克明に描写される。仲間の男は未熟さゆえに結局殺されるのだが、その無鉄砲ぶりはさながら『奇蹟』のタイチを彷彿させ、またその父親は、トモノオジに似ている。この短篇で作者は、暴力に具現されるマチスモを、ほとんど美学として描き出している。バルガス゠リョサの作品に形を変えながらも常に暴力が描かれるのは、彼自身が言うようにそれがラテンアメリカの現実の一部だからであることは間違いないが、それだけではあるまい。おそらく彼には暴力の美学に惹かれるところがあるのだ。そしてそれはピウラのスラムの神話化された暴力をそのイメージの核としている。ボルヘスにとって「ナイフとギターの町」パレルモの場末のならず者の神話化された暴力が、永遠のイメージとなったようにである。

にもかかわらず、「決闘」で作者の目を感じさせる「俺」は、決定的に傍観者の姿勢を保ち続ける。なぜなら、そのカメラアイのレンズが曇ってはならないからだ。すなわち「俺」は共同体の人間だが、その目は共同体にあこがれる他所者の眼なのである。自伝的要素をもつ作品には、しばしば分身としての「私」が登場するが、その「私」でさえ作者の完全な統御のうちにある。ここに「マダム・ボヴァリー、それは私だ」と言ったフロベールを信奉する作家の一面を見ることも可能だろう。バルガス゠リョサはきわめて知的な作家であるが、知識人としての彼は長らくサルトルを信奉してきた。フロベール論の中で告白しているように、後にその信奉は揺らぐのであるが、それでもなお、政治的姿勢や作品を知的にコントロールしようとする姿勢には、サルトルの影が感じられる。

この点で異なるのがガルシア゠マルケスである。彼は新聞記者のころからカミュを評価し、サルトルとは一線を画す発言をしている。麻薬密売組織についてのルポルタージュでも明らかなように、その姿勢は西欧型知識人とは異なり、多くの矛盾を孕んでいる。しかしそれを矛盾と呼ぶのは、おそらく西欧的な観点によっているからなのだ。フォークナーの受容におけるバルガス゠リョサとガルシア゠マルケスのちがいは、その出身地の地理学的理由にもよるだろうが、外面的現実をもっぱら対象とするか、むしろ内面的現実を詩的に表現しようとするかという、二つの姿勢の相違とおそらく関連している。それはフォークロアをどう処理するかという問題と関わってくるのだが、バルガス゠リョサはフォークロアを分析し、その背後にある事実を前面に出すだろう。一方、ガルシア゠マルケスは、核になる事実を確認もしくは追求したうえで、フォークロアそのものを作品に持ち込む。つまり、共同体の目を使うのだ。彼の目はバルガス゠リョサのように公平ではない。

たとえば、ある事件を扱う場合、バルガス゠リョサはその事件を等身大で描こうとする。だから彼の作品は長篇にならざるをえないし、作品は事件が大きければ大きいほど長くなる。一方、ガルシア＝マルケスは、それが民衆の目にどう映ったか、どのような驚き、恐怖を与えたかというところに力点を置く。したがって、メタファーが多用できるため、作品は事件の大きさに必ずしも比例しない。

中上健次の作品には、バルガス＝リョサおよびガルシア＝マルケスの目のいずれもが感じられる。『枯木灘』が、作品を知的にコントロールしようとするという意味でバルガス＝リョサの目を感じさせる一方、視点をオリュウノオバという共同体の象徴の目に委ねた『千年の愉楽』や『奇蹟』にはガルシア＝マルケスの目が強く感じられる。

作家である以上、彼らが複眼を持っていることはいうまでもない。だがバルガス＝リョサの作品には、外から物を見る作者の目がつきまとう。この問題をひとつのテーマとしたのが、『話す人』である。ここで彼は、アマゾンのインディオの集合的無意識ともいうべき、非近代的な時間とシンタックスを備えた文の断片を導入するのだ。それは白人でありながらインディオの語り部となった友人の思考を表わそうとするものである。しかし、それは『奇蹟』のトモノオジの妄想とは異なり、作者の分身である「私」の思考とはまったく切り離されたものとして提示されているのだ。それはコントロールされた情報の中に突如混入したノイズのようなものである。それを理解するには翻訳に頼らねばならないだろう。そして実際、テキストはスペイン語に翻訳されている。要するに、近代の思考を表わすテキストと未開の思考を表わすテキストに連続性はないのだ。

一方、ガルシア＝マルケスの場合は、アーカイックな思考や土俗的思考が、近代的思考と切れ目なくつながっている。近代的思考の側から見れば、それは現実と幻想の接合と呼ばれるであろう。

中上健次の目が基本的には共同体の内部から出発していることはいうまでもない。しかし彼の作品の面白さは、たとえていえば、ガルシア＝マルケスとバルガス＝リョサのあらゆる組合せを持っているところだ。これはきわめて大きな長所といえる。なぜなら、彼ら二人の全体小説を総合した、よりスケールの大きな作品を生む可能性を秘めているからである。だからこそ彼が新作に挑むたびに、文学的というより思想的なネーミングを無化するような、過剰で、途方もない作品を期待してしまうのである。

［「國文學　解釈と教材の研究」學燈社、一九九一年一二月号より再録］

御船祭。「勝一郎は坐り、フサが無言なのに今さら気づいたように「明日応援に来いよ。俺も御舟漕ぎに出るじゃから」と髪を撫ぜた。」（『鳳仙花』）　写真：港千尋　©Chihiro Minato

夢の回路——中上健次と私［連載6］

紀和鏡

幼い健次にとって、新しい家での生活は、はっきりとした変化であり、何をさておいても、直面しなくてはならなかったのが、それまでとは別の家族形態であり、空間であり、〝制度〟であり、その中で生きていかなくてはならないことを、不承不承にもせよ、認識することだった。

中上姓となったこともそのひとつである。それまでは母の亡夫の苗字である木下姓だった。厳密に言うとその変化は健次が小学校に入ってからだったので、少しの間は〝木下くん〟と呼ばれた時期もあったのである。

その短い時期、一つの記憶が健次にあった。

名古屋にいる姉がランドセルを送ってくれたことよりもくっきりと残った記憶が、担任の先生がノートや鉛筆を買ってくれたことだった。支給される教科書の他にそういうものが必要だという観念が母にはなかったのか、貧しくて買えなかったのかはわからない。とにかく担任教師は黙って健次を店に連れていき、それらを買ってくれた。

健次における最初の〝恥〟体験がそれなら、授業中に窓から母が覗きに来ることもそうだった。行商で近くを通った時に寄ったのだろうが、そんな親は他にはいないので、くすくす笑う子もいた。それが健次には恥ずかしかった。

しかし、恥ずかしさと苦痛は別である。

子供にとって苗字の変化それ自体はさほど重要な意味を持っていたとも思えないが、後年、健次が自分という存在について考える上では重い意味があった。どちらも借り物の名だという意識が、徐々に少年に芽生えていたのである。

健次は実父の存在を幼い頃から知っていた。異母の弟妹がいることも知っていた。兄や姉たちは健次の父親が自分たちと異なることを隠そうともしなかったのだろう。よくいえば開けっ広げ、悪くいえば無神経な扱いである。「おまえはちがう」と言われて育ったも同然だった。

この「おまえはちがう」という差別あるいは分類は、新しい姓の下でもおきた。周囲に父方の親族がぞろりといたのである。父の兄弟姉妹合わせて九人が健次の新しい〝オジ・オバ〟となり、その子供たちは新しい〝イトコ〟となった。子供は正直だ。「おまえはちがう」をはっきりと口に出す。言葉だけのからかいやいじめは、中学ぐらいになると暴力性を帯びてくる。健次はよく集団によって暴行を受けたが、その陰に親族の存在を見ていた。

ずっと後のことだが、私と結婚しようとした時、なぜか健次が一瞬だけだが「婿養子になってもいい」と言い出したことがあった。こちらが一人っ子ということが理由だったが、私の実家は金持ちでもなければ名家というわけでもなかったし、そもそも父親は私と同じで家名の存続などということにあまり関心のない人だったので「今からそこまで考えてくれなくてもいいよ」と軽くいなした記憶がある。父にとってはそんなことより、二人がちゃんと暮らしていけるのかどうかの方が問題だったのである。

一方、田舎では、健次がちらりとそのことを匂わせただけで、母親が「養子になどやってたまるか」とばかり頭から却下した。母親にしてみたら、ここまで育ててきた息子を丸ごと自分から奪われるという危機感があったかもしれない。また、健次がどう持ち出したのかは知らないが、「厄介払いされてやるよ」というニュアンスをそこから嗅ぎとったのかもしれない。当時の健次は母親に対して必ずしも好意的ではなかったことを私は知っている。もしも「好きにしたらええ」というような返事が母親の口から出たら、健次はその時点で母親を心の中で切り捨てていただろう。これは健次と母親のひそかな駆け引きのようなものだったのかもしれない。

結局、養子話はまったく進展しなかった。健次も「まあ一応言ってみただけだから」というような態度だったので、私もそれきり忘れていた。だが、今になって考えると、健次が私に対する親切心でそんな話を持ちかけたわけではないとわかる。少なくとも、結婚を機に合法的に姓を変えてしまおうかと思った可能性は大いにある。

そもそも健次が上京して以来、(故郷の知人以外は)誰もが〝ナカウエ〟ではなく〝ナカガミ〟くんと呼び、それを本人が否定したことはないし、自己紹介する時でも「ナカガミです」と言い続けた。自分は中上家の正当な子でもなく、木下家のそれでもないという意識が少年期の健次に根づいていったのはたしかである。

では母の再婚によって生じた〝新しい制度〟とは何だったのか。一言で言うなら、この再婚によって健次は、原始母系社会的空間から、父権制度（少なくとも表面的には）的空間の中へ放り込まれたのだった。

おたがい子供を一人づつ連れての再婚、それが母の選んだ道だった。だから健次には新しい父と四つほど年上の兄ができた。母系社会的空間では子供は学校など行かなくても問題にはされなかったが、父権制度の下ではそれは許されなかった。第一、〝新しい兄〟が学校へ行っているのだから、健次はその足跡を辿って、同じ小学校、中学、高校と進むのが当然とみなされた。それだけではない。食生活でも好き嫌いはむろんのこと、「食べたくない」だの「あとで食べる」だのという気儘は許されなくなった。どんなものでもきちんと食べることが義務づけられ、箸のあげさげにもクレームがついた。ストレスから少年は徐々に大食となり、太り始めた。すると父方の親族は母のことをこう批判した。「あの嫁、自分の子だけに食べさせているんや」

哀しいかな、新しい兄は、そういう体質なのか痩せていた。しかし、こちらはこちらでストレスをためていたのは想像にかたくない。彼は家の裏の物置を改造したようなところを自室とし、新しい家族にはあたらずさわらずの立場をとっていたようである。そのスタンスは歳月が経っても変わらなかった。彼は高校を卒業するとすぐに巣立っていき、彼の部屋には健次が入った。そこで健次は初めてプライバシーを得たと言っていい。本を読もうと何をしようと自由になったのである。もう中学生だった。

変化は、置き去りにされた母系の兄姉たちにも、当然ながらあった。〝お城山〟で写真を撮ってもらってから二年かそこらの間に、である。

まず、家を出たのは長姉である。前述のとおり他の町へ働きに行った。次に出ていったのは次姉で、こちらは兄の友人と駆け落ちし、やがて長女を出産する。残ったのが十四になったかならないかの三姉と兄だった。

ここで微妙な立場に置かれたのが三姉で、今なら母親が保護責任を問われていただろうし、当時でも、そのことを問題にする人はいたかもしれない。母親が十四歳の娘を遺

だが、三姉は兄のいる家と母たちが暮らす家
することで、微妙な立場を維持していた。一種の
し、と見えないこともない。実際には、双方の家事
、双方の家の飯を食べ、双方の家の情報係となった。
学校にはほとんど行かなかった。母の新居では「女中代わりに使われた」と三姉はしばしば回想したものである。飯の炊き方が悪いと義父から怒鳴られた、とも。

それらの実態は、くまなく兄にも伝わっていただろう。この頃、兄は酒を飲むようになっていた。ダンスホールなどにも出入りしていたらしい。しかし、具体的には何をして生計を立てていたのかははっきりしない。

昭和二十年代の後半ともなると、町も戦争の傷痕から立ち直りつつ、新たな時代を迎えようとしていたが、兄やその仲間たちの存在は中途半端であった。終戦時に十三歳ほどだったということは徴兵にもひっかからないから、むろん兵役の経験はない。戦時中、周囲には若い男手が不足していたので、力仕事でも何でも回ってきた。そこへ軍隊経験者が次々と帰還してくる。手不足は一気に解消し、逆に仕事の奪い合いが始まった。闇商売も淘汰され、生活の道が狭められていく。こうなると、兄たちは町をうろつくちんぴらに過ぎず、その頃、どっと入り込んできたシャブと呼ばれる覚醒剤に溺れる者も出てくる。

二十四歳で世を去った兄の晩年は、幻聴や幻覚と無縁ではなかった。幼い健次の目には酒のせいだと映ったのだろうが、むしろ症状からするとシャブの方が納得できよう。ひょっとしたら、当初は売る方だったのが、やがて売り物に手を出すようになったということも考えられる。

三姉が大阪へ行ってしまうと兄は一人きりになった。もとは両親と自分、妹三人と幼くてして世を去った弟も含めての七人家族だった。それが一人また一人といなくなってしまったのだから、喪失感は耐えがたいものだったろう。

誰のせいだ、と彼は朦朧とした頭で考え、そして思う。母親のせいだ、あの女のせいだと。そしてその女が〝新しい家族〟と暮らす家に乗り込んでいく。「殺したろか」とわめく兄。何とかなだめようとする母親の背後から夫が出てきて、罵り合いが始まる。その繰り返しだった。健次にとっては恐ろしい繰り返しだったろう。

健次の兄の死は自殺、それも縊死とみなされた。

私は長いこと、自宅の鴨居か、あるいは裏山の木か何か

にぶらさがっていたのだろうと勝手に思い込んでいたが、健次の死後、全集の年譜や評伝を手がけた高澤秀次氏が現地で記録を綿密にあたった結果、路地の家と家の間のわずかな隙間で縊死しているのが発見されたということだった。それなら、自殺とは限らないではないかと私は思った。近くには川もあれば海もあり山もある。誰が好んでそんな場所で死にたいか。

だが、当時の警察が、町のちんぴら、それも同和地区の青年の死を、どれだけ真剣に調査しただろう。縊死すなわち自殺、と決めつけるのに何分かかったのだろうか。よしんば他殺かも、と思ったところで、原因や背景をその地域で調べるほど熱意は持てなかったろう。少々おかしくなっていたようだ、と誰かが言えばそれで決まりである。私とま、すでに他殺説にかたむいているが、あえて小説風、これを呼びたい。実際、小説の中で推理うな、〝死〟なのである。

兄の死〟が、幼い健次を恐怖の日々か事実である。同時に、まったく別の何かしりと根を下ろしたことも間違いない。の時、萌芽したのである。

【執筆者】
堀江敏幸　作家、早稲田大学教授。小説『雪沼とその周辺』、『河岸忘日抄』、『燃焼のための習作』他。エッセイ『おぱらばん』、評論『書かれる手』『余りの風』他
高澤秀次　文芸評論家。評論『評伝中上健次』、『中上健次事典』、『文学者たちの大逆事件と韓国併合』他
渡邊英理　近現代日本語文学・文化研究、宮崎公立大学准教授。『幻想文学、近代の魔界へ』（共著）、論文「性愛と争闘」、「激情から路地へ」他。現在「中上健次論」を準備中。
野谷文昭　ラテンアメリカ文学、東京大学名誉教授。評論『マジカル・ラテン・ミステリー・ツアー』、『ラテンにキスせよ』他。翻訳『蜘蛛女のキス』、『予告された殺人の記録』他。
紀和鏡　作家。小説『夢熊野』、『Aの霊異記』、『邪星記』、『時の蛇』、『鳥人記』他

【次回配本】
中上健次集　五　枯木灘、覇王の七日
解説　奥泉光
二〇一五年三月刊行